# 술의 노래

나의 술벗 이야기
# 술의 노래

**초판 1쇄 발행** · 2014년 7월 7일

**글** · 최명
**발행인** · 김윤태
**발행처** · 도서출판 선
**출판등록일** · 1995년 3월 27일
**등록번호** · 제15-201호
**북디자인** · 전순미

**주소** · 서울시 종로구 낙원동 58-1번지 종로오피스텔 1020호
**전화** · (02) 762-3335
**팩스** · (02) 762-3371

ISBN 978-89-6312-479-7 03810

※ 책값은 뒤표지에 있습니다.

# 술의 노래

나의 술벗 이야기

최명 지음

# 머 리 말

나보고 지난 날의 이야기를 남기라는 사람들이 있다. 주로 제자들이다. 어디까지가 지난 날인지는 알 수 없으나, 여러 이야기 가운데 주로 술 먹는 이야기를 쓰라는 주문이다. 술을 마시면 속이 쓰린데, 그 속 쓰린 이야기를 쓰라는 것이다. 써도 되고 안 써도 그만인 그런 이야기들이나, 나에게는 다른 의미에서 또 속이 쓰리다. 술을 아니 마시든가, 아니 적게 마시고 공부를 더 했으면 하는 회한悔恨이 있기 때문이다. 나는 묻는다. “마시지 않고는 살 수 없었나?”

술 마시는 이야기로 말하자면, 도연명陶淵明(365–427)이나 이태백李太白(701–762)은 그만두고, 가까이는 수주樹州 변영로卞榮魯(1898–1961)의 『명정사십년酩酊四十年』과 무애无涯 양주동梁柱東(1903–1977)의 『문주반생기文酒半生記』가 생각난다. 그 분들이야 당대의 석학이고, 사시던 시대도 술을 마시지 않고는 지낼 수 없던 그런 시대였다. 그 분들에 비하면 나는 그래도 비교적 평탄하고 좋은 세상에서 살았는데, 술 마시는 이야기를 하라니 딱한 일이다. 수주와 무애가 세상을 떠나신 지도 여러 십년이 되었다. 선배들이 다 못 마시고 가신 술을 내가 마시고 하는 이야기인가?

수주나 무애는 명문장가로 이름을 날리던 분들이었다. 그래서 그 분들의 글은 널리 읽혔다. 나도 그 분들의 글을 비교적 많이 읽었다. 그러나 나의 속 쓰린 이야기를 읽을 사람은 있을 것인가? 일석一石 이희승李熙昇(1896–1989)의 이른

바『소경의 잠꼬대』인지도 모르나, 나 나름대로 정직한 이야기를 쓴 것이라고 생각한다. 지난날을 반성하는 것이다.

여기의 글들은 내가 학교를 그만둔 후 쓴 글들이다. 정년은 어느 직장에나 다 있으나, 특히 대학의 정년은 의미가 좀 다르다. 학교마다 다소 차이가 있기는 하나 주어진 몇 해 동안 그만둔 대학에서도 강의를 할 수 있기 때문이다. 그러나 나의 경우에 훌륭한 후배와 제자들이 많다. 정년이 되고 어슬렁어슬렁 교정을 거닐면서 강의실이나 기웃기웃하면 누가 좋아하겠는가? 정년은 먼저의 직장에 그만 나오라는 제도라고 생각한다. 꼭 그래서만은 아니나, 나는 정년 후 강의와는 아예 발을 끊었다.

고백건대, 나는 게으르다. 나는 오래전에 시작한 '중국공산당사中國共産黨史'의 집필을 정년 전에 마치려고 했었다. 그 '당사'는 소위 문화혁명이 시작되던 1965년까지는 왔다. 1921년에 창당된 중국공산당이 우여곡절 끝에 1965년까지 왔다면, 사십 년이 넘는다. 그런데 그로부터 금년이면 비슷한 햇수다. 나의 원고는 반에 그친 것이다. 그 사이에 새로운 자료도 많이 나왔고, 좋은 저술들도 출간되었다. 내가 좇아갈 수 없을지 모른다는 생각도 들었다. 게다가 정년 후 어영부영한 시간을 얼마 보냈다. 새로 중국공산당에 관하여 자료를 모으고 정리하여 집필하기가 두려워졌다. 그 게으름 때문이다. 아니 그것보다는 내가 책을 낸들 이미 출간된 그 분야의 책들을 뛰어 넘을 수 있을까 하는 생각도 들었다. 공부하기 싫은 것에 대한 변명이다.

나는 중국공산당사에 관한 집착을 버렸다. 연민만 남은 것이다. 지금도 그 미완성의 원고를 보면 아까운 생각에 눈물이 난다. 퇴고推敲라는 말로 유명한 당唐의 가도賈島(779-843)란 시인이 "홀로 가는 못 밑의 그림자, 자주 쉬는 나무 옆의 몸[獨行潭底影 數息樹邊身]"이란 두 구의 시를 짓고, 이어서 "삼 년 걸려 지은 두 구句, 읊을 적마다 흐르는 두 눈의 눈물, 친구라도 혹시 알아주지 않으면, 고산으로 낙향[歸臥]할 때 가을[秋]이로다[二句三年得 一吟雙淚流 知音如不賞 歸臥故山秋]"라고 한 적이 있다. 시인은 시작詩作의 고심苦心을 토로吐露한 것이나, 눈물이 나는 것은 내 심정과 비슷하다. 그러나 가도는 삼 년 걸려 얻은 시를 남겼고, 나는 내 원고를 폐기할 판이다.

그러든 차에 위에서 말한 것처럼 지난날의 이야기를 쓰라는 이야기들을 듣게 되었던 것이다. 반드시 그런 이야기를 들어서만은 아니나, 더러 쓴 글들이 모이기 시작했다. 내용에 따라 음주 · 여행 · 등산 · 인물 등으로 나누었으나, 그 구분이 분명한 것도 아니고, 실은 이래저래 다 술 마신 이야기다. 여기에는 나의 스승과 가형을 비롯하여, 여러 선후배, 친구, 동료, 제자, 혹은 아는 사람들이 등장한다. 그래서 몇몇 술벗에게 원고를 더러 보냈다. 심심파적으로 읽으라고 했고, 잘못된 곳이 있으면 고쳐 달라고 하기도 했다. 그랬더니 교제로 그런지도 모르나 이런 글들은 여러 사람이 읽었으면 좋겠다는 이야기를 듣기도 했다.

그런 이야기를 강하게 하는 사람 가운데 명지대학교의 이지수李志樹 교수가 있다. 그가 내 글의 일부를 선출판사의 김윤태 사장에게 보였다고 한다. 자초지종은 모르나 좋다고 한 모양이다. 그래 이 책이 세상에 나오게 되었다. 김 사장은 술은 잘 마시지 않는 것으로 아나, 술에는 남다른 관심은 많다. 그래 연전에『술: 한국의 술문화』(이상희 지음, 2009)란 책을 내기도 했다. 그것은 우리나라의 술 문화를 집대성한 책으로 I권과 II권을 합치면 1,900 페이지에 가까운 대작이다. 그 책에는 이런 글이 있다.

"한국인의 술은 언제나 우정의 윤활유와 같은 것이었다. 술은 흥취의 세계로 통하게 함으로써 격의 없는 우정과 회합의 매개물로서의 역할을 했던 것이다. 그래서 한국인은 술을 보면 언제나 벗을 생각하게 되며 술이 있는 곳에는 벗이 모였다. 따라서 술을 마시는 방법에 있어서도 혼자 마시는 독작의 경우보다 벗과 함께 마시기를 더 좋아한다. 그것도 서로 마주 앉아 각자 술을 마시는 것이 아니라 서로 잔을 주고받는 수작酬酌이었다."(II권, 28쪽.)

나보고 이 대목을 요약하라면 '술벗 미학美學'이라고 하고 싶다. 그러나 이 책은 술의 문화와는 직접 관계가 없다. 그런 저런 인연이란 것을 말하고 싶을 뿐이다.

위에서도 잠시 말했지만, 여기의 글들은 거의가 술 먹는 이야기다. '음주행각飮酒行脚'이라면 좀 무엇하나, '음주편력飮酒遍歷'일 수도 있고, '주유편력酒遊遍歷'일 수도 있다. 그런데 그런 말은 다소 진부한 느낌이 든다. 그렇다고 직설적으로 아무개의 '술 먹는 혹은 술 마신 이야기'라고 할 수도 없어서, 제목을 어찌할까 오래 고민을 했다. 그런데 내가 이 책을 염두에 둔 것은 아니나, 오래전에 '음주송飮酒頌'이란 제목의 시를 하나 쓴 적이 있다. 우연히 그 시를 다시 읽다가 이것이 바로 '술의 노래'가 아닌가 하는 생각이 들었다. 좀 유치한 글이지만, 아래에 적는다.

"점심부터 마셨네. 세상이 시끄럽네. 마시는 핑계네. 집에 왔네. 아무도 없네. 잘 됐다. 또 마셨네. 전화가 왔네. 누군지? 받으려는데, 우물우물 하다가 끊겼네. 조용한 것이 좋네. 끊긴 전화가 위복이네. 그건 그렇고, 다 부질없다. 자려는데, 술이 좀 깨서인지 잠이 안 오네. 다시 마실까? 염치도 없지. 내일 점심까지 기다릴 수 있을까? 아니 아침이 먼저 온다. 아침에 마실까? 생각이 간절하네. 못 참겠다. 에이, 한 잔 더 먹자! 매일 그런가? 어디 물어보자! 누구에게 물어보나? 이래저래 마셨는데 무얼 물어봐? 아이고, 취했다."

그래서 이 책의 제목이 『술의 노래』가 된 것이다. 혹은 일면식은 없으나 내가 평소 좋아하는 작가 김훈金薰(1948- )의 『칼의 노래』 등에서 알게 모르게 아이디어를 얻었는지도 모른다. 아니 나는 그저 나의 노래를 불렀을 따름이다.

흔히 책의 머리말에서 하는 이야기지만, 마음으로 고마움을 전하고 싶은 사람들이 많다. 특히 변변치 않은 책의 출판을 맡아주신 선출판사의 김윤태 사장과 전순미 디자이너를 비롯한 편집부 여러분에게 고마움을 전한다.

2014년 6월 하순

저자 씀

## 차 례

## 제3부 | 등산登山



## 제4부 | 인물人物

# 음주 飮酒

제1부

# 공락춘

'공락춘共樂春' 이야기라면 짧다면 짧고, 길다면 길다. 동숭동 서울대학교 문리대 근처에서 얼쩡거리던 사람들은 대개 그것이 무슨 집인지 안다. 그 북쪽, 서울의대 정문을 지나 혜화동 로터리 쪽으로 조금 가면 '진아춘進雅春'이 있다. 지금도 있는지는 모르나 둘 다 유서 깊은 중국집이었다. 공락춘은 법대 건너편에 있었기 때문에 나와는 인연이 깊고, 진아춘은 워낙 그 근방의 터주라 동숭동과 연건동 캠퍼스 근처에서 모르는 사람이 없었다. 벌써 여러 해 전이다. 서울대학교 박물관에서 무슨 전시회를 한다고 하여 간 적이 있다. 진아춘에 맡겨놓고 찾아가지 아니한 시계 수십 개가 전시물로 나와 있었다. 시계를 맡겨놓고 고량주와 짜장면, 아니 탕수육도 시켜먹었을 것이다. 돈이 없으면 무엇이든 돈 되는 물건을 맡기고 술 먹던 시대의 유품이었다. 요즘은 상상하기 어려운 일이나, 내가 대학을 다니던 시절에는 대체로 시계를 맡겼다. 부피도 작다. 비싼 명품의 시계를 돈 없는 학생들이 차고 다녔을 가능성은 적고, 대체로 상징적으로 거래된 것이 아닌가 한다.[1]

나는 1958년부터 그 근방을 오르내렸다. 그러다가 본격적으로 오르내리게 된 것은 1970년대였다. 1970년 7월에 미국서 귀국한 나는 강사 자리는 얻을 수 가 있어서, 가을 학기부터 공릉동 소재의 서울대 교양과정부와 흑석동 중앙대학교 등에 강의를 나가고 있었다. 세상이 다 아는 이야기지만 시간 강사는 전임이 되기를 바란다. 당시는 소위 미국 정치학 박사가 매우 드물 때였다. 그래도 내게는 전임이 쉽지 않았다. 여러 가지 이유가 있었겠지만, 그때도 각 대학의 전임 자리는 제한되었었고, 더구나 나는 학부가 법대였기 때문에 내가 아는 정치학 교수가 별로 없었다. 말하자면 비벼댈 만한 구석이 없었다. 그러다가 비빌 곳이 하나 생겼다. 문리대의 '인구 및 발전문제연구소'였다. 연구소가 내 취직에 무슨 도움을 주는 것은 아니나, 가끔 가서 이 사람 저 사람과 잡담하는 장소여서 비빌 곳이라고 한 것이다. 강의가 없는 날에는 그 곳에서 시간을 보냈고, 자연히 때가 되면 가는 곳이 진아춘이기도 했다. 그 옆에는 낙산다방도 있었다. 연구소는 그 몇 해 전에 생긴 것인데, 소장은 사회학과의 이해영李海英(1925–1979) 교수였다. 바둑을 좋아하여 나와도 많이 두었다. 그때 1급이라고 하였는데, 요새로 말하면 아마 5단쯤 되는 실력이 아니었나 싶다. 그런 저런 연고로 나를 퍽 사랑하였다.

이해영 교수와의 인연은 1959년으로 소급된다. 아니 더 오래전으로 소급되는지도 모른다. 오래전의 일이나 나의 외사촌 큰누님이 이 교수의 고종사촌 형과 결혼했다. 그래서 말하자면 사돈의 팔촌 격은 된다. 그것은 다른 이야기고,

1_그래도 그 시계들을 처분하지 않고, 오래 간직하고 있다가 박물관에 기증한 이는 '진아춘'의 전 사장 송협국(화교라고 얕잡아 그런 것은 아니겠으나, 송 서방이라고도 불렀다.)의 조카 형원호 씨다. 송 사장은 미국으로 이민을 가서 캘리포니아 주의 세리토스에서 다시 중국집을 하다가 1990년대 초에 별세하였다고 한다. 형원호 씨도 미국에 이민을 갔다가 돌아와서 본래 진아춘의 안쪽 골목에서 다시 '진아춘'을 열었다고 한다. 광화문에도 같은 이름의 집이 있다. 분점인지도 모른다.

1959년 내가 대학 2학년 때 이 교수가 법대에서 사회학개론을 강의하였고, 내가 그 과목을 수강했다. 말하자면 은사인 셈이다. 학점은 무엇을 받았는지 모르나, 아마 C 정도가 아니었을까 생각한다. 평균 C면 졸업은 할 수 있었고, 졸업만 하면 된다는 생각을 하고 있을 때였다.[2]

이왕 이해영 교수의 이야기가 나왔으니, 내가 아는 그의 이야기를 좀 더 하기로 한다. 그는 흥선대원군의 둘째 형인 흥완군興完君 이정응李最應의 증손이다. 흥완군은 아들 재원載元을 형인 흥녕군興寧君 이창응李昌應에게 출계시키고, 양자를 들였는데 그가 재완載完이다. 재완의 아들이 달용達鎔이고, 이 교수는 달용의 막내로 태어났다. 할아버지가 고종의 사촌이었으니, 대단한 왕족이다. 달용 씨는 현 경기고등학교의 전신인 우리나라 최초의 관립중학인 관립한성중학교 교장을 지내신 것으로 알고 있고,[3] 이 교수도 경기중학교로 이름이 바뀐 후에 이 학교를 졸업했다. 39회였다. 그 동기에 서울대학교 교수를 지낸 분으로는 영문학자이고 시인인 송욱宋稶(1925–1980) 씨와 서양사의 민석홍閔錫泓(1925–2001) 씨가 있다.

2_나는 대학 다닐 적의 노트(공책)들을 잘 보관하고, 유학을 갔다. 귀국하여 그 노트들을 보았다. 별로 볼 것이 없었다. 좀 안 된 얘기지만 이해영 교수의 강의노트를 보니, 겉장에 '사회학개론', '講師 李海英'이라고 쓰여 있고, 한 장을 넘기니 거기에는 Gordon Childe, *Man Makes Himself*(1949)와 Kingsley Davis, *Human Society*(1949)라고 적혀 있다. 다음부터는 공백이었다. 노트 한 권에 책 두 권의 이름만 있는 것이었다. 학부시절에 그런 책을 구하여 읽을 형편도 물론 아니었다. 이 교수는 서울대 사회학과를 졸업하고, 미국 노스캐롤라이나대학에서 석사학위를 받았다. 위의 두 책은 그때 읽으신 모양이다. 그것을 대학 2학년생들에게 소개를 하였으니, 지금 생각하면 까마득하고, 딱하다면 딱한 일이었다. 아무튼 당시 대학이 대강 그랬던 것 같다. [추기: 위의 글을 쓸 적에 C학점을 받은 것 같다고 하였는데, 그 후 대학 성적표가 책상 서랍 어느 구석에서 나왔다. 한 학기 수업을 들은 것 같은데, 두 학기 강의를 들었고, 학점은 두 학기 모두 B였다. 대충 성적을 후하게 주신 모양이다. 2013년 7월.]

3_1900년 10월 3일에 개교했다.

그런데 한 번은 이 교수가 나에게 이런 말을 하는 것이었다. 당신은 스무 살이 될 때까지 돈을 만져본 적이 없다는 것이다. 하인들이 따라다니면서 필요한 돈을 내주곤 했기 때문이다. 당시는 일제강점기였지만 그래도 왕족의 후예로서의 생활을 짐작케 한다. 오랫동안 가회동에 사셨다는데,[4] 내가 1970년대에 이 교수를 만났을 적은 녹번동에 사셨다. 그 집에서도 바둑을 많이 두었다. 그리고는 한 번 이런 이야기도 들었다. 종로구 견지동 조계사曹溪寺가 있는 곳에서 당시 신신백화점이 있던 곳(지금 스카이라이프 방송 건물)까지가 모두 당신 부친의 땅이었는데 지금은 다 없어졌다면서, 그 가운데 한 이백 평만 당신에게 남겼어도 이런 노름(교수 노릇)을 안 해도 될 것이라는 농담 비슷한 이야기였다. 그래도 당신은 교수니까 호구지책의 생활능력이 있지만, 주변 사람들은 그렇지 못하다는 한탄을 들은 기억이 있다. 이 교수의 이야기가 길어졌다.[5] 아무튼 이 교수가 소장인 '인구 및 발전문제연구소'에서 나는 시간을 많이 보냈다.

시간이 지나면서, 나의 주위에서는 나의 처지를 딱하게 생각하게 된 모양이다. 이해영 교수도 그렇고, 내가 강의를 나가던 서울대 교양과정부의 부장이던 민석홍 교수도 그랬고, 또 그동안 나는 문리대 정치학과의 김영국·구범모 교수와도 잘 알게 되었는데, 그들의 공통된 의견은 최 아무개를 어디든지 전임을 시켜야겠다는 것이었다. 그때 마침 서울대학교 신문대학원에서 정치학 전공교수를 한 명 충원하자는 결정이 있었다. 나는 필요한 서류를 냈다.

4_이 교수의 어려서 이야긴데, 가회동 옆집에 지운영池雲英 씨가 살았다고 했다. 호가 백련白蓮이고, 우두牛痘를 우리나라에 처음 들여 온 지석영池錫英 씨의 백씨伯氏다. 지운영은 그림도 잘 그려서 요즘도 그의 신선도 같은 그림이 시중에 많이 나돈다. 또 다른 이야기는 힘이 장사였다는 것이다. 그래 그런지 갑신정변 후 일본에 망명한 김옥균金玉均을 암살하려고, 자객으로 일본에 가기도 했다고 한다.

1971년 12월에 나를 뽑기로 했다는 소식이 왔다. 그러나 임용 절차가 까다로워서 발령까지는 서너 달이 걸렸다. 발령을 받은 것은 다음 해(1972년) 4월 25일이었다. 동숭동 대학본부 총장실에서 임명장을 받았다.6 총장은 한심석韓沁錫(1913–1983) 씨였다.

신문대학원이 생긴 것은 1968년이다.7 그에 앞서 서울대학교에는 1963년에

5_이왕 이해영 교수의 이야기가 길어졌으니, 좀 더 하기로 한다. 이 교수는 술은 못하지만, 커피와 담배는 누구에게도 뒤지지 않았다. 1975년 서울대가 종합화되면서 문리대가 해체되었는데, 문리대의 마지막 학장이었다. 또 그 전에 교무처장도 지냈는데, 소문에 의하면 당신이 아는 교수들은 연구비 수혜대상에서 제외시켰다는 것이다. 1977년에 서울대 사회과학연구소가 생기면서 초대 소장이 되었는데, 이듬해 10월 당시 고병익高柄翊 부총장과 연구소 운영에 관한 의견 차로 사표를 냈다. 임기가 1년쯤 남았었다. 깐깐한 성격 때문이었다. 1979년 11월 17일 밤 심근경색으로 갑자기 별세하셨다. 향년 55세. 너무 일찍 세상을 뜨신 것이다. 20일에 장례를 치렀다. 묘지는 경기도 남양주시 와부읍 덕소德沼 선영이다. 이 교수를 따르던 후배 · 제자들과 기일을 전후하여 성묘도 여러 번 간 기억이 있다.

이 교수는 별세하시기 몇 시간 전, 저녁에 경제학과의 홍원탁洪元卓 교수의 부친(중학교 영어교과서 *Union Readers*를 편찬한 영문학자 홍봉진洪鳳珍 전 고려대학교 교수)상에 문상을 다녀오셨고, 그리고 다음 날은 노량진 장승백이에 있는 아파트로 이사하기로 되어 있었다. 그런데 하늘로 이사를 가신 것이다. 그때 나에게는 포니가 있어서 학교에서 바둑을 두다가 퇴근길에 댁에 모셔 드린 적이 많았는데, 그러면 독립문 근처에서 내리겠다고 하셨다. 한 번은 이사하시는 것을 알고, "몇 번을 더 녹번동에 가겠습니까?" 하고 같이 갔는데, 그것이 마지막으로 모시고 간 것이다.

문상 이야기가 나왔으니 하나 더 첨부하면, 돌아가시기 바로 며칠 전 나보고 하시는 말씀이 "오늘 문상을 다녀왔어!" "아니 누가 돌아가셨는데요?" "유혁인柳赫仁 씨한테 다녀왔어." 하시는 것이었다. 유혁인은 서울대 사회학과 11회(1957년 졸업)로 이 교수의 후배인데, 박정희 대통령 생존 시에 청와대 정무수석비서관이었다. 박 대통령이 10 · 26 사건으로 희생된 며칠 후 비서관이었던 유 씨의 혜화동 자택으로 인사를 간 것이다. 후배에 대한 이 교수의 배려는 그러하였다. 이 교수의 편린이다. 이야기를 하나 더 하자면, 그의 서랑이 서울대 이승훈李承勳 명예교수(경제학)이다.

6_그날 행정대학원의 김광웅金光雄 교수와 같이 발령을 받았다. 김 교수는 하와이대학에서 정치학 박사학위를 받고, 나보다는 일 년 늦게 귀국하였다. 그는 유학 전에 행정대학원을 졸업했고, 또 조교까지 지냈다. 그는 나와 법대 동기, 학부 때부터 막역한 친구다.

7_신문연구소의 초대 소장은 문리과대학의 육지수陸芝修 교수였다. 1967년 김규환 박사가 2대 소장이 되었다. 김규환 박사는 1950년 서울대 정치학과를 수료하고, 1954년 일본 도쿄대학 신문연구소 본과 졸업, 1959년 동대학원에서 사회학박사 학위를 취득하였다. 동양통신 편집국장을 지내기도 했는데, 신문연구소가 생기면서 서울대 교수가 된 것 같다.

신문연구소가 설립되었다. 그 설립의 중심에는 김규환金圭煥(1929-1985) 교수가 있었다. 언론이 중요하다고 생각한 그는 신문연구소에서 기자를 포함하여 언론 분야에 종사하고 있거나 관심을 가진 사람들을 선발하여 교육하기 시작했다. 그때 연구소와 대학원의 명칭에는 '신문'이란 말이 들어가 있으나, 그것은 '언론'이라고 해도 좋고, 영어로 '커뮤니케이션'이라고 하는 그런 것이었다. 연구소는 연구소대로 존속하였으나,[8] 커뮤니케이션 연구를 보다 학문적으로 활성화할 목적으로 신문대학원이란 전문대학원이 탄생하게 된 것이다. 그러나 오래 가지는 못했다. 1975년 서울대학교가 종합화되면서 신문대학원은 간판을 내리고, 사회과학대학 신문학과로 탈바꿈을 했다.[9]

그런데 커뮤니케이션이란 학문은, 그것을 전공하는 학자들에 의하면, 사회과학 각 분야의 교차로交叉路적인 성격을 갖는다고 한다. 그래서 신문대학원에는 좁은 의미의 커뮤니케이션을 전공하는 교수는 물론, 다른 사회과학 분야의 교수가 있어야 보다 협동적, 요즘의 말로는 학제적學際的 연구가 가능하다고 했다. 내가 정치학 전공이면서 신문대학원의 전임이 된 것도 그러한 이유에서였다.[10]

8_신문연구소는 1994년 언론정보연구소로 명칭이 바뀌었다.

9_처음에는 신문학과였는데, 언제부터인가 언론정보학과로 이름이 바뀌었다.

10_나보다 앞서서 대학원에 전임이 된 다른 사회과학분야의 교수도 몇 명 있었다. 사회학의 김일철金一鐵 · 오갑환吳甲煥 교수와 심리학의 조명한趙明翰 교수가 그들이었다. 또 신문학 전공의 교수가 네 분 있었다. 위에서 말한 김규환 교수 외에 임근수林根洙 · 박유봉朴有鳳 · 이상희李相禧 교수였다. 그러니까 나는 신문대학원에 여덟 번째 교수였다. 내 뒤로 신문학 전공의 차배근車培根 박사가 전임이 되었다. 종합화되면서 9명의 교수는 흩어졌다. 좁은 의미의 커뮤니케이션이 전공인 네 분은 신문학과로, 사회학 전공의 두 분은 사회학과로, 심리학 전공은 심리학과로, 나는 정치학과로 간 것이다.

신문대학원은 주간과 야간반으로 나뉘어졌고, 또 다양한 과목이 개설되어 있었기 때문에 전임 교수만으로는 그것을 다 충당하기 힘들었다. 자연히 시간 강사들이 많았다. 나는 첫 학기부터 정치학개론과 정치커뮤니케이션을 주로 가르쳤다. 기억나는 강사로는 당시 서강대의 강현두康賢斗 교수와 한양대의 유재천劉載天 교수가 있었고,11 서울상대의 임종철林鍾哲 교수가 경제학을 가르쳤다. 이 분들과 금방 친해져서 자주 술을 마셨다. 더구나 야간 강의가 끝날 무렵이면 저녁도 못 먹었겠다, 주당이 아니라도 술 생각이 나는 시간이다. 당시는 야간 통금제도가 있던 때라 멀리 갈 형편도 아니었고, 만만한 장소가 길 건너의 공락춘이었다.

강 교수와 유 교수가 저녁 강의 나오는 날이면, 나와 조명한 교수가 먼저 공락춘에 가서 그들이 오기를 기다렸다. 그리고 많은 경우에 대학원 사무실에 전화를 걸어서, 여직원에게 "강의를 빨리 끝내고 오라!"는 내용의 글을 메모지에 적어서 강의실로 전하라고 하기도 했다. 강의 도중에 그 쪽지를 받으면, 입에 침이 돌아 말은 잘 할 수 있었는지 모르나 강의를 제대로 할 수는 없었을 것이고, 대강 마무리하고 달려왔음 직하다. 그때 여직원은 춘희라는 처녀였는데, 성은 기억이 나지 않는다. 박씨인 것도 같다. 그런데 춘희의 더 중요한 역할이 있었다. 우리가 공락춘에 가는 날이면 그녀는 으레 동대문시장의 소위 양키 물건 파는 집에 전화를 걸어서 '버번'을 두어 병 가져오라고 하는 일이다. '짐 빔'도 왔고, 어떤 때는 '잭 다니엘'도 배달되었다. 전자보다는 후자

11_강현두 교수는 그 후 서울대 신문학과로 왔고, 유재천 교수는 서강대로 갔다가 한림대로 다시 옮겼다. 재주와 공부가 비상한 분들이다. 강 교수는 스카이라이프 방송의 초대 사장을 지내기도 했고, 서울대 명예교수다. 그림에도 재주가 비상하여 전시회도 여러 번 개최했다. 유 교수는 한림대 부총장, KBS 이사장 등을 지냈으며, 현재(2012년 11월) 상지대 총장이다.

가 값이 좀 비싸다. 맛도 낫다. 그러나 잡채, 어쩌다가 탕수육하고 먹는 술이야 취하면 되는 것이고, 술맛을 가릴 형편은 아니었다. 물론 버번이 떨어지면 그 집 고량주를 먹었다.

그런데 지금 생각이다. 왜 중국집의 고량주를 마시지 않고, 버번을 가지고 가서 먹었는가? 그래도 양주는 몸에 덜 해롭다고 생각했을까? 아니면 양주를 들고 가서 폼을 잡은 것일까? 그것도 처음 가는 집도 아니고, 노상 다니는 집이니까 폼은 통하지 않는데, 그런 것은 아닌 것이 확실하다. 양주가 고량주보다 쌌을까? 그것도 저것도 아닐 것이다. 아무튼 그때는 그러고 다녔다. 그런데 문제는 야간 통행금지 시간이 있으니, 일찍 일어나야 하는 것이다. 통금 시작은 자정이었다. 밤 열두 시 전에 집에 들어가야 한다.

야간 통행금지는 1945년 해방 직후 생긴 것 같다. 일찍 집에 가라는 것이다. 아니면 불온한 자들이 밤에 횡행하는 것을 막는 효과도 있었는지 모른다. 통금과 관계없이 내가 어렸을 적에는 야경夜警이란 것이 있어서 밤이면 나무방망이를 '딱딱' 두드리면서, 동네를 순찰하곤 했다.[12] 밤손님을 방지하는 장치였다. 통금도 비슷한 맥락의 장치라고 해도 좋을지 모른다. 선의로 해석하면 그렇다. 아무튼 통금 전에 자기 집이건 어디건 건물 안으로 들어가야 했다. 그 시절 나는 집이 성북동이었으니, 공락춘에서 빨리 걸으면 삼십 분이다. 조명한 교수의 집은 수유리였고, 강현두 교수의 집은 역촌동이었다. 매번 좀 더 일찍 일어났으면 했을 것이다. 유재천 교수의 집은 청파동인 듯한데, 분명한 기억이 없다. 어쨌거나 늦어도 열한 시에는 헤어져야 했다. 그러나 그것이 어디

12_서울에는 이것이 조선조 시대에도 있었고, 순라군巡邏軍이라고 불렀다. 야간 통금은 1982년에 폐지되었다. 전두환 정권 때의 일이다.

마음대로 되는 시간인가? 열한 시쯤 되면 그 집의 어린아이가 피리를 구성지게 불기 시작했다. 사면초가四面楚歌의 초나라 노래인지도 모르나, 그만하면 됐으니 '가십시오!' 하는 신호였다.

우리는 너무 지각없이 술을 마셨다. 아니 우리가 아니라 나만 지각이 없었을 것이다. 굳이 변명을 하자면 당시는 유신독재의 시절이어서, 억압된 기분을 술로 해소하려 했는지도 모른다. 그러면 지금은 왜 마시는가? "세 살 버릇이 여든까지 가기" 때문인가?

# 독도

서울대학교 정치학과 학생들이 '독도연구회'라는 모임을 만들었다. 1976년 봄 학기 초였다. 엄연히 우리 영토인데도, 일본은 다케시마라고 부르며 그것이 자기네 것이라고 주장하는 섬이다. 비록 학생들의 차원이지만, 독도에 대한 연구를 여러 측면에서 접근하자는 취지에서 생긴 모임이다. 모임의 주역은 김위영金偉泳이란 학생이다. 당시 정치학과 4학년 학생이었으나, 그는 좀 특이한 존재였다. 그는 서울대 미술대학을 졸업했으나 만족하지 않았다. 정치학을 공부하고 싶었다고 한다. 아니 정치학과에 들어오고 싶어 했다. 마음대로 되지 않았다. 그래서 문리대 서양사학과에 학사편입하여 졸업했다. 학사학위가 둘인데도, 그는 정치학과에 대한 미련을 버리지 못했다. 마침 자리가 나서인지 정치학과에 학사편입한 것이 1975년이었다. 학부 학생으로서는 징그럽게 나이가 많았다. 그러나 키도 크고, 체격도 좋고, 리더십도 있어서 자연히 학생들 사이에서 어른 노릇을 했다.[1] 그가 '독도연구회'를 만드는 데 주역이었

1_그 해(1975년) 12월 12일에 사회과학대학 학도호국단의 사열식이 대운동장에서 있었는데, 김 군이 단장으로서 열병을 지휘한 적도 있다.

고, 초대 회장이 되었다.

몇 차례의 연구발표도 있었으나, 그 과정에서 독도를 한 번 방문하자는 계획이 정해졌다. 한 번 가는 것이 아니라, 정치학과 '독도연구회'가 주축이 되어 매년 가자는 안案이 결정되었다. 삼십여 년이 훨씬 지난 요즘도 독도에 가기란 그리 쉽지 않다. 당시는 말할 것도 없다. 그런데도 가게 되었다. 1977년 5월 초였다. 연구회가 생긴 지 약 일 년만의 쾌거였다. 독도에 가려면 해양경비대의 도움이 절대적이다. 해경 배를 타야 했기 때문이다.[2] 학생들의 연구 모임이란 명분을 내세워 관계 요로에 부탁을 하였다. 도와주겠다는 해경의 약속을 어렵게 받았다.

드디어 출발이다. 1977년 5월 2일이다. 학교에 모여서 강릉을 거쳐 속초로 향했다. 속초에서 그날 자고, 다음 날 아침 새 기분으로 해양경비대의 경비정을 탔다. 그러나 더디다. 얼마인지 한참 갔는데 누가 점심 도시락을 배에 싣지 않았다고 하였다. 전쟁에서의 승패는 순간의 판단으로 좌우된다. 그리고 전쟁터에서는 하루 이틀 굶는 것도 보통이다. 그러나 우리는 굶을 수 없다. 총을 들고 가는 싸움터가 아니다. 배를 돌렸다. 그래서 예정보다 지체되었다.

얼마를 갔는지? 밤이다. 별안간 캄캄한 바다 위에 마치〈킹콩〉이란 영화에서 킹콩이 사는 섬과 같은 것이 다가왔다. 장엄하게 보이기도 했다. 울릉도다. 아마 오후 열 시쯤 되었을 것이다. 배에서 내리니 그곳 경찰서장이 기다리고 있었다. 늦은 저녁이라 모두 시장했다. 무슨 국밥을 먹었는데, 술안주

2_당시 치안본부 제1부장인 나의 친구 유흥수柳興洙 치안감의 도움이 컸다. 그는 나와 고등학교와 대학이 동기 동창이다. 1976년 부산시경국장에서 위의 자리로 발탁되었다. 당시 내무장관은 김치열金致烈 씨였고, 해안경비대장은 염보현廉普鉉 치안감이었다. 치안본부 제1부장은 인사 · 경무 · 기획 · 예산 · 장비 등을 관장하는 요직이다.

로는 문어회가 있었다. 서장이 우리에게 준 정종도 두 병 있었다. 게는 없었지만 게 눈 감추듯 마셨을 것이다. 울릉도에도 소주는 있다. 그러나 그것은 잠시이고, 우리는 떠나야 했다. 자정을 넘기고 새벽 한 시쯤 다시 배를 탔다. 그리고 아침 일곱 시에 독도에 도착했다. 파도가 심하면 접안이 힘들다. 아니 아예 상륙을 못한다. 그런데 그 아침은 바다가 잔잔했다. "잔잔한 바다 위로 저배는 떠나가고"가 아니라, 잔잔한 바다 위에서 우리는 쉽게 상륙한 것이다. 얼마 아니 되는 해경경비대의 경찰이 주둔하고 있었다. 한 중대쯤 되는 병력인 것 같았다.

한두 시간 머물다가 다시 배를 탔다. 경비대에 위문품을 전하고, 애로사항도 들었다. 파도소리와 갈매기 우는 소리가 들릴 뿐 공부하기 좋은 환경이기 때문에, 고시 같은 시험 준비를 하는 해경들이 자원해서 오기도 한다는 이야기도 있었다. 식수는 빗물을 받아서 쓴다고 했다. 딱한 환경이지만, 그야말로 절해고도에서 고국을 지키는 해경장병들에게 우리는 머리를 숙여야 했다. 물론 이런 일을 하는 사람도 있고, 저런 일을 하는 사람도 있다. 같은 훈련소에서 같은 내무반에서 훈련을 받았어도 부산으로 갈 수도 있고, 독도로 갈 수도 있다. 책을 읽기 위하여 자원해서 가는 경비대원은 고시에 합격할 수도 있겠고, 시인이 될 수도 있을 것이다. 그런 환경이었다.

갈매기가 많고, 도처에 갈매기알이 널려 있다. 달걀만한 크기였다. 또 토끼도 많았다. 바다 속은 알 길이 없으나, 섬 위의 풍경은 그랬다. 그런 기억이다. 돌아가는 뱃길은 울릉도를 경유하지 않고 바로 강릉행이었다. 그래 빨리 도착한 것 같다. 몇 시쯤인지, 그것이 문제가 아니라, 마시는 것이 문제다. 경포대 모래사장에 자리를 잡았다. 부산처녀횟집으로 기억하고 있는데,

그 옆집인지도 모른다. 어려운 독도방문도 무사히 끝났겠다, 이제 서울로 가면 그만이란 안도감에서인지, 싱싱한 생선회가 있어서인지, 마음 놓고 마시게 되었다.

학생들이 단체로 움직일 때면, 교수들이 동행을 해야 한다. 그것이 유신체제 아래서의 룰이었다. 꼭 그래서만은 아니겠으나, 가기 어려운 곳인 만큼, 가고 싶은 교수들도 많았는지 모른다. 그러나 저러나 학생들과 함께 따라나선 교수는 김영국金榮國, 배성동裵成東, 그리고 나였다. 그리고 당시 서울대『대학신문』의 편집국장이던 이수억李壽檍 군이 함께 했다. 학생들은 주로 75학번들이었다. 김 교수는 본래 술을 많이 하지 않고, 배 교수도 거의 비슷한 수준이다. 그러니 자연 술꾼들끼리 모여 마시는데, 내 옆에는 물론 이 군이 있다. 마시다 보면 부르는 곳이 있다. 날씨도 어둑어둑하니 잘 보이지도 않을 것이고, 일어나기도 귀찮고, 그래서 모래사장에 앉아서 마시면서 그냥 일을 처리하곤 했다. 설마 그랬을 리는 없었을 것이다. 그랬으면 하는 생각이 기억으로 둔갑하여 남은 것이리라. 아니 그 날은 어린이날이어서 아주 어린이 같은 심정이었고, 행동도 그랬는지 모른다.

### 추기

귀경 약 열흘 뒤인 5월 14일에 나는 김위영 군과 같이 김성주金聖柱 치안본부장에게 인사를 갔다. 독도방문을 도와주어서 고맙다는 감사패도 전한 기억이다. 또 같은 날 황산덕黃山德 문교부장관에게도 인사 간 것을 보면, 여러 곳에 부탁을 하여 독도방문이 성사된 것으로 생각된다. 그만큼 당시는 독도에 기기 어려운 시절이었다. 또 정치학과의 끗발이 막강할 때였다. '독도연구회'의 활동은 오래 활발하여 독도방문은 여러 해 계속되었다. 그러나 1999년 IMF사태 때부터 여러 가지 사정이 좋지 않아서 독도방문은 중단되었다. 그 후 '독도연구회'도 모이지 않았다. 회생하기를 바라지만 쉽지 않을 것 같은 생각이다.

# 올드패션드

1982년은 '한미수호통상조약'이 체결된 지 백 주년이 되는 해다. 우리나라와 미국과의 관계는 1866년(고종 3)의 셔먼Sherman호 사건으로 시작된 것이 아닌가 싶다.[1] 셔먼호 사건은 미국 정부와의 접촉은 아니나, 천진天津에 체류하던 미국인 프레스턴W. B. Preston이 자신 소유의 상선 셔먼호를 타고 대동강을 거슬러 올라가 통상을 요구하다 거절당함으로써 발생한 사건이다. 당시 평안도 관찰사 박규수朴珪壽는 배의 퇴거를 명했으나, 요샛말로 소통이 되지 않고, 마찰이 일어났다. 조선 측의 피해도 컸으나, 결국 셔먼호는 소침燒沈(불에 타 침몰)되고, 선주를 포함한 모든 승무원이 타살 혹은 불에 타 죽었다.

그로부터 5년 후인 1871년(고종 8)에 소위 신미양요辛未洋擾가 발생했다. 그것은 셔먼호 사건을 알게 된 미국 정부가 조선을 문책하는 한편, 강제로 통상조약을 맺으려고 북경에 있던 공사 로우Frederich F. Low에게 훈령을 보내 아시아

1_그러나 셔먼호 사건이 일어나기 직전에 다른 미국 상선 서프라이즈Surprise호가 평안도 철산부 선천포 부근에 표착한 일이 있기는 하다. 조선 관리들은 그 배에 타고 있던 미국인과 중국인에게 표착 경위를 묻고, 음식과 의류 등을 제공하였다. 그리고 그들의 원에 따라 북경으로 보냈다. 표류한 외국인에게 따듯하게 대해 준 사례이다.

함대를 출동케 함으로써 시작된 사건이다. 미국 함대는 처음에 경기도 남양부 풍도豊島 앞바다에 이르러 통상을 요구하였다.[2] 그러나 거절당하자 그 함대의 일대一隊는 강화해협을 측량하기 위함인지 강화도 광성진廣城鎭 앞에 이르렀다. 그러나 허가 없이 외국 군함이 들어오자 강화 수병이 포격을 가했고, 자연히 공방전이 치열하게 전개되었다. 미군은 한때 광성보廣城堡를 점령하기도 했으나, 어재연魚在淵 부대의 결사항쟁으로 이십여 일 만에 물러났다. 양측은 모두 상당한 피해를 입었다.[3] 이 사건으로 대원군의 쇄국정책은 더욱 굳어졌다. 도처에 척화비斥和碑가 세워졌다. 불행한 일이었다.

1876년(고종 13)에 조선과 일본 사이에 '강화도조약'이 체결되었다. 미국은 이에 힘입어 조선과의 수교를 다시 추진하게 되었고, 우여곡절 끝에 위에서 말한 바와 같이 1882년에 '한미수호통상조약'이 체결된 것이다. 그러나 그 배후는 복잡하다. 조선의 국내정치에도 대원군의 실세失勢와 같은 변화가 있었다. 또 일본의 조선 진출을 견제하고, 조선에 대한 종주국의 지위를 회복하기 위하여 조선과 구미歐美 여러 나라의 수교를 바랐던 청나라의 실력자 북양대신 이홍장李鴻章의 입김도 있었다. '한미수호통상조약'은 최혜국약관과 치외법권 등이 포함된 불평등 조약이었으나, 상당히 우호적인 조항도 있었다. 아무튼 그것은 우리나라가 서양국가와 맺은 최초의 조약이자, 미국과의 오랜 인연의 공식적인 시작이었다.

2_미국함대는 기함 콜로라도Colorado호를 선두로 호위함 코베트Corvette 3척, 포함 2척, 대포 85문, 병력은 1,200명이었다고 한다. 예컨대, 이광린李光麟, 『한국사강좌韓國史講座(근대편)』(일조각, 1981), 50–51쪽 참조.

3_조선 측은 전사 53명, 부상 24명이고, 미국 측은 전사 3명, 부상 10명이었다고 한다. 이광린, 위의 책, 52–53쪽.

서론이 길어졌다. 1982년 그 백 주년을 기념하기 위하여 정부차원에서도 무슨 행사가 있었는지 모르나, 그것을 기념하기 위한 한 학술대회에 참석한 이야기를 하려는 것이다. 서울대학교 미국학연구소와 하와이대학 한국연구소가 공동으로 한미수교 백 주년을 기념하는 공동학술대회를 열었는데, 나도 말석에서 그 회의에 다녀온 것이다. 당시 미국학연구소 소장은 서울대학교 정치학과의 구영록具永祿 교수였고, 그 상대역은 하와이대학 정치학과의 서대숙徐大肅 교수였다. 두 사람은 오랜 친구였기 때문에 호흡이 잘 맞아서 같이 일을 하게 된 것이다. 회의는 그해 5월 22일부터 호놀룰루에서 개최되었다.

'한미수호통상조약'이 우여곡절 끝에 체결된 것과 마찬가지로 나의 회의 참석도 순탄치 않았다. 나는 구영록 교수의 부탁을 받고, 회의에서 발표할 영문 논문을 준비했고, 5월 중순경에 집필을 마쳤다.[4] 이제 비행기만 타면 된다. 그런데 학교에서 가지 못한다는 것이다. 이유는 이러했다. 이 회의에는 정치학과에서 구 교수를 위시하여 길승흠吉昇欽, 김학준金學俊, 그리고 나, 넷이 참가하기로 되었었다. 그런데 학칙에는 같은 과에서 3분의 1 이상의 교수가 동시에 해외출장을 할 수 없다는 규정이 있고, 이번 경우와 같이 정치학과에서 네 명의 교수가 한꺼번에 출국을 하면 그 규정에 위배된다는 것이었다.[5] 더구나 그때 내가 학과장이어서 책임이 중하니, 나는 안 된다는 것이 학교당국의 입장이었다. 나는 1978년부터 중간에 몇 달 잠시 그만둔 적은 있지만 4년간 학과장직을 맡았었고, 학기가 끝나면 1년간 안식년을 가기로 되어 있었기 때문에

4_"China in American-Korean Relations" in Youngnok Koo and Dae-Sook Suh (eds.), *Korea and the United States* (University Press of Hawaii, 1984), pp. 133-151.

5_당시 정치학과 교수는 모두 열 명이었다.

학과장직에 관하여는 거의 제대 말년의 기분이었고, 힘들여 논문까지 쓴 마당에 출국을 말라고 하니 기분이 좋을 리가 없었다.

규정이 그렇다고 하니 어쩔까 망설이다가 나는 당시 부총장이던 이현재李賢宰 교수를 찾아갔다. 그때는 제오공화국 전두환 정권에 반대하는 학생들의 시위가 심심치 않던 시절이었기 때문에 당국은 학생 문제에 신경을 몹시 쓰고 있었다.[6] 교수들도 규정을 어긴 대거 출장이고, 더구나 학과장도 없는 상황에서 정치학과 학생들이 혹시라도 말썽을 피우면 학교 당국이 난처하리라는 것은 짐작이 가지 않는 바도 아니다. 별일이 없더라도 왜 규정을 어기면서 출장을 허용했느냐는 문교부의 문책을 받으면 학교로서도 반가울 것이 없다. 내가 구차스러운 설명을 하기 전에 부총장은 내가 방문한 이유를 이미 다 알고 있었다. 처음엔 안 된다는 것이다. 그래서 나는 발표를 앞으로 당겨서 먼저 하고, 회의가 끝나기 전에 귀국하겠다고 약속하였다. 그래 겨우 출장 허가가 났다.[7]

그래서 20일 저녁 비행기를 타게 되었다. 지금도 그런지 모르나 호놀룰루 가는 대한항공은 저녁 늦게 출발하여 여덟아홉 시간 간다. 도착은 우리 시간으로는 아주 새벽이지만, 그곳 시간으로는 늦은 아침이다. 기내에서 요행이 잠을 잔다고 해도 얼마 못 잔다. 그런 여행이다. 같은 비행기에 그 회의에 참석하는 교수들이 여러 명 탔다. 내 자리를 찾아가니, 연세대학교 정외과의 정진

6_막간의 에피소드를 하나 소개하면, 그 얼마 전 인문대학 학생들이 무슨 굿과 같은 행사를 하는데, 민석홍 학장이 참석하여 돼지머리에 절을 한 사건이 있었다. 그것이 말썽이 되어 민 학장은 학장직을 그만두었다.

7_회의 일정을 바꿔서 25일(월요일) 아침에 발표를 하고 그 오후에 떠나 귀국했다. 날짜가 바뀌어서 26일 오후 7시 50분에 김포 도착. 주말이 끼긴 했지만, 일주일을 비운 것이다. 도착한 다음 날 경제학과 학생들이 주도한 소요사태가 있었다. 정치학과 학생들은 학과장이 없어서 근신을 했는지 모르나, 내가 없는 동안에 아무 문제가 없었다.

위鄭鎭渭 교수가 먼저 옆자리에 앉아 있었다. 정 교수는 평소 내가 존경하는 학자다.[8] 옆자리에 앉게 된 것이 우연이 아니었다. 늦은 저녁 비행기이니, 저녁도 주고, 술도 준다. 약간 흥분되어 무언가 마셨을 것이다. 미진하다. 그래서 정 교수와 정식으로 술을 마시기로 하였다. 그래 시작한 술이 '올드패션드Old Fashioned'였다. 나는 유학시절에 이 칵테일을 많이 마셨기 때문에 이 술에 관하여는 일가견이 있다. 약간의 설명을 덧붙인다.

올드패션드는 아마 칵테일이란 술 가운데 거의 최초의 것이 아닌가 한다. 1880년대에 켄터키 주 루이빌의 펜데니스라는 클럽에서 시작되었다고 한다. 그 칵테일에는 버번, 설탕, 오렌지, 레몬, 체리 등이 들어간다. 만드는 방법을 간단히 소개한다.

우선 올드패션드 잔에[9] 각설탕을 하나 넣는다. 쓴맛 나는 술과[10] 소다수를 또 조금 넣어 설탕이 녹도록 흔든다. 그 다음에 얼음 조각과 가장 중요한 버번 위스키를 넣는다. 맛을 돕기 위하여 오렌지 썬 것[11]과 레몬을 비튼 것,[12] 그리

**8**_정 교수의 책, *Pyongyang between Peking and Moscow: North Korea's Involvement in the Sino-Soviet Dispute*, 1958–1975 (University of Alabama Press, 1978)는 역작이다. 나는 그 책을 감명 깊게 읽었다. 미국의 유수한 대학 출판부에서 책을 내기란 쉽지 않다. 그런 책이다. 그 후 그는『北方三角關係』(법문사, 1978)란 저서도 냈다. 그러나 그와 나와의 관계는 1969년으로 소급된다. 그해 9월 초 미국정치학회의 연례대회가 뉴욕에서 열렸는데, 나는 몇몇의 소장 한국인 정치학자들과 어울려서 술도 마시고, 또 호텔 한 방에서 같이 지내기도 했다. 돈이 별로 없었기 때문이기도 하고, 한국 사람들이 그립기도 한 시절이었다. 또 모두가 학위는 끝나 가는데, 취직이 확정되지 않아서 서로 정보를 교환하면서 학회의 취직 알선소placement office를 찾아다녔었다. 정 교수도 그때 같이 어울렸다. 또 그 후 그는 캘리포니아의 험볼트주립대학Humboldt State University에서 일 년간 가르친 적이 있었다. 그 자리는 박영호라는 일본정치 전공의 교수가 안식년으로 비운 자리를 채우는 임시직이었다. 박영호 교수는 나의 일리노이대학 선배다. 내 이야기를 많이 한 모양이다. 이래저래 심정적으로 가까운 사이가 된 것이다.

**9**_그러한 잔이 따로 있다.

**10**_Bitter라고 하는데, 쓴맛 나는 뿌리나 풀로 담근 술이다. 안 넣어도 된다.

고 마지막으로 마라스키노 버찌를 두개 넣는다. 아! 맛있겠다. 다소의 변형도 있어서 버번 대신에 스카치를 넣기도 하고, 라이 위스키를 쓰기도 한다. 입맛에 따르는 것이기도 하나, 형편대로 마시는 것이 술이라고 나는 생각한다. "나는 생각한다. 고로 나는 존재한다."라고 말한 철학자도 있지만, "나는 마신다. 고로 나는 존재한다."

그런데 이 칵테일은 약간 달착지근하여 술을 잘 마시지 못하는 사람도 그 술잔 모양, 오렌지와 버찌 등에 반하여 조금은 마신다. 나는 그때 정진위 교수의 술 실력을 잘 몰랐기 때문에, 아무튼 좋은 칵테일을 한번 소개하고 싶어서, 지나가는 남자승무원에게 조심스럽게 혹시 올드패션드를 주문할 수 있느냐고 물었다. 된다고 하기에 우선 두 잔을 시켰다. 이코노미 클래스 좌석에 앉아서 맥주라면 모를까 칵테일을 시키는 것은 좀 과하다. 그러나 잘난 교수들이 한 떼 앉았고, 게다가 술을 주문하는 다른 교수들이 거의 없었으니, 성사가 된 것이다. "일을 꾀하는 것은 사람에게 달렸고, 일이 되는 것은 하늘에 달렸다[謀事在人 成事在天]"는 말이 있지만,13 일이 된 것은 내가 주문을 했기 때문이다. 그러나 어디 한 잔에 그칠 수가 있는가! 그 승무원을 다시 불렀다.

"한 잔 더 할 수 있을까요?" 애교 있게 청했다. 시작은 그렇게 되었는데, 자꾸 시키는 것도 미안하고, 그렇다고 마시는 것을 중단할 수도 없어서, 내가 그 승무원을 또 불러서, "가르쳐만 주면 내가 가서 만들어 오겠다!"는 뜻의 말을 공손히 했더니, "아니, 병에 있습니다." 하는 것이었다. 그리고는 병 하나를

11_Orange slice.

12_Lemon twist.

13_『삼국연의』에 나오는 제갈량諸葛亮의 탄식이다.

들고 오는 것이었다. 아예, 칵테일을 병에 담아 파는 것이 있는 모양이었다. 병 속에는 버찌가 없다. 물론 오렌지와 레몬도 없다. 그러나 버찌는 작은 유리병에 있는 것을 가져다 주었다. 오렌지와 레몬이 없어도 맛은 거의 비슷하니, 불만이 있을 수 없다. 또 그렇게 독하지도 않다. 아무리 술이라지만 그야말로 술술 들어간다. 잘 기억은 나지 않는데, 정 교수와 내가 맛있게 먹는 것을 보고, 누가 좀 가져갔는지도 모른다. 아무튼 또 한 병이 왔다. 그 다음엔 없다는 것이다. 있는데 그만 마시라고 그랬는지는 몰라도, 기내의 올드패션드를 동낸 것이다. 정 교수도 나도 대취한 것은 말할 것도 없다. 눈을 비비면서 비행기에서 내렸다. 아이들 말로 헤드 빙빙이다. 하와이 특유의 맑은 날씨가 눈을 부시게 한다. 그 곳 시간으로 오전 아홉 시나 열 시쯤 되었을 것이다.

입국 수속을 마치고 나왔다. 백영철白榮哲 씨가 우리를 기다리고 있었다.[14] 길승흠, 김학준, 그리고 나를 데리고 오아후 섬에서 제일 경치가 좋다는 팔리 전망대Pali Lookout로 갔다. 이곳은 바람이 아주 세어서, 예컨대 폭스바겐과 같은 작은 차는 날아간다는 이야기도 있다. 백영철 씨가 우리를 그곳에 데리고 간 이유는 여기서만 바람을 맞고, 앞으로는 어떠한 바람이든 절대로 맞지 말라는 데 있었는지 모른다. 그리고는 내려와서 일리카이 호텔로 갔다. 테킬라tequila가 기다리고 있었다.[15]

14_백영철 씨는 늦깎이로 하와이대학 대학원에 적을 두고 있었고, 지금은 건국대 명예교수이다. 한국정치학회 회장도 지냈다.

15_테킬라는 멕시코산의 용설란으로 담근 술.

# 색시 집

브리티시 컬럼비아대학(밴쿠버)의 장윤식張潤植 사회학 교수는 내가 존경하는 선배다. 인천의 수재집안 출신이다. 그 백씨伯氏도 유명한 수학자이고, 같은 대학에서 오래 교편을 잡았다. 장 교수의 첫 대학 입학은 서울대 물리학과였다. 일 년을 다니다가 물리학이 적성에 맞지 않는다는 것을 깨닫고, 2학년으로 올라가면서 사회학과로 전과轉科를 했다고 한다. 아리스토텔레스 이후 학문의 대종은 물리학과 정치학인데, 물리학이 싫으면 정치학을 공부할 것이지, 왜 사회학을 택했는지 알 수 없다. 정치학과에는 자리가 없었는지도 모른다.

그는 서울대학교를 졸업하고, 캐나다로 유학을 갔다. 브리티시 컬럼비아대학에서 석사를 마치고, 미국의 명문인 프린스턴대학에서 박사학위를 받았다. 그리고 취직을 한 곳이 석사학위를 받은, 그가 평생 봉직하게 된 바로 그 대학이었다. 석사과정에 다닐 적에 공부를 썩 잘하여 교수들의 눈에 들었던 모양인데, 프린스턴에서 박사학위를 받았으니, 모셔옴직도 했을 것이다.

장 교수는 한국사회를 주로 연구하고 있었고, 따라서 서울에 비교적 자주 나오는 편이었다. 서울에 오면 서울대학교 문리대의 '인구 및 발전문제연구소'

에 둥지를 틀고 일을 보러 다녔다. 나도 그 연구소엘 자주 드나들었기 때문에 그를 알게 된 것인데, 내가 그를 처음 만난 것은 1971년 봄이었다. 그는 인품이 좋아서 누구에게나 호감을 주는 그런 타입의 인물이다. 그는 특히 연구소 소장 이해영 교수의 사랑을 많이 받았다. 이 교수는 장 교수를 서울대학교로 데려오려고도 한 것으로 나는 알고 있다. 그러나 당시의 한국사회는 불안했고, 캐나다의 생활이 안정되어서 그랬겠으나, 아무튼 그는 한국에서 사는 것이 바람직하지 않다고 생각했던 것 같다. 그러나 연구의 산 자료들이 한국에 있기 때문에 서울에 자주 온 것인데, 그가 서울에 오면 체류 기간에 관계없이 한 번은 저녁을 같이 하곤 했다. 친해진 것이다.

1986년 5월 27일이다. 며칠 전에 장 교수가 서울에 왔다고 하여 저녁 약속을 한 날이다. 몇 시까지 어디로 오라고 하였다. 둘이서만 저녁을 하는 것이 재미없다고 생각한 나는 경제학과의 조순趙淳 교수를 또 초대했다. 조순 교수도 장 교수를 잘 알기 때문이다. 조 교수 댁이 지하철 2호선 낙성대역에서 가깝기 때문에 나는 퇴근하면서 낙성대주유소 앞에서 조 교수를 픽업했다. 차는 사당동 네거리를 향하여 달린다.

"어디로 가나?"

"색시 집으로 갑니다."

"색시 집은 무슨! 그냥 밥집으로 가지."

"벌써 장 교수와 약속한 집이 있습니다. 한 번 그냥 가보시지요."

나는 사당 사거리에서 좌회전하여 이수교 쪽으로 차를 몰았다. 이수교를 조금 지나자 조 교수가 물었다.

"아니, 여긴 반포아파트 단지가 아닌가? 여기에도 색시 집이 있나'?"

"많습니다. 오늘은 매일 가는 색시 집입니다."

그리고는 69동 503호 내가 사는 아파트로 조 교수를 모셨다. 색시가 기다리고 있었다. 조 교수는 웃으시면서 말했다.

"에이, 이 사람! 진작 그렇게 말할 것이지."

책망을 하시는 것인지? 아니면 머리에 그렸던 색시 집이 아니라 내심 실망을 하셔서 그러신 것인지?

그날도 무슨 술인지 많이 마셨다. 장 교수는 술을 좋아는 하나 많이 마시지는 않는다. 그러나 조순 교수는 술을 좋아도 하고, 마시기도 많이 하신다. 이것이 '나의' 색시 집에서 술을 마신 이야기다.

나는 벌써 여러 해 전에 반포아파트를 떠나 지금은 방배동에서 산다. 집에서 저녁을 하는 날이면 나는 아직도 그 색시가 해 주는 밥을 먹고, 또 반주도 한다. 술을 많이 그리고 자주 마신다는 잔소리도 이제는 지쳤는지 하지 않는 색시다. 체념을 한 모양이다. 그래도 눈치가 보인다. 그래서 집에서 마실 때는 밖에서 마실 때처럼 그렇게 취하도록 마시지는 않는다. 체면이 조금 있는 것인지? 양심이 약간 있는 것인지?

장 교수가 사는 밴쿠버는 새삼 말할 것도 없지만, 아름답고 여름에도 시원한 도시다. 장 교수가 좀 오라고 하여 간 적도 있고, 미국에 갔다가 돌아오는 길에 들른 적도 있어서 밴쿠버는 낯이 설지 않은 도시다. 여러 번 간 것은 장 교수를 만나기 위해서였다. 밴쿠버에 가면 장 교수의 대접이 극진하다. 다만 그는 나를 그의 색시 집에는 잘 데리고 가지 않는다. 그러나 지금도 기억나는 일 가운데 하나는 1993년 3월에 밴쿠버에 갔을 적이다. 마침 21일이 일요일이어서 장 교수가 나와 나의 색시를 휘슬러Whistler에 데리고 간 일이 있었다. 동

계올림픽이 열리기도 한 휘슬러는 밴쿠버에서 북쪽으로 자동차로 두 시간쯤 가는 스키 리조트다. 경치가 아름답기 짝이 없는 곳인데, 산록에 있는 한 식당에서 나는 마티니를 마셨다. 나는 경치 좋은 곳에 가면 으레 마티니를 마시는데, 그날의 마티니 잔은 일찍이 보지 못한 사발만한 유리잔이었다. 빈속이기도 했지만, 두 잔을 마시니까 취기가 팍 올랐다. 몇 잔을 더 마셨는지는 기억에 없고, 잔이 비면 "앙코르!"라고 했다. 수주 변영로 선생이 파리의 한 카페에서 술을 마시는데, 잔이 비면 "앙코르!"라면서 술을 계속 시켰다는 일화가 있다. 수주는 영문학자다. 불어는 영어만 못했겠지만, 술을 시키지 못할 정도는 아니었다고 생각한다. 능청을 떠신 것이다. 그러나 나는 능청을 떤 것이 아니라 그 흉내를 낸 것이다.

# 사라진 꿈

1987년 12월이었다. 들뜬 분위기였다. 학교는 종강이 임박한 때였으니 그렇고, 나라는 온통 13대 대통령을 뽑는 일로 어수선했다. 16일(수요일)이 투표일이었다. 다 아는 이야기지만 여권의 후보는 노태우 씨였고, 야권에서는 김영삼과 김대중 두 후보가 있었다. 또 누가 있었을 것이다. 그것은 문제가 아니다.

박정희 독재가 십팔 년이나 계속되었다. 어설픈 10 · 26사건(1979년)으로 그 독재가 종식되고, 이 땅에도 민주주의가 서서히 자리를 잡는가 싶던 때가 잠시 있었다. 그러나 전두환의 등장으로 군정은 계속되었다. 세상이 다시 어두워진 것이다. 돌이켜보건대 나는 늘 암담한 시절을 산 것 같은 기분이다. 그러나 1971년 이후 십육 년 만에 대통령을 직접선거로 뽑게 되었는데, 그것은 여권에서 던진 소위 「6 · 29선언」이란 승부수의 결과였다. 그러면 여기에 맞서는 야권도 정신을 차려야 했다. 민주화를 위하여, 군정을 종식시키기 위해서는 야권의 단합이 필수다. 그것이 지각 있는 국민들의 염원이었다. 그러나 김영삼과 김대중은 그것을 못했다. 두 사람의 싸움으로 야권의 표가 갈렸고, 그 덕분에 노태우 씨가 1987년 13대 대통령선거에서 당선되었다. 김영삼과 김대중은 민주화투쟁에 공로가 많다고 자처하는 사람들이나, 마지막 단계에 와서 국민의 열망을 저버린 것이다. 그들에게는 대한민국의 민주화 역사를 5년 지연시킨 책임이 있다. 오점汚點을 남긴 것이다.

전두환 집권 당시에도 그 전과 마찬가지로 많은 국민들이 민주화를 열망했고, 그것을 행동으로 나타내기도 했다. 격렬한 시위가 많았다. 나는 힘없는 대학 교수였지만, 그래도 전두환 집권 시기인 1986년 4월에 "개헌운동이 국민의 권리행사"임을 밝히는 사십팔 명의 서울대학교 교수들과 함께 시국선언문 발표에 참여하였다.[1] 다음 해 5월에도 다시 서울대학교 교수들의 「현시국에 대한 우리의 견해」란 선언이 있었다. 이번에는 참여 교수가 늘어나 122명이나 되었지만, 나도 물론 그 중에 한 명이었다.[2] 특히 처음 시국선언 때는 참여 교수의 수도 적었고, 군사독재의 서슬이 시퍼럴 때였기 때문에 서명이 어려운 상

1_서울大學校 敎授民主化運動 五十年史 發刊委員會, 『서울大學校 敎授民主化運動 五十年史』(서울대학교출판부, 1997), 125–126쪽과 350쪽. 또 「대학의 위기극복을 위한 우리의 견해」, 『동아일보』(1986년 4월 12일), 7쪽 참조. 소장 교수들 주로 참여하였고, 정교수는 나 한 사람이었던 것으로 기억한다. 당시 서울대 총장은 박봉식 씨였다. 총장실에서 나를 불렀다. 호된 질책을 받았다. 내가 특별히 미워서가 아니라 교육부(?)의 지시를 받고 그랬는지 모른다. 그때 교육부장관은 손제석孫製錫 씨였다. 둘 다 서울대 외교학과 교수 출신이었다. 정치학은 어떻게 정의하면 '권력'에 대한 연구인데, 새삼 권력이 무엇인지를 생각게 하는 시절이었다. 총장실 사건도 있었지만, 나의 행동을 격려해 준 사람들도 많았다. 예컨대, 이홍영李鴻永 당시 예일대 교수는 다음과 같은 편지를 내게 보냈다. 나는 영문으로 이름을 쓸 때 성은 Chey이나, 그는 Chai로 썼다.

April 11, 1986

Dear Prof Chai,
Just a few words to express my admirations and respects for your commitment and courage.
I happen to believe that, although scholarly objectivity is important, courage and commitment to truth and freedom are higher value even for social scientists.
Keep on.

2_『서울大學校 敎授民主化運動 五十年史』, 131–132쪽과 362–363쪽.

황이었다. 물론 서울대 교수들만이 시국선언을 한 것도 아니고, 대학생들의 시위도 점점 격렬해지는 등 사태가 심각해지자 위에서 말한 정부의 「6 · 29선언」이 나온 것이다.

1987년 12월 16일 밤, 텔레비전을 켜 놓고 개표결과를 보고 있었다. 자정이 넘어가자 아무래도 야당후보의 승리는 가망이 없어 보였다. '에이, 잠이나 자자!' 하고 누웠으나, 잠이 오지 않았다. 자며 말며 뒹굴대다가(전전반측輾轉反側하다가) 일어났다. 몇 시쯤인지 밖은 캄캄했다. 텔레비전을 다시 켰다. 노태우 후보의 당선이 확정적이었다. 문득 입속에서 「꿈은 사라지고」란 노래가 맴도는 것이 아닌가! 그러나 가사가 정확히 기억나지 않았다. 마침 그때 아내도 잠이 오지 않았는지 거실로 나왔다.

"여보, 당신 「꿈은 사라지고」란 노래 알지?"

"그건 갑자기 왜요?"

"아니, 그 가사가 잘 생각이 나지 않는데, 그 가사를 좀 같이 적어봅시다."

아내도 그 가사를 완전히 알고 있는 것 같지는 않았다. 둘이 합작하여 가사를 재구성하여 수첩에 적었다.

17일은 노태우 후보의 대통령 당선이 확정된 날이지만, 사회과학대학의 종강 파티 날이기도 했다. 언제부터인지 학기 말이면, 그 학기를 정리하는 교수회의를 하고, 그리고는 종강을 축하(?)하는 점심을 먹는다. 교수회의실 옆방에 음식을 차려놓는다. 그날은 술도 나온다. 양주도 있고, 정종도 있고, 맥주도 있다. 나는 식사는 제쳐놓고 술부터 마셨다. 취한 것이다. 나는 임종철林鍾哲 학장에게 손짓을 하였다.

"노래를 한 곡 부르고 싶은데요."

허락이 있었는지 어쩐지 모르나, 나는 노래를 부르기 시작했다.

나뭇잎이 푸르던 날에
뭉게구름 피어나듯 사랑이 일고
끝없이 퍼져나간 젊은 꿈이 아름다워
귀뚜라미 지새 울고 낙엽 흩어지는 가을에
아아 꿈은 사라지고 꿈은 사라지고
그 옛날 아쉬움에 한없이 웁니다.

노래를 마치고 나니 나의 두 눈엔 눈물이 맺혔다. 야권후보 단일화의 실패가 민주화란 나의 꿈을 앗아간 것인지, 노태우의 당선이 나의 꿈을 뺏어간 것인지, 민주화의 나의 꿈은 사라졌다. 노래를 썩 잘 부르지는 못했지만, 박수도 적었다. 박수는 나의 의사에 동조하는 것이다. 박수를 하고 싶어도 소위 '빅 브라더'가 보고 있을까 걱정이 되어 가만히 있던 교수들도 있었을 것이다. 그것이 대부분의 서울대학교 교수들, 아니 그래도 사회과학을 연구한다는 사회과학대학 교수들의 자세가 아닌가 한다. 그렇다고 파천황의 연구가 나온 것도 없다.

그 후 오늘에 이르기까지 나에게 꿈을 주는 정치가는 이 땅에 한 사람도 없다. 그래 그런지 다른 어느 분야에서보다 정치가 특히 후진인 것이다. 이것을 어떻게 해결할 것인가? 지금은 시국선언을 할 상황도 아니지만, 같이 기획할 주변의 인물도 없다. "노병老兵은 죽지 않고, 사라질 뿐이다."라고 맥아더 원수는 옛 노래의 가사를 인용하면서 미 상하양원합동회의에서 퇴임연설을 한 적이 있다. 6 · 25동란의 와중인 1951년 4월 19일이었다. 그 며칠 전 11일에 그는 극동과 한국에서의 미군사령관과 일본점령미군사령관직에서 전격 해임되었던 것이다. 그의 생각대로 미국이 만주를 폭격했더라면 전쟁의 양상이 달라졌을 것이다.

그러나 맥아더의 말처럼, 노병이 죽지 않는 것이 아니라, 노병일수록 죽는다. 이것이 나의 최근 심정이다.

# 일본 외무성

지난날들을 생각하면 후회되는 일도 많고, 남들과의 관계에서 부끄러운 일도 많다. 인간이기 때문이라고 스스로 위로를 하곤 한다. 자기에게 관대한 것도 사람이기 때문이라고 변명한다. 사실 동물 가운데 자기에게 관대하기가 제일 심한 동물이 사람이다. 사람은 왜 그런가? 조물주의 잘못일까? 조물주도 전지전능하지 않기 때문에 실수를 했는지도 모른다. 그러나 조물주는 사람에게 이성적으로 생각하는 힘도 부여했다. 그것이 사람과 동물의 다른 점이다. 동물도 그들 나름으로 판단하고 잘 되려고 노력할 것이다. 그러나 그것은 본능의 지시를 따르는 것이고, 이성적인 행동은 아니라고 생각한다.[1]

그렇기 때문에 사람은 지난날을 반성하고, 같은 잘못을 되풀이하지 않으려고 노력한다. 일찍이 증자曾子는 날마다 세 가지 문제로 스스로를 돌아본다고 했다.[2] 그럴 수도 있다. 끊임없이 뒤를 돌아보고, 반성을 해야 발전이 있을 것이다. 그러면 지금 내가 하는 일들이 과거가 되었을 적에 후회하지 않는다는 보장이 있는가? 자신은 없다. 틀림없이 후회할 것이기 때문이다. 사람은 또 그렇게 만들어졌다.

우리나라 외교통상부 산하에 외교안보연구원이 있다. 일본에도 외무성의 외곽단체로서 국제문제연구소가 있다. 비슷한 성격의 기관이다. 이 두 기관은 오래전부터 국제회의를 같이 하곤 했다. 한번은 외교안보연구원의 박상식朴尙植 연구실장에게서 연락이 왔다. 일본의 국제문제연구소와 회의를 준비하고 있다면서 참석했으면 좋겠다는 것이다. '제3차 한 · 일 동아시아정세연구회의'라고 했다. 그것이 1988년 이른 봄이었다. 7월 4일부터 5박 6일로 동경에 다녀온 것을 보면 참석하겠다고 한 모양이다. 4일에 동경에 도착하여 젠닛쿠[全日航]호텔에 짐을 풀고, 다음 날 아침부터 7일 오전까지 회의를 했다. 한국 측 발표자는 김부기金富起, 유석렬柳錫烈, 이정하李正夏, 구영록具永祿 교수, 그리고 나를 포함하여 다섯이었고, 일본 측에서도 발표가 다섯이었다.[3] 그리고 토론자로 한국에서 몇 명이 갔는데 다 기억이 나지는 않으나, 그 중 한 명이 연세대

1_동물도 동물 나름이겠으나, 그들이 들으면 "천만에, 무슨 소리야!" 하고 대들지 모른다. 내가 이런 생각을 하는 것은 대학시절에 읽은 럿셀의『서양철학사』의 영향이다. 기억이 나서 다시 옛 책을 찾아본다. 그랬더니 거기에는 인간과 동물의 이야기가 아니라 문명인civilized man과 야만인savage의 차이를 설명하는 대목이 있다. 문명인에게는 prudence(思慮 또는 愼重, 나쁘게 말하면 打算)가, 혹은 좀 넓은 의미로 말하면 forethought(미래의 사태를 예견하여 적당한 대비를 하는 일 혹은 생각)가 있다는 것이다. 그리고 이것은 농업의 발달과 관계가 있다고 했다. 예컨대, 문명인은 장래의 이익 혹은 기쁨을 위하여 현재의 고통을 참는다는 것이다. 봄에 노동을 하고 경작을 하는 것은 가을의 추수를 기대하기 때문이다. 야만인이나 동물에게는 이러한 '대비의 생각'이 없다는 것이다. 아래와 같은 문장이 있어서 옮긴다. "True forethought only arises when a man does something towards which no impulse urges him, because his reason tells him that he will profit by it at some future date. Hunting requires no forethought, because it is pleasurable; but tilling the soil is labour, and cannot be done from spontaneous impulse." Bertrand Russell, *History of Western Philosophy* (London: George Allen and Unwin LTD, 1957), p. 33.

2_"나는 날마다 세 가지로 내 몸을 살핀다. 남을 위해 일을 꾀하면서 마음을 다했는가, 친구와 지내면서 성실했는가, 스승에게서 전수받은 것을 익히려고 했는가? (吾日三省吾身. 爲人謀而不忠乎, 與朋友交而不信乎, 傳不習乎.『論語』「學而」.) 답답한 친구다. 어찌 반성만 하고 지내는가? 계획도 세워야 하지 않는가? 그래도 우리 조상들은 그를 오성五聖의 한 분으로 모셨다. 다섯 성인은 '孔子 · 顔子 · 曾子 · 子思 · 孟子'다. 나도 어려서 '孔顔曾思孟'을 외고 다녔다.

의 정진위鄭鎭渭 교수였다.

나는 도쿄에 도착한 다음 날인 7월 5일 오후에 발표를 하였다. 제목은 「중공 13全 이후의 개혁정책과 권력구조」였다. 내용은 1987년에 개최된 중국공산당 제13기 대회를 전후하여 정립된 개혁정책의 특색과 그 후에 개편된 지도체제의 변화를 조망한 것이었다.[4] 원고는 한국어로 썼다. 일본 측에서는 그것을 일어로 번역하여 배포했다. 첫날 발표를 마치니, 다음 날부터는 홀가분한 기분이었다. 또 일본 측 발표도 대단한 것이 없어서 별로 신경이 쓰이지 않았다. 열 명이 오전 오후 두 명씩 발표를 하니 7일 오전에 발표가 모두 끝났다. 점심을 먹으러 가자는데, 여럿이 가는 것이 싫었다. 호텔의 일식당이 괜찮아 보여 정진위 교수를 충동하였다. "내가 살터이니, 쟤네들과 같이 가지 말고 여기서 초밥이나 먹읍시다." 정 교수도 싫다할 이유가 없다. 그래서 둘이 일행과 떨어져서 소위 '다이'에 앉아서 점심을 하게 되었다. 그것이 사고의 시작이었다. 오후 3시인가에 일본 외무성 방문의 프로그램이 있었는데, 그것은 한참 후다. 우선 먹자. 그러나 어찌 초밥만 먹는단 말인가? 그래서 무슨 사케인지 마시기를 시작하였는데, 정 교수도 취하고 나도 취했다. 취해도 한참 취했다. 취하지 않으려면 왜 마시나? 그건 나도 모른다.

취했으면 방에 가서 쉬었어야 했다. 그러나 취한 것의 장점은 판단이 정확하지 않은 것에 있다. 또 정 교수가 같이 가자고 했을지 모른다. 버스를 타고

3_ 일본 측 발표자는 아래와 같다. 기무라 히로시木村汎(홋카이도北海島대학), 오카베 타츠미岡部達味(도쿄도리쓰東京都立대학), 구로야나기 요네지黑柳米司(다이도분카大東文化대학), 오코노기 마사오小此木政夫(게이오慶應대학), 그리고 고마키 데루오小牧輝夫(고쿠시칸國士館대학) 등 5명이었다.

4_ 그 글은 나의 『나의 글, 나의 정치학』(인간사랑, 2006), 490-500쪽에 실려 있다.

외무성 행사에 따라나선 것이다. 외무성 강당 같은 곳에 들어갔다. 지금 기억이 잘 나지 않으나, 외무성의 홍보담당관쯤 되는 관리가 나와서 은근히 일본의 국력과 외무성의 역할을 자랑하는 것이었다. 술은 마실 때 취하지만 시간이 좀 지나면 더 오른다. 아마 그때가 더 오르는 시점이었나 보다. 나는 손을 들고 발언하겠다고 했다. "도대체 무엇을 하는 짓인가? 회의가 끝났으면 되었지, 왜 서울서 온 교수들을 상대로 외무성 자랑을 하는 것인가? 외무성 홍보를 위하여 회의를 하자는 것인가? 이것이 아시아의 정세인가?" 술이 취하면 영어가 그야말로 술술 나온다. 영어로 대갈일성을 한 것이다. 그래서 그 행사는 발칵 뒤집혔고, 흐지부지하게 되었다. 당황한 것은 박상식 실장이다. 나중에 들으니, 박 실장이 외무성의 당시 조사국장인 야마시다山下 모某 씨에게 사과(?)를 했다고 한다. 박 실장이 사과할 일은 아니고, 어느 정도의 유감 표시였는지는 모르나, 아무튼 그 말을 듣고 나니 박 실장에게 미안한 생각이 들었다. 그러나 물은 이미 엎질러졌다. 다시 담을 수 없다. 후회되는 일이다.

박상식 실장은 서울문리대 영문학과를 졸업하고, 외무고시에 합격했다. 그러나 외교관의 길을 걷지 않고, 보스턴대학에서 정치학을 공부하여 박사학위를 받았다. 귀국하여 외교안보연구원 교수로서 오래 있으면서, 아프리카와 국제정치이론에 관한 단행본을 내기도 했다.[5] 학구적이었기 때문에 외무부에서는 그렇게 인기가 많지 않았을 수도 있었다. 나중에 보스턴 총영사와 싱가포르 대사도 지냈다. 결국 외교관의 길을 걸은 것이다. 그가 싱가포르 대사였을

5_박상식 교수의 저서를 대강 열거하면 이렇다. 『아프리카 외교론』(법문사, 1975); 『흑아프리카 관계 자료집』(외교안보연구원, 1978); 『남아프리카공화국 사태분석』(외교안보연구원, 1980); 『국제정치학』(집문당, 1981, 1985, 1997); 『제3세계의 해부』(집문당, 1982); 『국제정치의 이해』(일진사, 2005) 등 많다.

적이다. 당시 싱가포르대학 정치학과와 서울대 정치학과 간에 학술교류가 있었는데, 그 일환으로 싱가포르대학에서 아세안 국가들의 협력에 관한 세미나가 1997년 1월에 있었다. 서울대에서 안청시, 박찬욱, 유홍림 교수들이 참가했다. 나도 그 일행이었다. 세미나가 끝나고 27일이다. 박상식 대사의 초대를 받아 우리 일행은 그날 저녁 대사관저에서 환대를 크게 받았다. 그때 일본 외무성에서의 이야기를 하고 같이 크게 웃은 기억이 있다. 박 대사는 외무부에서 정년 후, 경희대에서 객원교수를 지낸 것으로 안다. 요즘은 어떻게 소일을 하시는지?

# 졸도

1991년 3월 5일의 사건이다. 전날 신입생 오리엔테이션이 있었고, 새 학기가 막 시작된 화요일이다. 오후 여섯 시에 호암생활관 2층 마로니에 룸에서 외교학과 동덕모董德模 교수의 정년퇴임식이 있었다.

사건은 그 퇴임식장에서 발생했다. 그날 낮에 나는 국사학과 이태진李泰鎭 교수와 점심을 했다. 어떤 계기로 점심을 하게 되었는지는 기억이 나지 않으나, 우리가 자주 다니던 '삼진'이란 일식집에서였다. '삼진'은 지하철 2호선 서울대입구역에서 서울대 방향으로 조금 가다 바른 편에 있는 집이다. 집은 작지만 생선이 괜찮고, 부근에 그만한 일식집이 없어서 단골로 다녔다. 사장은 정 씨인데, 소공동 '미조리'란 유명한 일식집에서 일했다고 한다. 소문은 그 집의 사위라고 하였다. 부인도 나와서 더러 카운터 일을 보았는데, 철저한 기독교 신자다.

그때도 술을 많이 마시던 시절이라 정종대포 잔이나 했을 것이다. 그리고는 내 방이 있는 사회과학연구소로 왔는데, 좀 쉬었으면 좋으련만 그러지 못했다. 정치학과의 김세균 교수가 어쩐 일인지 왔었고, 취한 김에 그와 바둑을 두었다. 김 교수는 나에게 석 점 치수다. 그래도 지지 않으려고 열심히 둔다. 바둑이고, 무엇이고 지고 싶어 하는 사람이 있는가? "이겨도 흔연欣然하고, 져도 기쁘다."는 말이 있지만, 지고 기뻐하는 사람은 아마 없지 않나 싶다. 그런데 문제는 담배다. 그 당시 나는 술을 마시면 으레 담배를 태웠고, 또 바둑을 두면 담배를 더 피웠다. 그것도 줄담배였다. 한 판, 두 판, 세 판, 이렇게 두면서 연속 담배를 피워댔다. 그리고 시간이 되어 동 교수의 퇴임식에 간 것이다.

마로니에 룸은 만원이었다. 내가 도착했을 때는 이미 식이 시작되고, 이한기李漢基 교수가 축사를 하고 있었다. 이한기 교수는 1987년 전두환 대통령 당시 잠시 국무총리 서리를 지낸 분인데, 본래 서울대학교 법대 교수였다. 동 교수도 종합화 이전에는 법대 교수였기 때문에 두 분은 자별한 사이다. 나는 말석에 잠시 서 있다가, 음식을 차려놓은 앞 테이블로 다가갔다. 아직 술은 덜 깬 상태라 오렌지 주스라도 마시려고 간 것이다. 그런데 갑자기 눈앞이 캄캄해지고 정신이 어뜩했다. 순간 안 되겠다 싶어서 뒷자리에 앉아야겠다고 생각하며 막 돌아서는데, 나도 모르게 쓰러졌다. 의식을 잃은 것이다. 삼사 초쯤 지났을 것이다. 의식이 돌아왔다. 누군가가 내 혁대를 풀고, 바르게 눕히는 것이었다. 그때 내가 말했다. "이제 유명해졌군!"

공공의 장소에서 졸도를 했으니 소문이 날 것이고, 그래 유명해진다는 뜻이었다. 나는 바로 일어났다. 주위의 사람들이 맑은 공기를 마셔야 한다면서 나를 건물 밖으로 데리고 나갔다. 호암생활관 뒤의 벤치로 데려간 것이다. 거기서 잠시 있었다. 생각하니 나 때문에 잠시라도 식이 중단된 것이 미안했다. 그래 나는 다시 들어가서 미안하다는 인사말을 하고 싶었는데, 그러면 또 식에 누累를 끼치는 일이라 그만두기로 하였다. 사위는 캄캄한데 하늘은 맑고, 공기는 찼다. 나를 데리고 나와서 옆에 같이 있던 사회복지학과의 최일섭崔日燮 교수가 내 차를 운전하여 집에 데려다 주겠다고 하였다.

내 차가 호암생활관 주차장에 있었다. 내가 사회과학동(당시 7동)에서 몰고 왔던 모양이다. 차가 사당동을 지나자 목이 말랐다. 그래서 나는 최 교수에게 방배동에 있는 '유나'에 가서 맥주를 한잔 하고 가자고 하였다. '유나'는 그 임시 우리가 단골로 다니던 맥주집이다. 그랬더니 "무슨 소리냐!"면서 그냥 우리 집이 있는 구반포로 차를 몰았다. 89동 우리 집 앞에 왔다. 나는 최 교수를 그냥 보낼 수가 없었다. 올라가서 한잔 하자고 하였더니, 이번에는 순순히 응하는 것이었다. 마침 시바스리갈이 한 병 있어서 우선 그것을 마시기로 하고, 무엇이든지 좋다면서 아내에게 안주를 부탁했다. 그런데 전화가 오기 시작했다. 내가 쓰러졌을 적에 내 옆에 있던 사회학과의 신용하愼鏞廈 교수와 정치학과의 박찬욱 교수가 차례로 전화를 하면서 안부를 묻는 것이었다. 왜 집에 일찍 왔는지를 아내에게 말하지 않았는데, 그만 그들 전화 때문에 들통이 난 것이다. 이실직고以實直告하고 마셨다. 둘이서 위스키 한 병을 다 마신 것이다. 최 교수도 이제 취했다. 가야 할 시간이다. 나는 아내에게 데려다 주자고 하였다. 그래 착한 아내가 차를 몰고, 나는 앞자리에 타고, 뒷좌석에는 최 교수를 태웠다. 최 교수의 집은 압구정동 현대아파트다. 88도로로 나갔다.

나중에 생각하니 내가 쓰러진 이유는 이러했다. 만취한 상태에서 바둑을 두느라고 골똘히 머리를 썼겠다, 게다가 줄담배를 피운 것이다. 그것도 몇 시간이나 계속한 것이다. 필경 니코틴이 뇌신경을 마비시킨 모양이다. 위스키가 니코틴을 쫓아내고 나니, 다음 날 아침에는 머리가 맑았다. 그때 사회과학연구소에서는 포항제철의 기업문화연구를 하느라고 바빴고, 포철 측과 회의도 잦았다. 6일 오후 2시 포철 측과의 회의도 성공리에 마쳤다.

### 추기

동덕모 교수는 외교사가 전공이고, 1955년에 미국 콜로라도주립대학에서 박사학위를 받았다. 1956년부터 10년간 재단법인 한국연구원 원장을 지냈고, 1968년에 서울법대 교수가 되었다. 1975년 서울대학교가 종합화되면서 외교학과로 왔다. 그때 외교학과로는 동 교수와 상대의 여정동呂井東 교수 두 분이 새로 왔다. 외교학과의 사정은 잘 모르나, 옆에서 본 바로는 그 과는 텃세가 매우 세다. 나이 든 교수나 젊은 교수나 새로 그 과에 온 두 교수를 푸대접했던 것 같다. 과에 정이 있을 리가 없었을 것이다. 그래 그런지 동 교수는 비슷한 연배의 다른 과 교수들과 어울렸고, 바둑도 많이 두셨다. 법대의 정희철鄭熙喆 교수, 경제학과의 정병휴丁炳烋 교수, 국사학과의 한우근韓沽劤 교수 등과 자주 만나셨다. 구반포에서 혼자 사셨다. 그러니 시장도 혼자 보러 다니셨다. 동네에서도 동 교수를 가끔 뵈었다. 만나면 늘 반갑게 대하셨다. 동 교수는 한때 법대 교수셨고, 나도 법대를 다녀서인지 나를 달리 생각하셨던 것 같다. 1925년생이신데 연전에 작고하셨다.

# 춘천대첩

사전에는 대첩大捷이 '크게 이김' '대승大勝'이라고 적혀 있다. 대규모의 전투에서 크게 이기는 것을 말한다. 역사상 대첩에 해당하는 전투는 부지기수였을 것이나, 우리는 대첩하면 흔히 을지문덕의 살수대첩薩水大捷(612년) 혹은 이충무공의 한산도대첩閑山島大捷(1592년)을 연상한다. 임진왜란은 여러 해에 걸친 전쟁이라, 크고 작은 전투가 많았다. 우리가 패한 전투도 많았지만, 한산도대첩은 김시민金時敏의 진주대첩과 권율權慄의 행주대첩과 더불어 임진왜란 삼대 대첩의 하나다.

춘천대첩은 그런 전쟁에서의 대승과는 아무 연관이 없다. 춘천에서 술을 크게 마신 사건인데, 누군가가 이름을 그렇게 붙였다.[1] 발단은 이러하다. 1996년 5월 17이다. 금요일이니 주말이다. "하나님, 금요일이 된 것을 감사합니다.TGIF: Thanks God! It's Friday!"란 말도 있다. 술 먹기가 괜찮은 날이기는 하다. 누가 발의를 하였는지는 모르나, 아마 그 전전날이 스승의 날이었기 때문에, 지

1_백창재 교수는 자기가 명명한 것이라고 우기고 있다.

나긴 했어도 그것을 빙자한 모임이었다. 김수진, 유석진, 백창재, 이성형, 장훈, 그리고 나, 이렇게 여섯이 '초막집'에서 만났다. 그 집은 당시 우리가 더러 다니던 소고기구이집이었다. 오래전에 없어졌지만, 강남 차병원과 역삼역 중간에 있었다. 하와이에서 수입한 소고기를 주로 팔았는데, 맛도 분위기도 괜찮았다. 또 주인을 내가 잘 알아서 여러 사람에게 소개도 하고, 끌고도 다녔다.

오월 중순이면 해가 길 때다. 그런데 소고기를 구워 먹을 때는 속도가 빠르다. 타기 전에 입으로 가져가야 하기 때문이다. 몇 시부터 시작했는지 모르나, 여덟 시 좀 넘어 대충 좌석을 파하게 되었다. 그냥 각자 집으로 가면 되는데, 일차는 늘 미진하다. 그러나 이차는 가지 않더라도 말로 그 미진함을 표현하는 경우도 있다. 장훈 교수가 나보고 말했다.

"선생님, 춘천에 한 번 모시겠습니다." 그때 장 교수는 한림대학에서 교편을 잡고 있었으니, 춘천에 근거가 있는 셈이다. "그러게!" 하고 일어났으면 그날은 무사했을 것이다. 그런데 나도 취기가 있었고, 취중에 객기가 발동되어, "한번은 무슨 한번, 오늘 가자!" 그래서 별안간 춘천행이 결정되었다. 김수진 교수만 무슨 일이 있다하여 혼자 가고, 남은 사람들은 택시를 타고 청량리역으로 향했다. 그때 춘천 가는 막차가 아홉 시 십 분인가에 있었다. 기차역에서 기다리는 것은 무료하다. 누군가가 아니 내가 소주 몇 병을 사서 그 무료를 달래기 시작했다. 열차 안에서 마신 것이다.

그런데 춘천행이 쉽게 결정된 이유는 처가가 춘천인 백창재 교수가 잠자리를 보장한다고 했기 때문이다. 밤 열 시 반 넘어 춘천역에 도착했다. 사위와 사위의 친구들이 온다는 소식이 물론 먼저 가서였겠지만, 승용차가 기다리고 있었다. 밤이고, 낯선 도시고, 게다가 취했겠다, 그래 어딘지 모르고 따라 긴 곳이 송암농원松巖農園이었다. 백 교수의 장인이 춘천시 낙원동 인성병원仁誠病院의 원장이신 유명한 김면수金冕洙 박사시고, 의암호義巖湖 근처에 별장을 갖고 계신데, 그 동네가 송암리였다. 승용차 기사 편에 나폴레옹 코냑과 양주가 한 병씩 왔기 때문에 농원 별장에 들어서자마자 또 마시기 시작했다. 아마 사위의 '불시지수不時之需'에 대비했던 술인지 모른다.[2] 잠을 잤는지 어쨌지 기억이 나지 않는데, 새벽녘에 잠시 눈을 붙였을 것이다.

아침이다. 정원에 나가 보니 어제는 밤이라 몰랐는데 의암호가 한눈에 들어온다. 맑은 공기가 코를 스친다. 사위四圍의 경관이 더 아름다울 수가 없다. 떠나고 싶지 않은데, 해장을 하러 가자는 것이다. 따라 나서지 않을 수 없다. 장훈 교수의 안내로 간 집이 춘천에서 콩나물해장국으로 유명하다는 '사또해장국'이었다. 해장국만 어떻게 먹나? 또 소주였다. 북어부침 등이 안주로 나왔다. 다들 젊어서인지 잔을 마다하는 사람이 없었다. 또 서울 가자는 사람도 없었다. 그게 아니라 춘천에 왔으니 춘천 댐을 보고 가자는 것이다. 춘천에서 뽕을 빼자는 작전인지, 춘천 술을 모두 동내자는 계획인지, 모두 일어나 춘천 댐으로 두 대의 택시에 분승하여 갔다. 이름은 중요하지 않아서인지 취해서인지 옥호는 기억에 없고, 무슨 생선인지 민물생선 매운탕으로 다시 해장을 시작하였다. 멀리 댐도 보이고, 아래는 푸른 물이 흐르는데, 정신이 몽롱한지, 눈이 몽롱한지 산천이 수려하다. 다들 춘천 색시에게 장가 간 백 교수를 부러워하는 눈치였다.

2_소식蘇軾의 「후적벽부後赤壁賦」에는 이런 대목이 있다. 동파東坡가 적벽에서 다시 놀기 위하여 술이 필요하였다. 어디서 구할까 하다가 집으로 가서 아내와 의논을 하였다. 아내가 "我有斗酒 藏之久矣 以待子不時之需"라고 하였다. "제게 술 한 말이 있는데, 저장해 둔 지 오랩니다. 당신이 갑자기 찾을 것에 대비한 것이지요." 아! 얼마나 현량賢良한 아내냐?

일찍이 플라톤이 그렇게 말해서만은 아니지만, 시작이 있는 것은 반드시 끝이 있다.[3] 대첩도 끝이 있다. 아마 내가 그랬을 것이다. "그만 가자!" 일행은 춘천역으로 나왔다. 네 시 좀 넘는 시간의 차표를 끊고, 역 앞 다방에서 차 시간을 기다리는데, 누군가가 또 술을 사오는 것이었다. 술도 음식인데, 술하고 전생에 원수를 지었는지 모를 일이었다. 자며 졸며 마시며 청량리에 도착하였다. 여기서도 헤어졌으면 좋으련만, 약간 정신들이 들자 통일된 생각은 저녁을 하면서 한잔을 더 하자는 것이었다. 어디로 갈까 하다가 삼선교의 유명한 '국시집'으로 가게 되었다. 수육과 전이 안주로는 일품이고, 그리고 작은 그릇의 국수면 만사형통이다. 소주는 몇 병 더 마셨겠지만, 시켜 놓은 국수는 다 먹지 못했다. 대주호인 유석진 교수도 이제는 별 수 없다. 방 한구석에 쓰러져 잔다. 이제는 각자 다른 방향으로 가야 한다. 나는 당시 반포에 살았다. 지하철 4호선을 타고 동작역에서 내려야 했다. 이성형 교수의 집은 신림동이었다. 두 정거장 더 간 사당역에서 2호선으로 갈아타야 한다. 더 마시지 않고 집에 간다면 말이다. 이성형 교수와 4호선을 타고 같이 앉았는데, 문득 깨어보니 전철은 경마장역을 지나고 있었다. 〈경마장 가는 길〉로 간 셈이나, 지나친 것이다.

대첩은 실로 여기서 끝났다. "석 잔을 마시면 위대한 도에 통하고, 한 말이면 자연과 합치된다[三杯通大道 一斗合自然]"고 한다.[4] 24시간 넘게 열 말 술을 마

3_"Seeing that everything which has a beginning has also an end, even a constitution such as yours will not last forever, but in time be dissolved." 그래서 귀족정치aristocracy는 명예지상정치 혹은 금권정치 timocracy로 후퇴하고, 다시 후자는 과두정치oligarchy, 그 다음엔 민주정치democracy, 다시 다음에는 독재tyranny로 변질된다는 것이다. 이것은 모든 정치체제가 변화한다는 것을 함축하는 말이지만, 우리 모임의 끝남을 재미있게 표현하려고 플라톤을 인용한 것이다. 인용의 간접 출처는 Robert A. Dahl and Bruce Stinebrickner, *Modern Political Analysis* (6th ed.; Prentice-Hall, 2003), p. 63.

4_李白의 「獨酌」에서.

셨으니, 은하銀河와 통하고 우주와 합쳐졌을 것이다. 그 후로는 은한삼경銀漢三更에 이르기까지 우주와 더불어 마신다.

추기 1

이 글을 처음 썼을 적엔 생각을 못했는데, 얼마 후 다시 읽을 때 이백의 「우인회숙友人會宿」이란 시가 생각이 났다. 적어 본다.

滌蕩千古愁　　천고의 시름을 씻어 버리며,
留連百壺飮　　눌러 앉아 백병의 술을 마신다.
良宵宜且談　　좋은 밤은 마땅히 얘기로 보낼 것이니,
皓月未能寢　　밝은 달빛에 잠 못 이루네.
醉來臥空山　　취하여 빈산에 누우니,
天地卽衾枕　　하늘과 땅이 바로 이불과 베개로다.

공산空山에서 잔 것은 아니나, 천고의 시름을 잊으려 한 것은 분명하다. 나머지 얘기는 시와 같다.

추기 2

춘천대첩을 전후하여 춘천에는 여러 번 갔다. 그 중 또 기억이 새로운 것은 2001년 5월 11일(금요일)의 나들이다. 유재천 교수가 그때 한림대 부총장이었는데, 한번 놀러오라고 한 것이 성사가 된 것이다. 사회학과 김채윤金彩潤 교수와 심리학과 조명한 교수와 같이 오후에 회기역인가에서 춘천행 기차를 탔다. 한림대학교에서 차 대접을 받고, 저녁 겸 한잔 하러 간 곳이 '정가鄭家붕어찜' 집이었다. 모두 주당이라 거침없이 마시고, 세종호텔에서 잤다. 다음 날 아침은 또 예의 '사또해장국'이었다.

그 여행의 낙수落穗를 하나 이야기한다. 회기역으로 가는 전철에서의 일이다. 김채윤 교수가 지하철 잡상인에게서 일천 원을 주고 작은 손전등을 샀다. 물론 중국제였다. 차 속에서 심심하기도 하고, 만년필같이 작고 예쁘게 생긴 물건에서 불이 켜지니 신기해서였겠는데, 켰다 껐다하는 장난을 반복하다 보니 몇 정거장 못가서 그만 고장이 나고 말았다. 지하철의 잡상인에게서는 어떤 물건이든 사지 말라는 교훈을 새삼 배운 것이다. 그 김채윤 교수가 2008년 6월에 폐암으로 별세하였다. 향년 칠십육 세. 요새 나이로는 일찍 가신 것이다. 김 교수의 호는 선정善丁이다. 호처럼 심성은 착하고, 참으로 박학한 선비였다. 또 기억력이 발군이었으며, 특히 보학에 능했다. 전공은 사회계층이며, 그와 관련된 저술이 많다.『사회계층社會階層이란 무엇인가?』(민음사, 1995)가 아마 대표적인 저술일 것이다. 또『선정만필善丁漫筆』(모은글, 1994)과 같은 산문집도 있다.

# 국가의 간성

그림이고 글씨고 조각이고 보아서 즐겁다면 그것을 마다할 사람은 없을 것이다. 글씨는 글자가 생겼을 적부터 사람들이 쓰기 시작했을 것이니, 그 역사는 이루 짐작할 수 없이 오래다. 한글 창제 이전의 우리 문자는 한자였고,[1] 그 후에도 한자가 계속 쓰였기 때문에 소위 해동명필이라 하는, 예컨대 김생金生, 한호韓濩, 또는 김정희金正喜 등의 글씨는 모조리 한자로 된 것들이다. 물론 글씨인지 서도인지 하는 것도 중국서 시작되어 발전한 것이고, 우리 선조들도 중국의 글씨를 본받았었다. 서체도 여럿이고, 기법도 다양하여 타고난 재능도 있어야겠지만 어지간한 노력이 없이는 글씨로 대성하기 어렵다. 하기야 대성하기 어려운 것이 어디 글씨뿐이랴!

그럼에도 불구하고 예부터 명필이 많았다. 그리고 현대에도 명필이 더러 있다. 아름다움을 추구하는 인구가 많기 때문일 것이다. 그러나 글씨에서 도道를 구하는 사람이 아니고는 명필이 될 수가 없다. 현대의 그 구도자求道者 한 분

1_이두吏讀가 잠시 있기는 했다.

이 석전石田 황욱黃旭(1898-1993) 선생이다. 내가 처음 선생의 글씨를 접했을 때 아마 배관拜觀했을 것이다. 배관은 아주 공손하게 본다는 말이다. 1988년 겨울 선생의 망백전望百展이 중앙일보사 초대전으로 호암갤러리에서 열렸다. 크리스마스날에 그곳에 갔고, 처음 배관했던 것으로 기억한다.

사람이란 욕심의 동물이라 그때 나는 석전 선생의 글씨를 하나 갖고 싶었다. 물질적인 욕심에서가 아니라 글씨 자체가 탐났기 때문이다. 그러나 당시는 전시회에서 작품을 구입한다는 생각을 하지 못했고, 설혹 그랬다고 해도 살 형편이 아니었다. 몇 해가 지났다. 1993년 선생은 글씨를 뒤로 남기고 작고하셨다. 그리고 또 몇 해가 지났다. 그러다가 1999년 6월, 나는 국립전주박물관의 이영훈李榮勳 관장으로부터 황욱 선생의 특별전시회가 있으니, 한번 오라는 초청을 받았다. 이 관장은 내가 존경하는 후배고, 박물관계界의 보배다. 연전에 국립중앙박물관 학예연구실장도 지냈고, 근자에는 국립경주박물관장이다. 아내와 같이 전주에 간 것은 1999년 7월 16일 금요일이다. 그래 전주에서 석전 선생의 글씨를 다시 배관하게 되었다.

전시회는 특별한 의미를 지녔다. 가서 안 사실이지만, 전주박물관에서는 1997년에 석전의 삼남인 황병근黃炳槿 씨의 협조로 석전 선생의 특별초대전을 개최하였다고 한다. 그 초대전이 계기가 되어 다음 해 황병근 씨는 선친의 유작과 자신이 평생 수집한 문화재를 전주박물관에 기증할 의사를 밝혔다. 그것이 성사가 되어 전주박물관은 석전 선생의 유작인 서예작품 418점과 황병근 씨가 수집한 문화재 4,588점을 기증받았다.[2] 전주박물관 개관 이후 최대의 경

2_『황병근黃炳槿 기증유물 특별전: 석전石田 황욱黃旭』(국립전주박물관, 1999) 참조.

사라고 했다. 황병근 씨는 국악협회 전북지부장과 전북도립국악원장 등을 지내면서 전통문화 창달에 평생을 바쳐온 바 있고, 당시도 우리문화진흥회를 이끌면서 지역문화 발전에 힘을 쏟고 있었다. 갸륵한 분이라고 생각한다. 부전자전인가?

전시된 것은 석전 선생의 서예 105점이었다. 나는 발걸음이 잘 떨어지지 않았다. 작품마다 나에게 감흥을 주었다. 아니 공연히 흥이 났다. 그래서 그 105점을 보느라고 꽤 오랜 시간을 보냈다. 지나가면 아쉬워 다시 돌아와 보곤 했으니까. 전주서 하루 자고, 다음 날 한 번 더 보고 싶은 생각이 굴뚝같았으나, 저녁 버스를 타지 않을 수 없었다. "한 번 보고, 두 번 보고, 자꾸만 보고 싶네."라는 노랫말이 생각났다. 자꾸 보고 싶은 것은 사랑하는 사람만이 아닌 모양이다.

황욱 선생은 영 · 정조 시대의 실학자인 이재頤齋 황윤석黃胤錫의 7대손으로 1898년 전북 고창에서 태어났다. 다섯 살부터 한학漢學과 육례六禮를 익히기 시작하였다고 한다. 한때 서울 중앙중학교에 적을 둔 적이 있으나, 집안의 반대로 그만두고, 1920년 약관의 나이로 금강산 돈도암頓道庵에 들어가 왕희지王羲之와 조맹부趙孟頫의 필법과 자체字體를 중심으로 서예에 정진하였다. 1930년 서른두 살 때 고향으로 돌아와 조선조 후기의 시 · 서 · 화 삼절로 이름 높은 신위申緯(1769-1847)를 사숙하면서 서예를 더욱 다듬었다. 그것은 우리의 역사와 산천이 낳은 서예를 추구하는 것만이 한국의 선비가 나아가야 할 길이라는 인식에 따른 것이었다.

석전 선생의 서예는 특히 70대부터 시작한 악필握筆로 유명하다. 그 전에는 물론 일반적인 필법에 따랐고, 서체는 해楷 · 행行 · 초草를 자유자재로 넘나들면서 어떤 서체든지 막히는 바가 없었다. 그러나 오른손에 수전증手顫症이 오자, 손바닥으로 붓을 움켜잡고 엄지로 붓 꼭지를 누르고 쓰는 집필법執筆法을 개발한 것이다. 손바닥으로 붓을 쥐니 악필이라 했다. 더구나 85세 이후에는 오른손 악필도 곤란하게 되자, 그는 87세부터 왼손 악필을 시도함으로써 이를 극복하였다. 여기서 우리는 신체적 불운을 긍정적으로 받아들이고 새로운 기법을 모색하는 석전 선생의 창조정신을 발견한다. 한 평자는 이렇게 말한다.

"석전石田 서예는 바로 이 악필로 상징되며, 80대부터 사망하기 15년간 석전 예술의 황금기를 이룬다. 그것은 수전증이라는 어쩔 수 없는 신체적 상황 때문만은 아니다. 노년으로 갈수록 더욱 굳건해지는 석전 서예 특유의 '거문고 줄을 퉁기는 듯 기백 넘치는 서법'의 탄생은 거문고와 창唱과 활쏘기에 전념하면서 홀로 정진했던 50-60대의 음악적 감수성이 없었더라면 불가능했을 것이다."[3]

혹자는 또 이렇게 말한다.

"그의 악필 행초서行草書는 역대 서법과 기교를 초월한 기세의 웅강雄强과 순박과 초탈의 특징을 갖고 있다. 악필로 인하여 미세한 점획의 처리가 어렵게 되자, 그는 행간의 운율과 운필의 단순화에 의하여 격을 유지하는 독특한 경지를 체득하였다. 법체에서 크게 벗어나지 않아 특징을 찾기 어려운 많은 서예가 가운데 그가 유독 돋보이는 것은 이 같은 무기교無技巧와 육례에 의한 탈속의 초연한 인품에서 유래된 것이다."[4]

3_ 위의 팸플릿에 수록된 작자 미상의 「석전石田 황욱黃旭의 서예세계書藝世界」, 쪽 번호 없음.

4_ http://blog.daum.net/jchson1/8821980.

또 위에서 언급한 망백전에 즈음하여 김남곤金南坤(당시 전북 예총회장) 씨는 "그 웅필雄筆의 힘이 어디로부터 분출되는지 그것은 신神만이 안다."고 하면서, 석전 선생 자신도 "곱게 뵈려는 글씨보다는 법필法筆을 섭렵하고 정심正心으로 써야 하고 욕심 없는 정자正字를 많이 써야 그 나름대로 자기의 창작서創作書가 된다."고 하였다고 했다. 이것은 기본에 충실해야 함을 강조한 것이라고 생각한다. 한 마디로 석전 선생의 글씨는 "밖으로 굴곡 많은 한국근대사의 격랑을 헤치고, 안으로는 자신의 신체적 불운을 딛고 일어선 뜨거운 예술혼의 화신"이라는 평도 있다.[5]

석전 황욱은 그런 분이다. 그 분에 대한 이야기를 내가 아무리 하여도 그의 글씨를 보지 않은 독자에게는 큰 도움이 되지 않을 것이다. 백문불여일견百聞不如一見이란 말이 있듯이, 좋은 글씨고 그림이고 가까이서 자주 보아야 한다. 예술품을 소장하는 사람들의 심리가 대개 그러리라 믿는다. 전부터 석전 선생의 글씨를 하나 갖고 싶었는데, 국립전주박물관에 다녀온 이후에 더욱 그러했다. 그러나 방법이 없었다. 그러다가 묘안이 떠올랐다. 궁즉통窮卽通인지도 모른다.

석전 선생은 오형제의 둘째인데, 그 맏형의 큰아들이 국방대학원의 황병무黃炳茂 교수인 것에 생각이 미쳤다. 그러니까 황 교수는 위에서 말한 이재 황윤석의 팔대 종손이고,[6] 석전의 장조카가 된다. 황 교수의 전공은 중국의 군사 · 안보 · 외교 분야이다. 더구나 나의 전공이 중국정치인만큼 그와 나는 잘 아는 사이이다. 뿐만 아니라 오래전 타이완을 갔을 적에 후아리안花蓮을 같이 관

5_ 위와 같은 곳.

6_ 평해황씨平海黃氏의 종손이기도 하다.

광한 일도 있었다.[7] 학회에서도 자주 만났다. 그는 서울대 외교학과(1960학번)를 졸업하고 미국으로 유학을 떠났다. 유타주립대학에서 석사학위를 받고, 이어 명문의 캘리포니아대학(리버사이드)에서 박사학위를 받았다. 공부도 훌륭하여 저술도 많다.[8] 그 황 교수의 숙부가 석전 선생이니 그를 통하면 선생의 글씨를 한 점 구할 수 있지 않을까 싶었다. 그러나 무작정 글씨를 하나 얻자고 하면 잘 될 것 같지가 않아서, 뜸을 들이기로 하였다. 그때 생각한 뜸은 황 교수와 같이 대학을 다닌 서울대 정치학과의 나의 동료인 황수익黃秀益 교수와 함께 저녁을 하는 것이었다. 두 황 교수는 정치학과와 외교학과라는 분리된 과에 다녔지만[9] 학번이 같고 당시는 두 과가 큰 구별 없이 수업을 받았기 때문에 가까운 사이라는 것을 내가 알고 있었던 것이다.

그리하여 우리 셋은 2001년 6월 18일(월요일) 저녁 프라자호텔의 중식당 '도원'에서 만났다. 그 임시 내가 그 중식당에 가면 으레 시키는 게살 수프로 시작하여 전가복과 해삼탕을 안주로 공부가주孔府家酒를 마셨다. 술이 거나해지자 나는 석전 선생의 이야기를 꺼냈다. 그러자 황병무 교수는 당신 집에 있는 석

7_1990년 11월 11일부터 15일까지 일리노이대학과 탄지앙淡江대학이 공동 주최한 <International Conference on Power Politics in Asia in the 1990's>가 타이베이에서 있었다. 나는 "Seoul between Beijing and Taipei"란 논문을 발표하였다. 후아리안 관광에는 펜실베이니아대학의 이정식李庭植 교수 내외도 동행했다.

8_특히 영어로 된 업적이 많다. Melvin Gurtov와 공저인 *China under Threat: The Politics of Strategy and Diplomacy* (Johns Hopkins University Press, 1980); *China's Security: The New Roles of the Military* (Lynne Reiner, 1988) 등. 이외에 많은 영문 논문이 있다. 한글로 된 대표적인 저술은『新中國軍事論』(법문사, 1992);『전쟁과 평화의 이해』(오름, 2001);『한국안보의 영역, 쟁점, 정책』(봉명, 2004); 그리고 *China's Security*의 번역서인『중국안보론』(국제문제연구소, 2000) 등이 있고, 이 외에도 논문, 공저, 공편 등의 책이 무수하다.

9_다 아는 이야기이나, 외교학과는 1950년대 후반에 정치학과에서 분리되어 독립(?)한 학과다.

전의 글씨 한 점을 주겠다고 선선히 말하는 것이다. 역시 그는 대인이다. 쇠뿔도 단김에 빼다는 말이 있다. 당장 보자고 했다. 하지夏至 며칠 전이라 해가 가장 길 때이고, 늦은 저녁이라도 밖은 훤하다. 우리는 택시를 타고 여의도의 대교아파트로 갔다. 황 교수의 집이다. 현관에 들어서니 '國家之干城 국가지간성' 다섯 자를 해서로 내려쓴 글씨 한 폭이 전면에 보였다. 유리액자에 표구된 것이다. 짐작건대, 세로 2미터 가로 85센티미터쯤 되어 보이는 대작이었다. 취중에도 눈이 번쩍 떠졌다. 정신이 맑아졌다.

그것을 내게 양도하겠다는 것이다. 오늘은 글씨만 잠시 보는 것으로 그치고, 일간 다시 전화를 하겠다고 말하고, 그의 집을 나왔다. 나의 생각도 복잡했다. 막상 준다니 덥석 받기도 무엇하고, 정말로 그것을 내가 소장해야 하는가 하는 회의도 느꼈다. '간성干城'은 나라를 방위하는 군인을 일컫는다. 나에게는 당치 않다. 석전은 장조카가 국방대학원 교수이기 때문에 그 글씨를 써 준 것이란 생각도 들었다. 그렇다면 나보다는 황 교수가 그것을 간직하는 것이 마땅한 것이 아닌가? 아니면 국방대학원이나 육군사관학교 대강당에 걸만한 작품이 아닌가? 그래서 며칠 후 '고맙지만 마다'하는 전화를 했다. 궁즉통이라고 스스로 신통하게 여긴 나의 생각은 결국 아무런 효과가 없이 무색하게 된 것이다. 돌이켜보면, 황 교수와 석전의 삼남인 황병근 씨가 선대의 유물을 박물관에 기증하여 만인에게 즐거움을 주는 마당에10 내가 석전의 글씨 한 점을 갖고 있어서 어떻게 하겠다는 것인가? 마다한 것은 백번 잘 한 일이라고 생각한다.

10_그들의 기증품에 관하여는 『기증유물목록집: 황병근 · 황병무 선생 기증유물』(국립전주박물관 학술조사보고서, 제16집, 2009) 참조. 황 교수의 기증품 가운데는 황기산黃箕山의 초상화가 특히 일품이라고 한다.

나는 이 글을 쓰다가 사실관계를 확인하기 위하여 황 교수에게 전화를 했다. 2011년 3월 7일 아침이다. 실로 오랜만의 통화였는데, 그는 반가워했다. 정년 후에도 바쁘다는 것이다. 이재 황윤석 선생의 일로도 바쁘다는 이야기도 했다. 그러면서 '國家之干城'이 아직 당신 댁에 잘 있다고 했다. 또 그것이 1970년대 초의 글씨라고 했다. 해서인 것으로 미루어보아 나도 그 작품은 선생이 악필법을 구사驅使하기 전의 것이란 짐작은 하고 있었다. 작품도 건재하고, 소장자도 건재하다는 것을 알고 나니 기뻤다.

조만간 '허찌우喝酒(술 마심)' 한번 하자고 하고서 전화를 끊었다. 경칩이 지났는데도 날씨가 이렇게 추우니, 좀 기다려야 할 것 같다.

# 골상

'현대사상연구회'란 모임이 있다. 1982년경에 태동하여 1984년 3월 서울대학교 본부 산하의 연구회로 정식 출범한 '서울대학교 현대사상연구회'가 그것이다. 산파역은 정치학과의 김영국(1930-2000) 교수다. 정치사상이 전공인 김 교수는 당시 우리 사회에 난무하는 각종 이데올로기를 정리할 필요가 있다고 생각하여 이러한 연구모임을 구상했다. 이데올로기 교육의 효율적인 방안을 연구개발하며, 학생들의 이데올로기 비판 능력을 신장시키는 것이 필요하다고 판단한 것이다. 그리하여 1983년부터 현대사회주의 분석 · 이데올로기와 근대화 · 북한의 정치와 사회와 같은 학부강좌가 신설되었고, 그러한 것들이 모체가 되어 '연구회'가 발족된 것이다. 강좌 이외에 연구발표회도 있었고, 방학 때면 회원들이 여행을 하기도 했다.[1]

2001년 2월 16일, 연구회 주최로 2박 3일의 여행을 떠났다. 목적지는 보

1_1990년대 말 서울대학교 구조 조정에서 '연구회'는 본부산하의 기구로서의 지위를 잃게 되었다. 2000년 2월에 '연구회' 회칙이 새로 제정되고, 서울대학교와는 직접 관계가 없는 모임으로 다시 탄생하였다. 일정한 자격을 갖추고, 모임의 취지에 동의하면 누구나 회원이 될 수 있는 개방된 모임이 되었다.

성 · 강진 일대였다. 아침 서울에서 무궁화호를 타고 간 우리 일행은 아홉 명이었다.[2] 광주에 내리니 전남대학교의 김종술金鍾述 교수가 우리 일행을 맞는다. 김종술은 나와 대학 동기다. 그러나 별로 만나는 일이 없다. 그는 서울에 자주 오지 않는다. 그게 아니라 왔을 적에도 연락을 아니 한다. '만나면 무엇하나?' 하는 자세라고 생각한다. 그러나 대학 동창인 것은 둘째지만, 그와 나는 같이 정치학을 공부하는 입장이고, 그는 특히 사회과학방법론과 정치사상에 관심이 많다. 저술이 있는지는 기억이 나지 않으나, 번역한 책을 받은 기억은 있다.[3] 광주부터는 그의 안내로 다녔는데, 먼저 보성으로 갔다.

보성에서는 겨울 녹차밭 일대를 건성으로 구경하고, 근처에 있는 김 교수의 시골집에 갔다. 작은 집인데 서재 중심으로 꾸며졌고, 추웠던 기억이다. 그리고는 화천면 동률리의 율포해수욕장으로 갔다. 1998년에 개관한 '율포해수녹차탕'이란 4층 건물이 있다. 보성군이 운영하는 지자체 소유의 대중목욕탕이다. 차 생산지라는 이름과 짝하여 청정해역으로 알려진 득량만得粮灣의 명소다. 탕에서는 다도해를 바라보면서 해수녹차에 몸을 담갔다. 오기를 잘 했다는 생각이다. 건물 주변에 늘어선 것은 횟집을 비롯한 각종 음식점들, 어느 집에서 회를 먹었는지 기억이 없으나, 거나하게 취하여 일박을 하였다.

그런데 이야기는 그것이 아니다. 다음 날 우리 일행은 강진의 다산초당茶山草堂을 찾았다. 처음 간 것은 아니나 나는 오래전부터 다산茶山 정약용丁若鏞(1762–1836) 선생을 존경하고 있었고, 당시는 그의 『목민심서牧民心書』를 다시

2_구범모具範謨 · 김홍우金弘宇 · 홍광엽洪光燁 · 정윤재鄭允在 · 김용민金容敏 · 한규선韓圭先 · 이동수李東秀 · 정병기鄭炳基 그리고 나였다.

3_존 G. 거넬, 김종술 역, 『주류사회과학방법론비판: 행태주의, 논리적 실증주의 그리고 비판』(나남, 1990)과 D. 톰슨 엮음, 김종술 역, 『서양근대정치사상』(서광사, 1990) 등.

읽고 있던 때라 새삼 그의 유적지에서의 감회가 깊었다. 다산은 이곳에서 19년 동안 독서와 저술에 힘썼으며, 근대조선사상의 태두가 되는 업적을 남겼다. 조선왕조의 정치가 혼미하여 다산과 같이 훌륭한 인물을 적소適所(적절한 지위)에 두어 정치적 혹은 목민적 능력을 발휘하게 하지 않고, 적소謫所(유배지流配地)로 보낸 것은 유감이다. 그러나 19년이란 오랜 세월을 유배지에서 보냈기 때문에 훌륭한 저술을 남길 수 있었다. 유배에 대한 다산 자신의 생각은 알 수 없지만, 후학들에게는 참으로 다행스러운 일이 아닌가 생각한다. 결과론이지만 잘못된 체제의 장점이라고나 할까? 그가 귀양살이를 하지 않고 이런저런 벼슬을 하면서 술이나 마시고 기생의 가야금 소리나 들었다고 하면, 위에서 말한『목민심서』도, 『경세유표經世遺表』도, 『흠흠신서欽欽新書』도 세상에 나오지 않았을 것이다. 지금은 다산초당이 관광지로 알려져 있으나, 관광지이기에 앞서 다산의 사상과 업적을 기리는 장소가 되어야 할 것이다.

그런데 다산초당에서 내려오니, '茶山草堂'이란 간판의 식당이 있다. 주인은 윤동환 씨고, 부인은 국영애 씨다. 세상이 좁은 것인지? 내가 듣기로 국영애 씨는 김종술 교수의 제자로서 전남대학교에서 행정학(?) 박사학위를 받았다는 것이다. 지도교수가 오셨으니 대접이 소홀할 수가 없었을 것이다. 또 윤동환 씨는 다산 외가(?)의 종손이라 그 곳에서 폼을 잡을 자격이 있다면서, 무슨 술인지 대낮부터 자꾸 권하는 것이었다. 안주도 훌륭했다. 그래 취했다. 일행 중 몇 분은 서울로 가고, 술 좋아하는 몇은 남아서 계속 마시다 보니, 오후가 늦었다. 그러나 우리에게는 윤 사장과 국 박사란 든든한 빽이 있다. 그래 그랬는지 느긋하게 마시다가, 동백향이 그윽한 호젓한 산길을 걸어 만덕산萬德山 백련사白蓮寺로 향했다. 취해서 이리 비틀 저리 비틀한 것은 아니지만, 한

발은 높고 한 발은 낮은 것은 산길을 걷기 때문이었다.

배도 부르겠다, 술도 양에 넘게 마셨겠다, 잠이나 자면 되겠는데, 그래도 빽이 있어서 간 절인데 바로 그냥 자겠다고 할 수는 없었다. 먼저 대웅전에서 참배를 하였다. 그러자 절에서 저녁을 준다고 한다. 그래 절밥을 조금 먹었는데, 차 대접을 한다하여 다시 큰 방에 모였다. 차만 마시면 좋았는데 비구니인 주지 스님이 들어와서 설법 비슷한 강의(?)를 하는 것이었다. 별로다. 그러나 그렇다고 할 수는 없다. 잠시 듣다가 나는 참다못하여, 필경 그것도 취해서였을 것이나, "스님, 내가 골상을 보아드려도 될까요?" 하고, 그의 말문을 막았다. 전등불이 비쳐서 반짝거리는 그의 머리를 보니, 골상을 봐주고 싶은 생각이 났고, 또 손바닥으로 반짝거리는 그의 머리를 한 대 때리고 싶은 충동도 느꼈다. 그만큼 설법인지 무언지가 듣기 싫었던 것이다. 그때 나의 머리를 스치는 것은 오카와 슈메이大川周明(1886–1957)의 기행奇行이다. 그는 극우 파시스트 이론가로서 제2차 세계대전이 끝나자 동경의 극동국제군사재판의 피고로서 재판정에 섰다.[4] 재판정에서 그는 도조 히데키東條英機(1884–1948)의 바로 뒤에 앉았는데 별안간 도조의 빡빡 깎은 뒤통수를 때렸다.[5] 갑자기 그러고 싶은 충동을 느껴서 그랬다고 하나, 그의 행동은 정신이상으로 판정이 났다. 주지의 빡빡 깎은 머리를 때리고 싶었으니, 나도 정신이상인가? 그러나 나는 주지의 머리를 때리지 않았다.

4_그는 민간인으로서 유일하게 A급 전범으로 기소되었다. 재판 도중의 기행 때문인지 정신이상이라는 이유로 석방되었다. 뇌 매독으로 정신이상이 왔다고도 한다. 1886년생으로 1957년에 사망하였다.

5_도조 히데키는 일본제국 육군으로 정치가가 된 인물이다. 1941년 10월 18일 일본의 제40대 총리가 되어 1944년 7월 18일까지 재임했다. 태평양전쟁을 일으킨 전범으로 1948년에 사형당함. 1884년생이다.

술 취한 내가 무슨 골상을 보나? 맑은 정신에도 나는 남의 상을 보지 못한다. 그러나 그때는 내가 1993년에 출판한 『소설이 아닌 삼국지』의 개정을 준비하고 있었고, 「봉추론鳳雛論」이란 글에서 관상에 관하여 쓴 것을 다시 읽고 있었던 만큼, 관상에 대하여 약간의 이야기를 할 수는 있었다.[6]

사실 사람에게는 앞일을 아는 능력이 없다. 그러나 알 수 있으면 좋겠다는 생각에서 옛날부터 점술이 발달하였다. 관상도 일종의 점술이다. 그것은 사람의 상모相貌의 특징으로 그 성격과 심정을 판단하고, 요수夭壽와 화복禍福을 예측하여 흉을 피하고 길을 택하는 법술이다. 그러나 이러한 것들은 헛된 것이다. 그것을 적절히 지적한 것이 『순자荀子』의 「비상편非相篇」이다. 그것은 이렇게 시작한다.

"관상을 보는 것은 옛날에는 없었다. 학자는 관상을 말하지 않는다. 옛날에는 고포자경姑布子卿, 지금은 양나라의 당거唐擧가 남의 형모안색形貌顔色 보고, 그 길흉화복을 판단한다고 하여 세속의 사람들이 야단이다. …… 상을 보는 것은 그 사람의 마음을 논하는 것만 못하고, 마음을 논하는 것은 그 사람의 도道

6_여기서 내가 「봉추론」의 글을 잠시 옮긴다.
"중국에서는 고래로 천상天相 · 인상人相 · 지상地相이 발달했고, 그 가운데 인상에 해당하는 관상은 마의麻衣 · 수경水鏡 · 도남圖南 · 풍감風鑑 · 감상鑑相 등으로 불려졌다. 신체의 각 부분에 관하여는 면상面相 · 골상骨相 · 수상手相 · 미상尾相 · 흉상胸相 · 유상乳相 · 제상臍相 · 복상腹相 · 요상腰相 · 족상足相 등이 있다. 또 사람의 신체동작에 대하여는 행상行相 · 좌상座相 · 와상臥相 · 식상食相 · 음상飮相 · 색상色相 · 음상音相 등이 있다. 중국 고대의 사적에는 그저 상을 보았다고 하였을 뿐이고, 그 술이 어떠한 것인지를 밝힌 것은 거의 없다. 다만 상법을 말하는 자들이 읽던 책으로는 『마의상편麻衣相篇』 · 『신상전편神相全篇』 · 『수경집水鏡集』 · 『풍감원리風鑑原理』 등이 전한다. 우리나라의 관상법도 중국에서 유래한 것이고, 옛 사람이 약간의 응용을 더하여 설명한 것은 있으나 독창적인 것은 거의 없다. 조선시대의 관상책으로 뛰어난 것은 『지인명감知人明鑑』이란 것이 있고, 한글로 된 것으로는 『물형관상物形觀相』이란 책이 전한다." 『소설이 아닌 삼국지』(조선일보사, 1993), 147-148쪽 참조.

(원문에서는 術이라고 함)를 말하는 것만 못하다. 형상은 마음을 이기지 못하고, 마음은 도를 이기지 못한다. 도가 바르고 마음이 그에 따르면, 형상이 비록 나빠도 마음이 착하므로 군자가 못될 리가 없고, 형상이 아무리 훌륭해도 마음이 악하면 소인이 될 수밖에 없다."[7]

순자가 아니라도 비슷한 생각을 갖고 있던 옛 사람들은 많았다. 나는 또 연암燕巖 박지원朴趾源(1737–1805)의 아들 박종채朴宗采가 지은 『나의 아버지 박지원』을 읽었는데, 거기에 아래와 같은 이야기가 있다. 연암은 관상, 사주, 점, 풍수 따위의 잡술에는 일체 관심이 없었다. 연암은 말한다.

"이런 것들은 남한테 물어볼 게 아니다. 선을 따르면 길하고 악을 따르면 흉하게 될 뿐이다. 관상을 예로 들어보면, 착한 마음이 드러나면 반드시 기쁜 기색을 띠게 되고 악한 마음이 드러나면 반드시 좋지 않은 기색을 띠게 된다. 덕이 있어 몸이 윤택하고 도를 지녀 얼굴에 윤기가 나는 사람이 있는가 하면, 자신의 악함을 감추고 선한 체하는 사람도 있다. 그러나 남들이 그 속을 훤히 들여다보므로 결코 속일 수 없다. 평안하고 공명정대한 군자가 될 것인가, 불안하고 근심걱정에 사로잡힌 소인배가 될 것인가는 전적으로 자신의 마음에 달렸거늘 무엇 때문에 관상쟁이한테 찾아가 길흉을 물어본단 말인가."

연암은 또 이어서 이렇게 말했다고 한다.

"운수 또한 마찬가지다. 몸가짐이나 남을 대하는 일은 순리대로 하는가의 여부가 중요하다. 화禍와 복福은 그 결과로써 올 뿐이다. 이로 미루어 생각하면 만사가 모두 그렇다. 사람은 세상을 살면서 모름지기 선을 추구함으로써 스스

7_尹五榮 譯註, 『新譯 荀子』(현암사, 1976), 110–111쪽.

로 그 운명을 만들어가야 하는 것이다."[8]

연암도 『순자』를 읽었겠지만, 고금을 막론하고 지각 있는 식자들의 생각은 대개 같았다. 상으로는 사람의 길흉과 화복을 판단할 수 없다. 나는 젊어서 관상도 재미있다고 생각하여 한때 그에 관한 책을 더러 읽은 적이 있다. 그렇다고 해도 술 취한 내가 주지의 골상을 어떻게 보나? 그저 "예쁘게 생겼다!"고만 말한 기억이다. 주지의 설법은 흐지부지 중단되었다. 미안한 생각도 들어 문을 열고 밖으로 나갔다. 산사의 찬바람에 술이 확 깨는 순간이었다. "만 가지 상이 마음의 상만 못하다[萬相不如心相]."는 공자의 말이 떠올랐다. 소인은 흉하고, 군자는 길하니 수양을 바로 하여 군자가 되도록 노력해야 한다고 말한 순자를 다시 생각하였다.

8_박종채 지음 · 박희병 옮김, 『나의 아버지 박지원』(돌베개, 1998), 261쪽. 이 책은 아들이 쓴 아버지의 전기인데, 원제는 『過庭錄』이다. 과정록은 자식이 아버지의 행적이나 가르침 등을 기록한 글을 말한다.

# 어화

김옥조金玉照란 이름의 내가 존경하는 형이 있다. 존경하기는 마찬가지지만 김형국金炯國이란 이름을 가진 서울대 명예교수가 있다. 전자는 나와 대학 동기 동창이고, 후자는 서울대학교에 재직하면서 알게 되었는데 서울문리대 사회학과를 졸업했다. 그리고 두 사람은 명문 마산고등학교를 다녔다는데, 김옥조가 2년 선배다. 고등학교 선후배 관계에는 질서가 무섭다. 1-2년 사이에는 더욱 그렇다. 그래 그런지 후자는 전자를 깍듯이 선배 대접을 한다.

나는 전자도 잘 알고, 후자도 잘 알기 때문에 삼자가 같이 모였으면 하는 생각을 오래전부터 갖고 있었다. 그것이 처음 성사가 된 것은 2002년 1월 31일이었다. 나는 그 임시에 더러 다니던 청담동의 '새벽집'에서 모이자고 했다. 다른 메뉴도 있지만, 음식의 주종은 한우등심을 구워 먹는 것이다. 근자에는 안 가지만 그리 싼 집은 아니다. 그러나 고기가 괜찮고, 더구나 선짓국이 일품이다. 또 이것은 공짜다. 달라고만 하면 자꾸 준다. 고기는 적당히 시키고 선짓국을 안주로 소주를 마시면 되는 집이다. 아무튼 그 집에서 만난 것이다.

이 두 사람과 만나는 것은 언제나 즐겁다. 두 사람 모두 박학다식하기 때문에 내가 배우는 것이 많다. 그들의 박학다식은 누구에게도 뒤지지 않는다. 경험도 많고, 독서도 많이 했기 때문이다. 아니 신기할 정도로 기억들이 신통하다. 박람강기博覽强記란 말은 그들을 두고 생긴 것인지도 모른다. 김옥조 형의 소경력을 자세히는 모르나, 그는 중앙일보와 동양방송의 기자도 했고, 정부에서 일하기도 했고,[1] 인천방송 사장으로 CEO 노릇도 했고, 한림대 교수로서 언론관계법 등을 지금도 가르치고 있다.[2] 노익장인 것이다. 기자 시절에 주일특파원으로 활약한 경험도 있어서 일본의 이것저것에 대하여 누구보다 해박하다.

한편 김형국 교수는 경력이 그리 화려하지 않다. 학교(서울대학교 환경대학원)에서 평생(?)을 보냈기 때문이다.[3] 그러나 그는 다재다능하다. 전공은 말할 것도 없지만, 문학평론도 하고 미술평론도 하여, 그런 분야에도 많은 업적이 있다. 내가 지금 기억하기로는 박경리朴景利(1926–2008) 여사의 베스트셀러이고 출세작인『김약국의 딸들』을 1993년 나남출판사가 중간重刊했을 적에 김 교수가 책 말미에「변방에서 진실을 기리는 작가 박경리」란 긴 글의 작가론을 썼

1_청와대 비서관, 국가보훈처 차장, 현승종 국무총리 시절(1992–93)에 총리비서실장 등을 역임했다.

2_훌륭한 저술도 많다. 그 한둘을 소개하면『미디어 윤리』(개정증보판: 커뮤니케이션북스, 2004, 초판은 중앙 M&B, 2001)가 있다. 이 책은 2004년 언론법학회가 주관하는 "철우언론법상"을 받았다. 8월 31일 오후 2시 프레스센터에서 시상식이 있었다. 나도 물론 참석했다. 당시로서는 대저였는데, 지금 보아도 대저다. 앞으로도 그렇게 남을 것이다. 그러나 이 책보다 더 훌륭한 것이 있다.『미디어 법』(커뮤니케이션북스, 2005)이고, 문화관광부가 선정하는 '우수학술도서'로도 뽑혔다. 이 책은 2006년과 2009년에 개정판이 나왔고, 낙양(서울)의 지가紙價를 높이고 있다.

3_본문에서 김 교수의 경력이 화려하지 않다고 말했으나, 그는 오랫동안『조선일보』의 비상임논설위원이기도 했고, 정부기관에서 일하기도 하였다. 예컨대, 2007년 대학에서 정년퇴임하고, 그 다음 해 이명박 정부에서 국가지속가능발전위원회의 위원장 일도 보았고, 그 후 녹색성장위원회의 초대위원장을 지내기도 했다. 그만두고서 편저로『녹색성장 바로 알기』(나남, 2011)를 내기도 했다.

다.[4] 주례사평론이 아니라 진짜 평론인 것이다. 물론 김 교수는 박경리 여사와 오랜 인연이 있다. 그 인연의 깊은 내용은 내가 알지 못하지만,[5] 예를 들면 박 여사의 대하소설『토지』가 완간되었을 적에 원주 단구동에 있는 여사 댁에서 완간 기념식이 있었고, 김 교수는 그 준비위원장이었다. 그만큼 박 여사와 김 교수는 가까운 사이였다. 그 덕분에 나도 기념식에 참석하는 영광을 가졌고, 그것은 1994년 10월 8일 토요일이었다.[6]

이것은 김형국 교수의 문학 애호의 한 단면을 말한 것이나, 김 교수의 방랑벽, 아니 외도로 말하면 장욱진張旭鎭(1918–1990) 화백과의 관계를 이야기하지 않을 수 없다. 문학이고 미술이고 다 예술이다. 김 교수는 장욱진 화백을 좋아하여 정확히 18년간 따라다녔고,『그 사람 장욱진』이란 평전을 내기도 했다.[7] 김 교수가 장 화백을 처음 만나 교류가 시작되었을 무렵 장 화백의 명성은 이미 높았고, 예컨대〈진진묘眞眞妙〉(1970)와 같은 화제작이 나온 후였다. 그러나 김 교수는 장 화백의 명성을 취取하여 그를 따라다닌 것도 아니고, 그 명성에 취醉하여 그를 따라다닌 것도 아니다. 김 교수가 그 평전에서 "그를 만나 행복

4_그 책 재판(2002년) 후미에 실린「작가론」은 1993년의 글에 "그때 이후의 작가동향을 아는 대로 추가해서" 가필한 것이다.

5_김 교수는『토지』를 읽고, 그 줄거리를 자신의 전공과 결부시켜 쓴 글「소설 토지의 인물들과 오늘의 도시생활」이『뿌리 깊은 나무』(1980)에 실렸고, 그것이 계기가 되어 박 여사를 만나게 되었다고 한다. 위의「작가론」, 378쪽.

6_날씨도 좋고 하객도 많았다. 김형국 교수의 배려로 간 우리 일행에는 고려대의 최상용崔相龍 교수와 중앙대의 김성훈金成勳 교수가 있었고, 나의 아내도 동행했다. 오후 서울 와서 그냥 헤어지기가 섭섭하다 하여 신사동에 있는 '안동국시'집에서 소주를 마셨다.

7_김영사, 1993. 서울대학교 미술대학의 미술사 전공인 정영목鄭榮沐 교수는 이 책이 장욱진 연구에 꼭 필요하고 귀중한 미술이론서라고 평한 바 있다.(『한겨레신문』, 1993년 6월 11일). 나도 그 책의 서평을 서울대학교『대학신문』(1993년 9월 27일)에 쓴 적이 있다.

했다. 이 글은 그 행복에 대한 기록"이라고 말했듯이,[8] 장 화백의 예술과 인품에서 기쁨을 얻고, 행복을 포착하고, 희열을 느꼈기 때문에 따라다닌 것이다. 아무튼 그 관계는 아름다운 것이었다. 장 화백은 그림으로 세상에 알려졌고, 후대에도 그림으로 오래 알려질 화가다. 또 장 화백과 관련된 문헌과 자료가 무수히 많으나 김 교수는 누구보다도 장 화백을 세상에 널리 알리는 데 크게 기여했다.[9] 하기야 장 화백은 그림을 잘 그린 것이고, 김 교수는 뒷북을 친 것인지도 모른다.

김 교수의 외도는 여기에 그치지 않는다. 그는 오래전부터 인왕산 자락 사직공원 안쪽의 황학정黃鶴亭에서 궁도弓道를 연마하여, 실사實射에 있어서도 상당한 실력자라고 소문 나 있다. 또 궁도의 역사와 이론에도 밝아서 연전에 『활을 쏘다: 고요함의 동학, 국궁』이란 책을 냈다.[10] 그러나 활쏘기 이야기가 나오면 김 교수는 으레 "잘 맞히지는 못하나 즐기는 정도"라고 겸사한다.[11] 그래서 한번은 내가 "무얼 아는 사람은 그것을 좋아하는 사람만 못하고, 그것을 좋

8_『그 사람 장욱진』, 차례 앞 쪽. 쪽 번호는 없다.

9_예컨대, 『張旭鎭 먹그림』(열화당, 1998); 『장욱진: 모더니스트 민화장』(열화당, 1997; 개정판, 2004)이란 장 화백의 예술적 연대기가 있다. 이 책의 영문판은 『*Chang Ucchin: Modern Painter or Artisan?*』(열화당, 2004)이다. 또 그가 편한 『장욱진의 색깔 있는 종이그림: 아내 이수경의 화가 이야기』(열화당, 1999)도 있다.

10_효형출판, 2006.

11_내가 김 교수에게 궁도에 관하여 배운 것 가운데는 그것이 명상 효과에 단연 좋다는 것이고, 또 활쏘기에도 단위段位가 있어서 바둑처럼 9단이 최고라는 것이다. 입신入神(따라서 신궁神弓)의 경지일 것이다. 또 김 교수는 정조대왕正祖大王이 신궁이라고 하였다. 신궁인지 어떤지는 모르나, 내가 아는 명궁名弓은 『수호전水滸傳』의 소이광小李廣 화영花榮과 벽초 홍명희의 『林巨正』에 나오는 이봉학이 고작이다. 나의 앎이란 소설 나부랭이에서 얻은 것이고, 김 교수의 지식은 역사에 기초를 두고 있으니, 도저히 따라갈 수가 없다. 족탈불급足脫不及은 이러한 경우에 해당되는 말이다.

아하는 사람은 그것을 즐기는 사람만 못하다"는 말이 있는데,[12] 그렇다면 즐기는 것이 최고의 경지일 것이라고 귀띔을 한 적도 있다. 그렇다고 본래의 전공을 등한시하는 것은 물론 아니다. 그의 학문적 전공은 국토개발에 관한 것이고, 그것과 관련된 연구가 깊다. 그가 책을 내면 늘 나에게 보낸다. 그래 그의 전공분야의 책도 더러 읽었다.[13] 그런데 내가 가장 감명을 받은 저술은 『한국공간구조론』이다.[14] 나는 이 책이 김 교수의 여러 전공 저술 가운데 압권이라고 생각한다. 오래전이지만 그 책을 읽고 나서, '한국의 사회과학도도 이런 수준의 책을 쓸 수 있구나!' 하는 감탄을 토한 기억이 있다.

서론이 길어졌다. 김옥조와 김형국은 그런 분들인데, 같이 모여 무언지 먹고 마시게 되었으니 나로서는 큰 기쁨이었다. 숯불 위에서 지글지글, 타듯이 익는 소고기 등심을 뒤집으며, 선짓국을 연해 시키면서 소주잔은 바빴다. 화제는 동서고금 종횡무진이다. 그러다가 이야기가 일본 여행에 미치게 되었다. 여행의 종류와 목적도 다양하다. 그러나 유람삼아 가는 여행이라면, 풍광도 중요하겠지만, 잠자리가 편해야 하고 먹는 것이 입에 맞아야 한다. 혼자 가는 여행이 아니라면 물론 동행이 훌륭해야 한다. 그러자 옥조 형이 좋은 곳을 안다고 하면서, 언제 한번 같이 가자는 것이다. 어디냐고 물었더니, 이시카와石川현에 있는 '어화漁火'라고 하였다. 그것의 일본 발음은 '이사리비'인데, 그냥

12_知之者 不如好之者 好之者 不如樂之者, 『논어論語』「옹야雍也」.

13_예컨대, 『국토개발의 이론연구』(박영사, 1983); 『도시시대의 한국문화』(나남, 1989); 『고장의 문화판촉: 세계화시대의 지방의 살 길』(학고재, 2002) 등 무수하다.

14_서울대학교 출판부, 1997.

'어화'라고 하기에, 그 말을 듣는 순간 나는 장계張繼의 「풍교야박楓橋夜泊」이란 시를 연상하면서 나도 '어화'를 안다고 했다. 그리고는 메모지를 꺼내서 그 시를 적어 보여 주었다.

月落烏啼霜滿天 달은 지고 까마귀 울고 서리는 하늘에 가득한데
江楓漁火對愁眠 강풍과 어화를 시름에 졸면서 바라보나니
姑蘇城外寒山寺 고소성 밖 한산사
夜半鍾聲到客船 밤 절반의 종소리가 객선에 와 닿는구나.

어려서부터 알고 있는 시다. 이 시는 『당시선唐詩選』에도 있고, 『삼체시三體詩』에도 있고, 『당시삼백수唐詩三百首』에도 있다. 유명한 시이기 때문이다. 언젠가 나는 강용흘姜鏞訖의 『초당草堂』에서 그 시의 영역英譯에 접한 적이 있다. 거기에는 절의 종은 새벽을 알리는 것이 목적인데 한밤중에는 울리는 종은 무엇이냐에 관한 논의가 있어서 흥미롭게 읽던 기억이 있다.[15] 또 그 후 일본의 역사소설가인 진순신陳舜臣의 『중국시인전中國詩人傳』에서 그 시에 관한 이야기를 읽었다.[16]

진순신에 의하면, 일본의 교양인은 당시唐詩와 친숙한 편이나, 가장 친숙한 시는 이백李白이나 두보杜甫 같은 대가의 작품이 아니라 거의 무명이라고 해도 좋을 인물의 「풍교야박」이라는 것이다. 그것이 일본인에게 인기 있는 이유는 "첫째 일본어로 읊조리기가 쉽고, 둘째 난해한 자구字句가 없어 비교적 이해하기 쉽기 때문"이라고 말하고 있다. 그러면서 그는 그 시가 "묵화墨畵 같다"고 하였다. "확실히 한 폭의 묵화이다. 까마귀는 까맣고 서리는 하얗다. 흑과 백

으로 구성된 묵화의 세계라고 해도 좋을 것이다. 시를 읽다보면 문득 그런 묵화의 정경이 떠오른다."고 하였다.[17]

15_ 영역은 아래와 같다. 참고로 적는다.

A crow caws through frost; on maple-wattled waters the moon has sunk.
Midnight … beside the fish-oil's flare a wanderer sleeps alone.
Faint temple-bells shriek jangling from Cloister-in-Cold Mountains:
"Embark---traveller---the walls of Su-Chou lie just beyond …."

흥미로웠다고 한 것은 강용흘이 이 시를 그 전부터 알고 있었는데, 신식학교에 입학하여 일본인 교사에게서 그 시를 다시 배웠다는 대목이다. 그런데 그 교사가 시를 잘 이해하지 못하여 그 잘못을 지적했다고 했다. 절에서는 보통 새벽을 알리기 위하여 종을 친다. 수탉이 새벽에 우는 것과 같다. 그러면 한밤중에 치는 종은 무엇인가? 한밤중의 종소리에 관하여 셰익스피어의 "This bird of dawning singeth all night long."이란 글을 인용하면서, 밤새도록 새가 울었다고 한 것과 같이 시간에 대한 시적 모호성poetic vagueness인지도 모른다는 비평가의 이야기도 했다. 그러나 '야반종성夜半鐘聲'은 그런 것이 아니라는 것이다. 거기에는 초자연적supernatural인 무엇이 있다면서, 중과 비둘기와 뱀에 관한 전설을 이야기하고 있다. 요약하면, "중이 산길을 가다가 비둘기 새끼들을 잡아먹으려는 뱀을 보고는 그 뱀을 죽였다. 그날 밤 그 중은 나루를 건너려고 한 어부의 오두막에서 배를 기다리다가 잠이 들었다. 그 사이에 뱀의 귀신이 여자로 변신을 하고서 오두막으로 왔다. 중에게 복수를 하려는 순간이다. 그것을 안 어미 비둘기들은 중을 깨울 방법을 찾다가 한산사의 종에 머리를 부딪쳐서 그 소리로 중을 깨운다. (그 중이 한산사에 속해 있는 것으로 보였기 때문이다.) 그래서 새벽이 오기 전 한밤중에 종이 울린 것이다. 은혜를 갚고, 비둘기들은 죽는다." 대충 그런 전설이라고 했다. 강용흘은 그의 일본인 선생이 그러한 전설을 몰랐기 때문에 결국은 그것과 연관된 시의 초자연적인 요소를 이해하지 못했다고 하였다. 그런지도 모른다. Younghill Kang, *The Grass Roof* (Chicago and New York: Follett Publishing Co., 1966), pp. 221-223 참조. (이 책이 처음 출판된 것은 1931년에 New York의 Charles Scribner's에서였음.) 또 강용흘 지음, 장문평 옮김, 『초당』(범우사, 1993), 243−246쪽 참조. 그러나 장계는 비둘기의 전설을 상상하여 그런 시를 지은 것은 아닐 것이다. 강용흘 씨는 자신의 박식(?)을 자랑하느라고 다소 비약한 것이 아닌가 한다. 나의 생각이다. 셰익스피어의 인용은 「햄릿」 1막, 1장. *The Works of William Shakespeare*, Edited by William George Clark and William Aldis Wright (Macmillan, 1926), p. 863.

16_ 진순신陳舜臣 지음, 서석연徐石演 옮김, 『중국시인전中國詩人傳』(서울출판미디어, 1997). 진순신은 1924년 일본 고베神戶에서 태어난 역사소설가이자 역사저술가이다. 본적이 타이완 타이베이인 중국인이다. 1990년 일본 국적을 취득했다. 일본 예술원 회원이기도 하다. 일본에서는 그를 '진슌신'이라 부르나, 중국 발음은 '천순천'이다. 일본어로 쓴 그의 여러 저술이 우리나라에도 많이 번역 · 소개되었는데, 모두가 우리식 한자음인 '진순신'으로 되어 있다.

17_ 위의 책, 246쪽.

나는 진순신과 같은 상상력이 부족해서인지, 이 시를 외우고는 있지만 묵화를 연상하지는 못했다. 다만 수면愁眠이란 어휘가 가슴에 자꾸 와 닿는 느낌은 있었다. 강풍江楓은 글자 그대로라면 강가에 있는 단풍이고, 어화漁火는 고기를 잡기 위하여 물 위에 비추는 불이다. 그래서 강풍과 어화를 수면으로 대한다는 것은 근심 속에서 자며말며 하다가 강가의 단풍과 고기잡이 불빛을 본다는 뜻이다. 수면 이야기는 다시 하기로 한다. 고소姑蘇는 오늘날의 장쑤성江蘇省 쑤저우蘇州의 별칭이다. 나는 1990년 2월에 쑤저우에 갔었고, 한산사 경내를 거닐기도 했다. 「풍교야박」의 시비詩碑도 보았고, 그 탁본을 사오기도 했다.[18]

그런데 한산사 아래로는 운하가 있고, 그 운하에 걸쳐있는 강풍교江楓橋란 다리도 있다. 강풍이 양쯔揚子강변의 단풍이란 설도 있으나, 제일 가까운 강가라고 해도 한산사에서는 무척 멀리 떨어져 있다. 종소리가 들릴 리 없다. 순풍이順風耳라고 해도 그렇다. 물론 시인의 상상력이 종소리를 끌어왔을 수도 있다. 그러나 중국의 시는 사실寫實이 주류이기 때문에, 존재의 변형은 가능하다고 해도 존재하지 않는 것은 그리지 않는다고 한다. 따라서 들리지 않은 종소리를 들었다고 하지는 않았을 것이다.[19] 그래서 나는 강풍이 운하運河 가의 단풍이 아닌가 한다. 그 당시 운하는 남북의 교통수단이었다. 객선이 그 위로 지

18_그것은 청의 학자 유월俞樾(1821–1907)이 쓴 것이다. 광서光緖 병오丙午라고 했으니, 1906년이다. 죽기 1년 전에 쓴 것이다. 그래 그런지 글씨에 힘이 부족한 느낌이 있다. 그러나 달필이다. 꽤 크다(85cm x 122cm). 나는 그것을 표구하여 서울대학교 사회과학대학에 기증했다. 지금도 16동 4층 중앙계단을 오르면 오른편에 걸려있다.

19_그러나 여기에도 반론은 있다. 예컨대, 송대의 구양수歐陽脩는 「풍교야박」 시대에는 잠을 설치게 할 우려가 있다는 이유로 일몰 후에는 종 치는 것을 금했기 때문에 '야반종성'은 진실을 그린 것이 아니라고 지적했다고 한다. 사실을 확인할 길은 없으나, 나는 장계가 종소리를 들었다는 쪽에 무게를 둔다. 구양수의 지적에 관하여는 진순신, 위의 책, 246쪽 참조.

나다녔다. 시인이 종소리를 들은 야반에는 객선이 그곳에 머물러 있었던 것이다. 배도 자야 하기 때문이다. 그러면 왜 '수면愁眠'인가?

장계는 샹저우襄州(후베이성湖北省 샹양현襄陽縣) 사람이다. 현종 천보天寶 12년(서기 753년)에 예부시랑 양준楊浚 아래에서 급제를 하였다고 한다. 안사(안록산安祿山과 사사명史思明)의 난이 나기 2년 전이다. 중앙이고 지방이고 정치가 말이 아니었고, 사회도 흉흉했을 것이다. 전거가 확실하지는 않으나, 이 시를 지었을 적은 그가 그 몇 번의 과거에 실패하고 고향으로 가는 길이었다는 설이 있다. 그래서 이 생각 저 생각을 하였을 것이고, 잠을 이루지 못했다는 것이다. 그래 수면愁眠이라고 한 것이다.[20] 나의 생각이다. 이 충무공의 「수국水國」이란 시에 "우심전전야憂心輾轉夜"란 구절이 있는데, 상황은 다르더라도 '근심 속에 둥싯둥싯 잠 못 이루는 밤'인 것은 같지 않았을까? 아니면 나에게도 잠 못 이루던 밤이 많았던 시절이 있어서 그런 생각을 한 것인가?[21]

일본의 '어화'가 당시唐詩에까지 이어져, 이야기가 옆으로 흘렀다. 처음 내가 옥조 형에게서 '어화'란 말을 들었을 적에 나는 그것이 일본의 어느 지명인 줄

20_시인의 고향이 샹저우인데 고향 가는 길이었다면 다소 이상하다. 샹저우와 쑤저우는 거리가 멀다. 왜 쑤저우에 갔는지 알 수 없다. 다른 이야기지만, 예컨대 임동석林東錫 역주, 『당재자전唐才子傳』(김영사, 2004)에는 장계가 기절氣節의 긍지와 도자道者의 풍류를 지니고 있었다고 하고, 또 거기에 소개된 「감회感懷」라는 시를 보면 낙관적인 성격의 인물은 아니었던 것 같다. 시는 이러하다.

調與時人背 내 성격이 이 시대 사람과는 맞지 않아
心將靜者論 마음속에 장차 도가의 수양론이나 알아 보리
終年帝城裏 평생 상제上帝의 성궐에 살면서
不識五侯門 오후五侯의 문벌은 알고 싶지도 않네.

번역은 임동석 씨의 것인데, 이 시에서 시인의 회의적이고 도피적인 성격을 엿볼 수는 있다. 그리고 그러한 성격이 수면과 무슨 관계가 있을 수도 있다는 생각도 해 본다. 위의 책, 247-248쪽 참조. 그러나 시 한 수를 가지고 지은이의 'psychology'를 논하는 것은 옳지 않다는 생각도 든다.

알았다. 지명이면 어떻고 아니면 어떠랴? 좋은 곳이고 언제 한번 같이 가자는데 혹하여 그날은 그저 마셨다. 얼마나 마셨는지는 기억에 없다. 나만 크게 취했을 것이다. 그것은 그렇고, 요즈음 갑자기 '어화'가 다시 생각이 나서, 옥조 형에게 물었다. 그랬더니 친절하게도 소식을 전해왔다.[22] '어화'는 지명이 아니고, 이시카와현의 와지마시輪島市(칠기漆器로 유명함) 중심가에서 차로 약 20분 거리에 있는 온천민숙溫泉民宿집이라는 것이다. 여관보다는 우리의 민박집에 가까운 개념이다. 위에서 말한 바와 같이, 일본 사람들은 「풍교야박」 시와 친하다. 그래서 '어화'라는 이름이 이곳저곳에 많을 것이라고 생각한다. 그러나 옥조 형이 소개한 '어화'는 특이하다. 그 주인이 바다 정치망定置網에서 직접 잡은 싱싱한 생선으로 정성껏 요리를 한다고 한다. 쌀과 야채도 그가 직접 농사한 것이라고 한다. 요새 유행하는 유기농이다. 또 손님이 주인과 같이 고기잡이나 밭일을 직접 체험할 수도 있는 집이라는 것이다. 그만하면 매력은 만점이다. 사케도 물론 있을 것이다.

같이 가자고 했지만 그도 나도 말로만 그랬나? 실행을 못했다. 그 동안 피차 무엇에 쫓기는지 한가하게 여행을 같이 다닐 틈이 없었다. 이제껏 여행은

21_이왕 말이 난 김이니, 사족蛇足을 하나 달자. '수면'을 수면산愁眠山이라고 말한 사람도 있다. 예컨대, 홍기문洪起文(6 · 25 사변 전에 월북한 국학자, 벽초碧初 홍명희洪命憙의 장남)은 이렇게 쓴 적이 있다. "수면愁眠은 산명山名이다. 보통의 산명으로 치면 도리어 시미詩味가 감하는 듯도 하되 공교롭게 산명이 수면이라서 언외의 운향韻響을 가지는 것이다." 대산岱山 홍기문洪起文 저, 김영복金榮福 · 정해렴丁海廉 편역, 『홍기문조선문화론선집洪起文朝鮮文化論選集』(현대실학사, 1997), 29쪽 참조. 큰 발견이라도 한 듯이 좋아하면서 그렇게 썼을 것이다. 그러나 이것은 대산岱山(홍기문의 호)이 잘못 안 것이다. 근처에 수면산이라는 이름의 산이 있는 것은 사실이나, 「풍교야박」으로 인하여 후대에 이름 붙여진 산이기 때문이다. 대산의 글이 발표된 해는 1937년이다. 잘잘못은 그만두고, 글이나 쓸 것이지 월북은 왜 했나?

22_http://www.wajima-minsyuku.com/isaribi

머리로만 다녔다. 그러나 '어화'를 화제로 삼아 술 마신 기억은 있어서 이 글을 쓰는 것이다. 언제 '어화'에 갈 수 있을지? 이 글을 혹시 옥조 형이 읽는다면, 가자고 할 것인지? 아는 것이라고는 모른다는 것뿐이다. 가면 김형국 교수도 물론 같이 가야 한다.

### 추기 1

김형국 교수는 2011년에 『김종학 그림읽기: 또 다른 설악』(도요새)이란 책을 펴냈다. 5월 3일에 갤러리 현대 두가헌에서 출판기념회가 열렸다. 거기서도 포도주에 취했다. 책도 한 권 받았다. 김종학 화백이 1998년에 그린 〈동해어화〉란 화제의 그림이 있고, 그 화제는 나에게서 '계몽 받아' 지어준 것이라고 저자는 말하고 있다(65쪽). 그런데 좀 이상한 점이 있다. 내가 김 교수를 '계몽(?)' 시킨 것은 2002년이고, '동해어화'란 그림을 그린 해는 1998년이기 때문이다. 어디서 잘못 되었는지 시간이 거꾸로 맞아 있다. 나중에 들으니 화제를 후에 지어 주었다는 것이다. 하기야 시간이 거꾸로 가는 것도 있다. 예컨대 스콧 피츠제럴드Scott Fitzgerald의 단편소설 「벤자민 버튼의 시간은 거꾸로 간다*The Curious Case of Benjamin Button*」(1922)가 그것이다. 영화로도 만들어졌다. 감독은 데이비드 핀처David Fincher, 주연 남우는 브래드 피트Brad Pitt(2008년 작품).

### 추기 2

갑신년(2014년) 벽두에 위의 김형국 교수가 새해 인사말을 보냈다. 요즘 일본의 대하소설 『대망大望』을 읽는다면서, 거기 나오는 '어화'에 관한 이야기를 적었다. 그것은 메이지유신明治維新의 수훈공로자인 사카모토 료마坂本龍馬(1835–1867)가 즐겨 불렀다는 노래라고 했다.

"밤새 출렁이던 야소우지八十氏川 강물도
무사들이 쳐놓은 어살 속에 멎는구나
동녘하늘 밝아오는 야소우지 강변에
어화漁火 치켜든 배들 모일 때
뵤도지平等寺 새벽 종소리에
무명無明의 꿈은 깨어나리."

[출처: 시바 료타로司馬遼太郎, 「료마가 간다」, 박재희 외 옮김, 『대망』 27권 (동서문화사, 1979), 157쪽.]

위의 노래는 후시미伏見[교토京都 부근의 지명]에서 멀리 보이는 우지宇治[역시 지명]의 풍경을 읊은 것이다. 아니 그 풍경을 읊었다기보다는 무명장야無明長夜 같은 미망迷妄의 인간 세상에서 의지할 곳이라고는 불법佛法의 등불이 유일하다는 사상을 담고 있는 노래다. 희대의 풍운아風雲兒 사카모토 료마는 그런 인물이었고, 그것을 나에게 보낸 김 교수는 아직 무명장야 속을 헤매는지도 모른다.

『대망』은 근대 일본의 역사를 소설화한 집합 작품이다. 전국戰國의 일본을 통일한 오다 노부나가織田信長(1534–1582), 도요토미 히데요시豊臣秀吉(1536–1598)는 물론, 도쿠가와 바쿠후德川幕府를 개창한 도쿠가와 이에야스德川家康(1543–1616)를 중심으로, 그 뒤 메이지유신을 거쳐 제국帝國 일본을 건설한 영웅(?)들의 이야기를 집대성한, 그래서 일본 사람이면 모두 읽는다는 '국민소설'이다. 거기에는 요시카와 에이지吉川英治(1892–1962)와 시바 료타로(1923–1996)의 글들이 포함되어 있다. 집필 저자는 야마오카 소하치山岡莊八(1907–1978)이나, 사카모토 료마가 부르던 노래는 시바 료타로가 쓴 대목에 나온다.

그건 그렇고 어화는 고기잡이하는 곳이면 어디에나 있었던 모양이다. 아니 지금도 있다. 아니 사카모토 료마의 노래를 다시 읽어보면, 「풍교야박」의 시상詩想을 많이 닮았다. 사카모토 료마도 당시唐詩를 많이 읽었을 터! 허나 장계張繼는 불법佛法과는 좀 먼 사람이었다.

# 불락사

술은 있으면 마시고, 어디서 무슨 술을 마셨는지는 문제가 아니라고 생각한다. 그래도 적절한 장소에서 적당한 양의 술을 마셔야 한다. 1993년 5월 초다. 지리산 철쭉이 한창이란 것이다. '가자!' 하여 나선 것인데, 일행은 심리학과의 조명한, 정치학과의 황수익과 안청시 교수, 그리고 나, 넷이었다. 편히 가자하여 노고단老姑壇까지는 차로 올라갔고, 그 곳 산장에서 하룻밤을 잤다. 조명한 교수의 고등학교 친구가 국립공원관리공단의 간부라 그의 도움으로 산장의 방을 하나 얻었다. 그 덕분에 조용하고 편하게 지냈다.

다음 날 아침부터 걷기 시작이다. 대체로 능선을 걷는 것이니까 그리 힘들지는 않다. 흐드러지게 핀 철쭉 군락을 보면서 임걸령林傑嶺을 지나 반야봉般若峰까지 갔다가 다시 뒤로 돌아 피아골로 내려갔다. 피아골 거의 다 내려가서 우측의 가파른 포장길을 좀 오르면 하악대下岳臺가 있고, 그 곳에 불락사佛樂寺라는 절이 있다.[1] 그 절에서 늦은 점심을 준비한다고 하여 간 것이다. 그때

1_전남 구례군 토지면 외곡리다. 근자에는 이 절이 산사음악회山寺音樂會로 유명하다고 한다.

불락사는 짓기 시작한 지 얼마나 되었는지 모르나 대웅전의 단청이 다 끝나지 않은 상태였다. 그런데 불락사에 가게 된 것은 석상훈釋相勳이라는 주지가 안청시 교수의 고등학교 후배이고 잘 아는 사이라 놀러오라 하여 들른 것이다.

우리가 도착하자 주지가 나와 반기면서 식당(?)으로 안내하는 것이었다. 그러나 염치가 있지 어찌 바로 식당으로 가겠는가? 나는 대웅전에 들어가서 부처님께 칠배七拜를 먼저 드렸다. 음식은 정갈하고, 때는 바야흐로 여름의 시작이라 각종의 신선한 야채가 상을 덮었다. 야채만 있었겠는가? 절에서도 말만 잘하면 새우젓도 얻어먹는다는 말이 있지 않은가? 조명한 교수는 주호라 술이 없으면 안 되고, 나 역시 술이라면 그에게 별로 지지 않는 수준이라 술이 없느냐고 했더니, 관광소주를 한 병 내오는 것이었다.[2]

다 아는 이야기지만, 불가에는 오계五戒가 있다. 불살생不殺生, 불투도不偸盜, 불사음不邪淫, 불망어不妄語, 불음주不飮酒가 그것이다. 생명 있는 것은 죽이지 말고, 도적질하지 말고, 음행하지 말고, 거짓말하지 말고, 또 술 마시지 말라는 것이다. 다른 것은 그렇다고 하고, 술을 마시면 마음이 해이해져서 수양에 도움이 안 되기 때문이다.

그러나 옛날 중들도 술을 더러 마셨다. 곡차曲茶(또는 穀茶)라고 하면서 마시기도 했다. 근자에는 술 잘 마시는 중들이 아주 많다. 내가 아는 중들은 대개 그렇다. 종교의 세속화가 우심하기 때문일 것이다. 또 소설의 이야기이긴 하나 『수호전水滸傳』의 영웅인 화화상花和尙 노지심魯智深이 중노릇을 할 적은 말할 것 없고, 행자行者 무송武松도 술을 마실수록 기운이 나는 호걸이었다. 하기야

2_요즘은 보이지 않는데, 그때는 관광소주라는 것이 있었다. 네모의 투명한 500cc 들이 병이다. 일반 소주보다는 좀 좋게(?) 만들었는지도 모르나 약간 비쌌다.

이 두 사람은 죄를 짓고 승문에 숨었던 사람이니, 실상 진짜 중이라고 할 수는 없다. 벽초의 『임거정林巨正』에 나오는 병해甁亥대사는 갸륵한 중이라 그런지 술 마셨다는 이야기는 없다. 이런 중도 있고 저런 중도 있을 것이다. 그러나 술을 좋아하는 중이 어디 한둘이겠는가?

관광소주 한 병이 순식간에 없어졌다. 다른 술은 없느냐고 했더니, 주지가 어디에선가 조니 워커(블랙)를 한 병 들고 나오는 것이었다. 웬 떡이 아니라 웬 술인가 하면서 거나하게 마셨다. 아주 취하게 마시지 않은 것은 저녁 약속이 있었기 때문이다. 우리 일행은 불락사에서 하동군 진교면의 새미골로 갔다. 새미골에는 막사발을 주로 굽는 요窯가 있고, 장금정張今貞 여사가 장색匠色이다. 장 여사도 안청시 교수와 잘 아는 사이다. 저녁은 남해대교 아래서 '부어라, 마셔라!' 했고, 깨어보니 장 여사 집이었다. 날이 밝았다.

석상훈 주지는 그 후 쌍계사의 총무 일도 보았다. 그때 방문하여 곡차 아닌 우전차雨前茶를 대접받기도 했다. 한참 후 쌍계사의 주지가 되었다는 이야기를 들었다.

# 보리굴비

대학동창 몇이서 만나는 '청바지 모임'이 있다. 대체로 한 달에 한 번 모이는데, 청바지를 입어야 한다. 약속이니 그렇겠지만 잘 지켜진다. 매번 모두 청바지를 입고 나온다. 그것이 생긴 것은 2008년 4월 12일이었다. 그날은 법대 58학번들이 입학 50주년 행사를 모교에서 가진 날이다. 그날은 『낙산의 둥지 떠나 반백년: 서울법대 58학번들의 이야기』(두배의느낌)란 책이 출판되어 처음 배포된 날이기도 하다. 기념행사는 모교 '법대 100주년기념관'에서 오전 11시부터 시작되었다. 그리고 하루 종일 행사가 있었는데, 나는 오래전에 약속한 산행 모임이 있어서 기념식만 참석하고 점심 전에 부득이 떠났다.

나는 물론 없는 자리이나, 그날 오후 몇 친구들이 청바지를 입고 만나는 모임을 만들자고 한 모양이다. 그래서 그들이 한두 번 모였다고 하는데, 하루는 그 모임의 대표격인 김경철金景澈 형이 전화를 하고 이만저만한데 좀 나왔으면 한다고 하였다. 늦었지만 끼워준다는 것이다. 나에게도 청바지는 하나 있으나, 잘 입지를 않아서 새것이나 다름없다. 복장은 문제가 없다. 그러나 좋은 친구들이 민나자고 하는데 거절할 이유도 없고, 내가 거절을 하면 누군가가 복장이 터질지도 모른다고 생각하여 고맙다고 했다.[1] 그래서 내가 그 모임에 처음 참석한 것은 2008년 6월이었다. 그날은 논현동의 '노들강'이란 전라남도 해물음식점에서 모였다. 그 다음 달인가는 이태원 해밀턴호텔 뒤에 있는 독일식 주점인 '3 Alley'에도 갔고, 그 다음엔 지하철 5호선 마장역에서 남쪽으로 조금 내려가다 우측에 있는 '군산집'에 간 기억도 있다.

참석하는 동창의 면면을 살피면, 김경철, 이하우李夏雨, 최상태崔相泰, 한승준韓丞濬 형들이고, 내가 말석에 끼어 다섯이다. 그러다가 다음 해에 정장현丁璋鉉 형이 몇 번 참석하였는데, 근자에는 나오지 않아서 다섯이서만 모인다. 한 달에 한 번 꼴로 모이니, 자주 얼굴을 보는 셈이다. 또 다른 계제에서 만나기도 하여 한 달에 두세 번 보는 친구도 있다. 그건 그렇고 청바지 모임의 경우에는 모이는 장소가 매번 바뀐다. 가나다순으로 돌아가면서 자기 차례가 되면 장소도 정하고 밥값도 낸다. 그러다보니 좀 싼 집에 가는 수도 있고, 아닌 경우도 있어서 식대는 참석자들이 균분하여 내자는 의견도 나왔으나, 잘 실천이 되지 않는다. 낼 형편이 되니 내는 것이다. 밥값이 문제가 아니라 모여서 이야기하는 것이 매우 재미있기 때문이다. 나를 빼고는 모두 사회경험도 풍부하고 학식도 비범한 재사들이라 내가 배우는 것이 많다. 그래 그 모임이 좋고, 기다려진다. 이런 기억도 있다.

첫해인 2008년 10월 23일이다. '군산집' 다음의 모임이다. 그날은 강남구 대치동에 있는 '고운님'이란 곳에서 모였다. 지하철 2호선 선릉역 1번 출구에서

1_복장은 같은 복장이나, 복장腹臟이지 복장服裝은 아니다. 터질 수 있는 것은 앞의 것이고, 몸이 비대해지면 전에 입던 옷을 입을 적에 꼭 끼어서 "옷이 터질듯 하다"는 표현이 있으나, 그것을 복장이 터진다고 말하지는 않는다.

삼성역 쪽으로 가다가 포스코 건물과 동부금융 건물 사이에서 우회전하여 약간 언덕길을 좀 올라가면 있다. 이 집도 남도음식이 전문이고, 맛으로 소문난 집이다. 그런데 식사로 나온 보리굴비가 좀 작아 보였다. 본래 보리굴비는 통보리뒤주 속에 보관한 굴비를 말하는데,[2] 요즘의 보리굴비는 뒤주와는 관계없이 아주 찬물에 밥을 말고 굴비를 잘게 찢어서 밥 위에 얹어서 먹는 음식이 되어 버렸다. 이것저것 술과 안주를 다 먹고 나서 밥(소위 식사)을 안 먹었다고 하면 서운해 할까 주는 것이다. 한정식 집에서 흔히 나오는 된장찌개와 누룽지 대신이다. 그러나 근자에 큰 굴비는 값이 비싸서 좀처럼 먹기 어렵다. 그래서 작은 굴비를 내온 것인지도 모르고, 또 입가심 비슷하게 먹는 것이니 맛만 조금 보라고 내온 것일 수도 있다. 그런데 남도 음식에 일가견이 있는 최상태 형이 "이건 보리굴비가 아니다!"고 주인이 들으면 섭섭한 말을 하면서, 다음엔 보리굴비를 잘하는 집에서 만나자고 하는 것이었다. 나는 보리굴비를 그날 처음 먹었다. 그러니 거기의 굴비가 큰지 작은지 개념이 없었다. 맛만 있었다. 굴비 맛이 정말 좋았는지, 아니면 술이 올라서 열이 나는데 찬물에 말은 밥이니 시원해서 좋았는지도 모른다.

다음 달(11월) 19일이다. 최 형이 연락하여 소위 보리굴비 잘하는 집에서 모였다. '동백길'이란 한정식집이다. 이 집은 지하철 2호선 서초역 10번 출구로 나와서 첫 우회전 골목길로 가면 된다. 법원 뒷골목이라고도 할 수 있는데, 더 정확히 말하면 '법률구조공단' 앞에 있는 한승빌딩 지하다. 그날은 어쩐 일인지 낮에 모였다. 먹고 마시는 데 점심 저녁이 따로 있지는 않다. 그런데 최 형

2_굴비를 통보리뒤주 속에 넣는 풍습은 뒤주 안이 서늘하고, 보리의 겉겨가 굴비의 기름을 빨아들여 오래 보관할 수 있기 때문이라고 한다.

과 같이 왔는지 갔는지 했기 때문인지 모르나, 박정아라는 사장이 방에 들어와서 하는 말은 자기네 집에서는 보리굴비를 나름대로의 정성을 다하여 특별히 만든다고 했다. 먼저 맛있는 국물을 만들고,[3] 그 국물 위에 겅그레를 놓고 베보자기로 덮은 다음, 솔잎을 깔고 그 위에 굴비를 얹어서 찐다는 것이다. 먹기 좋게 될 때까지 찔 것이다. 그러니 맛이 없을 수 없다. 그런 굴비를 결대로 찢어서 찬물에 말은 밥과 같이 내놓는다고 하였다. 딴에는 애교를 부리며 설명하는 사장이 과히 추물은 아니어서 한편으로 마시고, 한편으로 이야기는 흘리면서 들었다. 대충 술이 끝나자 맛있다는 보리굴비가 나왔다. '고운님'의 보리굴비와 비교하여 맛이 더 나은지는 확실치 않았다. 대낮에 취해서 먹는 맛은 대개 그게 그거다. 저녁에는 다를지 모른다는 생각은 했다.

며칠 후 그 보리굴비가 생각이 나서인지, 또 새 집의 개발을 자랑하고 싶어서인지, 나는 제자 몇을 '동백길'로 초대했다. 백창재 · 임혜란 · 권형기 · 김경희 교수가 모였다. 이번에는 저녁이었다. 최상태 형과 같이 가지를 않아서인지 저녁자리라도 맛은 그저 그랬다. 별미로 한두 번 먹는 음식이지 자주 먹을 것은 아니라고 생각했다. 우선 짜다. 짠 음식이 좋을 리가 없다. 차라리 굴비를 천정에 매달아 놓고, 쳐다보면서 밥을 먹는 것이 나을지 모른다.

청바지 모임은 그 후에도 물론 계속이다. 한 달에 한 번꼴로 모인다는 이야기는 위에서 했지만, 근자에는 아주 매달 셋째 목요일로 정해서 모인다. 모두 건강하여 오래 청바지를 입고 다닐 수 있기를 축수한다.

3 국물 만드는 이야기는 기억에 없다. 멸치, 다시마, 무, 양파 등을 넣고 끓이는 정도의 것이 아닐까 한다.

# 운주회

운주회는 작고한 김종운金鍾云 교수가 서울대 총장으로 재직할 당시 대학 행정관(흔히 본부라고 함) 4층에서 그를 도와 일하던 교수들의 모임이다.[1] 김 교수는 1991년 7월 16일에 실시된 교수들의 직선투표에서 네 명의 후보 가운데 1위를 하였다. 정부는 김 교수를 8월 14일에 총장에 임명하였다. 서울대의 초대 직선총장이 된 것이다. 그 후 전국의 여러 대학에서도 총장직선제를 채택하였다. 총장직선제는 민주화의 물결을 타고 등장한 제도이다. 제도 자체로서 단점도 있고, 대학에 따라 차이는 있겠으나 실시 과정에서 여러 문제가 노정되어 근자에 와서 그것을 폐지한 대학도 적지 않다. 서울대도 법인이 되면 총장선출 방식이 바뀔 것이라고 한다.

그런데 나는 김 총장의 임기 말년에 그 4층의 일원이 되었다. 그 경위는 이러하다. 1994년 5월 30일 오전이다. 총장이 내 연구실로 전화를 했다. 별일 없

1_4층에는 총장실, 부총장실, 대학원장실, 교무처, 학생처, 연구처, 기획실 등이 있었다. 세 개의 처에는 처장과 부처장이 한 명씩 있었고, 기획실에는 실장과 부실장이 또 한 명씩 있었다. 4층에는 소위 간부회의라는 모임이 매주 화요일 오전에 열렸고, 그 모임에는 4층 소속은 아니나, 『대학신문』 주간도 참석했다. 또 사무처장과 시설관리국장이 참석했다.

으면 점심을 같이 하자는 것이다. 그래서 교수회관에서 점심을 하게 되었다. 김 총장은 소탈한 사람이어서인지 김치찌개를 좋아했다. 그는 그것을 시켰고, 나도 다른 것을 시키기가 뭣해서 같은 것을 시켰다. 점심을 하면서의 이야기는 교무처장인 백충현白忠鉉 교수가 법대학장이 되어 그 자리가 궐석이니, 당신의 남은 임기까지 그 자리를 맡았으면 좋겠다는 것이었다. 그 말을 듣고 당장 무어라고 대답하기가 어려워 생각 좀 해 보겠노라고 하고 헤어졌다. 가부간에 조만간 거취를 말하여야겠는데, 혼자서 결정하기가 쉽지 않았다. 나는 정치학과의 김영국 교수와 상의했다.

그때 나는 정치학과 학과장 노릇을 4년, 사회과학연구소장 일을 4년 한 경험이 있었다. 학과장직은 돌아가면서 하는 보직이라 할 수 없이 맡은 것이나, 그것은 유신 말기에서 전두환이 대통령이 될 때까지의 어렵던 시절이라 별로 유쾌한 기억은 없다. 사회과학연구소장직은 매우 바쁜 자리다. 전임 소장들이 유능해서였겠지만, 당시 수준으로는 씀씀이가 상당히 큰 규모의 연구소였기 때문이다. 전임 소장들과 비슷하게 연구소를 끌고 나가려니 응당 외부의 용역을 많이 얻어와야 했다. 용역은 돈을 받고 일을 해 주는 것이다. 예컨대, 포항제철과 같이 큰 회사의 기업문화를 연구한다든지, 일간지의 여론조사를 대행한다든지 하는 따위의 일이 보통이었다. 돈을 얻어오기도 힘들고, 적절히 쓰기도 어려운 4년을 보낸 것이다. 오죽하면 소장직을 그만두고 나니 너무 행복해서 담배 피우고 싶은 욕구가 점점 줄었던 것이다. 그래서 점점 피우지 않다가, 담배를 완전히 끊은 것은 연구소를 떠나고 1년이 조금 지난 1993년 봄이었다. 그런데 다시 1년이 지나서 또 담배를 태우게 될지 모르는 보직을 맡는다니, 통 마음에 내키지 않는 상황이었다.

그런데 김영국 교수의 생각은 달랐다. 무조건 하라는 것이다. 교무처 일은 대학에서 제일 중요하고, 그 자리에 있어야 학교가 어떻게 돌아가는지를 알게 된다는 것이었다. 그리고 김 총장의 남은 임기 동안일 것이니, 길어야 9개월인데 학교를 위해서 봉사를 하라는 것이었다. 봉사는 그렇다고 하고, 학교가 어떻게 운영되는지를 내가 알아야 될 이유는 없었다. 더구나 그때 나는 정년이 10년 남짓 남았기 때문에 강의를 더 열심히 하고, 연구를 좀 잘해서 좋은 책이나 한두 권 더 썼으면 하는 생각을 갖고 있었던 것이다. 그러나 세상일은 생각과 같이 되지는 않는 모양이다. 내가 김 총장의 제의를 수락한 데에는 다른 이유가 있다.

나는 김종운 총장을 어려서부터 안다. 그의 외조부와 나의 외조모가 남매였다. 구태여 촌수를 따지자면 외가 쪽으로 육촌 간이다. 그러나 내가 김 총장을 잘 알게 된 것은 서울대의 전임이 된 후고, 그 전에는 별로 교류가 없었다. 나이가 10년 정도 많은 친척 형 정도로만 알고 있었다. 더구나 그의 인문대와 나의 사회대는 옛날 문리대 시절과 달라서 교류도 많지 않았다. 그러다가 1982년 내가 문교부 지원으로 1년 동안 미국에 안식년 비슷하게 다녀오게 되었는데, 그때 김 총장이 그야말로 교무처장이었다. 학교의 재정보증서와 같은 자질구레한 일들을 쉽게 처리하여 준 일도 있었다.

그런데 사건은 위에서 말한 1991년의 총장직선제에서 터졌다. 그 선거에는 위에서 말한 것처럼 네 명의 교수가 후보였는데, 김종운 교수와 김영국 교수가 모두 후보였다.[2] 김종운 교수와 김영국 교수는 경기중학교 동창으로 앞

2_다른 두 명은 공대의 전용원田溶元 교수와 의대의 이광호李光鎬 교수였다.

의 교수가 뒤의 교수보다 한 해 선배다. 나이도 한 살 많다. 오랫동안 친한 사이다. 더구나 문리과대학에서 같이 교수로 재직을 했으니, 그 관계는 실로 친밀親密 이상의 것이었다. 그런데 세상사란 이상한 것이어서 이제 총장직을 놓고 다투게 된 것이다.

나는 우리 과의 선배 교수가 출마를 하였으니 당연히 참모로서 뛰어야 했다. 실제로도 그랬다. 한편 김종운 교수에게 미안한 마음도 있었다. 선거 도중 세 번의 유세가 세 캠퍼스에서 있었다. 한 번은 관악, 또 한 번은 연건, 그리고 마지막은 수원 캠퍼스에서였다. 나는 김영국 교수의 참모다. 당연히 같이 다녔다. 연건 캠퍼스의 유세날이었다. 의과대학 강당 입구에서 두 후보가 마주쳤다. 둘은 웃으면서 악수를 했지만, 서로 겸연쩍었을 것이다. 옆에 있던 나도 마음이 편치 않았다. 비감한 생각도 들었다.

김종운 교수의 캠프에서도 열심히 선거운동을 하였다. 정치학과 쪽에서도 뒤지지 않으려고 열심히 뛰었다. 나도 나름대로 최선을 다했다. 그러나 결과는 위에서 말한 바와 같다.[3] 오랫동안 친했던 두 사람이지만 싸움은 싸움이다. 옹졸한 사람들은 아니지만 마음속에 서먹서먹한 감정이 생겼을 수도 있다. 그렇다면 하루라도 빨리 그러한 감정을 풀 수 있는 자리를 마련하는 것이 좋겠다는 생각이 들었다. 나는 7월 24일 점심에 두 분을 팔래스호텔 중식당인 '서궁'으로 모셨다. 셋만의 자리가 좀 어떨까하여 경제학과의 김세원金世源 교수도 불렀다. 분위기가 좋았다. 서먹서먹한 감정은 물론, 이긴 쪽의 미안한 마음과 진 쪽의 아쉬운 생각이 모두 없어지는 것 같은 자리였다.

그런 일이 있었던 것이다. 그런 저런 연유로 나는 김종운 총장의 제의를 거절하기 어려운 처지였다. 그래서 6월 3일 교무처장 임명장을 받았다. 소위 4층 식구가 된 것이다. 그리고 얼마 지나서였다. 하루는 당시 학생처장이던 김동진金東進 교수가 내 방에 와서 얼마 지나 김 총장의 임기가 끝나면 4층 식구들이 모두 헤어지는데, 모임을 만들어 1년에 몇 번이라도 만나는 것이 좋지 않겠느냐는 이야기를 꺼냈다. 그러면서 나보고 그 모임의 이름을 지으라고 하였다. 그 얼마 전 나는 김동진 교수의 호를 일청逸淸이라고 지어 준 적이 있었다. 그래 아마 내가 작명을 잘하는 줄 안 모양이었다. 그래서 '운주회'라는 이름이 생겼고, 모임이 구성되었다. 왜 운주회냐고 누가 물으면 김종운 총장과 김상주金商周 부총장의 이름 끝 자를 따서 지은 것이라고 대답하라고 했다.

그러나 거기엔 내 나름의 이유가 있었다. 나는 소싯적부터 '운주運籌'란 말을 좋아했다. 유방劉邦이 항우項羽를 멸하고 황제 자리에 오른 해(202 B.C.) 5월에

3_당시 서울대 교수는 모두 1,131명이었는데, 선거에 참여한 교수는 1,026명이었고, 투표방식은 2인 연기방식이었다. 두 후보에게 기표하는 방식이다. 결과는 김종운 교수가 638표, 김영국 교수가 566표, 전용원 교수가 449표, 이광호 교수가 361표를 얻었다. 기록은 그런데 네 교수가 얻은 표의 합은 2,014이다. 제대로라면 2,052가 되어야 맞다. 모자라는 19명의 기표가 무효로 된 모양이다. 너무 많다. 기록에 잘못이 있는지도 모른다. 그건 그렇고 열심히 운동을 하였다고 하였으나, 돌이켜보면 그렇지 못했다. 투표 전날, 그러니까 운동의 마지막 날, 김영국 교수의 캠프 관계자들은 그동안 수고도 많았고, 운동에도 지쳐서 저녁이나 하고 헤어지자고 하여 방배동에 있는 '지원鮨源'이란 일식집에 모여 취하고 말았다. 나중에 들은 이야기는 김종운 교수의 참모들은 그날 밤 늦게까지 도와 달라는 전화를 계속했다는 것이다. 심지어 정치학과 교수 가운데도 전화를 받은 교수가 있었다. 두 후보에게 표를 던지는 제도이니 하나는 달라는 식의 전화가 왔다는 것이다. 선거에는 여러 가지 변수가 있다. 한 마디로 김종운 교수의 참모들이 우리 쪽보다 더 열심이었다. 결과적으로 그랬다. 선거는 정치학의 중요한 분야이고, 선거가 전공인 교수들이 정치학과에 있다. 그러나 그들은 연구나 했지, 실제에는 취약했다. 실제에 취약한 연구는 무엇 때문에 하나? 또 2인 연기방식의 투표는 투표방식으로 좋은 것이 아니다. 최상과 차상의 두 후보에게 기표하라는 취지이기는 하나, 1위를 할 가능성이 있는 후보를 견제하기 위하여 자기가 원하는 후보와 표를 제일 적게 얻을 것으로 판단되는 후보(말하자면 꼴찌로 예견되는 후보)에게 기표하는 전략이 가능하기 때문이다. 최악은 꼴찌라고 생각했던 후보가 일등을 하는 경우일 것이다.

낙양洛陽 남궁에서 큰 잔치가 열렸다. 유방은 자기가 천하를 얻은 것은 사람을 잘 썼기 때문이라고 말하면서, 장량張良 · 소하蕭何 · 한신韓信의 공을 칭찬하였다. 그는 장량을 두고 "유악장중 속에서 계책을 꾸며 천 리 밖의 승리를 결정짓는 일은 내가 장자방만 못하다[運籌帷幄之中 決勝于千里之外 我比不上張子房]"고 말했다.[4] '운주'는 여러 가지 계책을 낸다는 뜻이다. 그런 것을 염두에 두고 모임의 이름을 정한 것이다. 김종운 총장은 1995년 2월 28일에 퇴임을 하였다. 그리고 얼마 안 되어 한국학술진흥재단 이사장이 되었다. 3년 임기가 끝나 갈 무렵 몹쓸 병환이 났고, 2년의 투병 끝에 불행히 타계하셨다. 2000년 3월이다. 그 사이에 운주회는 몇 번 모이지 않았다. 더구나 김 총장이 돌아가신 후 운주회는 사실상 유명무실하게 되었다. 또 대학원장이던 김채윤 교수, 나의 전임 교무처장이던 백충현 교수도 작고했다.

그런데 2008년 11월 유정열劉丁烈 교수가 전화를 했다.[5] 김종운 총장 시절 부총장이었던 김상주 교수가 학술원 회장이 되었으니 운주회에서 축하연을 마련하는 것이 어떻겠느냐고 하였다. 그래서 11월 21일 '용수산 서초점'에서 모였다. 열두 명이 참석하였다. 오랜만의 모임이기도 하고 축하연이어서 분위기는 화기애애하였고, 유 교수가 그날 비용을 혼자 모두 냈다. 그런데 유 교수는 그날 운주회의 회원 명단을 만들어 와서 하나씩 나누어 주었다. 회원이 열여덟 명이다.[6] 그 가운데 약 반이 명예교수이다. 세월이 많이 흐른 것이다. 그 후 운주회는 1년에 두어 차례 모인다. 김상주 회장이 답례로 소집을 했고, 박상대 · 이정복 · 곽수일 교수와 내가 또 한 번씩 소집을 하였다. 또 누가 했는지도 모

4_『史記』「高祖本紀」.

5_유 교수는 공대 기계항공공학부 소속이고, 4층 시절 교무부처장 일을 보았다. 운주회의 총무이다.

른다. 김상주 회장 때인가는 지하철 2호선 역삼역 근처의 '장원'에서 모였고, 그 다음부터는 그 옆의 '호정회관'에서 모인다.

최근 모임은 2011년 10월 12일(수요일)에 있었다. 그것은 위의 김동진 교수가 정년 후 연변에 1년, 또 그 후에 미국에 얼마간 가 있어서, 근자의 모임에는 참석을 못했기 때문에 이번에는 자기가 스폰서가 되겠다고 자청하여 모인 것이다. 예의 '호정회관'에서 열네 명이 모였다. 참석률이 높은 편이다. 그런데 그 자리엔 의대의 이정빈李正彬 교수가 처음으로 참석했고, 내 옆에 앉았다.[7] 반가웠다. 그는 유명한 법의학자다. 4층 시절에 기획실의 부실장이었는데, 나와 죽이 맞아 가까이 지내던 인물이다. 호주가다. 그와 점심을 하면 소주를 각 일병으로 끝낸 적이 없다. 학장회의가 있는 날도 마시고 들어와서, 회의 도중에 내가 코를 곤 적도 몇 번 있었다. 그런 기억이다.

이정빈 교수는 보성고등학교를 졸업하고 서울 의대를 갔다. 중학교도 보성을 다녔다. 강북의 명문이다. 강북의 여러 유수한 고등학교들이 강남으로 이전하는 바람에 보성고등학교도 송파구 방이동으로 이전했다. 강북의 여러 고등학교들을 강남으로 대거 옮기게 한 정부의 정책이 잘된 것인지, 어쩐지는 지금 평가하기 어렵다. 그러나 소위 평준화 이전의 여러 고등학교 혹은 중학교와 고등학교가 분리되기 이전의 중학교들은 그 나름대로 많은 인재의 산실

6_김상주(공대 재료공학부), 최명(정치학과), 박상대(생명과학부), 김동건(행정대학원), 곽수일(경영학과), 황동규(영어영문학과), 이정복(정치학과), 김동진(체육교육과), 이태수(철학과), 유정열(기계항공공학부), 한세현(치의학과), 장호익(디자인학부), 조수헌(예방의학교실), 박상섭(외교학과), 김인준(경제학부), 안중호(경영학과), 권순국(조경 · 지역시스템공학부), 이정빈(법의학교실). 명단에 기록된 순서임.

7_이정빈 교수는 2011년 8월에 정년을 하고, 건국대 법대의 석좌교수로 갔다. 법의학자이니 법대 교수가 되어도 이상한 일은 아니다.

이었다. 이정빈 교수의 이야기를 좀 더 하기로 한다.

하루는 나와 술 먹으면서 그가 중학교에 입학했을 적의 이야기를 하였다. 중학교 입학 첫날 할아버지와 겸상하여 밥을 먹는데, 말씀이 "너도 이제 중학생이 되었으니 술을 좀 먹을 줄 알아야 된다." 하시면서 밥주발 뚜껑에 술을 따라 주셨다는 것이다. 당시 기구 있는 집에서는 밥은 대개 놋주발에 담는다. 뜨거운 밥을 담은 그릇의 뚜껑이니, 그것도 뜨겁다. 거기에다 정종이고 약주고 찬술을 따르면 약간 미지근해진다. 거냉去冷이라고 한다. 찬 기운을 없앤다는 뜻이다. 그날부터 매일 할아버지와 대작을 하였다는 것이다. 술이 늘지 않을 수 없었을 것이다. 취해서 학교에 가지 못한 날도 있었고, 지각한 날은 말할 수 없이 많았다고 했다. 그가 주호가 된 내력이다. 믿거나 말거나다. 그러나 나는 믿었다. 그는 정직하고 순수한 사람이기 때문이다. 그래도 그가 서울의대에 입학을 한 것을 보면, 시험 당일은 술을 마시지 않고 간 모양이다. 아니 약간 마시고 갔는지도 모르나, 아무튼 타고난 머리가 명석했기 때문이리라.

그는 술 못지않게 골프도 잘 쳤다. 골프는 할아버지에게 배운 것은 분명 아니겠으나, 골프를 한번 같이 치게 되었다. 내가 4층에서 일하던 1994년 10월 15일이었다. 토요일이기도 했지만, 서울대학교 개교기념일이라 휴일이었다. 김상주 부총장, 김동진 학생처장, 이정빈, 그리고 나, 넷이서 경기도 용인시에 있는 은화삼 골프장엘 갔다. 그런데 그날 사고가 났다. 사고가 아니라 경하할 일이 터졌다. 이정빈 교수가 홀인원을 한 것이다. 30일에 다시 한 번 더 쳤다. 홀인원을 축하하기 위해서였다. 뱅뱅사거리에 있는 '버드나무집'에서 저녁을 하면서 홀인원 축하기념패의 전달도 있었다.

4층을 떠난 후 나는 이정빈 교수를 거의 본 적이 없다. 운주회 모임에도 처음이라고 위에서 말했다. 그날 김동진 교수는 중국에 가 있던 티를 내느라고 그랬는지 우리양예五糧液 한 병을 가져왔고, 이정빈 교수는 그동안 참석 못했음을 미안하게 생각하여 그랬던지 조니워커 블루를 한 병 들고 왔다. 열 명이 넘게 모였지만, 술 마시는 사람은 많지 않다. 그러나 그 두 병이 순식간에 없어지고, 소주를 계속 마셨는데, 몇 병이나 더 마셨는지는 기억에 없다. 그 다음 모임은 2011년 11월 25일(금요일)에 있었다. 2011년 8월에 이정빈 교수와 같이 정년한 치의학과의 한세현韓世鉉 교수의 초대였다. 운주회는 그런 모임이다.

# 광주

서울대학교에는 나와 고등학교 동기인 교수가 여덟 명이 있었다. 그 중 김석조金碩祚 군은 대학도 같이 다녔는데, 일찍 법과대학 교수가 되었고, 또 일찍 그만두었다. 유신정권 때 처음 생긴 교수 재임명제도에 의하여 초기에 희생된 케이스다. 재임명제도에 의하여 교수직을 박탈당한 케이스가 더러 있었고, 그것들은 대개가 악용된 사례였다. 정부의 미움을 샀거나, 혹은 사립대학의 경우에 재단과의 불화 때문인 것이 대부분이었다. 김석조 군의 경우는 그도 저도 아닌 것으로 안다. 자세한 내막은 알 수 없으나, 해외에 오래 나가 있는 것이 문제가 되었던 모양이다. 학교에서 귀국을 종용해도 말을 잘 안 들었다고 한다. 귀국하라고 하였을 적에 바로 귀국을 하였으면 별 탈이 없었을 것이다. 그러나 그때 김 군은 하버드대학에서 공부를 하고 있었고, 그것이 끝나면 귀국한다는 계획이었다고 한다. 또 "설마?" 하는 생각도 있었는지 모른다. 아니 유신체제 아래서 교수 노릇을 계속 하기보다는 비록 타의에 의한 것이라지만 차라리 그만두는 것이 낫겠다는 생각을 했는지도 모른다.

김석조 군은 재주가 비상하다. 공부가 뛰어난 것은 물론이지만, 바둑도 잘 둔다. 아마추어로 최고수급이다. 고집도 세어서 별명이 '심술'이다. 탈락 문제가 생겼을 적에 법과대학 교수회의에서 그것이 부당하다고 결정했다면 이야기가 달라졌을지 모른다. 그러나 김 교수의 편을 드는 교수들이 많지 않았다고 한다. 그 심술이 문제였던 모양이다. 안타까운 일이다. 서울대학이 인재 하나를 버린 셈이다. 학교를 그만둔 후 그는 국제변호사로 일하고 있다. 변호사는 자유업이니 자유롭게 살 것이다. 어쩌다 만나면 그때마다 보우타이를 매고 있고, 파이프 담배를 즐긴다. 멋쟁이다. 칠십이 넘었으니 그 심술이 이제는 좀 줄었을 것이다. 세 살 버릇이 여든까지 간다는 말이 맞는다면, 몇 년을 더 기다려야 할 것이다.

김석조 군이 나간 후, 나머지 일곱은 정년까지 학교를 지켰다. 가나다 순서로 이야기를 하자면, 첫 번이 의대의 김노경金潞經 군이다. 내과의인데, 그의 지론은 청진기 하나만으로 거의 모든 내과 질환을 진찰할 수 있어야 한다는 것이다. 내과에서도 악성종양 치료가 전공이기 때문에 그에게는 '암癌노경'이란 별명도 있다. 대통령 주치의도 했고, 정년 후 국립암센터 이사장도 지냈다. 그러니까 한 3-4년 더 일을 한 것 같다. 그건 그렇고 정년 후 아무 일도 안 하고 지내는 친구들이 대부분인데, 몇 년 더 의료봉사를 했으니 그것만으로도 훌륭하다고 하겠으나, 그런 인재는 더 일을 하도록 해야 하는 것이 마땅하다는 생각이다. 치매도 아니고, 악성종양의 환자를 누구보다 잘 진단하고 치료를 할 수 있는데도 불구하고, 집에서 쉬라니 아쉽다. 하기야 아쉬운 것이 어디 그것뿐인가? 김 군은 책을 많이 읽어서 박학하기 짝이 없고, 정치에도 관심이 많아서 명색이 정치학 전공인 나에게 가르침이 많다. 또 특히 해학에 능하다. 바둑도 곧잘 둔다. 술은 전혀 못하나, 담배는 아직 핀다. '의사가 하라는 대로 하는 것은 바람직하나, 의사 하는 대로 따라 하지는 말라!'는 말을 가르치고 있다.

그 다음은 약학대학의 김양배金良培 군이다. 사나운 개 콧등 성할 날이 없다는 말처럼 나는 소싯적부터 술 때문에 속이 편할 날이 드물었다. 그래서 나는 "대한민국에서 속 편한 놈이 있으면 나와 보라고 해!" 하는 말을 가끔 한다. 그래서만은 아니나 나는 이 약 저 약을 많이 먹어본 터라 약과 관계되는 분야에 종사하는 사람들을 무조건 존경한다. 그런데 김 군은 약학대학 교수라니! 그는 서울대 약대를 졸업하고 일본 오사카대학 대학원에서 공부를 더 했다. 그의 공부를 쉽게 이야기하면 약재藥材를 엑스레이X-ray로 분석하여 그 결정 상태를 파악하는 것이다.[1] 그것이 제약에 도움이 되는 것은 물론이다. 그러니 제약회사에서 좋은 약이라면 다 갖다 주며 "잡수십시오!" 했을 것이다. 그런데도 늘 무릎이 아프다, 허리가 아프다, 어디를 치료받았다고 한다. 그의 병은 약으로 치료가 될 성질의 것이 아니다. 엄살병인 것이다. 엄살병은 어떻게 고치나? 어려서 들은 이야기가 있다.

옛날 어느 고을에 용한 의원이 있었다. 병은 잘 고치는지는 모르나 요즘 말로 어깨에 힘이 많이 들어가 있는 그런 의원이었다. 거드름을 잘 피우고, 다리가 아파서 걸음을 잘 못 걷는다면서 남의 부축 받아야 발을 떼곤 했다. 각기병脚氣病이라고 했다. 당시는 물론 비타민 B가 그 병의 특효라는 것을 모를 때였다. 그런데 어느 해 난리가 났다. 남부여대男負女戴로 피난을 가는데, 그 의원이 누구보다 앞서서 걸었다. 그래 동네의 한 익살꾼이 이르기를, "각기병에는 난리탕亂離湯이 제일이다."라고 했다는 것이다. 김 군의 병도 편해서 생기는 것

1_그것을 영어로 crystalogy라고 한다는데, 김 군이 한국에 처음 도입했다고 한다.

이 아닌지 모른다. 술도 꽤 좋아한다.

다음은 선우중호鮮于仲晧 군이다. 토목공학이 전공이라 소위 공돌이다. 그러나 사람됨은 공돌이와는 거리가 멀고, 사려가 깊고 학문 여러 분야를 모두 관조하는 혜안을 지녔다. 그래 그런지 학교에서도 여러 보직을 맡았다. 공대 학장도, 부총장도 지냈고, 선거로 뽑혀서 총장도 되었다. 그것도 관운인지 모르나, 아무튼 선우 군은 벼슬 복이 있다. 서울대 총장을 그만두고 얼마 안 있다가 명지대 총장이 되었고, 그 후에 바로 광주과학기술원의 총장이 되었다. 그게 2008년 6월이었다. 보통 교수들은 꿈도 못 꾸는 자리가 총장직이다. 한 번 하기도 어렵다. 그러나 선우 군에게는 총장이 직업이라고 해도 할 말이 없을 것이다.

나는 이런 생각을 한 적이 있다. 주위를 둘러보면, 교수 사회에서도 평생 강의와 연구만 하다가 정년을 맞는 사람이 대부분이나, 무슨 자리를 하는 교수는 자꾸 무슨 자리인지 하는 것을 종종 본다. 그래서 "무슨 자리를 하는 사람은 계속 무슨 자리든지 하는 경향이 있다."는 법칙을 만들 수 있지 않을까 하는 생각을 했던 것이다. 그리고 그것을 '최의 법칙'이라고 하면 어떨까? 선우 군의 경우는 법칙까지 갈 것은 없고, 능력이 있기 때문일 것이다. 그것도 팔자라면 팔자다.

그와 관계된 이야기가 많다. 30년 전의 것을 하나 하자면, 1982년 9월인가? 미국정치학회 연례회의가 콜로라도 주의 덴버에서 열려서 갔었다. 그때 마침 선우 군이 거기서 그리 멀지 않은 콜로라도주립대학(Fort Collins 소재)에 교환교수로 있었다. 학회가 끝나자 그가 와서 로키마운틴 국립공원을 안내했고, 그의 집으로 저녁초대도 했다. 아니 그는 또 사진 찍는 취미가 보통 이상이다.

프로의 경지다. 그룹전에는 여러 번, 개인전을 열기도 했다. 2009년 12월 인사동 경인화랑에서 열린 개인전 개막은 2일이었는데, 성황이었다. 술은 적당히 마신다. 지각이 있는 것이다.

다음은 정세구鄭世九 군이다. 정 군은 사범대 국민윤리학과 교수였다. 내가 다니던 일리노이대학에서 역사학을 공부하기도 했고, 플로리다대학에서 정치사회학으로 박사학위를 받았다. 아마 그는 한국에서 인성 혹은 도덕 교육 분야의 제일인자라고 해도 과언이 아니고, 그와 관련된 분야의 저술만 십 수 종이 넘는다. 게다가 그는 태권도의 고수다. 8단이라는 이야기도 들었다. 그래서 그는 태권도의 세계화에 남다른 관심이 많다. 그 방면의 책을 내기도 했다.[2] "건전한 신체에 건전한 정신A sound mind in a sound body"의 신봉자인 것이다.

얼마 전에 그와 저녁을 하는 자리에서 "업적 중에 제일 자랑스러운 것이 무엇이냐?"고 물었더니, "도덕과 윤리분야의 중·고등학교 1종 교과서를 집필한 것"이라고 대답하였다. 청소년교육에 관심이 많기 때문인데, 예컨대 그는 2010년에 10월 8일 그의 모교인 충북 음성군 금왕읍 무극초등학교에서 열린 '창의·인성교실' 개강식에 참석하였다고 한다. 그 자리에서 인성교육의 보급이 시급하다는 것을 새삼 깨달았다고 참석 소감을 말한 바 있다. 그 후 그는 매주 금요일 무극초등학교에 가서 두 시간 동안 후배들에게 한자와 인성교육을 무료로 지도한다는 것이다. 그의 가르침대로 초·중·고의 교육이 이루어졌던들 소위 전교조는 발붙일 곳이 없었을 것이고, 바른교육이 제대로 보급되었을 것이다. "악화가 양화를 구축한다."는 법칙은 여기서도 증명되는 모양이

2_정세구, 『태권도의 세계화』(세계태권도학회, 2005).

다. 한동안은 술을 곧잘 마시더니, 나이를 핑계하여 근자에는 거의 마시지 않는다. 일흔이 되어서는 마음이 하고자 하는 대로 해도 법도를 넘어서지 않는다지만[從心所慾不踰矩], 일흔이 되니 술을 안 마시는[七十到來不飮酒] 모양이다. 일흔이 넘어서 지각이 난 것인가?

다음은 최국진崔國鎭 군이다. 일반외과의로 평생을 보낸 도규계刀圭界의 대부다. 도규의 사전적인 의미는 의술이지만, 그는 왕년의 유명한 칼잡이였다. 위, 대장, 유방 등의 악성질환을 수술한 것만도 일만오천 건이 넘는다고 하고, 한창 때는 하루에 예닐곱 건의 수술은 보통이었다고 한다. 정년 후 이화여대 목동병원에서 한 3년 근무했고, 지금은 유방건강재단 이사장으로 봉사(?)하고 있다. 고래술에 줄담배다. 위에서 김노경 군의 이야기를 하면서, "의사가 하라는 대로 하는 것은 바람직하나, 의사 하는 대로 따라 하지는 말라!"고 한 것은 실은 최 군의 경우에 더 타당한 말일 것이다. 술도 나쁘고 담배도 나쁜데, 둘을 함께 아직도 즐기다니, 인생의 무엇을 즐길 줄 아는 친구다. 공자가 "아는 사람은 좋아하는 사람만 못하고, 좋아하는 사람은 즐기는 사람만 못하다."고 하였는데,[3] 그것을 실천하는 친구다. 아무튼 그와 만나면 주거니 받거니 의기가 투합한다.

가나다 순서로는 끝인데, 끝이 아닌 친구가 있다. 경제학부의 홍원탁洪元卓 군이다. 경제학도 복잡하여 그의 전공이 무엇인지 모르나, 국제경제 쪽을 전공하는 것 같았다. 요즘같이 세계화니 국제화니 하고 떠들 적에 한몫을 하는 전공이다. 그래서 홍 군은 전공분야의 논문도 많이 썼으나, 그의 관심은 오히려

3_"知之者 不如好之者 好之者 不如樂之者."『論語』「雍也」18.

우리의 고대사다. 특히 백제와 왜倭와의 관계를 많이 연구하여 여러 편의 논문과 수권의 책을 펴냈다.[4] 이 방면에서 그의 업적은 타의 추종을 불허한다. 글은 모두 영문으로 쓰기 때문에 서양학계에서도 이름이 높다. 영어로 써야 세계학계가 인정한다는 것이다. 홍 군의 역사연구는 근자에 고대 한일관계사를 넘어서 동아시아역사로 폭넓게 발전하였다.[5] 역사 연구가 이제는 그의 외도인지 전공인지 모르게 되었고, 아직도 쉬지 않고 연구에 매달리고 있는 친구다. 술은 어느 것이든 딱 한 잔만 받아 놓고 먹는지 마는지 한다.

그런데 언제부터인가 오래전인데 좀 같이 모이자는 이야기가 오고 갔다. 처음에는 두서없이 모이다가, 중론이 내가 소집책이 되어야 한다고 하여, 심부름을 하게 되었다. 심부름을 맡게 되니 전화로 연락을 하기도 무엇하여, "형들에게"란 편지를 보내어 모임을 주선한다. 내 기록에 처음 "형들에게"란 편지가 나간 것은 1995년이었고, 시작은 아래와 같다.

> 바둑을 좋아하지 않아도 서봉수 명인은 아시지요. 서 명인이 10년도 더 오래전에 이런 이야기를 한 것을 기억합니다.
> "같은 시대에 같은 직종에 종사하는 것이 얼마나 귀한 인연인가! 우리가 서로 아끼지 않으면 누가 우리를 아낄 것인가?"

4_Wontack Hong, *Relationship between Korea and Japan in Early Period: Paekche and Yamato Wa* (Seoul: Ilsimsa, 1988); *Paekche of Korea and the Origin of Yamato Japan* (Seoul: Kurada International, 1994); 위의 책을 정리하여 한국어로 비교적 쉽게 쓴, 그러나 방대한 책도 있다. 홍원탁, 『고대한일관계사: 백제왜百濟倭』(서울: 일지사, 2003).

5_Wontack Hong, *East Asian History: A Tripolar Approach* (Seoul: Kurada International, 2010) 참조. 경제학도 경제학이지만, 역사 연구도 작용을 해서 홍 군은 21회 수당상秀堂賞(2012년 인문사회부문)을 수상했다. 시상식은 2012년 5월 2일 롯데호텔에서 있었다.

어느 분야에서든지 명인의 경지에 다다르면 무언지 달관하는 것이 있나보다 하고 그때 생각했습니다. 그리고 부끄럽다는 생각도 했습니다.

우리는 고등학교 동기동창이란 인연을 넘어서 같은 대학에서 교수 노릇을 하고 있으니 얼마나 귀한 인연입니까. 어쩌다가 불초 소생이 연락책을 맡게 되면서 자주는 아니지만 더러 만나고, 담소하는 시간을 가져왔습니다. 그러나 우리의 모임에는 전혀 다른 목적이 없으니 그것만으로도 좋은 모임이라고 생각합니다.

재직 중에는 모두가 바빴다. 우리가 대충 정년을 한 것이 6-7년 전이고, 그 몇 해 전부터 모임이 정례화 되었다. 너무 자주 모이는 것도 그렇고 해서 1년에 네 번 모인다. 1월, 4월, 7월, 10월 마지막 화요일이 그 날이다. 내가 매번 편지를 써서 등기로 보낸다. 기록을 남기기 위함이다. 전화로 무어라고 하면 잘 기억이 나지 않는다고 할까 두려워서다. 그런데 모이는 날짜는 그렇다고 하고, 모이는 장소도 문제다. 홍 군 말고는 모두 집이 강남이라, 처음부터 강남에서 주로 모였다. 집이 성북동인 홍 군을 생각하여 강북에서 모인 적도 없지 않으나, 마음이 너그러운 홍 군이 양보하여 그냥 강남에서 모인다. 술을 안 마시니, 차를 몰고 다닌다. 술을 안 마시니 얼마나 좋을까? 늘 맑은 정신이다. 쉬지 않고 공부에 전념할 수 있고, 그래서 전공이 아닌 역사학 부문에서 더 업적이 많은 것이 아닌가 한다. 이 대목에서 문득 굴원屈原이 「어부사漁父辭」에서 "온 세상이 다 혼탁한데 나 홀로 깨끗하고, 모든 사람이 다 취해 있으나 나만이 깨어 있다[擧世皆濁 我獨淸, 衆人皆醉 我獨醒]"고 말한 것이 생각난다. 뿐만 아니다. 『성경』「데살로니가 전서」 5장의 "항상 기뻐하라, 쉬지 말고 기도하라, 범사에 감사하라!"는 구절도 생각난다. 기도가 아니라 "쉬지 않고 공부하는" 자세가 부러운 것이다. 교수는 모름지기 쉬지 않고 공부를 해야 한다. 이것이 홍 군이 우리에게 주는 교훈이다.

다시 장소 이야기로 돌아간다. 한동안 예술의 전당 앞에 있는 중식당 '선궁'에서 모였다. 그러다가 한식집으로 가자하여 최근에는 지하철 2호선 역삼역 근처의 '민들레'라는 한정식 집에서 모인다. 모일 때마다 김노경 군이 양주를 한 병 들고 온다. 본인은 술을 아니 마시나, 친구들을 위해서다. 최근 모임에도 그는 로얄 살루트를 한 병 들고 왔다. 모임의 병권瓶權은 내 관할이다. 로얄 살루트의 마개는 코르크다. 잘 열려고 했는데 부서져서 애를 먹었다. 오래되면 코르크가 말라서 매끄럽게 나오지 않는다. 집에 오래 보관했던 귀한 술을 가지고 나왔기 때문이다. 그런데 이야기는 그것이 아니다.

우리 모임의 선우 군이 광주과학기술원의 총장이 되었다는 이야기는 위에서 했다. 한 번 놀러 오라는 것이다. 성사가 된 것이 2008년 11월 14일이었다. 오후 김노경, 김양배, 최국진, 홍원탁, 그리고 내가 서울역에서 광주행 기차를 탔다. 무슨 일인지 정세구 군은 빠졌다. 학교 구경을 대강 하다보니 저녁때다. 선우 군이 안내하는 한정식 집으로 갔다. 이름이 '홍아네'다. 알 만한 사람은 다 아는 집이라는데, 고풍의 전통적인 한옥꾸밈에다가 음식은 말할 것도 없다. 시장하던 터고, 음식도 음식이고, 예의 김노경 군이 조니워커 블루를 두 병인가 가져왔으니 삼박자, 사박자가 맞아 떨어진 것이다.

비틀비틀 어름어름 나와서 간 곳은 물론 총장 공관이다. 이젠 와인이다. 아홉 시쯤 되었을 때다. 행정대학원에서 정년한 김광웅 군이 공관에 나타났다. 김 군은 선우 군과 덕수초등학교 동창이라 자별한 사이다. 나와는 대학 동기다. 그래서 처음부터 같이 가자고 한 것인데, 무슨 일이 있다 하여 늦게 온 것이다. 늦게 온 것은 그렇다고 하자. '홍아네'에 같이 못 간 것이 못내 아쉬운 일이 아닌가? 그건 또 그렇다고 하자. 생력군生力軍이 왔으니, "광웅아! 와인아!" 하며 마셨다.

다음 날 아침이다. 마시고 잔 사람이나, 안 마시고 잔 사람이나, 또 먹어야 한다. 사람 사는 것은 먹는 것이다. 그래서 일곱 명이 찾아간 집이 과학기술원 근처의 '전주집'이었다. 콩나물해장국으로 해장을 하였는데, 독자들도 알다시피 최국진 군과 내가 콩나물국만 먹었겠는가? 상상해 보라! 그건 그렇고 일행은 백양사白羊寺로 갔다. 토요일이라 그런지 붐볐고 시끄러웠다. 백양사에서 관음에 취하였는데 백양은 보이지 않고 떠드는 사람 뿐[朝醉觀音于白羊 白羊不見衆庶喧]이다. 그래서 백양사는 대강 보고 점심 먹을 생각을 하게 되었다. 그런데 이런 일이 있었다.

나는 김노경 · 김양배 군과 먼저 주차장에 와서 다른 친구들을 기다리고 있는데, 김양배 군이 어디 아픈 것처럼 쪼그리고 앉아 있는 것을 보았다.

"왜, 허리가 아픈가?"

하고 물었다. 군은 씩 웃고 일어나는데, 옆에 있던 김노경 군이 한 마디 한다.

"삼리가 중요한 것을 아나?"

"그게 뭔데?"

"다리, 허리, 머리!"

그러는 것이다. 아! 그렇구나!

그때는 가만히 있었으나, 생각하면 꼬리도 있다. 사전에는 이런 말들이 있다. 예컨대 꼬리를 감추나, 꼬리를 날다, 꼬리를 물다, 꼬리를 사리다, 꼬리를 잇다, 꼬리를 잡다, 꼬리를 친다 등. 또 '꼬리 빠지게 달아난다'는 말도 있음직하고, 흔히 쓰는 말로 '꼬리가 길면 밟힌다'는 것도 있다. 얼마나 긴요한 말인가! 이제 그만 꼬리를 빼고 싶은 심정인데, 그것은 이렇게 앉아서 되지도 않는 글을 쓰자면 꼬리뼈가 아프기 때문이다. 그러니 꼬리를 넣어 '사리'로 하면 어떨까? 그런데 재미있는 것은 그게 아니다. 조금 있자니 김노경 군이 묻는다.

"국진이는 안 와?"

필경 경치(?)를 감상하느라고 뒤에 처진 모양이다. 그래서 내가 둘러보았다. 그랬더니 큰 길에서 주차장으로 들어오는 다리 중간에서 그가 어슬렁어슬렁 걷고 있었다.

"저기 있네. 가운데 다린데!"

그러자 김노경 군이 말한다.

"그게 무슨 망발인가? 중족中足이지!"

그것이 맞는 것인지도 모르지만, 순간 '중각中脚'이라고 해도 되지 않나 생각했다. 그러다가 문득 처칠의 유머가 떠올랐다. 처칠이 한 번은 의사당 화장실에 갔다. 노동당의 애틀리 당수가 먼저 와서 일을 보고 있었다. 처칠이 애틀리에게서 멀리 떨어져서 일을 보려 하자, 애틀리가 말했다.

"아니, 자넨 왜 그리 멀리 가서 일을 보나?"

"응, 자네들은 큰 것만 보면 국영화國營化하려 하지 않나?"

누구 말대로 '씰 데 없는 소리'는 그만두나, 그런 일이 있었던 생각이 나서 적는다.

점심도 서울서 간 일행에겐 선택이 없고, 선우 군이 가자는 곳으로 갔다. 백양사에서 그리 멀지 않은 '한재골농원'이었다. 이 집은 만능의 한식집이나 주

특기는 보신탕이다. 수육을 대짜로 한 접시 시키고, 까다로운 입이 있어서 오리훈제를 또 한 접시를 시켰다. 막걸리 맛도 좋고, 잎새주도 여러 병이 동이 났다. 식사는 추어탕이다. 드디어 최 군이 졸기 시작하더니, 옆으로 쓰러졌다. 자는 사람을 깨우기도 무엇해서 그냥 자게 두고, 나머지는 그 옆의 '구름모자'라는 전통찻집으로 갔다. 참으로 취미도 어지간들 하다. 자는 사람 깨는 것을 기다린다지만, 차를 마시다니! 게다가 찻집 마담이 보기 드믄 미인이다. 당唐의 시인 이상은李商隱(813–858)이 일찍이 살풍경殺風景의 예를 몇 개 든 가운데 대화철다對花啜茶를 하나로 꼽았다. 꽃을 대하고 차를 마시는 것은 살풍경이란 것이다. 꽃을 대하면 술을 마셔야 제격이란 뜻일 것이다. 꽃 같은 미인을 앞에 두고 차를 마시다니, 살풍경을 실감하는 자리였다.

정읍井邑에서 다시 기차를 타고 용산역까지는 무사히 왔다. 해산을 하자는 것이다. 그래서 헤어졌다. 최국진 군과 나는 집이 같은 방향이라 택시를 같이 탔다. 그런데 이제 정신이 드는지 한잔 더 하고 가자는 것이다. 그래서 매리어트 호텔의 '바 루쥐Bar Rouge'에서 무언지 마시기 시작했다. 집에 들어갈 생각이라 긴장을 해서인지, 이번에는 조는 기색이 없이 마신다. 이것이 광주 나들이 전말이고, 아니 그 잘난 고등학교 나의 동기 서울대 교수들의 이야기다.

### 추기

그런데 내가 존경하는 홍원탁 군이 2012년 10월 5일에 숙환으로 타계했다. 내가 그를 마지막으로 본 것은 2012년 5월 2일 수당상 시상식장에서였다. 수상 소감도 잘 발표하였다. 나는 그가 몸이 좋지 않다는 것은 알았으나, 그렇게 빨리 가리라고는 생각 못했다. 수당상을 받은 후 이메일도 한두 차례 했다. 기억에 남는 것은 한번 "어떠냐?"고 물었더니, "Very difficult!"란 답이 온 것이다. 아까운 인재가 일찍 간 것이다. 세상은 그런 것인 모양이다.

# 여행 旅行

제2부

# 옐로스톤

1982년에 나는 안식년을 얻었다. 미국국무성 등의 초청으로 교수들이 연수 혹은 시찰이란 명목으로 해외(주로 미국)로 가는 프로그램은 전에도 있었으나, 우리 정부가 교수안식년 제도를 처음 만들어 시작한 것은 1978년이 아닌가 한다. 외국에 가서 공부도 하고 견문을 넓히고 오라는 취지였을 것이다. 또 답답한 유신체제 아래서 그나마 일부 교수들의 숨통을 터 주자는 정부의 기획이었는지도 모른다. 그러나 요즘같이 모든 교수가 육 년을 근무하고 일 년의 안식년을 갖는 것이 아니라, 전국 각 대학에 학교의 크기에 따라 몇 개의 자리가 배정되는 프로그램이었다.

처음 시작한 해에 내가 다니던 서울대 사회과학대학에는 한 자리가 생겼다. 그리고 외교학과의 박봉식朴奉植 교수가 그것을 따내어 미국엘 갔다. 내가 그것을 기억하는 이유는 그 해(1978년) 여름에 워싱턴 D.C.에서 박 교수를 우연히 만났기 때문이다. 나는 다른 일로 8월 13일(일요일)에 워싱턴에 도착하였다. 김대중金大中 조선일보사 주미특파원이 마중을 나와서 그의 집으로 갔다. 염치 불구하고 그 집에서 하루 잤다. 다음 날 아침 김 특파원이 유명한 미국정부인쇄국[1]에 데려다 주어서 이것저것 자료를 뒤지다가, 건물 안에 있는 책방에 잠시 들렀는데, 거기서 박 교수를 만난 것이다. 차이나타운에서 점심을 같이 한 기억도 있다.

나는 당시 발족한 지 얼마 안 된 서울대학교 사회과학연구소에서 중국 연구의 책임을 맡고 있었고, 중국 관련 자료를 수집하려고 미국에 출장을 간 것이다. 그러나 그것보다는 8월 16일부터 21일까지 하버드대학에서 개최되는 「중국공산운동에 있어서 농촌기지」란 워크숍에 참석하기 위하여 미국엘 간 것이다. 나는 그때 "Military Organizations and Mass Mobilization in the Chinese Soviet Republic"이란 논문을 발표하였다.[2]

그런데 이야기는 그것이 아니라, 교수 해외파견(안식년?) 제도에 관한 것이다. 박봉식 교수가 처음 선발된 그 제도가 몇 해 계속되었는데, 1982년에는 내가 뽑혔다. 그해에도 사회과학대학에 배당된 자리는 기억이 확실하지 않으나, 하나였던 것 같다. 운이 좋았는지 아무튼 그렇게 되었다. 그래서 1982년 여름부터 일 년을 미국에서 보내게 되었다. 전임이 된 지 꼭 십 년만의 나들이였다. 7월 27일 가족과 함께 미국으로 떠났다. 만만한 곳이 유학시절에 대학원엘 다니던 일리노이대학이어서 그리로 간 것이다.

그런데 정부 돈을 받고[3] 미국에 가기까지는 우여곡절이 있었다. 문교부에서 생색을 내려는 것인지, 교수들을 믿지 못하여 교육을 시켜 내보내려는 것인지, 혹은 예산이 있어서 써야 했기 때문인지는 모르겠으나, 그 프로그램으로 외국 가는 교수들은 연수를 받으라는 것이었다. 정부 돈을 받고 가는 주제에 참석

1_공식 명칭은 The United States Government Printing Office이다. 연방의회의 산하기관으로 1860년에 창설되어 모든 공문서의 인쇄를 담당하며, 국민의 알 권리에 봉사한다는 목적을 갖고 있다.

을 아니 할 수도 없는 형편이다. 성남의 한국정신문화연구원(지금은 한국학중앙연구원)으로 모이라는 것이다. 참석을 보이콧하고 싶은 생각이 굴뚝같았지만 마음이 약했다. 정신문화원에 간 것은 5월 17일이었다. 2박 3일의 과정이었다.

연수인지 교육인지 하는 모임이었기 때문에 전국에서 그 곳에 모인 교수들은 강의를 들어야 했다. 첫날 둘, 다음 날 셋을 들었다. 참고로 그때 들은 강의의 담당자와 제목을 적는다.

**2**_이야기는 그전으로 소급된다. 코네티컷대학의 김일평金一平 교수는 중국전문가로 명망이 있던 분이다. 그 분이 *The Politics of Chinese Communism: Kiangsi under the Soviets* (University of California Press, 1973)를 출판하였다. 한국 출신 재미학자로서 훌륭한 업적이었고, 나도 명색이 중국정치를 공부하고 있을 때였던 만큼, 존경스럽고 부러웠다. 그런데 나보고 서울 일간지에 서평을 부탁한 것이다. 그래서『동아일보』와『서울신문』에 서평을 보낸 적이 있었다. 물론 났다(1974년 6월). 그런데 김 교수가 1975년경에 당신이 소장하고 있는「석수자료石叟資料」를 나에게 줄 터이니, 그것을 분석하여 논문을 같이 쓰자는 것이었다.「석수자료」는 1930년대에 국민당의 첸쳉陳誠 장군이 노획한 공산당의 문서다. 그것이 어떤 연유인지 스탠포드대학의 후버연구소에 기증되었고, 그것은 마이크로필름 롤로 스물한 개의 분량이었다. 석수는 첸쳉의 아호다.

논문을 같이 쓰는 것은 좋으나, 그 자료를 그냥 받을 수가 없어서, 내가 사겠다고 하였다. 그랬더니, 값이 5백 달러라면서 그 돈을 당신에게 보내지 말고, 당시 공주사대 학장인 정태수 씨(나중에 알고 보니, 김 교수의 장인)에게 보내라는 것이다. 그래 그때 시세로 환산하여 5백 달러에 해당하는 한화를 보냈다.

마이크로필름을 받기는 하였는데, 읽는 것이 문제였다. 마침 그때 인하대학교에 있던 가형(崔東哲)이 미국을 간다고 하기에 그 이야기를 하였다. 오는 길에 microfilm reader를 사왔다. 3백 달러를 주었다고 했다. 그러나 그것은 수동手動이어서 불편했다. 그 당시 서울대 중앙도서관장이 사회학과의 이만갑李萬甲 교수였다. 하루는 우연히 그런 이야기를 하였다. 도서관에 있는 microfilm reader를 흔쾌히 갖다가 쓰라고 하였다. (그때 도서관에는 microfilm reader가 여러 개 있었고, 이용하는 사람도 거의 없었다.) 그것은 전동電動이기 때문에 쓰기가 용이했다. 그래서 도서관의 reader 하나를 내 연구실에 빌려다 놓고 심심하면 필름을 돌렸다. 위의 논문을 쓴 것이다. 그러나 그 논문은 나 혼자 썼으며, 김일평 교수는 나에게 필름을 판 것 외에는 전혀 도움을 주지 않았다.

다른 이야기이나, 1994년 나는 그「석수자료」를 서울대 동양사학과에 기증했다. 그것에 관하여는 이성규李成珪,『서울대학교 동양사학과 35년사(1969−2004)』, 서울대 동양사학과논집, 제29輯 별책(2005), 15쪽 참조. 그리고 하버드에서 발표한 논문은『東亞硏究』18 (서울대학교 동아문제연구소, 1981), 115−140쪽에 실렸음.

**3**_매월 1천 달러의 생활비와 왕복 항공료를 받았다.

이현종李鉉淙(국사편찬위원회): "주체적 민족사관의 정립"
김대환金大煥(정신문화연구원): "한국의 정치사회현실과 그 발전과제"

이것이 첫날의 강의였다. 아래는 둘째 날의 강의다.

황성모黃性模(서울대학교 사회학과): "한국사회과학의 발전과제"
김정흠金貞欽(고려대학교 물리학과): "한국자연과학의 발전과제"
박용헌朴容憲(서울대학교 교육학과): "남북한 정치사상교육의 비교"

각 분야의 저명한 교수들의 강의였으니, 훌륭한 내용이었겠지만, '발전과제'란 말이 세 강의의 제목에 등장한 것을 보면, 당시의 상황을 짐작케 한다. 그리고 정신문화연구원의 전임인 Y모 교수에게서 여행에 도움(?)이 되는 여러 가지 주의사항도 한 시간가량 들었다. 지금도 기억에 남는 이야기의 하나는 호텔에 투숙하면, 중요한 물건은 반드시 금고에 넣어 보관하라는 것이었다. '친절한 금자 씨'보다 더 친절한 이야기였지만, 기가 찰 노릇이었다. Y모 교수는 해외여행은 많이 다녔는지 모르나, 외국유학은 하지 아니한 것으로 알고 있었는데 여행사 안내원 같은 이야기를 하는 것이었다. 그런데 더 기가 찰 노릇은 강의를 들었으니, 시험을 봐야 한다는 것이다. 여기에 교수들은 노怒했다. 옥신각신 끝에 '형식상' 몇 자씩만이라도 적어내라는 선에서 타협이 되었다. 아무튼 시험은 시험이었다.[4] 요즘은 좀 나아졌는지 모르나, 관리들의 행태가 그랬다. 당시 문교부 관리들은 교수들을 모멸하지 못해서 안달하는 무리 같았다.[5]

방은 2인 1실로 배정되었다. 나의 룸메이트는 유재천(당시 서강대학교 신방과) 교수였다. 유유상종類類相從이었을 것이다.[6] 유 교수는 미네소타대학에 유학한 적이 있어서 미네소타로 갈 계획이었다.

미국 가서의 이야기지만 연락이 자주 있었다. 내가 미네아폴리스의 유 교수 집을 방문한 적도 있고, 유 교수가 샴페인의 우리 집에 온 일도 있다. 그러다가 여행을 한 번 같이 가자는 이야기가 나왔고, 이왕이면 옐로스톤 국립공원에 가자고 합의가 되었다. 옐로스톤에서 만나기로 하고 샴페인을 떠난 것은 6월 3일 아침이었다. 아이들이 봄 학기를 마친 직후인데, 미국생활도 거의 일 년이 지나고 있었다.

샴페인에서 옐로스톤까지는 꽤 멀다. 쉬엄쉬엄 차를 몰면 4-5일도 더 걸린

4_무애无涯 양주동梁柱東 선생의 일화가 생각이 나서 여기에 적는다. 무애는 일제강점기에 국학연구에 전념하였고, 『조선고가연구朝鮮古歌硏究』(1943)와 『여요전주麗謠箋注』(1947)라는 대작을 출판했다. 해방 직후에 그는 우연히 안국동 큰 길에서 국어학자 외솔 최현배崔鉉培 선생을 만났다. 최현배 씨는 조선어학회사건으로 함흥감옥에서 여러 해 옥살이를 톡톡히 하다가 해방을 맞아 서울로 오신 것이다. 무애는 감옥에 가지 않고 편히(?) 지낸 것에 다소 겸연쩍은 생각이 들어서였겠지만, "선생님, 감옥에서 고생이 많으셨지요?"라고 하자, "어디 감옥만 감옥인가? 조선 천지가 죄다 감옥이었는데……" 하시면서, "선생도 그동안 고생하지 않았소? 『조선고가연구』 나는 감옥 안에서 그 책을 일곱 번 읽었소. 대저大著였소. 수고했소." 했다는 것이다. 무애는 자기 자랑을 지나치게 하는 버릇이 있어서 그런 이야기를 한 것으로 짐작된다. 그러나 나의 이야기는 그것이 아니다. 그 한참 후에, 누군가가 무애를 보고 『조선고가연구』를 학위논문 형식으로 약간 바꿔서 박사학위를 받는 것이 어떻겠느냐고 하였다는 것이다. 이에 대한 무애의 답이 걸작이었다. "논문을? 심사는 누가 하고?" 이것은 무애의 『國學硏究論攷』(을유문화사, 1962) 속의 「學位記」(354-363쪽)에 있는 이야기다. 무애가 글은 그렇게 썼지만, 실은 "예끼, 심사는 어느 놈이 하고!"라고 대갈大喝했을 것 같다. 나도 시험을 보았지만, 누가 읽고 채점(?)을 했는지? 말단 관리가 했을 것이다. 아니, 하지도 않았기 쉽다.

5_영어시험을 본다는 이야기도 있었던 것 같다. 영어권에 유학한 교수들은 면제한다고 했다. 그래 그랬는지 영어시험은 보지 않았다. 그 프로그램이 처음 생겼을 적의 이야기인지도 모른다. 1978년에 선발된 박봉식 교수는 영어시험을 보았다는 이야기도 들었다.

6_1988년이라고 기억한다. 당시는 대학입학학력고사에 교수들이 감독을 들어갔었다. 국어시간인데 어떤 문제의 정답이 '類類相從'이고, 물론 그것을 한자로 쓰는 것이었다. 요즘의 고3은 꿈도 못 꿀 문제였다. 감독을 하며 왔다갔다 하다가 어느 수험생의 답안지를 보게 되었다. 그의 답은 '三三五五'였다. 정답은 아니나, 아주 모르는 것은 아니었다. 50퍼센트는 맞는 것이라고 생각했던 기억이 있다.

다.[7] 여러 주를 지나야 한다. 첫 날은 아이오와 주의 대븐포트에서 점심을 하고,[8] 아이오와시티에서 잤다.[9] 다음 날(6월 4일) 하루 종일 운전하여 네브래스카 주의 링컨이란 곳까지 갔다. 링컨은 주도州都이고, 네브래스카대학이 있다. 그러나 시간이 바빠 도시를 구경할 틈은 없었고, 그날은 고속도로에서 가까운 모텔에서 잤다. 다음 날은 와이오밍의 광산 도시인 롤린스까지 갔다. 가다 자고, 가다 자고, 그러다 깨니 월요일(6월 6일)이다. 새 기분으로 다시 출발하였다. 역시 하루 종일 달려서 와이오밍 서북쪽에 위치한 잭슨홀이란 작은 마을에 도착했다. 이곳은 그랜드티턴Grand Teton 국립공원으로 들어가는 길목의 아름다운 타운이다. 기프트 숍도 많다. 한 숍에 구경삼아 들어가니, 번쩍번쩍하는 수제 가죽장화가 있었는데, 멋있게 보였다. 삼천 달러인가 하던 기억이 있다. 값을 기억하고 있는 것을 보니, 탐이 났던 모양이다. 살 형편도 아니고, 신고 다닐 수도 없는 구두인데, 인상적이어서 여기에 적는다.

그런데 실로 인상적인 것은 구두가 아니라 그곳에서 멀리 보이는 그랜드티

7_당시 미국 고속도로Inter-State Highway의 최고 속도는 시속 55마일(88킬로미터)이었다. 요즘 우리나라 고속도로의 최고 시속이 보통 100킬로미터인 것과 비교하면 상당히 느린 것이다.

8_대븐포트Davenport는 아이오와와 일리노이의 경계에 있는 공업도시다. 네 도시가 모여 있어서 쿼드시티즈Quad Cities라고 불리는 곳의 하나다. 거기에 유학시절의 친구인 노기련 교수가 있었다. 그는 전남대학교 수학과에서 조교수로 재직하다가 일리노이대학으로 유학을 왔다. 샴페인에 간 것도 떠난 것도 내가 먼저이나, 그는 미국에 계속 남았고, 그때 대븐포트의 한 대학에서 교편을 잡고 있었다. 십삼 년 만에 만난 것이다. 그 집에서 점심대접을 받았다. 오랜만에 만났다고 조니 워커를 자꾸 권해서 반주가 거나했는데, 그냥 차를 몰고 아이오와시티로 간 것이다. 노 교수는 유학을 떠난 이후 한 번도 한국에 오지 않았다. 그것도 쉽지 않은 일이다. 무슨 사연이 있는지? 지금은 연락이 없으니 물어 볼 수도 없다.

9_아이오와시티는 아이오와대학이 있는 도시다. 당시 아이오와대학에는 얼마 전에 정년한 김종림金宗林 교수가 정치학과의 간판격인 학자로 자리를 잡고 있었고, 연세대학교 사회학과의 송복宋復 교수가 교환교수로 와 있었다. 또 정치학과에는 나의 제자인 박찬욱朴贊郁(현 서울대 교수) 군과 이남영李南永(현 세종대 교수) 군이 대학원에 다니고 있었다. 그들 모두 만났다.

턴의 산들이었다. 너무나 수려했다. 흰구름 사이에 푸른 산이 높게 솟아 있다. 그 사이에 저녁노을도 보인다. 숙소는 산장이다. 밖에서 취사하여 저녁을 먹는데, 한잔 마시고 고개 들어 산을 보고, 다시 한잔 마시고 노을을 보곤 했다. 마치 병아리가 물 한 모금 입에 물고 하늘을 쳐다보고, 다시 한 모금 입에 물고 엄마(구름이 아니라)를 쳐다보는 것과 흡사했을 것이다.[10] 어디서부터 동행을 했는지 기억에 없으나, 생가몬대학의 신도철申道澈 교수 내외와 같이 저녁을 했는데,[11] 경치에 취하고 술에 취했다. 이중으로 취했다. 이런 것도 더블 제퍼디double jeopardy라고 하는지?

다음 날(6월 7일)이다. 쾌청하다. 우리 일행은 그랜드티턴을 대강 보고, 목적지인 옐로스톤으로 향했다. 저녁 임시에 도착했다. 숙소는 유재천 교수와 만나기로 약속한 레이크 옐로스톤호텔이었다. 유 교수와 그 가족도 거의 비슷한 시간에 도착하였다. 호텔은 지은 지 오래되어 보였으나 깨끗하고, 우리 방은 옐로스톤 호수가 내려다보여 전망이 좋았다. 다만 화장실과 샤워장이 방마다 있지 않고, 공동으로 사용하게 된 것이 흠이라면 흠이었다. 그것이야 상관이 없다. 하룻밤을 지내면 된다. 호텔 식당에서 저녁을 하면서 유 교수와 넉넉한 반주를 했을 것이다. 취해서 각자의 방으로 갔다. 아이들은 하루 종일 차를 타느라고 고단했을 것이고, 곧 잠이 들었다. 그러나 미국 제일의 국립공원에 와서 초저녁부터 잠을 잘 수가 있나? 아니 잠이 오지 않았다. 나는 아내를 달래

10_나는 당시 강소천姜小泉 씨가 짓고, 이계석李啓奭 씨가 작곡한 「닭」이란 동시를 연상했던 것이다. 그 시는 이렇다. "물 한 모금 입에 물고 하늘 한 번 쳐다보고, 또 한 모금 입에 물고 구름 한 번 쳐다보고."

11_Sangamon State University는 일리노이의 주도州都인 Springfield에 있다. 언제인지 일리노이대학과 합쳐져서, University of Illinois, Sangamon Campus로 불리게 되었다.

어 호숫가를 거닐자고 하였다. 둘이 나갔다.

'아니 이런!' 호숫가엔 유 교수가 먼저 나와 있는 것이 아닌가? 그것도 양주 한 병을 들고서 말이다. 같이 나가자고 하지 않은 것이 야속했으나, 그 손에 술병이 있는 것을 어떻게 하겠는가? 유 교수는 나를 불러내고 싶었으나, 부인의 눈치가 심상치 않아서 참았다는 것이다. 둘이 만나면, 늘 대취이기 때문이다. 둘이서 거의 한 병을 비우고, 그만 하면 되었으니 들어가 자기로 했다. 방으로 가서 잘 차비를 하고 나니 하나 빠진 것이 있다. 화장실에서 부르는 것이다. 그래 복도 끝에 있는 공동 화장실로 갔다. 그런데 그 곳에도 유 교수가 먼저 와서 일을 보는 것이 아닌가!

"잘 만났네요. 내려가서 맥주로 입가심을 하고 잡시다."

누가 먼저 제의했는지는 모르나, 우리는 다시 바bar로 내려갔다. 언제까지 마셨는지 모른다. 아마 호수 물만큼이나 많은 술을 마셨을 것이다. "동방이 이미 밝아옴을 알지 못하고"마신 것이다.[12]

### 추기

옐로스톤에는 볼 것이 많다. 하루 이틀, 아니 한 달을 두고 보아도 다 못 볼 것이다. 그러나 나그네의 일정은 바쁘다. 다음 날(6월 8일), 아름다운 아티스트 포인트Artists Points와 유명한 올드 페이스풀Old Faithful 등을 보고,[13] 몬태나 주의

12_"不知東方之旣白" 蘇東坡의 「前赤壁賦」의 마지막 구절이다.

13_Old Faithful은 옐로스톤에서 제일 유명한 간헐천間歇泉이다. 수십 미터의 물기둥이 삼십 내지 구십 분 간격으로 솟아오른다.

리빙스턴까지 갔다. 그 곳에서 일박, 다음 날(6월 9일) 북쪽으로 달려 캐나다와의 접경지역에 있는 글래시어Glacier 국립공원에 도착하였다.[14] 아프가 코티지Apgar Cottage를 빌려서 이틀 쉬었다.[15]

6월 11일, 드디어 집으로 향하여 글래시어 공원을 뒤로 하고 떠났다. 고잉 투 더 썬 로드Going-to-the Sun Road를 지나, 험하기로 유명한 로간 패스Logan Pass를 조심조심 넘었다. 그리고 저녁에 도착한 곳이 나흘 전에 일박한 리빙스턴이었다. 다음 날 다시 하루 종일 차를 몰아 래피드시티Rapid City에 도착하였다. 이 근방에도 볼 것이 많다. 하루 자고, 13일은 근교의 마운트 러시모어 내셔널 메모리얼Mount Rushmore National Memorial과 크레이지 호스 마운틴Crazy Horse Mountain을 구경하였다. 앞의 것은 래피드시티에서 조금 떨어진 키스톤Keystone이란 곳에 위치한 명물이다. 여기에는 워싱턴 · 제퍼슨 · 루스벨트 · 링컨 네 대통령의 얼굴이 큰 바위 위에 새겨져 있다. 각 대통령의 얼굴 크기는 십팔 미터나 되어 멀리서도 잘 보이지만, 그러한 조각을 만든 미국인의 저력도 놀랍다. 1927년에 덴마크 출신의 미국조각가 보글럼Gutzon Borglum이 시작하였다고 하고, 그가 죽자 그 아들Lincoln Borglum이 이어받아 작업을 완성(?)했다고 한다. 얼굴이 완성된 것은 1934년부터 1939년 사이이고, 모두 끝난 것은 1941년이었다. 대충 십오 년이 걸린 것이다.[16] 유럽에 가면 수백, 혹은 수십 년을 두고 지은 건물, 특히 성당들이 많다. 그래서 명물이 된 것이다. 나는 여기서 우리나라의

14_글래시어국립공원Glacier National Park은 둘이다. 하나는 캐나다의 브리티시 콜럼비아British Columbia 동남쪽에 위치한 것이며, 우리가 간 곳은 몬타나 주의 서북쪽이다. 국경이 중간에 있어서 글래시어국제공원Glacier International Park이라고 불리나, 하나의 거대한 공원이다.

15_아프가 코티지는 히든 레이크Hidden Lake로 불리는 호숫가에 있는 통나무집인데, 그 호수 건너 멀리 유명한 베어 햇 마운틴Bear Hat Mountain이 보였다.

졸속주의를 생각한다.

그런데 이야기는 거기서 그치지 않는다. 러시모어에서 약 이십칠 킬로미터 떨어진 블랙힐스Blackhills란 곳, 거대한 산 위에 크레이지 호스Crazy Horse의 조각상이 제작되고 있었다.[17] 크레이지 호스는 오그랄러 라코타Oglala Lakota란 인디언 추장의 별명이다. 그를 기념하기 위하여 그가 말 타고 달리는 모습의 대규모 석상石像이 제작되고 있었다.[18] 1948년 처음 시작한 조각가 지올코브스키Korczak Ziolkowski가 1982년에 작고한 후, 그의 부인과 열 명의 자녀가 그 사업을 계속하고 있다. 언제 완성이 될 것인가? 미지수未知數가 아닌, 미지년未知年인 것이다.[19]

"정처 없이 흘러서" 가는 것은 아니지만,[20] 목표는 일리노이 집이다. 멀다. 쉬어 갈 수밖에 없다. 6월 14일 아침 래피드 시티를 출발하였다. 누군지 가는

16_대통령상을 멀리서 보게 만들어 놓은 전망대 옆에 실물보다 좀 큰 크기의 존슨Lyndon B. Johnson 대통령의 조각상이 있었다. 그것도 인상적이었다. 그건 그렇고, 오래된 영화에 〈북북서로 진로를 돌려라*North by Northwest*, 1959〉라는 것이 있다. 남자 주연은 캐리 그랜트Cary Grant, 여자 주연은 에바 마리 세인트Eva Marie Saint, 또 제임스 메이슨James Mason의 연기도 뛰어났다. 알프레드 히치콕Alfred Hitchcock 감독의 스릴러. 이 영화의 압권은 어느 대통령인지는 기억이 나지 아니하나, 대통령 얼굴 위에서의 대결장면이다.

17_거기에는 또 '북미인디언박물관Indian Museum of North America'과 '미국원주민문화센터Native American Cultural Center'가 있어서 볼 만한 것이 많았다. 하기야 볼 만한 것이 많은 것이 세상에서 어디 거기만이겠는가?

18_멀리서 볼 수 있을 뿐이다. 말 탄 자세의 길이는 195미터이고, 높이는 175미터이다. 러쉬모어의 대통령상의 얼굴이 18미터인 것에 비하여 크레이지 호스의 얼굴 높이가 27미터이니, 얼마나 큰 것인지를 짐작할 수 있다.

19_일천 년 가까이 두고 쌓았다는 중국의 만리장성도 있지만, 여러 해를 두고 이러한 석조물을 만드는 데에도 미국인의 저력이 놀랍다. 위에서 러시모어 산Mt. Rushmore의 대통령상에 관하여서 그 저력 이야기를 하였지만, 아무튼 그렇다.

20_최희준 씨의 히트 곡 '하숙생' 가사의 일부다.

길에 옥수수궁전Corn Palace을 구경하자고 했다. 사우스 다코타의 동남에 위치한 미첼Mitchell이란 작은 도시에 옥수수로 지은 거대한 궁전건물이 있다. 1892년인가에 처음 지었는데, 매년 새로 수확한 옥수수로 수리를 한다고 한다. 옥수수 생산을 자랑하는 것이지만, 관광수입이 짭짤하다는 것이다. 하기야 나 같은 사람도 지나가는 길이기는 하지만 구경을 했으니까. 그날은 여기 잠시 들른 것을 제외하고는 하루 종일 달려서 저녁에 미네아폴리스에 도착했다. 약 1,000 킬로미터(630마일)를 달린 것이다. 의사 친구인 김영기金永琦 군의 집에 도착하여, 래피드 시티에서 아침에 출발을 하였다고 하였다. 첫 마디가 "You must be a superman"이었다. 그러나 저러나 "수혈輸血부터 하자!"면서, 들고 나온 술이 또 시바스 리갈이었다. 그 집에서 이틀 쉬고, 16일 아침에 미네아폴리스를 출발하여 샴페인에 도착. 이 날은 약 850 킬로미터(530마일)를 달렸다. 일년도 채 안 되게 빌려 사는, 말하자면 객지의 집이지만, 집에 오니 좋을 수밖에 없다. 여행도 가족과 같이 다녔지만, 그래도 가족과 같이 마음 놓고 쉴 곳은 나의 집이다. 그래서 '즐거운 나의 집Home! Sweet Home!'이란 노래가 있는가?

# 마오타이

1983년 6월 하순, 옐로스톤에서 돌아온 지 얼마 안 되어서다. 시카고대학의 이수억 군과 캠핑을 가기로 한 약속이 있어서 메인 주의 아케이디아 국립공원에 갔었고, 그때 마신 마오타이주茅台酒(이하 마오타이)에 관한 이야기다.[1] 그 임시 나의 바로 윗동서가 피츠버그에서 살고 있어서 우선 그 집에서 만나기로 하고, 6월 24일(금요일) 아침 샴페인을 떠났다. 저녁 무렵에 수억이 내외가 도착했다. 다음 날, 카네기 멜론대학 등을 방문하고, 또 스테이션 스퀘어란 대형 쇼핑몰도 구경했다. 피츠버그 시내에는 앨리게니 강과 모논가헬라 강이 합쳐져서 오하이오 강을 이루는 삼각지점이 아름답고, 철강공업으로 유명하기 때문인지 미식축구팀의 이름도 '피츠버그 스틸러'다. 물론 야구의 '피츠버그 파이어리츠'도 내셔널 리그의 강팀이다.

1_마오타이라는 술은 본래 중국 구이주우성貴州省 런후이현仁懷縣 마오타이진茅台鎭의 특산이다. 1935년 마오쩌둥의 홍군紅軍(공산군)이 장제스 국민당 군에 쫓겨서 장정長征을 할 때 이곳을 지나게 되었다. 이 술은 독하다. 마시기도 했겠지만, 부르트고 진무른 발의 소독용으로 썼다고 한다. 알코올 대용이었다. 그런데 그것이 유명하게 된 것은 닉슨 대통령이 1971년 냉전 후 중국을 처음 방문하였을 때, 저우언라이 총리가 환영 만찬장에서 이 술로 건배를 제의했기 때문이다. 그 후로 마오타이는 중국의 대표적인 술로 세계에 알려졌다.

26일 일요일이다. 워싱턴 D.C.를 향해 출발했다. 워싱턴에는 수억이의 작은누나가 살고 있다. 남편은 정재완鄭在完 박사, 버지니아대학 경제학 교수다. 2년 전인가 서울대학교에 교환교수로 와 있었기 때문에 구면이다. 사람이 너그럽고, 부드럽다. 물론 수억이 누나도 스스럼이 없이 손님을 반기는 그런 타입이다. 그 집에서 일단 여장을 풀었다. 저녁 나절에 생선시장엘 간 기억이다.

27일 월요일, 나는 학위논문자료를 수집하기 위하여 미국의회도서관을 드나드느라 1968년 여름 몇 주를 D.C.에서 보낸 적이 있었다. 십오 년이 지났는데도 시내가 그리 낯설지 않다. 그러나 아이들은 초행이라 시내 관광을 나섰다. 먼저 알링턴 국립묘지를 방문하여 케네디 대통령 묘에서 꺼지지 않는 작은 횃불을 보고, 또 조금 떨어진 알렉산드리아의 초대 대통령 워싱턴이 살던 마운트 버논을 위시하여 주마간산 격으로 몇몇 곳을 더 보았다. 사실 스미소니언박물관 하나만 제대로 본다고 해도 일주일이 모자랄 것이다. 그래서 주마간산이라고 한 것이다. 저녁에 켄트주립대학 대학원에 다니던 이서항李瑞恒 군이 와서 반겼다.[2]

28일 화요일, 늦게 워싱턴을 떠나 뉴욕 시 북부에 있는 요크타운 하이츠의 홍세준洪世準 박사 집으로 갔다. 홍 박사는 인공지능 분야의 대가大家로 아이비엠IBM의 푸킵시연구소에서 일하고 있었다. 나하고는 일리노이에서 형제같이 지내던 사이였고, 그의 혼인에 내가 들러리이기도 했다. 오랜만에 반가웠다. 그날은 그 집에서 잤다.

6월 29일, 다시 뉴욕이다. 오전에 한국영사관에서 김세진金世珍 총영사를 방

2_이서항 군은 켄트주립대학에서 박사학위를 받고 귀국하여 오랫동안 외교안보연구원 교수를 지냈다. 2010년에 뉴델리 총영사가 되었다.

문했다. 반가워하며 출판된 지 얼마 안 된 한국 관련의 책을 한 권 선물로 준다.[3] 그리고는 자기 차를 내주면서 구경 다니라고 하였다.[4] 아이들을 데리고 엠파이어스테이트빌딩에도 가고, 자유의 여신상도 구경했다. '우래옥'에서 점심도 먹었다. 저녁에 홍 박사 집으로 다시 왔다. 밤에 근처 차파커에 있는 남일우南日祐 변호사 집을 방문했다.[5] 그 집을 찾다가 『리더스 다이제스트』 본사 건물 앞을 지나기도 했다. 오랫동안 구독했던 잡지다.

6월 30일, 뉴욕을 떠나 코네티컷의 맨체스터로 향했다. 여기에는 오일석吳一錫이란 수억이의 친구가 산다. 수억이와 고등학교 동기인 오 씨는 산부인과 의사다. 넓은 집에서 혼자 살고 있다. 그러니 누가 오면 반기지 않을 수 없는 형편이라, 우리는 칙사 대접을 받았다. 현관 옆의 수납장에는 시바스 리갈이 박스로 쌓여 있어서, 술 걱정은 없다. 오 씨는 키도 훤칠하고, 인물도 좋고, 더구나 의사로서 돈도 잘 번다는데, 얼마 전 이혼을 했다는 것이다. 초등학교 삼학

3_Robert Boettcher, *Gifts of Deceit: Sun Myung Moon, Tongsun Park and the Korean Scandal* (Holt, Rinehart and Winston, 1980). 통일교의 활동과 미국에서의 한국 로비를 분석한 책이다. 미 하원 Frazer Committee의 보고서를 기초로 한 연구서이나, 우리에게는 아주 창피한 내용들이 담긴 책이다.

4_Lincoln Continental이었다. 물론 기사가 있었다. 호사스러운 차를 타고 뉴욕 관광을 한 것이다. 김세진 박사를 언제부터 알게 되었는지 모르나, 서울서 정치학회 등에서 만났을 것이다. 심정적으로 가까웠다. 그는 일찍이 *The Politics of Military Revolution in Korea* (University of North Carolina Press, 1971)란 훌륭한 책을 펴내기도 했다. 뉴욕 총영사를 하다가 상공부차관으로 발탁되어 귀국을 하였는데, 얼마 안 되어 췌장암인가 하는 병에 걸려 1984년 9월에 별세했다. 뛰어난 정치학자였는데, 불행히도 일찍 작고했다.

5_남일우 변호사는 고등학교는 나의 1년 후배이나, 고1 때 2년 월반하여 서울법대에 들어갔기 때문에 대학은 그가 한 해 선배다. 대학 졸업 후 서울문리대 철학과에 학사 편입하여 졸업했다. 프린스턴대학에서 철학전공으로 박사학위를 따고, 일리노이대학 시카고캠퍼스 철학과 교수가 되었다. 시카고에서 소수민족이 차별받는 것을 누차 목격하고는 그들의 권익을 위해 일해야겠다고 생각하여, 뒤늦게 하버드대학 법대에 입학하여 졸업했다. 당시는 뉴욕의 일류 큰 로펌에서 일하고 있었다. 내 형의 처남이다.

년쯤 되는 딸도 있다. 어머니와 산다고 하였다. 그런데 이상한 것은 동희라는 전 부인이 한국청년과 재혼하여 그 동네에 살고 있는데, 이 집에 와서 청소도 하고 빨래도 하는 것이었다. 딸은 마당에 텐트를 치고 자며 놀며 한다. 참으로 미국식(?)인 관계다. 그날 저녁에 코네티컷대학 대학원에 재학중인 홍욱헌洪旭憲 군과 정수산鄭守汕 군이 나를 보러 왔는데, 그들이 들고 온 스카치도 있어서 술은 많다.[6] 무언지 한 잔씩 막 마시기 시작했을 때다. 수억이가 슬그머니 나가더니 마오타이 한 병을 들고 왔다. 후배들이 가져 온 술도 그렇고, 주인의 술도 그렇고 해서 자기가 갖고 온 술을 꺼낸 것이다. 나중에 안 사실이지만, 수억이는 내가 모르게 뉴욕 차이나타운에서 마오타이를 열 병 샀다는 것이다.

다음 날은 7월 초하루다. 아침 나절에 보스턴을 향해 출발하였다. 매사추세츠 공과대학MIT에서 기계공학을 전공한 신효철申孝澈 박사의 아파트에 일단 짐을 풀고, 하버드대학을 구경했다.[7] 전에도 두세 번 왔던 하버드대학이지만, 하버드 스퀘어에서 어슬렁대는 것은 언제나 좋다. 이튿날 아침(7월 2일) 나의 친구 김석조金碩祚 군을 만나고, 다시 북행하다. 거의 하루 종일 차를 몰아 바하버에 도착하였다. 바하버는 마운트 데저트 섬의 북쪽에 위치하는데 아케이디아 국립공원의 관문격인 타운이다. 아름답기 짝이 없다. 여름철이라 관광객이 붐볐다. 캠핑에 필요한 물건들을 사고, 배스하버 야영장에 텐트 둘을 쳤다.

미국의 북쪽 대서양 연안은 로브스터(바닷가재)가 유명하다. 메인 주가 특히 그러하다. 가재를 먹는 방법이 여러 가지 있겠으나, 통째로 쪄서 껍질을 벗긴

6_홍욱헌 박사는 경주에 있는 위덕대학교 교수다. 정수산 박사는 코네티컷에서 석사만 하고, 박사는 서울대학교에서 했다. 국회사무처에 근무했는데, 근자에는 소식이 없다.

7_당시 박사후연구원이었던 신효철 박사는 다음 해인가 귀국하여 서울공대 기계설계학과 교수가 되었다.

다음 그 살을 약간 데워 녹은 버터에 담갔다가 먹는 것을 나는 좋아한다. 가재는 말할 것도 없이 준비가 되었고, 수억이의 차 트렁크에는 마오타이가 가득하다. 로브스터에 마오타이라! 한두 병 남겼는지 기억에 없으나, 캠핑을 며칠하는 동안 둘이서 그 술을 거의 다 마셨던 것이다.

아케이디아 국립공원에는 즐길 것도 많고, 볼 것도 많다. 예컨대, 파크 루프의 드라이브가 일품이다. 파크 루프는 일종의 환상도로環狀道路다. 도로 주변의 경치가 좋아서 가히 환상적이다. 또 해양박물관과 로브스터박물관에도 볼 것이 많다. 후자의 곳에는 40파운드(약 18 킬로그램)가 넘었다는 로브스터의 표본도 있다. 그런데 여기서 배운 것은 두 가지다. 하나는 법으로 정해진 크기에 달하지 못하면 방류해야 한다고 것이다. 크기의 규정은 주에 따라 다소 다르나, 아무튼 크기를 재는 여러 모양의 자가 있다. 출어하는 로브스터 배에는 그런 자가 있음은 물론이다.

다른 하나는 로브스터나 게crab와 같은 갑각류 동물은 처음부터 딱딱한 껍질을 갖고 태어나는 것이 아니다. 자라면서 껍질을 만들어 적으로부터 스스로를 보호한다고 한다. 그런데 몸(살)은 자라도 껍질은 자라지 않기 때문에 몸이 자라면 껍질이 불편하게 된다. 살이 쪄서 옷이 작게 되는 것과 같다. 그러면 몸은 껍질에서 슬그머니 나와 새로 껍질을 크게 만든다고 한다. 껍질에서 빠져나오면 다른 동물의 공격에 매우 취약하므로, 단단한 껍질을 다시 만드는 동안 바위 밑과 같은 안전한 곳에서 지낸다. 근신을 한다. 갑각류의 이러한 행동은 일생 동안 몇 번이고 반복한다. 약한 때는 숨어서 실력을 기르고, 껍질이 생겨서 강해졌다고 느낄 때 다시 그들의 활동무대로 나간다고 한다. 생존경쟁에 있어서 로브스터나 게만도 못한 인간들이 많다. 실력 없이 나대기만 하는 인간들이 많기 때문이다. 로브스터와 게는 잡아먹기만 할 것이 아니라 그들에게서도 생존의 지혜를 배워야 할 것이다.

아케이디아 공원에서 정작 아름다운 곳은 프리티 마쉬Pretty Marsh란 곳이다. 문자 그대로 아름다운 곳이다. 더구나 아름다운 정자가 있다. 하루 저녁은 우리가 매일 로브스터를 사러 가는 가게의 주인이 삶은 홍합을 한 통 주었다. 홍합을 안주 삼아 마오타이를 마시는데, 멀리서 달이 떴다. 달은 구름만 없으면 어디든지 비춘다. 갑자기 이백의 「장진주將進酒」란 시의 일구가 떠올랐다.

"인생은 득의양양할 때 마냥 즐겨야 하니, 황금 술잔을 달 앞에 빈 채로 놓지 마라[人生得意須盡歡 莫使金樽空對月]."

나는 득의양양한 적이 한 번도 없다. 친구와 더불어 달을 대하면, 아니 달이 없어도, 술잔을 비우지 않은 적도 없다. 그러나 좋은 친구와 더불어 천하 제일의 술을 마신다고 해도, 도대체 인생이란 무엇인가? 무엇 때문에 사는가? 이백은 이어 읊었다.

"예로부터 성현들은 한결같이 적막했고, 오직 술꾼들만 이름을 남겼다네[古來聖賢皆寂寞 惟有飮者留其名]."

이백은 그래도 이름을 남기고 싶었던 모양이나, 나는 그렇지 않다. 로브스터 먹던 입에 홍합이 맛있을 수 없다. 안주 맛이 아니라 술맛에 그래도 홍합을 꽤 먹었는데, 반도 못 먹고 다음 날 아침에 남은 것을 다시 갖다 주었다. 로브스터만 매일 먹다시피 하니, 새우도 한번 먹자고 하여 새우를 사왔는데, 인기가 없었다. 입은 그렇게 사치스러운 것이다. 입은 말만 조심하여야 하는 것이 아니라, 맛도 조심하여야 하는 것임을 그때 또 깨달았다.

7월 6일, 다시 오일석 씨 집에 왔다. 다음 날 마오타이 정복의 대장정을 끝내고, 샴페인을 향하여 서쪽으로 차를 몰았다. 피츠버그에서 이틀을 쉬고 샴페인에 도착한 것은 7월 9일 저녁, 돌아오니 최재호崔在豪 군이 별세했다는 편지가 와 있었다.[8] 샴페인까지 같이 온 수억이네는 우리 아파트에서 하루 자고, 다음 날 시카고로 갔다.[9]

요즘도 더러 마오타이를 마실 기회가 있다. 그러나 옛날에 먹던 그 맛이 아니다. 옛날의 마오타이는 오십 년 숙성이라는 이야기를 들은 적이 있다. 그 숙성이 무엇을 의미하는지 알 수 없으나, 그 술이 세계적인 술로 각광을 받고 난 후 급증하는 수요를 감당할 수가 없어서인지 급조急造의 마오타이가 다량으로 공급되고 있는 모양이다. 가짜도 있을 것이다. 그래도 한동안 그 술은 맛이 전과 같았고, 요즘도 진짜라고 하는 것은 맛이 훌륭하다. 그러나 진짜는 구하기가 어렵다. 다음은 아케이디아 이후에 기억나는 마오타이 이야기다.

내가 일리노이와 인연이 있어서인지 1983년 이후에도 시카고에는 여러 번 갔다. 시카고에 가면 늘 수억이가 친구다. 그의 집에 가면 당시 유학중이던 임혁백任爀伯 군과 최정운崔丁云 군이 으레 술을 한 병씩 들고 온다.[10] 크게 마신다. 그러나 밖의 단골집은 차이나타운의 '문 팰리스'다. 그 집 이층에서는 밖이 잘 보인다. 마오타이를 시키면 마티니 잔과 같은 잔이 나온다. 술을 따르면 무

8_최재호 군은 내가 존경하는 친구였다. 당시 청와대 비서관이었는데, 골프연습장에서 갑자기 쓰러져서 회복하지 못했다는 것이다. 최 군에 관한 나의 글이『낙산의 둥지 떠나 반백년: 서울법대 58학번들의 이야기』(두배의느낌, 2008), 711-714쪽에 실려 있다.

9_내가 사랑하던 이수억 군도 2008년 3월에 폐암으로 별세했지만, 오일석 씨도 그 몇 해 전에 작고했다는 소식을 들었다.

10_임혁백 군은 지금(2012년) 고려대학교 정외과 교수, 최정운 군은 서울대학교 정치외교학부 교수다.

지개 같은 영롱한 서기瑞氣가 잔 가장자리에서 맴돈다. 특히 '문 팰리스'에서 먹는 마오타이가 그랬다. 그래 그랬는지 '문 팰리스'에 간 적이 한두 번이 아니다.

1986년 1월 샴페인에 일이 있어서 갔다가, 오는 길에 시카고에 들렀던 적도 그랬다. 시카고에서 19일 오후 늦은 비행기를 타고, 샌프란시스코에 내렸다. 버클리로 갔다. 2월 2일까지 캘리포니아대학 버클리캠퍼스에서 지냈다. 버클리에서는 일리노이대학에서 나의 지도 교수였던 위George T. Yu 교수와 같이 하던 일이 있었다. 버클리 출신인 위 교수는 방학 때면 버클리에 와 있었는데, 나보고 오라고 한 것이다. 그런데 문제는 그게 아니다. 그때 서울대학교 행정대학원의 김광웅 교수가 안식년으로 버클리에 와 있었던 것이 문제였다. 나는 위민스 패컬티 클럽Women's Faculty Club에 머물고 있었고, 김 교수는 큰 집을 하나 빌려 혼자 유유자적하고 있었다. 위 교수를 만나지 않는 날이면 김 교수와 마셨다. 시카고에서 마오타이로 버린 입이니, 계속 마오타이를 마셨는데, 그때 또 별미의 안주를 개발했다. 그것은 참치뱃살과 아보카도를 알맞은 크기로 썰어서 김에 싸서 먹는 것이다. 김 교수와는 요세미티 국립공원에도 갔었다. 브라이덜 베일 폭포와 요세미티 폭포가 아직도 눈에 선하다. 요세미티 롯지에 묵으면서는 '와일드 터키'란 버번을 마셨으나,[11] 버클리에서는 단연 마오타이였다. '요시'라는 일식집에도 몇 번 갔는데, 거기에는 일본정종도 있었다.

2월 2일 아침, 나는 뉴포트비치에 사는 노재성盧在成 군을 만나러 버클리를 떠났다.[12] 공항에 배웅 나온 김 교수에게 나는 두 가지 이야기를 한 기억이 있

11_와일드 터키Wild Turkey는 Kentucky Straight Bourbon Whiskey다. 켄터키 주의 로렌스버그가 생산지인데, 101 표준도수proof짜리의 맛은 기막히다. 101 표준도수면 50.5도인데, 56도짜리 마오타이보다는 좀 약하지만, 칵테일을 하지 않고 그야말로 스트레이트로 마셔야 제 맛이 난다. 내가 좋아하는 버번이다. 다른 버번보다 좀 비싸다.

다. 하나는 윌리엄 피트William Pitt의 이야기다. 소 피트로 알려진 그가 생을 마감한 것은 1806년이다. 아우스터리츠 전투가 끝난 지 약 칠 주 후였다. 그 전투에서 나폴레옹의 군대는 오스트리아와 러시아의 군대를 크게 격파했다. 전투의 소식은 수상인 그에게 큰 쇼크였다. 이제 나폴레옹의 군대를 영국이 혼자서 막아야 할 입장이 되었다. 기가 막힌 일이었다. 그런데 그는 이승을 떠나려는 참이었다. 누구나 시간 약속을 하고 죽는 것은 아니다. 그러나 그는 나라가 누란의 위기에 처했을 적에 신의 부름을 받은 것이다. 감기 싫은 눈을 감으면서 그가 남긴 말은 "Oh, my country! How I love my country!"였다고 전해졌다. 그러나 그것이 잘못이라고 밝힌 사람은 피트의 전기를 쓴 로스베리 경이다.[13] 그는 피트가 "Oh, my country! How I leave my country!"라고 한 것을 간호원이 옆에서 잘못 들은 것이라고 했다. 이 이야기를 하면서, 나는 김 교수에게, "Oh, my dear friend! How I leave you!"라고 말했다. 친구를 객지에 홀로 두고 나만 떠나기가 미안했다. 더구나 마오타이와 새로 개발한 안주를 뒤로 하고 버클리를 떠나고 싶지 않았던 것이다.

다른 하나는 미국의 시인이자 소설가인 거트루드 스타인Gertrude Stein(1874–1946)이 파리에서 임종할 때의 이야기다. 죽기 직전, 그를 아끼고 따르던 친구들이 주위에 모였다. 그 중 한 사람이 물었다. "Gertrude! What is the answer to life?" 삶 혹은 인생의 해답이 무엇이냐고 물은 것이다. 대작가였기에 그

12_노재성 군은 나와 고등학교와 대학 동창이다. 뿐만 아니라 일리노이대학 동창이기도 하다. 그는 일리노이대학에서 경제학으로 Ph. D.를 받았다. 일리노이주립대학Illinois State University에서 잠시 교편도 잡았었는데, 그의 명석한 두뇌가 일찍이 IT산업에 눈을 떴다. 학교를 그만두고 캘리포니아에서 IT관련 회사를 운영하고 있었다.

13_Lord Rosebery, *The Life of William Pitt* (1891); J. C. Nesfield, *Junior Course of English Composition* (Macmillan, 1925), p. 9에서 인용.

해답을 알고 있을 것이라고 생각하여 물은 것이다. 그런데 시인은 잠시 머뭇거리더니, "No, no! What are the questions?"라고 되묻고는 운명했다고 한다. "그게 아니야! 문제는 뭔데?"[14] 피트처럼 감기 싫은 눈을 감아야 하는 것이 문제였을까? 감기 싫었을까?

인생에는 여러 가지 문제가 있고, 의문도 있다. 또 해답이 하나만 있는 것도 아니고, 해답이 반드시 있는 것도 아닐 것이다. 피트의 이야기를 하고 나자, 스타인이 생각난 것이다. 나는 당시 과학자들의 발견과 철학적 분석에도 올바른 문제와 의문이 제일 중요하다고 생각하고 있었다. 그때 이미 김 교수는 『행정과학서설』(1983)이란 명저를 상재했고, 더 오래전에 『사회과학연구방법론』(1976)을 저술하여 과학적 방법론의 일가를 이루고 있었다. 그러나 피트는 그렇다고 하고, 스타인의 이야기를 김 교수에게 한 것은 사회현상에 대한 의문 혹은 문제의식이 과학적 방법론에 선행한다는 것을 주지시키기 위함이었다. 공부 열심히 하라는 충고였다. 김 교수가 그때 내 의도를 짐작했는지 모르나, 지금은 아마 그 이야기들을 다 잊었을 것이다.

인생 이야기가 이왕 나왔으니, 나는 여기서 내가 좋아하는 기성棋聖 조치훈趙治勳의 이야기를 하나 첨부한다. 1997년 그는 제21기 기성전에서 고바야시 사토루小林覺 9단의 도전을 받았다. 3국까지 조치훈은 2대1로 앞서갔다. 그리고 제4국을 맞았다. 중반에서 후반으로 넘어갈 때, 조치훈은 꽤 큰 소리로 "인생, 여러 종류가 있지."라고 무심결에 말했다고 한다. 그 대국을 관전하던 작

14_Stein의 간접 출처는 Francis J. Sorauf, *Political Science: An Informal Overview* (Charles E. Merrill Books, 1965), p. 60.

가 미요시 도루三好徹는 이렇게 썼다.

“분명히 인생은 여러 종류가 있다. 좋을 때가 있으면 나쁠 때도 있다. 기쁠 때가 있으면 슬플 때도 있다. 그러나 인간은 힘들고 어려울 때가 더 많다고 느끼고 있는 것이 아닐까.”

그러면서 그는 아래와 같은 해석을 첨부하였다. 조치훈은 당시 기성 이외에도 명인名人과 본인방本因坊 타이틀을 갖고 있었다. 이틀 동안 두는 일곱 번의 승부로 타이틀이 결정되는 기전은 이 세 가지뿐이다. 그런데 혼자 이 세 타이틀을 보유하는 것을 대삼관大三冠이라고 한다. 기사로서 최고의 영예다. 그 몇 해 전에도 그는 대삼관이 되었었다. 그러나 오래 가지 않았다. 독점은 오래 가기 어려운 모양이다. 그러나 그는 다시 대삼관이 되었다. 한 번 되기도 힘든 대삼관을 두 번이나 하게 된 것이다.[15] 미요시 도루의 이야기는 계속된다.

“조치훈의 두 번째 대삼관은 작년(1996년) 가을 명인전에서 승리하여 달성되었다. ‘인생, 여러 종류가 있지.’라는 말이 나왔을 때는 두 곳의 대마 중 어느 것도 움직일 수 없는 국면이었다. 어떻게 보아도 불리한 형세였다. 여기서 져서 2대 2가 되면 호각互角이라기보다는 도전자인 고바야시 쪽으로 승세가 기우는 것으로 봐도 좋다. 만약 타이틀을 잃으면 두 번째의 대삼관도 겨우 몇 개월만 지속되는 단명기록으로 남는다. 이 점이 조치훈에게는 분명 고통일 것이다.”

“이러한 좋지 않은 생각과 시간에 쫓기면서, 인생에 여러 종류가 있듯이, 여기서 져도 무슨 방법이 있지 않을까라고 스스로를 위로하는 것이 아니었을까. 두 곳의 대마가 어느 쪽이든 잡힐 것만 같은 일대 위기의 국면에 처해 있었지만 그때부터 그의 끈기와 집념은 가히 압도적인 것이었다. 게다가 그는 1분 초

**15**_뿐만 아니라 조치훈은 두 번째 대삼관을 3년패했다. 전무후무한 일이다.

읽기에 몰려있었다. ……고투苦鬪의 승부 뒤집기를 보고 있으려니 '인생……' 이라는 말은 스스로의 위로에서 어느 사이에 자기 자신을 고무시키는 말로 변한 듯이 생각되었다."[16]

조치훈은 결국 그 바둑을 역전시켜 이겼다. 그리고 불리한 5국을 또 이김으로써 타이틀 방어에 성공했다.

조치훈은 일찍이 한 인터뷰에서 이런 말을 한 적도 있다.

"이기는 바둑을 이기고, 지는 바둑을 이긴다. 무패無敗의 바둑을 목표로 하고 있다."[17]

얼마나 비장한 승부사의 말인가! 참으로 인생, 여러 종류가 있다.

조치훈의 이야기를 하다 보니, 불멸의 기성 오청원吳清源이 또 생각난다. 그 불멸의 기성에 관하여 그에 관한 절창絕唱의 전기를 쓴 에사키 마사노리江崎誠致는 이렇게 말했다.

"이길 바둑은 놓치지 않고, 질 바둑을 건지는 사람이 오청원이다."

초일류를 뛰어넘는 기사에 대한 평이다. 그들에게는 뛰어난 기량과 감각이 있기 때문이고 단순한 운이나 우연 때문에 승률이 높은 것은 아니다.[18] 인생, 여러 종류가 있다는 말을 반복하고 싶다.

마오타이 이야기가 두서없이 되고 말았다. 마오타이를 많이 마셔서 머리가 어떻게 된 모양인가?

16_미요시 도루, "제21기 기성전 관전기" 요미우리신문사 엮음, 『제21기 기성전 조치훈 격전보』(서림문화사, 1997) 참조. 머리말에 해당하는 글인데, 쪽 표시가 없다. 책에는 글쓴이 三好徹를 '산코테츠'라고 하였는데, '미요시 도루'라고 읽는 것이 옳다.

17_위의 책, 134 쪽.

18_에사키 마사노리江崎誠致 저, 김순호金淳鎬 역, 『오청원 스토리』(서림문화사, 1997), 101쪽.

# 친구

나는 전공이 중국정치다. 현대중국의 정치를 대학에서 오래 가르쳤고, 또 중국정치사상도 가르쳤다. 내가 중국정치에 관하여 공부를 시작할 무렵은 1960년대 중반이었다. 그때는 동서의 냉전이 한창이었다. 중국은 죽竹의 장막에 철저히 가려진 나라, 밖에서 그 안을 들여다보기 어려웠다. 더구나 소위 프롤레타리아 문화대혁명이 시작되면서 중국의 국내 사정은 더욱 복잡 혼미했고, 그러한 상황은 그로부터 십여 년 계속되었다. 중국 방문이 거의 불가능하던 시절이었다. 중국을 공부하던 사회과학도들은 기껏해야 관제官製신문, 방송 청취 자료, 홍콩 등지로 탈출한 피난민들로부터 얻는 전문傳聞자료를 분석하는 수준이었다. 연구자들에게는 자료가 제일 큰 문제였다.[1] 백문百聞이 불여일견不如一見이란 말은 접어두더라도, 명색이 중국정치를 공부하는 사람으로서 어찌 중국에 가고 싶은 생각이 없었겠는가? 그럼에도 당시 중국 방문 혹은 여행은 아예 꿈도 꾸지 못했다. 그러나 변하지 않는 사회는 없다. 1980년대에

1_나의 "中國學에 있어서 資料와 方法論의 문제" 『中國問題』 권1 (한양대학교 중국문제연구소, 1975), 87-101쪽 참조.

들어서서 중국은 개혁과 개방을 국가 목표로 내세웠다. 문호가 열리기 시작한 것이다. 그러나 그것은 서방 국가와의 관계였고,[2] 한국과의 관계는 좀 달랐다.

다 알다시피 제2차 세계대전이 끝나면서 한반도는 남북으로 분단되었다. 우리는 공산주의와 싸우지 않으면 안 되었다. 1948년 대한민국이 탄생하면서 반공反共은 국시國是라고 해도 과언이 아닌 지상의 명제가 되었다. 따라서 1949년 중국공산당이 중국 대륙을 석권하여 공산정권을 수립하자 자유민주주의를 표방하던 우리와는 적대적 관계를 맺을 수밖에 없게 되었다. 더구나 그 정권은 1950년 한국동란에 개입함으로써 침략자로서의 낙인烙印이 찍혔고, 그 적대적 관계는 오랫동안 정당시正當視되었다. 그렇기 때문에 우리나라와 중국과의 관계정상화는 예컨대 미국이나 일본보다 훨씬 늦었다. 정식수교는 1992년이 되어서야 이루어졌다. 그러나 그에 앞서서 비정부적 차원에서의 교류는 있었다. 비정부적이란 것도 실은 '눈 가리고 아옹' 하는 것이었다.

아무튼 그 임시부터 중국에 가는 길이 열렸다. 물론 쉽지는 않았다. 그러나 가는 사람은 갔다. 그리고 나도 그 틈에 끼어 1990년 2월에 중국에 난생 처음으로 가게 되었다. 간다고 하니 가는 길도 여럿이다. 처음에 나와 가까운 서강대학교 교수들이 중국 가는 계획이 있다면서 같이 가자고 하였다. 솔깃했다. 그런데 또 문교부에서 교수들의 중국 방문을 계획한다는 것이다. 서강대 팀이 가는 것은 한진관광 편이라 비용이 만만치 않다. 문교부에서 가는 것은 정부의 보조가 있었는지 엄청 싸다. 어차피 같은 중국인데, 돈을 절약하자는 생각이 들어서 나는 후자를 택했다. 그때만 해도 공산권국가에 가는 것은 쉬운 일

2_물론 그 전에도 예컨대 닉슨 미 대통령이 1971년에 중국을 방문하기도 했으나, 미국과 중국 사이의 국교가 정식으로 수립된 것은 1979년이다.

이 아닌지라, 문교부인지 정보부인지에서 교육을 받으러 오라는 것이었다. 팔년 전 1982년에 미국을 갈 적에도 교육을 받고 간 경험이 있지만, 정부서 제발 이런 일은 하지 말았으면 하는 생각을 하면서도, 아쉬운 쪽은 나였기 때문에 교육을 받았다. 다행인 것은 우리 팀의 단장이 서울대 사회학과의 최홍기崔弘基 교수였다. 너무 잘 아는 선배 분이라, 모시고 가도 좋다고 생각했다. 그러나 불행인 것은 나보고 팀의 간사 역할을 하라는 것이다. 그도 나를 잘 알았는지, 믿을 수 있다고 생각했는지, 나에게 책임을 맡긴 것이다. 여러 대학 교수 스물여덟 명이 일행이었다. 문교부와 정보부의 직원이 한두 명 더 있었다.[3]

그래서 우여곡절 끝에 1990년 2월 초하룻날 중국 땅에 발을 들여놓게 되었다. 그때는 중국 본토로 가는 직항은 없었다. 홍콩을 경유해야 했다. 텐진을 거쳐서 베이징에 도착한 것은 오후 여섯 시가 좀 못되는 시간이다. 입국수속은 의외로 간단했다. 공항에서 우리 숙소인 백락주점白樂酒店으로 가는 도중에 연상주점燕翔酒店에서 저녁을 먹었다. 한 테이블에 열 명씩 둘러앉았고, 테이블마다 맥주가 다섯 병씩 놓여있었다. 북경에서의 첫 중국음식이나, 재료와 맛은 서울의 중 정도였다. 처음 만나다시피 한 교수들도 많고, 긴장도 되고, 분위기도 약간 어색하여 첫날은 술을 많이 마시지 않았다. 시작은 이러했다.

다음 날부터의 일정을 간단히 적는다.

2월 2일, 오전에 베이징대학 방문, 창춘원暢春園이란 식당에서 점심, 그리고 천단공원天壇公園에 갔다. 명나라 때부터 하늘에 제사를 지내던 명소다. 다음 행선지는 시내의 왕부정王府井 거리인데, 서울의 명동 같은 곳이다.

3_그때의 일을 일기형식으로 쓴 것이 있고, 그것은 내가 2006년 정년을 하면서 출판한『나의 글, 나의 정치학』(인간사랑), 303–318쪽에 수록되어 있다. 이 글은 좀 다른 각도에서 재구성한 것이다.

2월 3일, 명십삼릉明十三陵 가운데 정릉定陵을 방문했다. 13대 신종神宗(만력萬曆)의 능이다. 임진왜란 때 조선에 군대를 보낸 황제다. 팔달령八達嶺 외빈찬청外賓餐廳에서 중식을 한 후, 장성長城에 오르다. 오는 길에 이화원頤和園 방문하다. 이화원은 건륭乾隆 15년경에 지은 정원인데, 서태후가 대대적으로 보수하느라고 막대한 돈을 쓴 곳이기도 하다. 여기서 서강대 팀을 우연히 만났다. 이화원에서 우리 일행은 동인당同仁堂 약국으로 가고, 나는 최용호崔龍浩 씨를 만나러 화평빈관和平賓館으로 가는 택시를 탔다.[4] 그 곳에서 저녁을 같이 하였는데, 조심스러워서 술은 아니 마셨다.

2월 4일, 오전 유리창琉璃廠 견학, 여기서 서강대 팀을 두 번째로 만났다. 그리고는 자금성紫禁城의 고궁박물관을 보고, 오후 늦게 시안西安행 비행기를 탔다. 시안 도착이 저녁 7시, 종루鐘樓호텔에서 병당 136위안짜리 서봉주西鳳酒를 반주로 저녁을 하고,[5] 숙소인 당성唐城호텔에 왔다. 서강대 팀이 나에게 보낸 메시지가 있었다. 고도古都호텔로 오라는 내용이었다. 전화를 걸었다. 이근삼李根三 교수가 받으면서 기다린다는 것이다. 좀 늦긴 했어도 택시를 탔다. 연세대의 최정호崔禎鎬 · 안계춘安啓春 교수는 자러 갔는지 보이지 않고, 이근삼 · 이상우李相禹 · 유재천劉載天 · 이태욱李泰旭 · 이갑윤李甲允 등 서강대 교수

4_ 최용호 씨는 그때 중국민족경제개발총공사總公司의 상무부총경리常務副總經理였다. 최 씨는 그 전년인가 어느 회의에서 일리노이대학(시카고캠퍼스)의 고병철高秉喆 교수에게서 내 이야기를 들었다고 하면서, 서울 왔을 적에 나에게 전화를 한 일이 있었다. 아침을 같이 하였다. 그래서 그 답으로 내가 북경서 그에게 전화를 하였더니, 저녁을 대접하겠다고 하여 만나게 된 것이다.

5_ 서봉주는 산시성 펑샹鳳翔에서 생산되는 중국의 명주다. 그때 내가 환전한 기록을 보면, 미화 1달러가 중국 런민비人民幣 4.6위안이었다. 136위안이면 약 30달러다. 결코 싸지가 않다. 그러나 그것은 호텔에서 받는 값이고, 북경시내의 보통 가게에서 같은 술을 42위안에 사기도 했다. 내가 우리 일행의 간사였기 때문에 싼 술을 사러 다녔다. 그러나 그날은 호텔 술을 마신 것이다.

와 고대의 오택섭吳澤燮 교수가 기다리고 있었다. 그들은 조니워커(블랙 라벨)를 박스로 지고 다니면서 마시고 있었다. 서봉주도 서봉주지만, 오랜만에 위스키는 참으로 감칠맛이 있다. 모두들 주당이다. 왜 자기네와 같이 오지 않았느냐고 힐난을 하면서, 자꾸 권하는데 얼마를 마셨는지 모른다. 그래서 시안의 밤은 깊었다.

다음 날 5일은 시안 관광이다. 아침에 진시황의 병마용兵馬俑을 보고, 화청지華淸池로 갔다. 일찍이 양귀비가 목욕하던 곳이다. 백낙천의 「장한가長恨歌」에는 이런 구절이 있다.

| | |
|---|---|
| 春寒賜浴華淸池 | 봄 추위에 날은 찬데 화청궁 온천에 들기를 허락하니 |
| 溫泉水滑洗凝脂 | 부드러운 온천물은 윤기 있는 그녀의 몸을 씻어주더라. |
| 侍兒扶起嬌無力 | 시녀들이 부축하는 귀비의 몸은 요염하고 힘없으니 |
| 始是新承恩澤時 | 이때가 바로 천자의 사랑을 받게 된 시초였다. |

아직도 온천이 나오는 모양이다. 일행 가운데 급하게 목욕하고 나오는(지각 없는) 교수도 있었다. 또 그 곳에는 1936년 소위 시안사변西安事變 당시 국민당 정부의 수반인 장제스蔣介石의 판공실도 구경할 수 있었다. 그리고는 비림碑林을 둘러본 후, 신화서점을 잠시 방문했다.

그 다음 날(6일)이다. 아침 일찍 우리 일행은 난징南京으로 가는 비행기를 타러 공항으로 향했다. 거기서 또 서강대 팀을 만났다. 그들은 시안을 거쳐 충칭重慶으로 간다고 했다. 시간이 남아 이갑윤 교수와 공항 로비에서 바둑도 한판 두었다. 그들은 술도 박스로 지고 다니고, 바둑판과 바둑돌도 지고 다녔다.

풍류의 팁이다. 어쨌거나 짧은 기간 동안 그 넓은 중국 천지에서 네 번씩 만난 것은 대단한 인연이다. 같이 여행한 거나 진배가 없다.

이제 다시 우리 일정을 이야기하면 그날은 비행기가 안 뜬다고 하여 하루를 허송하고, 다음 날(7일) 바로 상하이上海로 갔다. 하루를 공쳤으니 지루한 여행이 되고 말았다. 상하이에서는 유명한 홍구공원虹口公園에 들렀다. 루쉰魯迅의 묘도 있고, 루쉰기념관도 있었으나, 윤봉길尹奉吉 의사의 흔적이 없는 것은 유감이었다. 그리고 기차로 쑤저우蘇州로 갔다. 당의 장계張繼의 「풍교야박楓橋夜泊」이란 시로 유명한 한산사寒山寺를 보고, 호구虎丘로 향했다. 호구는 쑤저우에서 제일 아름다운 곳이라고 한다. 일찍이 소동파가 "소주에 와서 호구를 찾지 않으면 유감스러운 일[到蘇州而不遊虎丘 乃憾事也]"이라고 하였다고 하는 명소이다. 여기에는 오왕 부차夫差가 부왕인 합려闔閭의 시신을 묻고, 그 위에 세웠다는 운암사탑雲岩寺塔이 위용을 자랑하고 있었다. 또 합려가 삼천 개의 칼을 깊이 감췄다는 전설의 호구검지虎丘劍池도 보았다. 칼은 이제껏 나오지 않았다고 한다.

점심은 송학정松鶴亭이란 곳에서 물론 중국음식이다. 이곳은 건륭제가 여섯 번 남행南行을 했을 적마다 식사를 하였다는 유명한 식당이나, 음식은 별로였다. 그리고는 명대에 축조된 어느 부자의 개인 정원인 졸정원拙庭園을 둘러보았다.

다음 날인 9일, 숙소인 화하빈점華夏賓店을 출발하여 강녕로에 있는 옥불사에 들렀다. 약 1미터 크기의 옥으로 된 와불臥佛이 생긋 웃으며 우리를 반긴다. 또 그보다 좀 큰 여자 모습의 옥불玉佛이 인상적이었다. 그래서 절 이름이 옥불사인 모양이다. 여기서 후왕푸黃浦 강가로 갔다. 폭이 400미터, 수심이 9미터인 황색의 강이 칭깅長江과 합친다고 한다. 그때 상하이 시가는 1949년 소위 해방 당시와 다를 바가 없어 보였다. 건물들도 그대로였다. 말하자면, 여러 모로 공산치하에서 발전은 없었던 것 같았다. 그때 나의 일기에는 이렇게 적혀 있다.

"어디 발전이 없는 것은 건축에 국한되랴! 거리에서 침 뱉고, 담배 피고, 교통질서를 지키지 않는 것은 말할 것이 없고, 게다가 자동차들은 디젤엔진인 모양……여기도 공해, 저기도 공해……(오후) 상하이 제일백화점에 가다. 물건은 조잡하고, 그러나 사람은 많다. 서울의 헐기 전, 청소 아니 한 화신백화점을 연상하다. 상하이 제일의 백화점이 그 모양이다. 물건다운 것이 없다고, 오금성吳金成 서울대 동양사학과 교수가 개탄! 있으면 살 것인가?"

이것이 당시 상하이에 대한 나의 인상이었다. 물론 상하이는 그 후 비약적인 발전을 하였다. 최근 상하이도 보았다. 모두가 정치와 연관된 현상이다. 마르크스에 의하면 경제가 하부구조다. 정치 · 법률 · 예술 · 종교 등은 모두 이 생산력과 생산관계의 통일체인 물질적 경제에 의하여 결정된다는 것이다. 그러나 경제가 하부구조가 아니라, 경제도 정치에 종속된 변수라는 것이 중국공산주의자들의 이론이다. 공산 중국에는 '정치괘수政治掛帥'라는 말이 유행했다. 정치가 위에 서서 사회의 모든 것을 이끈다(혹은 *左之右之*한다)는 뜻이다. 그 말대로 중국은 정부의 결정과 집행에 따라 그 사회가 변하고 있다. 정치가 중요한 것은 중국만이 아닐 것이다.

다음 날인 10일에 다시 홍콩을 경유하여 귀국했다. 친구들이 그리워 시안에서 술 마신 이야기를 염두에 두고 시작한 글이 장황한 여행기로 둔갑하고 말았다.

# 떡과 뻰

떡과 뻰은 내가 개발한 음식이다. 그 유래는 아래와 같다. 1990년 7월 9일부터 13일까지 제12차 세계사회학대회가 스페인의 마드리드에서 열렸다. 나는 그 회의에 참석하기 위하여 스페인 땅을 처음 밟았다. 나는 그 임시 서울대학교 사회과학연구소 소장이었다. 그 전해에 생가몬주립대학의 신도철 교수가 한국의 민주화에 관한 사회조사를 하겠다고 하여 연구소에서 도와 주었었다. 연구소의 도움으로 자료수집이 가능해서였겠으나, 논문에는 당시 서울대학교 행정대학원의 김광웅 교수와 내 이름이 들어갔다. 말하자면, 셋이서 공동집필한 것으로 되었다.[1] 우리는 그 논문을 세계사회학대회에서 발표한 것이다.

6일에 서울을 떠나 파리에서 이틀을 지내고 마드리드에 도착한 것은 8일(일요일)이었다. 9일이 우리의 발표일인데 정작 논문의 집필자인 신 교수는 도착하지 않았다. 김광웅 교수가 발표를 하고, 나는 구석에 앉아서 구경을 하였다. 나는 자료 수집과정에서 일조는 했지만 쓰지도 않은 논문을 발표하는 것

1_제목은 "Democratic Political Sophistication."

도 우습고, 그래서 김 교수와 누가 발표하느냐를 놓고 잠시 다투었다. 마음이 착한 김 교수가 양보를 하여 발표를 하였다. 김 교수의 발표는 잘 되었다. 다음 날인 10일에 신 교수 내외가 도착했다. 발표도 끝났는데 무엇 때문에 왔는지 모른다. 하여간 왔다. 그래서 한국에서 온 사회학자 몇 명과 어울려서 마드리드 시내를 돌아다니기도 하고, 톨레도로 관광도 다녔다. 스페인은 왕년에 세계를 제패하던 대국이라 그런 면모를 도처에서 볼 수 있었다. 조상 잘 둔 나라인 것이 부러웠다.

회의가 끝나자 서울서 온 몇 명의 사회학 전공의 교수들은 리스본으로 갔다. 당시 포르투갈 주재 한국대사가 유혁인柳赫仁 씨였는데, 그 분이 서울대 사회학과 졸업생이라 겸사겸사 간 것으로 안다. 그러나 나는 신 교수 내외와 14일에 기차를 타고 바르셀로나로 갔다. 오후에 택시를 하나 대절하여 안토니 가우디Antoni Gaudi(1852–1926)의 유명한 바르셀로나 성가족성당, 항구에 있는 콜럼버스의 동상, 이 년 후 개최 예정으로 준비중인 올림픽 주경기장 등을 대강 구경하였다. 그런데 우리가 묵는 호텔에서 저녁을 먹을 생각이 없어서, 프런트에서 물었다. 근처에 좋은 양식당이 어디냐고?

그랬더니 그 곳에서 그리 멀지 않은 '시비리트 레스토랑'이란 곳을 추천하였다. 집은 크지 않으나 아담했다. 영어 메뉴도 있었다. 오르되브르 부분을 보자니, 'Assorted Raw Fish'라는 것이 눈에 들어왔다. 이게 무언가? 양식당인데? 여기가 항구이니 생선은 흔할 것이고, 일본 관광객도 많으니까 일본식의 모듬회가 전채前菜에도 있는 모양이라고 나는 순간 내 멋대로 생각하였다. 그러나 값이 만만치가 않다. 미화로 삼십 달러가 좀 넘었다. 그래도 셋이서 두세 점씩 맛을 보고, 본 요리를 먹으면 되겠지 하고 웨이터를 불러 주문했다. 생선회를 한동안 못 먹었기 때문이기도 했다. 그런데 소식이 감감하다. 함흥차사도 아닌데! 혹시 동양인이라고 무시하는 것인가? 이런저런 얘기를 하다 보니 한 삼십 분은 지났다. 드디어 웨이터가 손수레에 무언가 싣고 온다. 수레 위의 그릇에는 여러 가지 생선이 있고, 도마와 큰 칼이 또 있었다. 생선을 도마 위에 얹어 놓고는 다지기 시작한다. 그야말로 도마 위의 생선이다. 곱게 다진 생선을 커다란 햄버거 모양으로 만든 다음, 그것을 새 접시에 옮기고, 캐비아 한 캔을 따서 그 위에 얹는 것이었다. 그것이 우리 테이블 중앙에 놓였다.

시장도 했지만, 맛이 없을 수가 없다. 나는 그것을 '떡'이라고 명명했다. 남프랑스의 악상프로방스에서 이삼 일,[2] 다시 파리를 거쳐 서울 온 것이 19일이었는데, 눈에 가물가물하는 것이 떡이었다. 서울서도 떡을 만들지 못하란 법은 없다. 그래서 다음 날인가 당시 단골이던 봉천동의 '삼진'이란 일식집으로 부지런히 갔다. 그대로 일러주고 만들어 보라고 하였다. 처음 얼마는 비슷하게 만들었다. 그런데 여기는 캐비아가 귀하다. 대신 날치알로 덮었다. 나는 그게 별로였다. 그랬더니 파와 마늘 같은 양념을 함께 다져서 떡을 치는 것이었다. 그런대로 괜찮았다. 그러나 생소한 요리를 만드는 것이 칼잡이에게는 귀찮았던 모양이다. 성의가 점점 떨어졌다. "그러면 그만둬라. 어디 일식집이 여기뿐이냐!" 하고는, 또 잘 다니던 청담동의 '신전'이란 일식집에서 같은 방법을 가르쳤다. 단골 손님의 주문이라 여기서도 따라 하긴 했지만 내 눈에는 성의가 역

2_악상프로방스는 너무 유명한 곳이라 특별히 설명을 필요로 하지 않는다. 그러나 그때 내가 인상이 깊었던 곳은 첫째는 그라네미술관Granet Museum이다. 많은 전시품 가운데 세잔느와 피카소의 그림들이 일품이었다. 둘째는 몽따뉴 쌍뜨 비뜨와르Montagne Sainte-Victoire이다. 이 산은 멀리서만 보았는데, 세잔느 그림들의 주요한 모티프였다. 셋째는 그 근방의 로마 유적이고, 넷째는 양탄자미술관Tapestry Museum이었다. 또 한 고등학교도 구경하였는데, 세잔느와 에밀 졸라Émile Zola(1852–1902)가 함께 다닌 곳이라고 하였다.

시 부족했다. 다지는 것이 귀찮기 때문이었을까? 알 수 없다.

역삼역의 일식집 '미네스시'에서는 방법이 다르다. 다진 생선으로 김말이를 만드는 것이다. 맛은 이것도 좋다. 나도 처음부터 떡을 김에 싸서 먹었으면 좋겠다고 생각했기 때문에 한번 만들어보라고 한 것인데, 성공이었다. 요즘도 그 곳에 가면 식사는 으레 '김말이 떡'이다. 음식도 자꾸 개발하여야 한다.

그러면 뻰은? 낙성대에서 서울대 후문으로 가려면 인헌초등학교 앞을 지나야 하고, 그 근처에 '관악산가든'이란 음식점이 있었다. 불고기도 하고, 삼겹살도 굽고 하는 집이다. 남자 주인이 친절하고, 음식도 정갈해서 점심 때 간혹 가던 집이다. 점심 때만이 아니다. 대학원생들의 연구발표회와 같은 행사의 뒤풀이 회식이 있을 때면 저녁에도 곧잘 가던 집이다. 그런데 그 집 메뉴에는 곱창전골이 있다. 맛은 그럴싸한데 나는 곱창을 별로 좋아하지 않아서 곱창 대신 불고기를 넣어보라고 했다. 곱창전골이 아니라 불고기전골이다. 이것이 인기였다. 가기만 하면 주문은 늘 뻰했다. 그래서 셋이 가면 "뻰 3인분!" 하였다. 뻰은 '관악산가든'에서 나의 단골메뉴였다.

남자 주인 김 사장은 장사에는 그리 마음이 없는 듯했다. 툭하면 낚시를 다녀왔다고 했다. 그래 그 부인이 늘 카운터를 지켰다. 그러다가 어느 날 가보니, 문이 닫혔다. 그리고는 얼마 후 그 근처에 '시골밥상'인가 하는 집을 열었다는 소문이 들렸다. 그리고 이삼 년이 또 지났다. 또 얼마가 지났는데, '관악산가든'의 여 주인이 그 근처에 복어 집을 냈다고 했다. '우리복집'이라고 했다. 허허실실로 한번 갔다. 여 사장이 반긴다. 그래서 또 이 집엘 다니기 시작했다. 김 사장은 계속 낚시만 다니는지 얼씬도 아니한다. '관악산가든' 이후 그의 얼굴을 본 적이 없다. 그것은 아쉬울 것이 없고, 복요리만 맛이 있으면 되었다. 이 집에서는 소주를 산사춘에 타서 마셨다. '소산사'라고 불렀다. 복집에는 '뻰'이 없지만, 술은 소산사가 '뻰'이었다. 한 삼사 년 다녔을까? 그 집도 문을 닫았다. 그리고는 그만이다. '떡'은 다른 형태지만 그런대로 유지가 되었는데, 오리지널 '뻰'은 실종되었다. 술의 '뻰'도 마찬가지다. 요즘은 오나가나 '소맥(소주와 맥주)'이다. 그러나 가끔 그 오리지널 '뻰'이 생각나기도 하고, '관악산가든'과 '우리복집'의 분위기가 그립기도 하다. 이제는 더 이상 '뻰'은 없다. 그러나 아직도 우리 사회에는 "뻰뻰한" 놈들이 많다. 많은 게 아니라 계속 더 느는 것 같은 기분이다.

# 72년 술

'한일문화교류기금'은 한국과 일본 두 나라 사람들이 좀 더 서로를 잘 이해하고, 그 바탕 위에 양국 간의 문화교류를 증진하기 위하여 1984년에 설립된 비영리재단이다. 초대 이사장은 국무총리서리를 지낸 이한기李漢基 박사이고, 언제부터인가 서강대의 이상우李相禹 교수가 2대 이사장이 되었다.[1] 재단이 하는 사업은 여러 가지이나, 그 중 하나는 문화사절단을 구성하여 일본을 방문하는 것이다. 일본에서도 온다.

이상우 교수는 전공이 정치학이어서가 아니라, 오래전부터 잘 아는 대학 일년 선배다. 더구나 그의 큰 여식이 서울대 정치학과 85학번이다. 그러니 이 교수는 학부형이기도 했다. 그래 그런 것은 아니겠으나, 나보고 일본에 한번 같이 가자고 하였었다. 그리고 그것이 성사가 된 것이 1992년 2월 초였다. 문화사절단의 일원으로 일본에 가게 된 것이다. 사절단의 일본 방문은 오래전에

1_이상우 교수는 2003년에 서강대학교를 떠나 4년간 한림대학교 총장으로 근무했고, 그 후 정부 일도 많이 했다. 대표적인 것이 대통령자문 21세기위원회 위원장, 국방선진화추진위원회 위원장 등이다. 현재는 사단법인 신아시아연구소 소장이다. 국제정치와 안보 등에 관한 저술이 무수한, 유수한 국제정치학자이다.

계획된 것이지만, 나의 참여는 조건부였다. 나는 이 교수에게 서울대 심리학과의 조명한趙明翰 교수가 간다면 가겠다고 하였다. 그때 나는 서울대 사회과학연구소의 소장직을 맡고 있었다. 이 년 임기를 중임하여 사 년을 그 자리에 있었는데, 3월 말에 임기가 끝난다. 임기가 끝나기 전에 후임 소장을 추천하는 것이 관례여서 나는 조 교수를 추천하려 하였다. 그러나 그는 생각이 없다고 하였다. 그래서 나는 일본에 같이 가면 혹시 그것이 무언의 압력이 되지 않을까하여 같이 갔으면 했던 것이다. 조 교수는 이상우 교수와 서울고등학교 동기동창이라 절친하다. 이 교수가 물론 좋다고 하였고, 그래 같이 가게 되었다.

일행은 거의 전부가 대학교수다. 단장은 물론 이상우 교수이고, 부단장은 서강대 신문방송학과의 유재천劉載天 교수였다. 꽤 여러 명이 갔는데, 이화여대의 진덕규陳悳奎, 서울법대의 최송화崔松和, 고려대 신문방송학과의 원우현元佑鉉, 연세대 사회학과의 전병재全炳梓, 서강대 정외과의 박호성朴虎聲 교수 등이 기억에 있다. 그리하여 우리는 2월 5일 김해공항에서 출발하여 원폭으로 유명한 나가사키長崎로 향했다. 타자마자 내리는 기분이었다. 한 35분쯤 걸리는 것 같았다. 그래도 국제선이라고 맥주도 준다. 번개같이 마셔야 한다. 하기야 맥주 한 캔 마시는 데는 시간이 걸린다고 할 수 없다.

나가사키에서는 그로버가든과 평화공원을 둘러보았다. 전자는 미나미야마테南山手 언덕에 위치한 정원이다. 나가사키항港의 경치를 한눈에 볼 수 있는 곳이다. 후자는 원폭의 피해를 기념하기 위하여 조성된 공원이다. 그리고 데지마出島를 주마간산 격으로 본 기억도 있다.[2] 네덜란드 상인들의 거주지이다. 아름답게 꾸며져 있다. 그래도 일본은 우리보다 먼저 서양문물을 받아들이려고 하였고, 마침내 그것이 성공하여 메이지유신明治維新으로 이어진 것이다. 고

베神戶에도 외국인들의 거주지인 이진칸異人館이 있고, 지금은 관광명소이다. 1853년 미국의 페리Matthew C. Perry 제독이 소위 흑선黑船을 이끌고 도쿄만의 우라가浦賀에 입항했을 적에, 일본의 조야는 쇄국이냐, 개국이냐를 두고 들끓었었다. 다음 해 미국과의 불평등조약이 체결되긴 했으나, 일본은 개국을 먼저 했기 때문에 쇄국으로 치닫던 조선에 한발 앞서 발전하게 된 것이다. 그런 것을 생각하면 정부의 정책이 얼마나 중요한가를 더욱 깨닫게 된다. 정부의 정책은 누가 만드는가? 지도자가 만든다. 훌륭한 지도자를 기대하지 않을 수 없다.

이런 저런 생각을 하면서 다음 날(6일) 우리는 고쿠라小倉로 이동했다. 규슈九州도예박물관이 인상적이었고, 가라쓰죠唐津城를 구경했다. 이 성은 가라쓰만灣에 면한 마이즈루공원舞鶴公園에 있다. 1608년에 축성이 완료되었다 한다. 지금 박물관으로 사용되고 있는 5층 건물인 텐슈카쿠天守閣는 1966년에 지어졌고, 각종 자료를 전시하고 있다. 그 중에 가라쓰 도자기 등이 눈길을 끌었다. 임진왜란 당시 조선의 많은 도공陶工들이 일본으로 납치되었고, 그들이 주로 활약한 곳이 이 근방이었다. 우리 선조들의 손길이 남은 것 같아서, 규슈도예박물관에서도 그랬지만, 도자기를 볼 때마다 생각이 복잡했다.

7일, 다시 버스로 이동이다. 간몬바시關門橋를 지나니 시모노세키下關이다. 규슈와 혼슈本州를 잇는 관문이고, 부관연락선釜關連絡船이 다니던 곳이다. 지금도 많은 사람들이 이 연락선을 타겠지만, 춘원春園도 이곳을 거쳐서 동경에 가곤 했을 것이고, 육당六堂도 그랬을 것이다. 아니 「사死의 찬미讚美」의 윤심

2_走馬看山과 같은 말에 주마간화走馬看花란 말도 있다. 누구나 대강 아는 사자성어다. 주마走馬라고 하니 주마등走馬燈이 생각나고, 또 주마파가 떠올랐다. 그러나 그것은 走馬坡가 아니라 駐馬坡다. 『삼국연의』의 이야기다. 劉備와 孫權이 말을 타고 희롱하던 곳이다.

덕尹心悳도 여기를 떠나 현해탄에서 없어졌다. 그건 그렇고, 우리는 먼저 슌판로春帆樓를 찾았다. 이곳은 1895년 청일전쟁을 마무리하는 소위 '시모노세키조약'이 체결된 장소다. 조약이 체결되었다는 방에는 당시 참여했던 양국 주역들이 인형이 되어 앉아 있다. 일본 대표는 이토 히로부미伊藤博文고, 청국 대표는 이홍장李鴻章이다. 문제는 그것이 아니라 여기서 체결된 5개 조항에서 조선과 관계된 사항은 청국이 조선 문제에 간섭을 아니 한다는 것이다. 조선은 청의 지배에서 벗어나 이제는 일본의 지배를 받아도 좋다는 그들의 약속이었던 것이다.

기분이 좋을 리 없다. 왜 우리나라는 항상 다른 나라의 종속이다시피 한 것인가? 옛날은 말하고 싶지도 않지만, 1910년 대한제국이 일본에 합방된 것도 그렇고, 1945년 해방을 맞았을 때도 바로 독립을 못하고, 남북으로 분단되어 미국과 소련의 지배를 받았던 것이다. 그때 나는 어렸지만, 우리가 알던 유행어에는 이런 것도 있었다.

일본은 일어나고
미국은 믿지 말고
소련엔 속지 말고
조선은 조심하라.

중국은 여기에 왜 등장하지 않는가? 당시 중국은 국공내전으로 정신이 없을 때였던 만큼, 치지도외置之度外된 것인가? 아니면 제발 한반도에서 중국의 영향이 빠졌으면 하는 생각이었을 수도 있다. 아이들 사이의 유행어지만, 누군가 어른이 지었을 것이다.

서론이 자꾸 길어진다. 슌판로를 보고 나와서, 아카마赤間신궁과 단노우라壇之浦를 간단히 보고, 야스가와安川전기를 방문하였다. 여기서 놀란 것은 로봇의 활약이었다. 우리나라에서도 요즘은 큰 공장에서는 로봇을 많이 쓴다. 그러나 그때는 20년 전이다. 일본의 로봇 기술에 감탄한 기억이 있다. 오후 늦게 신칸센新幹線으로 히로시마廣島에 도착했다. 히카리光(고속철의 별명)란 이름의 신칸센 속에서도 번개처럼 정종을 마셨으니, 취심醉心의 히카리였다.

다음 날(8일), 아침에 원폭공원을 보았다. 파괴된 건물들이 그대로 보존되어 전시되고 있다. 원폭의 피해를 세계에 알리는 것이다. 또 자료관이 인상적이었다. 그리고는 미야지마宮島국립공원을 둘러보았다. 시시이와獅子岩의 기억도 있다. 또 히로시마죠廣島城를 보고, 오사카大阪로 갔다. 다음 날(9일)은 일요일이다. 유명한 오사카죠大阪城, 시텐오지四天王寺, 호류지法隆寺, 토다이지東大寺 등을 보고, 늦게 교토京都로 이동.

교토는 일본의 고도, 설명이 필요 없다. 처음 간 것도 아니다. 그러나 일행을 따라다녀야 했다. 미시마 유키오三島由紀夫의 동명의 소설로 유명한 긴카쿠지金閣寺, 일본 국보 1호인 보관미륵보살반가사유상寶冠彌勒菩薩半跏思惟像이 있는 고류지廣隆寺, 니조죠二條城, 교엔御苑, 헤이안신궁平安神宮 등을 보고, 다시 신칸센을 타고 도쿄로 이동하였다. 대한항공의 박효성朴孝星 동경지사장이 역으로 마중 나왔다. 이미 저녁이다. 그의 안내로 쓰키지筑地의 '지사쿠治作'란 요정으로 갔다. 정원이 매우 호화롭고, 대접이 융숭하다. 우리가 대한항공의 고객이기는 하나, 지사장이 직접 마중을 나와 안내하는 것은 심상치 않은 일이다. 그런 생각을 잠시 하였는데, 알고 보니 박 지사장은 서강대학교 대학원에 적을 두고 있고, 더구나 이상우 교수가 지도교수라는 것이다. 은사의 일행이 왔으니 좋은 곳을 소개한 것이다. 또 서울법대 후배라고 했다.

다음 날은 11일인데, 일본 건국일이라는 휴일이다. 조명한 교수와 둘이서 시내구경을 나갔다. 그때는 조 교수가 바둑을 즐기고 있을 때여서 우리는 일본기원(이치가야혼인市ヶ谷本院)에 갔다. 거기서 한 판을 두기도 했다. 그런데 지금부터가 이 글 제목에 해당하는 사연이다. '지사쿠'에서의 어제 저녁 식대를 우리 비용에서 지불해서인지, 이날 저녁은 박 지사장이 낸다는 것이다. 어둑어둑해지자 우리는 역시 쓰키지에 있는 '스시이와壽司岩'라는 집으로 갔다. 이상우, 유재천, 조명한, 그리고 나만 초대를 받았다. 홀은 넓지 않으나, 역사가 있어 보였고, 우리 다섯은 카운터에 앉았다. 박 지사장이 그 집 단골인 모양이다. 소위 이다바가 친절하기 짝이 없다.[3] 그런데 문제는 술이다. 박 지점장이 술을 세 병 갖고 나왔는데, 발렌타인 30년산과 로얄살루트 두 병이었다. 로얄살루트는 21년산이다. 요새는 발렌타인 30년산을 가끔 보나 당시 그것은 매우 귀해서 마시는 것은 고사하고 구경하기도 힘든 술이었다. 30년과 21년 둘을 합치면 72년이다. 우리는 72년을 순식간에 동냈다. 물론 사시미도 최고였다. 그리고도 모자라서 그 집 정종을 더 마신 것으로 기억한다. 젊기도 했지만 대주호들의 모임이었다.

다음 날(12일) 오전 쓰쿠바대학 고高에너지연구소 견학하고, 마침 안식년으로 그 대학에 교환교수로 와있던 서강대 정외과의 이갑윤李甲允 교수 집에서 점심을 하였다. 여러 사람을 대접하느라 이 교수의 부인이 애를 많이 썼다. 오후

3_ 이다바板場는 본래 도마를 놓는 곳을 말한다. 요리사란 의미이기도 하다. 우리 식으로 말하면 주방장이랄까 혹은 칼잡이라고 할 수 있을 것이다.

도쿄로 다시 와서 록본기六本木의 도쿄대학 생산기술연구소를 방문하였다. 유감스럽게도 나는 끝까지 동행을 못하고, 일행보다 하루 먼저 13일에 귀국하였다. 나의 딸 정인의 서울과학고 졸업식이 다음 날(14일)이었기 때문이다. 72년을 마시고, 그래도 깨서 졸업식에 참석했다. 그건 그렇고, 72년에 녹았는지 아니면 무언의 압력 때문인지 조명한 교수가 내 후임으로 사회과학연구소장이 되었다. 성사가 된 것이다.

2주가 지난 2월 28일, 일본 방문단의 해단식이 있었다. 일본 여행의 여러 이야기 가운데 기억에 남은 일화가 하나 있다. 나가사키부터 우리를 안내한 여자는 재일교포였다. 우리말도 유창하고 활달했다. 그런데 이 여자는 이상우 단장만을 졸졸 따라다녔다. 제일 높은 사람이라 그랬겠지만, 그래도 딱해 보였다. 내가 그녀를 "단장의 여인"이라고 불렀다. '단장團長의 여인'이 아니라 '단장斷腸의 여인'이란 뜻인데, 그녀는 눈치를 채지 못했다.

# 이상한 여행

1993년 봄의 중국여행은 시작부터 이상했다. 나는 중국과 친하다면 친한 편이지만, 그 여행은 즐겁지도 않았다. 1993년은 나의 안식년이다. 유유자적悠悠自適의 해인데, 서울대 사회과학연구소의 조명한 교수가 중국에 같이 가자는 것이다. 나는 그 전년 3월 말에 위 연구소의 소장직을 그만두었고, 조 교수는 내 후임이었다. 중국에 가게 된 사연은 좀 복잡했다.

한 1-2년 전인 모양인데, 산동山東대학 교수 몇이 서울대학교에 왔다. 사회과학전공의 교수들이어서 자연스럽게 사회과학대학을 방문했다고 한다. 당시 사회대학장은 경제학과의 박우희朴宇熙 교수였다. 무슨 이야기 끝에 두 대학이 공동으로 국제회의를 하나 추진하자는 데 합의를 보았다는 것이다. 그러면서 우리 대학에는 사회과학연구소가 있고, 그곳이 서울대 측의 주관기관이 될 것이라는 언질을 주었다는 것이다. 사회과학연구소는 법정연구소다. 이름에 사회과학이란 명칭이 들어있기는 하나, 사회과학대학과는 조직상 아무런 상관이 없다. 학장이 이러고저러고 할 성격의 연구소가 아닌데, 그냥 폼으로 그렇게 발한 보양이다. 그러나 단서는 있었다. 서울대와 산동대학이 국제회의를 할 경우에는 그때나 지금이나 북한 문제가 중요하기 때문에 북한학자(?)들이 참가한다는 조건이 있었다는 것이다. 그럴 경우에 경비는 우리 측이 부담하겠다고 약속을 한 모양이다. 학장의 임기는 2년이다. 그만두면 그만이다. 그러니 없어질 염려가 없는 사회과학연구소에 덤터기를 씌운 것이다.

산둥대학교 교수들이 서울대에 와서 박우희 학장을 만났을 때, 내가 사회과학연구소장이였으면 같이 만났음직하고, 아니면 나중에라도 그러한 일이 있었다는 이야기를 학장에게서 들었을 것 같은데, 전혀 그런 일이 없었다. 또 나의 후임인 조명한 교수 때라고 해도 마찬가지인데, 그도 전혀 모르고 있었다. 그런 상황에서 조명한 연구소장에게 산둥대학교에서 느닷없이 연락이 왔다. 국제회의 건이 어떻게 되느냐고 물어 온 것이다. 우리도 회의를 몇 번 하였다. 뾰족한 수가 없었다. 언질을 줄 자격이 없는 사람이 한 약속이니 없는 일로 하자고 하기도 무엇하고, 그렇다고 막상 일을 추진하자면 돈이 문제다. 돈도 돈이지만, 의미 있는 회의가 될지 의문이었다. 그런저런 이유로 무작정 나서기가 어려운 상황이었다. 그런데 당시는 정부에서 북한학자와의 접촉을 장려하고 있었고, 혹시 북한학자들이 회의에 참석한다면 재고할 의사가 없지 않았기 때문에 일단 산둥대학을 방문하여 가부간 문제를 논의하기로 방침이 정해졌다. 북한학자들의 참석이 중요한 변수였다.

그래서 서울대 측에서 조명한 소장, 경제학과의 임종철林鍾哲 교수, 사회학과의 김경동金璟東 교수, 그리고 내가 산둥대학에 가게 되었다. 5월 30일에 출발하여 6월 3일에 돌아왔으니, 4박 5일의 여행이었다. 첫날은 아시아나 항공편으로 텐진天津으로 향했다. 어떻게 연락이 되었는지 텐진대학의 외사판공실의 루헤추안陸賀川 과장이 마중을 나왔다. 그를 따라 텐진대학 외국인 초대소에 짐을 풀었다. 그곳에서 간단한 점심을 하였는데, 그래도 반주가 없을 수 없어서 고정공주古井貢酒 한 병을 쓱싹했다. 김경동 교수는 술을 즐기지 않으나, 나머지 셋은 많이 마시는 편이어서, 아마 한 병이 모자랐을 것이다. 더 마시지는 않았다. 다음 일을 생각하여 자제한 것이다.

이제 산둥대학을 가는 것은 내일 일이고, 안내에 따라 먼저 텐진대학을 구경하였다. 당시는 중국이 개혁과 개방을 외칠 때였고, 대학에서는 이공계의 중요성이 강조될 때였던 만큼 새로 건설되는 공대의 시설과 규모가 인상적이었다. 그리고는 난카이南開대학으로 갔다. 대학을 우선적으로 보아야 한다는 것이 우리의 계획이었는지는 모르나, 아마 난카이대학은 텐진에서 둘째가는 대학이어서 간 것 같다. 난카이대학은 중공 초대 총리였던 저우언라이周恩來가 다녔던 곳으로 유명하고, 그를 기념하는 조형물도 있다. 이럭저럭 시내를 다니다 보니 피곤도 하고, 저녁시간도 되어 우리는 천진의 명물이라는 '꼬우뿌리狗不理'란 이름의 만두餉子집으로 갔다. 꼬우뿌리 만두는 텐진의 간판음식이다. 그러나 어찌 만두만 먹을 것인가? 누가 주문을 했는지 유명한 우리앙예五糧液 한 병이 식탁 위에 올라있었다.[1]

다음 날(31일) 아침, 죽으로 요기를 하였다. 중국인들은 아침에 죽을 많이 먹는다. 소화가 잘 되기 때문일 수도 있고, 우리같이 저녁에 술을 마시고서 아침에 속을 풀려고 그러는 경우도 있는지 모르나, 아무튼 아침부터 '죽을 쑤는' 것이다. 그런데 이 날은 약간 긴장되는 날이다. 산둥대학으로 가기 때문이다. 산둥대학은 지난濟南시에 있다. 허베이河北의 텐진에서 지난으로 가자면 열차

1_그 술 가격이 190위안이었다. 확실치는 않으나, 당시 미화 1달러가 5~6위안이었다. 5위안으로 환산을 하더라도 40달러에 가까운 돈이었고, 비싸다면 비싼 술을 먹은 셈이다.

를 이용한다. 톈진역으로 갔다. 11시에 있다는 지난행 열차가 연착인지 연발인지 12시 20분에 출발하였다. 1시간 20분 연발이면 양호한 것인지 모른다. 나는 그때 철학자 후스胡適(1891–1962)의 일화를 생각했다. 오래전에 어디서 읽은 것이라 기억이 확실하지는 않으나, 이야기는 다음과 같다.

1919년 5월부터 1921년 7월까지 미국의 유명한 철학자 듀이John Dewey(1859–1952)가 교환교수로 중국에 와 있었다.[2] 콜롬비아대학의 제자인 후스는 당시 베이징대학 교수였고, 듀이의 중국 방문은 후스의 초청으로 이루어진 것이다. 후스는 은사를 모시고 중국의 이곳저곳을 여행했다. 듀이가 중국에 와서 얼마 되지 않았을 적인데, 두 사람이 어딘지를 가려고 기차를 기다리고 있었다고 한다. 온다는 기차가 연착이라고 하더니 결국은 오지 않고, 다음 날 온다고 했다. 그래 두 사람은 할 수 없이 여관에서 밤을 지내고, 다음 날 다시 기차를 기다렸다. 그래도 온다는 시간에 오지 않고 또 연착이라고 했다. '오지' 않는 것을 보니 꽤 오지奧地에서의 일인지도 모른다. 그런데 듀이가 가만히 보니, 역에서 기다리는 사람들은 불평하는 기색이라곤 전혀 보이지 않고 그저 삼삼오오로 쭈그리고 앉아서 담배만 피우면서 떠들고 있었다. 그래 후스에게 물었다.

"도대체 너희 나라 백성들은 화를 낼 줄도 모르냐? 기차가 이렇듯 오지 않는데 어쩌면 저렇게 태평할 수가 있느냐?"

후스가 대답했다.

"아, 저 사람들은 여기서 담배를 태우고 있는데, 기차가 와서 어디를 간다고 해도 거기서 또 담배만 피우고 있을 것입니다. 그러니 답답할 것이 없고, 그저

2_비교적 최근에 출판된 책으로 Jessica Ching-sze Wang, *John Dewey in China: To Teach and To Learn* (Albany: State University of York Series in Chinese Philosophy and Culture, 2007)이 흥미롭다.

담배만 있으면 되는 존재입니다."

아등바등 해봤자 소용이 없음을 아는 사람들인 모양이다. 오랜 압제 속에서 현명하게 사는 지혜를 배운 사람들인지도 모른다. 그러나 듀이의 눈에는 그런 것들이 들어올 리가 없었다. 그는 실용주의자로서 생각한 것이고, 다른 사유思惟와 다른 행동의 사회가 있음을 미처 생각 못한 것은 아닌지? 그런 생각을 했던 것이다.

지난에 도착한 것은 저녁 6시, 우리는 외국인 유학생 숙소에 짐을 풀고, 저녁 대접을 여기서 받았다. 공부가주孔府家酒를 마셨다. 공자 가문에서 만들어 제사주로 쓰였다는 술이라는 설이 있다. 주조창이 산둥이라 본향에 와서 마신 것인데, 39도짜리라 그리 독한 것은 아니었다. 그러나 요리가 우리에게 잘 알려진 산둥요리라서 입에 맞고, 여러 접시가 다 푸짐해서인지 술이 그리 취하지 않았다. 더구나 우리는 대접을 받는 입장이니, 취해서는 안 된다.

다음 날(6월 1일) 회의는 난항難航이었다. 산둥대학 측은 박우희 학장의 언질이 있었으니 서울대학이 돈을 모두 대는 것으로 알고 일을 추진하겠다는 것이고, 우리는 그렇다고 해도 예산서라도 먼저 작성해서 규모를 먼저 정하고 이야기하자고 했다. 비용은 회의의 규모에 따라 달라지겠으나, 우리의 추산은 대략 사오만 달러였다. 적은 돈이 아니다. 언질이 무서웠던지 우리가 한 발 물러서는 자세였다. 지금 생각하면 처음부터 우리가 간 것이 잘못이었다. 혹시 북한학자들이 참석하면 폼이 난다고 생각했던 것인지는 모르나, 산둥 구석에 있는 대학에 북한 아니라 화성火星에 있는 대학의 교수들이 와서 회의를 한다고 해도 무슨 대수가 있었겠는가? 더구나 조명한 소장은 성인군자다. 정치적으로 폼 잡는 일과는 거리가 먼 사람이나. 시난날을 돌이켜 보면 후회되는 일도 많고, 웃기는 일도 많다. 그리고 이 일은 내가 주관하는 일도 아니었기 때문에 옆에서 보기가 딱할 지경이었는데, 그렇다고 내가 무슨 뾰족한 안을 낼 형편도 아니었다. 시작이 잘못된 놀음에 내가 공연히 끼어 든 꼴이어서 민망한 상황이기도 했다. '아이고! 내가 여기에 왜 왔던가?' 하는 생각만 하다가 오전 회의가 끝났다.

점심을 어떻게 먹었는지는 기억에 없다. 모래를 씹는 심정이었을 것이다. 점심이 끝나자마자 우리는 커피 마실 틈도 없이 다시 의견을 나누었다. 왈가왈부인지 갑론을박인지 하였다. 그때 임종철 교수가 거두절미하고 사만 달러를 주고 회의를 하자는 안을 내었다. 회의를 안 하면 모를까, 한다면 그래도 그렇게는 해야 될 것이라는 경제학자의 계산이었다고 생각한다. 산둥대학 팀과의 오후 회의에서 그들은 두말없이 좋다고 하였다. 지금도 그렇지만 당시에 사만 달러는 큰돈이다. 그 짐을 지고 우리는 돌아와야 했다.

오래된 일이라 혹시 내가 잘못 생각하고 있는 것도 있을 수 있고, 기억이 정확하지 않은 부분도 있을 것 같아서, 나는 2011년 2월 7일(월요일)에 조명한 교수에게 전화를 하였다. 이만저만한 이야기를 쓰는데 도와달라고 하였다. 나와 마찬가지로 그도 오래된 일이라 기억이 선명하지 않다고 했다. 더구나 그는 위에서도 말했다시피 점잖은 사람이라 되도록 남과 관계되는 말은 삼가기 때문에 나도 실상 큰 기대는 아니 했었다. 그는 특별한 이야기는 하지 않았는데, 두 가지를 지적하였다. 하나는 처음부터 간 것이 잘못이었다는 것이고, 다른 하나는 임종철 교수의 역할이 무엇이었는지 지금도 알 수 없다는 것이었다.

찜찜한 마음은 있으나, 결정은 결정이다. 할 수 없다. 연구소 소장에게 부담을 남긴 것이고, 나머지 사람들에게 남은 것은 저녁이다. 우리는 보도寶島호텔에서 저녁을 먹었다.[3] 다음 날(6월 2일) 우리 일행은 이왕 어려운 여행을 왔으니, 가까운 거리에 있는 태산泰山이나 보고 가자하여 떠났다. 차로 약 한 시간 반쯤 가서 태산 밑의 대묘岱廟에 도착하였다.[4] 대묘를 대강 구경하고, 케이블카를 타고 태산 중턱에 이르렀다.[5] 그곳부터는 주로 계단을 걸어서 정상(1,545미터)에 올랐다. 정상에는 옥황상제를 모신 사당이 있는데, 주변에는 쓰레기가 너무 쌓여 지저분하다 못해 더러웠다. 옥황상제는 보이지 않았다. 주변이 더러우니 도망을 간 것이 아닌가 하는 생각도 했다. 밤 10시 50분에 다시 기차를 탔다. 졸며 마시며 텐진에 도착한 것이 새벽 4시 50분이었다. 오후 1시 30분 출발의 아시아나 항공으로 귀국길에 올랐는데 마음은 무거웠다. 조명한 소장에게 부담만 떠넘긴 꼴이 되었기 때문이다. 태산에 오른 것 외에는 득得이 없고, 실失만 많았다. 공부가주의 본향에서 그 술을 마신 것 말고는 정말 싱겁고 이상한 여행이었다. 그것도 좋게 말해서다.

근자에 예술의 전당 앞에 있는 '선궁'이란 중식당에서 공부가주를 마신 일이 있다. 그 자리에서 숙명여대의 유진수俞鎭守 경제학 교수가 자기는 "공부工夫가주主"인 사람인데, 공부가주를 먹고 있다고 하여 그 재치를 칭찬한 적이 있다. 그리고 생각하니, 우리 모두가 "공부가 주"여야 하는 처지인데, 아무리 본향에서 마신 술이라고 해도 기특할 것은 없다고 해야 옳을 것 같다.

3_1인당 100위안짜리 저녁을 먹은 것이다. 누가 돈을 냈는지는 기억에 없고, 기록도 없다. 전날 지난에 오면서 기차에서 먹은 점심은 1인당 20위안이었다. (작은 광천수 하나가 3위안). 호텔과 기차 식당을 비교하기 어려울지 모르나, 값에 비하여 잘 먹은 것 같지는 않다. 술은 역시 공부가주였다.

4_대묘는 중국의 역대 황제들이 봉선封禪을 거행하던 건물이다. 봉선은 하늘에 제사를 지내는 의식이다.

5_케이블카도 어렵게 탔다. 외국인이라고 1인당 50위안씩 받았다. 바가지였다.

그런데 정말 싱거운 이야기가 하나 더 있다. 김경동 교수가 김포공항 면세점에서인지 기내에서인지 발렌타인 30년짜리를 한 병 구입했다. 김 교수는 술을 잘 마시지 않기 때문에 자신이 마시려고 산 것은 물론 아니고, 누구의 부탁을 받고 산 것일 수도 있고, 아무튼 필요한 경우에 대비하여 샀을 것이다. 우리 일행은 여행 내내 "마실 줄도 모르는 술을 비싼 돈 주고 왜 샀느냐?"고 자꾸 힐난을 했다. 또 기차 속에서도 "서울에 갖고 가면 무얼 하냐? 여기서 마시자!"는 말까지 오갔다. 참다못한 김 교수는 "그러면 내가 이 술을 사회과학연구소에 기증한다."고 했다. 그래서 술은 김 교수의 가방에서 조명한 소장의 가방으로 이사를 했다.

서울 와서다. 지금도 그렇지만 그때는 그 술이 매우 귀할 때다. 사회과학연구소에 기증을 했다니, 이왕 그렇게 된 여행의 뒤풀이가 있을 법하고, 그러면 그 술을 마시게 될지도 모른다는 기대가 있었다. 그런데 소식이 없다. 물어볼 수도 없는 노릇이다. 그리고 시간이 한참 지났다. 조명한 소장이 2년 임기를 마치고, 후임으로 정치학과의 안청시 교수가 소장이 되었다. 소문에 의하면, 그 술도 연구소의 재산이니까 인수인계에 포함되어 넘어갔다는 것이다. 근 이십 년 전의 일이다. 그동안 연구소는 명칭이 사회과학연구원으로 바뀌었고, 소장인지 원장인지도 여러 명이 지나갔다. 지금 그 술이 연구소에 있을 리가 없다. 그러면 그 발렌타인은 그냥 증발한 것일까? 행방이 묘연하다는 말은 있다. 또 술은 오래되면 증발한다. 그러나 유리병은 증발하지 않는다. 몇 가지 생각을 해 본다.

첫째, 서울 와서 조명한 교수가 그것을 김경동 교수에게 돌려 주었을 수도 있다. "장난으로 한 이야기들이고, 어렵게 구입한 술인데, 내가 들고는 왔지만 돌려드리니 가져 가십시오." 했을지 모른다. 조 교수는 성실군자다. 남의 것을 명분 없이 그냥 받을 사람이 아니다. 그렇다고 김 교수도 한 번 준 술을 다시 받아갈 인물이 아니다. 그는 옹졸한 사람이 아니기 때문이다.

둘째, 조 교수가 그 술을 연구소에 갖고 있다가 차일피일 시간이 지나고, 막상 그만두게 되니, "에이! 모르겠다." 술까지 주어 버리자 하고, 위에서 말한 소문대로 정말로 후임 소장에게 넘겼을 수도 있다. 산둥대학 방문을 기억에서 지워버리자는 무의식이 작용했을 수도 있다. 또 조 교수는 소주가 전공이다. 양주는 아무리 명성이 있고 남들이 귀하다거나 맛있다고 하여도 별로라고 생각하기 때문에 그랬을 가능성이 있을 수도 있다. 그러나 이것은 내 생각이고, 이 말을 믿는 사람이 있을까?

셋째, 그 술을 안청시 교수가 인계를 받았다고 하자. 그는 저간의 사정을 들어서 아는 처지다. 그러면 그 술을 산둥대학에 갔던 우리와 같이 마시자고 했음직하다. 아니면 어차피 인수인계를 받아서 연구소 재산이 된 것이니, 긴요한 연구소 행사에 그냥 소비했을 수도 있다. 그러나 안 교수도 그런 술을 함부로 다른 곳에 없앨 사람이 아니다. 그러면 술은 어디로 갔는가? 『쿠오 바디스*Quo Vadis?*』다.

"주酒여, 어디로 가셨나이까?"

싱거운 이야기가 계속된다. 나는 그 술의 실종사건을 두고, 아쿠타가와 류노스케芥川龍之介의 소설 『라쇼몽羅生門』을 생각했다. 또 구로사와 아키라黑澤明 감독의 동명의 영화에서 명연기를 펼친 미후네 토시로三船敏郎도 생각했다. 3자고 4자고 대질을 하면 진실이 밝혀질 것인가? 아니 진실이 밝혀진다고 해도 그게 무슨 대단한 일인가? 진실이란 것이 노대제 존재하는 것인가?

산둥대학과의 회의는 다음 해(1994년)에 지난에서 개최되었다. 북한학자는 오지 않았다고 한다. 나는 참석하지 않았으나, 북한학자 건은 아무래도 우리가 당한 꼴이란 생각이다. 그것 말고는 회의는 잘 되었다는 것이다. KBS가 회의의 단독취재 및 중계방영권을 갖기로 하고 비용을 댔다는 이야기를 나중에 들었다.

# 칼바도스

1993년은 나의 안식년이라 여행이 더러 있었다. 그 중 긴 여행은 미국을 거쳐 프랑스를 다녀 온 것이다. 추석연휴가 시작되는 9월 29일부터 10월 13일까지 서울을 떠나 있었다. 추석연휴라고 했지만, 추석과는 관계가 없다. 나는 평생 무슨 연휴라고 해서 여행을 한 일은 한 번도 없다. 내 조카 최진희 양(가형의 장녀)이 필라델피아에서 결혼을 하여 작은아버지로서 축하하러 간 것이다. 그런데 왜 또 프랑스에 갔는지는 알 수 없다. 프랑스에 한 번 가자고 아내와 약속이 있었는지도 모른다. 시작은 그랬다.

그런데 여행을 떠나는 날 새벽에 잠이 깨니 몸이 천근이었다. 감기가 엄습한 것이다. 그렇다고 아니 떠날 수가 없어서 억지로 일어나 김포공항으로 갔다. 몸의 상태가 심상치 않았다. 그래서 공항약국에서 이 약 저 약을 샀다.[1] 당시는 항생제도 의사 처방 없이 사던 때라 그것도 꽤 샀는데, 문제는 나의 경우 감기가 들면 그것이 며칠 후 코로 가서 축농증을 일으키는 것이다. 그러나 그

1_나의 수첩에 7,200원어치의 약을 샀다고 적혀 있다. 무지하게 많이 산 것은 아니나, 더 산 것을 그랬다고 생각한 것은 나중의 이야기다.

때만 해도 젊었던(?) 시절이라 어떻게 되겠지 하고 일단 뉴욕행 비행기를 탔다. 왜 감기가 들었는가? 생각하고 싶지도 않고, 원인이 꼭 이거라고 짚어 말할 수는 물론 없다. 그 며칠 전 9월 26일(일요일), 사랑하는 제자 김영수金永壽 군과 서희경徐希慶 양의 결혼식이 호암생활관에서 있었다. 내가 주례였는데, 식이 끝난 후 대학원 학생들과 술을 과하게 마시고 집에 와서 찬 마루 위에 그냥 누워 잠든 것이 탈이 된 모양이다.

몸이 아프고 정신이 없어서 그랬겠지만, 기내에서는 음식쟁반을 양복저고리에 쏟아 닦느라고 난리를 치기도 했고, 신부에게 준다고 가져간 선물 가격이 오백 달러라고 신고하여 케네디공항에서 오십 달러의 관세인지 무엇인지를 내기도 했다. 신고를 아니해도 될 것을 신고한 것이다. 약 때문인지 정신이 없었다. 그래도 당시 펜실베이니아대학의 손혁상孫赫相 군과 럿거스대학의 유홍림柳弘林 군이 공항으로 마중을 나왔다. 위안도 되고 안심도 되었다. 필라델피아로 가서 워윅호텔Warwick Hotel에 짐을 풀고, 손 군 집에서 저녁대접을 받았다.

당시 펜실베이니아대학에는 백학순白鶴淳 군이 또 재학하고 있었다. 그는 이정식李庭植 교수 밑에서 북한정치에 관하여 논문을 쓰고 있었는데, 필라델피아 시내에서 서쪽으로 약 이십 킬로미터 떨어진 미디어Media에 있는 '서재필徐載弼기념관'의 관리를 맡고 있었다. 기념관 부속건물이 그의 집이다. 다음 날(10월 1일), 손 군이 나를 데리고 미디어로 갔다. 백 군을 반갑게 만나서 기념관을 구경하고, 그 근처에 있는 공원으로 갔다.[2] 거기에는 서재필(1864-1951) 박사

2_기념관The Philip Jaisohn Memorial House은 서재필 박사가 독립협회에서 활동하다가 1905년 필라델피아에 정착하여 그가 가족과 함께 25년간 살던 집이다. 서재필기념재단이 1987년 그 집을 인수하여 개조하였다. 기념관이 개관된 것은 1991년이다. 기념관 주변의 녹지는 1988년 미디어 시의회에 의하여 뮤리엘 제이슨 기념공원 및 자연보호구역으로 지정되었다.

를 기리는 조형물(일종의 비석)이 있다. 갑신정변(1884년)의 주역의 한 사람이었던 서재필 박사는 말할 것도 없이 구한말의 선각자이고 미주한인사회의 지도자였다. 파란만장한 삶을 사신 분이다.[3]

다음 날(10월 2일)은 조카의 결혼 날이다. 미국에서 결혼식은 대체로 저녁에 하는 것인지, 시간은 저녁으로 잡혔다.[4] 나는 식에 참석하여 축하하는 일 말고는 별로 할 일이 없는 낮이었다. 그게 아니라 낮에는 나의 제자들과 점심을 해야 한다. 유홍림 군이 괜찮은 식당이라고 리치몬드에 있는 '북바인더즈'를 추천했다. 부둣가였다. 그래서 그 곳으로 유홍림, 손혁상, 그리고 김주환 군을 부부동반으로 초대하였다.[5] 가서 보니 그 곳은 아주 유명한 식당이었다. 다녀간 명사들의 사진도 많이 걸렸고, 방명록에 서명한 인물들도 많았다. 백학순 군 내외도 불렀을 터인데, 나오지 않은 기억이다. 저녁 혼인식은 성대했다.

다음 날(10월 3일)이다. 유홍림 군의 점심초대다. 손혁상 군이 브룬스위크의 유 군의 집으로 우리를 안내했다. 마침 서울대 지리학과의 박삼옥朴杉沃 교수가 안식년으로 럿거스대학에 와 있었기 때문에 그 집 식구도 왔다. 유 군의 부인은 노차영盧硨瑛 여사다.[6] 음식 솜씨가 보통이 아니다. 정치학과 졸업생들은

3_서재필 박사에 관심이 있는 독자는 金道泰, 『徐載弼博士自叙傳』(을유문화사, 1972)을 볼 것. 또 좀 고급독자는 서재필기념회 편,『개화 독립 민주: 서재필에 관한 글모음』(서재필기념회, 2001); 『서재필과 그 시대』(서재필기념회, 2003); 『선구자 서재필』(기파랑, 2011) 등을 보면 좋다.

4_하기야 우리인지 중국인지는 모르겠으나 예전에는 저녁에 혼인식을 행하는 풍습이 있었던 모양이다. 그래서 婚이란 글자에는 계집녀女 변에 저녁 昏이다.

5_金周煥 군은 서울대 정치학과 82학번인데, 재주가 많다. 그때는 펜실베이니아대학에서 커뮤니케이션을 공부하고 있었다. 그 후 이탈리아에 가서 기호학의 대가이고, 유명한 소설『장미의 이름』의 저자 움베르토 에코Umberto Eco(1932–)의 제자가 되었는가 하면, 미술평론으로『동아일보』 신춘문예에 당선작가로 등단하기도 했다. 지금(2012년)은 연세대학교 언론정보학과 교수이다. 참고로 수첩에는 점심 값은 192달러이고, 팁이 20달러라고 적혀 있다.

다 장가를 잘 간다. 그건 그렇고 점심 후 유 군이 뉴욕의 JFK공항에 데려다 주었다. 저녁 7시 에어 프랑스 007편의 파리행이다. 몇 시간이나 날았는지 모르나, 4일 아침 파리에 도착, 나의 생질(작은 누나의 장남) 이상훈李相勛 군이 공항으로 마중을 나왔다. 그는 고려대학교 사회학과를 졸업하고, 그때 파리대학에서 사회학 박사과정에 있었다. 또 나의 고등학교 동창인 신재창申載暢 박사가 파리에 있었기 때문에 나는 이 두 사람의 대접과 안내를 받았다. 파리에서 이틀이 훌쩍 갔다. 6일 아침에 이 군이 운전하는 차로 우리는 유명한 몽생미셸Mont Saint Michel로 갔다. 그 곳은 노르망디 해안의 작은 암초인데, 베네딕트회 수도원으로 유명하다. 주마간산 격으로 수도원을 구경하고, 차를 돌려 옹플뢰르Honfleur로 갔다. 왜 옹플뢰르에 갔는지는 기억이 나지 않는데, 노르망디 지방의 아름다운 도시여서 갔을 것이다. 그 곳은 옹플뢰르 스쿨이라고 할 수 있는 초기 인상파화가들이 모였던 곳으로 유명하다.[7]

옹플뢰르에서 사흘을 지냈다. 무슨 호텔에 투숙을 했는지는 기억이 나지 않으나, 첫날 저녁은 '펍 아이반호'에서 먹었다고 수첩에 적혀 있다.[8] 다음 날(10월 7일) 아침에 나가보니 여자 직원이 건물 밖의 수도전水道栓의 놋쇠로 보이는 부분을 황금색 빛이 나도록 닦고 있었다. 열심히 일하는 것이 인상적이었다. 그 날 우리는 버스를 타고 도빌Deauville에 갔다. 도빌은 노르망디 해안의 여왕으로 알려졌고, 파리 사람들은 물론 가까워서 그렇겠지만 '파리인의 리비에라'

6_서울서도 만났는데, 그때는 노 여사가 시티은행 내방지점장이었다. 내가 그 근처에 살았으니, 그 은행과 거래를 하게 되었다. 또 방배지점장도 지냈다. 재주가 많다.

7_그들은 예컨대 구스타브 코벳Gustave Corbet, 외젠 부댕Eugène Boudin, 클로드 모네Claude Monet, 요한 용킨트Johan Jongkind 등이다.

8_저녁 값이 512프랑이고, 팁이 30프랑이었다.

로 일컫는 곳이다. 아니 '꽃의 해안'이라고 부른다고 한다. 유적지를 본 기억은 없고, 청옥의 바다를 보면서 웬일인지 망연자실했던 기억은 있다.[9]

다음 날(10월 8일)이다. 그날은 캉Caen에서 하루를 보냈다. 그 곳은 전날 갔던 도빌을 지나간다. 캉에서 우리가 내려야 할 곳이 어딘지 망설이다가 큰 소리로 나는 "스톱!" 하고 외쳤다. 차가 멈추자 우리는 급히 내리면서 버스 기사에게 내가 한 말은 "셰셰謝謝!"였다. 나의 중국어가 시원치 않은 것은 아내도 잘 아는 터이지만, 느닷없이 중국어가 무심결에 튀어나왔으니, 버스에서 내려서 둘은 포복절도하였다. 급하면 아무 말이나 나온다는 것을 그때 깨달았다. 캉은 유서 깊은 고도古都다. 이 도시는 이미 일천 년 전에 정복왕 윌리엄William the Conqueror이 지었다는 캐슬이 유명하고, 또 비교적 최근에는 1944년 연합군의 노르망디 상륙작전 당시 '캉 전투'로 이름 난 곳이다. 전쟁의 흔적은 없고 평화로운 도시다. 바닷가에도 가 보았다. 대서양의 푸른 물을 건너 해협 저편에 영국 땅이 보이는 듯했다. 캉에서는 정복왕 윌리엄이 지었다는 성城을 기념하기 위한 박물관을 보고, 또 오래된 건축물로는 남자수도원과 그 근처의 여자수도원이 인상적이었다. 교회건물이라고도 할 수 있는 로마네스크식의 건축물이었다.

이야기는 그것이 아니다. 다음의 일화를 적으려고 서론이 길어진 것이다. 다음 날(10월 9일) 이상훈 군이 우리를 데리러 왔다. 파리에서 옹플뢰르는 두 시간쯤 걸리는 거리이다. 유명한 옛 노르망디 농장과 17세기 건축물로 이름이 난 오즈Auge지역을 지나야 한다. 그런데 그 도중에 쾨르 드 리옹Coeur de Lyon이

9_도빌에는 유명한 패션 디자이너 이브 생 로랑Yves Saint Laurent의 저택이 있는 것으로도 유명하다. 도빌에 갔던 날 오후에 시간이 있어서 시내 구경을 나갔다가, 일종의 벼룩시장을 지나게 되었다. 이것저것 구경하다가 120프랑을 주고 청화백자 비슷한 화병을 하나 샀다. 병 밑에 Honfleur라고 적혀 있다. Honfleur의 가마에서 구운 것인 모양이다. 지금 우리 집의 보배다.

란 곳이 있다. 이 군이 잠시 들르자고 한 곳을 멋모르고 따라갔는데, 그 곳이 칼바도스Calvados 증류공장이었다. 칼바도스는 브랜디의 일종이다. 보통 브랜디라고 하면 예컨대 코냑처럼 포도가 원료이나, 칼바도스는 사과가 원료이다. 내가 술을 좋아하는 줄 아는 이 군이 나를 데리고 간 것이다. 물론 판매도 한다. 그러나 방문객을 위하여 시음하는 장소가 있었다. 여러 종류의 칼바도스 병을 늘어놓고 마음대로 마시라는 것이다. "이렇게 좋을 수가!" 하며, 나는 이쪽 끝에서 저쪽 끝까지 한 잔씩 마시고, 부족하였는지 저쪽 끝에서 다시 이쪽 끝으로 오가면서 마셨다. 얼마를 마셨는지는 모르나 한 병은 족히 마셨을 것이다. 아니 입에 맞은 종류의 것을 몇 잔 더 마셨을 것이다. 미안하기도 하여 494프랑을 주고 한 병을 사기도 했다.

돌아오는 길에 지베르니Giverny의 클로드 모네Claude Monet(1840–1926)의 집과 정원도 들렀는데, 취해서 무얼 보았겠는가? 건성건성 사는 인생이 취한 눈으로 대충대충 보았을 것이다. 몇 해 전에 한 번 다녀간 기억이 있어서 그랬는지도 모른다. 파리에 와서 삼사일 더 머물렀다. 신재창 박사의 안내로 르네상스의 대표작의 하나인 샹보르Chambord 성도 구경하고, 오를레앙Orleans에서는 잔다르크Jeanne d'Arc의 인상적인 동상도 보았다. 또 르와르Loire의 강변 경치는 지금도 눈에 선하다. 다음 날인가 퐁텐블로Fontainebleau도 방문한 기억이 있다. 바르비종Barbizon에 있는 밀레J. F. Millet(1814–1875)가 살던 집도 그냥 지나지 않았다. 그러나 역시 압권은 칼바도스에 취한 일이었다. 그 술 때문인지 축농증이 도져서, 14일 귀국하자마자 제일 먼저 간 곳이 내가 사는 곳 근처의 가야병원 이비인후과였다.

# 크루즈

크루즈 여행과 관련하여 금년(2012년) 벽두의 화제는 이탈리아의 호화 유람선인 코스타 콩코르디아Costa Concordia의 사고다. 이 배는 1월 13일 승객과 승무원 사천이백여 명을 싣고 항해하던 중, 이탈리아 서북 질리오Giglio 섬 인근에서 좌초하였다. 사고로 인하여 사망이 서른두 명, 실종이 두 명, 그리고 예순네 명이 부상을 입었다고 한다. 큰 사고지만 그래도 그만했던 것은 좌초지점이 해안에서 그리 멀지 않았기 때문이다. 그러나 여러 가지 이야기를 남겼다. 두셋을 적어본다.

첫째, 선장 프란체스코 셰티노의 무책임한 행동이다. 그는 해안 오백 미터 내의 운항을 금지한 안전규정을 어기고, 그 곳 주민들에게 손짓 인사를 하기 위하여 백오십 미터 근처까지 배를 접근시켰다는데, 그것은 허세虛勢일 수밖에 없는 무모한 행동이었다. 게다가 그는 승객들이 대피하기 전에 먼저 배에서 탈출하였고, 배로 돌아가 승객을 구조하라는 해안경비대의 명령을 듣지 않았다.[1] 둘째, 사고 후의 대책도 부실투성이었다. 사고가 경찰에 연락된 것은 배의 조난신호SOS에 의해서가 아니라, 갑판에 나와 있던 승객들의 휴대전화를 통해서였다고 한다. 선장의 행동이 그 꼴이니 그랬겠으나, 다른 것은 말할 것도 없을 것이다. 셋째, 슬프지만 아름다운 이야기도 있다. 타이타닉Titanic호의 이야기를 닮은 순애보다. 니콜 세르벨Nicole Servel이란 프랑스 여인이 조난에서 구조된 후, 16일 프랑스 RTL 라디오방송에 출연하여 남편과의 이별장면을 이렇게 얘기했다. 그녀는 환갑이다. 그 기념으로 자녀들이 추렴하여 여행을 가게 되었다는데, 사고를 당한 것이다. 그들에게는 한 벌의 구명조끼밖에 없었다. 남편은 그것을 아내에게 입히고, 먼저 바다에 뛰어들었다. 니콜도 남편을 따라 바다로 몸을 던졌다. 남편은 "걱정마! 나는 괜찮을 거야!" 그렇게 말하고는 멀어졌다.

"남편은 나를 살리고 차가운 물속으로 사라졌어요."

코스타 콩코르디아의 조난이 아니라도 모든 여행에는 사고가 있을 수 있다. 실제로 사고가 난다. 여행뿐이 아니다. 평지에서 걷다가 넘어질 수도 있고, 조심스럽게 차를 몰아도 다른 차에 받히는 경우가 있다. 콩코르디아의 선장도 그쯤으로 생각하고 있었는지 모른다. 사실 모든 인간의 행위에는 위험이 따른다. 아니 불의의 일이 터진다. 어려서 들은 이야기다.

어떤 사람이 귀한 백자白磁를 하나 구입하여, 애지중지하였다. 그런데 어느 날 무얼 좀 안다는 사람이 와서 그 백자를 보고는 "이 백자는 모월 모시에 깨질 것"이라고 했다. 주인은 기가 막혔다. 가만히 잘 있는 백자가 왜 깨지는가? 그러다가 그 시간이 되었다. 그는 그 백자를 방 한가운데 놓고, 그게 정말 깨지는지 어쩌는지 보고 있었다. 그때가 마침 저녁 때인데, 그의 어머니가 아들을

1_ 선장은 상륙 후 체포되었다. 과실치사 등의 죄목으로 유죄가 확정되면 최고 15년의 징역형에 처해질 수 있다고 한다.

부르면서 저녁을 먹으라는 것이었다. “잠깐 기다리세요.” 하면서, 그는 그 백자가 어떻게 되는지를 계속 보고 있었다. 서너 번 아들을 부르던 어머니가 방문을 열고 들어왔다. 아들이 백자만 들여다보고 있는 것을 보자, “아니, 너! 이것 때문에 밥을 안 먹을 셈이냐!” 하고는 그 백자를 발로 차버렸다는 것이다.

크루즈 여행을 다녀왔다는 사람들이 주위에 많다. 나와 나의 아내는 이제껏 간 적이 없다. 못해 본 것이 크루즈 여행만도 아니고, 사실 나는 그런 일에는 별 관심이 없었다. 그러나 아내는 좀 다른 모양이다. 친구들과 만났을 적에 크루즈 이야기가 나오면 좀 싫다는 것이다. 언젠가 하루는 이런저런 이야기를 하다가, 크루즈 말이 나왔다. 나는 무심코 “당신이 알아보시오. 한번 갑시다.” 그랬는데 그것이 성사가 되었다. 2011년 여름이었다. 한진관광의 ‘러시아/북유럽 7개국 크루즈(14일)’란 프로그램인데, 북유럽에서는 코펜하겐, 스톡홀름, 헬싱키와 오슬로 등을 방문하고, 북유럽인지 어떤지는 알 수 없어도 러시아의 상트페테르부르크와 독일의 베를린을 구경한다는 것이다. 나는 그때까지 이 여러 도시 중에서 가본 곳은 헬싱키밖에 없어서, 한번 가는 것이 크게 망발妄發은 아니라고 생각했다. 자랑은 아니지만, 나는 이제껏 동유럽을 위시하여 독일과 이탈리아도 가본 적이 없다. 그러니 다른 곳은 말할 것도 없다. 내가 독일이나 이탈리아 땅에 발을 들여놓은 적이 없다고 하면, 주위에서 믿지를 않는다. 그러나 사실은 그렇다.

아무튼 그래서 시작이 되었다. 돈도 만만치 않은데, 어떻게 하나? 별 볼일 없는 내가 뒤집어 쓸 수밖에 없다. 크루즈이니 당연히 배를 탄다. 배는 미국 국적의 에메랄드 프린세스다. (배에 대하여는 다시 이야기하려고 한다.) 그러나 배를 타기 전에는 비행기를 타야 한다. 배가 코펜하겐에서 출발하기 때문에 코펜하겐까지는 비행기다. 8월 8일(월) 오전이다. 열 시 이십오 분 출발 예정인 '핀에어'를 타기 위해 인천공항에 도착한 것은 여덟 시였다. 출발 두 시간 반 전에 나오라는 여행사 측의 통보가 있었다. 한진관광의 김세원이란 인솔자가 친절하게 안내책자를 주면서, 어찌어찌하라고 한다. 선택의 여지가 없다. 이제부터는 그녀의 지시에 따라야 한다. 탑승수속을 마치고 한참 기다렸다. 어차피 사는 것은 기다리는 것이다. 학교에 있을 적은 강의시간을 기다리고, 점심시간을 기다리고, 친구와 약속시간을 기다리고, 어쩌면 지금은 죽음을 기다리는 지도 모른다. 그러나 그때는 비행기탑승을 기다렸다.[2]

"기다리게 해놓고 오지 않는 사람아" 뭐 그런 가사의 노래도 있지만, 비행기가 연발이어서 처음부터 늦었다. 서울서 헬싱키로 먼저 간다. 헬싱키까지는 약 아홉 시간 사십 분이 소요된다. 그런데 출발이 지연되었기 때문에 도착도 한 시간 반 늦었다. 그 곳 시간으로 오후 세 시 삼십오 분이었다. 밤인지 낮인지 하루인지 반인지가 바뀐 상태다. 게다가 입국 및 환승 수속에 시간이 많이 걸려서 예정된 오후 세 시 사십 분 출발의 코펜하겐행 비행기를 타지 못했다. 그래서 다섯 시 사십오 분 비행기를 타게 되었다. 환승 수속에서 발생한 사건이 하나 있다. 검사대에 작은 배낭을 올려놓자 열어보자는 것이다. 좀 큰 치약이 나왔다. 내가 갖고 탄 것이니 나온 것은 당연한데 기내 반입이 안 된다는 것이다. 그래 빼앗겼다. 억울하지만 도리가 없다. 규정이 그렇다는 것이다. 한진관광에서 받은 안내서에도 수하물에 관하여 그런 내용이 있었는데 자세히 읽지

2_기다리는 동안 '카페베네'에서 커피를 마시다가, 전화기의 로밍 서비스를 받으려고 근처에 있는 SK 출장소로 갔다. LG출장소로 가라는 것이다. 어쩔까 망설이는데, 방법을 가르쳐 주었다. 그대로 하였다. 되었거니 하고 떠났다. 첫 기착지인 헬싱키에서 전화를 켜니 통화권이탈이었다. 그래서 여행기간 내내 전화기를 쓰지 못했다. 그래도 큰 불편은 없었다.

않은 것이다.[3] 내 부주의 탓이나, 기분이 좋을 리가 없다. '에이, 잊어버리자!' 하였다. 그러나 치약은 잊어버린 것이 아니고 잃어버린 것이다.

코펜하겐 가는 비행기도 핀에어다. 중간 어디쯤 앉았는데, 승무원이 와서 영어를 아느냐는 것이다. 그렇다고 했더니 자리를 바꾸라는 것이다. 비상출구 옆에 앉은 승객이 영어를 모른다고 하는데, 만일의 경우에는 영어를 아는 사람이 그 자리에 있어야 도움이 된다는 것이다. 그래 자리를 바꿨다. 그것도 규정인 모양이다. 비행기가 뜬다. 갑자기 어려서 부르던 동요가 생각났다.

원숭이 똥구멍은 빨개,
빨가면 사과, 사과는 맛있어,
맛있으면 바나나, 바나나는 길어,
길으면 기차, 기차는 빨라,
빠르면 비행기, 비행기는 높아,
높으면 백두산!

그리고는 이어서 힘차게,

백두산 뻗어내려 반도 삼천리
무궁화 이 강산에 역사 반만년,
대대로 이어 사는 우리 삼천만

3_휴대 수하물 중 화장품 혹은 치약 등은 100밀리리터 이하의 것으로 한정되어 있다. 내 치약은 150밀리리터짜리였다. 인천에서는 무사하게 통과하였는데, 헬싱키에서는 걸린 것이다.

복 되도다 그 이름 대한이로세.

삼천리 아름다운 이 내 강산에
억만년 이어나갈 배달의 자손,
길러온 힘과 재주 모두 합하니
우리들의 앞길은 탄탄하도다.

보아라 이 나라에 날이 새나니
삼천만 너도 나도 함께 나가자.
광명한 아침 해가 솟아오르니
빛나도다 그 이름 대한이로세.

[이은상李殷相(1903–1982) 작시, 현제명玄濟明(1902–1960) 작곡. 처음에는 「조선의 노래」였으나, 해방 후 「대한의 노래」로 바뀜. 가사의 '조선'도 '대한'으로, 또 '이천만'이 '삼천만'으로 바뀌었다.]

그런데 창밖을 내다보니 비가 내린다. 갑자기 조지 버나드 쇼G. B. Shaw의 「피그말리온Pygmalion」이 생각난다. 그것은 1912년에 발표된 희곡이다. 뮤지컬로도 무수히 공연되었고, 영화로도 만들어졌다. 내가 본 것은 오드리 헵번Audrey Hepburn과 렉스 해리슨Rex Harrison 주연의 〈마이 페어 레이디My Fair Lady, 1964〉다. 해리슨은 히긴스Higgins라는 음성학 교수이고, 헵번은 엘라이자 두리틀Eliza Doolittle이란 런던 토박이의 꽃 파는 아가씨이다. 가난하여 교육을 제대로 받지 못한 까닭에 그녀는 "더 레인 인 스페인 스테이즈 메인리 인 더 플레인The rain in Spain stays mainly in the plain"을 "더 라인 인 스파인 스타이즈 마인리 인 더 플라인"이라고 발음했다. 히긴스는 완벽한 영어를 구사하도록 그녀를 가르쳐서, 마침내 일류 사교계에 데뷔할 수 있게 만든다는 이야기다. 그래서 나는 "The rain in Helsinki falls mainly on the plane"이란 표현을 생각했다. 부질없는 생각이다.

아직 구름 속이다. 구름을 뚫고 비행기가 솟구친다. 하늘은 높고, 발 아래의 검은 구름은 기이하다. "여름 구름은 기이한 봉우리가 많다[夏雲多奇峰]"는 표현은 동서가 같은가?[4] 한 시간 이십여 분이 걸려서 코펜하겐에 도착한 시간은 저녁 여섯 시 이십 분경이고,[5] 숙소인 '힐턴에어포트호텔'은 공항 바로 옆이다. 걸어서 호텔에 도착한 것은 그 곳 시간으로 오후 일곱 시이다. 서울 시간으로는 새벽 두 시라 한창 꿈꿀 시간이다. 저녁이 준비되어 있다는 것이다. 간단한 뷔페인데, 노신사 한 분과 동석했다. 시차 때문에 정신이 없는 가운데 무엇을 먹는지 마는지 하였다. 이것이 시작이다.

9일(화요일). 오전 아홉 시에 모여 버스를 타고 코펜하겐 시내를 구경하다. 물론 내리기도 했지만, 주마간산이 아니라 '차에 앉아서 시내를 구경한' 기분이다.[6] 현지 가이드는 정명희란 여자다. 남편 따라 덴마크에 온 지 삼십칠 년이 되었다고 한다. 남편이 외교관이었는데 귀화하였다고 했다. 덴마크에서는 귀화가 까다로워 이백 명쯤 되는 한국 교민 가운데 전부가 덴마크인과 결혼한 경우이고, 그렇지 않은 유일한 케이스가 자기네라고 하였다. 오후 한 시에

4_'春水滿四澤 夏雲多奇峰 秋月揚明輝 冬嶺秀孤松.'「사시四時」란 제목의 도연명陶淵明의 시로 알려졌다. 그러나 실은 고개지顧愷之(344-406?: 東晉의 화가)의 시라는 학자들이 많다.

5_헬싱키와 코펜하겐은 한 시간의 시차가 있다.

6_이런 사자성어는 없겠지만 좌차견시坐車見市란 말을 생각했다.

크루즈 배를 다시 타야 한다. 그러니 반 나절도 안 되는 시간이다. 여러 명소를 구경할 틈이 없다. 말로만 듣고, 글로만 알던 코펜하겐인데 시간이 너무 짧다. 그래도 국회 건물, 그 옆 도서관의 작은 연못가에 외롭게 앉아 있는 키르케고르S. Kierkegaard(1813–1855)의 동상이 인상적이다. 『죽음에 이르는 병』을 읽던 기억이 새롭다. 또 왕궁인 아말리엔보르Amalienborg Slot, 그 부근의 게피온 분수Gefion Springvandet, 또 여기서 해안을 따라 지근 거리에 있는 인어공주상도 보았다. 생각보다 작았다. 새로운 항구라는 이름의 니하운Nyhavn 광장을 거닐다가 일행과 떨어져서 작은 커피숍 '바레소Barreso'에 들렀다.[7]

오후 한 시가 채 못 되어 우리 일행을 태운 버스가 항구에 도착하다. 짐을 내려 한 곳에 쌓아 놓고 승선하다. 배는 위에서 말한 것처럼 에메랄드 프린세스란 미국 국적의 십일만삼천오백 톤짜리 호화여객선이다. 나는 큰 배를 탄 적이 없다. 기껏해야 포항에서 울릉도에 가는 배, 아니면 목포에서 흑산도를 지나 홍도를 가는 배는 탔었다. 오래 살고 볼 일이다. 배는 앞뒤의 길이가 이백구십 미터이고, 좌우의 폭인지 너비인지가 삼십육 미터라고 했다.[8] 수용 인원은 최대 삼천칠백여 명, 승무원이 천이백 명, 또 캐빈은 모두 천오백오십칠 개라는 것이다. 나의 캐빈은 발코니가 있는 약 여섯 평 반쯤 되는 방이다. 샤워시설은 물론이고, 작은 냉장고도 있다. 육지의 웬만한 호텔 방과 같다. 그래도

7_카푸치노 두 잔과 브라우니 하나를 시켰는데, 덴마크 돈으로 84 크로네였다. 약 12유로.

8_참고로 미국의 최초 원자력 항공모함USS Enterprise(1960년에 진수)의 길이는 342미터이고, 폭은 40.5미터라고 한다. 아무튼 큰 배들이다. 재미로 이야기하자면, 에메랄드 프린세스가 한 번 출항하면 180톤의 음식을 소비한다고 한다. 하루에 약 18톤이다. 또 한 번 항해에 소비되는 포도주는 6,200병이고, 매일 2만 명분의 식사가 준비된다고 했다. 또 한 번 항해에서 소비되는 계란은 54,792개라나?

답답하다. 그러나 발코니에 나가면 바다를 볼 수가 있고, 섬 사이를 지나면 육지의 경치도 볼 수 있다. 꽉 막힌 호텔방보다는 장점이 있다.

아침과 저녁 식사는 매일 배에서 하고, 점심도 배에서 하는 경우가 여러 차례 있었다. 배에서 내리지 않고 하루 종일 항해하거나, 혹은 오전 관광만을 하는 경우다. 배에서의 식사는 대체로 뷔페다. 뷔페식당은 둘이다. 오늘 승선하자마자 찾아간 점심식당은 호라이존 코트Horizon Court인데, 음식은 일류 호텔의 뷔페에 못지않다. 저녁은 특별한 경우가 아니면 미켈란젤로라는 식당이다. 저녁은 뷔페가 아니라 웨이터에게 음식을 주문한다. 그런데 식당도 여러 곳이다. 크라운 그릴이란 좀 고급식당도 있고, 여기서는 한 사람당 이십오 달러를 추가로 낸다. 저녁 전, 술 생각이 났다. 바bar는 층마다 있는 것 같은데, 식당 가는 길에 있는 바에서 스카치를 두 잔 마시다.[9] 공짜 술은 어디에도 없다.

10일(수요일). 자다 깨다를 반복하다가 네 시에 기상. 배에서 첫 아침이다. 배에서 발간하는 영문의 소식지가 와 있고, 또 서울서 같이 온 김세원 씨가 오늘의 일정표를 놓고 갔다. 조간신문을 받는 기분이다. 김 씨는 식당에서도 영어가 안 통하는 우리 일행을 위하여 바쁘게 메뉴를 우리말로 번역하여 주문의 편의를 돕는다. 쉬운 직업이 없겠지만, 여행 가이드란 것도 결코 쉬운 일은 아니다. 김 씨는 한진관광과 일을 주로 하나, 정식 직원은 아니고 프리랜서라고 한다. 사십 세의 미혼인 그녀는 북유럽 크루즈 가이드만도 십여 차례 했다고 한다.

9_듀어즈Dewar's가 스카치 가운데 제일 쌌다. 한 잔에 4.95달러.

자, 그러면 일행에 관한 이야기를 잠시 하자. 헬싱키 비행장에서 일행이 처음 모였다. 모두 스무 명이다. 아홉 커플과 혼자 온 노신사, 그리고 인솔자다. 코펜하겐에서 첫 저녁을 들 때, 마침 그 노신사가 우리 자리에 동석하였다는 이야기는 위에서 했다. 나이가 나보다는 한참 위로 보였으나, 이런 여행에서는 직업 혹은 나이 등을 묻지 않는 게 예의라서 그저 저녁만을 같이 했었다.[10]

본래의 계획에 따르면, 오늘은 베를린 행이다. 독일 바르네뮌데Warnemuende에 아침 여덟 시에 입항, 버스로 베를린으로 이동한다. 약 세 시간이 걸린다고 한다. 베를린에서 오후 여섯 시경까지 관광, 아홉시 반에 배로 돌아오는 일정이다. 독일 땅을 처음 밟는 것이니 기대가 컸다. 그런데 여섯 시에 아침식사를 하고, 방에 막 들어오니 기상관계로 바르네뮌데 기항이 어렵다는 것이고, 따라서 오늘은 온종일을 선상에서 보내야 한다고 선장이 방송을 하는 것이다. 금년도 독일 구경을 못한다. 하루 종일 배만 타야 한다니 좀이 쑤신다. 아침 아홉 시부터 피트네스 룸에서 약 한 시간을 보내다.

베를린 관광이 취소되어 미안했던지, 김세원이 배의 이곳저곳을 안내한다 하여 점심 전에 배 안을 구경하였다. 돌아다니다 바에서 맥주 한 캔을 마셨는데, 사 달러 팔십구 센트이다. 또 구경 도중에 면세로 술 파는 곳을 발견하여 기쁜 마음으로 들어갔다. 선반에서 캐나디언 클럽Canadian Club을 한 병 들고 카운터로 갔는데, 배에서 떠나는 마지막 날에만 면세로 판다는 것이다. 그 동안에는 바 혹은 식당에서 파는 술을 비싼 값으로 먹으라는 것이다. 오나가나 장삿속이다. 다시 어슬렁거리다가 사진을 전시하고 파는 곳이 있다. 배를 탈적

10_나중에 알게 된 것인데, 일행 중에 제일 젊은층이 환갑 좀 전이었고, 대부분이 육십대였다. 나이로는 내가 노신사 다음이었다. 나중에 직업이 무엇인지 알게 된 일행도 몇 되었다.

에 누군가가 사진을 찍었는데, 나와 아내의 사진이 걸려 있다. 두 장에 삼십 팔 달러다.

방에 오긴 하였는데 무언지 미진하다. 방에 비치된 안내 책자를 우연히 보다가 룸서비스 항목이 눈에 띄었다. 잘 됐다 싶어서 전화로 커티삭Cutty Sark 작은 병(375그램)을 주문했다. 십칠 달러 이십오 센트다. 바에서 먹는 것보다는 훨씬 싸다. 저녁은 미켈란젤로라는 어제와 같은 식당인데, 정장을 하는 날이란다. 정장은 무슨 정장? 한진관광 안내문에는 여자의 경우에 한복을 준비하는 것이 좋다는 구절도 있고, 또 댄스파티가 있으니 춤을 출 줄 알아야 된다는 이야기도 들었지만, 전혀 필요가 없다. 파티에 가지 않으면 된다. 하기야 그날 기모노를 입은 일본 여자를 보기는 했다. 들은 이야기는 이야기고, 자기 경험이 중요한 것이다. 커티삭으로 거나했기 때문에 술은 더 마시지 않았다.

11일(목요일). 감기 기운이 있다. 오늘은 본래 하루 종일 항해하는 날이다. 연거푸 이틀을 배에서 보내게 된 것이다. 뷔페도 물린 것 같아서, 다른 곳에서 점심을 하자하여 '월하우스Wheel House'란 식당엘 가다. 여기는 영국식 펍스타일의 집이고, 소시지와 수프가 주종이다. 맥주를 한 잔 마셨는데 부족하다. 오후 내내 어딘지 섬 사이를 지난다. 아키펠라고가 이런 것인가? 여섯 시에 배가 스톡홀름에 도착하다.

점심 시간이 다 되지는 않았어도, 답답한 배에서 갈 곳은 식당밖에 없다. 우연히 미켈란젤로 식당에서 마산에서 온 홍영표洪英杓 · 김두영金斗永 씨 내외와 제부도에서 무슨 공장을 하는 심우포沈愚包 씨 내외와 자리를 같이 하게 되었다.[11] 그들은 같이 온 팀이나. 사람들이 좋아 보인다. 술도 잘 마신다. 남자 각한 병이라고 하여 이탈리아 산의 발폴리셀라라는 포도주 네 병을 마시다. 병당 이십 달러인데, 봉사료 등이 붙는다.

그랬더니 누군가가 한 잔을 더하자고 하여 18층에 있는 스카이워커라는 나이트클럽으로 올라갔다. 서쪽하늘 끝 수평선 위로 지는 황홀한 해, 그 일몰을 보다. 이곳 시간으로 여덟 시 사십구 분이다. 방에 오니 열 시다. 하루는 또 이렇게 갔다.

12일(금요일). 오늘은 스톡홀름 관광이다. 아침 여덟 시 조금 전에 6층 데크 커피숍에서 일행이 모이다. 누가 서울에 전화를 했더니, 그 전날 연평도가 또 북한의 포격을 받아 군인 두 명과 민간인 두 명이 사망했다는 것이다. 연평도 포격사건이 터진 것이 작년(2010년) 11월 23일이었는데, 이건 또 무슨 날벼락인가? 모두들 근심 찬 눈초리다. 그 소리를 듣고 서울에 전화를 하는 사람들이 있다. 그런데 별일이 없었다는 것이다. 이상하다. 어디서 어떻게 나온 뉴스인지 몰라도 유언비어는 그래서 생기는 모양이다. 내 전화는 여전이 통화권이탈이다.

아침 여덟 시에 배에서 내려 버스를 타다. 현지 가이드는 안희옥 씨인데, 버스에 타자 스웨덴과 스톡홀름에 대한 간단한 소개를 한다. 항구에서 그리 멀지 않은 곳에 작은 언덕이 있다. 여기서는 바다 건너의 시내를 일목요연하게 내려다 볼 수 있다. 누군가가 아름답다고 하자 안내원은 "뷰티풀, 원더풀" 하더니,

11_받은 명함에 의하면, 홍 씨는 창원시궁도협회 마산 용마정 사두射頭고, 김 씨는 창원시 소재의 중앙건설주식회사의 대표이사이다. 심 씨는 신우건철(주)과 신우벤딩의 대표이사이다. 그의 공장에서는 철판 플레이트, 절곡기와 H-Beam 등을 제작 · 가공한다고 한다.

하나가 더 있다는 것이다. 모두 잠자코 있는데, 그녀 왈, "쌍까풀"이라고 한다.

다음 간 곳이 시청사市廳舍다. 1923년에 건축된 이 청사는 북유럽 최고의 건축이라고 했다. 106미터나 되는 탑 위에 세 개의 금관이 햇빛을 받아 반짝이고 있었다. 여기에 오르면 시내가 한눈에 들어온다고 하고, 또 5월에서 9월 사이에는 좁은 계단을 통해서 오르도록 개방을 한다는데, 우리는 오르지 못했다. 시간 때문이다. 하기야 가는 곳마다 다 볼 수도 없는 일이다. 그러나 이 건물 내부는 구경했다. 푸른 방으로 알려진 큰 홀은 매년 12월 10일경에 열리는 노벨상 축하 만찬장으로 쓰인다고 한다. 이름이 푸른 방이나, 벽이 푸른 것은 아니고, 설계자인 오스트베리Ragnar Ostberg의 최초 디자인에 따라 붙인 이름이라고 했다. 그 방에는 일만이백칠십 개의 파이프를 자랑하는 북유럽에서 가장 큰 오르간이 있다. 또 그 2층에 위치하는 황금 홀은 일천구백만 장의 금박 모자이크 벽장식이 찬란한데, 모자이크는 스웨덴 역사를 시대별 또 사건별로 상징하고 있다고 한다. 노벨상 수상 파티의 무도회가 열리는 곳이다. 그런데 푸른 방에서 황금 홀로 오르는 계단이 인상적이다. 한 번 꺾어져서 오르는데, 계단의 높이와 넓이가 걸어서 오르기에 가장 편하게 설계되었다고 한다. 하기야 노벨상을 받는 사람들, 시상식에 참석하는 사람들 가운데는 나이든 사람들이 많다는 것이 고려됐을 것이다. 건축가의 상상력도 끝이 없다.

그리고 생각이다. 1901년부터 수여되기 시작한 노벨상은 이제 그 역사가 110년이 넘었다. 다 알다시피 처음에는 물리, 화학, 생리 · 의학, 문학, 평화의 다섯, 1969년부터 경제학이 추가되어 지금은 여섯 분야에서 수상자가 나온다.[12] 경제학상은 후발의 상이나, 이미 연륜이 사십 년이 넘었다. 그러나 노벨상의 주류는 과학 분야이다. 서방 국가들은 말할 것이 없고, 이웃 일본을 생각하면 2012년 말 현재 일본인 학자로서 과학 분야의 상을 받은 사람은 열여섯 명이다.[13] 그런데 한국은 한 명도 없다. '16대 0'인 것이다. 생각이 거기에 미치자 눈물이 핑 돈다. 좋게 말하여 우리나라는 서양문물의 도입이 늦었고, 과학에의 투자도 턱없이 부족했다. 민주화와 경제발전이 이제 조금 이루어졌다고는 하나, 아직 멀었다. 노벨상에는 기초과학의 발달이 필수적이다. 하루아침에 이루어지는 것은 아니다. 그렇다고 해도 과학 분야의 수상자가 한 명도 없는 것은 무언지 잘못된 느낌이다.

다시 버스를 타고 간 곳이 쉐라톤 호텔 근처에 있는 크리스탈 아트센터다.[14] 수정으로 만든 각종의 장식품을 판매한다. 박물관도 있고, 미술관도 있을 터

12_ 경제학상은 1968년 스베리어릭스은행Sveriges Riksbank이 창설한 것인데, 공식적인 노벨상은 아니나 공표와 수상은 같이 한다. 정식명칭은 '알프레드 노벨을 기념하기 위한 스베리어릭스은행의 경제학상Sveriges Riksbank Prize in Economic Sciences in Memory of Alfred Nobel'이다.

13_ 외국국적이라도 출신이 일본인이면 여기에 포함시킨 것이다. 국가별 노벨수상자 목록에 따르면, 1987년에 화학상을 받은 페데르슨C. J. Pedersen이 일본국 명단에 들어있다. 그런데 우스운 것은 동일인이 한국과 미국 명단에도 들어있는 것이다. 그는 노르웨이인 아버지와 일본인 어머니 사이에서 1904년 부산에서 태어났다. 그 후 아버지가 평안북도 운산광산에서 기계공으로 일하게 되자 여덟 살까지 운산에서 자라다가 일본으로 갔다. 대학부터 그는 미국에서 살았다. 석사를 MIT에서 마치고, 듀퐁Du Pont에서 1969년 정년까지 일했다. 그는 1953년에 미국 국적을 취득했다. 그 전의 국적이 무엇인지는 알 수 없으나, 아무튼 그가 세 나라의 수상자 명단에 들어 있는 것은 희한한 일이다. 하기야 까뮈Albert Camus는 알제리와 프랑스 두 나라의 명단에 모두 실려 있다. 그러한 사람들이 많다. 기준이 애매한 것이다. 페데르슨을 일본에 포함시키면, 일본의 과학 분야의 노벨상 수상자는 열일곱 명이다. 그렇다면 한국도 과학상에 1명이 있는 셈이다. 그렇게 생각할 수는 없다. 그래서 그를 제외하고, 16명이라고 한 것이다. 그러나 2011년까지 일본국적으로 과학상을 받은 학자는 물리 둘, 화학 둘, 생리 · 의학 둘, 모두 여섯 명이다. 2012년 10월에 발표된 생리의학상은 교토대학 교수인 야마나카 신야山中伸彌가 탔다. 그래서 일곱 명이 된 것이다. 이것으로 우리가 위안을 삼을 수는 물론 없다. 16대 0이나 7대 0이나 영패는 마찬가지다. 우리에게도 희망이 있을까? 관심 있는 독자는 차두원 · 이종률 · 장인호, 『노벨과학상 수상 현황분석과 우리의 대응 방안』(한국과학기술기획평가원, 2010)을 참조하라.

14_ 'Kosta Boda since 1742'라고 적혀 있다.

다. 시간도 별로 없는데 하필이면 수정을 판매하는 곳이라니! 팔린 물건 값의 얼마가 안내원의 팁이 되기 때문일까? 더러 사는 사람도 있었으나, 나와 나의 아내는 그냥 구경만 하다. 여기서 다시 간 곳이 구시가의 노벨박물관이 있는 광장이다. 박물관에 들어갈까 하다 그만두고 광장에서 잠시 시간을 보냈다. 들어가면 무엇 하나? 속만 상할 것이다.

여기서 들은 이야기다. 시인 K 씨가 이곳을 세 번 방문했다는 것이고, 자신의 시집 영역본을 들고 와서 소위 홍보를 했다는 것이다. K 씨가 노벨문학상 후보로 거론되기도 했지만, 시집을 들고 다녀서야 어디 체면이 서는가? 또 소설가 C 씨는 파리의 지하철에서 노벨문학상 추천서명을 받으러 다녔다는 이야기도 있었다. 그런 방식으로 추천이 되는지도 의문이지만, 사실이 아닌 헛소문이기를 바랐다. 동양인이 노벨문학상을 받기도 했다. 일본의 가와바타 야스나리川端康成(1899–1972)와 오에 겐자부로大江健三郎(1935– ) 등이 떠오르다. 물론 그들의 작품은 영어로 잘 번역되었기 때문이기도 하다.[15] 물론 인도의 타고르R. Tagore(1861–1941)도 문학상을 받았다. 그러나 그는 영어로 작품을 썼다.

중국인도 있다. 가오싱젠高行健(1940–)이 그다.[16] 그런데 나는 이런 생각을 한다. 가와바타와 오에의 작품도 그렇고, 가오싱젠의 『영산靈山』(1982) 같은 작

15_사람들은 가와바타 야스나리가 노벨상을 받을 수 있었던 것은 그의 대표작인 『雪國』이 사이덴스티커E. Seidensticker(1921–2007)에 의하여 훌륭하게 영어로 번역되었기 때문이라고 한다.

16_그는 중국에서 작품 활동을 하다가 정부의 탄압에 못이겨 1988년에 프랑스로 망명했다. 1997년 프랑스 국적을 취득하고, 2000년에 노벨문학상을 받았다. 보편적인 타당성, 날카로운 통찰력, 그리고 언어의 독창성으로 중국소설과 드라마의 새 지평을 열었기 때문이라고 했다. 그러나 중국에서는 그의 수상을 비판하고, 정치성을 들먹였다. 2012년 문학상은 「홍까오량 가족」 등의 작품은 쓴 모옌莫言(1957–)이 수상했다. 〈붉은 수수반〉이란 이름의 영화로 유명해진 소설이다. 중국은 두 명의 노벨문학 수상자를 배출한 것이다.

품도 주인공들의 내면세계의 탐색이 뛰어나고, 심리묘사가 탁월하다. 이것은 비단 노벨상 수상 작품만의 이야기는 아니나, 예컨대 일본의 소설들은 사건의 기술과 더불어 인간심리에 대한 묘사가 뛰어나다. 또 사상과 철학이 있다. 이에 비하면 한국의 소설들은 주로 사건에 대한 기술에 치중되는 것은 아닌지? 나는 문학이 전공도 아니고 문예비평과도 거리가 먼 사람이나, 내 눈에는 이것이 두 나라 소설의 차이라고 생각한다. 모든 작품이 그런 것은 아니겠으나 한국소설에는 심리학이 없고, 사상과 철학이 결여되었다고 하면 잘못된 관찰일까? 철학을 존중하고, 사상이 몸에 배어 있고, 심리학에 밝은 서양인에게 한국의 소설이 눈에 들어 올 리가 없을 것이다. 또 훌륭한 작품이라고 해도 영어나 프랑스어 등으로 아름다운 우리말의 표현들을 감칠맛 나게 번역한 작품이 몇이나 있는지? 그렇게 번역할 수나 있는지도 의문이다. 시도 마찬가지가 아닌가 한다. 더구나 시인이 자기의 시를 들고 다니면서 홍보에 나선다면, 그는 이미 시인이 아니다. 시가 훌륭하다고 해도 시인이 아닌 사람에게 노벨문학상이 갈 리가 없다. 더구나 국력도 뒷받침이 되는 것도 사실일 것이다.

국력이 특히 문제가 되는 분야는 문학상도 그렇지만[17] 평화상이 더 심하다. 또 논란이 야기된 예도 많다. 예컨대, 1973년 평화상은 북 베트남과 미국과의 휴전협상을 진척시켰다고 미국의 키신저H. Kissinger와 북 베트남의 레 둑 토Le Duc Tho에게 주어졌다. 수상이 발표되었을 적에 전쟁은 계속되었고, 키신

17_특히 문학상은 유럽 중심적Eurocentric이란 비난을 들어 왔다. 예컨대, 2004년 문학상은 오스트리아의 희곡작가이며 소설가인 엘프리더 옐리넥Elfriede Jelinek에게 주어졌는데, 스웨덴 한림원 회원인 크누트 안룬드Knut Ahnlund는 그녀의 작품들은 예술적 구조가 결여되었다고 비판하면서 사임했다. 또 2009년 루마니아 태생의 독일 작가인 헤르타 뮬러Herta Müller가 수상하였을 적에 미국의 많은 비평가들은 그녀의 이름도 들어보지 못했다고 하였다는 것이다. 한두 예지만, 그들이 유럽 출신이 아니라면 수상을 못했을 것이라는 이야기다. http://en.wikipedia.org/wiki/Nobel_Prize 참조.

저는 평화를 만든 사람이 아니라 전쟁을 확대시키고 있다는 비난을 받기도 했다.[18] 레 둑 토는 수상을 거부했다. 또 1994년에는 이스라엘과 팔레스타인의 평화 진전을 이유로 아라파트Yasser Arafat, 페레스Shimon Peres, 라빈Yitzhak Rabin의 공동수상이 발표됐다. 그러자 노르웨이 노벨위원회의 위원 다섯 명이 아라파트가 테러리스트라고 비난하면서 사임했다.[19] 이왕 노벨상 이야기가 길어졌으니, 조금 더 보태자.

평화상에 대한 논란은 역사가 오래다. 당연히 주어야 할 사람을 간과한 예도 있다. 그 대표적 인물이 인도의 간디Mahatma Gandhi(1869–1948)다. 그는

18_키신저의 수상에는 월남전의 종식을 바라는 국제사회의 여론도 작용했다고 생각한다. 또 예컨대 1991년의 미얀마(버마)의 아웅산 수치Aung San Suu Kyi의 경우도 미얀마의 군사독재에 대한 국제여론재판의 성격이 짙다. 2010년의 중국의 류샤오보劉曉波의 경우도 비슷하지 않은가 생각한다. 중국정부의 인권탄압 및 공산당의 독재에 대한 국제여론이 압력으로 작용했던 것이다. 류샤오보는 작가, 정치평론가, 인권운동가이다. 한 마디로 반체제인사이다. 그는 2008년 12월 공산당의 일당독재를 종식하고 민주주의를 실현하자는 개혁을 주장하는 '08헌장' 작성을 주도했다. (여기에 동조한 반체제인사는 303명이었다.) 그는 국가 권력의 전복 선동 혐의로 체포되어 11년 징역형을 선고받고, 현재 (2012년 말) 복역중이다. 그리하여 그는 2010년 12월 10일 노벨상 수상식에 참가할 수 없었다. 출국은커녕 출옥도 시키지 않았다. 국제 인권 단체들은 그의 석방운동을 전개하고 있으나, 중국정부는 그가 중국 국내법을 위반한 범인이라는 이유로 국제 여론을 묵살하고 있다. 시상식장에는 결국 빈 의자 위에 그가 받기로 된 상장과 메달만이 놓여진 상태에서 진행되었다.

19_2009년 오바마의 수상도 웃기는 사건이었다. 그는 대통령이 된 지 일 년도 안 되어 평화상을 받았다. 노벨위원회는 지구온난화 현상과 핵무기 감축 문제에 대한 그의 노력을 강조하였으나, 많은 사람들은 이뤄낸 업적보다 이뤄낼 꿈에 대한 수상이라고 비꼬기도 했다. 지미 카터Jimmy Carter와 앨 고어Al Gore의 수상도 말이 많았다. 그런 예는 많다. 1974년에 '비핵3원칙'의 핵확산반대를 주장하여 수상한 일본의 사토 에이사쿠佐藤榮作는 허울뿐이었다는 비난을 받았다. 당시 일본의 경제가 급속도로 발전하고 있었으며, 아시아 여러 나라와의 관계가 개선되고 있었기 때문에 국제정치 역학이 작용했을 것이다.

또 2000년 김대중 대통령의 수상도 말이 많다. 햇볕정책으로 한반도의 평화에 기여한 공로라고는 하나, 평화와는 조금도 상관이 없었다. 4억5천만 달러를 북한의 김정일에게 주고 정상회담을 가졌는데, 한반도의 긴장은 계속되었고, 평화는 요원했다. 예컨대, 「김은성金銀星 전 국가정보위 차장 증언–돈 덜 받았다고 김대중金大中 방북 연기시켜」, 『월간조선』(2012년 3월) 참조.

1937-39년, 1947년, 또 1948년 1월 암살되기 며칠 전에 후보로 추천되었다. 죽지 않았으면 상을 받았을지 모른다. 노벨위원회가 실기失機한 것이다. 죽은 사람에게는 수상을 안 하는 것이 원칙이다. 그 후 노르웨이 노벨위원회의 위원들은 간디가 수상하지 못한 것을 매우 유감으로 생각했다. 그리고 그 유감은 오래갔다. 2006년 노르웨이 노벨위원회의 총무인 게어 룬데스타드G. Lundestad는 이렇게 말했다고 한다. "백육 년의 우리 역사에서 가장 큰 실수는 말할 것도 없이 간디를 빠트린 것이다. 간디는 노벨평화상 없이도 자적自適했지만, 노벨상위원회가 간디 없이 지낼 수 있을지는 의문"이다. 그래서인지 간디가 죽던 1948년에는 평화상이 없었다. 수상 자격을 갖춘 생존의 인물이 그해에는 없다는 이유였다. 아니 받을 사람이 죽었기 때문인지도 모른다. 1989년 평화상이 달라이 라마Dalai Lama에게 수여되었을 적에, 이번 상은 "간디에 대한 기억에서 나온 점도 있다."고 노벨위원회의 의장이 말했다고 한다.[20] 옥석을 제대로 구분하지 못한 자괴自愧의 표현이었다.

옥석이 구분되지 못한 것은 이 경우만이 아니다. 과학 분야는 잘 모르지만 문학도 마찬가지일 것이다. 아쉽게도 수상하지 못한 작가로는 예컨대 레오 톨스토이Leo Tolstoi, 안톤 체호프Anton Chekhov, 에밀 졸라Emil Zola, 마르셀 프루스트Marcel Proust, 이즈라 파운드Ezra Pound, 제임스 조이스James Joyce, 아서 밀러Arthur Miller, 마크 트웨인Mark Twain 등이 거명되기도 한다. 그 외에도 많이 있을 것이다.

노벨상을 타려고 열심히 노력하여 좋은 업적을 내려는 과학자도 있겠고, 과

20_http://en.wikipedia.org/wiki/Nobel_Prize

거의 유수한 업적이 혹시 노벨상의 대상이 되지 않나 하고 기대하는 사람도 있을 것이다. 그러나 그 상은 그것을 염두에 두고 노력하는 학자나 작가에게 주어진다기보다는 가만히 있어도 타게 되는 경우가 더 많다. 하기야 노벨위원회는 매년 9월에 다음해 수상자의 추천을 각 분야의 저명한 약 삼천 명의 인사에게 의뢰하고, 추천된 자들 가운데 약 삼백 명을 추린다. 이 가운데서 수상자가 나오는 것은 물론이나 추천된 사람들이 누군지는 공개되지 않는다.[21] 그렇다고 해도 자신이 추천되었음을 아는 경우도 있을 수 있다. 추천된 것을 알고도 기대하지 않는 사람도 있을까? 대강 그런 이야기다.

그러나 상을 거절한 예도 있다. 대표적인 케이스가 사르트르J. P. Sartre다. 1964년 그는 "아무리 명예스러운 형태라도 작가는 제도적인 틀에 갇혀서는 곤란하다."면서 수상을 거부했다. 작가는 영원한 자유인이어야 함을 선언한 것이다. 레 둑 토가 수상을 거부했음은 위에서 언급하였다. 그는 베트남에 실질적인 평화가 이루어지지 않았기 때문이라고 거부 이유를 밝혔다. 파리의 협상 테이블에서는 키신저와 마주 앉았었지만, 전쟁은 계속되고 있었고, 따라서 키신저와 다시 자리를 하고 싶지 않았을 것이다. 이 두 경우는 본인의 자의에 의한 결정이나, 타의에 의하여 수상하지 못한 예도 있다. 독일 제3공화국 시절에 세 명의 독일과학자가 히틀러의 방해로 인하여 수상을 못한 일도 있었다.[22] 2010년 평화상을 받은 중국의 류샤오보劉曉波도 비슷한 범주에 속한다.[23] 또

21_추천 기록은 오십 년 동안 밀봉되어 발표가 안 된다.

22_1938년 화학상의 쿤Richard Kuhn, 1939년의 화학상의 부테난트Adolf Butenandt, 또 1939년 생리 · 의학상의 도마크Gerhard Domagk는 수상을 못했다. 그들은 제2차 세계대전 후 상장과 금메달 등을 받았다.

23_위의 주 15)와 17) 참조.

1958년 소련의 파스테르나크B. Pasternak도 문학상 수상을 거부했다. 자의로 거부한 것은 아니었다. 수상 후 받을 박해를 예견했기 때문이다.

만일 노벨상이 아주 오래전에 시작되었다면 누가 받았을까? 『매천야록梅泉野錄』의 황현黃玹(1855-1910) 선생은 유작시에서 "가을 등 아래 책을 덮고 천고를 회상하니, 사람 못할 짓은 글 아는 것[秋燈掩卷懷千古 難作人間識字人]"이라고 한 것을 기억한다. 가을밤도 아니고 별로 글 아는 축에도 끼지 못하는 주제지만 잠 안 오는 밤에 이 생각 저 생각을 하다보면, 노벨상이 생각될 때가 있다. 아마 우리에게 과학, 문학, 혹은 경제학상을 받은 이가 하나도 없어서 그런지도 모른다. 그러면 우리의 국력과 국격國格에 생각이 미치게 된다. 잠이 점점 오지 않는다. 꼭 노벨상이 아니라도 학문의 발전이 있어야 하지 않겠는가?

누가 받았을까? 내가 좋아하는 인물들을 꼽아본다. 오래전이지만 플라톤Platon, 아리스토텔레스Aristoteles, 헤로도투스Herodotus, 플루타르크Plutarch, 키케로Cicero, 마르쿠스 아우렐리우스Marcus Aurelius 등이 받았음직하다. 문학상이다. 또 밀턴John Milton, 단테Alighieri Dante, 셰익스피어William Shakespeare, 괴테Johann W. Goethe, 쉴러Friedrich Schiller, 디킨스Charles Dickens, 기번Edward Gibbon도 받았을 것이다. 위고Victor Hugo, 스탕달Stendhal도 있다. 테니슨Alfred Tennyson, 바이론Lord George Gordon Byron도 있다. 왜 서양권의 작가만인가? 공자와 맹자는 그렇다고 하고, 사마천司馬遷도 있다. 도연명陶淵明, 이백李白, 두보杜甫, 백거이白居易, 소식蘇軾도 있고, 『삼국연의』의 나관중羅貫中과 『홍루몽』의 조설근曹雪芹도 있다. 의학상은 히포크라테스Hippocrates가 테이프를 끊었다고 하자. 편작扁鵲, 화타華陀도 있고, 허준許浚과 이제마李濟馬는 어떤가? 그때도 아마 조선은 세계무대엔 명함이 없었을 것이다.

과학상은 아르키메데스Archimedes부터 시작하면 될까? 다빈치Leonardo da Vinci, 뉴턴Isaak Newton은 물론, 벤자민 프랭클린Benjamin Franklin도 받았을지 모른다. 물리학상의 경우 이제까지 이론보다는 실험에 의한 발견에 압도적으로 더 많은 상이 주어졌다. 프랭클린은 벼락이 전기라는 것을 실험을 통하여 발견했기 때문이다. 경제학상으로 가보자. 경제학은 아담 스미스Adam Smith의 『국부론』에서 시작하였으니, 그 역사가 짧다. 스미스는 말할 것도 없지만, 리카르도David Recardo, 맬더스Thomas Malthus, 밀John Stuart Mill, 마르크스Karl Marx, 왈라스Léon Walras, 마샬Alfred Marshall, 케인즈John M. Keynes, 그리고 내가 특히 좋아하는 슘페터Joseph Schumpeter도 받았을 것이다. 잠 안 오는 밤의 생각이다. 생각에도 꼬리가 있는가? 꼬리가 또 꼬리를 문다.

점심시간이 가까워진다. 노벨박물관 광장에서 간 곳은 '남강회관'이란 한국 음식점이다. 네 사람씩 앉게 되어 있다. 식탁 한가운데 대구탕이 한 냄비씩 놓여 있다. 연어스시 열 개(네 사람이니 여덟이고 열둘이면 좋았다고 생각함), 그리고 반찬으로 김치, 깍두기, 오이무침이 나오다. 모두 맛이 없다. 마주 앉은 장준웅 씨가 하는 말.

"연전에도 이 집에서 점심을 먹었다. 약을 먹기 위해서 뜨거운 물을 한 잔 달라고 했다. 커피 믹스를 갖고 다니면서 타먹는 줄 알았던지, 그냥은 안 된다고 했다. 그래서 커피 값을 줄 터이니 달라고 하였다. 그제야 가져왔다."

또 화장실에는 커다랗게 "양치는 하지 마시오!"라고 쓰여 있다. 세면대가 있으니 여행객이 식사 후 양치할 수도 있다. 더운 물 이야기도 그렇고, 이렇게 각박해서야 어디 다시 오겠나? 집에서 새는 바가지는 밖에 나가서도 샌다는 말이 떠오르다. 외국에서는 그 곳 풍습을 따른다는데, 기분이 이래저래 잡친 점심이다.

다시 버스로 이동하여 간 곳이 '바사 박물관Vasa Museum'이다. 십칠 세기의 전함 '바사'가 거의 원형 그대로 전시되고 있다. 스웨덴해군의 기함으로 제작된 이 배는 처녀 출항에서 침몰하였다는 것이다.[24] 그러나 박물관 안은 어둡고, 사람은 많다. 일행에 앞서서 밖으로 나와 맑은 공기를 마시려는데, 도처에 담배연기다. 프랑스의 담배 지땅Gitanes 같은 냄새다. 독하지만 서울 노상에서 노상 맡는 담배 냄새보다는 덜 흉하다. 여기 사람들은 독한 담배를 좋아하나 보다. 술도 그렇겠지. 스톡홀름에 와서 스톡홀름 술을 못 마시나?

세 시 이십 분 귀선. 커티삭을 마시다. 저녁 후 스카이워커에서 다시 맥주.

13일(토요일). 오늘은 다시 헬싱키다. 헬싱키는 1997년 7월에 왔던 곳이다. 그때 핀란드 대사가 이인호李仁浩 교수였다. 영국서 오는 길에 쿠니사아리Kunisaari에 있는 대사관저에서 3박을 한 적이 있다. 도착한 다음 날이 마침 우리의 제헌절이라 대사관이 휴무였다. 이 대사가 우리 내외를 데리고 헬싱키 교외에 있는 엘리엘 사아리넨G. Eliel Saarinen(1873–1950)의 '건축가의 집'과 작곡가 시벨리우스J. Sibelius(1865–1957)가 그의 처 아이노Aino와 살았던 집(아이놀라Ainola)에 간 기억이 있다. 다음 날은 지하철을 타고 시내를 누비기도 했다. 이 대사

24_1956년에 발견되어 침몰 333년 만인 1961년에 인양되었다고 하고, 길이가 62미터, 최대 폭이 약 12미터라고 적혀 있다. 충무공의 거북선이 발굴되어 인양된다면 어떨까?

가 한번 놀러 오라고 했고, 마침 기회가 되어 간 것이다. 처음에 내가 편지하기는 힐턴 호텔에 예약을 해 달라고 하였는데, 이 대사가 공항에 마중을 나와서 데리고 간 곳이 관저였다. 어마어마하게 큰 관저였다. 오래되어 기억이 희미한데, 침실이 열세 개인가 있었고, 실내 수영장도 있는 관저였다. 우리나라 국력이 좀 세어지면서 여러 나라에서 큰 규모의 대사관저를 구입하였다고 들었는데, 핀란드 대사관저도 그 가운데 하나였다. 그러면서 이 대사가 관저를 '힐턴 쿠니사아리'리고 하여 웃은 적이 있었다. 마침 그때 이 대사의 부모님이 와 계서서, 어른들을 뵈니까 든든했다.[25] 그래도 미안했다. 그러한 상황을 예상해서는 아니나 대사관 직원들과 헬싱키 한인 유지들에게 교양강의를 하겠다고 서울서부터 자청하였었고, 이 대사가 좋다고 하여 강의초안을 미리 보냈었다. 강의는 떠나기 전날 저녁에 대사관저에서 무언지 한잔 마시고 하였는데, 끝나고 나자 이 대사의 부친께서 "정치적인 이야기가 아니라서 안심했다."는 뜻의 말씀을 하신 기억도 있다.

그것은 십사 년 전의 이야기다. 이 번 방문의 현지 가이드는 김효석이라는 중년 부인이다. 스스로를 '핀란드의 영원한 김 여사'라고 소개했다. 미국서 칠 년인가 살다가 핀란드인 남편과 결혼하고, 헬싱키 온 지도 여러 해 되었다고 했다. 슬하에 2남 2녀가 있다고 했다. 첫 관광지는 세우라사아리Seurasaari 공원 박물관이다. 도시 서쪽의 세우라사아리 섬에 조성된 우리의 민속촌과 같은 곳이다. 옛 농가, 민가, 수 세기 전의 교회, 풍차 등이 보존된 숲이다. 삼림욕장

25_이 대사의 바로 아래 동생인 이선호李善浩 형(서울상대 졸)과는 대학 때부터 잘 알아서, 그의 혜화동 집에 놀러 간 적도 있었다. 그래서만은 아니나, 나는 이 대사의 선친 이종덕李鍾悳 씨를 그 전부터 알고 있었다.

이라고 해도 좋을 듯 맑은 공기에는 숲 냄새가 배어있었다. 한 시간 남짓 걸었을까? 다시 버스로 이동한 곳은 시벨리우스 공원이다. 핀란드의 국민음악가 시벨리우스를 기리는 공원이다. 1967년 에일라 힐투넨Eila Hiltunen이란 조각가의 작품으로 24톤이나 되는 강철관으로 된 파이프 오르간 모양의 시벨리우스 기념비와 그의 두상頭像이 있다. 일행 중에 노신사 한 분이 있다는 이야기를 위에서 하였는데, 그 분이 그 기념비 앞에서 나와 내 아내의 사진을 찍겠다는 것이다. 나는 여행을 다녀도 카메라를 갖고 다니지 않는다. 귀찮기 때문이다. 그래 사양을 했더니 부득이 찍겠다고 하여서, 지나치게 사양하는 것도 예의가 아니라고 생각하여 찍으라고 하였다. 그랬더니 사진을 이메일로 보내겠다면서 주소를 물었다. 주소가 있는 명함을 건넸다. 그러자 자기는 명함이 없다면서 충남 논산시에 있는 건양대학교에서 보건학 교수로서 정년을 하였다고 하였다. 인천공항에서 받은 여행 안내책자에 우리 일행의 명단이 있어서, 그 분이 하호욱河淏煜 씨라는 것을 알고 있었는데, 무얼 하던 분인지는 처음 안 것이다. 하기야 우리나라 사람처럼 누구를 만나면 나이, 출신지, 출신학교, 하는 일 등에 관심이 많은 종족도 드물다. 우리는 왜 그렇게 남에 대한 관심이 많을까? 남에 대한 배려는 적으면서……이것도 문화의 일부인가? 그러나 저러나 호의로 사진을 보내준다고 하니, 고마운 일이다.

점심은 '한국관'이란 곳의 김치찌개 백반이다. 여러 가지가 스톡홀름의 '남강회관'보다 낫다. 또 바쁜 시간이라 그렇겠지만 가족이 모두 나와 일하는 모습이 보기 좋았고, 사람들이 착해 보였다. 물론 화장실에 "양치는 하지 마시오!" 따위의 유치한 문구도 없다.

점심 후 제일 먼저 간 곳은 우스펜스키Uspenski 사원이다. 이것은 러시아 정교의 교회다. 1868년에 러시아의 건축가 고르노스타예프A. M. Gornostayev가 지었다고 하고, 비잔틴 슬라브 양식이란다. 예쁘다. 반구형의 지붕과 황금십자가가 붉은 벽돌 건물과 어울린 아름다운 건축물이다. 안에는 들어가지 못했는데, "안도 예쁘겠지!" 하다. 그 다음 간 곳은 올림픽경기장이다. 헬싱키는 1940년에 올림픽경기를 개최하기로 되었으나, 제2차 세계대전으로 무산되었다. 1952년 경기가 헬싱키에서 열렸을 때 주경기장으로 사용된 곳이다. 경기장 앞에 핀란드가 낸 유명한 육상선수 파보 누르미Paavo Nurmi의 동상이 외롭게 서 있다.[26] 그 다음 간 곳이 거대한 암석 산을 파고 지은 템펠리아우키오Temppeliaukio 교회다. 1969년 수오마라이넨Suomalainen 형제가 자연의 음향효과가 나도록 설계하였다고 한다. 바위에 구멍을 뚫어 만들었기 때문에 암석교회라고도 불리는데, 3,100개의 파이프가 내장된 오르간으로도 유명하다고 한다. 180개의 유리창을 통해 들어오는 자연광선의 따듯함 때문인지 아늑한 느낌이 들었다. 그러나 방문객이 많아서 그렇겠지만, 화장실은 매우 지저분했다.

이제는 구경도 지친다. 그냥 배로 돌아갔으면 하는데, 또 간 곳이 부둣가의 시장이었다. 사고 싶은 것도, 살 것도 마땅치가 않다. 다만 바다를 뒤에 두고 원로원 광장 건너에는 헬싱키의 상징이라고 할 수 있는 대성당이 아름다운 자태를 뽐내고 있다. 1830년에 착공하여 1852년에 완공된 핀란드 루터파의 총본산이다. 마흔일곱 개의 계단을 올라 안으로 들어가려는데 어찌된 영문인지 문이 굳게 닫혀 있었다. 그 곳이 천국인지는 몰라도, 천국으로 가는 문은 늘 닫

26_파보 누르미Nurmi는 핀란드가 배출한 육상의 영웅이다. 그는 1920년대에 주로 활약했다. 1920년 앤트워프Antwerp올림픽, 1924년 파리Paris올림픽, 1928년 암스테르담Amsterdam올림픽에서 도합 아홉 개의 금메달과 세 개의 은메달을 획득했다.

혀 있는 것이 아닌가 생각했다. 원로원 광장의 중앙에 있는 러시아 황제 알렉산드르 2세의 동상이 또 인상적이었다. 핀란드는 러시아의 침략을 많이 받은 나라다. 그럼에도 러시아 황제의 동상을 보존하고 있다. 우리 같으면 벌써 때려 부쉈을 것이다. 우리의 중앙청이 생각났다. 감정이 앞서는 나라도 있고, 이성理性을 존중하는 나라도 있다. 우리나라는 아직 멀었다고 생각하다.

14일(일요일). 오늘은 상트페테르부르크를 보는 날이다. 모스크바에서 서북쪽으로 칠백여 킬로미터 떨어진, 위대한 역사를 지닌 물 위의 도시다. 18세기 초부터 이백 년 동안 로마노프Romanov왕조의 수도였던 도시다. 한때는 세계 최대 제국의 수도였고, 세계에서 가장 아름답게 설계되었다는 도시이기도 하다. 뒤에 다시 언급하겠지만, 도시의 설계자는 피터 대제Peter the Great(1672–1725)다. 그가 물려받은 광대한 영토는 유럽에 비하면 아시아적 국가였다. 예컨대, 그전 수도였던 모스크바는 외부 세계와의 접촉이 적었던 러시아 내륙의 고대 도시였다. 지리적으로 러시아의 강들은 주로 남북으로 흐른다. 무역과 교통은 강을 따라 이루어졌고, 비잔틴 제국의 영향은 키에프Kiev와 흑해를 통해서 유입되었다. 러시아 북부의 노브고로드Novgorod공국들이 생긴 것은 9세기경이었고, 그것은 바이킹Viking에 의해서다. 상업은 주로 발트 해를 통해서 이루어졌으나, 도시다운 도시는 아무 데도 없었다. 물자는 네바Neva강 입구에 위치한 상트바실St. Basil과 같은 펑퍼짐하고 진흙투성이의 섬에서 교환되곤 했다. 알렉산드르 네프스키A. Nevsky(1220–1263)가 여기서 스웨덴의 침략을 물리친 것은 1240년이었다. 그러나 네바 델타는 사실상 18세기까지 공터나 다름없었다.

1689년에 황제가 된 피터 대제는 특이한 존재다. 젊어서 그는 유럽여행을 많이 다녔고, 특히 독일, 화란, 영국의 문화와 기술에 감명을 받았다. 그는 이들 나라를 배우는 것이 급선무라고 생각했다. 그는 키가 거의 칠 피트나 되었고 건장한 체력의 소유자였다. 그는 스웨덴으로부터 네바 유역을 빼앗고, 핀란드 만灣을 새로운 거점으로 삼아 1703년부터 서유럽으로의 통로가 될 새 수도를 건설하기 시작했다. 그는 그 도시에 자신을 수호하는 상트페테르부르크란 성인의 이름을 부여했다. 수천의 농민이 벌목과 습지를 개간하는 데 동원됐다. 그들은 거의 맨손으로 작업을 하며 벌목한 나무둥치들을 습지 밑에 깔았다. 지반이 단단히 다져졌다. 어느 면에서 새 도시는 베니스를 닮았다. 강의 초입에 새 도시를 수호하는 피터와 폴 요새Peter and Paul Fortress가 견고하게 축조되었고, 핀란드 만 안의 크론쉬타트Cronstadt 섬 역시 요새로 만들어져서 해군기지로 이용되었다. 이제 서유럽과의 통상을 열고, 조선, 항해, 총포, 행정 및 기타 제조업의 기술을 수입할 수 있는 항구가 조성된 것이다.

피터 대제는 당시에 가장 유행했던 바로크 스타일의 궁전과 주택들을 설계하기 위하여 이탈리아, 프랑스, 독일의 최고급 건축가들을 초빙했다. 진흙투성이의 섬과 도시를 연결시키는 운하와 다리가 놓여졌다. 처음에 그는 귀족과 상인들에게 이주를 강요했다. 늪의 수도가 점점 아름다워지자 이 문제는 자연스럽게 해결되었다. 누가 아름다운 환경에서 살고 싶지 않았겠는가? 게다가 황제가 있는 권력의 중심부다. 피터는 도시 중심에 새로운 해군과 상선 함대를 상징하는 진수부鎭守府 건물을 지었다. 금빛 찬란한 건물의 높은 첨탑은 멀리서도 잘 보이기 때문에 길 잃은 여행객의 이정표가 된 것은 그 후의 얘기다.

피터 대제는 또 도시의 남쪽 근교에 페테르호프Peterhof 궁을 지었다. 300에 이지의 공원과 기기묘묘한 여러 모양의 분수들은 베르사유Versailles 궁에 필적

할 만한 것이다. 또 그 옆에는 자신의 왕비이고 나중에 후계자가 된 캐서린 일세Catherine I를 위하여 캐서린 궁을 축조했다. 이 궁의 아름다움은 특히 고유의 푸른색을 자랑하고 있는 그 전면에서 발견된다. 이탈리아의 천재 바르토로미오 라스트렐리B. Rastrelli가 시작하여 스코틀랜드의 건축가 찰스 카메론C. Cameron이 마무리를 지었다고 한다.

피터 대제 사후, 그의 두 딸 엘리자베스 여제Czarina Elizabeth와 캐서린 2세Catherine II는 도시를 더욱 아름답게 만들었다. 특히 카메론이 설계한 파브로브스키Pavlovsky 궁과 라스트렐리가 설계한 겨울궁전이 뛰어나다. 후자 안에 있는 에르미타지Hermitage 박물관은 다빈치da Vinci, 미켈란젤로Michelangelo, 라파엘Raphael, 타치아노Tatian 등의 그림을 소장하고 있다. 또 렘브란트Rembrandt와 루벤스Rubens, 프랑스 인상파 예컨대 르누아르Renoir, 세잔Cézanne, 마네Manet, 모네Monet, 피사로Pissarro의 유수한 그림은 물론 반 고흐Van Gogh, 마티스Matisse, 고갱Gauguin의 작품들과 로댕Rodin의 조각 등의 수장으로도 이름이 높다. 아름다운 것은 이러한 그림들만이 아니다. 방마다 인상적이다.[27] 너무 유명하여 설명이 필요하지 않을 것이다.

산은 산이고 물은 물이라지만, 궁은 궁이고 교회는 교회다. 아름다운 교회 중의 압권은 이삭St. Isaac 성당이다. 둥근 지붕, 전면의 조각과 화강암 기둥은 물론 내부를 장식하는 모자이크로 된 성화들, 공작석과 청금석으로 된 기둥들을 누가 아름답다고 하지 않을 것인가? 또 성찬대聖餐臺 안쪽에 위치한 스테인드

**27**_박물관은 캐서린 대제가 독일로부터 255점의 그림을 구입했던 1764년에 처음 개관되었다. 현재 고대 이집트로부터 20세기 초까지 그리고 세계 각지의 예술품 270여만 점이 소장되고 있다고 하며, 각 소장품을 1분씩만 본다고 해도 육 년이 걸린다. 내가 계산한 것인데 혹시 틀릴 수도 있다.

글라스의 〈부활한 예수상〉은 어쩌면 이 성당의 압권일 수도 있다. 이 성당은 본래 상트페테르부르크의 주主교회이며, 당시에는 러시아에서 가장 큰 성당이었다. 프랑스 태생의 건축가 오귀스트 몽페랑Auguste de Montferrand(1786–1858)이 설계하여 1818년부터 장장 사십 년에 걸쳐서 축조되었다고 한다.

다시 성당 이야기로 돌아가면, 피터와 폴 성당을 빼놓을 수 없다. 이것은 피터와 폴 요새 안에 있다. 이 성당은 상트페테르부르크에서 텔레비전탑 다음으로 가장 높은 건물이다. 피터 대제 이후의 거의 모든 지배자들의 무덤이 이곳에 있어서 로마노프 왕조와의 밀접한 인연도 회자되고 있다. 이 성당은 초기 바로크 스타일로 건설된 전통적인 정교 교회들과는 다른 형태를 자랑하고 있으며, 직사각형의 모양과 종탑, 그리고 바늘처럼 하늘로 치솟은 첨탑은 서유럽의 프로테스탄트 교회의 양식을 닮고 있다. 피의 구원성당Church of the Savior on the Spilled Blood도 이름이 높다. 십자가에 못 박힌 예수에서 이름이 나왔겠지만, 황제 알렉산더 2세가 암살당한 장소이기도 하다. 해방자 황제인 그는 많은 노예를 해방시키고, 러시아를 근대화시키고 자유화하기 위하여 여러 조치를 취했음에도 불구하고, 그의 마차가 테러집단에 의하여 폭파되는 바람에 그는 바람과 함께 사라진 것이다. 일종의 순교였다. 그의 죽음을 기념하기 위하여 피의 구원성당이 세워졌다. 폭파된 마차는 캐서린 궁의 마차박물관에 전시되고 있다.

황제 알렉산더 1세의 기념비는 1812년 나폴레옹의 침입 저지를 기리기 위하여 세워졌다. 비의 거대한 기둥은 겨울궁전과 육군사령부 사이의 광장을 내려다보고 있다. 또 그 광장은 1905년의 피의 일요일 학살이 일어난 곳이기도 하다. 또 1917년 혁명 전 획기적 사건의 하나가 유수포프Yusupov 궁 안에서 발생했다. 1916년 제정 말의 요승 라스푸친Grigori Rasputin이 이 궁에서 암살되었던 것이다. 유수포프 궁 역시 지금은 유명한 박물관이다.

1914년 러시아가 독일과 전쟁을 하게 되자, 상트페테르부르크란 수도의 이름이 독일어 발음에 가깝다는 이유로 러시아 발음인 '페트로그라드'로 바꾸자는 압력이 있었다고 한다. 보리스 파스테르나크Boris Pasternak의 『닥터 지바고Dr. Zhivago』를 읽었거나 그 영화를 본 사람이면, 제1차 세계대전으로 러시아가 받은 피해를 상상할 수 있을 것이다. 독일을 미워하지 않을 수 없었을 것이다. 당시의 황제 니콜라스 2세는 인정이 많았다고 하며, 또 훌륭한 아버지이고 남편이었다. 그러나 그는 국가 원수로서는 별로였다. 러시아 인민들은 수세기에 걸친 고통에 단련이 되어서인지 참을성이 많은 인민이다. 그러나 참는 데도 한계가 있다. 전쟁으로 수백만이 죽자, 인민들은 참지 못하고 일어났다. 권위가 도처에서 무너졌다. 니콜라스도 무너졌다. 1917년 3월 온건한 알렉산더 케렌스키A. Kerensky가 임시정부를 담임하고, 겨울궁전에서 집무를 시작했다.

케렌스키는 그해 10월 레닌Lenin의 볼셰비키Bolsheviki에 의하여 다시 엎어지는 비운을 당했다. 스위스에서 오랜 세월을 망명생활로 보내던 레닌이 천신만고 끝에 상트페테르부르크의 핀란드 역에 도착한 것은 1917년 4월 16일 밤이었다.[28] 혁명의 열풍이 불고 있는 러시아가 그를 기다리고 있었는지는 알 수 없으나, 본래 귀족여학교였던 스몰니 인스티튜트Smolny Institute에서 그와 트로츠키Leon Trotsky는 권력의 장악을 기다리고 있었다. 경순양함 오로라Aurora호의

28_관심 있는 독자는 Edmund Wilson, *To the Finland Station* (Doublday Anchor, 1952)을 보면 좋다. 우리말 번역본인 에드먼드 윌슨, 김정민 · 정승진 옮김, 『인물로 본 혁명의 역사: 프랑스혁명에서 러시아혁명까지』(실천문학사, 1990)도 있다. 윌슨 책의 초판은 Harcourt, Brace & Co.에서 1940년에 나옴.

수병들이 일으킨 폭동은 혁명의 기폭제였다. 그들은 겨울궁전을 포격하겠다고 위협했다. 무혈혁명이 성공했다. 레닌이 권력을 장악한 것이다. 그는 마르크스주의를 수정하고, 일찍이 없었던 전체주의 독재국가를 건설하였다. 이십세기 공산주의의 비극은 여기서 시작되었다. 10월 혁명 후, 내전의 와중에서 수도는 내륙의 모스크바로 옮겨졌고, 페트로그라드는 1924년 레닌이 죽자 레닌그라드란 이름으로 바뀌었다.

제2차 세계대전 당시, 히틀러의 독일군은 레닌그라드를 포위했다. 그러나 점령하지는 못했다. 공략은 구백 일 동안 계속되었고, 시민들의 고통은 형언이 불가능한 지경이었다. 보급이라고는 얼어붙은 라도가Ladoga 호수를 통해서였으며, 그나마 미약했다. 육십오만 명이 전투 혹은 기아로 죽었다. 전후의 복구는 느렸으나, 꾸준했다. 소비에트 공산정권이 막을 내리는 1980년대, 레닌그라드는 미하일 고르바초프M. Gorbachev와 보리스 옐친B. Yeltsin을 지지하는 개혁운동의 중심부이기도 했다. 소비에트체제는 무너지고, 1991년 역사적인 상트페테르부르크란 옛 이름이 부활했다. 상트페테르부르크는 영욕의 역사와 문화가 점철된 곳이다. 러시아의 정신은 유럽적인 동시에 아시아적이다. 또 서양과 동양, 근대와 중세가 혼합되어 있다. 러시아 인민들의 인내와 고통이 상징적으로 남아있는 곳이기도 하다.

러시아 땅을 밟기로 한 14일 아침, 안내원 김세원이 러시아 돈을 좀 준비하는 것이 좋겠다고 하였다. 화장실이 유료라는 것이다. 남들이 하는 대로 배의 환전기에 미화 십 달러 지폐를 넣었다. 그랬더니 러시아 화폐 일백 루블이 한 장 나오고, 비화로 잔돈 오십 센트가 떨어졌다. 사 달러 오십 센트가 환전 수

수료인 것이다. 이건 좀 너무하다는 생각이 들어서 다시 십 달러를 넣었는데, 결과는 마찬가지였다. 환율은 시세에 따라 결정되는 것이겠으나, 대강 미화 오 달러가 러시아 일백 루블이다. 이십 달러 환전에 수수료가 구 달러인 것은 좀 비싸다. 하는 수 없다. 일백 루블을 들고 내린 곳이 바실리 섬이다. 피터와 폴 성당을 보고, 오로라 호를 보고, 성 이삭 성당을 보다. 바로 그 옆에는 피터 대제의 말 탄 동상이 위용을 자랑한다. 멋들어지긴 하나 말에 안자鞍子가 없는 것이 이상했다. 안자 없이도 말을 잘 탔던 모양이다. 로데오rodeo 경기를 즐기는 카우보이도 아닌데…….

점심은 니콜라에프스키Nikolayevky 대공大公의 궁에서 한다고 하여 기대가 컸다. 대공은 황제 니콜라스 I세와 그의 부인 알렉산드라 사이의 셋째 아들이다. 궁은 1861년인가에 완성되었다고 한다. 러시아도 서양이라 음식은 양식인데, 싸구려여서 그런지 맛이 없다. 그래도 우리 일행이 앉은 작은 식당에는 피아노도 있고, 젊은 여자 피아니스트가 여러 가지 곡을 연주한다. 한국 가요도 있었다. 일행 중의 신사인 하호욱 씨가 팁을 준다. 오후엔 에르미타지Hermitage 박물관을 관람하다.[29] 박물관에 관하여는 위에서 말한 바 있다. 그것은 그냥 이야기이고, 막상 보니 감흥이 다르다. 방마다 인상적이다.

그 박물관에서 하나를 택하라면 나는 단연 렘브란트의 〈돌아온 탕자The Return of Prodigal Son〉를 고르고 싶다.[30] 그것은 1665년의 작품이다. 아들을 품에 안은 아버지의 얼굴은 아들을 용서하는 인자한 모습이다. 말하지 않아도 전해지는 푸근한 마음도 엿보인다. 또 아들의 등을 어루만지고 있는 아버지의 두 손,

29_입장료는 사백 루블. 총 여행경비에 포함된 것이나 참고로 적는다.

30_'돌아온 탕자'에 관하여는 「누가복음」 15장 참조.

왼손은 남자의 손이고 오른손은 여자의 손이다. 어머니의 손을 빌려온 것이 분명하다. 자식에 대한 사랑은 어머니와 아버지가 같다는 것을 표현한 것이리라. 왜 그 그림을 고르고 싶었을까? 나의 마음이지만 나도 모른다.

현지 안내원은 황수민 군이다. 중2 때 러시아에 왔고, 어느 대학에서인지 항공학으로 석사학위를 받았다고 한다. 상냥한 청년이다. 언제까지 안내 일을 할 것인지? 발전을 기대하다. 네 시 넘어 귀선. 조용하여 좋다.

15일(월요일). 페테르호프 궁에 가다. 피터와 폴 성당은 도처에 있는 모양이라 같은 이름의 성당이 여기에도 있다. 유명한 성당을 많이 보니, 웬만한 것은 그저 그렇다. 성당 근처에 있는 작은 규모의 재래시장을 구경하고, 궁에 도착한 것이 오전 열한 시였다.[31] 어디서 왔는지 관광버스가 무지무지하게 많다. 또 작은 가게가 줄을 지어 있다. 문전성시가 아니라 궁전성시다. 정원과 분수가 아름답기는 하나, 너무 인위적인 느낌이 든다. 분수 중에 가장 눈에 띄는 것은 금빛의 삼손Samson이 사자의 입을 찢는 조각이다. 삼손은 러시아, 사자는 스웨덴이라고 했다. 내가 스웨덴이면 데릴라Delilah를 보냈을 것이라고 생각하다. 궁 안의 화장실 이용료는 이십 루블이다. 그런데 정원 끝으로 걷다보니 바닷가이고, 간이화장실 여러 개가 널렸는데, 무료다. 열한 시 오십 분에 우리 일행이 모여서 궁 밖으로 나오는데, 세 명이 브라스밴드 한 조를 이루어서, 우리가 한국서 온 것을 어떻게 아는지 '나의 살던 고향'을 연주한다. 아내가 팁을 준다.

점심은 다시 상트페테르부르크 시내의 '한국찬관餐館'이다. 동태찌개 백반

31_여기도 입장료는 사백 루블.

이라고 하는데, 동태는 아닌 것 같고 그와 비슷한 생선 같았다. 반찬으로 따라 나온 잡채와 탕수육 등은 모두 맵다. 그래도 식성이 좋은 테이블에서는 맛있다고 야단이다. 매운 맛에 주린 탓일까? 귀선 길에 쇼핑 가게에 버스가 정차. 살 만한 것이 눈에 띄지 않는다. 네 시 조금 전에 배에 도착, 저녁시간까지 여유가 있어서 피트네스 룸에서 한 시간 남짓 운동하다. 저녁은 예의 미켈란젤로에서 발폴리셀라를 마시다.

16일(화요일). 오늘 일정은 에스토니아Estonia의 수도인 탈린Tallinn 방문이다. 북유럽에서 가장 잘 보존된 중세 도시라고 한다. 쾌청한 날이 드물다는데, 오늘은 아주 맑다. 무언지 좋은 일이 있을 것 같은 날이다. 현지 가이드는 김정곤 씨다. 1996년에 전주에서 선교 목적으로 이곳에 당시 세 살과 한 살짜리 아이를 데리고 왔다고 했다. 5년 전에 막내가 태어나서 지금은 세 아이의 아버지다. 가족이 있는 유일한 한국교포이고, 목회 일을 본다고 했다. 그러나 목회 일만으로는 생활이 어렵기 때문인지 관광안내도 하는 모양이다. 고생을 많이 한 얼굴이다. 그에 따르면 에스토니아에서는 정부가 두 살부터 모든 교육의 책임을 지고, 12학년(고등학교 졸업)까지 무상의무교육이라는 것이다. 고졸의 약 30%만이 대학에 진학하고, 나머지는 직업학교 등으로 간다고 한다. 십팔 세가 되면 부모의 동의 없이 결혼할 수 있으며, 대체로 그 나이가 되면 결혼과 관계없이 독립한다는 것이다. 김 목사의 이야기는 나중에 다시 한다.

내가 어려서 서양 지리를 배울 적에 에스토니아는 소련의 지배를 받고 있는 발트 제국Baltic States의 하나였다. 여기 와서 보니 많은 나라가 그렇듯이 이 나라도 역사가 아주 오래다. 에스토니아 인은 핀족Finns의 먼 사촌으로 기원전

3,000년경에 중앙아시아에서 이주해 왔다고 한다. 옛날은 그렇다고 하고 최근세에 이르기까지 이 나라는 스웨덴, 덴마크, 독일, 러시아 등의 등살에 시달리면서 살아남았다. 17세기 중엽, 스웨덴 왕국은 힘이 커지면서 에스토니아 북부를 점령하고, 루터 파의 종교를 전파했다. 그래도 스웨덴의 지배는, 예컨대 교육의 보급을 전 주민에게 확대시키는 등, 상당히 계몽적이었다. 그러나 발트 해를 둘러싸고 일어나는 세세연년歲歲年年의 전쟁은 계몽이고 나발이고 소용이 없게 만들었다는 것이다.

소위 그레이트 노던 전쟁Great Northern War(1701–1721)에서 피터 대제는 스웨덴을 누르고 발트 해의 패자覇者로 자임하게 되었다. 그는 1710년에 탈린을 점령했다. 러시아의 지배 아래서 19세기까지 탈린의 경제권은 에스토니아 인들의 수중에 있었으나, 정치적으로는 아무런 힘이 없었다. 그러다가 에스토니아 인들의 민족의식은 농노들의 해방과 더불어 부활하기 시작했다. 여기에는 또 탈린과 상트페테르부르크 사이의 철도건설이 주요한 몫을 담당했다. 그러나 여기에도 한계는 있었다. 1880년대에 들어서서 러시아의 민족주의가 깃발을 날리게 되자, 비 러시아 언어와 비 러시아적인 풍습에 대한 억압이 다시 시작되었고, 이러한 정책은 에스토니아 인뿐 아니라, 폴란드 인, 유태인, 리투아니아 인에게 큰 타격이었다. 작용이 있으면 반작용이 있다. 러시아의 소수민족에 대한 차별적 조치는 소수 민족들의 민족 의식을 부양시키는 결과를 낳게 된 것이다.

에스토니아는 제1차 세계대전으로 독립을 쟁취하였으나, 히틀러와 스탈린 사이에 맺어진 '1939년 협약' 직후 다시 독립을 상실했다.[32] 많은 에스토니아 청년들이 독일군에 가담하여 소련에 내항하여 싸웠고, 제3국으로 탈출한 에스토니아 사람들도 많았다. 제2차 세계대전이 끝나면서 에스토니아 인들도 스탈린의 무자비한 탄압을 견디어내야 했다. 환경이 심하게 훼손되었지만, 산업의 발전은 괄목하였다. 러시아 인과 기타 슬라브계의 이주민이 몰려들어, 오늘날 42만이 채 못 되는 인구의 약 반은 순수한 에스토니아 인이 아니라고 한다.

1989년 소련과 동유럽 공산주의의 몰락에 힘입어, 1991년 에스토니아는 독립을 찾았다. 그로부터 에스토니아 인들은 무엇보다도 관광산업 육성에 힘을 쏟고 있다고 한다.[33] 그런 덕분에 우리 배가 탈린에 가게 됐는지도 모른다. 탈린의 어디를 가도 천년고도의 문화를 느낄 수 있으며, 그러나 사람들은 친절하고 현대적인 인상을 준다. 탈린은 중세에 발트 연안의 여러 지방을 지배했던 한자Hansa동맹의 일원이었기 때문에 당시에 건축된 교회건물들은 높은 첨탑과 붉은 지붕을 자랑하고 있다.

탈린은 역사적으로 세 부분으로 구분된다. 첫째는 툼페아 언덕Toompea Hill 혹은 '성당의 언덕'으로 불리는 지역이다. 이곳은 예로부터 중앙정부가 자리하던 곳이다. 초기엔 덴마크의 수장, 튜턴Teuton 족이 지배하던 시절엔 기사단장, 그 후엔 스웨덴과 러시아의 총독들이 기거하였고, 또 일부 귀족들의 거주지이기도 했다고 한다. 지금은 정부청사 혹은 외국 대사관 건물들이 들어서 있다. 이 지역의 명물은 바로크 양식의 툼페 성Toompea Castle이다. 또 알렉산더 네브스키Alexander Nevsky 성당과 루터Luther 성당이 위치한 곳이기도 하다. 옛 에스토니아

32_1939년 협약은 독일과 소련 사이에 맺어진 '불가침 조약'이다. 소련 외상 몰로토프와 독일 외상 리벤트로프가 실무 담당이어서 'Molotov–Ribbentrop Pact'라고도 한다. 협약 이면에는 루마니아, 폴란드, 리투아니아, 라트비아, 에스토니아, 핀란드 등을 양국의 영향 아래 두고, 장차 예기되는 영토적 혹은 정치적 협상의 경우에 이들 나라를 분할하여 지배한다는 내용이 있었다.

33_IT산업도 발전하여 '발트 해의 실리콘밸리'로 불리기도 한다.

의 왕궁이 지금은 의회빌딩이다.

둘째는 '시민의 도시'로 불리는 구시가이다. 19세기 말까지는 행정적으로 툼페Toompea와 분리되었던 지역이며, 중세부터 무역의 중심지였다. 시청 광장이 흥미롭고, 도시 어디서나 볼 수 있는 성 오라프St. Olav 교회의 탑(124미터)도 이곳에 위치한다. 15세기 말, 이 교회에는 159미터의 고딕 첨탑이 세워졌다고 하며, 당시 그것은 교회의 탑으로서는 세계에서 가장 높았다고 한다. 수차에 걸친 화재로 재건축도 여러 번 있었다는데, 그 과정에서 높이는 오히려 줄어들었다고 한다.

셋째는 구시가 남쪽에 위치한 에스토니아 타운이다. 19세기 중엽부터 순수 에스토니아 인들이 토착의 게르만 족으로부터 다수자의 지위를 확보한 곳이라고 한다. 신시가도 있으나, 대체로 작은 도시라는 인상이다.

탈린은 주변 강대국에 의한 무수한 침략과 약탈의 대상이었다. 제2차 세계대전 말에도 소련의 폭격이 극심했다고 한다. 그럼에도 불구하고 구시가는 크게 파괴되지 않았고, 그 중세적인 매력을 간직하고 있다. 툼페를 포함한 탈린의 구시가는 1997년 유네스코 문화유산으로 등재되었다.

우리 일행이 배에서 내려 제일 먼저 간 곳은 도시 외곽 바닷가의 피리타Pirita 라는 숲 지대다. 삼림욕을 하라는 것이다. 헬싱키의 세우라사아리와 비교하면 그만 좀 못하나, 배 안에 오래 있다가 숲속을 걸으니 기분이 좋다. 신시가의 고층 건물들이 멀리 보인다. 여기엔 1980년 모스크바 올림픽 때 요트 경기장으로 쓰였던 마리나Marina가 있다. 관중석도 길게 만들어져 있고, 그 옆에는 선수촌이었던 근대식 건물이 있다. 지금은 '피리타 호텔'이다. 미화로 하루 육십 내지 칠십 달러면 전망이 매우 좋은 방을 빌릴 수 있다고 한다. 이런 곳에서 며칠을 묵으면서 탈린의 이모저모를 본다면 그것이 진짜 관광이겠다 싶었다.

오전에 구시가의 명소들을 대강 구경하였다. 모두 걸어서 다닐만한 거리다. 위에서 말한 네프스키 성당을 보고, 그 다음으로 루터 성당엘 들어갔다. 성모 마리아에게 바치기 위하여 루터 제자들이 세웠다는데, 정작 마리아 상은 없었다. 갖가지 예쁜 색의 유리 모자이크로 된 예수 상만이 크게 눈에 띄고 아름다움을 자랑하고 있다.

탈린의 구시가는 거대한 방어벽으로 싸여 있고, 그 입구의 하나는 비루 게이트Viru Gate란 문이다. 그 곳을 지나자 구시가에서 가장 크고 높다는 요새가 나타났다. 망루도 여럿이다. 그 중 제일 높은 망루는 높이가 58미터이고, 벽의 두께가 3미터가 넘는다고 한다. 요새는 요새였던 모양이다. 그 옆에 벽이 긴 고풍의 건물이 있다. 감옥으로 사용된 적도 있었다는데, 지금은 그 2층이 카페다. 음산하다면 음산하고, 밝다면 밝은 카페다. 그 곳에서 작은 골목의 회랑을 지나면 시청 광장이다. 서울시청 앞의 광장만하다고 할까? 광장 한 옆에 유명한 돔 교회Dome Church가 있고, 그 주변 사방은 크고 작은 건물들로 겹겹이 싸여 있다. 약간의 자유시간이 주어져서 무얼 할까 망설이다가 멀리 약국 간판이 보여 그리로 갔다. 그리 크지 않은 2층 건물인데, 약국이 아니라 의약박물관이었다. 또 와인 라이브러리Wine Library란 곳이 눈에 띄었다. 포도주 도서관으로 생각하고 들어갔더니, 술집이었다. 목이 마르기도 하여 길가 카페에 자리를 잡고, 생맥주를 마셨다. 한 잔에 3유로다.

일행이 다시 모여 버스가 있는 곳으로 이동한다. 작은 골목길을 지나는데, 좌우에 기념품 가게들이 늘어섰다. 가게에는 사고 싶은 것이 없고, 길가에서 이름 없는 화가의 그림을 한 점 샀다. 교회가 보이는 풍경화인데 예쁘다. 25유로였다. 그 골목이 끝나는 지점에서 나는 가이드 김정곤 씨 옆에서 뒤에 처진 일행을 기다리고 있었다. 어떤 여자가 우리 앞을 지나가면서 김 씨의 작은 백의 지퍼가 열렸다고 하였다. 김 씨는 작은 백을 배 앞에 차고 있었는데 얼른 내려다보더니 지갑이 없어졌다는 것이다. 소매치기를 당한 것이다. 당황한 기색이 역력한 그는 어딘지 전화를 걸어서 한국어로 무어라고 말하는데, 짐작건대 신용카드 사용의 정지를 은행에 요청하라고 부인에게 부탁하는 것 같았다. 그리고 또 어딘지 부지런히 전화를 건다.

옆에 있던 나는 마치 내가 지갑을 잃은 것같이 가슴이 두근거린다. 미안한 생각도 든다. 김 씨가 우리를 위하여 안내를 하다가 변을 당했으니, 우리에게도 도의적인 책임이 있는 것인지? 이 일을 어떻게 해결하나? 얼마라도 돈을 좀 걷어야 되지 않을까? 걷는다면 돈이 좀 모일까? 그런 생각을 잠시 하는 사이에 한 십여 분이 지났다. 그때 웬 젊은 청년이 얼굴을 가리다시피하고 별안간 김 씨에게 접근하더니 던지다시피 지갑을 전하고는 번개같이 달아나는 것이다. 김 씨가 지갑을 펴보고는 없어진 것이 없다면서 번개를 쫓았다. 번개를 잡을 수가 있나? 그냥 오는 것을 보니 놓친 모양이다. 그는 우리 일행이 있는 곳으로 다시 와서 신기한 듯이 지갑을 다시 한 번 꺼내보고 이번에는 바지 뒷주머니에 넣는 것이었다. 우리 상식은 바지 뒷주머니의 물건은 남의 것이나 마찬가지란 것인데, 지갑을 더 위험한 곳에 넣는 것이다. 하기야 배 앞에 찬 것도 털리긴 했다. 나중 이야기는 그가 번개를 쫓은 것은 그래도 고맙다는 사례를 좀 하려고 했다는 것이며, 자기가 아는 한 소매치기 사고는 지난 삼 년 동안 발생하지 않았다고 했다.

휴! 안도의 한숨이 절로 나왔다. 지갑이 돌아와서 천만다행이다. 나는 위에서 오늘은 좋은 일이 있을 것 같다고 했다. 그게 좋은 일이 아닌가? 물론 애당초 소매치기를 당하지 않았더라면 그게 더 좋은 일이었을 것이다. 그러나 나쁜 일이 있고서야 사람들은 좋은 일을 깨닫게 된다. 또 사람들은 지나고 나서야 이러쿵저러쿵 말을 만들고, 지난 일들을 자기에게 유리하게 해석하려고 하는 것은 아닌지? 본능일 것이다.

관광지가 아니라도 소매치기가 있을 수 있다. 그런데 그 지갑이 돌아온 것에 대하여 우리 일행은 의견이 분분했다. 그 번개가 범인인 것은 분명한데, 지갑 속을 보니 탈린에 거주하는 사람이라 돌려주었을 것이라는 설이 우세했다. 같은 지역에 사는 사람이란 동료의식이 작용했을 수도 있다. 다른 지역에서 원정 온 소매치기라면 그런 의식은 없었을 것인데, 아마 현금은 별로 없고 신분증과 은행카드만 있어서 그냥 돌려주었을 가능성도 있다는 의견도 있었다. 또 선교사로 와서 목회를 하는 사람이니, 하느님이 보호해서 그렇게 되었을 것이라는 설도 있었다. 하느님의 보호를 받는다면 처음부터 그런 일이 없어야 하지 않았겠는가? 하느님이 시험을 주신 것일까? 하느님은 그렇게 짓궂은 존재인가? 그래서 "우리를 시험에 들게 하지 마시옵고, 다만 악에서 구하시옵소서!"라고 기도하는 것인가?

그런데 정작 황당한 일은 배에서 일어났다. 배로 돌아온 것은 세 시가 좀 넘어서였다. 저녁까지는 여유가 있다. 그래서 네 시쯤 피트네스 룸에 갔다. 28번 옷장 키를 받아서 안경과 옷을 넣고, 운동복으로 갈아입었다. 운동을 끝내고 옷장을 열었다. 내 물건은 온 데 간 데 없고, 모르는 짐이 들어 있다. 카운터로 갔다. 그랬더니 카운터에서 하는 말이 걸작이다. 어떤 사람이 28번에 무슨 물건이 있다고 하여, 그것을 14번 옷장으로 옮겼다는 것이다. 그러면서 14번 옷장 열쇠를 나에게 주는 것이었다. 14번 옷장을 여니, 내 물건이 있다. 그러나 도저히 이해할 수 없는 일이 벌어진 것이다. 내가 거세게 항의를 하자, 지배인 같은 사람이 나와서 미안하다고 하는 것이다. 불쾌는 했지만 "다시 이곳에 안 오면 되지!" 하고 뒤도 안 돌아보고 말았다. 있을 수 없는 일을 경험한 것이다. 좋은 일은 김 씨의 지갑이 돌아온 것에서 그친 모양이다.

17일(수요일). 내일은 덴마크의 오르후스Arhus를 관광한다. 먼 곳인가 보다. 하루 종일 배를 타야 한다. 망망대해가 있는가 하면 어딘지 육지 근처를 지나기도 한다. 배에서 온 낮을 보내기가 처음은 아니나, 그런대로 관광에 신경을 안 쓰고 자적할 수 있으니 그것도 괜찮다. 피트네스 룸에는 어제 학질을 떼었으니, 배에서 갈 곳이 하나 줄었다. 그래도 상관없다. 아니 그래서 하호욱 교수와 열심히 수고하는 김세원 씨와 저녁을 따로 하기로 했다. 저녁 자리에서 내가 어제 있었던 피트네스 룸 사건을 이야기하였더니 하 교수도 어제 자신이 당한 일을 이야기하는 것이다. 아래는 그 요지다.

"운동을 하다가 옷장 열쇠를 잃어버려서 카운터엘 갔더니, 하는 말이 그것을 열려면 목수가 와야 하는데 지금은 목수를 부를 수 없다. 그래서 열면 보내라고 방 번호를 적어 놓고 왔다. 오늘 아침까지 연락이 없어서, 전화를 했다. 그랬더니 물건을 서비스센터로 보냈으니, 찾아가라고 했다. 가서 보니 아직 안 왔다는 것이다. 아니 저녁까지 안 왔다고 한다. 입던 옷 나부랭이니까 잃어버려도 크게 낭패되는 물건은 아니나, 일 사체가 맹랑하다."

맹랑한 일이라고 할 수밖에 없다. 마스터키도 있을 터인데, 목수는 왜 부르나? 마스터키가 있으니 내 옷장을 열었을 것이 아닌가? (결국 못 찾았다고 함.)

18일(목요일). 오르후스에는 한국인 가이드가 없다. 크루즈 측에서 마련한 버스로 시내 구경을 나섰다.[34] 오르후스는 유틀란트 반도의 동해안 중앙에 위치한 덴마크 제2의 도시다. 그 기원은 알 수 없으나 7-8세기경부터 바이킹이 와서 지지고 볶던 흔적이 많다고 한다. 또 11세기경의 룬스톤Runestone이 여섯 개가 발견되기도 했고,[35] 아니 그전 951년에 비숍이 있었다는 기록도 있다고 한다.

우리 일행이 제일 먼저 방문한 곳은 오르후스 성당이다. 붉은 벽돌의 고딕 양식이다. 1060년부터 건설되기 시작한 이 성당이 완성된 것은 1500년이라고 한다. 그것은 덴마크에서 가장 길고(93미터) 높은(96미터) 성당으로 유명하며, 또 붉은 벽돌의 성당으로는 유럽에서 가장 오래된 것이라고 한다. 내부에는 아름다운 프레스코fresco 벽화가 있다. 성당 바로 옆에는 큰 광장이고, 그 뒤편에는 오르후스 극장이다. 연극 공연 광고들이 붙어 있는데, 그중 하나는 셰익스피어의 '햄릿' 광고다. 하기야 햄릿은 덴마크의 왕자였다.

오르후스대학을 방문하다. 1928년에 세워졌다는데, 나지막한 캠퍼스가 무척 아름답다. 이런 곳에서 공부를 하면, 공부가 저절로 될 것 같은 생각이 든

34_세 시간 남짓한 시내관광이고, 그나마 버스를 탄 시간은 한 시간이나 될까? 비용은 일인당 미화 129불이었다. 좀 비싸다는 느낌이 들었다. 현지 한국인 가이드를 구하기 어려워서 그랬는지도 모른다.

35_룬Rune은 고대 북유럽의 문자이다. 룬스톤Runestone은 글씨가 돌에 새겨진 것. 로제타 스톤Rosetta Stone을 연상하면 된다.

다. 내가 연구실을 떠난 지가 여러 해 되었고, 게다가 책을 안 읽고 배타고 놀기만 하니, 공부가 그리워진 모양인가 했다. 스캔디나비아 의회건물을 버스 속에서 보고, 덴감블비 박물관Den Gamble By Museum으로 이동하여 버스에서 내리다. 일종의 민속촌이다. 15세기에서 18세기 사이에 축조된 건물 70여 종이 전시되고 있었다. 바다에서인지 땅에서인지 이렇게 또 하루가 갔다.

19일(금요일). 오슬로의 아침이다. 배는 일곱 시에 정박. 배에서 내려다보니 도시가 한눈에 들어온다. 제일 앞에 보이는 큰 길에는 차가 많고, 멀리는 산이 보이는데, 배에서 이런 경치를 보는 것은 처음이다. 도시 가까이도 산이 있으니, 궁벽한 곳은 말할 것 없이 산이 많겠다. 국토의 30%가 북극권에 속한다고 한다. 눈도 많고, 산도 많고, 경사진 곳도 많을 것이다. 스키 등의 겨울 스포츠가 발달한 것은 우연이 아닐 것이다. 일행은 여덟 시에 모여 버스로 이동하는데, 다른 날에 비하여 매우 이른 시간이다. 비 예보가 있으니 우산을 준비하라는 주의가 있었다. 현지 가이드는 김성권 씨다. 미국과 네덜란드에서도 살았고, 오슬로에 온 지도 삼 년이 되었다고 한다. 서른은 넘어 보인다. 이제는 이 사람을 따라다니는 수밖에 없다.

우리는 노르웨이 출신의 세계적 조각가 구스타프 비겔란드Gustav Vigeland(1869−1943)의 작품들로 구성된 조각공원엘 제일 먼저 갔다. 조각가의 이름을 딴 비겔란드 공원이다. 세계 최대라고 했다. 청동, 화강암, 주철로 된 조각가 필생의 크고 작은 조각 212점이 전시되고 있다. 인간의 본질적인 문제들, 사랑과 증오, 환희와 절망, 아니 생로병사가 점철된 작품들이다.

입구에는 중앙의 큰 문과 그 양 옆에 작은 문이 하나씩 있다. 중앙문은 굳게 닫혀 있고, 사람들은 작은 문으로 다닌다. 큰 문은 하늘로 가는 인생의 마지막을 상징하는 것 같은 느낌을 준다. 인생의 마지막은 누구에게나 열려있는 것이 분명한데, 그 문은 왜 닫혀 있는가? 문을 지나면 길이가 약 100미터, 폭이 약 15미터의 다리가 있다. 시작 부분과 끝 부분 양측에 네 개의 돌기둥이 있고, 그 위의 조각은 이무기를 밀치고 이무기를 받아들이는 형상이다. 이무기를 본 적이 없어서인지 내 눈에는 큰 도마뱀으로 보이는데, 가이드는 이무기라고 했다. 아무래도 좋다. 나에겐 그것이 선악과 투쟁하는 인간의 모습같이 보였다. 그 사이 난간에는 청동으로 된 쉰여덟 개의 인간군상이 다양한 모습을 보인다. 인간의 고뇌와 아픔을 나타내고 있는 것이다.

공원의 하이라이트는 오벨리스크obelisk 모양의 거대한 모놀리스monolith 탑이다. 14미터가 좀 넘는, 화강암으로 된 이 탑은 비겔란드가 삼 년 동안 석고로 모형을 만들고, 세 명의 돌 조각공이 십사 년에 걸쳐서 제작하였다고 한다. 221명의 인간군이 서로 껴안고 있는 이 조각은 하늘과 신에 가깝게 가려는 인간의 욕망을 상징한다. 그것이 완성된 것은 비겔란드가 죽은 다음 해인 1944년 크리스마스였다고 한다.

다음으로 간 곳은 바이킹 선박 박물관이다. 원형 그대로 보존된 세 척의 선박과 각종의 바이킹 유물들이 전시되어 있다. 선박은 일천여 년 전의 것이라고 했다. 그 중 하나인 오세베르그Oseberg 호가 특유의 조형미를 뽐내고 있다. 그러나 별로 재미가 없다. 대강 보고 시내로 들어섰다. 버스에서 내려서 도보관광이다. 오슬로 시청사市廳舍는 노벨평화상을 시상하는 장소이기도 하다. 비운의 천재화가 에드바르드 뭉크Edvard Munch(1863–1944)의 〈절규The Scream〉라는 작품 하나가 로비 중앙에 걸려 있다는데, 가는 날이 장날인지 마침 공사중이어서 출입이 금지되었다.[36] 다시 걸어서 간 곳은 왕궁. 그 앞의 큰 길 양 옆에는 정부청사 건물들이 늘어서 있다. 그 중 하나가 오슬로대학 법대 연구동이라고 하였다. 정작 법대 건물은 여기서 한참 떨어진 오슬로대학 캠퍼스 안에 있고, 여기는 교수연구실이 주로 있다는데, 법이 중요하기 때문에 그 연구동을 왕궁 가까이에 지은 것이 아닌가 생각했다. 마지막으로 간 곳이 해상에 건립된 오페라 하우스다.[37] 2008년에 오픈했다는 이 건물은 전부가 흰 대리석과 유리다. 빙산을 상징하는 것 같았다. 아니 빙산의 일각을 상징할 것이다.

비가 부슬부슬 내리기 시작한다. 이번 여행 내내 날씨가 좋았는데, 마지막 방문의 오슬로는 비에 젖었다. 버스에서 내리는데, 비가 제법 뿌린다. 우리는 배를 타면 한동안 우산이 필요 없다. 내 앞에서 차에서 내리던 심우포 씨가 가이드가 우산 없는 것을 알고 우산을 선물로 건넨다. 고맙다면서 받는다. 선한 사람들이 많다. 그런 사람들 때문에 우리 사회가, 아니 우리나라가 유지되는 것이다. 내일 아침이면 다시 코펜하겐이다. 배에서 마지막 밤이다. 열 시까지 큰 짐은 방 앞에 내 놓으라고 한다. 짐을 내 놓고 다시 오슬로의 하늘과 바다를 보았다. 열 시가 넘은 시각, 밤은 어스름인데 바다는 검고, 하늘은 먹구름이다. 뭉크가 〈절규〉와 같은 그림을 그린 것은 저 같은 하늘과 바다가 영감을

36_2012년 5월 4일의 신문들은 뭉크의 〈절규〉가 뉴욕 소더비 경매에서 1억1992만 2500달러(약 1355억 7200만 원)에 팔렸다는 뉴스를 실었고, 그것이 역대 미술품 경매가격의 최고가라고 했다. 그런데 이번에 낙찰된 작품은 개인이 소장하고 있던 작품으로 가로 59cm, 세로 79cm 크기의 파스텔로 그린 것이라고 했다. 뭉크는 네 점의 〈절규〉를 그렸는데, 두 점은 유화고 나머지는 파스텔과 크레용 작품이라고 한다. 이 가운데 유화 한 점과 크레용 그림은 노르웨이 뭉크 미술관이, 나머지 한 점은 노르웨이 국립미술관이 소장하고 있다는 것이다. 『조선일보』 2012년 5월 4일, A. 22 참조. 그러면 오슬로 시청사에 있다는 그림은 무엇인가? 〈절규〉가 아닌 다른 작품일 가능성이 크다. 확인할 길이 없다.

37_Den Norske Opera & Ballett란 이름이다.

주었기 때문인지도 모른다. 내 가슴도 뭉클한다. 뭉크와 뭉클이 무슨 관계가 있나? '뭉크 미술관'도 있다는데 못 간 것이 아쉽다. 바다와 하늘은 여전히 검다. 그러나 내일은 서울로 간다.

# 인연

「크루즈」 이야기에서 쓴 것처럼, 심우포 사장은 그 여행에서 만난 사람이다. 헬싱키로 가는 핀에어의 지정된 자리에서 주위를 둘러보니 통로 건너 바로 옆자리에 한국인으로 보이는 남녀가 앉아 있었다. 남자는 나이도 지긋하고 점잖아 보였고, 눈이 서글서글하고 애교가 있어 보이는 여자는 묻지 않아도 누군지 짐작이 갔다. 그러나 말을 붙일 형편도 아니고, 말할 일도 없어서 헬싱키에 도착할 때까지는 그런가보다 하였다.

나는 비행기를 타면 술을 좀 마시는 편이다. 식사 때마다 술을 넉넉히 달라고 하고, 아내는 술을 못 마시지만 아내 몫까지 챙겨서 내가 마시곤 한다. 사서도 마신다. 그런데 옆자리의 여행객 내외도 술을 곧잘 마시는 것 같았다. 나는 속으로 '술을 좋아하는 것을 보니 나쁜 사람들은 아닌 것 같다'고 생각했다. 비행기에서 내려보니, 그들은 우리 일행이었다. 여러 날 배를 같이 타면서, 밥도 같이 먹고, 술도 같이 마시곤 하여 친해졌다면 친해졌다. 심우포 씨 내외는 홍영표 · 김두영 두 친구 부부와 같이 다녔고, 나도 그들과 좀 어울리게 되있다는 이야기는 앞에서 했다. 그때 심 씨는 집은 분당이나, 공장이 제부도에 있어서 주로 그 곳에서 지낸다면서, 한번 놀러오라고 한 적이 있었다. 그냥 인사치레로 하는 말로 들었다.

귀국 후, 여행사와 정리할 문제 때문에 한두 차례 심 사장 부인과 통화가 있었다. 그런데 9월 15일(2011년) 심 사장이 전화를 걸고, 나의 집 주소를 물었다. 포도를 한 상자 보내겠다는 것이다. 제부도와 그 위에 위치하는 대부도는 포도로 유명하다. 이틀 후 포도를 받았다. 고맙기는 한데 부담이다. 어떻게 답례를 하나 하고 고민(?) 중에, 그 내외가 비행기 속에서 책을 열심히 읽던 것에 생각이 미쳤다. 기억에 청나라의 옹정雍正인가 건륭乾隆에 관한 역사소설을 읽는 것 같았다. 그래 며칠 후 나의 『삼국지 속의 삼국지』를 보냈다. 그랬더니 전화로 책을 잘 받았다면서, 꼭 한번 오라는 것이다.

날짜가 10월 16일로 잡혔다. 아내와 둘이만 가기도 무엇하여, 고려대의 고세훈高世薰 교수에게 전화를 하고 이만저만하니 같이 가는 것이 어떠냐고 물었다. 고 교수의 결혼기념일이 그 다음 날인 것으로 내가 기억하고 있어서, 겸사겸사 가는 것도 괜찮다고 생각했던 것이다. 좋다고 했다. 그래서 16일 오후 2시경에 고 교수가 우리 집으로 왔다. 그의 집이 우리 집에서 멀지 않다. 그는 당연히 그의 차로 간다는 생각을 하고 있었다. 그러나 나는 다르다. 내가 같이 가자고 한 것인 만큼 내가 운전하는 것이 도리라고 생각했다. 그래서 그의 차를 우리 집에 두고 내 차로 가기로 했다. 내 차에는 소위 지피에스GPS가 없다. 인터넷에서 제부도 가는 지도를 복사까지 하였는데, 과천을 지나면서 그만 지도가 무색하게 길을 잘 못 들었다. 인천 쪽으로 약간 헤매다가 그래도 두 시간 채 못 걸려서 제부도에 도착했다. 두 내외가 반긴다. 심 사장의 사무실에서 잠시 이야기를 나누자니, 저녁 시간이다. 저녁은 제부도 팀에게 맡기는 수밖에 없다. 그래 따라간 곳이 '소망횟집'이었다. 석양의 해가 우리에게만 비추는 서해안의 횟집이었다. 서울서 간 네 사람하고 심 사장 내외하고 여섯이서 앉았다. 나는 서해안을 바라보는 자리에 앉았는데, 지는 해가 그렇게 찬란할 수 없었다. 사람이 질 때(죽을 때)도 저렇게 찬란할 수 있을까? 죽을 적에 찬란하다 함은 무엇을 말하는 것인가?

우선 마셔야 한다. 고 교수가 '까미노 레알Camino Real'이란 칠레산 포도주를 한 병 갖고 와서 그것으로 시작했다. 혹은 많이 혹은 적게 받은 사람도 있지만, 포도주 한 병은 있는 듯 없어졌다. 그래서 내가 가져간 발렌타인 21년짜리를 꺼내지 않을 수 없었다. 이럭저럭 그것도 비고, 맛있는 생선회 접시도 비고, 식사도 끝났다. 이제는 지던 해도 자취가 없고 사위가 캄캄하다. 심 사장이 안내하는 곳으로 따라갔다. 펜션인 것 같았다. 그냥 잤으면 됐다. 그러나 심 사장도 미진한지 차 트렁크에서 마오타이를 한 병 들고 따라오는 것이었다. 먹자는 것인데 아니 마실 수가 없다. 이래저래 그것도 비웠다.

밤에 아무리 취해도 아침은 온다. 어딘가 하고 그냥 따라온 곳이지만 아침에 깨어보니 우리가 잔 곳은 바닷가의 명승이다. '살곶이 펜션'이라 했다. 이런 곳이 있다니! 눈이 밝아야 책도 읽고, 사랑하는 사람의 얼굴도 보고, 좋은 경치도 보지만, 그러한 모든 것을 볼 수 있다는 것은 빛이 있기 때문이다. 그래서 디오게네스Diogenes는 일찍이 알렉산더Alexander 대왕에게 빛을 가리지 말라고 했던 모양이다. 하기야 눈을 감고 볼 수 있는 것도 있고, 상상으로 볼 수 있는 것도 있다. 관조觀照라는 것도 있다.

아침 여덟 시 반쯤해서 심 사장 내외가 왔다. 제부도는 또 소금으로 유명하다면서, 20킬로그램짜리 '해표소금' 두 사루를 선물로 준다.[1] 빛 이야기는 위에서 잠시 했지만, '빛과 소금' 어디서 많이 듣던 말이다. 다시 따라간 곳은 '논두렁밭두렁'이란 한식집이다. 회는 엊저녁에 많이 먹었으니 그만두고, 생선으로 된 음식은 다 나오는 듯했다. 굽고 끓이고 지지고 볶고. 해장술 생각이 굴뚝같은데, 불을 땔 수가 없다. 굴뚝이 소용이 없다. 내가 운전을 해야 하기 때문이다. 아침을 먹으면서 심 사장은 통영에 콘도가 있으니 한번 같이 가자고 했다. 크루즈에서도 그랬었다. 또 위에서 말한 심 사장 친구분들이 마산에 산다. 그래서 마산에 놀러 오라는 이야기도 있었다. 12월이 대구철이니 그때 마산에 가자는 이야기였다. 그래서 마산에 들렀다가 통영으로 가면 되지 않나 하는 생각을 한 적도 있었다. 김칫국을 마신 것이다.

11월 하순이다. 누가 먼저 전화를 하였는지는 기억에 없으나, 심 사장과 통화가 되었다. 마산과 연락을 하겠다고 하였는데, 잡힌 날짜가 21일(수요일)이었다. 그런데 마산하면 경남대학이 있고, 거기에는 나의 사랑하는 제자 김용복金容福 교수가 있다. 김 교수의 집은 대구이고, 평소에는 대구서 통근을 한다. 방학이라 대구에 있을지 모른다. 그러나 마산엘 가면서 그에게 통보를 아니하는 것도 찜찜하다. 허허실실로 전화를 하였다. 그랬더니 마침 21일에 경남대학에서 그가 주관하는 학술회의가 있어서 서울서도 여러 명이 간다는 것이다. 잘 됐다 싶었다. 다음 날인가? 그 회의에 참석하는 성신여대의 김경희金敬熙 교수가 김용복 교수에게서 얘기를 들었다면서 전화를 했기에 표 두 장을 부탁했다. 여러 가지 일이 겹쳤지만 대체로 잘된 것이다. 마산행 케이티엑스KTX 21일 오전 아홉 시 십 분 출발이다.

1_서울 와서 고 교수와 하나씩 나누어 가짐.

서울역에서 한신대의 송주명宋柱明, 고대의 김동훈金東薰, 숙대의 윤광일尹光一, 그리고 김경희 교수를 만났다. 처음에는 신문 등을 읽으면서 점잖게 있었다. 어디쯤 갔는지 모르겠는데, 아마 대전을 조금 지나서였을 것이다. 좀이 쑤시는 것이다. 케이티엑스에는 식당 칸이 없다. 그러나 맥주 등의 요깃거리를 파는 칸은 있다. 맥주를 마시기 시작했다. 대구서는 영남대의 정병기鄭柄基 교수와 도묘연都妙年 박사가 합류했다. 심우포 사장 팀과는 저녁 때 만나기로 했으니, 나는 응당 경남대에서 시간을 보내야 된다. 회의에 참석하는 것도 즐거운 일이나, 우선은 점심을 같이 하여야 한다. 김용복 교수가 우리 일행을 끌고 간 곳은 경남대학교 바로 옆의 '소문난 아구집'이었다. 주 메뉴는 아구 수육이다. 마산답게 맛이 일품이다.

세 시부터 회의가 시작된다. 그래서인지 처음에는 자제하는 의미에서 '좋은데이'라는 약한 소주를 마셨는데, 누구의 발의였는지는 분명치 않으나 곧 보통 소주인 '화이트'를 마시기 시작했다. 논문심사를 하기 위하여 하루 전에 내려온 백창재 교수도 있어서, 그냥 마셨다. 계속 그러면 되는데, 회의를 하러 가자는 것이다. 따라 일어났다. 법정대 세미나실에 꽤 많은 사람들이 모였다. 그 얼마 전부터 안철수安哲秀 현상이 일어나서 그랬겠지만, 회의 명칭은 '선거연합정치와 안철수 현상'이었고, 세 교수의 발표가 준비되었다.[2] 나는 심우포 사장과 다섯 시에 만나기로 약속했기 때문에 회의를 끝까지 보지 못하고 네 시 반쯤에 일어나겠다는 양해를 미리 얻었다. 그러나 점심 값은 해야 하는 것이 예의

2_발표논문은 류재성柳載成(계명대), "선거연합의 조건: 유권자 특성을 중심으로"; 정병기(영남대), "이탈리아 제2공화국 선거제도와 선거연합"; 그리고 윤광일(숙대), "누가 안철수를 지지하는가?"였다. 안철수 현상이란 것이 있는지도 모르지만, 내가 회의를 계획했다면 안철수 문제는 다루지 않았을 것이다.

여서 회의와 그때까지의 발표에 대한 나 나름의 감상을 이야기하고서 일어났다. 김용복의 제자인 조재욱趙在旭 박사의 차를 타고 리베라Rivera호텔로 갔다.

심 사장은 제부도에서도 만났으나, 다른 두 내외는 8월 이후 처음이라 반긴다. 나의 계획은 이들 마산 팀과 대구를 같이 먹고, 마산서 하루 자고 다음 날 통영으로 가는 것이었다. 그런데 바로 통영으로 가자는 것이다. 그래서 나와 아내는 김두영 사장의 차를 타고, 심 사장 내외는 홍영표 사두의 차를 타고 통영으로 향했다. 마산에서 통영은 그리 멀지 않다. 그래도 동지 바로 전날이라 해가 제일 짧은 날이다. 통영에 도착하니 어둑어둑했다. 목적지는 미륵도彌勒島의 '클럽 E.S. 통영리조트'다. 통영시내에서 장 본 것으로 좀 늦은 저녁을 먹는데, 나야 낮에 먹은 술이 채 깨지 않은 상태라 식사는 둘째다. 내가 가져간 발렌타인 17년짜리 위스키부터 마시기 시작했는데, 모두가 술이 세어서 위스키가 끝나자 소주와 맥주를 닥치는 대로 마셨다.

다음 날 아침이다. 다도해의 절경이 눈에 들어온다. 참으로 아름다운 곳에 지은 콘도다. 아쉬운 것은 서울서 좀 멀다는 것이다. 자주 이용하기가 불편할지 모른다. 그러나 이것은 순전히 나의 생각이다. 콘도를 소유하고 있는 사람들은 달리 생각할 것이다. 아침을 준비해야 한다. 김 사장 차에 심 사장과 우리 내외가 타고 통영시내의 서호시장으로 갔다. 물메기 철이라 그 탕을 끓여야 한다고 했다. 아침에도 맥주를 여러 잔 마셔서 거나한데, 그날 하루를 어떻게 보낼 것인가에 대하여 의논이 있었다. 욕지도欲知島엘 가기로 결정되었다. 욕지도는 홍 사두의 고향이고, 그 곳에서 초등학교를 다녔다고 했다. 초등학교 친구가 하는 횟집도 있다고 하여 모두들 기대가 부풀었다.

욕지도 가는 배는 우리가 묵은 콘도에서 지근거리에 있는 삼덕항三德港에서 출발한다. 시간을 알아보았다. 그때부터 제일 이른 배편이 오후 열두시 반이다. 아직 한 시간 반이 남았다. 무얼 하나? 누군가가 달아공원엘 가자고 했다. 공원은 미륵도 해안을 따라 23킬로미터의 산양山陽일주도로의 중간에 위치한다. '달아'라는 이름은 그 곳 지형이 코끼리 어금니를 닮아서 붙여진 이름이라는 설도 있고, 달구경하기가 좋다고 하여 생긴 것이라고도 한다. 사자 어금니라는 말은 들은 적이 있으나, 코끼리 어금니란 말은 듣도 보도 못했으니, 상상이 안 간다. 공원이라기보다는 전망대라고 부르는 것이 옳을 듯한 언덕이다. 언덕 위에는 정말로 전망대가 있다. 그 곳에서 바라보면 한려해상閑麗海上국립공원의 여러 섬이 아름답게 펼쳐 있다. 멀리 욕지열도도 보인다. 또 관해정觀海亭이란 정자가 외롭게 서 있는데 주위가 모두 동백나무라 그리 외로워보이지는 않았다.

삼덕항에서 욕지도 가는 배표를 사고,[3] 주위를 둘러보다가 조그만 기념비를 발견하였다. 설명하기보다는 비의 내용을 아래에 적는다.

우리나라에 온 최초의 서양인
주앙 멘데스João Mendes 기념비

1604년 6월 14일 거대한 적선 한 척이 조선수군의 본영인 통영 앞바다에 침입했다. 이경준李慶濬 삼도수군통제사의 명령으로 전함인 판옥선板屋船이 출동, 평화적인 투항을 요청했으나 끝까지 저항하므로 치열한 접전 끝에 격침시켰다.

3_65세 이상 소위 경노 1인당 편도 요금은 5,400원.

이 배는 당시 일본의 통치자인 도쿠가와 이에야스德川家康가 캄보디아 왕국에 파견한 첫 외교무역선으로 캄보디아 프놈펜 항에서 일본 나가사키長崎로 귀항 중 풍랑 때문에 길을 잘못 든 것이었다. 전후 생존자는 일본인 중국인[明나라] 등 49명과 서양인 1명이었다. 서양인은 포르투갈의 지완 면제수之緩面第愁, 즉 주앙 멘데스João Mendes로 34세의 무역상이었다. 뜻하지 않고 조선에 오게 된 서양인 멘데스가 온 지 402 돌이 되는 올해 그의 내한來韓을 기리는 빗돌을 역사의 현장인 여기 통영 땅에 세운다.

2006년 4월 10일

사학자 박태근朴泰根 고증

나는 그때까지 우리나라에 온 최초의 서양인이 누군지 몰랐다. 어느 나라 사람인 것은 중요하지 않다. 1604년이면 선조 37년이다. 임진(1592) · 정유(1597)의 왜란과 붕당으로 말미암아 나라는 피폐할 대로 피폐하고, 백성은 도탄에 빠져있을 때였다. 그런데 일본은 도쿠가와 이에야스가 전국을 통일하고 강력한 막부를 수립하여 근대로 발걸음을 옮기고 있었던 것이다. 일본의 근대는 1853년 페리Matthew C. Perry 제독에 의한 개항 혹은 1868년의 메이지유신明治維新에서 비롯되는지도 모르나, 위의 기념비에 수록된 바와 같이 일본은 17세기 초에 이미 동남아 제국과 교섭을 시작했던 것이다. 세계를 향하여 눈을 뜬 것이다. 그래서 결국 조선은 일본의 식민지가 되고 만 것이 아닌가 하는 생각이 들었고, 자연히 속에서 부아가 치밀었다. 모처럼 풍광이 수려한 바닷가에서 속상해한들 무엇 하나? 그 기념비를 차라리 보지 말 것을 그랬나 하는 생각도 들었다. 잊어버리자! 아니 빨리 배타고 욕지도에 가서 소주를 마시자!

열두 시 반에 출발한 욕지영동고속이란 이름의 연락선은 오십여 분만에 욕지항에 도착하였다. 여기서는 이 섬이 고향인 홍 사두가 왕이다. 해안선을 따라 난 길을 돌고 돌아 도착한 곳은 '대송횟집'이다. 부두에서 멀리 떨어진 곳이다. 주인 한길동 씨가 바다에서 잡은 그야말로 '싱싱한' 생선을 회로 내 놓는다. 이름 있는 생선은 도다리이고, 잡어도 있다. 잡어라고 하면 그야말로 잡어가 화를 낼지도 모르나, 다 같이 일미였다. 싱싱하기 때문이다. 그래 또 취했다. 먹고 마시는 것도 이젠 지쳤다. 그런데 또 갈 곳이 있다고 하였다. 돌아가는 배 시간까지는 아직 여유가 있다. 그래서 다시 섬 일주도로를 따라가기 시작했다. 도로로는 거의 정상의 위치이다. 내리자는 것이다. 바다도 푸르고, 하늘도 푸르다. 바람은 맑으나 차다. 그리고 그곳에 또 팻말이 하나 있었다. 이렇게 적혀 있었다.

나는 돌아가리라. 내 떠나온 곳으로 돌아가리라.
출항의 항로를 따라 귀항하리라.
젊은 시절 수천 개의 돛대를 세우고 배를 띄운
그 항구에 늙어 구명보트에 구조되어 남몰래 닿더라도 나는 귀향하리라.
어릴 때 황홀하게 바라보던 그 만선滿船의 귀선, 색색의 깃발을 날리며
꽹과리를 두들겨대던 칭칭이 소리 없이라도 고향으로 돌아가리라.
나는 빈 배에 내 생애의 그림자를 달빛처럼 싣고 돌아가리라.

김성우 「돌아가는 배」 중에서

김성우金聖佑 씨는 명문징가로 이름이 높나. 서울대 성치학과를 졸업하고,

한국일보사에 입사하여 편집국장 · 논설고문 등을 지냈다. 그가 욕지도 출신이다. 2009년 10월에 그의 저서『돌아가는 배』를 기념하는 문장비가 여기에 세워진 것이다. 어떠한 경위로 그 비가 욕지도 일주도로변에 세워졌는지는 알 수 없으나, 그 고장 출신의 뛰어난 인물을 기리는 욕지도민의 성의였을 것이다.

김성우 씨는 서울대 정치학과에 1953년에 입학했다. 학년으로 말하면 나보다 5년 선배다. 해방 직후부터 오랫동안 서울대 정치학과는 인재들의 산실이었다. 아니 많은 인재들이 모였다고 생각한다. 김성우 씨도 그 중의 하나다. 내가 한참 후에 그 과의 교수가 되어 삼십 년 넘게 봉직하였으니, 간접의 인연은 있다.

네 시 삼십오 분 출발의 연락선이 삼덕항에 도착한 것은 다섯 시 사십 분, 콘도가 그립다. 배는 고프지 않으나, 그래도 술은 고프다. 아침에 남긴 물메기탕이 아직 냄비에 많이 남았다. 누가 부스럭 거리며 짐 보따리에서 한산 소곡주를 두 병 꺼낸다. 맥주도 많이 있다.

다음 날 점심은 창원시 중심가에 있는 '해소전복'이란 곳이다. 회와 찜 등 안주는 전복 일색이다. 다시 소주를 마시다가, 마산에서 다섯 시 출발의 버스편으로 상경하다.[4] 인연에도 여러 가지가 있는 모양이다. 크루즈 여행의 인연이 제부도 · 통영 · 욕지도 · 창원으로 이어진 것이다. 좋은 사람들과 만난 인연이다. 심 사장의 콘도가 충북 제천에도 있다하여 오는 4월에 또 같이 가자고 한다. 제천에도 술이 있다면 가고, 아니라면 어쩔까 하지만, 기다려진다.

4_우등요금 29,300원.

# 남도

오래전부터 계획한 여행도 있고, 갑자기 떠나는 여행도 있다. 이것은 전자도 후자도 아닌 여행이다. 전혀 예상치 못한 망외望外의 여행이다. 2011년 시월 한글날 전후인데, 밤에 전화가 왔다. 외국어대학교의 김용민金容敏 군이다. 몇이서 저녁을 먹는 자리라면서 그 중에 서울산업대학교의 김승현金承鉉 군이 나와 통화하고 싶다는 얘기였다. 너무 오래 연락을 못해서 불쑥 그냥 전화하기가 무엇하다고 하기에 대신 전화를 건다는 것이다. 원 별일도 다 있다고 생각하면서, 바꾸라고 하였다. 김승현 군이 나왔다. 나는 기억을 못하는데, 김 군이 언젠가 나를 남도 여행에 한번 모신다(?)고 했다는 것이다. 그런가 하면서 그러면 '한번 가자' 했다. 바로 날짜를 잡자는 것이다. 잡힌 날이 11월 4일이었다. 미심쩍어서인지 확인하려고 그랬는지는 알 수 없어도, 김승현 군이 며칠 지난 10월 16일에 메일을 보냈다.

선생님께

오랫동안 소홀했습니다만 여전히 상선하신 것 같아서 정말 좋습니다. 윤홍근, 김용민 교수와 연락하고 있습니다. 숙박은 화순 금호리조트이고, 운주사, 쌍봉사, 선암사, 월출산 부근의 무위사, 도갑사 등의 구경을 계획하고 있습니다. 도착일에는 광주의 굴비정식, 저녁은 부근의 일식집을 예정하고 있고, 다음날에는 이 지역에서 아래쪽으로 돌면서 강진이나 장흥의 한정식집을 생각하고 있습니다.

자주 남도 여행을 하셨으니 어떤 일정도 흡족하지 않으실 것입니다. 선생님께서 원하시는 것이 절대적이니 꼭 알려주시기 바랍니다.

저는 21일부터 30일까지 네덜란드 출장입니다. 떠나기 전에 일정을 대충 마무리하고자 합니다. 귀국 후 뵙겠습니다.

김승현 올림.

나도 답을 했다. 무리할 것은 없고 형편대로 하자고 했다. 처음 전화 때 통화한 김용민, 김승현 군은 물론이고, 그 자리에 같이 있던 서울산업대의 윤홍근尹洪根 군과 인천대의 이구표李龜杓 군, 그리고 정창익鄭昌益 군이 모두 간다고 했다는 것이다. 나와 나의 아내를 합치면 모두 일곱 명이다. 차가 두 대는 동원되어야 한다. 그런가보다 하고 있었는데 떠나기로 한 전날 김승현 군이 전화를 했다. 정창익 군이 못 간다는 것이다. 술김에 흰소리를 한 모양인데, 무슨 사정인지는 모르나 그렇다는 것이다. 그래도 여섯 명이다. 차 두 대가 아침 여덟 시에 우리 집으로 온다고 했다.

4일 아침이다. 정시에 나와 나의 아내는 가방을 챙겨들고 집 앞으로 나갔다. 전화가 다시 왔다. 길이 막혀 늦는다는 것이다. 기다리자니 오기는 왔다. 셋(김승현 · 윤홍근 · 김용민)이 두 차에 왔다. 아침에 이구표 군이 또 못 가겠다는 연락을 했다는 것이다. 이젠 모두 다섯 명이다. 두 차로 움직일 필요가 없다. 그래서 김승현 군의 차는 우리 집 주차장에 두고, 김용민 군의 차(스포티지)로 다섯이 타고 가기로 결정이 되었다. 김 군이 운전을 하고, 앞좌석에는 내 아내가 타고, 뒤에는 김승현, 윤홍근, 그리고 내가 탔다. 이래저래 아홉 시가 가까운 시간이 되었다. 남쪽으로 가기는 가는데 목적지가 뚜렷하지 않다. 그냥 가나보다 하고 차창만 내다보고 있었다. 천안 휴게소에서 한번 쉬어 커피를 한 잔씩 마시고, 바로 광주로 갔다. 한 시나 거의 되었나 본데, 점심집이 예약되어 있었다. 서구 농성동에 있는 '가매'란 일식집이다. 정식을 주문한 모양이다. 먹으면 또 무언지 자꾸 가져온다. 낮이건만 소주를 맥주에 타서 꽤 마셨다. 계속 마시자고만 할 수도 없어서 미진한 상태로 세 시가 좀 못되어서 일어났다.

화순의 쌍봉사雙峰寺로 간다고 한다. 절에 간 색시가 중이 하라는 대로 하는 것처럼, 나도 그냥 따라나섰다. 취중이라 그런지 그리 먼 길은 아닌 것 같으나, 차를 모는 김용민 군은 술을 아니 마셨으니 잘 달린다. 마셨으면 더 잘 달렸을지 모른다. 쌍봉사는 처음이다. 대개 유명한 절에 가면 먼 입구부터 음식점이고, 기념도 안 되는 기념품 가게로 북새다. 그러나 쌍봉사는 그렇지 않았다. 마음에 들었다. 쌍봉사는 신라 경문왕 때 중국서 귀국한 철감선사澈鑒禪師가 창건한 절이란 설이 있고, 절은 그 전에 건립되었으나 철감선사 때 융흥隆興하였다는 설도 있다. 그것은 중요하지 않다. 가을 오후 고찰古刹이 눈앞에 전개되는데, 여기는 얼마 전에 불탄 대웅전으로도 유명하고,[1] 그보다는 철감선사탑(국보 57호)과 탑비(보물 170호)가 아름다운 자태를 뽐내고 있었다. 그 탑과 탑비는 우리나라의 석조문화 가운데 조각과 장식의 화려 정교함에 있어서 제

1_대웅전은 보물 163호로 우리나라 목탑건물의 진수였으나, 1984년에 화재로 소실되었다. 2년 후엔가 원형 비슷하게 재건되었으나, 이미 보물은 아니다.

일이라고 한다. 나는 휴대폰으로 사진을 찍었다. 그 아름다운 모습들이 이제 내 전화기에 내장된 것이다. 아! 아름다운 그 모습이여![2]

그런데 쌍봉사 경내에는 토종 감나무가 무수하고, 작은 감이 무성하게 매달려 있었다. 맛있게 보였다. 그러나 나무에 그냥 달려 있는 것이 더 운치가 있어 보인다. 감 그리기를 즐겨하는 오치균吳治均(1956- ) 화백이 보았으면 그 감을 몇 개고 따서, 그것을 손가락에 묻혀서 장난을 하지 않을까? 감물은 오래 간다. 생각은 천리만리로 이어진다. 낮술은 아직 깨지 않아도, 저녁술이 기다려지는데, 쌍봉사 경치에 취하고, 철감선사탑에 취하고, 감나무에도 취하고, 나를 취하게 만든 쌍봉사다. 여러 쌍으로 취하게 만들었으니, 쌍봉사가 아니라 쌍취사雙醉寺인가?

그런데 김승현 군은 이왕 화순에 왔으니 운주사雲住寺를 또 보자는 것이다. 취한 김에 또 '가자' 하였다. 운주사는 연전에 간 적이 있다. 와불臥佛이 눈에 선하다. 그래도 다시 보자! '공부해서 남 주나?'가 아니라, 다시 보아 남 주는 것이 아니기 때문이다. 해는 이미 서산을 넘어서 어둑어둑한 운주사의 경내를 지나 와불을 다시 보고, 경건한 마음으로 우리 선조들의 불심佛心에 경배했다. 이제 낮술은 거의 깨어간다. 유시酉時가 또 되었다. 오늘 밤은 뉘 집에서 취할 것인가?[3]

2_나는 지리산을 좋아하여 여러 번 다녔다. 오래전의 일이나, 피아골로 내려오다가 연곡사에서 기막힌 부도를 둘 보았다. 동부도(국보53호)와 북부도(국보54호)가 그것이다. 너무 아름다워서 떠날 수가 없었다. 그 후에도 몇 번을 더 갔다. 그러나 내 안목으로는 철감선사탑이 더 뛰어나다.

3_유시酉時는 그렇고, 갑자기 성삼문成三問의 시가 떠올라서 한 말이다. "둥둥 북소리 사람 목숨 재촉하네. 머리를 돌려보니 해는 바야흐로 지려 하네. 황천에는 주막이 없다는데 오늘 밤은 뉘 집에서 자나[擊鼓催人命 回頭日欲斜 黃泉無一店 今夜宿誰家]." 그래서 "今夜醉誰家"를 생각한 것이다.

저녁이 예약된 집은 '섬진강 재첩'이다. 그런데 내일로 예약이 잘못되어 방이 없다는 것이다. 마루도 좋다고 했다. 그래서 마루에 멍석을 폈다. 멍석을 편 것이 아니라 마루에 방석을 깔았다. 주방과 가까우니 더 좋다. 그건 그렇고 옥호에 재첩이란 말이 들어있으나 그것은 국으로 나오는 것이고, 광어를 비롯한 각종 회가 일미다. 음식으로 말하지 않더라도 누가 광주라고 하지 않았는가? 술은 서울서 가져온 위스키가 있다. 내가 한 병, 김승현 군이 한 병, 두 병이다. 김 군은 예의가 바르다. 선생님이 가져온 술을 먼저 마시자는 것이다. 나야 상관이 없다. 위스키가 아니면 소주면 된다. 더구나 광주에서는 잎새주를 마시면 된다. 우선 위스키 한 병을 비웠다. 그 집의 주인은 최영순 씨인데, 예약이 잘못된 것이 미안하다면서 정성껏 음식을 자꾸 가져오는 것이다. 낮부터 마신 술이 덜 깨서인가? 추물은 아니다. 참꼬막에, 산 낙지에, 그리고 위에서 일미라 한 광어회에, 그러니 양주 한 병이 무색했다.

자러 가자는 것이나. 화순의 금호리소트가 잠자리라는 것이다. 좀 멀다. 다 취했으니 대리운전기사를 부르자고 했다. 손님이 다섯이니 대리기사가 오면 차가 좁다. 그래서 김승현 군과 우리 내외는 택시를 타고, 김용민 군과 윤홍근 군은 대리기사를 부른다.[4] 그러나 어찌 그냥 자는가? 나는 옆방으로 갔다. 김승현 군이 가져온 발렌타인 21년짜리를 반 넘게 또 마셨다. 한잠 자고 깨니 목이 탄다. 그래도 공기가 좋고 맑은 곳이라 술이 다 깬 기분이다. 느지막하게 리조트 식당에서 해장국을 먹었는데, 염치가 그래도 조금은 있어서 해장술을

4_나중에 안 사실인데, 대리기사는 여성이었다고 한다. 그리고 그녀의 남편이 빈 차로 뒤쫓아 왔다고 한다. 아내를 따라 온 것이다. 그러니 그 여자가 우리 차를 몰고, 그 남편 차에 다른 두 사람이 타고 왔으면, 비용이 절약되었을 것이다. 택시 값이 약 사만 원이었다.

마시자는 말은 꺼내지 않았다.

조계산 선암사仙巖寺로 간다. 여러 번 간 절이나, 언제 보아도 좋다. 아름다운 돌다리 승선교昇仙橋가 반긴다. 돌다리도 두들겨보고 건너는 사람이 있는가 하면, 두들겨보고도 안 건너는 사람도 있다고 한다. 현재도 활약을 하고 있지만, 왕년 일본의 바둑명인인 임해봉林海峰 9단은 두들겨보고도 안 건너는 축에 속한다. 우리나라의 이창호李昌鎬 9단은 아마 두들겨보고 괜찮다 싶으면 건너는 타입이다. 그러나 우리 일행은 두들겨보지도 않고 건넜다. 승선교 위에서는 문자 그대로 '우화이등선羽化而登仙'의 기분이다.[5] 그러나 거기서 조금 올라가서 대웅전인지 무언지 하는 곳을 가는데, 무슨 행사(?)를 하는지 시끄러워서 견디기 어렵다. 내 생각 아니 내 기분의 사찰은 엄숙하고 조용해야 한다. 성불사成佛寺의 깊은 가을밤이 아니라도 그윽한 풍경소리가 들려야 한다. 그런데 이곳은 굿판인지 장터인지, 염불인지 독경인지 모르겠는데, 게다가 그것도 마이크로 크게 떠드는 것이다. 가는귀가 먹은 사람들만 오는가? 정나미가 떨어지지 않을 수 없다. 따지고 터지고 중들끼리 싸우는 모습이 절 입구부터 눈에 띈다. 각종 현수막이 그런 것을 말하고 있다. 선암사가 좋은 것은 승선교까지다. 가자! 시끄러운 절에서 떠나자!

이미 시간은 정오에 가깝다. 장흥으로 간다고 한다. 김승현 군이 그 곳의 유지 한 분을 소개받았다는 것이다. 장흥은 내가 어려서 잠시 살던 곳이다. 그곳에서 해방을 맞기도 했다. 그래 시내를 한번 보나 했는데, 시내가 아니라 바로 바닷가로 간다고 한다. 승평호昇平湖를 왼편에 끼고 굽이굽이 산길을 돌았

5_"날개가 돋아 신선이 되어 하늘에 오름"을 말한 것이다. 소동파의 「前赤壁賦」에 나오는 구절이다.

다. 벌교와 보성을 지나 장흥 교외에서 김 군이 소개받은 그 유지를 만났다. 김현복 회장이라고 했다. 그는 여러 기업의 총괄 시이오CEO인데, 빌릭코리아(주)가 대표기업이라고 했다. 처음 만났지만 인상이 좋고, 말하자면 멋진 사나이다. 우리는 그의 안내를 따라 한 이십 분 갔을까? 정남진이라는 곳에 도착했다. 강원도의 정동진은 안다. 그런데 정남진은 처음이다. 그 곳에 '해 뜨는 마을'이 있다. 선암사부터 달려서 우리나라 남쪽 끝까지 온 것이다. 바다가 보인다. 위에서 내가 어렸을 적에 장흥에서 살았다고 하였다. 그때 장흥바다를 보았음직하나, 전혀 기억이 없다. 이제야 비로소 장흥바다를 본 것이다. 칠십년 전의 그 바다였을 것이다. 아니 내 나이만큼 늙었을 수도 있다. 그런 생각을 하고 있는데, 점심 먹는 집으로 가자는 것이다. 어렵지도 않다. 바로 앞이다. '금굴횟집'(관산읍 신동리)이다. 누구의 부탁인지, 특명인지는 몰라도 귀한 손님이 온다고 하여 마련한 생선은 농어였다. 아침에 잡은 것인데, 5킬로그램짜리라고 했다. 그 놈의 입장에서는 재수가 더럽게 없는 것이나, 우리는 재수가 매우 좋았다. 세상은 그런 것이다. 모든 것이 상대적이다.

김승현 군이 어젯밤에 남긴 발렌타인을 꺼낸다. 늦은 점심에다, 경치 좋은 바닷가에다, 맛있는 안주에다, 여러 가지 구색이 맞으니, 아니 마실 수가 있는가? 우리를 초대한 김현복 회장과 김용민 군은 차를 몰아야 하니 술을 좀 삼갔으나, 위스키 병이 비자 잎새주가 들어왔다. 거나 이상으로 취했는데 김 회장이 자기 집으로 가서 차를 한잔 마시자는 것이다. 거기서 멀지 않다. 그런데 바로 옆에 있는 자기 농장을 먼저 구경하자는 것이다. 몇 백 평이나 되는지 알 수 없는 넓은 온실이다. 그 속에는 각종 색의 파프리카가 자라고 있었다. 무공해란 것이고, 모두 일본으로 수출한다고 하였다. 김 회장의 집에서는 보이차普

洱茶 대접을 받았다. 최고의 것이라고 했다. 나는 그날 김 회장이 초면이지만, 그것도 인연이라고 생각했다. 오후가 늦었다. 떠나야 할 시간이 지났다. 늦어도 떠나야 한다. 그런데 윤홍근 군이 전주에 가서 저녁을 먹어야 한다는 것이다. 전주고 서울이고 우선 떠나야 한다.

전주는 윤 군의 고향이다. 내가 그를 사랑하여 1986년 10월 3일 그가 전주서 결혼할 적에 하객으로 참석하기도 했었다. 주례는 작고하신 김영국 교수였고, 그날 저녁 전주서 잤다. 다음 날 아침에는 모주로 취했다. 윤 군과 관련하여서는 그런 기억이 있는 곳이다. 전주에 도착하였을 때는 이미 사위가 캄캄했다. 그래도 윤 군은 자기가 어려서 살던 동네로 가자했다. '저기!'라고 지적한 그의 옛집을 보고, 또 경기전慶基殿을 먼빛으로 둘러보았다. 전주는 윤 군의 혼인 후에도 두어 번 간 적이 있지만, 많이 변했다. 발전한 것이다. 차나 한잔 먹었으면 좋겠다는 생각인데, 예약한 집이 있다고 가자는 것이다. 경기전 근처의 한옥마을에 있는 '호남각'이란 한정식집으로 갔다. 비빔밥으로 유명한 집이다.

서울에 오니 자정이 가까웠다. 차를 내내 혼자 운전한 김용민 군이 달린 거리가 1,200킬로미터라고 했다. 그래서는 아니나 여행의 뒤풀이를 하자고 내가 제안하여 그 달(11월) 20일 저녁 '미네스시'에서 모였다. 김승현과 윤홍근의 부인은 미국에 가 있어서 못 나오고, 김용민 군은 부인을 대동하고 나왔다. 내가 초대한 것이지만, 뒤풀이가 제법 훌륭했다고 하면 자찬인가? 여러 가지가 망외의 일이었다.

# 제3부

# 등산 登山

# 점봉산

북한산방北漢山房이란 모임이 있다. 산방은 '산방山幇'인지도 모른다. 북한산을 주말마다 다니는 등산 팀이다. 나는 거기 소속은 아니나, 방주를 위시하여 구성원들을 많이 안다. 인품도 훌륭하지만 리더십이 뛰어나 방주라고 불리는 사나이는 이름이 김정구金政九다. 사나이 중의 사나이이다. 전에 그의 친구인 이수억 군이 그를 일컬어 송강宋江이라고 했다. 송강은 『수호전』의 대표영웅이다. 소설에 묘사된 송강은 어떤 인물인가?

"만인을 양제養濟하는 도량이 있고, 사해를 소제掃除하는 심기心機를 품었다. …… 평생에 재물을 우습게 알고, 오직 의리를 중히 여기며, 어버이를 섬기되 효도가 지극하고, 사람을 대하매 지성으로 한다."

이 소설의 영웅들은 모두 별명이 있다. 송강은 급시우及時雨다. "때 맞추어 오는 단비"란 뜻이다.[1] 그러나 내가 보기에 김정구는 송강과 역시 같은 소설의 영웅인 노지심魯智深을 합친 것과 같은 인물이다. 호걸로는 노지심이 한 수

1_『水滸傳』(崔暎海 역, 정음사, 1969), 상권, 117쪽.

위다. 잔등이에 꽃무늬의 문신文身이 있어서, 화화상花和尙이란 별명이 생겼다. 언젠가 여름에 북한산을 함께 오르다가 땀이 너무 나고 무더워 잠시 쉬면서 웃옷을 벗은 적이 있었다. 목욕탕에 같이 간 적도 많다. 김정구에게는 물론 문신은 없다. 그래도 그의 체격이며 빡빡 깎은 머리를 보면 노지심을 연상하게 된다. 인품에는 급시우, 외모는 화화상이라고 하면 어떨까 한다. 혹 그가 이 글을 읽으면 아니라고 할까?

김정구는 송강과 같은 그의 리더십 때문에 북한산방의 방주 노릇을 처음부터 계속하고 있다. 그것도 잘하고 있다. 그런데 내가 그를 알게 된 것은 이화여대의 김수진 교수를 통해서였다. 김수진은 정치학으로 말하면 내 제자지만, 언제인지 모르는 시작부터 그 산방의 총무다. 그래서 김정구를 만났는데, 알고 보니 나와 고등학교 동기인 김정운金政云 군의 동생이다. 또 김정구도 같은 고등학교를 나왔다. 나보다 육 년 후배다. 세상은 좁다. 넓어도 불편할 것이다. 그래서인지 등산을 한 번 같이 가자는 것이었다. 나도 산은 좋아한다. 쉽게 성사가 되었다. 목적지는 점봉산點鳳山이다. 1박 2일의 코스다. 2003년 6월 6일이었다. 현충일이고 금요일이라 주말을 이용한 것이다. 강남 뉴코아백화점 주차장에 모여 봉고 같은 차에 열두 명이 타고 떠났다.[2]

점봉산은 설악산 바로 남쪽의 명산으로 백두대간의 한몫을 단단하게 지키는 산이다. 곰배령(1,164미터)을 지나 정상에 오를 계획이었는데, 마침 우리가 갔을 적에 점봉산은 입산금지의 시기라, 우여곡절 끝에 곰배령만 다녀왔던 기억이다. 오색약수를 가운데 두고 설악을 마주하고 있는 그 곳은 곰이 하늘을

2_일행의 이름만 열거한다. 강영진, 김건호, 김대식, 김덕윤, 김수진, 김정구, 박상섭, 이명섭, 이석호, 이성원, 장두환, 최명(가나다 순).

향해 배를 내밀고 있는 형상이라 곰배령이란 이름이 생겼다고 한다. 남한에서 유일하게 원시림이 남아있는 곳이다. 생태계박물관이라는 진동리 계곡과 또 방태산芳台山과 어울려 아름드리 전나무 · 주목 · 모데미풀 등의 희귀식물이 지천인 곳이다. 각종 야생화와 갖가지 산나물들이 흙이 있는 곳, 눈길이 가는 곳마다 널려 있다.

먹고, 마시고, 자야 한다. 동행의 김덕윤金德潤 사장이 잘 아는 진동리의 민박집으로 갔다. 유명한 '설피산장'이다. 통나무 의자며 벽난로가 인상적이다. 산장에서는 산채 나물과 토종닭 백숙을 마음껏, 또 오는 길에 기린면 31번 도로가에 있는 '고향집'에서 사온 두부를 들기름에 부친 안주를 배껏, 누군가 가져온 술도 있고, 그 집의 담근 술도 있고, 끝도 시작도 없다. 차도 많이 탔고, 산행도 했고, 피곤도 했을 것이다. 여러 명은 골아 떨어져 자고, 나는 계원조형예술대학의 강영진姜榮振 학장과 세잔갱작洗盞更酌하며 밤을 거의 새웠다. 강 학장은 본래 공학도로 서울대 공대 교수였으나, 집안 연고로 서울대를 그만두고 예술대학의 일을 보고 있었다. 인품이 뛰어났다. 나보다 좀 후배이기는 하나 서울서부터 지기지우가 되어 죽이 맞았던 것이다.

다음 날, 다시 '고향집'으로 갔다. 두부로 아침이다. 바글바글 끓는 두부전골을 앞에 두고 술 생각이 나지 않는 수도 있는가? 나의 배낭에는 조니 워커(블랙 라벨)가 한 병 있었는데, 간밤에는 이 술 저 술이 있어서 꺼내지 않았었다. 그러나 가져온 술은 소비하는 것이 미덕이 아닌가? 안 마시겠다는 일행도 있었으나, 그것으론 물론 모자라서 소주를 몇 병 더 시켰다. 두부 집을 나오니 일기는 쾌청인데, 내 눈에는 모두가 안개다. 산도 숲도 길도 전부 뿌옇게만 보인다. 시아가 무색無色이었다. 점봉산이 무색하게 마신 것이다. 어떻게 서울에 왔는지? 그 모임은 헤어지기 전에 또 한 차례 마시는 것이 관례라, 장충동에 있는 '평양면옥'에서 다시 권커니 잣거니 하는 해산식(?)이 있었다.

오 년이 훌쩍 지났다. 2008년 9월 19일이다. 다시 산행을 하게 되었다. 이번에는 다섯이 설악산을 갔다. 대장은 물론 김정구 방주이고, 강영진 학장과[3] 김수진 교수, 김 교수의 친구인 문창범 군과 나, 다섯이서 승용차 두 대에 분승하여 용대리로 떠났다. 용대리에는 북한산방의 단골집인 '설화'라는 민박음식점이 있다. 팬에 지진 송이를 안주로 이것저것 마시다가 내가 가져간 로얄크라운이라는 캐나다 위스키도 마셨는데, 다음 날 산행을 염려하여 그리 많이 마시지는 않았다. 아침이다. 백담사百潭寺까지는 버스로, 거기서는 걸어서 오세암五歲庵과 마등령馬等嶺을 지나 비선대飛仙臺로 내려가는 길은 빗길이었다. 비선대 산장에서 맥주를 한 잔 하고, 척산온천尺山溫泉에서 땀을 씻었다. 다시 '설화'로 와서 이번에는 닭요리와 전날 남긴 송이를 뒤집어썼다. 다음 날 점심은 역시 장충동 '평양면옥'이었다.

2010년 8월 18일인가? 강영진 학장의 모친이 별세하셨다. 20일 오후에 김수진 교수와 같이 서울아산병원으로 문상을 갔다. 강 학장의 모친은 유명한 수필가 전숙희田淑禧(1919년생) 여사다. 호상이라 그런지 부의금을 받지 않았다. 전하지 못한 부좃돈이 남아서는 아니나, 강 학장에게 술을 한번 사야겠다고 생각했다. 그래서 해를 넘기기 전 12월 22일에 '미네스시'에서 강 학장, 김 방주, 김 교수와 나, 넷이서 밤이 깊도록 마셨다. '설피산장'에서 못다 마신 술, '설화'에 남긴 술을 마신 것인지도 모른다.

3_그때는 그도 정년을 한 후다. 예술대학 학장직을 그만둔 것이다.

# 관악산

서울대 정치학과는 여러 가지 좋은 전통을 갖고 있다. 학과 전체의 행사로서 교수와 학생들의 만남을 이야기하자면, 신년 정초(대체로 초이튿날)의 하례식이 있다. 이것이 언제부터 시작되었는지는 모르나, 꽤 오래됐다. 그 전에는 세배를 다녔다. 젊은 교수는 원로 교수에게, 후배 교수는 선배 교수에게 세배를 가곤 했다. 조교들도 따라다녔다. 대개 여러 명이 모여 세배를 다니는데, 세배를 받는 편이나 다니는 편이나 편하지가 않았다. 그런 저런 이유로 세배를 다니는 풍습은 슬그머니 없어졌다. 하례식이 생긴 것이다. 한 자리에 모여 새해 인사를 하자는 것이다. 서울대학 전체 교수들의 하례식이 열 시라면, 정치학과에서는 열한 시에 모인다. 언제부터인가 봉천동 '서울곰탕'이란 집에서 모인다.

'서울곰탕'에는 학과의 전 · 현직 교수, 대체로 교직에 종사하는 졸업생, 대학원생, 그리고 학부생 대표들이 참석한다.[1] 한해를 무사히 보내고, 새해를 맞

1_수십 명이 참석하기 때문에 음식점 측에서는 그 시간에는 다른 손님을 받지 않는다. 정치학과에서 전세를 내는 것이다.

이하는 학과장의 인사말로 시작하여, 학과 발전을 위한 건배도 있고, 원로 교수들의 신년 덕담의 순서도 있다. 그러나 그런 것은 대강 아는 이야기라, 모두들 귀담아 듣는 것 같지는 않고, 술잔만 바삐 오간다. 술은 맥주로 시작하여, 소주와 정종이 연락부절이고, 안주는 수육과 불고기가 본령이다. 그리고 새해라 식사는 떡국이다. 커피와 식혜가 나오면 행사가 끝난다. 시간이 있는 교수들은 학교로 간다. 학과장 사무실에서 2차를 하면서 세상 돌아가는 이야기를 더 하기도 한다. 또 젊은 교수들은 삼삼오오로 그들 나름의 2차, 3차를 간다.[2]

이렇게 이야기를 하면 정치학과는 술만 마시는 학과, 술을 장려하는 학과인 듯하지만, 실은 그렇지 않다. 술 안 마시고 공부만 열심히 하는 졸업생들도 많다. 또 술도 많이 마시면서 공부도 뛰어난 졸업생들도 물론 있다. 다른 대학에서 교편을 잡고 있는 졸업생 가운데는 그들 학교의 행사와 겹치는 경우가 있기 때문에 잘 오지 못하나, 그래도 그들 모과母科의 신년 하례식에 오는 교수들도 여럿이다. 고향 같은 느낌을 주기 때문인지도 모른다.

오월이면 스승의 날 행사가 있다. 학과장이 전직 교수를 부르고, 현직 교수와 점심을 같이 하는 날이 대체로 15일이다. 최근 여러 해 동안은 '금룡'에서 모인다.[3] 그리고 스승의 날을 전후하여 현직 교수와 재학생 전체가 야유회나 등산을 가기도 한다. 또 10월 15일은 서울대학교 개교기념일이다. 강의가 없다. 그 날은 또 야유회나 등산이 있다. 바람을 쐬면서 격의 없는 의사소통을 하자는 것이다. 교직에 있는 졸업생들도 더러 온다. 늘 술이 따른다. 2003년 개교

2_수 년 동안 그들의 일부가 마지막으로 나의 집에 와서 마셨다. 2010년부터는 나의 사무실에 와서 마신다. 하례식에는 오지 않고, 나의 집이나 사무실에만 오는 단골 제자들도 물론 있다.

3_'금룡'은 공과대학 동창회에서 세운 엔지니어링 하우스 안에 있는 중식당 이름이다. 몇 해 전부터 '라칸티나' 라는 이탈리아 음식점과 같이 한다.

기념일이다. 그 날은 학과 전체의 행사는 없었고, 몇 명이서 관악산冠岳山 등산을 하였다. 정치학과에서 박찬욱, 백창재, 임경훈 군과 내가 참석하였고, 한신대의 송주명 군과 경희대의 정하용 군이 동행했다. 서울대학교가 관악산 아래에 위치하기 때문에 평소에도 관악산에 대한 접근은 용이하다. 사회과학대학이 1995년 초에 16동으로 이사하기 전에는 6동과 7동을 쓰고 있었고, 그 곳에서는 산에 오르기가 16동보다는 더 쉬워서 일주일에 한두 번은 소위 마당바위나 칼바위라고 우리가 이름 붙인 곳까지 다녀오곤 했다. 16동으로 이사 온 후로는 게을러지기도 했고 꾀도 생겨서, 아니 그보다는 등산복차림으로 교내를 휘젓고 다니기도 무엇하여 주중 산행은 자제하였는데, 휴일이면 관악산에 참으로 많이 오르던 터였다.

관악산은 근역槿域의 명산이다. 정상이 해발 629미터이다. 그리 높은 산이라고는 할 수 없으나, 기암과 괴석이 많고 아름다운 계곡이 도처에 널려 있다. 오래된 나무와 풀이 바위와 어우러져서 철따라 변한다. 그래서 예부터 소금강小金剛이라고 불리기도 했다. 관악산은 서봉西峰 삼성산三聖山과 동봉東峰 관악산을 합쳐서 부르는 것이 보통이고, 남한산과 북한산과 더불어 서울을 둘러싸고 있다. 정립鼎立의 모양을 이루고 있다고나 할까? 삼성산은 안양 쪽에서도 접근이 가능하고, 또 서울대 정문 쪽에서도 오를 수 있다. 활엽수가 점철되어 봄이면 울긋불긋한 꽃이 지천이고, 가을이면 홍엽의 자연미가 넘친다.

신라의 명승 원효元曉, 의상義湘, 윤필尹弼 등이 초암草庵을 짓고, 불교의 오의奧義를 연찬한 곳이 지금의 삼막사三幕寺 근처였다고 한다. 삼막사의 기원도 여기부터라는 설이 있는데, 물론 삼성산의 경내이다. 정상에 오르면 망해루望海樓가 있어서 맑은 날이면 인천과 강화의 섬들을 그림같이 볼 수 있다. 또 그

곳에서 금천구 시흥대로 쪽으로 가자면 호압사虎壓寺가 있다. 조선 태조 이성계李成桂가 한양에 도읍을 정할 때, 삼성산 북방에 호랑이 모양의 바위가 있어서 그 호랑이의 기운을 누르기 위하여 그 꼬리 부분에 절을 지었다는 설이 있다. 허망한 이야기다.

허망한 이야기는 관악산 주봉으로 이어진다. 관악산 주봉은 삼성산의 동쪽 준봉이다. 예부터 불의 산으로 외경畏敬의 대상이었다. 조선조 초에 경복궁터를 정할 때부터 구구한 논쟁이 관악산과 더불어 야기되었다. 무학無學대사는 관악산을 정남으로 하면 그것이 궁성을 누르는 힘이 있어서 내환외우가 그치지 않는다고 하였고, 정도전鄭道傳은 남면을 해도 한강이 있어서 영향이 없다고 항론하였다고 한다. 결국 궁터는 관악산을 정남으로 바라보는 백악白岳 남록에 정하게 되었다. 그 때문은 아니겠으나, 태종이 등극하기 전에 이미 두 차례에 걸친 골육상쟁의 왕자의 난이 있었고, 또 그 후 계유정난癸酉靖難(속칭 세조반정, 1453년)이란 변도 있었다. 뿐만 아니다. 경복궁도 몇 차례에 걸쳐서 화재로 소실되었다. 그리하여 흥선대원군興宣大院君이 경복궁을 중건할 때 관악의 화기火氣를 방지하는 수단으로 경복궁 앞 양쪽에 돌로 해태를 만들어 세웠다.[4] 또 관악의 강한 살기를 누르기 위하여 산 도처에 수호水壺를 묻었다는 이야기도 있다. 옛날 사람들은 풍수를 숭상하였으니 그럴 법도 하다. 그러나 과학적인 근거는 찾기 어렵다.

관악산 정상의 바로 아래에 연주대戀主臺가 있다. 이성계가 무학의 말에 따라 한양에 도읍을 정할 때 연주대에 친히 올라서 국운의 장구를 기원하였다고

4_해태는 해치獬豸 혹은 해타海駝라고도 한다.

하고, 국도의 화재를 방지하기 위하여 원각圓覺과 연주戀主라는 두 암자를 지었다고 한다.[5] 관악 정상 바로 아래 연주사란 절이 후자의 것이다. 전에는 연주암이라고 불렀는데, 언제부터인가 연주사로 불린다. 모든 것이 부풀려지는 세태이니, 암자가 절로 승격한 것이라고 생각한다. 그것은 내가 말할 것이 못되는 일이다. 다만 연주사에 관하여 하고 싶은 이야기가 하나 있다.

절 본체의 남쪽 마루 끝에 「산기일석가山氣日夕佳」란 작은 현판이 있다. 그것은 도연명의 시 한 구를 위창葦滄 오세창吳世昌(1864–1953) 선생이 전서篆書로 쓴 것이다.[6] 그것이 어떻게 거기에 걸리게 되었는지는 알 수 없지만, 참으로 아름다운 글이고 글씨다. 관악산의 산기山氣를 보고 쓰신 모양이다. 그래서 나는 누가 연주사에 간다고 하면 그 현판을 꼭 보고 오라고 하고, 또 연명의 시를 강독한다. 나도 연명의 위의 글귀를 생각하며 오래전에 관악에 올라 시를 한 수 지은 것이 있어서 여기에 적는다. 다소 유치한 것이나 내가 쓴 것인데

5_京畿道編纂, 『京畿地方の 名勝史蹟』(朝鮮地方行政學會發行, 1937), 199–202쪽 참조.

6_그 시는 「飮酒」라는 제목의 시 이십 수首 가운데 하나다. 「雜詩」라고 이름 붙은 것도 있다. 연명은 이 시에서 유거幽居의 취지를 나타냈다. 중국 최고의 시라고 해도 좋을 글이어서 여기에 적어본다.

結廬在人境 초막을 짓고 인가 근처에 살아도
而無車馬喧 수레소리 말소리의 시끄러움을 모르겠더라.
問君何能爾 그대에게 묻노라, 어찌 그럴 수가 있느냐?
心遠地自偏 마음이 세속에서 멀어지면 사는 곳은 인적人跡을 떠난 편벽한 곳이 되거니.
採菊東籬下 동쪽 울타리 아래 국화를 따노라면
悠然見南山 남산이 유연하게 눈에 들어온다.
山氣日夕佳 산 기운은 아침저녁으로 아름답고
飛鳥相與還 새들은 서로 더불어 날아든다.
此中有眞意 여기에 자연의 참 뜻이 있으니
欲辯已忘言 말하고자 하여도 이미 말을 잊었노라.

또 어려서 들은 글에 "閉門是則深山 讀書隨處淨土"란 것이 있다. 문을 닫으면 바로 깊은 산이고, 책을 읽으며 가는 곳이 정토라는 뜻이다. 연명의 취지와 일맥상통한다.

## 어찌할 것인가?

일요일 오후 늦은 시간,
과천행 전철을 탄다.
사당역에서 관악산 등산로 매표소까지 십 분,
이젠 매표소 문도 닫혔다.
해는 산 넘어 보이지 않고,
내려오는 등산객도 거의 없는데,
나 혼자 오른다.
해가 지니 산기운은 더욱 좋고,
나는 새들이 돌아옴도 보지 못한다.
그래도 지저귀는 산새소리 처량하고,
가끔 계곡을 가르는 물소리가 귀에 시리다.
사람들의 번뇌가 쌓이고 스쳐간 연주암 마루에 앉는다.
저녁 어스름도 지났다.
어쩔까?
네온과 형광의 불빛으로 돌아갈 건가?
아니 암자에서 한밤중의 풍경 소리를 들을 것인가?
나의 번뇌도 쌓이는가? 스쳐 가는가?[7]

7_제목은 없고 '1999년 7월 11일'이라고만 되어 있다.

관악 정상에 오르는 등산로도 여럿이나 어느 하나 쉬운 것은 없다. 서울대 구내에서 오르자면 사방댐에서 바로 능선을 타는 길이 제일 좋고, 등산객이 별로 없는 코스라 참으로 많이 그 길을 걸었다. 그러나 학교 구내가 아닌 곳이라면 학교 정문 서편의 계곡을 따라 걷는 길도 좋다. 또 사당동 전철역에서 모이면 남현동 관음사를 조금 남겨놓고 바른쪽 능선으로 오르는 길이 좋다. 물론 지하철 4호선 과천역에서 시작할 수도 있다. 여기도 세 갈래의 길이 있다. 하나는 과천향교 앞을 지나 계곡을 따라 오르는 것이다. 둘은 과천교회 앞에서 계곡을 건너 능선을 타는 길이고, 셋은 구세군건물 안으로 들어가서 능선을 오르는 것이다. 어느 것이나 다 좋다. 어느 길을 택할 것인가는 일행의 성격과 하산 후에 있을 행사에 따라 다르다.

그런데 그 날은 남현동에서 시작하여 과천으로 하산했다. 흔히 다니는 코스다. 그리고는 어디서 저녁을 할까 하다가 개교기념일이니 좀 거하게 마시자는 의견이 나왔다. 누가 마다고 할 것인가? 박찬욱 군은 본래 술을 즐기지도 않고, 더구나 그 날은 집에 무슨 일이 있다고 바로 가고, 나머지는 지하철 2호선 역삼역 근처에 있는 일식집 '미네스시'로 갔다. 사장 이름은 주봉옥朱峰玉이다. 이름의 가운데 자인 '봉峰(일본 음으로 미네)'을 따서 옥호를 지었다. 내가 주 사장을 처음 만난 것이 팔래스호텔의 일식당 '다봉'에서였고, 1983년 가을이었다. 그러니 그를 안 지 삼십 년이 가까워진다. 강화 사람인데, 매우 성실하다. 생선도 잘 준다.

우리 일행은 모두들 산에서 땀깨나 흘렸다. 목이 컬컬했다. 시작은 맥주다. 그러나 어디 그것으로 끝이 나는가? 이래저래 어지간히 취했다. 내가 그만 일어나자고 했다. 나는 소위 2차는 잘 가지 않기 때문에 집에 간다고 택시를 타는데, 마음이 착한 정하용 군이 나를 데려다 준다면서 앞좌석에 올라앉았다. 나는 술이 많이 취해도 그제나 이제나 집은 찾아간다. 정 군의 집이 나의 집과 같은 방향이라 나를 내려주고 가는 줄 알았다. 그러나 나중에 들으니 나와 헤어지고는 일행이 2차로 간 집을 찾아 더 마셨다는 것이다. 돌이켜보면, 정 군은 호의로 나를 따라왔지만 그럴 필요가 없었던 것이다. 과공過恭이 비례非禮란 말이 있다. 지나치게 공손한 것 혹은 지나친 공경은 오히려 예에서 벗어난다는 뜻이다. 솔직한 심정은 이렇다. 내가 이제껏 제자들에게 베푼 것이 별로 없다. 그런데 내가 그들에게서 큰 대접이나 지나친 공경을 받는다면 그것도 예에서 벗어나는 일이 아닌가?

요즘도 제자들과 대작을 하면 늦은 시간이건만 나를 따라오는 제자들이 있다. 선생님이 취하셨으니 바래다드린다는 것이다. 바래다드리는 것인지, 모셔드리는 것인지는 알 수 없다. 잠자코 내버려 둔다. 좋아서 따라오는 경우도 있고, 아무튼 따라 올만 하니 따라오는 것이다. 자주는 아니나 그러면 집에 들어가서 한잔을 더하자고 하기도 한다. 그래 더 마시기도 한다. 깊은 잠속에 있지 않으면 아내는 나와서 안줏감이 어디에 있다고 한다. 미안한 일이다. 술이 어디에 있는지는 내가 안다.

아침에 그와 같은 어제 일을 생각하면 낯이 뜨겁다. 지각이 없었던 것이다. 본래 지각이 없는 인물이니 그랬을 것이라고 자위하면서, '반드시' 그러면 오늘 저녁은 술을 마시지 말아야지 한다. 그런데 저녁이면 생각이 달라진다. 누구는 "불가능이란 내 사전에는 없다."고 했다는데, 내 사전엔 지각이란 단어는 없는 것인가? 참으로 지각없는 글도 쓰고 앉았다.

# 백화산

긴 겨울이 지나고, 관악에 벚꽃이 채 다 피기도 전에 어느새 여름이 성큼 다가온 듯합니다. 지난 9일(2005년 4월)에는 충북 영동군 황간면과 경북 상주시 모동면을 경계 짓는 백화산白華山엘 다녀왔습니다. 원래는 민주지산岷周之山에 가기로 한 것인데, 입산이 금지되어 백화산으로 옮긴 것입니다. 부인을 대동한 세 분 교수를 포함하여 모두 스물두 명이 다녀왔습니다. 반야사般若寺라는 절로 들어가는 길목에서 출발하였습니다. 계곡을 따라 한 삼십 분 걸었을까? 가는 비가 길을 적셨습니다. 아니 옷도 적셨습니다. 갑자기 왕유王維의 「송원이사안서送元二使安西」란 시가 떠올랐습니다.

渭城朝雨浥輕塵　위성의 아침 비는 가벼운 먼지를 적시고
客舍靑靑柳色新　여관의 버드나무는 더욱 푸르러 새 빛이다.
勸君更酌一杯酒　자네에게 권하노니 한 잔 술을 더 마시게나
西出陽關無故人　서쪽으로 양관을 나서면 친구라곤 없을 것이네.

아침 비가 가벼운 먼지를 적시는 것이 아니라, 세상의 모든 먼지를 다 씻어 갔으면 했습니다. 또 안개가 끼기 시작하였는데, 산악인들은 그런 경우를 '가스gas가 찬다'고 표현한답니다. 가는 비를 맞으며 산길을 걷는 운치가 좋기는 하지만, 비가 많이 올까 걱정했습니다. 그러나 백화산 정상(934미터)에 오르기 전에 비는 다행히 그쳤습니다. 서울은 하루 종일 비가 왔다는데, 우리 산행에는 이제까지 날씨도 늘 부조扶助를 합니다. 참가하시는 선생님들의 복이겠지요. 그 대신 백화산 정상에서 주행봉(874미터)으로 이어지는 능선에는 바람이 몹시 불어서, 소백산小白山 주능선의 칼바람이 무색할 지경이었습니다. 바람이 그렇게 불리라고는 미처 생각을 못한 것입니다. 하기야 풍운은 예측할 수 없는지도 모릅니다. 적벽대전 전야에 주유周瑜가 "사람의 화복은 조석에 달렸다[人有旦夕禍福]"면서 공명孔明에게 엄살을 부리자, 공명은 "하늘의 풍운은 예측할 수 없다[天有不測風雲]"고 능청을 떠는 『삼국연의』의 대목이 생각났습니다.

긴 시간의 산행이었으나 무사히 하산했습니다. 등반대장인 미대의 정영목 교수의 고향이 옥천이라, 고향에서 저녁을 하자하여 정 교수가 잘 아는 옥천의 '서울깍두기'라는 등심 전문집으로 향했습니다. 옥천의 음식점 이름치고는 옥호가 어울리지 않았는데 음식은 일미였습니다.

그런데 우리 일행이 '서울깍두기'에 도착하자, 정 교수의 춘부장과 자당께서 택시로 그 곳에 오셨습니다. 거기서 약 십 리 떨어진 곳에서 사신답니다. 정 교수의 춘부장은 구순이시고, 자당의 연세는 여쭙지 못했는데, 두 분 모두 정정하셨습니다. 우리가 떠들며 저녁을 하는 동안 가시라고 해도 가시지를 않고 내내 함께 계셨습니다. 아들 옆에 더 계시고 싶기도 하셨을 것이고, 산악회 회원들의 면면을 보시고 싶기도 하셨을 것입니다.

"아들과 어울려 다니는 인물들이 어떤 작자들일꼬?"

우리가 떠나려고 일어섰을 적에 나는 정 교수의 자당에게 인사를 드리려 가까이 다가갔습니다. 그때 나는 정 교수의 자당께서 차비를 하라면서 약 삼만 원쯤 되어 보이는 돈을 아들의 손에 꼭 쥐어주시는 것을 보았습니다. 순간 저는 눈물이 핑 돌았습니다.

"어머니는 그렇구나!"

그 아름다운 모습을 보고는 왠지 슬프고 가슴이 벅차서 돌아오는 버스 속에서 계속 울며 소주를, 또 소주를 울며 마셨습니다. 전에는 내게도 어머니가 계셨답니다.

다음 산행은 4월 23일 경기도 양평의 화야산禾也山입니다. 많이들 오시기 바랍니다. 귀경길에는 미대 서양화과 윤동천尹東天 교수의 화실도 구경할 참입니다. 그리고 교수산악회에서 홈페이지를 열었습니다. 아직 미숙하지만 들어가 보십시오. 앞으로는 이 홈페이지를 수로 이용하여 연락을 드리겠습니다. www.snupac.org/입니다. pac은 professors' alpine club의 약어입니다. (이 글은 서울대학교 교수산악회 통신문에 발표한 것임. 2005년 4월).

# 소백산

얼마 전에 김영진 회장이 전화했습니다. 다음 산행(2010년 5월 8일, 토요일)은 소백산小白山이니, 참석은 물론이고 하산 후 저녁 먹을 집까지 수배해 놓으라는 주문이었습니다. 저의 시골집이 영주榮州 쪽 소백산 밑이기 때문입니다. 2006년 2월에 정년을 하고는 우리 산악회의 산행에 자주 참여를 못하여 미안한 생각이 많았고, 소백산이라면 전화가 없어도 가려던 참이었습니다. 금요일 오후에 혼자 차를 몰고 영주로 향했습니다. 다음 날 오시는 선생님들을 맞이할 준비를 하기 위해서였습니다. 중앙고속도로 치악雉岳휴게소에서 잠시 쉬다가 우연히 저의 옆집의 안청시安淸市 교수 부부를 만났습니다. 약속을 하지 않고 고속도로 휴게소에서 반가운 사람을 만나기란 쉽지 않은 일입니다. 자연히 산행 이야기가 나왔습니다.

산악회의 처음 계획은 죽령竹嶺에서 연화봉蓮花峰을 지나 비로봉毘盧峰에서 삼가리로 하산하는 것이었습니다. 그런데 안청시 교수 말이 죽령에서 연화봉으로 가는 길은 길기만 하고 경치도 별로이기 때문에 다른 코스를 추천하는 것이 좋겠다고 했습니다. 그래서 8일 아침에 버스로 내려오는 김 회장과 조정한 안案은 삼가리 주차장에서 시작하여 비로사毘盧寺를 지나 소백산 정상인 비로봉에 오르고, 거기서 국망봉國望峰을 거쳐서 초암사草庵寺 계곡으로 내려오는 것이었습니다. 그렇게 변경한 것입니다. 사정에 따라 변경할 수도 있다는 것은 우리 민법에도 있습니다. 그것을 '사정변경의 원칙'이라고 합니다. 그래서 삼가리 출발로 결정된 것입니다. 그러나 여기도 문제는 있습니다. 삼가리 주차장에서 비로사까지 오르는 길이 약 3킬로미터의 무미건조한 시멘트 도로이기 때문입니다.

삼가리 주차장에서 버스로 내려오신 반가운 선생님들 일행과 만났습니다. 그런데 안청시 교수는 동네의 유지라서 승용차 몇 대를 동원하는 능력이 있었습니다. 저는 그것을 간과했던 것입니다. 긴 이야기를 짧게 하면, 안청시 교수의 도움으로 비로사까지 오를 적에도, 또 하산 길인 초암사에서 버스주차장까지 4킬로미터나 되는 시멘트 길도 걷지 않고, 승용차를 타게 되었습니다. 다행이었습니다. 그러나 걷는 것을 고집(?)하여 차를 타지 않은 분들도 몇 분 계셨습니다. 그 분들은 아마 7킬로미터는 더 걸으신 것입니다.

비로사에서 비로봉까지는 약 4킬로미터(정확히 3.9킬로미터)입니다. 아주 가파르지는 않으나, 소백산의 대표 코스입니다. 철쭉 군락이 있는 것으로 유명한 길이지만 아직 일러서 꽃은 없고, 그래도 날씨가 청명하고, 좋은 분들과 동행하니, 긴 길이 그리 멀지 않았습니다. 소백산 철쭉제는 오월 하순입니다. 그러나 금년에는 날씨가 이상하여 오월 하순에도 철쭉이 만개할지 모르겠습니다만, 꽃이 있어도 걷고 없어도 걷는 것이 산행인 것을 어떻게 합니까? 비로봉에 오르기 전에 정오가 넘었습니다. 점심을 하고 가자, 아니다 오르고 나서 하자는 의견이 분분하였는데 그냥 올랐습니다. 비로봉에서 단체 사진을 찍고,

능선을 좀 걷다가 바람이 적은 남향 언덕에서 점심을 하였습니다. 인원이 많기도 했지만, 함께 둘러앉을 공간이 부족하여 약간 비스듬한 경사의 풀 위에서 삼삼오오로 앉아서 점심을 했습니다. 약간의 반주도 있었습니다. 한 시 반쯤이었습니다.

아시다시피 5월 8일은 어버이날입니다. 그래서 많은 분들이 오지 못할지 모른다고, 저녁 좌석은 스물다섯 명으로 예약하라는 김 회장의 하명이 있었습니다. 그래서 스물다섯 자리를 예약했습니다. 그런데 8일 아침 통화에는 서른네 명이 차에 탔다는 것입니다. 안 교수 내외, 나중에 온 법대의 이근관李根寬 교수와 저를 포함하여 서른여덟 명이 저녁을 같이했다고 하면, 근자에 비교적 많이 참여한 산행 중에 하나가 아닐까 합니다.

소백산에 관하여는 지난 번 알림에 소개된 적도 있기 때문에 쓰지 않겠습니다. 다만 초암사는 국보 78호인 반가사유상半跏思惟像이 발견된 절이라는 말을 들은 적이 있습니다. 절은 크지 않으나 그 앞을 흐르는 죽계竹溪라는 깊은 계곡은 거의 국망봉 바로 아래부터 시작합니다. 사계절 어느 때나 물소리를 들으면서 지날 수 있습니다. 아무리 들어도 싫지 않은 물소리, 날마다 보아도 그리운 산입니다.

저녁 장소는 순흥順興의 '소문난 암소 갈비집'이었습니다. 옥호가 그렇지 얼마나 "소문이 났는지?"는 잘 모릅니다. 마침 제가 정한영鄭漢永 명예교수 옆에 앉게 되었는데, 정 교수는 독한 매실주를 한 병 갖고 오셨습니다. 그런데 어디 그것으로 끝납니까? 맥주, 막걸리, 소주로 이어졌습니다. 그런데 법대의 이근관 교수의 본가가 풍기豊基인데, 어버이날이라서 어른들 뵈러 집에 왔다고 하고, 우리가 비로봉을 반쯤 올랐을 적에 뒤따라 왔습니다. 젊기도 하지만 나는 듯이 걸었던 것입니다. 반가웠습니다. 그러나 이야기는 그것이 아니고, 이 교수의 백씨伯氏가 부친의 가업을 이어받아 풍기에서 인삼을 재배한다고 합니다. 그랬는데 '소문난 집'에 가보니 상마다 큰 접시에 가득한 것이 얇게 썬 수삼水蔘이었습니다. 이 교수의 백씨가 오셔서 인사도 하는 것이었습니다. 형만한 아우는 정말 없는가?

갈비살 구운 것에 수삼 한 점을 곁들여 놓고, 그 다음 이야기는 생략하겠습니다. 보통 한정식집에서는 삼합이라는 것이 있는데, 이것은 쌍합인데도 차원이 다른 음식이었습니다. 그러니 계속 마시지 않을 수 있겠습니까? 게다가 옆에는 대주호이신 정 교수도 계시고, 한 잔 한 잔 또 한 잔이 계속되었습니다. 저는 물론 취했고, 정한영 교수도 음주측정을 해 보지는 않았지만 대단히 취하셨을 것입니다.

정신이 좀 들었습니다. 이러다가는 끝이 없겠다 했습니다. 물론 시작이 있는 것은 끝이 있습니다. 그런데 사실은 그것으로 끝나지 않았습니다. 안청시 교수가 당신 집에 우리 모두를 모시겠다는 것입니다. 일찍 떠나면 길이 막힐 것이니, 차茶라도 들고 좀 늦게 떠나야 고속도로가 원활하게 뚫려서, 서울에 도착하는 시간은 결국 비슷하다는 논리였는데, 아무튼 일행은 다시 버스를 타고 그 곳에서 약 2킬로미터 남짓한 안 교수 집으로 옮겼고, 거기서도 술은 계속되었습니다.

다만 하나 더 말씀을 드리자면, 부인과 함께 오신 선생님이 세 분 계셨고, 초등학교 4학년의 귀여운 아들을 앞세우고 부인과 오신 교수도 있어서 좋았습니다. 또 자연대의 최명언崔明彦 교수도 부인과 같이 오셨는데, 마침 그 날이 부인의 생신이어서 박수가 있었습니다. 다만 케이크가 준비되지 못한 것이

유감이었습니다. 다음을 기대해 봅니다. 또 정한영 교수는 사위되는 분과 함께 오셨습니다. 아주 보기 좋았습니다. 그런데 정 교수는 제일 연장자이신데도 오를 때나 내려오실 때나 차를 타지 않으시고 걸으셨습니다. 정말 노익장老益壯이셔서 부러웠습니다.

이 글을 읽으시는 선생님들, 노익장의 출처를 아십니까? 제가 알기로는 그것은 초당初唐의 명문장인 왕발王勃의 「등왕각서滕王閣序」에 나옵니다. "所賴君子安貧하고 達人知命이라. 老當益壯하니 寧知白首之心고?" 번역을 하면, "내가 믿는 바는 군자는 가난을 편안하게 여기고, 달인은 자신의 운명을 안다. 늙을수록 더욱 강해진다면 어찌 노인의 마음을 알겠는가!" 그런데 『후한서後漢書』 「마원전馬援傳」을 보면, 마원의 젊었을 적 이야기가 잠시 나오는데 그에게는 그때에 이미 큰뜻이 있었다고 합니다. 한 번은 손님에게 "대장부가 된 자는 궁할 때 더욱 견고히 할 것이며, 늙어서는 마땅히 더욱 장강壯强할 것[大丈夫爲者 窮當益堅 老當益壯]"이라고 하였다는 것입니다. 그러니까 원래의 출처는 「마원전」일 듯싶습니다. 마원은 정치가이자 장군입니다. 그건 그렇고, 왕발의 문장은 이렇게 이어집니다. 생각할 여지가 있는 글이기에 잠시 소개합니다.

"가난할수록 더욱 굳건해진다면 청운青雲의 뜻을 저버리지 않을 것이다. 탐천貪泉의 물을 마셔도 상쾌하고, (탐천의 물을 마시면 탐욕이 생긴다고 합니다. 그러나 스스로의 마음이 염결廉潔하다면 도리어 상쾌할 수 있다는 뜻입니다.) 곤궁하게 살아도 오히려 기쁘기만 하다. 북해가 비록 멀리 떨어져 있어도 회오리바람을 타고 가면 이를 수 있다. 젊은 시절은 이미 지나가 버렸지만 노년기엔 아직 이르지 않았다."

나이에 관계없이 희망과 포부를 가집시다! 안 교수 댁에서 나와 여러분들이 버스에 오르신 것이 아마 아홉 시쯤인 것 같습니다. 안녕히 가시라고 작별을 하고는 저는 다시 혼자 저의 집으로 향했습니다. 사람은 늘, 아니 결국은 혼자인 것입니다. 나중에 들으니 서울에 도착하여 해산한 시간이 열한 시 사십 분경이었다고 합니다. 늦기는 했어도 두 시간 반 남짓 걸렸다면 길은 그리 막히지 않은 것입니다. 우리 교수산악회의 앞길에도 막히는 일이 없기를 바라고 있습니다.

'봄날은 간다'라는 노래 가사가 있습니다. 그 봄날도 갔습니다. 아니 봄밤도 갔습니다. "춘소일각치천금春宵一刻値千金"이란 시가 있지만, 순간마다 천금 같은 시간이 가는 것이고, 가고 있습니다. 공부 열심히 하십시다. (2010년 5월의 서울대 교수산악회 산행기를 다소 고침.)

### 추기

위에서 국보 반가사유상이 초암사에서 출토되었다는 이야기를 들은 적이 있다고 하였는데, 정확하지 않습니다. 최근(2012년 9월)에 국립경주박물관 이영훈李榮勳 관장에게 문의하였더니, 국보 78호의 반가사유상은 영주 어디에서 나왔다고 하고, 83호의 것은 경주 오릉 근처(혹은 내남면) 사찰에서 나왔다고 고故 황수영黃壽永 박사가 추정하였답니다. 신라, 백제 혹은 고구려라는 국적도 불분명하여 그냥 뭉뚱그려 삼국시대라고 표기한답니다. 하기야 초암사에서 그것이 나왔다고 하면 초암사 어디에 그렇다는 사실이 크게 선전되고 있을 법한데, 그런 것은 없습니다. 일단 잘못 들은 것으로 하겠습니다.

# 주흘산

2010년 5월 8일에 소백산을 다녀와서「산행기」인지 무엇인지를 쓰라고 하여 쓴 적이 있습니다. 그리고는 산에 못 갔습니다. 여러 가지 이유가 있습니다. 그러다가 지난 10월 9일에 문경聞慶 주흘산主屹山에 다녀왔습니다. 그 동안 산에 오지 않는다고 타박도 많이 받고, 그 벌로 또 산행기를 쓰라는 산악회 집행부의 주문이 있었습니다. 그러자 산에는 왜 가는가 하는 생각이 들었습니다. 산행기 쓰는 벌을 받으러 가는가? 누군가는 "거기에 있기 때문에" 간다고 했다고 하고,[1] 호연지기浩然之氣를 운운하는 사람도 있을 것 같지만,[2] 나는 내 분야의 어떤 영감靈感을 산에서도 얻을 수 있지 않을까 하는 기대 때문에 산엘 간

1_"Because it's there." 이 말은 너무 유명하여 산악인들은 다 안다. 등산의 철학을 세 마디로 압축한 것으로 유명하다. 주인공은 영국의 조지 말로리George Mallory(1886–1924)이다.

2_호연지기浩然之氣는 산에서 '야호' 따위의 소리를 지른다고 얻어지는 것이 아니다. 맹자가 "나는 나의 호연지기를 잘 기른다[我善養吾浩然之氣] (『맹자孟子』「공손추公孫丑」 상)"고 하였는데, 그것은 공손추가 맹자에게 무엇을 잘 하는가 물었을 적에 대답한 말이다. 맹자는 호연지기에 대하여 "기氣라는 것은 지극히 크고 지극히 강하며, 곧게 길러서 해됨이 없으면 천지간에 충만하게 된다. 그 기氣란 의義와 도道를 짝하는 것으로 이것이 없으면 허탈하게 된다."고 하였다. 호연지기가 산과는 아무런 관계가 없다는 것을 나는 강조하고 싶다.

다고 말하고 싶습니다.

1960년에 글레이저Donald Glaser(1926–2013)라는 미국 학자가 노벨물리학상을 받았습니다. 맥주를 마시다가 글라스의 거품을 보고, 소위 '거품상자bubble chamber'에 착안했다는 것입니다. 나중에 그는 맥주를 마시다가 그것에 착안을 한 것이 아니고, 맥주를 갖고 실험을 했다고 했답니다. 잘은 모르지만 가속기와 관계되는 것입니다. 그 상자 안으로 어떤 입자를 쏘면 그 궤적을 통하여 입자의 성분을 알 수 있다는 것입니다. 그와 비슷한 '구름상자cloud chamber'란 것도 있습니다. 다음에 기회가 있으면 물리학 전공의 김두철金斗哲 전 회장에게 이야기를 들었으면 합니다. 우리가 산에 갈 때면 그냥 걷기만 하는 것이 아니라 자연의 오묘한 이치를 생각하며 걷는 것이 중요합니다. 그리고 그것과 우리의 전공을 연관시키는 것, 상상력을 키우는 것이 교수산악회의 본령이어야 한다고 생각합니다. "웃으면서 말해요."라는 노래가 있지만, "걸으면서 생각합시다."

산행기를 처음에는 못쓰겠다고 일단 사양을 했는데, 나는 본래 무어든 거절을 잘 못 하는 성미인지라, 또 글 같지도 않는 글은 쓰게 되었습니다. 주흘산은 명산이고, 인터넷에 들어가면 정보가 훤합니다. 그래서 산에 대해서는 별로 이야기하지 않겠습니다. 그냥 오랜만에 교대역 모임 장소에서, 그것도 아침 일곱 시에 가니 반가운 얼굴들이 많았습니다. 총무 권성원權成園 교수의 말로는 스물네 분이 오셨다고 했습니다. 부인과 같이 오신 선생님도 계셨고, 부인과 따님을 데리고 오신 선생님도 계셨습니다. 가족과 같이 산행을 하면 얼마나 좋습니까? 혼자 오신 선생님들이 딱한 것이 아닌가 하는 생각도 했습니다. 나도 물론 딱한 축에 끼어서 걸을 수밖에 없었습니다.

충주 휴게소에서 잠시 쉬고, 문경 제일 관문인 주흘관에 도착한 것은 열 시 반쯤이었습니다. 그런데 주말이고, 더구나 '문경사과축제'가 열리고 있어서, 그 일대가 마치 도떼기시장 같았습니다. 관문에서 동북 방향의 길을 따라 혜국사惠國寺로 향했습니다. 혜국사는 신라 46대 문성왕 때 보조국사普照國師가 창건한 절로 처음 이름은 법흥사法興寺였다고 합니다. 그런데 고려 말 공민왕이 홍건적紅巾賊의 침략을 받아 이곳으로 피난하였고, 국은國恩을 입었다고 하여 혜국사로 개칭하였다고 합니다.

주흘관에서 절까지 1.8킬로미터를 쉬엄쉬엄 걸었습니다. 약간 가파르나 잘 포장된 시멘트 차도車道입니다. 비교적 근자에 만든 것같이 보였습니다. 다니다 보면 절마다 차도가 나 있는데, 중들도 승용차를 타고 다니는 좋은 세상이 되었습니다. 고행苦行과는 거리가 먼 생활을 하는 곳이 절이 아닌가 합니다. 자가용을 타고 과외를 한다는 얘기는 들었지만, 승용차 속에서도 중생을 구제하는지 알 수 없습니다. 절은 크지 않으나 아담한 대웅전이 인상적이었습니다. 그런데 절에서 기르는 작은 강아지가 시끄럽게 짖고 있었습니다. 중들은 아마 귀가 없는 모양입니다. 아니면 염불에 열중하면 개 짖는 소리가 들리지 않는지도 모릅니다. 그러나 염불엔 맘이 없고, 잿밥에만 맘이 있는 중들이 많은 것은 옛날이나 지금이나 같겠지요.

절에서 그 앞 계곡으로 다시 내려와 주흘산의 주봉까지는 2.1킬로미터입니다. 걷기가 그리 힘들지 않았으나, 주봉을 약 500미터 남겨놓고, 점심을 했습니다. 여러 가지 음식이 있었고, 와인도 있었습니다. 음식은 남았는지 모르나, 술은 미진했습니다. 정상에 오르니, '主屹山'이라는 돌 팻말이 있고, '1,075미터'라고 적혀 있었습니다. 주봉은 거대한 암봉岩峰입니다. 남쪽은 절벽이고, 서쪽은 완만한데 조곡천鳥谷川 계곡으로 이어진다고 합니다. 우거진 나무와 숲이 아름다운 경관과 어울렸습니다. 더구나 단풍이 이미 들기 시작하여, 아직 만산홍엽은 아니나, 울긋불긋 가을티를 내고 있었습니다. 마침 그때 등반대장인 농업생명과학대학의 이승환李承煥 교수가 나에게 '屹'자가 무슨 뜻이냐고 묻는데, 장난으로 "주흘산 흘"이라고 대답했습니다. 몰라서 얼버무린 것입니다. 집에 와서 옥편을 찾아보니 "쭈뼛할 흘" 말하자면 산 같은 것이 우뚝 솟은 모양을 가리키는 글자입니다.

주봉에서 잠시 쉬고, 그 곳에서 1.8킬로미터 떨어진 곳에 있는 영봉靈峰으로 갔습니다. 주봉보다 좀 높은 1,106미터라고 합니다. 힘들여 올랐으나, 볼 것은 정말 별로 없었습니다. (그곳에서 좀 더 가면 부봉釜峰이 있고, 거기서 하산을 하는 것도 좋다는 말을 들었습니다. 제3관문 쪽으로 내려가게 된다고 합니다.) 잠시 쉬다가, 계곡을 따라 막 하산을 시작하였는데, '꽂밭서들'이란 팻말이 있는 곳을 지났습니다. 어떤 교수가 저것이 '셔틀'이면 좋겠다고 하여 웃었습니다만, 내려가기가 힘드니까 그런 연상을 한 것 같습니다. ('서들'이 무슨 뜻인지 모르겠습니다. 사전에서 찾지 못했습니다. 방언인 듯도 합니다.) 영봉에서 제2관문 조곡관으로 내려갔습니다. 3.5킬로미터의 가파른 경사였습니다. 그러나 아래로 내려올수록 물이 많은 계곡이 점점 더 아름다웠습니다.

아시다시피 문경새재에는 관문이 셋 있습니다. 제1관문은 주흘관, 제2관문은 조곡관鳥谷關, 제3관문은 조령관鳥嶺關입니다. 조령관이 아마 제일 높고 험한 곳이라고 생각합니다. 조곡관에서 우리의 버스가 있는 주흘관 주차장까지 다시 3킬로미터를 걸어야 했습니다. 차도 없고, 걷기 좋은 대로였습니다. 그러나 다리가 아픕니다. 갈 길은 먼데, 날은 어둡기 시작했습니다. 일모도원日暮途遠이란 말이 생각났습니다.

수안보 시내의 '영화식당'에 도착한 것은 여섯 시 사십 분, 일인당 일만사천 원짜리 산채정식이 기다리고 있었습니다. 이 집의 정식에는 열 몇 가지의 산채나물이 나오는 것이 자랑이고, 접시마다 그 나물의 이름이 적혀 있는 것이 특징입니다. 낮에 미진했던 술을 보충하기 시작했습니다. 불고기도 따로 나왔습니다. 대강 그런 이야깁니다. 그러나 정작 하고 싶은 이야기가 있습니다.

문경하면 새재가 연상되고, 임진왜란 때 이곳에서라도 적을 무찔렀더라면 하는 아쉬움이 있습니다. 당시는 꽤 높고, 좁고, 험한 재였다고 합니다. "한 지아비가 관을 지키면, 일만 지아비도 열지 못한다[一夫當關 萬夫莫開]."는 말이 있습니다.[3] 조령도 아마 그런 곳이었다고 생각합니다. 왜란이 나자 조정은 신립申砬(1546-1592) 장군을 도순변사都巡邊使로 임명하였습니다. 도순변사는 군무를 총괄하는 임금의 특사입니다. 그가 조령을 지키려고 내려왔으나, 왜군이 이미 산 위에 도착했으므로 부득이 작전을 변경하여 충주 탄금대彈琴臺에서 배수진背水陣을 치고 싸웠다고 합니다. 전세가 불리하자 탄금대 뒤에 흐르는 남한강에 투신했다는 것입니다. 안타까운 일입니다.

중국 전국시대부터 내려오는 병서에 군사학의 입문에 해당하는 『울요자尉繚子』라는 책이 있습니다. "물을 뒤로 한 포진은 절지絕地(죽음의 땅)가 된다."고 하였습니다. 배수진은 어리석음의 표본이란 말이고, 그것은 전국시대 이후 모든 장수의 상식이었습니다. 그런데 상식에 어긋난 배수진은 한漢과 초楚가 다툴 때 한신韓信이 처음 시도한 작전으로 알려졌습니다. 그는 사람의 심리를 이용할 줄 알았습니다. 적에 밀려 물에 빠져 죽는 것보다는 적을 무찌르고 사는

3_이백李白의 「촉도난蜀道難」.

것이 인간의 본능인 것입니다. 열심히 싸울 도리밖에 없습니다. 그래 그랬는지는 모르나 아무튼 한신은 성공했습니다.

그러나 신립이 탄금대에서 배수진을 친 것은 선택의 여지가 없었기 때문입니다. 아무리 배수진이라고는 하지만, 적은 조총을 갖고 있고, 신립의 군대는 기껏해야 활이었으니, 상대가 되지 않는 싸움이었습니다. 활이 불이 나다시피 뜨거워지자 탄금대 아래로 내려가 남한강 물에 식혀서 또 쏘곤 했다지만, 그때 활을 강물에 식혀 쏘고 쏘다가 장렬하게 전사한 신립의 부장 김여물金汝岉(1548–1592)을 생각하면, 저절로 눈물이 납니다. 왕을 잘 못 만난 탓이지요. 선조는 정말 용렬한 임금이었습니다.

눈물 나는 이야기는 그만 하겠습니다. 신립에 관하여는 아래와 같은 일화가 전합니다. 그가 젊어서 사냥을 간 적이 있었답니다. 깊은 산 속에서 길을 잃고 헤매던 중 날이 저물었습니다. 멀리 불빛이 보였습니다. 그 곳으로 갔습니다. 고래등 같은 기와집이 한 채 있었습니다. 문을 두드리자 묘령의 여인이 나왔습니다. 그 집은 적굴이고, 여자는 도적에게 잡혀와 있었던 것입니다. 마침 도적은 출타 중이었고, 의외의 방문객을 만난 여인은 적굴에서 구해 달라고 애원을 하였답니다. 그러나 신립은 그의 애원을 뿌리치고 혼자 떠났다는 것입니다. 이에 신세를 비관한 여인은 우물에 몸을 던졌다고 합니다. 본 사람이 없었을 것이니, 지어낸 이야기일 것입니다. 아니 신립이 보았는지 모릅니다.

그런데 신립이 산에서 여자를 구하지 않은 것에 대하여 말이 많았습니다. 그가 옹졸했다는 것입니다. 올 데 갈 데 없는 여자를 데려오면 첩을 삼아 같이 살아야 하는 것이 당시 사회상이었는지는 알 수 없지만, 아무튼 그런 여자를 데려오면 부인은 밀할 것도 없고, 장인도 싫어할 것입니다. 무슨 벼슬인지는 알 수 없어도 장인(권률權慄이라는 설이 있음)은 이미 중앙에서 상당한 지위에 있었다고 합니다.[4] 장인의 눈에 나면 출세에 지장이 있다고 생각하여 산 속의 여인을 버렸다는 것입니다. 그래서 그가 옹졸하다는 비난을 받았습니다. 그런데 다른 이야기가 있습니다.

탄금대에서 배수진을 치기 전에 신립은 조령을 지키고 있었다고 합니다. 그런데 한밤중에 웬 여자가 나타나서 신립에게 탄금대로 가서 배수진을 치라고 권했답니다. 그 말을 듣고 탄금대로 갔다는 것인데, 적굴에서 구하지 않은 여자의 원귀寃鬼가 나타나서 그랬다는 것입니다. 귀신의 말을 듣고 탄금대로 가서 배수진을 친 것인지는 알 수 없지만, 여자의 원한을 사면 오뉴월에도 서리가 내린다는 말은 있습니다. 여기까지면 조령에 관한 이야기는 된 것도 같지만, 비슷한 이야기가 하나 더 있어서 계속하겠습니다.

배수진 이야기는 아니지만, 효종 때의 훈련대장으로 북벌北伐을 준비하던 이완李浣(1602–1674)의 일화입니다. 젊어서 그가 이생李生으로 행세하던 때에 그 역시 무기武氣를 좋아하여 사냥을 즐겼습니다. 신립과 마찬가지로 산중에서 길을 잃고 헤매다가 어느 적굴을 찾게 되었다고 합니다.

"문 열어라!"

성미 급한 그는 큰 소리로 외쳤습니다. 한참 후, 한 소녀의 목소리가 대문 안에서 들렸습니다.

"누구신지요?"

떨리는 목소리로 물었습니다.

4_백사白沙 이항복李恒福이 권률의 사위인 것은 확실하나, 신립도 그러한지는 확인하지 못함.

"지나가는 사람이오."

"여기는 잠시라도 손님이 유숙할 곳이 못되는 적굴이오니 어서 떠나십시오."

"밤은 깊고 산은 험하고, 더구나 호랑이가 개 쏘다니듯 하는데, 어디를 간단 말이오?"

그리고는 문을 박차고 들어갔습니다. 소녀도 막다른 골목이라 내쫓지 못할 것으로 짐작하고, 즉시 영접해 들이면서 등촉을 밝혔습니다. 이생은 소녀가 차려주는 저녁으로 주린 배를 채우고, 술도 한잔 마셨습니다. 이제는 만사태평이다. 보료 위에 누웠습니다. 잠이 막 들었을까? 이윽고 적괴賊魁가 돌아왔습니다. 피가 철철 흐르는 중송아지만한 멧돼지를 마당에 던지고, 내당에 들어섰습니다. 그런데 웬 젊은 놈이 누워 있는 것이 아닙니까? 그는 크게 노했습니다. 이생도 기운꼴이나 쓰는 터였으나, 적괴는 천하장사였습니다. 힘으로는 당할 수가 없었습니다. 적괴는 이생을 동아줄에 꽁꽁 묶어서 대들보에 매달아 놓고 죽일 참입니다. 그러나 그도 시장한지라 소녀가 마련한 음식을 먹으면서 혼자 중얼거렸습니다.

"사람을 옆에 두고 혼자 먹을 수가 있나? 제아무리 곧 죽을 놈이지만 고기맛이나 한번 보이리라."

그리고는 고기 한 덩이를 칼끝에 꿰어서 매달린 이생에게 내밀었습니다. 이생이 태연하게 입을 딱 벌리고 받아먹자, 그 모습을 유심히 보던 적괴가 말했습니다.

"장사로다!"

"죽일 테면 어서 죽이지, 무슨 희롱을 하는가? 나를 번쾌樊噲로 아는가? 너는 초패왕楚霸王을 자처하고!"

매달린 채로 이생은 적괴를 준절히 나무랐습니다. 그러자 적괴는 껄껄 웃으며 칼을 던지고는, 이생을 풀어 내려 놓고, 그의 손목을 잡으며 말했습니다.

"천하의 기남자奇男子로다. 당신은 장차 크게 되어 나라의 간성이 될 터이니, 내 어찌 해치리오. 내가 당신을 지기지우知己之友로 허락하노라. 저 여자와 나의 재물을 모두 가지라. 나는 이 길로 이곳을 떠나노라."

하고는 훌쩍 나가 버렸다고 합니다.

불행히도 효종이 일찍 승하하여 그토록 준비하던 북벌이 실현되지 못한 것은 유감이나, 이 대장은 그 후 병조판서도, 우의정도 지냈습니다. 산에서 데려왔다고 산월山月이라 이름 지은 그 소녀는 매우 영리해서 훌륭한 내조를 많이 했다고 합니다. 또 산 속에서 만났던 그 적괴도 나중에 개과하여 병수사兵水使까지 지냈다고 합니다. 신립의 젊은 날과 대조되기에 여기에 적었습니다.

그런데 이완 대장에 관하여는 아래와 같은 이야기도 있습니다. 그가 훈련대장으로 북벌을 준비하고 있던 때라고 합니다. 하루는 한밤중에 대궐에서 급히 입시入侍하라는 전갈이 왔답니다. 그래 부랴부랴 사모관대紗帽冠帶를 갖추고 나서려는데, 계동댁이라는 그의 첩이 옆에서 묻는 것이었습니다.

"대감, 이 밤중에 입시가 어인 일이옵니까?"

"나도 모르겠네. 허나 어쩌겠나? 상감께서 부르신다네."

"야심한 밤에 입시는 심상치 않은 일입니다. 갑주甲冑를 입으시고, 그 위에 조복朝服을 입고 가십시오."

그 말을 옳게 들은 이 대장은 마치 전쟁터에 나가듯이 무장을 단단히 하고 나섰습니다.

이 대장이 창덕궁昌德宮의 금호문金虎門으로[5] 들어서자마자 갑자기 휘황하던 등불이 꺼지면서 사방에서 화살이 날라 왔답니다. 그러나 이 대장은 갑주 덕에 무사히 임금을 알현할 수 있었습니다. 임금(효종)은 이 대장을 가까이 불러 그 등을 두드리면서 말했습니다.

"경은 과연 북벌의 대임을 맡을 장재將材로다. 준비를 게을리하지 마라!"

그러고는 칭찬과 격려를 하였답니다. 상도 내렸을 것입니다. 그 계동댁이라는 첩이 산월인지도 모릅니다.

주흘산 산행기가 조령야담鳥嶺野談이 되었습니다. 고백건대, 실은 내가 다른 곳에서 제갈공명에 관하여 쓰면서 신립과 이완의 이야기를 한 적이 있습니다.[6] 학술지 논문도 아니고, 인사청문회에 나갈 일도 없으니, 자기 표절이라고 시비하는 분은 없을 줄 압니다.

산에서 또 뵙겠습니다. (2010년 10월에 쓴 서울대 교수산악회의 산행기를 다소 고친 것임.)

5_금호문은 돈화문敦化門 서쪽의 문으로서 대신들이 출입했다. 내가 알기로는 돈화문은 물론 창덕궁의 정문이라 왕이 드나들던 문이나, 삼사三司(사헌부司憲府, 사간원司諫院, 홍문관弘文館)의 수장首長인 대사헌大司憲, 대사간大司諫과 대제학大提學도 왕이 드나들던 돈화문으로 출입을 하였다고 한다. 삼사는 그 직책이 달랐으나, 나라의 질서와 기강을 관리하고 인재를 뽑는 기관이었다. 그러한 직책을 담당하는 기관의 장을 그만큼 존중했다는 이야기다. 우리가 한번 생각하여야 할 대목이다.

6_『소설이 아닌 삼국지』(조선일보사, 1993), 124-126쪽과『삼국지 속의 삼국지』1권 (인간사랑, 2003), 153-156쪽 참조. 그것은 本社版,『短篇小說 希望』[京城: 漢城圖書株式會社, 檀紀 4278년(1945년) 10월], 302-320쪽에 있는「달아 매여서 호령해」라는 제목의 이야기를 내가 윤색한 것이다. 거기에는 그 이야기들이 이원명李源命(1807-1887)이 엮은 한문소설집인『동야휘집東野彙輯』에 있다고 했다. 318쪽 참조. 나는 소장하던『希望』의 원본을 서울대 도서관에 기증하면서 복사본을 만들어 지금 갖고 있다. 재미있는 사실은 책의 저자 혹은 편자의 이름 대신에 '本社版'이라고 되어 있는 것이고, 또 출판지가 '서울'이 아니라 '京城'으로 되어 있는 점이다. 해방 후에도 한동안 서울은 경성으로 불린 모양이다. 또 당시는 檀紀가 쓰였다. 단기는 단군檀君이 즉위한 서력기원전 2,333년을 원년으로 한 우리나라의 기원인데, 공식적으로 서기西紀를 쓰기 시작한 것은 1962년부터라고 한다.

# 대둔산

2012년 5월 23일에 산악회 임원들의 저녁 모임이 있었습니다. 그 자리에서 류한일柳漢一 회장이 다음 달 첫 산행은 대둔산大屯山인데, 공대학장단이 특별 스폰서라면서 꼭 오라는 엄명을 내렸습니다. 그러지 않아도 오랫동안 산행을 못하여 미안한 마음이 많아서 가려든 참이었습니다. 그래 다녀오게 된 것입니다. 그랬더니 나보고 산행기를 쓰라는 것입니다. 김두철 전 회장이 강추했다는 것입니다. 강추가 무언가? 강제 추행인가 했더니, 강력 추천이란 말이라고 합니다. 그래 또 쓰게 되었습니다.

개인적인 이야기로 시작할까 합니다. 서울대 교수산악회가 발족한 것은 2004년 3월이었습니다. 어쩌다가 초대 회장이 된 저는 2005년 12월 총회에서 그만둘 때까지 근 2년 동안 딴에는 열심히 일했습니다. 저야 잘 아는 산이라고는 서울 근교의 산밖에 없었는데, 제 임기 중 여러 선생님들을 모시고 국내외의 산들을 별 사고 없이 다닐 수 있었던 것은 작고하신 김안중 부회장과 손병주孫炳柱 · 정영목 · 이승환 등반대장을 위시하여 여러 임원들의 도움과 교수협의회의 지원이 있었기 때문입니다. 고맙게 생각하고 있습니다.

그때는 산에 다녀온 이야기를 제가 매번 썼습니다. 글을 잘 써서가 아니라, 부탁을 하기가 미안해서였습니다. 지금은 산악회의 임원도 늘고, 산행에 참여하시는 교수들이 돌아가면서 쓰기 때문에 더 재미있고 유익한 글을 읽게 되었습니다. 발전이라고 생각합니다. 회장 일을 그만둔 후에도 산행후기를 두어 차례 썼습니다. 비교적 최근의 것은 2010년 5월의 소백산, 10월의 문경 주흘산에 다녀온 이야깁니다. 자주 안 나왔으니 그 벌로 쓰라는 것이라고 그때마다 생각했습니다. 이번 경우도 그렇겠지요.

대둔산은 워낙 유명한 산이고, 산에 대한 간략한 설명은 우리가 받은 산행 안내문에도 있고, 요즘은 소위 인터넷에 들어가면 여러 가지 정보가 있으니 산에 관하여는 이야기를 않겠습니다. 게다가 우리 산악회에서 2008년 3월 8일에 그 산에 오른 적이 있고, 그때의 산행소감을 이승환 등반대장이 쓴 것도 있어서 더 무슨 말을 하면 영어로 redundant겠지요. 그래서 산에 대해서는 아무 말도 하고 싶지 않은데, 금강구름다리인지 무언지를 건너서 깎아지를 듯한 철계단을 오를 땐, '아이고, 괜히 왔구나!' 하는 생각밖에 없었습니다. 아등바등 기었습니다. 임진왜란 당시 이치梨峙전투라든지, 또 우금치牛禁峙전투에서 패한 동학군이 이 산에서 일본군과 최후의 항전을 하였다는 기록들은 산이 얼마나 험한지를 말하고 있습니다. 6 · 25 사변을 전후하여 공비빨치산의 거점이었을 가능성도 있습니다.

앞에 가시던 어떤 교수가 지난번에도 왔다하시면서, 그때 하도 혼이 나서 "다시는 대둔산엔 안 간다."고 다짐을 하였는데 또 왔다고 하여서, "기억력이 어지간하십니다." 하고 웃었습니다. 기억력에 관하여 우스갯소리를 하나 하자면 이런 것이 있습니다. 혼인과 관계되는 것입니다. 결혼은 판단력이 부족해서, 이혼은 인내력이 부족해서, 그리고 재혼은 기억력이 부족해서랍니다.

스물여덟 명이 다녀왔습니다. 교대역에서 버스에 타자마자 도너츠가 배달되었습니다. 공대학장단이 처음부터 준비를 많이 한 것입니다. 어딘지 조금 가다가 류 회장의 인사말이 있었고, 등반대장 이승환 교수가 오늘 산행에 관한 이야기를 하였습니다. 이렇게 저렇게 올라갔다가 다시 이렇게 저렇게 내려오는데, 점심시간을 포함하여 약 여섯 시간 걸린다는 이야기였습니다. 받은 메일에도 그렇게 되어 있었고, 또 산행의 난이도難易度가 '중'이라고 되어 있어서 그런가 하였습니다. 그런데 그게 그렇게 간단하지 않다는 것은 위에서 말씀드렸지요. 잠시 후 이승환 교수가 다시 나와서 마이크를 잡았습니다. 뒤에서 나가라고 하여 억지로 나왔다면서 지난 5월 하순 농생대 산악반의 에베레스트(8,850미터)와 로체(8,516미터) 등반에 성공한 이야기를 하였습니다. 농생대 산악회 창립 오십 주년 기념기획이었다고 합니다. 경하할 일입니다. 세계 최고봉 정복에 대한 설명은 재미도 있거니와 아슬아슬한 묘사가 많아서 마치 우리가 등반하는 것 같았습니다.

그래 이제는 차에서 눈을 좀 붙이나 했더니, 류 회장이 공대 이우일李愚日 학장을 소개하면서 선물 전달식(?)이 있겠다는 것입니다. 선물을 받는 것은 좋지만, 아니 오신 교수들은 어쩌나 하고 있었는데, 아무튼 공대다운 첨단 기술의 선물을 두 종류나 받았습니다. 산행이 끝나고 헤어질 때를 염려하여 미리 나누어 준다고 하였습니다. 그러면서 류 회장 말씀이 "산행은 짧고 후행은 길다."는 것이었습니다. "인생은 짧고 예술은 길다."는 말은 더러 들어도, "산행은 짧고 후행은 길다."란 말은 처음 들었습니다. 나중에 알고 보니 '애프터after'가 길다는 얘기였습니다.

이왕 길고 짧은 것의 이야기가 나왔으나, 어떨까요? 길고 짧은 것은 대 보아야지요. 그게 아니라 위에서도 나온 "인생은 짧고 예술은 길다Life is short and art is long."는 말은 서양의학의 원조로 알려진 히포크라테스의 『의학경구집醫學警句集』에 나옵니다. 그리고 그 다음 "기회는 달아나고, 실험은 불확실하고, 판단은 어렵다Opportunity fleeting, Experiment uncertain, and Judgement difficult."고 했습니다. 히포크라테스의 입상立像은 연건동 의과대학 본관 건물 앞에도 있지만, 명의로 말하면 중국에는 신농神農 씨로 시작하여 편작扁鵲과 화타華陀도 있고, 또 『본초강목本草綱目』으로 유명한 명나라의 이시진李時珍(1518–1593)도 있습니다. 우리나라에는 『동의보감東醫寶鑑』의 허준許浚도 있고, 사상四象의학의 시조로 『동의수세보원東醫壽世保元』을 저술한 이제마李濟馬도 있습니다. 나라마다 훌륭한 의사들이 많겠지요. 그런데 히포크라테스를 이야기하는 것은 그의 말에 관한 내 나름의 생각이 있어서입니다. 그가 말한 "Art is long"의 art는 우리가 보통 예술이라고 하지만, 또 그것도 예술이겠지만, 그는 칼잡이(외과의?)로서 수술의 기술(혹은 기예)을 말한 것이 아닌가 합니다. 그래서 "수술을 할까 말까, 이번 시술施術의 성공 여부는 불확실한데, 야! 그야말로 판단이 어렵다."고 한 것이 아닐까? 내 해석입니다.

10시 15분쯤인가? 전북 완주 운주면 산북리의 주차장에 도착하였습니다. 그 곳에는 케이블카가 있습니다. 육학년, 칠학년들은 케이블카를 타느니 어쩌니 하였는데, 공대 배광준裵光俊 명예교수는 지갑을 안 갖고 오셨다는 것입니다. 돈이 없으면 걸어가야지요. 저에겐 지갑은 있었지만 어디서 타는지 두리번거리다가 그만 지나쳤습니다. 나중에 알고 보니 편도요금이 오천 원이었습니다. 크게 절약(?)을 한 것입니다.

정상 바로 아래의 너른 자리에서 점심을 한 것은 열두 시 반쯤 된 시간이었습니다. 배려가 많은 공대에서 준비한 포도주도 있었고, 작은 병의 하드리커도 여럿 있었습니다. 정상에 올라서 전체 기념사진도 찍고, 그리고도 많이 걸었습니다. 돌도 많고, 경사도 급하고, "앞에서 끌어주며 뒤에서 밀며" 그렇게 갔습니다. 앞에서는 이승환 교수가 끌고, 뒤에서는 김웅한金雄漢 교수가 밀고, 그러다가 제가 어렸을 적 초등학교(그땐 국민학교) 졸업식 때 부르던 노래를 생각했습니다. 요즘도 그 「졸업식노래」를 부르는지 모르나, 여기 적습니다. 나이티를 낸다고 나무라지 마십시오. 윤석중尹石重(1911-2003) 작사, 정순철鄭淳哲(1901-?, 육이오사변 때 납북) 작곡입니다.

빛나는 졸업장을 타신 언니께
꽃다발을 한 아름 선사합니다.
물려받은 책으로 공부를 하여
우리는 언니 뒤를 따르렵니다.

잘 있거라 아우들아 정든 교실아
선생님 저희들은 물러갑니다.
부지런히 배우고 얼른 자라서
새 나라의 새 일꾼이 되겠습니다.

앞에서 끌어주고 뒤에서 밀며
우리나라 짊어지고 나갈 우리들

냇물이 바다에서 서로 만나듯

우리들도 이 다음에 다시 만나세.

"산행은 짧고 후행은 길다."는 말에 희망을 걸고, 배티재로 하산을 마친 것은 네 시가 좀 넘어서였습니다. 넓은 주차장 건너 큰 식당이 있어서 목을 축일 수 있었습니다. 나는 늦게 내려왔지만 먼저 내려오신 선생님들이 쌀 막걸리도 있고, 밤 막걸리도 있으니 마시라는 겁니다. 맥주도 물론 있었습니다. 그리고 이동한 곳이 금산군 남일면 마장리의 '삼원가든'이었습니다. 한 이십여 분이 걸렸습니다. 2008년 산행 후에도 이 집에 왔다는데, 안주는 소와 돼지, 술은 소주, 맥주, 인삼주가 있었습니다. 후행이 길다면 길었습니다.

몇 가지 감상이 있습니다. 하나, 처음 교수산악회의 산행 때에는 회비가 일만 원이었습니다. 금방 이만 원이 되고, 이 년 전 주흘산에 갈 적에는 이만오천 원이었습니다. 이번에는 삼만 원을 냈습니다. 물가가 오르니 당연한 것이겠지요. 참가비를 더 올리더라도 산악회는 자립해야 한다고 생각합니다. 둘, 어쩌다 그렇게 된 것인지도 모르지만, 이번엔 가족을 동반하신 교수가 없으셨습니다. 셋, 전에는 귀경하는 차 속에서도 술을 많이 마셨는데, 그 풍습이 사라졌습니다. 좋은 현상이라고 생각합니다.

이번 등산에 참여하신 스물여덟 명의 교수 가운데, 공대 교수가 아홉 명으로 압도적 다수였습니다. 공대학장단이 큰 도움을 주셔서 고맙게 생각합니다. 철계단을 힘겹게 오르던 일 말고는 즐거운 산행이었습니다. "고생은 짧고 기쁨은 길다."는 것도 말이 되나요? 그런데 다녀온 지 나흘이 지났는데 아직 장딴지가 아픕니다. 기쁜 아픔도 있나요? (2012년 6월 교수산악회 산행기를 다소 고침.)

# 지리산

2010년은 6 · 25 사변이 일어난 지 육십 년이 되는 해다. 그것은 북한 김일성 집단이 불법으로 대한민국을 침범한 사건이다. 전쟁은 삼 년간 계속되다가 억지로 휴전이 되었으나, 그것은 아직도 끝나지 않은 전쟁이다. 나의 세대는 사변이 일어난 1950년에 대체로 초등학교 고학년이었다. 열 살 남짓한 나이지만, 그 전쟁을 생생하게 기억하고 있다. 기억을 남기자. 그래서 대학 동문인 이하우 형과 내가 그 전해에 발기하여 2010년 봄에 펴낸 책이 『6 · 25와 나』였다.[1]

집필자 가운데 송헌일宋憲一 형이 있다. 그는 「적은 안에 있다」는 제목의 글을 기고했다.[2] 사변 당시 자신의 경험을 기술한 것에 덧붙여서 6 · 25 사변에 대한 요즘의 인식을 비판하였다. 그것에 못지않게 중요한 것은 지리산 뱀사골 자락에 있는 '백야전전투사령부白野戰戰鬪司令部'에 관한 이야기이다. 지리산은 1948년 여수 · 순천반란사건 이후 그 근방의 산으로 피신한 공비들의 거점이었는데, 6 · 25 사변 당시 낙동강 근처까지 내려갔던 공산군이 후퇴하면서, 상당

1_이하우 · 최명 공편, 『6 · 25와 나: 서울법대 58학번들의 회고담』(까치, 2010).

2_위의 책, 181–201쪽.

한 병력이 또 그 곳에 운집하여 소위 빨치산의 대소굴이 된 곳이다. 그 일대는 빨치산 천국이었다. 정부는 이 지역의 치안과 안전을 위하여 공비토벌을 제일의 과제로 정하고, 1951년 11월에 백야전전투사령부를 발족시켰던 것이다.[3] 송 형의 글에 의하면, 뱀사골 자락에는 1979년에 건립된 단층 회색 콘크리트로 된 '백야전사전적기념관白野戰司戰跡紀念館'이 있었는데, 2006년 9월에 그곳을 지나면서 목격한 것은 그 기념관이 없어지고, 그 자리에 새 건물이 세워지고 있었다는 것이다. 관계자의 말은 "기념관 건물이 낡아서 헐어버리고, 그 자리에 지리산 탐방안내소를 새로 지어, 곧 개관을 한다."는 것이었다.

'백야전사전적기념관'은 그 자체로 보존되어야 할 건물이다. 탐방안내소로 대치될 성질의 것이 아니다. 그렇게 생각한 송 형은 2009년 12월 초에 그 곳을 다시 찾았다고 한다. 탐방안내소를 소개하는 자료집을 구하여 보고, 그는 그 '전적기념관'이 없어진 이유를 알았다고 했다. '전적기념관'은 여수 · 순천 반란사건 이후 6 · 25 사변을 겪으면서 지리산 일대에서 활약하던 빨치산을 성공적으로 토벌한 '백야전전투사령부'의 위업을 기리기 위하여 세워진 것이다. 빨치산은 북의 지령을 받으면서 대한민국의 적화赤化를 위하여 날뛰던 비적들이다. 당연히 토벌되어야 할 집단이다. 그런데 탐방안내소에 들어가 보니 '빨치산과 토벌대의 이야기'라는 전시실이 있고, 그 곳은 토벌대보다는 빨치산의 활동을 미화하고 대한민국 역사를 왜곡하는 장면 장면이 눈에 띄더란 것이다. 자료집도 그렇다는 것이다. '전적기념관'을 헐고 '탐방안내소'를 세운 것은 빨치산 토벌을 못마땅하게 여기던 좌파집단의 작태가 분명하다는 것이 송 형의

3_백선엽 장군이 사령관에 임명되어 그러한 명칭이 생겼다. 백선엽 야전 전투사령부인 것이다.

결론이었다. 그의 글에는 우국지사憂國之士의 면모가 나타나 있다. 비분강개悲憤慷慨의 글이다.

나는『6 · 25와 나』를 편집하면서 송 형의 글을 자세히 읽었다. 나 역시 속이 끓어올랐다. 나는 그를 한 달에 두어 번 만난다. 지난 2010년 8월 초 그와 점심을 하면서, 지리산 이야기가 다시 나왔다. 그때 그가 나를 보고, "어! 최 교수, 거기 한번 가자!" 하는 것이었다. "그래, 가자!"라고 대답했다. 낮이지만 소주를 좀 마셨던 것이다. 무심코 한 대답이었다. "그러면 날짜를 잡자!" 술도 한잔 먹었겠다. 두려울 것이 없다. 이제는 별 수가 없다. "좋다. 잡자!" 그래서 잡힌 날이 9월 15일이었다. 처음에는 이하우 형도 같이 간다고 했다. 셋이 가는 줄 알았다.

그런데 본래의 여정은 첫날 백무동白武洞에서 한신계곡韓信溪谷을 따라 세석細石대피소에 올라서 1박을 하고, 다음 날 벽소령碧宵嶺을 지나 연하천煙霞天대피소에서 다시 1박, 3일째 되는 날은 연하천에서 화개재를 거쳐 뱀사골계곡으로 내려오는 것이었다. 그러면 병풍소屛風沼를 지나 반선半仙으로 하산하게 되는데, 자연히 '지리산탐방안내소'인지 없어진 '백야전사전적기념관' 자리인지를 보게 되는 것이다. 그러나 연하천대피소의 예약이 우리가 가고자 하는 날에 안 된다는 것이어서 부득이 일정이 변경되었다. 세석대피소에서 하루만 자고, 다음 날 장터목을 지나 다시 백무동으로 내려오기로 한 것이다. 뱀사골계곡을 지나지 못하는 것이 아쉽지만, 그것은 다음으로 미루기로 결정하였다. 사실 '전적기념관' 자리에 들어선 '탐방안내소'는 보고 싶지 않은 심정이기에 오히려 잘되었다는 생각도 없지 않았다.

이하우 형은 사정이 있어서 못 간다고 하여, 송 형과 내가 15일 아침 8시에 지하철 2호선 강변역 동서울터미널에서 만났다. 함양을 거쳐 백무동으로 가는 버스는 8시 20분 출발이다.[4] 둘이 앉아서 동서고금의 흥망성쇠에 관한 이야기를 하다 보니 죽암휴게소, 커피를 한잔 마시고 백무동에 도착한 것은 12시 반이었다. 네 시간이 좀 더 지난 것이다. 송 형은 지리산만 육십여 차례 등산한 베테랑인데, 백무동에 아지트가 없을 리 없다. 가자는 집으로 갔다. 이름이 '지리산 펜션'이다. 거의 산자락이다. 앞에는 한신계곡의 폭포수 같은 물이 흐른다. 김계자 씨가 그 집 주인이다. 육십 대 중반은 되어 보이는데, 송 형이 누님이라고 부른다. 젊어서도 그리 미인은 아닌 그런 타입이다. 그래 그런지 그렇게 불러야 좋아한다는 것이다. 대접이 남 다르다는 것이다. 나이든 여자일수록 젊다고 해야 좋아할 것 같은데, 칠십도 훌쩍 넘은 할아버지가 누님이라고 불러서 좋아한다니, 이해가 되지 않는 일이기는 하나, 그렇다는 것이다. 큰 산 밑에서, 콸콸 흐르는 한신계곡 옆에서 밥장사를 한다. 산전수전을 다 겪었을 것이다. 누이 좋고 매부 좋은 것이 아니라, 누님도 좋고 동생도 좋다. 누가 능하고 누가 순진한지 알 수 없다. 그건 그렇고 우선 점심을 먹어야 한다. 무엇을 먹을까 망설이는데, 비빔밥을 먹으라는 것이다.

한신계곡은 가파르기로 유명한 계곡이다. 전전 날까지 비가 와서 물이 넘친다. 절경이다. 오기를 잘 했다는 생각을 한 것은 잠시이고, 세석대피소까지 6.5킬로미터는 지옥로地獄路다. 쉬운 등산길은 드물다. 그러나 여기는 너무 어렵다. 게다가 10킬로그램이 넘는 짐이 어깨를 누른다. 계곡을 이리 건너고 저리 건너면서 한 4킬로미터쯤 갔을까? 더 가파르다. 조금 가면 밧줄이고, 조금

4_참고로 승차권에는 '동서울-지리산'으로 되어 있고, 금액은 21,200원(물론 편도)이다. 혹시 다음에 가는 등산객을 위하여 버스 값을 기록한다.

가면 밧줄이다. 걷기만 하는 것이 아니라 잡고 오르라는 것이다. 언제부터인가 입에서 단내가 나기 시작했다. 아! 이것은 청천青天에 오르기보다 더 어렵다.[5] 더구나 나를 모시고 가겠다던 송 형은 나를 뒤에 두고 자꾸 앞서 간다. 오지 않은 이하우 형이 부럽다. 그러나 저러나 세석대피소에 도착한 것은 다섯 시 반. 네 시간 십오 분의 어려운 등반이었다.

대피소에는 많은 등산객들이 북적이고 있다. 우선 마셔야 한다. 나는 산에서 무엇을 마실까 고민하다가, 쉐이징팡水井坊을 작은 물통에 한 300CC 담아갔었다. 병째로 가져갈까 하다가 유리병이 무겁기도 하고, 산에서 많이 마시지 말자는 이성理性의 지시에 따라 참고 참아 내 딴에는 조금 가져간 것이다. 송 형은 지각이 있는 사람이라 나처럼 술을 많이 마시지는 않는다. 그러나 복분자술을 작은 플라스틱 통에 가득 가져왔다. 지고 온 안주도 많다. 스팸, 치즈, 아몬드, 또 찐 고구마도 있다. 햇반도 있고, 끓는 물만 부으면 되는 컵라면도 있다. 송 형이 버너에 불을 피운다. 마시자! 복분자술을 먼저 따랐다. 맛이 좋다. 산에 가면 모든 음식이 다 맛있다고는 하지만 정말 맛있다. 복분자술을 반쯤 마셨을까? 기별이 온다. 더 맛있다. 그것이 끝나자 이제는 쉐이징팡이다. 이것은 복분자술에 비할 수 없이 독하다. 그러나 그것도 순식간이다. 술이 더 필요한 것이다.

대피소에서는 술을 팔지 않는다. 집 동네에 더러 있는 편의점이 아니기 때문이다. 그래서 "혹시! 술 팔 사람 없소?"라고 소리를 지를까 하다가, 참고 있는데 옆 테이블의 젊은 남녀가 우리의 모습이 딱하게 보였는지, 작고 납작한

5_이태백의 「촉도난蜀道難」이란 시에 "촉나라로 가는 길의 어려움은 푸른 하늘에 오르기보다 어렵다[蜀道之難 難於上青天]"는 대목이 있다.

플라스틱 병(200CC)의 잎새주 하나와 같은 병의 매실주를 건넨다. 염치 불구하고 받았다. 그러나 고맙기도 하고 미안하기도 하여, 우리의 비장 안주인 치즈와 요깡(양갱) 등을 주었다. 그것을 다 마시고 나니, 이제는 살 것 같다. 두려울 것도 없고, 부러울 것도 없다. 자면 되는 것이다. 국립공원 직원은 우리가 제일 고령이라고 대피소의 제일 좋은 자리를 배정했다. 그것도 세 사람 자리를 둘에게 내준 것이다. 그러나 많은 사람이 좁은 공간에서 자야 하니, 부스럭부스럭 하는 소리가 그치지 않고, 코고는 소리가 사방에서 난다. 그래도 시간이 가니 날이 샌다. 한밤중에 떠나는 등산객들도 많았는데, 그들 대부분은 천왕봉天王峰(1,915미터)의 일출을 보러 간다는 것이다.

16일, 아침을 먹고 일곱 시 삼십오 분에 장터목을 향하여 출발하였다. 날씨도 좋고, 배도 부른데, 발이 말을 잘 듣지 않는다. 장터목까지는 3.4킬로미터다. 천천히 걷자. "느릿느릿 걸어도 황소걸음Slow and steady wins the race"이란 말도 있고, 수시로 앞서가지만, 그래도 "좋은 친구와 걸으면 먼 길도 짧다No road is long with good company"는 말도 있다. 촛대봉을 바라보고, 연화봉을 지나 아홉 시 좀 넘어 장터목대피소에 도착하였다. 먼저 도착한 송 형이 식수를 받으려고, 물 있는 곳을 물었다는데, 어떤 등산객이 천왕봉만큼 멀다고 하였다는 것이다. 장터목에서 천왕봉은 빤히 보이는 지척 같은 곳이지만, 2킬로미터 반쯤 되는 오르막이다. 물론 과장해서 한 말이겠으나, 세석에서 남은 물이 좀 있기 때문에 물 뜨는 것을 그만두고, 나를 기다리고 있었다. 그 이야기를 나에게 하는 것을 옆에서 들은 어떤 젊은 여자가 "이 물 가지세요." 하면서 500CC 삼다수 병에 든 물을 주는 것이다. 산에서는 인심이 좋다. 술 이야기를 하면 술이 생기고, 물 이야기를 하니 물이 생긴다. 아니, 그게 아니라 노인들이 그 곳까지 온 것이 신기해서 돕고 싶었던 것이 아닐까? 그때 생각이었다.

장터목에서 백무동계곡으로의 하산 길은 5.8킬로미터다. 바위가 거의 전부고, 경치도 없는 가파른 내리막이다. 여기도 길이 어렵다. "참으로 길이 어렵다. 차라리 돌아가리라[行路難 歸去來]"고 이백은 읊었으나, 돌아갈 수도 없다.[6] 별 수 없이 무거운 다리를 끌고, 내려가다 보니 유명한 하동바위가 있고, 다시 한 2킬로미터를 내려가니 동네다. 열두 시 사십오 분이다. 먼저 내려간 송 형은 두 시 오십 분 버스표를 사놓고, 예의 펜션에서 샤워를 하고 있다. 맥주를 한 병 시켰다. 한 글라스를 마시고 샤워를 하고 나니 살 것 같다.

두 시 오십 분까지는 넉넉한 점심시간이다. 전날 점심을 먹은 계곡 옆자리에서 삼겹살을 굽는다. 막걸리에, 맥주에, 소주에 이제는 가릴 것이 없다. 나는 김계자 씨에게 집에서 담근 비장의 술이 있느냐고 물었다. 오가피와 오미자로 담근 것이 있다고 한다. 맛 좀 보자고 하였다. 오미자 술은 시고 달고, 오가피주는 그런대로 괜찮아서 일만 원을 주고 한 병 샀다. 버스가 함양에서 잠시 정차했을 적에 송 형이 내리더니, 잎새주 한 병을 들고 타는 것이다. 동서울터미널에 도착한 시간은 저녁 일곱 시 반, 밖은 벌써 어둑어둑하다. 추분이 한 일 주일 남아서인지 해가 많이 짧아졌다. 송 형의 집은 강북이고, 나는 강남이다. 너는 상행선, 나는 하행선이다.

산에 다녀온 다음 토요일(18일) 점심에 이하우 형을 불러서 송 형과 같이 등산 뒤풀이를 했다. '피오렌티나'에서 또 포도주를 마셨다. 칠십 노옹老翁들이 이래도 되는 것인가? 술을 많이 마셔 이성理性은 마비되고, 홉스가 말하는 열

6_이백의 「行路難」이란 시는 3수首인데, 이것은 제2수에 나온다. 장안을 떠난 이백이 표박飄泊의 서러움을 나타낸 시이고, 산길이 험해서 어렵다는 내용의 시는 물론 아니다.

정熱情만 남은 것인가?[7] 의심스러운 주말이었다.

7_『레바이어탄*Leviathan*』(1651)의 홉스Thomas Hobbes(1588–1679)는 인간을 이렇게 비유한 적이 있다. 인간은 열정passion으로 장식된 마차와 같다. 그러나 이성reason이란 마부가 있다는 것이다. 술을 마시면 마부가 없는 마차와 같이 된다. 내가 그것을 모를 리 없다. 그러나 술을 마시면 마부가 없었으면 한다. 어디로 가는가? 가야 하는가?

# K2

술 좋아하는 사람이 술을 병째로 분실하였다면, 서부영화의 존 웨인John Wayne이나 클린트 이스트우드Clint Eastwood가 권총을 잃어버린 것과 다를 바 없다. 잃어버렸을 뿐 아니라 잃어버린 것도 모르고 있다가, 막상 적이 나타나서 총을 뽑으려는 순간 총이 없어진 것을 안 것이다. 그런데 그런 일이 실제로 발생했다. 하기야 사람 사는 곳에서는 별별 일이 다 생긴다.

서울대학교 교수산악회가 발족한 것은 2004년 3월 말이었다.[1] 단과대학별로 산을 좋아하는 교수들끼리 산행하는 모임은 있었으나, 거교적인 모임으로는 처음이었다. 그건 그렇고 위 어디서도 말했다시피 어쩌다가 내가 그 산악회의 초대 회장이 되었다. 나는 무슨 장 자리를 좋아하는 기질이 아닌데, 그렇게 되었다. 그러나 책임을 맡았으니 열심히 일을 하지 않을 수 없었다. 매달 두 번째와 네 번째 토요일에 전국의 명산을 찾아서 정기적인 산행을 하였다. 많은 교수들이 산행에 참여하였고, 성원도 컸다. 2005년 12월에 나는 임기를

1_27일에 관악산 등산을 마치고, 창립대회가 과천의 민속음식점 '토정'이란 곳에서 열렸다.

마쳤다. 후임에는 김안중金安重 사범대 교수, 그 다음은 김두철金斗哲 자연대 교수, 그 뒤가 김영진金榮珍 경영대 교수, 그리고 현재(2012년)는 류한일柳漢一 공대 교수가 5대째의 회장직을 맡고 있다.

학기 중에는 그런대로 국내 산행을 매달 두 번씩 차질 없이 다녔다. 그러나 방학 때는 해외로도 좀 가자는 의견이 있어서, 2004년 여름에는 산악회 임원들이 일본 북알프스의 쓰루기다케劒岳를 다녀왔다. 그리고 2005년 여름에는 히말라야의 K2 아래의 발토로Baltoro 빙하지대를 탐사하는 트레킹 프로그램이 있었다. 회장인 내가 따라 나서지 않을 수 없었다. 그리고 그 와중에서 위스키 실종사건이 발생했다.

발토로 빙하지대로 가기 위해서는 우선 파키스탄엘 가야 한다. 7월 22일(금요일) 아침 인천공항을 떠났다. 일행은 교수 열일곱 명을 포함하여 이십여 명이다. 부인을 대동한 교수도 셋이 있었고, 서울대 학생총산악회의 간부도 두 명이어서 학교 측의 인원은 22명이었다. 우리는 처음부터 강가딘이란 여행사에 의뢰하여 트레킹을 준비했고, 여행사에서는 김형우 씨란 실무책을 딸려 보냈다. 또 한국산악회의 오희준 씨가 우리와 동행했다. 그리고 역시 한국산악회의 박영석 씨가 28일 밤에 우리 팀의 뒤를 쫓아왔다. 박영석 씨는 히말라야의 팔천 미터 이상의 고봉 열네 좌를 한국인으로서는 처음으로 완등한 세계적인 산악인인데, 그 전해 K2 브로드피크Broad Peak(8,047미터) 등반 도중 한 대원을 잃었다. 그래 그를 기리는 동판을 'K2 메모리얼 파크'에 남기려는 계획과 우리의 산행이 일치하여 동참하게 된 것이다.

위는 서론에 해당하는 이야기다. 홍콩을 거쳐 어렵게 다음 날 새벽 두 시가 좀 넘어서 옛 무갈제국의 수도인 라호르Lahore공항에 도착했다. 숙소에서 잠시 눈을 붙일까 말까 하고는, 다시 몇 시간 안 되어 이슬라마바드Islamabad행 아침 비행기를 탔다. 어차피 고생길인 것이다. 한 시간 남짓 걸려 이슬라마바드에 도착했다. 이슬라마바드는 1961년에 건설된 신도시라고 한다. 거리가 넓고, 비교적 깨끗한 도시란 인상을 받았다.

이슬라마바드에 도착하여 K라는 묘령의 여인을 만났다. 파키스탄에서 학교도 다녀서 현지어가 유창했다. 여행사의 부탁으로 우리 산행을 돕게 된 것이다. 한국국제협력단KOIKA에서 일한다고 했다. 안내도, 통역도 했다. 그날 이슬라마바드의 명소라는 탁실라Taxila박물관과 유네스코가 지정한 세계문화유산인 '시르캅도시발굴계획단지Plan of Sirkap City'를 구경하고, 점심은 '유스메니아Usmania'란 식당에서 파키스탄의 전통적인 음식을 먹었다. 문제는 저녁이었다.

저녁은 '차이나 타운'이라는 중국음식점이다. 사천四川요리전문이라고 영어로 쓰여 있는데, 규모도 꽤 크고 맛도 괜찮았다. 값도 저렴했다. 그런데 마침 광주산악연맹 팀이 이슬라마바드에 있다는 소식이 있어서 우리는 그들을 초대하였다. 그 팀은 대장 이성원, 정상등반조의 이현조 씨와 김창호 씨를 포함하여 일행이 열세 명이다. 그들은 낭가파르바트(8,138미터, 세계 9위)의 동남 수직벽을 타고 올라 정상을 정복하고는 이슬라마바드에서 휴식 중이었다. 동남 수직벽은 4,500미터나 되는 암빙벽岩氷壁인데, 그들은 일백 일의 고전 끝에 등정에 성공했다고 했다. 그리고 그것은 세계에서 두 번째라고 했다. 장한 일이다. 그 팀의 이현조 씨는 우리 일행의 정영목 미대 교수와 그 몇 년 전 마칼루(8,463미터) 원정을 함께 한 적이 있어서, 호형호제하는 사이였고, 그런 저런 인연으로 자리를 함께 한 것이었다. 그런데 우리가 그 팀을 초청하여서인지, 아니면 초대를 받아서인지, 그들은 빈손으로 오지 않았다. 조니 워커(블랙 라벨)를 한 병 들고 와서 나에게 주는 것이었다. 이슬라마바드 주재 한국대사에게서 받은 것이라고 했다. 알다시피 파키스탄은 회교국이다. 공식적으로는 술을 팔지 않는다. 그러나 외교관들은 회교 국가에서도 자유롭게 술을 살 수가 있다. 그런 특권이나마 없으면, 누가 회교권 나라에서 외교관 노릇을 하겠는가? 아무튼 술을 자유롭게 살 수 없는 나라에서 귀한 술을 갖고 온 것은 말할 수 없이, 아니 마시지 않아도, 고마운 일이다. 물론 우리 측도 가만히 있을 수가 없다. 저녁 초대로 되었는지 모르나, 우리가 준비한 서울대교기校旗 등의 선물을 전달했다. 또 우리 팀의 안희수安希洙 교수가 그 어려운 낭가파르바트의 등정을 치하하는 축시祝詩를 즉석에서 지어 낭독하기도 했다. 그런 시간이 잠시 있었다.

단장인 나는 그들에게서 받은 술을 옆에 있던 김안중 교수에게 건네자, 그는 그것은 다시 그의 옆에 앉아 있던 K에게 맡기는 것이었다. 그것이 그 술에 대한 내 기억의 끝이다. 그리고 잊고 있었다.

그런데 '차이나 타운'에는 우리가 준비한 술도 있었다. 파키스탄은 다른 회교 국가와 마찬가지지만, 술에 관하여는 그야말로 'X'다. 그래서 우리는 과일주 담금용의 삼십 도와 삼십오 도짜리 소주를 엄청 많이 준비해 갔던 것이다. 산에서도 마셔야 했기 때문이다. 그래서 가져간 그 소주를  부족하지 않게 마셨다. 소주는 중국음식과도 궁합이 잘 맞았다. 조니 워커를 가져온 저쪽 팀도 술에 관하여는 유감이 없었을 것이다. 유쾌한 저녁이었다.

다음 날 우리 일행은 두 대의 버스에 분승하여 위험하기 짝이 없는 카라코람 하이웨이Karakoram Highway를 지나 도착한 곳이 스카르두Scardu였다. K2로 가는 마지막 도시다. 꼬박 이틀이 걸렸다. 여기서 다시 이틀을 쉬고, 7월 28일 아침에 아스콜리Ascoli를 향하여 떠났다. 132킬로미터라 거리는 그리 멀다고 할 수 없으나, 길이 험하기는 카라코람이 문제가 아니었다. 중간에 점심을 하기는 했어도 여덟 시간이 좀 더 걸렸다. 아스콜리는 거대한 야영장이다. K2로 향하는 등산객들이 처음으로 텐트를 치고, 산행을 준비하는 곳이다. 말하자면 처음인지 마지막인지 하는 관문이다. 인가가 몇 있기는 하나, 황량한 산속에 위치하는 오두막들이다. 야영장에 등산객을 위한 시설은 간이화장실밖에는 아무것도 없다. 사방이 산으로 둘러싸인 적막한 지대다. 공기는 맑다. 저녁은 닭백숙을 안주 삼아 또 소주를 마셨다. 나의 텐트메이트는 정영목 교수와 경영대의 김영진 교수다. 한잠 자고 깨니, 밖이 떠들썩하다. 자정이 좀 지난 시간인데 큰 텐트에서 박영석 씨가 와서 소주를 마시고 있었다. 한 시간 전에 도착했다고 하는데, K와 같이 왔다.

다시 한잠 자고 나니 새벽이다. 아침 먹고, 일곱 시 십오 분부터 트레킹을 시작했다. 삼삼오오로 걷는다. 한 시간쯤 걸었을까? 나는 인문대의 고원高源 교수와 이야기를 하면서 걷다가 앞으로 넘어졌다. 그 곳은 채석장 같은 돌길이었는데, 넘어지면서 날카로운 돌에 왼손바닥을 크게 다쳤다. 손바닥에서 피가 많이 흐른다. 나에게는 큰 사고인 셈이다. 우리 일행 중에 다행히 의대의 조수헌趙秀憲 교수가 있다. 그는 임상의는 아니고, 예방의학이 전공이라서 칼을 대고 꿰매고 하는 일은 인턴 · 레지던트 때에 해보고 끝난 의사다. 그러나 별 수 없다. 그가 준비해 온 응급조치에 의존하는 수밖에 없다. 마취가 제대로 되지 않은 상태에서 일곱 바늘인가를 꿰맸다. 『삼국연의』의 이야기를 빌리면, 화타華陀가 독화살을 맞아 위독한 관우關羽의 왼쪽 팔을 수술하는 것과 같은 장면이었다. 아픈 가운데서도 그 이야기를 하면서 웃었다.[2]

그러나 저러나 나는 산행을 더 할 수가 없었다. 본격적인 산행 첫 날의 사고

여서 그나마 다행인 것은 스카르두로 돌아가는 차편이 아스콜리에 있었기 때문이다. 다시 고생 끝에 그날 오후 늦게 스카르두의 K2모텔로 돌아왔다. 내가 문을 두드리자 아내가 놀란다. 위에서는 이야기를 하지 않았지만, 나는 스카르두의 K2모텔에 아내를 두고 갔던 것이다. 거기에는 이런 이유가 있었다. 나는 명색이 산악회 회장이지만, 히말라야에 대하여는 아는 것이 없다. 그런데 발토로 트레킹 입안立案은 거의가 정영목 교수의 작품이었다. 내가 그 트레킹에 대하여 다소 조심스러운 태도를 보이자, 그는 스카르두가 세계적인 관광지라고 하면서, 사모님도 모시고 가자고 하였다. 그래서 내 아내도 따라나선 것이다. 그러나 그는 도저히 트레킹에 참여할 만한 체력이 못되어 모텔에 있으라 하고 나만 떠났던 것이다. 나는 스카르두가 산속의 도시인만큼 인터라켄Interlaken 등을 연상하였다. 막상 가보니 정반대였다. 산속이지만 경치는 황량하고, 도시는 더럽고, 공기는 나빴다. 자동차 매연이 아주 심했다. 시내를 쾌적하게 다닐 수 없다. 더구나 음식이 입에 맞지 않는다. 처음에는 그런가 했으나, 그게 아니었다. 그런 곳에 십여 일을 혼자 있으라고 하였으니, 내가 벌을 받은 것은 당연한 일인지도 모른다. 부상을 당하고, 패잔병처럼 돌아온 것이다. 나는 크게 다쳤지만 아내를 위해서는 다행이었다. 일찍 귀국할 수 있었기 때문이다.

여러 날 트레킹에는 짐이 많다. 커다란 카고 백은 포터가 지고, 우리는 보통 산행 때처럼 각자 그날 필요한 짐만 진다. 포터들은 카고 백만 지는 것이 아니라, 먹을 것과 텐트 같은 장비도 운반해야 하기 때문에 우리가 아스콜리를 떠날 때 동원된 포터는 120명이었다. 대단한 인원이다. 나중에 들은 이야기지만

2_지금도 한 7센티미터쯤 되는 상처가 남아 있다. 손금이 하나 더 생긴 것이다. 다만 그때 인대나 뼈가 상하지 않은 것이 천행이었다. 엄지 아래 도톰한 부위를 다친 것이다.

그 인원의 먹거리로 산 닭 120마리와 소 한 마리도 끌고 떠났다는 것이다. 나는 도중 하산이었기에 소 잡는 것은 보지 못했다.

부상을 당하고 산에서 아스콜리로 내려올 때 이슬라마바드부터 동행한 안와르Anwar란 친구가 내 카고 백을 졌다. 그의 신발을 보니 형편이 없다. 그는 많이 걸어야 하고, 나는 트레킹을 안 해도 된다. 등산화를 줄까 물었다. 대신 스니커가 있으면 달라는 것이다. 카고 백에 있는 것을 주었다. 그 얼마 전에 산 것인데, 새 것이었다. 그는 다시 트레킹 대원을 쫓아서 산으로 갔다. 그는 한국에서도 한 2년을 살았다고 하고, 우리말도 조금 한다. 한국음식도 곧잘 만든다. 그가 만든 음식을 트레킹을 시작하기 전날 저녁 아스콜리에서 먹었던 것이다.

스카르두에 와서다. 카고 백을 갖고 서울로 온다는 것은 만만한 일이 아니라는 생각이 들었다. 다친 왼손을 못 쓰기 때문이다. 그래서 K2모텔로 옮기기 전에 묵던 마샤부룸Mashabrum호텔에 카고 백을 맡겼다. 우리 일행의 다른 짐들도 그 곳에 있었기 때문에 그들이 돌아올 때 가지고 오라는 메시지를 남겼다. 이제 스카르두를 떠나야 한다. 그런데 돌아오는 것도 쉽지 않았다. 이슬라마바드로 가는 비행기를 이틀 기다렸는데, 오지 않는다. 할 수 없이 차로 이동하기로 결정했다. 이번에는 작은 승용차다. 다시 이틀이 걸렸다. 아스콜리에서도 병원에 가서 치료를 받았고, 이슬라마바드에서도 병원엘 갔다. 이슬라마바드 병원의 의사가 상처를 보더니 화농化膿이 되었다고 했다. 술도 안 마시고, 약도 열심히 먹었는데 그렇다는 것이다. 우여곡절 끝에 홍콩에 도착하여 대한항공 608편을 타고 나니 손은 불편하지만 집에 다 온 것 같아서 마음이 놓인다. 다친 나도 딱하지만, 이래저래 아내만 고생시킨 것이다. 그러나 정말로 가기 어려운 곳에 간 것을 시작으로 여러 가지 어려운 경험을 한 것이다. 지금은 그것을 위안으로 삼을 수밖에 없다.

산에서 사고를 당하고 8일 만인, 8월 6일 새벽에 서울에 도착하였다. 오자마자 동네의 가야병원 외과로 갔다. 다시 꿰매야 할 것 같다고 하였다. 약을 먹고 삼 일 후에 오라고 하여 갔더니, 화농된 부분이 거의 나아간다면서 새로 꿰매지 않아도 될 것 같다고 했다. 다행이었다.

탐사대 일행이 돌아오는 13일 밤이다. 나는 팀을 마중하려고 인천공항엘 갔다. 모두 건강한 모습이었다. 감사한 일이다. 나의 카고 백도 무사히 돌아왔다. 그리고 얼마 후다. 탐사대 팀은 서울대 문화회관에서 10월 12일부터 'K2사진전시회'도 열고, 트레킹 회고록을 출판하기 위하여 팀원들이 자주 모였다.[3] 그러다가 어느 날 나는 정영목 교수로부터 조니 워커 이야기를 들었다. 우리 팀 일행이 7월 29일부터 8월 9일까지 장장 열이틀에 걸친 트레킹을 마치고 스카르두로 무사히 돌아와서 K2모텔에 짐을 풀었는데, 술이 필요했다는 것이다. 상상이 간다. 서울서 가져간 소주를 산에서 다 마셨기 때문이다. 경영대의 김영진 교수가 모텔에서 밀매(?)하는 맥주를 사서 한 캔씩 돌렸으나, 그것으로는 물론 간에 기별이 가지 않았다. 그때 누군가가 그 조니 워커를 생각하고 짐들을 뒤졌다는 것이다. 술을 굶게 되어서야 기억이 가동되었던 모양이다. 아니 서부의 총잡이가 권총의 분실을 마지막 순간에 깨달은 것이다. 실종된 것은 분명하나 행방은 묘연하다. 무척 아쉬웠다는 것이다. 돌이켜 보면 싱겁고 맹랑한 실종 사건이었다.[4]

3_책은 다음 해에 출판되었다. 서울대학교 교수산악회 편, 『인더스 강을 따라 히말라야까지』(서울대학교출판부, 2006).

여러 해가 지나고 나니 스카르두와 아스콜리의 풍광이 아련하게 떠오르고, 손의 부상도, 위스키의 실종도 이젠 아름다운 추억이 되었다.[5]

### 추기

우리와 동행했던 오희준 씨와 이슬라마바드에서 만나 저녁을 함께 했던 이현조 씨는 박영석 대장을 따라 에베레스트 남서벽의 코리안 루트를 개척하다가 눈사태를 만나 생을 마감했다. 2007년 5월 하순이었다. 안타까운 일이다. 또 김안중 교수도 2009년 11월 1일에 숙환으로 별세했다.

2011년 10월에 안나푸르나Annapurna(8,081미터) 남벽을 공략하던 박영석 대장과 신동민 · 강기석 두 대원이 실종되었다는 비보悲報가 있었다. 10월 20일 대한산악연맹의 발표에 따르면 경위와 마지막 교신은 아래와 같다.

그들은 17일 오후 네 시(현지시간)에 전진 캠프를 떠난 후, 세 시간 사십 분이 지난 일곱 시 사십 분에 해발고도 5,670미터 지점에 도착하여 임시 텐트를 치고 휴식에 들어갔다. 다음 날인 18일 오전 두 시 이십사 분에 텐트를 떠나 오전 일곱 시 이십오 분에 안나푸르나 남벽 출발점에 도착하였다. 반 나절이 지나고, 오후 한 시경 "상황이 안 좋다. 가스가 많고, 낙석이 많다"는 부정적인 소식을 캠프에 전해왔다. 그리고 네 시, "목표 A지점에 도착 실패, 눈과

4_여러 가지를 종합하여 생각하면, K가 그 술을 우리 팀에게 다시 전하지 않은 것이 분명하다.

5_"나의 유산기(流産記)," 『인더스 강을 따라 히말라야까지』, 268-301쪽. 여기에는 K2 트레킹에서의 나의 일정과 생각이 담겨있다.

가스를 동반한 낙석으로 운행을 중단한다. 전진 캠프로 하산할 예정이다."라는 소식을 전해왔다.

20일부터 현지에서는 헬기 한 대와 남벽등반의 경험이 있는 셀파 네 명을 동원하여 수색작업을 폈으나, 흔적을 못 찾았다. 22일 대한산악연맹에서는 긴급대책반을 구성하여 구조를 포함한 다각적인 대책을 논의하고 집행에 들어갔으나, 신통한 결과가 없었다. 11월 1일 세 사람의 빈소가 서울대학교 병원 영안실에 마련되었고, 3일에 합동영결식이 있었다. 그래서 박영석도 비명에 간 것이다. 내년(2012년) 봄에 시신이나 찾았으면 한다. 나는 2일 오후에 문상을 갔다.

그런데 산악인의 비극은 계속되었다. 2011년 11월 12일자 『중앙일보』에 의하면, 네팔 촐라체(6,440미터) 북벽을 등반하던 김형일 대장(43세, K2익스트림 팀)과 장지명 대원(32세)이 6,000미터 지점에서 추락하여 사망했다는 것이다. 그들은 20일 전 박영석 대장 일행을 찾기 위한 일차 구조대로 참여한 바도 있다. 고산의 정복은 산악인이라면 누구나 꿈꾸는 일이다. 물론 무모하게 고산에 오르려는 산악인도 없을 것이다. 그렇다고 해도 안전에 대한 대비가 면밀해야 한다. 막을 수 없는 불의의 사고도 있다. 그러나 '대한산악연맹'이 안전에 대한 계도啓導를 더 책임 있게 하여야 한다고 생각한다. 산악인의 희생이 너무 잦기 때문이다.

# 인물 人物

제4부

# 조지 위

사람은 사회적 동물이라고 하지 않더라도 혼자는 못산다. 부모도, 형제자매도, 일가친척도 있다. 친구도 있고, 이웃사촌도 있다. 처자도 있을 수 있다. 그리고 알게 모르게 많은 사람들과 접촉하고 산다. 과거의 사람도 있고, 지금 관계가 있는 사람도 있고, 알 수는 없지만 미래에 관계가 생기는 사람도 있다. 한 사회심리학자의 연구에 의하면, 다섯 단계만 거치면 세계인이 모두 아는 사람이라는 것이다. '작은 세계' 이론이다.[1] 우리나라에서도 그와 비슷한 연구

1_Stanley Milgram, "The Small World Problem" *Psychology Today*, Vol. 1, No. 1(May, 1967), pp. 60–67. 이 연구는 "사회는 작은 네트워크 형태"라는 것을 확인한 것이다. 말하자면, 서로 전혀 모르는 두 사람, 예컨대 에스키모 남자와 프랑스의 미녀도 기껏해야 여섯 단계밖에 떨어져 있지 않다는 것이다. 이것이 '여섯 단계의 떨어짐six degrees of separation'이라는 개념이다. 간단히 계산하면 이렇다. 우리가 각자 1백 명의 아는 사람이 있다고 하자. 1단계에서는 1백 명을 알지만, 2단계에서는 그 1백 명이 또 1백 명씩 안다고 하면 1만 명이 된다. 3단계에서는 1백만 명, 4단계에서는 1억 명, 5단계에서는 1백억 명과 연줄이 닿는다는 계산이 나온다. 지구 인구가 60억이라고 할 때, 네 단계 반만 거치면 어느 누구와도 아는 사이가 된다는 것이다. 그래서 네 단계만 건너면 우리는 샤론 스톤Sharon Stone과도 악수를 나눌 수 있다는 것이다. 세계가 좁다는 것이다. 이 개념을 발전시킨 연구도 있고, 책도 있다. 예컨대, Duncan Watts, *Six Degrees: The Science of a Connected Age* (W. W. Norton, 2003); 던컨 와츠 지음, 강수정 옮김, 『Small World: 여섯 다리만 건너면 누구와도 연결된다』(세종연구소, 2004). 나는 작은 세계 이론을 막연하게 알고 있었는데, 자세한 것을 알기 위하여 서울대 정치외교학부의 권형기權熒基 교수에게 문의하였다. 위의 이야기는 그가 보낸 자료를 참고한 것이다.

혹은 조사가 있는지 모른다.

시작은 이렇게 하였지만, 장난 같은 연구 이야기를 하려는 것은 아니다. 사람이란 다른 사람들과 여러 가지의 인연을 맺고 산다는 이야기를 하려고 하는 것이다. 인연으로 말하면, 위에서 말한 부모와의 관계에서 시작하여 불가佛家에서는 일석대좌一席對坐도 오백 년 전의 인연이라고 하니, 그 시작과 끝이 무궁하다. 이루 다 기술할 수 없다. 여기서 내가 말하고자 하는 것은 나의 대학원 시절의 스승, 위George T. Yu(중국 이름은 于子橋) 교수와의 인연에 관한 것이다. 아니 한참 후 그의 집에서 마신 술 이야기이기도 하다. 그에 관하여는 앞에서도 짧은 언급이 있었다. 여기서는 그를 만나기 전, 미국에 처음 가서의 이야기부터 시작하려고 한다.

나는 1964년 12월 말에 미국에 갔다. 다음 해 2월 첫 주에 봄 학기가 시작되는 일리노이대학 대학원에 입학이 되어 유학을 간 것이다. 그때 나의 가형 최동철崔東哲(1931– )이 미국에서 교편을 잡고 있었는데, 좀 일찍 와서 한 달이라도 미국 경험을 더 하라고 하여 학기 시작 월여 전에 미국엘 간 것이다. 한두 달 동안에 미국을 알면 얼마나 알고, 미국을 배우면 얼마나 배우는지는 모르겠으나, 아무튼 약 한 달쯤을 형의 집에서 지냈다. 당시 형은 시애틀에서 그리 멀지 않은 엘렌스버그Ellensburg란 작은 도시에 위치한 센트럴 워싱턴 주립대학에서 물리학을 가르치고 있었다. 그 학교는 쿼터제였기 때문에 크리스마스 연휴가 끝나자마자 학교가 다시 법석댔다.[2] 나는 형의 도움으로 정초에서 약

2_미국 대학의 학기는 두 가지다. 쿼터quarter제와 시메스터semester제이다. 전자는 글자 그대로 일 년을 넷으로 나누어 세 쿼터와 여름학기summer school로, 후자는 좀 긴 두 학기와 여름학기로 운영된다. 우리나라의 대학도 대체로 후자와 같다.

3주 동안 미국정치론 강의를 청강했다. 그러나 강의는 전혀 알아들을 수 없었다. 지금도 그렇지만 그때는 영어를 정말로 못했다. 더구나 미국정치에 관해서는 아는 바가 거의 없었으니 이해는 불가능이었다. 강의가 재미있을 리 없었다. 시차에 적응될만한 날짜가 지났는데도, 강의실에 들어가면 졸렸다. 한 번은 졸다가 강의가 끝날 무렵에 깼는데, 잠바 위에 침까지 흘렸다. 집에 와서 그 이야기를 형에게 했더니, "잠바에 침을 흘린 것이 아니라, 내 얼굴에 침을 뱉은 것이다."라고 말하여 무안한 적도 있었다. 코는 골지는 않았는지 모른다.

1965년 1월 말, 청운의 뜻을 품은 것이 아니라 공부 걱정에 잔뜩 겁에 질려서 시애틀에서 시카고 가는 비행기를 탔다. "사나이가 뜻을 세워 고향 관문을 떠나네. 학문이 이뤄지지 않으면 죽어도 돌아오지 않겠네[男兒立志出鄕關 學若不成死不還]"란 시는 생각지도 못했다.3 시카고에서는 '일리노이 센트럴Illinois Central'이란 기차를 타고 학교가 있는 어바나Urbana로 갔다. 시카고에서는 나의 이종사촌 유성재兪城在 형의 도움을 받았고,4 어바나에서는 형의 친구인 이태전李太田 씨가 역에 마중을 나왔다. 모든 것이 낯설다. 어렵게 대니엘스 홀Daniel's Hall이라는 대학원생 기숙사에 방을 얻었다. 둘이 쓰는 방이고, 룸메이트는 조지 스미스였다. 고등학교 수학선생으로 석사학위를 받으려고 와 있었다. 한 학기를 같이 지냈는데, 나이도 들었고 사람이 점잖았다. 나는 어릿어릿하고 그는

3_작자의 이름을 알 수 없는 이 시를 나는 어렸을 적부터 안다. 다음 구는 "선영先塋에 뼈 묻히기를 어찌 기약하겠는가, 사람이 가는 데는 늘 푸른 산이 있거늘[埋骨豈期墳墓地 人間到處有靑山]." 선산先山에는 묻히지 않더라도, 그래도 푸른 산에는 묻히고 싶었던 모양이다.

4_유성재 형은 나의 법대 2년 선배다. 서던일리노이대학Southern Illinois University에서 경영학으로 석사를 하고, 그때 시카고에서 일을 하고 있었다. 그 후 미네소타대학에서 경영학으로 Ph. D.를 받았다. 내가 다니던 일리노이대학에서 교편을 잡다가 귀국하여 오랫동안, 아니 정년까지 중앙대학교 교수였다.

점잖고, 그래서 잘 지냈다.

기숙사에 짐을 풀고 약간의 정리가 끝나자, 제일 먼저 외국인 학생 사무처와 정치학과 사무실에 갔다. 외국인 학생 사무처에서는 외국인 학생들의 편의를 돌보아 주는 기관이다. 여러 사무 가운데 처음 온 유학생들에게는 영어시험을 보게 하는 일도 했다. 그래 시험을 보았다. 합격점을 얻지 못했다. 기초영어에 해당하는 과목을 들으라는 것이다. 두 과목을 듣게 되었다.

영어 클래스의 수강생은 물론 모두 비영어권 출신이다. 한국인은 나 말고 두 명이 더 있었다. 한 명은 서울공대 기계과를 졸업한 박범국朴範國 선배였고, 다른 한 명은 나의 법대 2년 후배인 이연희李淵禧 씨였다.[5] 셋이서 죽이 잘 맞아 영어 시간이 심심치 않았다. 다수는 아시아 출신의 학생들이었고, 그 중에는 인도 학생도 몇 있었다. 강사는 미시스 애너터Anata였다. 몸집이 크고, 다리가 매우 굵은 중년 부인이다. 우리가 '다이꽁아시(무다리)'라고 불렀다. 그런데 우리 반의 한 인도 학생이 영어가 시원치 못했다. 하기야 영어가 웬만하면 그 반에 들어오지도 않았겠지만, 아무튼 선생에게 자주 지적을 받았다. 이름이 브랄Brall이었다. 미시스 애너터가 "미스터 브랄!" 하고 부르면, 우리는 웃음을 참지 못했다. 미시스 애너터가 자기의 다리를 보고 웃는다고 오해할까 웃음을 참기도 했고, 민망한 생각이 들기도 했다.

영어 클래스의 수업은 무사히 마쳤다. 여름이 지나고 가을 학기가 시작될

5_박 선배는 일리노이대학에서 석사학위를 하고 1967년에 로스앤젤레스로 갔다. 결혼청첩을 받은 기억이 있는데, 그 후 소식이 끊겼다. 나보다 4년 선배로 매우 성실하고 얌전한 분이다. 유학 오기 전에 잠시 금성사에 다녔다고 했다. 이 씨는 일리노이대학 법대에서 비교법석사학위, 시카고대학에서 법학박사(J.D.) 학위를 받았다. 귀국하여서는 가업을 이어받아 사업을 하였는데, 불행히 여러 해 전에 작고했다.

무렵이다. 하루는 무슨 급한 일인지 자전거를 타고 내 딴에는 전속력으로 도서관 앞길을 달리다가 미시스 애너터와 마주쳤다. 반가웠다. 그러나 자전거를 멈출 틈이 없었다. 달리면서 소리쳤다.

"굿 애프터 눈! 미스터 애너터!"

그녀는 웃으면서 지나쳤지만, 속으로는 '기껏 한 학기 동안 영어를 가르쳤는데, 저놈은 아직 미스터와 미시스도 구별을 못하는구나!' 하였을 것이다. 지금도 그 생각을 하면 얼굴이 뜨거워진다.

정치학과 사무실은 링컨 홀이란 건물에 있었다. 나의 대학원 지도교수는 스나이더Clyde F. Snider 교수였는데, 그때 나이가 환갑이 넘었고, 다리가 부실하여 휠체어를 탔다. 처음 만났을 적에 그는 나의 대학성적표 등의 자료를 보고, 몇 가지를 물었다. 물론 나는 영어가 짧아서 잘 알아듣지도 못했을 것이고, 그러니 대답인들 오죽했겠는가! 아무튼 그가 권하는 대로 첫 학기에 정치학은 두 과목만 수강하게 되었다. 그 중 하나는 '서양정치사상사'이고, 담당은 윌슨Francis G. Wilson 교수였다.

윌슨 교수는 스탠포드대학에서 박사학위를 받고, 거의 바로 일리노이로 왔다. 인자하고 매우 보수적인 신사였다.[6] 별로 재미없는 이야기인지도 모르나, 당시 미국 정치학계는 과학주의를 표방하는 소위 행태주의와 역사와 철학에 집착하는 전통주의의 대립이 우심하였다. 그것이 교수들 사이의 감정적인

6_그는 1937년에 일리노이대학에 부임하여 1967년에 정년을 하기까지 삼십 년을 같은 대학에서 봉직했다. *The Elements of Modern Politics*(Stanford University Press, 1936); *The Case for Conservatism*(University of Washington Press, 1951) 등의 저술이 있다. 평생을 보수주의자로서 많은 논문을 썼으며, 또 다른 보수주의자인 러셀 커크Russell Kirk 등과 *The Conservative Mind*란 저널을 편집했던 것을 기억한다.

문제로까지 비화飛火되곤 하였는데, 일리노이대학 정치학과도 예외는 아니었다. 이런 비화秘話를 들은 기억이 있다. 이익단체이론을 주로 가르치던 헤이건 Charles B. Hagan이란 교수가 있었다. 월슨과 사이가 나빴다. 한 번은 이 두 사람이 무슨 일로 다투다가, 헤이건이, "Francis! I am damn tired of you!"라고 했다고 한다. 그러자 월슨은, "Well, Charlie! The feeling is mutual!"이라고 응수했다는 것이다. 그때 대학원생들 사이에서 돌아다니던 소문이었다. "야! 난 네가 지겨워!" 하니, "그래, 너만 그런 줄 알아?" 유치하지만 대강 그런 싸움이었다. 헤이건 교수는 1965년 여름 일리노이를 떠났다. 그래서 그의 강의는 들을 기회가 없었다.

사상사 강의는 매주 목요일 저녁 일곱 시부터 아홉 시까지 속강으로 진행되었다. 사람마다 다르겠지만 밤이면 정신이 더 맑아져서 그랬는지? 아니면 사위四圍가 조용해서 그랬는지? 그렇다고 해도 저녁강의가 끝날 때면 캄캄했다. 사상의 중요한 고전古典을 이해도 못하고(그래서 苦戰), 선생의 말을 알아듣지도 못했으나, 그래도 악착같이 원전들을 읽고 출석했다. 학기에 세 개의 페이퍼를 써서 한 달 간격으로 제출하는데, 그러면 바로 채점하여 다음 시간에 돌려주곤 했다. 첫 학기의 사상사 성적은 B였다. 마키아벨리, 헤겔, 그리고 레닌에 관하여 쓴 것으로 기억한다. 마키아벨리는 근대 정치학의 비조鼻祖이니 응당 한 번은 홍역을 치러야 하는 존재이고, 헤겔은 대학 다닐 적에 그의 『법철학강요法哲學綱要』를 사서 조금 읽은 일이 있기 때문에 그렇고,[7] 레닌은 러시아 혁명을 성공시킨 인물이었기 때문이었다.

역사뿐 아니라 사회현상 모든 것의 인과관계를 따지자면 끝이 없다. 그래서 인과관계의 중단이란 것도 생각할 필요가 있다. 그러나 나는 레닌의 러시아

혁명이 한반도의 분할과 그리고 역사상 유례없이 참혹한 6 · 25 사변과 인과관계가 있다고 생각하고 있었다. 그 연장선에서 우리는 지금도 평화와는 요원한 휴전상태에 있는 것인데, 1965년 당시는 그러한 생각이 더 했을 것이다. 그래서 레닌에 관하여 읽고 썼던 것이다. 그 때 정치학과에 한국 유학생으로 박영호란 선배가 있었다. 그는 박사학위 논문을 준비하고 있었는데, 내가 페이퍼를 쓰면 많이 고쳐주었다. 또 사상사 수업에서는 내가 대학 삼학년 때 사서 다소 폼으로 들고 다니던 아리스토텔레스의『정치학』과 또 유학을 떠나기 약 반년 전에 샀던 세이바인의『정치학설사』가 큰 도움이 되었다.[8]

가을 학기가 되었다. 고대와 중세의 정치사상을 공부했다. 눈치도 늘고 요령도 좀 생기기 시작했다. 봄 학기와는 달리 둘 혹은 그 이상의 사상가들을 비교하는 방식으로 페이퍼를 썼다. 플라톤 · 아리스토텔레스 · 키케로의 정의론, 보댕 · 그로티우스의 주권론, 그리고 필머Sir Robert Filmer의 왕권신수설 등에 관하여 썼는데, 모두 좋은 점수를 받았다. 처음 A를 받은 날 밤, 기숙사로 와서의 일이다. 너무 기뻐서 그랬는지 엘리베이터를 타고 올라가다가 별안간 장난기가 발동되었던 모양이다. 스톱 버튼을 눌렀다. 엘리베이터가 갑자기 멈추었다. 이번에는 비상 버튼을 눌렀다. 아무리 눌러도 요지부동이다. 벨 소리만 요

7_Georg Wilhelm Friedrich Hegel, *Grundlinien der Philosophie des Rechts*, Herausgegeben von Johannes Hoffmeister (Verlag von Felix Meiner, 1955). 서울서는 사실 이 책의 서문 정도만 읽었었다. 그러나 나는 그 책의 서문에서 크게 감명을 받은 것은 두 곳이다. 하나는 "Was vernünftig ist, das ist wirklich; und was wirklich ist, das ist vernünftig."란 것이고, 다른 하나는 "Die Eule der Minerva beginnt erst mit der einbrechenden Dämmerung ihren Flug."란 것이다. 전자는 "이성적인 것은 현실적이고, 현실적인 것은 이성적"이란 말이고, 후자는 "미네르바의 부엉이는 황혼이 깃들 때 처음으로 난다."는 뜻이다. 지식인(철학자)의 한계를 토로한 것이다.

8_*The Politics of Aristotle*, Translated with Notes by Sir Ernest Barker (Oxford University Press, 1948); George H. Sabine, *A History of Political Theory* (3rd ed.; Holt, Rinehart and Winston, 1961).

란했다. 대학의 청원경찰이 와서 문을 열 때까지 삼십여 분을 갇혀 있었다. 혼자 타고 있은 것만은 그래도 다행이었다. 그 후 나보고 "엘리베이터 보이"라고 부르는 미국인 친구도 있었다.

일리노이에서 첫 여름이 지나고 새 학기가 시작되는데, 중국정치전공의 조지 위라는 중국계 젊은 교수가 새로 왔다고 하였다. 찾아갔다. 나도 젊었지만 그도 젊었다. 그는 1930년생으로 나보다 열 살 위다. 그래야 그때 서른다섯이다. 몇 번 만나서 이런 저런 이야기를 하다가 위 교수와 친해져야겠다는 생각이 들었다. 그래서 1966년 봄 학기에 위 교수의 중국정치론 강의를 들었다.

처음에는 잘 몰랐지만, 차차 그와 친해지면서 그의 배경도 알게 되었다. 그는 중국의 명문 집안의 자손이다. 우리도 중국을 닮아서 조상이 어떻다고 하는 풍습이 있지만, 중국은 그 원조인 만큼 우리보다 더하다. 또 출신 지역에 대한 감정도 그랬던 것 같다. 요즘은 어떤지 모르겠으나, 사십 년 전만 해도 타이완엘 가면 대륙에서 피난 온 사람들은 명함에 출신성出身省을 적었다. 위 교수의 조부는 위유런于右任(1879–1964)으로 산시성陝西省 출신이다. 국민당 정부 시절에 심계원장, 감찰원장 등의 고위관직을 지내기도 하였고, 글씨를 잘 써서 당대 명필로 이름이 났었다.[9]

할아버지는 그렇다고 하고, 아버지 위왕떠于望德는 외교관이었다.[10] 주영駐英중국대사관에서 오래 근무하였다. 그래서 위 교수는 런던에서 태어났다. 여

9_『右任詩存』, 『右任文存』 등의 저술도 많다. 『中國近現代人名大辭典』(中國國際廣播出版社, 1989), 7쪽. [추기: 위유런의 행적에 관하여는 「사진과 함께하는 김영호의 중국근현대(317–323)」, 『중앙 SUNDAY』(2013년 4월 15일–5월 27일; 5회 연재)이 상세하다. 2013년 6월.]

10_1977년 7월 나는 그의 초청으로 타이완을 처음 방문하였는데, 그 때 그는 중국문화학원의 원장이었다.

덟 살까지 영국서 자라면서 런던에서 초등학교를 잠시 다니다가 귀국해서는 충칭重慶에서 살았는데 국민당정부가 타이완으로 패주敗走하기 직전에 미국으로 갔다고 한다. 미국에서도 고등학교를 다녔고, 캘리포니아대학(버클리)에서 학부부터 시작하여 정치학으로 석·박사학위를 받았다. 당시는 동서의 냉전이 우심尤甚하던 시절이었다. 소련이 '철鐵의 장막'이었다면, 중국은 '죽竹의 장막'이었다. 따라서 미국과 중국과의 관계도 냉전 바로 그것이었다. 그러나 미국에서는 중국을 알아야 한다는 분위기가 팽배하고 있었다. 지피지기知彼知己가 무엇인가를 미국도 알고 있었기 때문일 것이다. 그래서 중국 연구 붐이 일기 시작하였는데, 앞장 선 사람 가운데 하나가 캘리포니아대학의 스칼라피노 교수였다. 위 교수는 스칼라피노의 제자다. 스칼라피노는 동아시아를 주로 연구한 학자다.[11]

위 교수는 대학원 시절에 이미 스칼라피노와 같이 책을 내기도 했다. 그 최초가 중국의 무정부주의 운동에 관한 것이다.[12] 또 위 교수 단독으로 국민당에 관한 저술을 출판했는데, 그것은 박사학위논문을 수정 보완한 것이다.[13] 일리노이에 와서는 중국과 아프리카(특히 탄자니아)의 외교관계에 관한 연구를 많이 했고, 그에 관한 책도 여러 권 집필했다. 그러나 그의 기념비적인 저술은 스칼라피노와의 공저인 근대중국혁명에 관한 것이다. 이 책의 첫 권은 팔백

11_Scalapino 교수는 근 사십 권의 책과 모노그라프를 출판했고, 약 오백 편의 논문을 집필한 다작가다. 2011년 11월에 노환으로 작고하였다.

12_Robert Scalapino and George T. Yu, *The Chinese Anarchist Movement* (University of California Press, 1961).

13_George T. Yu, *Party Politics in Republican China: The Kuomintang*, 1921–1924 (University of California Press, 1966).

페이지가 넘는 대작이나 나는 위 교수가 주로 집필했다고 생각한다. 다만 계획되고 추진 중이던 둘째와 셋째 권이 출판되지 못한 것은 아쉬운 일이다.[14]

나는 위 교수의 연구 조교 노릇을 일 년쯤 했다. 그는 여름이면 탄자니아에 갔다. 내가 조교로서 하는 일의 하나는 영문판 탄자니아의 신문 등을 읽고, 중국에 관한 기사를 스크랩하는 것이었다. 그러다가 나는 그의 지도를 받아 박사학위논문을 썼다. 시원치는 않으나 그가 일리노이에 와서 처음 배출하는 제자이니, 적당히 내보내자고 생각했는지도 모른다. 그러나 그 과정에서 내 나름의 어려움이 많았다.

1969년 가을부터 나는 먼머스대학Monmouth College에서 가르치면서 바쁜 일 년을 보냈다. 여러 과목을 가르쳤다. 게다가 다음 해 여름까지 논문을 마치지 않으면 안 될 형편이었기 때문에 강의준비 하랴, 논문 쓰랴, 정신이 없었다. 당시는 e-메일은 물론 팩스도 없었다. 있는 것이라고는 복사기 정도였다. 그나마 학과 사무실에 있는 것도 아니고, 도서관에만 몇 대 있었다. 해가 바뀌자 더 바빴다. 논문을 마무리해야 했기 때문이다. 그때는 DHL(택배?)도 없었다. 논문을 쓴 것, 혹은 수정한 것을 직접 들고 가서 위 교수에게 전해야 했다. 먼머스에서 어바나까지는 자동차로 네 시간이 좀 더 걸린다. 1970년 2월과 3월이었다. 수정한 논문이 준비된 토요일이면 점심을 일찍 먹고, 그것을 들고 어바나의 위 교수 집으로 가곤 했다. 논문에 관하여 야단도 많이 맞았다. 그건 그렇고 미시스 위(프리실라Priscilla)가 저녁을 차려준다. 미시스 위도 화교華僑다. 몇

14_Robert Scalapino and George T. Yu, *Modern China and Its Revolutionary Process: Recurrent Challenges to the Traditional Order*, 1850-1920 (University of California Press, 1985). 둘째 권은 1921년 공산당의 창당부터 1949년의 집권까지의 기간을 다루고, 셋째 권은 1949년 이후의 정치를 다룰 계획이었다.

살 적에 중국에서 왔는지 중국어보다는 영어를 더 잘 하였는데, 요리 솜씨가 뛰어났다. 그러면 빨리 먹고 또 차를 몰고 착잡한 심정으로 돌아오는 것이었다. 집에 오면 자정이 넘는다. 그런 과정을 몇 번 걸쳐서 그해 6월에 졸업했다.

박사학위의 최종관문은 구술시험이다. 심사위원들 사이에서 대강의 합의가 이루어져야 시험 날짜가 정해지나, 그 시험에서 떨어지는 경우도 있다. 아무튼 구술시험에는 심사위원 전원이 모여 이런저런 질문을 한다. 대강의 이야기가 끝나면, 좀 나가 있으라고 한다. 그 사이에 심사위원들이 최종 결정을 내린다. 그리고는 들어오라고 한다. 들어가면 심사위원장이 제일 먼저 "Congratulations(축하하네)!" 하면서 악수를 청한다. 차례로 모든 심사위원과 악수를 한다. 박사가 되는 순간이다. 그런데 미국 학생들은 그때부터 자기의 지도교수와 맞먹자는 것인지, 이제껏 아무개 교수라고 부르던 명칭을 바꿔서 그의 이름(흔히 말하는 first name)을 부르기도 한다는 것이다. 그 동안 고생을 시켰으니, 미운 경우도 있을 것이다.

학위를 받은 지가 사십 년도 더 넘었다. 학위 받은 직후부터 위 교수는 나를 보면 이제는 사제지간이 아니고 동료이니, '조지George'라고 부르라고 했다. 그러나 나는 이제껏 그를 부를 때면 항상 '프로페서 위Professor Yu'다. 내가 귀국한 후 그가 한국을 방문한 것도 여러 번이고, 내가 미국 혹은 타이완에서 그를 만난 것도 여러 번이다. 오늘 이야기는 그 중 하나다.

1986년 1월에도 나는 버클리에서 위 교수를 만났다. 일리노이대학 '아세아 · 태평양연구소'와 타이베이의 탄지앙淡江대학 '국제문제연구소'는 정치발전 혹은 국제문제 등을 주제로 공동회의를 격년으로 개최했다. 한 번은 어바나, 다른 한번은 타이베이에서 모였다. 일리노이대학의 대표는 물론 위 교수다.

나는 그 회의에 참석하기 위하여 미국에도 가고, 타이완에도 간 일이 있다. 그런데 위 교수는 한국의 유수한 연구소와도 그러한 성격의 회의를 했으면 하는 구상을 갖고 있었고, 그런 저런 의견을 교환하자고 나를 부른 것이었다. 그 이유 하나만이라면 미국까지 갈 필요가 없다. 편지나 전화로도 될 일이다. 그런데 마침 다른 일이 있어서 일리노이대학에 갔었고, 시카고와 미네아폴리스를 들러서 돌아오는 길에 버클리를 방문한 것이었다.

21일 오후에 정치학과 사무실(794 Barrows)에서 위 교수를 만났다. 그날은 그냥 이야기만 좀 하고, 다음 날 오후 네 시에 다시 만나기로 했다. 다음 날이다. 위 교수는 만나자마자 자기 집으로 나를 데리고 갔다. 미시스 위가 반갑게 맞는다. 거실 소파에 앉자마자 부엌 찬장에서 커다란 병을 하나 들고 나오더니, 작은 잔이지만 가득 따라 주면서 마시라는 것이었다. 잔을 입에 가까이 댔다. 알 수 없는 향기가 코를 찌른다. 맛이 기가 막히다. 그런데 한 잔만 마시고 나가자는 것이다. 실은 나에게 술을 주려는 것이 목적이 아니고, 부인이 외출 준비를 하는 동안 한 잔 마시라는 것이었다. 그리고 간 곳이 캠퍼스 서쪽 끝 샤턱애비뉴Shattuck Avenue에 있는 '대만반점台灣飯店'이었다. 여기서는 맥주로 입가심 정도만 하고, 정작 술은 다시 자기 집으로 가서 2차인지, 3차인지를 하자는 것이다. 맥주에 밥만 먹자는 것이 다소 못마땅한 처사이기는 하나, 나는 손님이니 이러쿵저러쿵 할 처지가 못 되었다. 밥만 먹는 데는 시간이 별로 걸리지 않으나, 그래도 겨울이라 밖에 나오니 사방이 캄캄했다.

다시 위 교수의 집이다. 두어 시간 전에 한 잔 마시고 남긴 술을 다시 마시자는 것이다. 그런데 병에 아무런 라벨이 없다. 이상하다고 생각하여 도대체 이것이 무슨 술이냐고 물었다. 그랬더니 웃으며 하는 말씀이 이러했다. 바로 그 얼마 전에 중국에 다녀왔는데, 할아버지의 고향인 산시성 산위엔현三原縣에 갔었다고 했다. 시안西安에서 북쪽으로 약 30킬로미터 떨어진 곳이다. 할아버지의 고향이면 자기의 고향인 경우도 있고, 아닐 수도 있다. 또 타향살이가 오래다 보면 언제나 타향일 수도 있고, 지금 사는 곳이 고향일 수도 있다. 그러나 누구라도 할아버지의 고향이면 '나의 살지 않던 고향'이라도 가고 싶을 수 있다. 위 교수가 미국에 온 후 중국을 처음 방문한 것은 1981년이었다. 할아버지 고향에도 갔고, 그 곳 유지들로부터 융숭한 대접을 받았다고 했다.

이번 여행에서도 융숭한 대접을 받았고, 누군지 또 귀한 술을 주어 가져왔다고 했다. 그러나 술은 그 지방의 비법으로 만든 것이고, 말하자면 밀주여서 라벨이 없다. 두 병을 받았는데 하나는 마시고, 이것이 남은 것이라고 했다. 나는 감격했지만, 감격은 잠시다.

"참으로 맛있네요. 마시지요!"

그 임시 나는 마오타이주茅台酒는 자주 마셨지만, 요새 유행하는 우리앙예五糧液, 죠우꾸이酒鬼, 혹은 쉐이징팡水井坊 등이 있었는지? 그러나 지금 생각하면 이 모든 것을 합쳐도 그 밀주만은 못했다. "한잔, 한잔, 또 한잔, 석 잔이 한잔" 하다가 거의 일 리터나 되는 병의 술을 둘이서 다 마셨다. 물론 내가 더 마셨다. 취하지 않을 수가 없다. 나는 버클리에 가면 으레 위민스 패컬티 클럽Women's Faculty Club에 숙소를 정한다. 이름은 그렇지만 여자들만이 이용하는 클럽은 아니다. 어떻게 숙소에 왔는지, 정신없이 잤다. 정신이 있을 리가 없다. 정신이 있다고 하면 그야말로 정신이 없는 것이리라. 얼마를 잤는지, 그래도 아침이 되어 깼다. 그런데 방안에서 술 향기가 솔솔 나는 것이었다. 이상하다 생각하여 잠옷의 냄새를 맡았다. 거기서도 술 향기가 풍겼다. 잠옷을 벗고, 팔에서 향기가 나나 맡았다. 살에서도 술 향기가 살살 배어나오고 있었다.[15] 이 향기를 지켜야 한다. 그러려면 적어도 하루는 술을 마시지 말아야 한다. 작심했을 것이다. 그러나 그 작심은 삼 일이 아니라 저녁까지였음은 물론이다.

좋은 술은 많다. 우리가 모르는 좋은 술도 많다. 그러나 안다고 해도 구하기가 어렵고, 구해도 좋은 분위기에서 좋은 사람과 담소하면서 마시기란 쉽지 않다.

### 추기

위 교수는 75세인 2005년에 일리노이에서 정년을 하고, 그 후로는 샌프란시스코에 와서 사신다. 연구 활동도 활발하고, 여행도 많이 하신다. 2006년 여름에도 내외분이 서울에 오셨다. 모시고 다녔는데, 벌써 여러 해가 지났다. 나보고 샌프란시스코에 한번 오라는데, 아직 못 갔다. 가면 그러한 술이 다시 있을까?

15_『수호전』에는 '투병향透瓶香'이란 술이 있다. 향이 병을 뚫고 나온다고 하여 그런 이름이 지어진 것이다. 그 술은 무송武松이 경양강景陽岡을 넘기 전에 '삼완불과강三碗不過岡'이란 초기招旗를 단 주점에서 마신 술이다. 세 대접이면 취해서 산등성이를 넘지 못한다는 뜻이다. 그런데 무송은 투병향을 무려 열다섯 대접이나 마시고, 산을 넘다가 호랑이를 때려잡았다. 투병향의 다른 이름은 '출문도出門倒'다. 얼마를 마시고 나야 그런지 모르나 문을 나서면 쓰러진다는 의미이다. 그만큼 독하다는 이야기다. 그런데 나의 경우는 향이 병을 뚫고 나오는 것이 아니라 온몸의 살을 뚫고 나왔다. 투피향透皮香이라고나 할까?

# 요시다 아키히로

나는 공부가 별로인 교수라 부지런히 논문을 써서 이곳저곳 발표하러 다니지 않았다. 않은 것이 아니라 못했다고 표현해야 옳을 것이다. 그러나 몇 번 다닌 경험은 있다. 그 가운데 한 이야기다. 1989년 말이었다. 서울대학교 행정대학원 최종기崔鍾起(1928-2007) 교수가 전화를 했다. 최 교수는 꼭 이른 새벽에 전화를 한다. 그만큼 부지런한 것이다. 다음 해 3월 하순에 쓰쿠바筑波대학에서 동아시아 정치에 관한 심포지엄이 있으니, 같이 갔으면 좋겠다는 이야기였다. 최 교수는 서울대 법대 선배다. 일찍이 미네소타대학에 유학하였다. 소속은 행정대학원이었으나, 행정학과는 거리가 먼 국제관계가 전공이었다. '한국국제관계연구소'라는 사단법인을 만들어 이사장으로 활약했다. 그 연구소는 다른 어느 정치학 관계의 연구소보다 활발했다.[1]

1_연구소에서는 국제회의도 많이 개최했다. 따라서 외국 학자와의 교류도 활발했다. 내가 기억하기로는 최 교수는, 예컨대, 프랑스의 레이몽 아롱Raymond Aron이나 미국의 브레진스키Zbigniew Brzezinski와도 호형호제하는 사이였다. 그만큼 능했다. 나도 1972년에 그 연구소 회의에서 「中共의 世界秩序觀」이란 논문을 발표한 적이 있다. 『國際關係研究』 3/1, 71-83쪽 참조. 그것을 시작으로 여러 번 그 연구소가 주관하는 회의에 참석했다.

그래서 1990년 3월 25일에 논문을 하나 써 들고, 쓰쿠바대학에 간 것이다.[2] 그날은 일요일이다. 나는 일본에 가면 꼭 만나는 친구가 있다. 도쿄대학 심리학 교수인 요시다 아키히로吉田章宏 군이다. 요시다 군은 1934년생이다. 나이는 나보다 여섯 살 위이지만, 1965년 일리노이대학에서 만나서부터 형제같이 지내는 친구다. 그는 좀 특이한 인물이다. 그는 도쿄대학 교육학부를 다녔고, 교육심리학이 전공이다. 본래는 수학을 전공하려다가 심리학을 전공하게 되었다는데, 그 덕분인지 몰라도 1960년 대학졸업식 때 전교 수석으로 졸업생을 대표하여 연설을 한 수재秀才다.[3]

다음 날 월요일(26일)에 내 발표를 마치고, 요시다 군을 기다렸다. 어제 전화로 한 약속은 다섯 시다. 그런데 그야말로 "시간은 자꾸 가는데" 나타나지 않았다. 참다못해 여섯 시 십 분에 그의 집으로 전화를 했다. 그랬더니 요시다 군의 부인은 남편이 서울서 온 친구를 만나는지도 모르고 있었다. 일본이고 어디고 남편이 가는 곳을 알아 샅샅이 찾는 아내가 몇이나 되랴 싶었다. "아이고, 괜히 전화를 했네! 모르는 게 약이기도 한데." 하며, 다시 기다렸다. 그가 나타난 것은 정확히 여섯 시 사십오 분. 근 두 시간 늦은 것이다.[4]

2_"Recent Political Development in China and North Korea: Succession and Reform" submitted to the Tsukuba Symposium on "Structural Changes in East Asia and International Relations" March 26-27, 1990, Tsukuba, Japan. 한국에서는 연세대학교 신문방송학과의 한홍수韓興洙 교수도 같이 갔다.

3_아주 오래전에는 동경제국대학 최우수졸업생은 국왕이 하사하는 은시계를 받았다고 한다. 그것은 1897년에 시작하여 1917년까지 계속되었다는데, 왜 폐지되었는지는 의문이다. 그 전통이 남았다면 요시다 군은 은시계를 받았을 것이다. 그런데 나는 은시계가 아니라 금시계로, 또 비교적 최근까지 그 전통이 이어진 것으로 잘 못 알고 있었다.

4_해방 직후에 'Korean time'이란 말이 있었다. 우리나라 사람들이 약속시간을 지키지 않아서 생긴 말이다. 언젠가부터 그런 말이 없어졌다. 시간을 포함하여 약속을 잘 지키는 것이 문명의 한 척도이다.

왜 늦었는지를 나는 묻지도 않고, 그가 온 것만 반가웠다. 그는 그저, "Myung!" 하고 나의 이름을 부르더니, "I am sorry, you see(알다시피 미안해!)" 하고 웃는 것이었다. 그런데 그와 같이 나타난 초로初老의 신사가 있었다. 우리는 통성명을 하고, 내가 있던 호텔의 박스터즈Baxter's란 술집으로 갔다.[5] 우리 식으로 말하여 '박 터지게 마시는 집'인지도 모른다. 나는 기다리다 지쳐서 목이 타고, 요시다 군은 늦게 온 것에 대한 미안함과 그것보다는 허위단심으로 오느라 목이 타고, 초로의 신사는 그래도 자기보다 젊은 두 사람이 만나서 반가워하는 것이 신기했던지, 그야말로 여러 가지를 덮어두고[6] 맥주부터 마시기 시작했다. 그때 나는 '기린'맥주로 시작하였는데, 그것도 한두 글라스다. 나는 마티니를 마시겠다고 하였다. 칵테일은 각자가 취향대로 마시는 것이다. 그 두 사람이 무엇을 마셨는지는 기억에 없으나, 아무튼 웨이터가 바쁘게 오가기 시작했다.

초로의 신사는 간바야시 데루오神林照雄이고, '가스미カスミ'라는 일종의 식품 슈퍼체인의 사장이었다.[7] 꽤 큰 기업이라고 했다. 그런데 그는 술이 약간 오르자 제2차 세계대전 당시 자신의 무용담을 이야기하기 시작했다. 그는 학도병으로 징집되어, 해군에 근무했다고 한다. 그의 배가 뉴기니 섬 가까운 바다 어디에서 어뢰를 맞고 침몰하게 되자, 그는 바다로 뛰어들었다. 물속에서 그는 그의 배가 바다 한가운데로 가라앉는 모습을 보는 순간, 그 배에 달렸던 히노

5_쓰쿠바 중심가에 있는 오쿠라大藏호텔이다. 쓰쿠바는 작은 학교 도시라 비교적 큰 호텔은 이 곳 뿐이다. 학교에 오는 손님은 대체로 이 호텔에 묵는다.

6_여기에 해당하는 한자어로는 제백사除百事란 말도 있고, 파제만사破除萬事 혹은 제만사除萬事란 말이 있다.

7_'가스미'는 쓰쿠바대학이 있는 이바라키현茨城縣에 근거를 둔 기업이다.

마루日章旗에 눈이 갔다고 한다. 그러자 갑자기 온몸에서 기운이 샘솟듯이 나더란 것이다. 그 기운 덕인지 서른네 시간 동안 물속을 헤매다가 어떻게 구출되었다고 하였다. 그야말로 구사일생이다. 그러면서 하는 말이 히노마루가 자기를 구했다는 것이다. 그랬다니까 그럴 수도 있다.

나는 반신반의하면서 옆에 있는 요시다 군에게 그 신사가 못 알아듣게 영어로 말했다.

"히노마루를 보고도 죽은 사람이 더 많았을 터인데, 그것은 어떻게 설명할 수 있는지 한번 물어보는 것이 어떠냐?"

그랬더니 나의 친구 요시다가 말했다.

"그런 말은 꺼내지 않는 것이 좋을 걸세!"

그래서 그 문제에 관하여는 입을 다물고, 나도 잘 모르는 관상 이야기를 했다.

"당신의 관상을 보니 당신 얼굴은 하늘이 낸 사람의 상이다. 일장기의 해[日]가 당신을 구한 것은 바로 당신의 관상 덕이다."

술이 거나하기는 했지만 그는 기분이 좋아서, 이야기를 계속했다. 그 일장기 덕분인지 귀국하여 여러 가지 사업을 했는데, 하는 일마다 잘 되더란 것이다. 그러면서 근자에 교원노조가 초중등학교의 조회 시간에 국가를 부르는 것과 국기에 대하여 경례하는 것에 반대하는데, 도저히 이해할 수 없다고 탄식하는 것이었다. 근자에 한국의 교원노조도 그런 방향으로 가고 있다. 일본을 뒤늦게 배우는 것인가? 하기야 해방 전 한국의 마르크시즘도 일본을 통하여 들어오긴 했다.

그러나 나의 이야기는 그런 것이 아니라, 간바야시 사장의 심기를 건드리지 말라고 한 요시다 군의 이야기를 하고 싶은 것이다. 언젠가 나는 도쿄에서 요시다 군을 만나 시내를 함께 거닌 적이 있다. 어딘지 무심히 지나다가 보니, 'M대학'이란 목조 간판이 있는 건물 앞을 지나쳤다. 그때 나는 해방 전의 그 대학을 생각하면서 말했다.

"이 학교 좀 껄렁한 학교지!"

그러자 요시다 군이 대답했다.

"아냐, 아주 좋은 대학이야!"

그리고는 무슨 다른 이야기를 하면서 한참 걸었다. 그러다가 그는 나를 보고 정색을 하고 말했다.

"아까는 M대학이 좋은 대학이라고 했지만, 실은 네 말마따나 껄렁한 학교야. 그러나 그 학교 정문을 지나면서 나쁘다고 할 수가 없어서 그렇게 말한 것이야!"

내가 존경하는 요시다 군은 진정 군자다. 다른 이야기도 있다. 1967년 그와 내가 한 기숙사에 있을 적에 나는 그에게 일본어를 배우자고 하였다. 나는 대학 다닐 적에 일어학원에도 한 두어 달 다닌 적이 있어서 소위 '가나'는 알고 있었다. 그는 댓바람에 마루야마 마사오丸山眞男(1914-1996)의 『현대정치의 사상과 행동』을 읽자는 것이었다.[8] 그래서 그 책의 끝에 있는 「정치권력의 제문제諸問題」부터 읽기 시작했다. 그는 심리학자다. 그러나 내가 정치학을 공부하고 있었기 때문인지 모르고, 아니면 내 심리를 잘 알고 있었기 때문인지도 모른다. 그리고 나중에 그 책을 나에게 주었다. 그는 나의 일본어 선생이기도 했다.

8_『現代政治の 思想と 行動』上 · 下 (增補版, 未來社, 1964). 김석근 역, 『현대정치의 사상과 행동』(한길사, 1997) 참조.

그래저래 박스터즈에서 대취했다. 사업가 물주가 있었기 때문이다. 물주가 없더라도 많이 마셨겠지만, 그것은 문제가 아니다. 다음 날 27일 여비와 일당으로 일화 94,584엔을 받았다. 내 공식 일정이 끝났기 때문에 귀국 전날인 28일 저녁에도 마음 놓고 마셨다. '산스이테山水亭'란 식당에서 1차를 하고, 타이완대학의 류지에조우劉介宙 교수 등을 이끌고 '사틴Satin'이란 바에도 2차로 갔기 때문에, 일당으로 받은 돈은 거의 숙박비와 마시는 데로 갔을 것이다. 쓰쿠바대학 국제관계연구소장인 사토 히데오佐藤英男 교수도 같은 자리에 있었다. 당시 사토 교수는 예일대학을 졸업한 미국통의 신진 국제정치학자다. 술을 곧잘 마셨다. 그 다음 해인 1991년 5월 16일 사토 교수가 한국에 왔을 적에 롯데호텔에서 아침은 같이 했으나 술 마실 시간은 없었다.

요시다 군은 1967년에 일리노이대학에서 박사학위를 받고 코넬대학에서 박사 후 연구원(소위 포닥)으로 잠시 있었다.[9] 그 사이에 일본에 가서 결혼을 하였다. 말하자면 그는 이타카Ithaca에서 신혼살림을 차린 것이다. 1968년 6월이다. 방학이었다. 나는 그가 보고 싶어서 당시 일리노이에서 친히 지내던 수학 전공의 리호 테라스Riho Terras란 친구 내외와 그를 방문하기로 하였다. 코넬대학이 있는 이타카는 뉴욕 주의 중앙에 위치하고, 일리노이에서는 자동차로 쉬지 않고 달려도 이틀은 걸린다. 요즘 같으면 모텔에서 잤겠지만, 그때는 매우 궁색하던 시절이라 그랬는지 어딘지 고속도로 휴게소에서 자며말며 밤을 지새웠다. 새벽녘에 부스스 잠이 깨어 라디오의 뉴스를 듣게 되었는데 로버트 케네디Robert Kennedy가 암살당했다는 것이다. 그는 민주당의 유력한 대통령 후

9_박사학위를 받고 연구원으로 일하는 것은 우리나라에서는 흔히 '포닥'이라고 하는데, 영어로는 post-doctoral research fellow다.

보였는데, 로스앤젤레스의 한 호텔에서 총에 맞은 것이다. 그것이 6월 5일 자정이 좀 지난 시간이었다. 그 해는 마틴 루터 킹Martin Luther King Jr. 목사가 암살당한 해이기도 했다.

그 오후 세 시쯤 우리는 요시다 군의 집에 도착하였다. 현관문에 메모가 있었다. 장을 보러 가니 그냥 들어가 있으라는 것이었다. 그러나 주인이 없는 집에 들어가기도 무엇하고, 날씨도 좋고 하여 현관 밖의 계단에 앉아서 기다리고 있었다. 얼마 안 되어 그가 나타났다. 그는 무슨 술인지 한 병을 들고 앞에서 오고, 그의 부인은 뭔지 잔뜩 들어 있는 브라운 백(식료품 가게에서 물건을 담아주는 종이봉투)을 들고 뒤따라오는 것이었다. 아하, 이것이 일본식이구나!

다음 날 대학 구경도 하고, 또 그 근처에 있는 엔필드 파크Enfield Park에 간 기억도 있다. 그 다음 날이다. 우리는 메인Maine 주로 향했다. 요시다 군 내외, 테라스 군 내외, 그리고 총각인 나, 다섯이 베일리 아일랜드Bailey Island로 간 것이다.[10] 삼 일을 묵으면서 배를 빌려 낚시도 하였다. 이름 모를 고기도 몇 마리 잡았는데, 아무도 그것을 만지기를 꺼려하여 내가 소위 사시미를 뜨기도 했다. 요시다 군 내외는 말할 것도 없지만 테라스 내외도 회를 잘 먹었다. 작은 어촌인데 고서점도 있어서 책을 사기도 했다.[11] 그런 기억이다.

**10**_Bailey Island는 관광지로 유명한 Casco 만의 작은 섬이다. 왜 하필 그 섬엘 갔는지?

**11**_그때 산 책으로 기억나는 것은 Zenophon의 *Morabilia*와 Robert Grant의 *The Reflections of a Married Man* (Charles Scribner's Sons, 1894)이다. 전자는 작은 문고판이나 잘 만든 양장본이었다. 소크라테스의 회상이라고나 할까? 나는 그 책을 서양정치사상사 전공인 김영국 교수에게 주었기 때문에 지금은 누가 번역을 하였고, 언제 어디서 출판된 것인지 알 수가 없다. 그러나 1880년대의 책이란 기억은 있다. 후자는 재미가 있어서 내가 많이 읽었다. 결혼의 장단점을 해학적으로 서술한 수필집이다. 단점만을 이야기하면 마누라에게 혼이 난다는 것을 알고는 장점도 기술한 책이다. 우리말로 이야기 하자면 판관사령判官使令(공처가)의 기록이다. 정년 임시에 서울대 도서관에 기증한 기록이 있어서 그 책이 1894년에 출판된 것인 줄 안 것이다.

쓰쿠바 회의 전에도 아니 그 후에도 요시다 군을 도쿄에서 몇 번 만났다. 또 그가 나를 보러 서울에도 두어 번 왔는데, 그를 최근에 만난 것은 2010년이다. 그는 육십 세인 1995년에 도쿄대학에서 퇴임하고, 이와테岩手대학 등의 사립대학에서 가르치다가 수쿠토쿠淑德대학의 특임교수가 되었다. 이 대학을 마지막으로 그는 2010년에 교직에서 완전히 떠났다. 칠십오 세였다.[12] 정년퇴임 기념행사가 있다하여 오라는 것이다. 그래서 3월 30일 아내와 같이 도쿄에 갔다. 행사는 그날 저녁 황궁 근처에 위치한 KKR호텔에서 성대히 열렸다. 나보고 축사를 하라고 하여 간단한 축사말도 하였다.

요시다 군은 정년기념으로 가까운 사람들에게 자기에 관한 짧은 글을 써달라고 하여 그것을 모아 책으로 엮었다. 『단풍잎: 하나의 삶』이란 작은 책자다. 나에게도 써달라는 부탁이 있어서 아래의 글을 적어 보냈었다.

What a joy it is to retire at the age of seventy-five.
"Oh, you were fifteen when you had your heart
bent on learning. It was sixty years ago."

75세의 정년이 얼마나 기쁜 일인가?
학문에 뜻을 두었을 적에 그대 나이 15세, 60년 전의 일이 아닌가?

七十五叟當停年

12_ 일본에서도 국립대학교수의 정년은 65세이다. 그러나 사립대학의 경우는 예외가 많고, 저명한 교수의 경우에는 흔히 75세까지 정년을 보장한다.

研究教育皆欣然
六十年前志于學
學問已成而立前

일본어로 내가 무슨 글을 쓸 주제가 못되기 때문에 요시다 군의 요청대로 다른 세 언어로 썼던 것이다.[13] 행사장에서 취한 것은 말할 것도 없다. 그 다음 다음 날인 4월 초하루에 그는 내 호텔로 왔다. 시내 구경을 나가자면서 책방에 먼저 들르자고 했다. 간다神田의 산세이도三省堂 책방으로 갔다. 이것 저것 구경하다가 나는 그 전년(2009년)에 나온 바둑에 관한 책『명국세해名局細解』를 사고, 다른 바둑 책을 또 사려고 하였더니 바둑 책은 그만 사라는 것이었다. 그에게는 바둑이 잡기다. 바둑 같은 것에 시간을 보내지 말고 정당한 공부를 하라는 뜻이었다. 나는 이제껏 정당한 공부가 무엇인지 모르나, 요시다 군은 그것이 무엇인지 아는 모양이다. 그 다음 간 곳이 간다신사神田神社였다. 어려서 그는 그 근방에서 자랐기 때문에 향수가 있다고 했다. 그리고는 도쿄대학에서 점심을 하면서 여러 시간을 보냈다. 저녁엔 예의 쓰키지築地에서 사시미를 앞에 놓고 사케로 또 취했다. 그는 요즘도 연구가 활발하다. 이런 잡문이나 쓰고 있는 나와는 다르다. 내가 그를 부러워하고 경애하는 이유다. (2012년 3월)

13_吉田章宏,『もみじ: 一つの生』(東京: 一莖書房, 2010), 39쪽.

# 고우영

사람들의 만남은 우연치 않다. 아니 모든 만남이 우연한 것인지도 모른다. 내가 고우영高羽榮 화백을 만난 것도 그렇다. 나는 1983년 8월에 성북구 성북동에서 서초구 반포동으로 이사를 왔다. 강남으로 온 것이다. 십이 년을 살던 성북동 집을 떠난 것은 일 년 전이었고, 그것은 안식년 비슷하게 미국에 갔었기 때문이다. 일 년을 미국서 어영부영 보내고 돌아왔을 적에 나는 정든 성북동을 떠나고 싶은 생각이 없었다.

그러나 아이들의 교육(소위 학군) 문제도 있고, 또 단독주택의 관리도 어려워서 이사를 생각하게 되었다. 어디서 소문을 들었는지 아내는 반포가 좋다고 그리로 가자고 하였다. 반포로 가면 내 직장과는 가까워 나에게는 이점利點이 없는 바도 아니어서 두고 보자는 심산이었다. 전세를 얻으려고 복덕방엘 갔다.[1] 마침 구반포아파트 70동 307호가 났다하여 보러 갔다. 집은 비었는데, 북쪽이

1_요즘은 복덕방이란 말도 잘 쓰이지 않고, '부동산'이란 간판을 달고 땅과 집 거래를 중개한다. 내가 어렸을 적에는 그런 일을 하는 사람을 가쾌家儈라고 불렀다. 또 집주름이라고도 했다. 집 홍정을 붙이는 것을 업으로 삼는 사람이다. 안타까운 일이지만, 옛날 말들이 자꾸 없어지기 때문에 옛 단어를 적어 본다.

바로 강변도로다. 요새보다는 차가 훨씬 적었을 것이나 차 소리가 만만치 않았다. 가뜩이나 이사를 하고 싶지 않던 터에 잘 되었다 싶어서, "이렇게 시끄러운 곳에서 어떻게 사나?"고 했더니, 창을 꼭 닫으면 괜찮다는 복덕방 측의 대답이었다. 그것에 힘을 얻었는지 아내는 그냥 오자는 것이었다. 하기야 그 단지에서 강변도로를 접하고 있는 동이 70동뿐이 아니고, 또 강을 볼 수 있어서 그쪽을 선호하는 사람들도 있다는 것이다. 여러 종류의 사람들이 있다. 그때는 방음창도 요새 집들만 못했다. 그러나 내가 해볼 수 있는 것이라고는 아내에게 '지는' 도리밖에 없었다.

이사를 왔다. 북쪽은 시끄러웠으나, 남쪽으로는 넓은 공터에 공원 비슷한 공지가 있어서 시원하고, 조경도 그럴 듯하여 그런대로 지낼만했다. 사람은 환경에 적응하기 마련인 모양이다. 아파트의 구조는 제일 높은 층이 5층이고, 한 동에는 입구가 넷이다. 한 입구에 층마다 좌우로 두 집씩이라 열 가구다. 그러니 한 동에는 모두 사십 가구가 산다. 그런데 이웃이 훌륭했다. 다른 입구로 출입하는 사람들은 모르나, 우리 입구의 1층에는 나의 대학동기인 정은구鄭恩救 형이 살았고, 5층에는 고우영 화백이 살았다. 이런 경우에는 이웃이 아니라 상하인지도 모른다. 이웃이 훌륭한 것이 아니라 상하가 훌륭했다고 하는 것이 옳을 것이다.

아무튼 그래서 고우영 화백을 알게 되었다. 당시 그는 이미 극화의 대가였고, 여러 종류의 극화를 출판했던 터였다. 명사였다. 그래 그의 극화를 사서 읽기 시작하였는데, 내가 생각하기에 그때까지 출판된 그의 극화 가운데 압권은 『일지매』였다. 나의 아들 정현이 그때 반포초등학교 5학년이었고, 딸 정인이 4학년이었는데, 나보다도 그들이 더 고우영 팬이었다. 그의 극화를 무조건 샀다. 『삼국지』『수호지』『임꺽정』 등을 아이들과 함께 수도 없이 읽었다. 그런데 정현이는 그림에 다소 소질이 있어서 가끔 일지매의 얼굴을 그려서 5층의 고우영 아저씨에게 갖다 보이면, 그도 친절하게 한 컷을 그려 주곤 했다. 사실 나하고는 그저 만나면 웃고 인사하는 정도였으나, 고 화백과 정현이는 가까웠다. 그 집에 자주 드나들었기 때문이다. 그에게는 정현이보다 좀 위인 아들이 둘 있었던 것으로 기억한다. 정현이를 막내쯤으로 생각했는지도 모른다.

70동에서는 2년을 살았다. 계약기간 2년이 가까이 되면서 주인이 나가라고 했다. 차 소리가 시끄러워 잘 됐다싶기도 했지만, 나는 천성이 게을러서 이사는 딱 질색이다. 성북동을 떠나고 싶지 않은 이유도 그러한 나의 천성이 작용했었다. 다시 전세를 얻어 간 집은 69동이었다. 차 소리는 좀 면했지만, 여름에 덥고, 겨울에 추웠다. 5층이기 때문이다. 지금은 재개발을 한다고 하지만, 위에서 말했다시피 반포아파트는 5층이 제일 위층이다. 그래서 여름에는 복사열로 찌고, 겨울에는 위로 열을 빼앗겨 추웠다. 그래서 겨울엔 가스난로까지 달고 지냈다. 그러나 1층에는 서울대 인류학과의 김광억金光億 교수가 살고 있어서, 그런대로 재미있게 지냈는데, 2년이 지나니 또 나가라는 것이다. 전세의 설움인 것이다. 그때 마침 성북동 집이 팔려서 그 단지에 아파트 하나를 구입할 수 있는 여유가 생겼다. 멀리도 아니다. 길 건너 85동 405호를 샀다. 1987년 여름이다. 그 집에서 2003년까지 살다가 또 우여곡절 끝에 지금 사는 방배동으로 이사하게 되었으니, 반포에서 무려 이십 년을 산 것이다.

그런데 1991년경부터 나는 『삼국지』에 관한 글을 쓰기 시작했다. 1993년 여름에 초고를 대충 마쳤다. 출판을 하여야겠는데, 잘 아는 출판사가 없어서 망설이다가 환경대학원의 김형국 교수와 상의했다. 조선일보사 출판부에 원고를 한번 보내라는 것이다. 그리고 염기용廉基瑢 출판부장을 소개했다. 염 부장은 내 원고를 읽고, 크게 만족, 대희大喜였다. 그래서 『소설이 아닌 삼국지』가 그 해 말에 햇빛을 보게 된 것이다. 왜 그런 이름인가? 누구는 '아닌'이란 부정否定의 말이 들어가는 것이 좋지 않다고 하였다. 그러나 그런 제목을 단 이유는 소설에 대한 비평 혹은 수필에 가깝다고 생각했기 때문이었다.

원고가 끝날 무렵 고우영 화백을 생각하게 되었다. 그의 『고우영 삼국지』는 나도 탐독했던 터라 그에게 원고를 보내고 각 장에 해당하는 삽화를 한 장씩 그려 달라고 부탁을 하였다. 흔쾌히 승낙했다. 그러나 인사가 없을 수가 없어서, 저녁을 한번 하자고 했다. 그래서 8월 20일(1993년) 저녁에 팔래스호텔 '다봉'에서 한잔을 하게 되었다. 그날은 조선일보사의 염기용 부장도 동석했고, 또 서울대 심리학과의 조명한趙明翰 교수도 불러서 넷이 마셨다. 고 화백은 조금 마시고, 염 부장은 조심을 하는지 그리 마시지 않았던 기억이다. 조 교수와 내가 대취했다.

고 화백은 스무 장의 컷을 그려 주었다. 그 덕에 책은 아주 돋보이게 되었다.[2] 책이 출판된 직후, 책도 전할 겸 다시 고 화백과 같은 장소에서 저녁을 한 것이 11월 26일이었다. 그 날은 둘이서만 마셨다. 책은 고 화백의 그림 덕택인지, 아니면 조선일보사에서 광고를 많이 하여서인지 잘 팔렸다. 한동안 술값은 걱정하지 않게 되었다. 그러다가 얼마 지나서 고 화백이 일산으로 이사를 갔다.

그 후 연락이 좀 뜸했는데 한 번은 그가 동아출판사의 후원으로 『십팔사략十

2_그 컷의 원본은 표구하여 지금도 소중하게 간직하고 있다.

八史略』을 극화로 그리게 되었고, 그래서 중국에 답사여행을 간다는 이야기가 일간신문에 난 것을 보았다. 꽤 많은 돈을 지원한다는 소식도 있었다. 그래 내가 전화를 걸었다. 일본에서 활약하는 진순신陳舜臣이란 타이완 출신의 작가가 쓴『소설 십팔사략』을 참고하라고 하였다. 아울러 소설가이고 번역문학가인 송지영宋志英(1916-1989) 씨의 우리말 번역본도 있다고 알려주었다.[3] 물론 알고 있었을 것이다. 한참 시간이 지났다.『십팔사략』 때문만이 아니라 그의 중국 답사는 여러 차례 있었는데, 한번은 중국에 가려고 공항으로 가는 차 속에서 몸의 이상을 느꼈다고 한다. 여행을 취소하고 바로 검진을 받았더니, 대장에 문제가 생겼다고 했다. 그 후 한두 번 통화는 있었다. 그러나 끝내 그 병에서 헤어나지 못하고 2005년 4월 25일에 타계했다. 재주 있는 사람이 너무 일찍 간 것이다.

『만화 십팔사략』이 출판되기 시작하자 나는 첫 두 권을 먼저 샀다. 고 화백은 첫 권「책머리에」아래와 같이 쓰고 있다.[4]

"어린 시절에 선친으로부터 들어서 외우고 있던 중국 역사의 조각들이 있어, 이제 어른이 되어 그것들을 소재로 몇 권의 극화劇畫집을 그려낸 적이 있었다. '열국지' '초한지' '삼국지' 등이 그것이다. 그 덕분에 이번에 동아출판사에서 기획한 방대한 열 권짜리의 대하기획물 '만화 십팔사략'의 저자로 내가 선택되는 행운을 얻었던 터이다. …… 한 달 가량의 중국 각처 배낭여행으로 보다 정확한

3_송지영 번역의『소설 십팔사략』은 1980년 11월부터 다음 해 4월까지 모두 네 권으로 교문사란 출판사에서 나왔다.

4_『만화 십팔사략』은 1994년부터 출간되었다. 10권으로 완간됨.

고증을 꾀한 것은 극화가 가지는 특이성 때문이기도 했지만, 본시 불학不學을 감추기 위한 안간힘이기도 했음을 고백하여야 하겠다."

그런데 중국역사에는 나도 관심이 있고, 그도 그것에 누구보다 일가견이 있는 터이다. 그 첫 두 권을 읽었으나, 『일지매』나 『삼국지』 같은 감흥이 일지 않았다. 그래 내가 읽은 『만화 십팔사략』은 그것이 끝이었다.

그가 타계한 지 삼 년 후인 2008년 7월에 그를 기리는 전시회가 동숭동 아르코미술관에서 열렸다. 「네버 엔딩 스토리」란 부제의 「고우영 전시회」였다. 19일 나는 아내와 같이 전시회를 보러갔다. 기획이 잘 된 그 전시물들이 지금도 눈에 선하다. 『고우영 삼국지』에서 관우關羽가 처음 등장할 때, 이름에 '羽' 자가 있는 사람이라고 하면서, 옆에 자신의 모습을 그렸던 '고羽영'은 그 자리에 없고, 그가 쓰던 물건, 남긴 그림, 만화책들이 큰 방 가득히 전시되어 있었고, 한 구석에서는 그의 삶과 작품에 대한 영상물도 돌고 있었다. 사람이 죽으면 이름을 남긴다는데, 고 화백은 이름과 함께 희대의 극화를 남긴 것이다.

동숭동에서 삼선교는 멀지 않다. 지하철 한 정거장이다. 삼선교의 '국시집'엘 갔다. 소주가 거나하게 오르니 만감이 교차한다. 반포 시절의 고 화백이 눈에 어른거린다. 하늘에서도 그림을 그리고 있을까? 그게 벌써 여러 해 전의 일이다. "세월歲月은 부대인不待人"이란 말처럼 세월은 사람을 기다리지 않는다고 하지만[5] 빨리도 간다.

5_'세월부대인歲月不待人'은 도연명陶淵明의 잡시雜詩에 나오는 구절이다.

# 미인

내가 존경하는 친구에 최창식崔昌植 형이 있다. 대학 동기다. 서울 토박이다. 대학 동기고, 서울 토박이고는 문제가 아니다. 그저 그를 만나면 즐겁고 기쁘다. 대인의 풍모를 타고나서인지 늘 주위의 사람들을 편안하게 만든다. 술도 잘 마셔서 두주불사斗酒不辭다. 풍류를 잘 알아서인지 인자仁者여서 그런지 산을 좋아하고,[1] 바둑도 잘 둔다. 봉사 정신도 강하여 대학 동기 동창회의 수석부회장 겸 총무이사로 십 년 가까이 동창회의 살림을 산다. 회장은 1-2년마다 갈리지만, 수석부회장 자리는 갈리지 않는다. 심지어 회장을 새로 뽑으려고 하면, 최 모가 지금의 자리에 있는 조건이면 하겠다는 것이 회장 후보들의 변辯이다. 그만큼 덕망이 높다는 이야기도 된다. 물론 그는 회장 자리를 맡아 놓고 있다. 떼어 놓은 당상堂上으로 시간 문제인 것이다.

그런데 최 형보다는 그 부인인 박인해 여사가 더 훌륭하다. 이것은 나만의 이야기가 아니라 그를 아는 친구들의 이구동성이다. 무엇이 훌륭하냐? 속내

1_"지혜로운 사람은 물을 좋아하고, 어진 사람은 산을 좋아한다[知者樂水 仁者樂山]."『논어論語』「옹야雍也」.

는 모르지만, 박 여사는 요리 솜씨가 특히 훌륭하다는 것이다. 아니 훌륭함을 넘어, 뛰어넘는다고 한다. 그것도 그냥 뛰어넘는 것이 아니라 넘고도 남는 것이 있다고 한다. 동창회에는 여러 작은 모임이 있다. 최 형은 거의 모든 모임에 참석한다. 수석이기 때문이다. 그래서 등산모임에도 꼬박꼬박 참석한다. 대학 동기 등산회의 좌장은 오수현吳壽賢 형인데, 모임은 매주 금요일이고, 근자에는 주로 서울 근교의 산에 오른다. 최 형은 거의 매번 참석한다. 참석을 아니 할 수 없는 것은 부인이 만들어 준 안주를 지고 가야 하기 때문이다. 무슨 안주를 만들어 주는가? 그것은 '돼지 삼겹살 찜'이다. 나는 인자仁者가 못되어서 그 등산모임에는 참석을 아니 하나, 다른 계제에 북한산 등산을 같이 한 적이 있다. 그때 그 삼겹살 맛을 본 적이 있다. 입안에서 그냥 녹는다.[2] 마누라를 잘 둔 사람도 있고, 아닌 사람도 있다. 친구들 사이에서 그 내외는 인기가 높다.

그런데 그는 가끔 e-메일로 재미있는 글과 사진을 보낸다. 좋은 것은 나누어 같이 감상하고, 같이 생각하자는 뜻이다. 몇 해 전인데 그는 〈중국의 5대 미인〉의 그림을 보낸 적이 있다. 2007년 6월이었다. 누가 그린 것인지는 모르나, 그야말로 이발소 그림도 아니고, 또 중국집에서 흔히 볼 수 있는 그런 그

2_내가 그 레시피를 물었더니, 메일로 보내왔다. 먼저 준비해야 하는 것이 국물이다. 국물은 어떻게 만드나? 아래와 같다. 멸치 국물을 먼저 만든다. 멸치, 다시마, 적당한 크기의 무와 양파를 넣고, 양념으로는 마늘과 생강을 조금 넣고 끓인다. 커피와 계피를 넣는다. 커피를 넣는 것이 특이하다. 훌륭한 국물이 되는 것이다. 아니 거기에 사과(국물을 내는 것이니 씨가 있는 속 부분을 넣어도 됨)를 썰어서 넣는다고 했다. 대강 아는 레시피이나, 사과를 넣는 것이 또 특이하다. 그렇게 끓여서 맛이 없으면 "사과"를 하는 것인지? 이것은 농담이나, 커피를 넣는 것도 처음 듣는 것이다. 아무튼 그 국물에 후추, 청주, 대파, 그리고 제일 중요한 삼겹살을 넣고 삶으면 된다고 한다. 얼마나 삶으면 되는가? 젓가락으로 삼겹살을 꾹 찔러서 쑥 들어가면 된다는 것이다. 그러나 예컨대, 멸치 국물을 만드는 것에서부터 삼겹살과 각종 재료의 비율이며, 그러한 것들이 모두 중요하다. 종합하여 우리식으로 이야기하면, 손맛이라는 것도 있다. 그 뿐 아니라 미역국을 잘 끓이는 비법도 들었다. 궁금하면 cchangs38@hanmail.net로 문의하시라!

림도 아니었다. 어느 사회나 미인은 있고, 인구가 많고 역사가 오랜 사회면 미인이 더 많을 것이다. 어떤 기준에서 누가 뽑은 미인인지는 알 수 없으나, 그가 보낸 그림의 미인은 서시西施, 왕소군王昭君, 조비연趙飛燕, 초선貂蟬, 그리고 양귀비楊貴妃였다.

왜 그들만이 미인인가? 그래서 미인 타령을 내 나름으로 간단히 하고자 한다. 그게 아니라 그런 미인을 옆에 두고 술을 마시면 어떨까 하는 생각을 하는 것이다. 오죽 궁하면 그런 생각을 하는가? 망상인지 공상인지 모른다. 망상인지 공상인지는 그만두고, "아, 공상은 즐겁다!"고 누군가가 말한 것을 기억한다. 이효석의 소설 『벽공무한碧空無限』에서 주인공인 천일마가 한 말이다. 오십여 년 전에 읽은 것인데 그래도 주인공의 이름과 그가 한 말이 정확했으면 한다.

미인을 생각하자. 미인에 관하여는 내가 근 이십 년 전에 상재한 『소설이 아닌 삼국지』에서 『삼국연의』의 미인들을 중심으로 쓴 적이 있다.[3] 이십 년 전의 이야기이니, 그때의 미인들이 좀 늙었을 수는 있으나 모두 상상 속의 미인이니, 내가 늙으면 늙었지 어찌 그들이 늙었겠는가? 그건 그렇다고 하자. 린위탕林語堂(1895-1976)은 그의 『생활의 발견』에서 이런 구절을 인용하고 있다.

"마누라는 남의 마누라가 예쁘게 보이고, 책은 자기 책이 가장 좋게 보인다."[4]

3_『소설이 아닌 삼국지』(조선일보사, 1993); 이 책을 개정 증보한 것이 『삼국지 속의 삼국지』 1 · 2권(인간사랑, 2003)이다.

4_임어당 지음, 김병철 옮김, 『생활의 발견』(범우사, 1995), 120쪽. 그런데 그 책의 원본에는 이렇게 되어 있다. "Wives are always better if they are others', while writing is always better if it is one's own." Lin Yutang, *The Importance of Living* (New York: Reynal & Hitchcock, 1937), p. 74.

원문에는 '낫다better'고 했고, 예쁘다고 하진 않았는데, 번역자가 '예쁘다'고 한 것이다. 번역자도 여러 생각을 했을 것이고, 가장 문의文意에 맞는 형용사를 찾았을 것이다. 그렇다면 '남의 마누라는 다 미인'이란 생각을 한 것인가? 번역자는 아마 그런 모양이다.

그런데 누가 미인인가 하는 것은 주관적일 수도 있다. 그래서 "제 눈에 안경"이란 말이 생겼다. 또 영어에는 "아름다움은 보는 이의 눈에 달렸다"는 말이 있다.[5] 같은 이야기이다. 반드시 그래서는 아니나 춘화春畵가 문제가 된 판결에서 미국의 한 대법관이 그것이 무엇인지를 정의하지는 않고 "보면 안다"는 유명한 말을 한 것이 기억난다.[6] 춘화건 미인이건 "보면 안다"고 할 때, 그것은 자못 주관적 판단임을 일컫는 말이다. 그러나 아무리 "제 눈에 안경"이라고 해도, 많은 사람이 미인이라고 해야 미인일 것이고, 남들이 다 추물이라고 하는데, 혼자만 미인이라고 하여 미인이 되는 것은 아니라고 생각한다. 상호주관성은 여기서도 작용한다.[7] 위에서 말한 5대 미인도 많은 사람이 미인이라고 하기 때문에 미인의 반열에 오른 것이다.

흔히 미인을 말할 때 중국에는 '침어낙안지용沈魚落雁之容 폐월수화지모閉月羞花之貌'라는 표현이 있다. 용모가 하도 아름다워서 "물고기는 물속으로 기어들

5_Beauty exists in the eyes of the beholder.

6_"I know it, when I see it." 이것은 스튜어트Potter Stewart란 대법원판사가 1964년의 한 판결문(*Jacobellis v. Ohio*, 78 US 184)에서 한 말이다. 그 말은 '솔직함candor'의 전형이고, '현실적이고 용감한 realistic and gallant' 것이었다고 칭찬을 받기도 했으나, 구체성concreteness이 결여되었다는 비판도 받았다. 스튜어트는 외설猥褻이 미국헌법 수정 제1조에 의하여 보호되지 않기 때문에 검열의 대상이 될 수 있음을 강조한 것으로 보인다.

7_상호주관성은 intersubjectivity의 번역어이다.

어가고, 기러기도 땅에 떨어지며" 또 "아름다움은 달을 가리고, 꽃도 부끄러워 한다"는 것이다. 미인이 인어人魚도 아닌데, 물고기가 어떻게 땅 위의 사람을 보나? 기러기는 높이 나는데, 땅 아래 미인을 어떻게 보나? 이상한 묘사들이다. 중국인들이 하는 표현의 과장을 내가 모르는 바는 아니나, 그래도 될 법한 이야기를 하여야 하지 않나?

내가 그 말을 처음 대한 것은 『삼국연의』에서였다. 그것은 공명孔明이 오나라의 도독 주유周瑜에게 남진南進하는 조조曹操와 싸우게 하려고 충동하는 장면에서 나오는 말이다. 당시 조조의 군세는 백만 대군이니, 팔십만 대군이니 하는 판이었다. 오나라의 중신들은 주전파와 화전파로 대립하여 결론을 짓지 못하고 있었고, 손권孫權도 명확한 입장을 취하고 있지 못했다. 주전파는 대체로 무인들이고, 화전파는 대개 문신이었다.

그런데 그 전에 이런 일이 있었다. 손권의 형인 손책孫策이 젊은 나이에 죽으면서 동생 권에게 대임大任을 맡겼다. 그러나 한편 걱정도 있다. 그래서 모친인 오태吳太부인에게 뒷일을 부탁하였다. 오태부인이 울며 말한다.

"네 아우가 나이 어려 대사를 감당하기 어려우니 이 노릇을 어찌하랴?"

"아닙니다. 권의 재주가 저보다 십 배나 나으니, 어찌 대임을 감당 못할까 근심이겠습니까? 그러나 만약 앞으로 내사內事에 결단하기 어려운 것이 있거든 장소張昭에게 묻게 하시며, 외사外事에 결단하기 어려운 것이 있거든 주유에게 묻도록 하십시오. 주유가 이 자리에 없어서 친히 보고 당부 못하는 것이 한恨입니다."

조조의 대군을 맞아 손권은 마음에 유예하여 좀처럼 결단을 내리지 못하고 걱정하는 모습을 보고, 오국태吳國太(오태부인의 동생)가 말한다.[8]

"네 우리 형님이 임종 때에 하신 말씀을 잊었느냐? 우리 형님 말씀이 백부伯符(손책)가 임종 시에 …… 외사에 결단 못할 일이 있거든 이를 주유에게 물어서 하라고 하였다는데 지금 어찌 공근公瑾(주유)을 청하여 물어보지 않느냐?"

그래 불려왔는지, 혹은 나라가 걱정이 되어 스스로 왔는지는 분명치 않으나, 아무튼 파양호鄱陽湖에서 수군을 조련하고 있던 주유가 손권 앞에 나타난다. 그리고 적벽대전의 주역을 맡는다. 그러나 처음에 주유의 태도도 모호하다. 그는 능하다. 문신들을 만나면 조조에게 항복하겠다고 하고, 무신들을 만나면 싸우겠다고 하였다. 스스로의 의사는 숨기면서 중신들의 의견을 수합하고 있었다. 그때 끼어든 인물이 공명이다.

공명은 유비의 군대가 조조에게 패한 후, 오나라와 연합하여 조조와 크게 싸울 심산으로 강동에 와 있었다. 어떻게든지 유비와 손권의 연합을 성사시켜야 한다. 주유가 파양호에서 시상군柴桑郡으로 돌아온 날 저녁 무렵, 공명은 주유를 만난다. 그 자리에서 공명은 주유를 격동시켜 조조와의 전의戰意에 불을 지른다. 여기에는 두 가지 설명이 필요하다. 하나는 조조의 아들 조식曹植이 지은 「동작대부銅雀臺賦」에 관한 것이고, 다른 하나는 강동의 미녀인 이교二喬에 관한 것이다.

첫째, 조조가 숙적인 원소袁紹를 깨치고 기주冀州로 돌아왔을 때다. 하루는 성城의 동각루東角樓에 올라 우연히 천문을 보고 있는데, 문득 한 줄기의 금빛이 땅에서 뻗쳐올랐다. 옆에 있던 모사 순유荀攸가 말한다.

"저 땅 속에 반드시 보배가 있을 것입니다."

8_그때 오태부인은 이미 사망했었다.

조조는 다락에서 내려가 그 자리를 파게 하였다. 구리로 만든 참새 형상의 물건이 출토되었다.

"이게 무슨 조짐이오?"

조조가 묻자, 순유가 다시 아뢴다.

"옛날에 순舜 임금의 어머니가 꿈에 옥작玉雀이 품에 드는 것을 보고 순 임금을 낳았다고 하니, 이제 동작을 얻은 것은 또한 길상의 조짐입니다."

조조는 크게 기뻐하여, 곧 높은 누대樓臺를 지어 이를 경하하기로 하였다. 그 누대가 동작대인 것은 말할 것도 없다. 조조의 어린 아들 조식이 아버지께 아뢴다.

"만약 층대層臺를 세우려면 반드시 삼좌三座를 세워, 중간의 높은 다락은 동작이라 이름하고, 왼편 다락은 옥룡玉龍, 바른편 다락은 금봉金鳳이라 하되, 두 개의 비교飛橋를 그 사이에 걸어 놓으셔야만 장관일 것입니다."

"네 말이 좋다. 누대가 이루어지면 가히 내 만년을 즐기기에 족하겠지!"

그리고는 아들에게 명하여 부賦를 하나 짓게 하였다. 조식은 천하의 문장이다. 「동작대부」란 아름다운 글은 이런 연유로 세상에 나오게 되었다.

둘째, 오나라 환현皖縣 출신의 교현喬玄이란 사람이 있었다. 그에게 두 딸이 있어서, 큰 이는 대교大喬, 작은 이는 소교小喬라고 했다. 그래서 사람들은 그들을 이교二喬라고 불렀는데, 경국지색이었다. 일찍이 손책이 형주를 취하려고 주유를 강하태수로 보낸 적이 있는데, 그때 주유가 환현을 공략하여 이교를 얻었다. 그래서 언니는 손책의 아내가 되었고, 동생은 주유의 처가 되었다. 그런 일이 있었다.[9]

이야기는 다시 공명이 주유를 충동시키는 장면으로 돌아간다. 공명은 조조와 구태여 싸울 필요가 없고, 강동에서 두 명만 일엽편주一葉片舟에 실어 보내면 된다고 하였다. 주유가 묻는다.

"도대체 어떤 사람 둘을 보내면 된다는 말씀입니까?"

공명이 대답한다.

"양亮이 융중隆中에 있을 적에 듣기로는, 조조가 장하漳河 가에 새로이 누대를 짓고 동작대라 이름하니, 그 장려함이 실로 천하에 짝이 없다고 합니다. 조조는 본래 호색지도好色之徒라, 천하의 미녀를 널리 구하여 그 안에 두었으나, 만족하지 않았다 합니다. 그는 강동 교공의 두 딸이 '침어낙안지용과 폐월수화지모'가 있다는 말을 듣고, 스스로 맹세하되, '내 한 가지 소원은 사해四海를 소평掃平하여 제업帝業을 이루는 것이요, 다른 하나는 강동의 이교를 얻어다가 동작대에 두고 만년을 즐기는 것이다. 그러면 죽어도 다시 한이 없다'고 하였다는 것입니다. …… 조조가 이 두 계집만 얻고 보면, 마음에 다시 없이 흡족하여 반드시 군사를 거두어 돌아갈 것입니다. 이것은 바로 범려范蠡가 서시西施를 오왕吳王 부차夫差에게 드리던 계교이니, 장군은 곧 그대로 행하시지요."

미인계를 쓰라는 것이었다. 영문을 모르는 주유가 다시 묻는다. 영문을 모른다고 불문에 붙일 수는 없기 때문이다.

"조조가 이교를 얻고 싶어 한다니 무슨 증험이라도 있습니까?"

공명이 대답한다.

"조조는 일찍이 그의 아들을 시켜서 한 부賦를 짓게 하니, 이름이 「동작대부」라, 그 뜻은 조조가 천자가 되어 이교를 맹세코 취하리라는 것입니다."

9_『삼국지 속의 삼국지』 제2권, 61쪽 참조.

"그 부를 공은 능히 외우십니까?"

"그 글이 하도 아름다워 양이 외고 있습니다."

주유가 듣기를 원한다.

동작대부는 자못 길다. 아무리 아름다워도 여기서 다 읊을 수는 없다. 다만 공명이 그 긴 글을 외면서 두 구절을 슬쩍 바꾼 것만을 말하고자 한다. 원래 "이교(두 개의 다리)를 동서에 연합이여, 장공의 무지개 같도다[連二橋於東西兮 若長空之蝃蝀]"란 것을 "이교를 동남에서 잡음이여, 조석을 한 가지로 즐기리로다[攬二喬於東南兮 樂朝夕之與共]"로 읊은 것이다. 이교는 이교라도 '二橋'와 '二喬'는 다르다. 그러나 주유는 전혀 모른다. 그는 발연히 크게 노하여 자리에서 벌떡 일어나서 손을 들어 북쪽을 가리키며 소리친다.

"늙은 도적놈이 나를 너무나 업신여기는구나……."

공명도 급히 일어나 주유의 소매를 잡고 능청스럽게 말한다.

"옛적에 선우單于(흉노의 왕)가 자주 지경을 범하였을 적에 한나라 천자도 공주조차 내 주며 화친을 하셨습니다. 이제 민간의 두 계집쯤 가지고 그처럼 아끼실 것은 없지 않습니까?"

"그것은 선생이 모르시니까 하시는 말씀이오. 대교는 곧 손 백부 장군의 주부시고, 소교는 바로 내 내자이외다."

공명은 거짓 황공한 모습을 지으면서 말한다.

"양이 실상 그런 줄은 모르고 실구난언失口亂言하였으나, 거듭 사죄드립니다."

허나 이미 주유는 공명의 세 치 혀에 놀아난 것이다.

'침어낙안지용 폐월수화지모'가 나오는『삼국연의』의 배경 이야기가 길어졌다. 그러면 그 출처는 어딘가? 공명이 지어 만든 것은 아니다.『삼국연의』를 지은 나관중羅貫中이 그렇게 기술한 것이라고 생각한다. 그래도 그 출처는 있을 것이다. 그래 찾아보았다. '침어낙안'에 해당하는 말은『장자莊子』의「제물론齊物論」에 나온다. 꼭 같은 표현은 아니나, 비슷한 것이 있다.

"모장毛嬙과 여희麗嬉는 사람마다 미인이라고 하지만, 물고기는 그를 보면 물 속 깊이 숨고, 새는 그를 보면 높이 날아오르며(떨어지는 것은 아님), 순록은 그를 보면 기운껏 달아난다. 이 넷 중에 어느 쪽이 올바른(즉 진짜) 아름다움을 알고 있을까?"[10]

이것은 요堯 임금 때 현인이던 왕예王倪가 미의 상대성을 말한 것이라고 한다. 그런데 물고기나 새 혹은 사슴이 사람들이 미인이라고 하는 미인을 보았을 때, 정말로 숨고, 날아오르고, 달렸다고 하면 그것은 그 아름다움에 취해서가 아니라 인기척에 놀라서 그런 것이라고 나는 생각한다. 물고기나 기러기는 추녀를 보았을 적에도 숨고 날아오를 것이다. 아니 장자를 보고도 그랬을지 모른다. 그렇다면 '침어낙안'이 정말 미인에 대한 올바른 표현일까? 중국인의 표현 가운데는 얼토당토 아닌 것들이 많다.

그러면 '폐월수화'는 어디서 나온 것일까? '폐월'은 위의「동작대부」를 지은 조식의「낙신부洛神賦」에서 나왔다. 조식은 견후甄后(형 조비曹丕의 황후)를 남몰래 사모하였다고 한다. 그녀가 죽자 그리움이 더했다.「낙신부」는 황초黃初 3년 그가 낙양에서 봉지로 가는 도중에 낙수洛水를 지나다가 여신의 환영을 보고,

10_毛嬙麗姬 人之所美也. 魚見之深入. 鳥見之高飛. 麋鹿見之決驟 四者孰知天下之正色哉 안동림 역주,『장자』(개정판; 현암사, 1998), 76-77쪽 참조.

그것을 견후에 비겨서 지은 글이다.[11] 황후의 아름다움에 대한 판타지이기도 하다. 그 속에 "가벼운 구름이 달을 가리는 것과 방불하며, 흐르는 바람이 눈보라를 만들듯이 나부낀다[髣髴兮若輕雲之蔽月 飄颻兮若流風之迴雪]"는 대목이 있다.[12]

한편 '수화'는 이백의 「서시시西施詩」에서 나왔다. "빼어난 자색은 고금을 덮고, 연꽃도 옥안을 부끄러워한다[秀色掩今古 荷花羞玉顔]"라고 했던 것이다.[13] 공명이 주유 앞에서 강동 이교의 아름다움을 묘사한 말의 출처는 대강 위와 같다. 공명 때에 그런 말이 있었는지는 알 수 없으나, 나관중의 창작으로 보는 것이 옳을 것이다. 자, 그러면 이제 중국 오대미인의 각론으로 들어간다.

첫째, '서시'는 내가 잘 모르는 인물이다. 미인이라고 하니 그런가 하는데, 그녀의 전거典據는 불확실하다. 『춘추좌전』이나 『사기』에는 그 이름이 없고, 후대의 저작인 『오월춘추吳越春秋』에 그저 한 문장이 보일 뿐이다.[14] 그것은 아무래도 좋다. 미인이면 그만이다. 그러나 얼마나 미인인지는 지금 아무도 모른다. 그냥 우리는 머리로 생각할 뿐이다. 그녀는 월나라의 범려范蠡가 미인계의 일환으로 오왕吳王 부차夫差에게 보낸 여자다. 함께 보낸 정단鄭旦이란 미인도 있었다. 아무튼 부차는 서시를 위하여 요샛말로 토목공사를 크게 했다고 한다.[15] 토목공사에는 돈이 든다. 또 노동력을 착취하여야 한다. 나라의 재정도

11_황초는 위魏 문제文帝(조비曹丕)의 연호. 그 3년은 서력 222년이고, 그 해 조식은 31세였다.

12_고래로 「낙신부」에 관하여는 여러 가지 설이 많다. 예컨대, 수사과잉修辭過剩이라든가 부화호색浮華好色은 말할 것도 없고, 심지어 송옥宋玉(전국시대 초나라의 대부, 「신녀부神女賦」 등을 지었음)의 작품을 도작盜作한 것이라는 비판도 있다.

13_『辭海』 合訂本(上海: 中華書局, 中華民國 36년), 1070쪽 참조.

14_『조엽의 오월춘추』, 신동주 역주(인간사랑, 2004), 299-300쪽 참조. 漢나라 원강袁康이 지었다는 『월절서越絕書』에도 나온다고 한다.

줄고, 백성들의 원성도 높게 된다.

예부터 경성지색傾城之色이란 말도 있고, 경국지색傾國之色이란 말도 있다. 서시가 얼마나 아름다웠는지는 모른다. 가냘픈 미인이라고 한다. 뒤에 나오는 조비연과 비슷했는지 모른다. 모르는 것이 많다. 그러나 아는 이야기도 있다. 『장자』「천운天運」편에 나오는 사금師金의 우화에는 서시가 가슴앓이를 하여 이맛살을 찌푸리고 다녔는데, 이를 본 그 동네의 한 추녀가 그것이 아름답다고 흉내내어 그 또한 이맛살을 찌푸리고 다녔다고 한다. 그녀를 본 동네 사람들은 혹은 숨고, 혹은 달아났다는 것이다. 여기서 서시봉심西施捧心이란 말이 나왔다. 가슴에 손을 대고 슬픈 표정을 짓는 것을 말한다. 또 효빈效顰이란 말도 여기서 나왔다. 맥락도 모르고 덩달아 흉내내는 것을 말한다. 미추美醜의 비유를 통하여 시대 변화에 순응하는 삶의 지혜를 장자는 가르쳤던 것이다.[16]

오왕 부차는 결국 월의 구천句踐에게 항복하고 자결하였다. 그것이 기원전 473년이고, 오나라가 망한 해이다. 그런데 오나라가 망한 것이 서시 때문이라고 말하기는 어렵다. 오나라와 같은 대국의 멸망에는 여러 가지 원인이 있기 때문이다. 나는 다만 사람들이 보지도 못한 절미의 서시를 두고 경국지색이니 어쩌니 하니 그런가보다 할 뿐이다.[17] 서시는 그런 미인이다. 미인계의 희생이었다고 할까? 아니 주연이었는지도 모른다.

15_누가 보았는지는 모르나, 부차는 서시를 위하여 해령관海靈館과 관왜각館娃閣 등의 궁전을 지었고, 청소궁靑宵宮에는 멋진 향섭랑響屧廊이란 회랑을 만들었다고 한다. 좀 후대의 소설이나, 『동주열국지』 같은 책에 자세히(?) 나와 있다. 예컨대, 金丘庸 옮김, 『東周列國志』(민음사, 1990), 제8권, 11-40쪽 참조.

16_안동림 역주, 『장자』, 382쪽 참조.

17_명의 희곡 작가 양진어梁辰魚는 그의 『완사기浣紗記』에서 서시를 '절미絕美'라고 하였다. 오나라가 망한 후 서시는 범려를 따라 오호五湖로 갔다는 전설도 있다.

둘째, '왕소군'은 한나라 원제元帝(재위 49-33 BC) 때의 후궁이었다. 원제 말년에 흉노의 황제인 호한야呼韓邪 선우單于가 장안으로 와서 황실을 방문하였다. 두 번째의 방문이었다. 그는 원제를 배알하고, 한나라의 사위가 되고 싶다고 하였다. 일이 진척되어 흉노의 황후로 하사된 인물이 왕장王嬙이란 이름의 후궁이었다. 소군은 그녀의 자字다. 보기에 따라서는 사막이든 장안이든 황후가 된다는 것은 무지무지한 출세다. 그러나 이유야 어떻든, 또 결과가 어떻든 한궁漢宮의 젊은 여자가 사막의 나라로 떠나는 것은 비극이다. 그녀는 흉노의 옷을 걸치고 비파를 안고 말에 올라 장안을 떠났다고 한다. 후세 사람들의 동정을 사지 않을 수 없었을 것이다. 더구나 그녀는 절세의 미인이었기 때문에 더욱이 동정의 대상이 되었던 것이다. 아니 동정심을 더욱 자극하기 위하여 미인으로 묘사된 것인지도 모른다.

그녀에 관하여 정사의 기록은 간략하나 야사의 이야기는 많고, 또 그녀를 주제로 한 시사詩詞도 많다. 이런 이야기가 전해진다. 원제에게는 후궁이 너무 많아 친히 고를 수가 없어서 화공으로 하여금 초상화를 그려 바치게 하고, 그 그림첩을 보고 후궁들을 불러들였다고 한다. 후궁들은 화가에게 예쁘게 그려 달라고 뇌물을 주기도 했다는데, 왕소군은 자신의 미모에 대하여 꽤나 자신이 있었던지, 아니면 주변이 없었던지, 그러지 않았다. 그러니 자연 밉게 그려진 모양이다. 밉게 그려져서 정말 미인이 아니라고 생각했기 때문인지 모르나, 원제는 아무튼 소군을 보내기로 했다. 막상 떠나는 날, 이별의 시간이 다가왔다. 인사를 드리는 왕소군을 원제가 보니 절등絕等의 미인이었다. 그래서 그녀를 밉게 그린 화가 모연수毛延壽를 위시하여 여러 명의 화가들의 목을 쳤다고 한다. 이미 엎질러진 물 위에 목이 떨어진 것이다.

이백은 왕소군을 기려 이런 시를 지었다.

昭君拂玉鞍　　왕소군은 구슬 안장을 떨치고 나서
上馬啼紅頰　　말에 오르는 붉은 뺨엔 눈물이 흥건하네
今日漢宮人　　오늘은 한나라 궁전 사람이더니
明朝胡地妾　　내일 아침엔 오랑캐 땅의 첩이 되네.[18]

또 이백에 앞서 당나라 측천무후 때의 좌사左史벼슬을 지낸 시인 동방규東方虯는 "호지무화초胡地無花草 춘래불사춘春來不似春"이라 하였다. "오랑캐 땅에는 화초가 없으니 봄이 와도 봄 같지 않다"는 이야기다. "춘래불사춘"은 우리에게도 친숙한 말이다.[19] 그런데 왕소군에 관하여는 많은 글이 있으나 내가 특히 좋아하는 것은 송나라 왕안석의 「명비곡明妃曲」이란 두 수首의 시다.[20] 이미 글

18_이백의 왕소군 시는 이에 앞서 하나가 더 있다.

漢家秦地月　한나라 진땅의 달이
流影送明妃　흐르는 그림자로 명비를 보내네
一上玉關道　한번 옥문관을 나서니
天涯去不歸　하늘 저쪽 끝으로 가서 돌아오지 않는다네
漢月還從東海出　한나라의 달은 여전히 동해에서 뜨지만
明妃西嫁無來日　명비는 서쪽으로 시집가서 돌아올 날아 없네
燕支長寒雪作花　연지 나는 燕山은 언제나 추워 눈이 꽃을 이루고
蛾眉憔悴沒胡沙　미인은 초췌하여 오랑캐 모래땅에 묻히네
生乏黃金枉圖畫　살아선 황금이 모자라 초상화가 잘 못 되었으나
死留青塚使人嗟　죽어선 청총을 남기어 사람들을 탄식케 하네.

19_「昭君怨」이란 세 首의 시 가운데 하나다. 다음 두 구는 "自然衣帶緩 非是爲腰身 자연히 옷 띠가 느슨해지니 이것은 허리 때문이 아니라네." 漢宮을 그리다가 몸이 야위워짐을 말한 것이리다.

20_왕소군을 明妃라고 하는 것은 진晉나라의 문제 사마소司馬昭의 이름을 피하여 부르게 된 것임.

이 길어졌기 때문에 그것을 다 소개하지는 않으나, 그 시 가운데 내가 좋아하는 구절을 한둘 읊고자 한다. 첫 수의 마지막 구인 "인생실의무남북人生失意無南北"이다. "사람이 세상에 나서 뜻을 잃게 되면 남쪽 땅이나 북쪽 땅이나 다를 것이 없다."는 뜻이다. 왕소군이 한궁에 있을 때나 호지에 갔을 적이나 실의에 젖어 있었다면 어디에 있는 것이 무슨 상관이냐는 이야기다. 나는 이 시를 읽을 적마다 국토와 민족의 분단이라는 비극을 안고 사는 우리나라를 생각한다. 남과 북이 따로 있는 것이 아니라는 생각을 금할 수 없다.

다른 하나는 둘째 수의 "한은자천호자심漢恩自淺胡自深 인생낙재상지심人生樂在相知心"이란 구절이다. "한나라 은혜는 얕은데 오랑캐에서 받은 은혜는 자연히 깊을 것이니, 인생의 즐거움은 서로 알아주는 데 있는 것"이란 뜻이다. 한漢과 호胡라는 두 나라를 뛰어넘는 애정의 표현이라고 볼 수도 있다. 그리고 여기에 관하여는 민족의식의 결핍이 아니냐는 비판도 있는 모양이다. 그러나 "인생낙재상지심"은 내가 좋아하는 명구다. 한이나 호나 우리와는 상관이 없는 민족들이고, 나는 시를 사랑할 뿐이다.[21]

또 두보杜甫도 「영회고적오수詠懷古跡五首」에서 왕소군의 묘를 두고 "일거자대연삭막一去紫臺連朔漠 독류청총향황혼獨留青塚向黃昏"이라 읊었다. "한번 자대(한의 왕궁)를 떠나니 북방의 사막이 이어지고, 홀로 청총에 누워 황혼을 맞누나." 호지에서 슬프게 살다가 죽어서인지 풀도 자라지 않는 메마른 땅이지만 그녀의 무덤은 늘 푸르렀다고 한다. 그 무덤은 오늘날 내몽고 자치구인 호화호특시呼

21_왕안석의 「明妃曲」에 화작和作한 시도 많고, 그 한 예가 송의 구양수歐陽修의 「明妃曲」이다. 그는 또 「明妃曲和王介甫」란 시도 지었다. 介甫는 왕안석의 자字. 후대에도 예컨대 원元의 마치원馬致遠의 『한궁추漢宮秋』와 같이 명비가 등장하는 희곡과 소설도 많다.

和浩特市의 남쪽에 있다. 중요 문화재로 보호되고 있다고 한다.

셋째, '조비연'은 다른 미인의 경우와 마찬가지로 정사에는 간단한 기록밖에 없다. 허나 야사에는 허다한 이야기가 있다. 그녀는 한나라 성제成帝(재위 33-7BC) 때의 미인이다. 출신은 비천하나 우여곡절 끝에 황후자리에 오른다. 그러나 미색으로 왕의 총명을 흐리게 하고, 색정과 투기로 궁중의 법도를 어지럽혔다. 드디어 나라를 망하게 하고, 자신의 삶도 비극적으로 마감했다. 비연을 사랑했던 성제는 피향각披香閣과 같은 호화로운 누각을 짓기도 했지만, 그런 것이 문제는 아니었다. 못난 군주였던 것이다. 다음 애제哀帝가 등극하나, 전한은 이미 성제 때에 망한 것이나 다름없다. 왕망王莽이 전한을 찬탈하여, 신新이란 나라를 세운 사실을 우리는 다 안다.

그런데 이야기를 좋아하는 사람들은 조비연에 관하여 이러한 말들을 지어냈다. 하나는 작장중무作掌中舞고, 다른 하나는 연수환비燕瘦環肥다. 한번은 원제가 태액지太液池라는 연못에서 뱃놀이를 하는데 강풍이 크게 일어 춤추던 비연이 물에 빠지게 되었다. 옆에 있던 악사가 그녀의 발을 잡아 구했는데, 그 와중에도 춤을 계속 추었다는 것이다. 그래서 '손바닥 위에서 춤을 춘다'는 말이 생겼다고 한다. 사연이야 어떻든 비연은 요샛말로 초슬림형이었던 모양이다. 그래도 그렇지 새도 아니고 손오공도 아닌 주제에 어떻게 손바닥 위에서 춤을 추나? 또 그녀가 슬림했기 때문에 연수환비란 말이 나왔다. '비연은 야위고 옥환은 살찌고' 옥환玉環은 뒤에 나오는 양귀비의 소싯적 이름이다. 양귀비는 살이 통통히 쪘었다고 한다. 시대가 변하면 미인의 기준도 변하는 모양이다.

넷째, '초선'은 원나라 때의 잡극『연환계』나『삼국지평화』와 같은 소설에 나오는 인물이다. 그러나 그보다도 나관중의『삼국연의』에 의해서 일약 스타덤에 진출한 미인이다. 『연의』에서 그녀는 사도 왕윤의 가기歌妓로서 동탁董卓과 여포呂布를 이간시키는 역할을 담당한다. 여포는 그 계략에 놀아나서 한나라의 역적인 동탁을 제거한다. 따라서 한나라를 위하여 큰 공을 세운 것인데, 초선이란 이름은 정사『삼국지』에는 보이지 않는다. 소설에서는 그 후 그녀가 여포의 첩이 된다. 여포가 하비성下邳城에서 조조에게 잡혀 죽었으니, 초선의 말로는 보지 않아도 뻔하다. 그런 미인이다. 내 생각에 사람들이 초선을 미인이라고는 하지만, 얼마나 예뻤는지는 알 수 없고, 연환계를 성공시킨 공을 감안하여 미인의 반열班列에 넣은 것이 아닌가 한다.

다섯째, '양귀비'는 너무 유명하여 설명이 필요 없을지 모른다. 고대 서양의 대표 미인이 클레오파트라Cleopatra였다면, 그에 필적하는 동양의 미인이 양귀비가 아닌가 한다. 그녀는 당唐 현종玄宗이 사랑하는 미인이었다. 현종 말년의 실정이 양귀비 때문만은 아니나, 안녹산安祿山의 난이 발발하자 현종은 황황히 서촉西蜀으로 피난길에 올랐다. 그때 육군은 양귀비의 목을 베어야 한다고 주장했다.22 귀비의 목은 장안성 밖 백여 리 되는 마외파馬嵬坡란 곳에서 진흙 위에 떨어졌다. 양귀비는 백거이白居易의 「장한가長恨歌」로 더 이름이 났다.

되지도 않은 미인의 이야기가 길어졌다. 흔히 중국의 미인이라 하면 4대 미인을 꼽고, 여기에는 '조비연'이 빠진다. 최창식 형 덕분인지는 알 수 없어도 조비연은 5위를 차지하게 되었다. 그를 중간에 넣은 것은 시대순으로 설명했기 때문이다. 서시, 조비연, 양귀비는 나라에 도움이 되기는커녕 나라를 망하

22_육군六軍은 군 전체를 말한다. 군은 부대의 단위로 당시 편제로 일만이천오백 명. 천자에게는 육군이 있었다고 한다.

게 하는 데 일조를 한 여자들이었다. 팔자도 좋지 않았다.[23] 초선은 나라를 위하여 좋은 일을 했다고 하나, 허구의 인물이다. 왕소군은 오랑캐를 달래기 위하여 전략적으로 파견되었으니, 나라에 도움이 되었는지도 모른다. 그러나 여자를 보내 선우의 환심을 샀다고 하면, 보낸 놈은 무엇인가? 아름다운 여인을 가련한 인생의 길로 몰아냈을 뿐이다. 나는 생각한다. 미인들의 이야기를 이러쿵저러쿵 했지만, 결국 미인들은 남자들의 노리개가 아니면 남자들에게 이용만 당하던 존재가 아니었던가? 그러나 왕후장상이 아니더라도 남자들은 노리개에 탐닉함으로써 스스로의 묘혈을 판다는 것을 모르는 존재인 것이다. 아니 스스로의 묘혈을 파는 것을 은근히 속으로 즐기는 존재인지도 모른다.

생각이 여기에 미치자 나는 그런 미인들을 옆에 두고 술 마시고 싶은 생각이 천리만리로 달아난다. 술은 그저 혼자 먹는 것이 최고다. 그래서 이미 오래전에 이백은 「월하독작月下獨酌」이라 하였다. '달 아래서 홀로 마신다'는 것인데, 달과 더불어 마신다는 뜻일 것이다. 그러다가 시간이 흘렀다. 가만히 생각하니 달이 없어도 마시고 싶은 것이다. 그래서 '달 없이' 마시기를 시작했다. 「독작」이란 시는 그래서 나왔다는 것이 나의 생각이다. 아름다운 시이기에 말미에 보탠다.

23_위의 주 13)에서 말한 것처럼 서시는 오나라가 망한 후, 범려를 따라 갔다는 설이 있으니, 나중 팔자는 알 수가 없다.

「월하독작」

花下一壺酒　꽃 아래서 한 병의 술을
獨酌無相親　친한 이도 없이 홀로 마신다
擧盃邀明月　잔을 들어 달을 맞이하니
對影成三人　그림자를 대하게 되어 세 사람이라네
月旣不解飮　달은 본시 술 마실 줄 모르는데
影徒隨我身　그림자는 그저 내 몸을 따라다닐 뿐
暫伴月將影　잠시 달과 그림자를 벗하노니
行樂須及春　즐김에는 반드시 봄철이 제격이라네
我歌月徘徊　내가 노래하면 달은 머뭇거리고
我舞影凌亂　내가 춤추면 그림자는 어지럽게 흔들리네
醒時同交歡　덜 취했을 땐 함께 서로 즐기지만
醉後各分散　취하면 각기 따로 논다네
永結無情遊　영원히 무정의 놀음을 맺어서
相期邈雲漢　멀리 은하수를 향하여 다시 만날 것을 기약하네.

「독작」

天若不愛酒　하늘이 만약 술을 사랑하지 않았다면
酒星不在天　하늘에는 주성(술별)이 없었을 것이고
地若不愛酒　땅이 만일 술을 사랑하지 않았다면
地應無酒泉　땅엔 주천(술샘)이 없었을 것이네
天地旣愛酒　하늘과 땅이 술을 좋아하니

愛酒不愧天　술을 좋아하는 것은 하늘에 부끄러울 것이 없는 일
已聞淸比聖　예부터 맑은 술은 성인에 비겼고
復道濁如賢　탁주는 또 어진 이라고 일러왔네
賢聖旣已飮　어진 것과 성인 같은 것을 이미 마셔왔으니
何必求神仙　하필 신선되길 바랄 것이 무엇인가
三盃通大道　석 잔이면 큰 도와 통하고
一斗合自然　한 말이면 자연과 합치되네
但得醉中趣　다만 취중의 취미를 얻는 것이니
勿爲醒者傳　술 안 먹는 자에겐 전하지도 말게나.

이백에게 배운 것은 아니나, 나는 술은 주로 혼자 마신다. 지극히 자유롭기 때문이다. 달은 있어도 좋고 없어도 좋다. 미인은 결코 바라지 않는다.

### 추기

위에서 최창식 형이 동창회의 회장되는 것은 시간 문제라고 하였다. 그 시간은 2012년 1월 31일이다. 그날 서울 법대 16회 신년하례식 겸 동창회가 프레지던트호텔에서 열렸고, 그 자리에서 최창식 형이 회장에 피선되었다.

# 이수억

蒼天如圓蓋 푸른 하늘은 둥근 뚜껑이요
陸地如棋局 육지는 바둑판이네.
世人黑白分 세상 사람들은 흑백으로 나뉘어
往來爭榮辱 왕래하며 영욕을 다투네.
榮者自安安 영자는 스스로 편안하고
辱者定碌碌 욕자는 용렬하게 마련이네.
南陽有隱居 남양에 숨어사는 거사가 있으니
高眠臥不足 높이 누워 잠이 부족하다네.

언젠가 수억壽檍(생존 시에 부르던 대로)이와 한잔을 걸치고 바둑을 두는데, 그가 느닷없이 묻는다.

"형님! 『삼국연의』에 바둑판 이야기가 나오는 것을 아세요?"

"바둑 두는 거라면 관운장이 팔에 활을 맞아서 화타가 수술할 때 마량馬良이와 바둑을 둔 것은 아는데, 글쎄 바둑판은 모르겠는데……."

"에이, 형님두!"

하면서 위의 시를 읊는 것이었다. 나중에 다시 『삼국연의』를 읽어보니, 그것은 현덕이 공명을 만나려고 융중을 찾아갈 때 농부가 밭을 갈며 부르던 노래였다. 일고초려一顧草廬 때의 일이다. 나도 『삼국연의』는 좀 읽어서 대강은 아는데, 그때 이 시는 생각지 못했었다. 농부의 말에 의하면, 시는 와룡臥龍(공명)이 지었다는 것이다. 수억이는 일람첩기一覽輒記의 기억력으로 『삼국연의』나 『수호전』 같은 고전을 거의 달달 외고 있었다. 그의 그런 재주가 나는 부러웠다.

술 잘 먹고, 바둑 잘 두고, 운동 좋아하는 '까만' 친구가 있다는 이야기가 들렸다. 깜씨의 선성先聲을 들은 것이다. 그러나 내가 깜씨 이수억을 언제 만났는지는 기억이 없다. 짐작건대, 그가 군대에서 제대하고 잠시 서울대학교 대학신문 편집국장 일을 할 때, 1970년대 중반이었을 것이다. 그는 정치학과 졸업생이고, 나는 1975년 서울대학교가 종합화될 때부터 정치학과 교수였으니, 자연 가까워질 수밖에 없었는지 모른다.

그러나 결정적인 계기는 1975년 여름에 대학신문사가 주최한 수영강습회를 따라 충남 대천에 간 것이라고 생각한다. 수억이는 수영에도 일가를 이루고 있었다. 술, 바둑, 『삼국연의』 등 그와 나는 공통으로 좋아하는 분야(?)가 많아서 자연히 의기투합하게 되었던 것이다. 옛 수첩을 뒤져보니, 1976년 9월 27일자에 "수억 군과 밤샘 바둑을 두다"라고 적혀 있는 것이 눈에 띈다. 술 먹고, 바둑 둔 것이 어디 그 날뿐이겠는가?

그와의 바둑 이야기를 해 본다. 수억이가 시카고대학 대학원에서 정치학 공부를 하다가 미시간대학에서 영문학을 전공하던 전수용全秀庸 씨와 결혼한 것은 1982년 7월 3일이었다. 식장은 이대 중강당이었다. 여드레 후인 11일이 일요일인데, 이날 문경聞慶 새재鳥嶺 근처에 있는 이화여대 고사리수련원에서 성대한 피로연이 있었다. 김옥길金玉吉 전 총장의 배려였다. 그리고 얼마 안 있어 두 사람은 시카고로 돌아갔다. 그해 7월 하순 나도 안식년을 얻어 일리노이대학에서 일 년을 지내기 위하여 가족을 데리고 미국에 가게 되었다. 일리노이대학은 시카고대학에서 남쪽으로 이백여 킬로미터 떨어진 어바나-샴페인이란 도시에 있다. 자동차로 약 두 시간 반 거리다. 미국서는 매우 가까운 거리다. 자연히 잦은 왕래가 시작되었는데, 10월 17일 예고 없이 그가 바둑판을 차에 싣고 부인과 함께 우리 집에 온 것이다. 반가운 것은 말할 것이 없고, 술을 마셔야 하니까 바둑은 둘째였을 것이다.

그런데 문제는 그가 가져온 바둑판이었다. 바둑을 좋아하는 사람은 좋은 바둑판에 좋은 돌로 바둑을 두고 싶어 한다. 물론 갖고도 싶어 한다. 그런데 수억이가 가져온 바둑판은 내가 그때까지 본 적이 없는, 두께가 거의 일곱 치나 되는 명품이었다. 비자나무로 만든 것이 분명한데, 시카고대학에 와 있던 어떤 일본인 교환교수에게서 전수받았다는 것이다. 물어보지는 않았으나, 상당한 사례를 했을 것이다. 나에게 자랑을 하려고 가져왔는데, 바둑판이 좋다보니 그날 밤엔 술이 바둑에 밀렸다. 돌도 일품의 것이었다.[1] 그 바둑판과 돌을 들고 수억이는 샴페인에 몇 번 왔었다.

1_ 일어로 '가야'라는 나무가 사전에는 '비榧'라고 되어 있는데, 우리말로는 비자나무일 것이다. 이 나무로 만든 두께 여섯 치(일곱 치 반짜리도 있음)가 넘고, 나이테가 고르면 최고의 바둑판이다. 비자나무는 연하고 탄력이 있어서 몇 판을 두고 나면 반면이 곰보같이 얽는다. 그래도 얼마 동안 그대로 두면 얽었던 반면이 다시 평평해진다고 한다. 돌을 놓을 때 감촉의 유연함은 말할 것도 없다. 또 일본 이야기지만 흰 돌은 규슈九州 동해안의 히우가日向에서 잡히는 조개의 껍질을 깎아 만든 것이, 흑 돌은 미에현三重縣의 구마노시熊野市에서 채취된 나치구로이시那智黑石로 만든 것이 최고품이다. 종래에는 그랬다. 물론 조개의 질과 두께 등도 문제가 된다.

아니 그 다음 해(1983년) 2월 하순에 나는 미네소타대학에 교환교수로 와있던 당시 서강대학교 유재천 교수를 찾아 미네아폴리스에 간 적이 있었는데, 내가 가자고 그랬는지 아니면 내가 간다니까 따라나선 것인지는 모르나, 내가 도착한 다음 날 수억이 내외도 왔다. 그때도 그 바둑판을 들고 와서 미네소타 방문 기념대국을 한 기억이 있다.

수억이가 귀국하여 에스비에스SBS에 근무할 때다. 한 번은 바둑을 두다가 갑자기 지갑에서 한국기원에서 발행한 아마5단증을 꺼내어 보이면서, 자랑을 하는 것이었다.

"바둑을 잘 두면 됐지, 증이 왜 필요해?"

"뭐, 그냥 만들어 주던데요."

수억이는 박치문朴治文, 신병식申秉湜 씨와 같은 아마 고수들을 동생처럼 데리고 다녔고, 홍종현洪鍾賢 9단과는 고등학교 동기다. 다른 전문기사와도 친분이 많았다. 아마5단증을 정말로 '그냥 만들어 주었을 것'이다.

수억이와 바둑을 두면 우리는 승패를 초월했다. 그리고 소동파의 시에서처럼 항상 서로 "승고흔연 패역가희勝固欣然 敗亦可喜"의 바로 그것이었다.[2] 이겨도 흔연하고 져도 기쁘고. 그러나 형세가 좋으면 수억이는 가끔 콧노래를 불렀다. 지금 이 순간에도 "어이, 수억아! 한판 두자!" 하면 씩 웃으며 바둑판을 들고 나올 것 같다.

수억이를 아는 사람치고 그가 술을 좋아한다는 것을 모르는 사람은 없다. 같이 마신 일이 한두 번이 아니고, 마셨다하면 늘 대취여서 아침이면 매번 기억이 없었다. 일화를 몇 가지 적을까 한다.

첫째, 1977년 봄에 서울대 정지학과 학생들이 독도연구회라는 모임을 만들었고, 그 다음 해 5월 초에 독도를 탐방한 적이 있었다. 당시는 독도 가기가 수월치 않던 시절이었으나, 우여곡절 끝에 독도에 발을 딛게 되었다. 그때 수억이도 같이 갔다. 귀경길에 일행은 강릉 경포대 앞 백사장에서 소주를 마셨는데, 그 이야기는 앞에 나오는 「독도」란 글에서 이미 썼다. 얼마를 마셨는지 화장실에 가고 싶은데, 일어날 수가 없었고, 일어나기도 싫었다는 이야기였다.

둘째, 1983년 나의 일리노이대학의 안식년이 끝날 무렵인 6월 하순에 수억이 내외와 우리 가족이 여행을 함께 했다. 피츠버그, 워싱턴 DC, 뉴욕, 보스턴, 하트포드 등에서 하루 이틀 묵으면서 메인 주에 있는 아케이디아 국립공

2_勝固欣然 敗亦可喜는 보통 아는 글이나, 그 글의 출처를 아는 사람은 많지 않은 것 같아서 여기에 적는다.「觀碁」란 제목의 시다. 시에 앞서 아래와 같은 서문이 있어서 그것도 소개한다. 내가 그 시를 처음 접한 것은 칠단七段 스즈키 다메지로鈴木爲次郎 저著,『위기지남圍碁指南』[東京: 黎明社, 昭和 10년(1935)], 119쪽에서였다. 오래전의 일이다. 아래 글의 번역은 연세대학교 국학연구원의 이원택李元澤 박사에 따른다.

予素不解碁, 嘗獨遊廬山白鶴觀, 觀中人皆闔戶晝寢, 獨聞碁聲于古松流水之間, 意欣然喜之, 自爾欲學然, 終不解也, 兒子過乃粗能者, 儋守張中日從之戲, 予亦隅坐竟日, 不以爲厭也. 나는 평소 바둑 두는 법을 깨우치지 못하였다. 일찍이 홀로 여산의 백학관을 유람하다가, 관 안의 사람들은 모두 문을 닫고 낮잠을 자는데 유독 흐르는 물가의 오래된 소나무 아래에서 바둑돌 놓는 소리가 들려 마음속으로 흔쾌히 기뻐하였다. 그때부터 바둑을 배우고자 하였으나, 끝내 깨우치지 못하였다. 아들 과(過)는 바둑을 조금 둘 줄 아는데 담주 태수 장중이 날마다 그와 더불어 바둑을 두었다. 나 또한 모퉁이에 앉아 해가 질 때까지 보았는데 싫증이 나지 않았다.)

五老峰前 白鶴遺趾 오로봉 앞엔 백학관 터만 남아있네.
長松蔭庭 風日淸美 낙락장송이 뜰에 그늘 만드니 풍광이 맑고 아름답네.
我時獨遊 不逢一士 때마침 나 홀로 노니는데 선비 하나도 만나지 못했네.
誰歟碁者 戶外屨二 누구인가 바둑을 두는 자, 문 앞에 신발 두 켤레만 있네.
不聞人聲 時聞落子 사람 소리 들리지 않고, 이따금 바둑알 놓는 소리만 들리네.
紋枰坐對 誰究此味 격자무늬 바둑판을 마주하여 앉으니 누가 이 맛을 헤아릴 수 있으리오.
空鉤意釣 豈在魴鯉 빈 낚시 바늘로 낚시하는 뜻이 어찌 방어나 잉어에 있으리오.
小兒近道 剝啄信指 어린 아이들도 둘 수 있으니 탁탁 손가락을 펴네.
勝固欣然 敗亦可喜 이기면 본디 흔쾌하지만 패하여도 또한 기뻐할만 하네.
優哉遊哉 聊復爾耳 넉넉하게 노니나니 애오라지 다시 너뿐이로다.

원엘 간 것이다. 여행 중간 중간에 마신 술은 그만두고, 뉴욕에서 수억이는 마오타이주를 열 병 사서 차에 싣고 왔는데, 아케이디아 공원에서 텐트치고 3박 4일을 보내는 동안 그 술을 거의 다 마신 것이다.

셋째, 1987년 9월 초에 시카고에서 미국정치학회 연례대회가 열렸다. 그 회의에 참석하기 위하여 내가 시카고 오해어O'Hare 공항에 내린 것은 3일 아침이었다. 수억이가 빙긋 웃으면서 다가왔다. 늦은 아침 시간인데, 수억이는 아침을 하지 않은 모양이어서, 한인타운에서 우선 소주 한 잔을 걸치고는 거구장巨軀莊으로 향했다. 수억이도 그 부인도 둘 다 거구여서, 그들의 아파트는 거구장이란 별명으로 불렸다. (요새도 있는지 모르나, 당시 서울 소공동에 거구장巨龜莊이라는 음식점이 있었다. 또 수억이의 음식 솜씨가 유별나서 그 별명은 이중으로 실감이 나는 이름이었다.) 차 속에서 수억이가 말했다.

"형님, 저희 집에 백 년짜리 스카치가 있습니다."

"백 년짜리는 듣지도 못했는데."

"가 보시면 압니다. 얼마 전에 리커 스토아에 갔더니, 글쎄 백 년짜리 듀어즈Dewar's가 여러 병이 있습디다. 가격을 보니 13달러인가 해요. 그래, 야! 이게 웬떡이냐 하고 여러 병을 샀습니다. 처음엔 카드로 결제를 하려고 했는데, 다시 생각하니 백 년짜리 술이 13달러라는 것은 뭔가 잘못된, 분명 가격표가 잘못 찍힌 것이라는 생각이 듭디다. 카드로 계산하면 나중에 잘못되었다고 추적을 당할 것 같아서, 캐시를 주고 샀습니다."

"맛이 기가 막히겠네!"

"아직 안 마셔 보았습니다."

거구장엘 도착하자나사 술을 보자고 하였다. 요란한 상자 속에서 벨벳에 싸인 술병이 나왔다. 침이 절로 넘어가는 순간, 병을 자세히 살피니, 그것은 백 년짜리 술이 아니라, 그 회사 창립 백 주년을 기념하여 출시된 술이었다. 백 년과 관계는 있다. 그때 마침 주인의 정치학과 동기인 최재원崔宰元 씨가 와 있어서 점심 조금 못 되서부터 그 백 년짜리 술을 마시기 시작했다.

수억이가 귀국하여서는 서로 바빠 자주는 못 마셨다. 그러나 어쩌다 만나 마시면 좋았는데, 그나 나나 너무 많이 마시는 것이 탈이라면 탈이었다. 담배도 많이 피웠다. 그것도 탈이라면 탈이었다. 그리고 수억이는 술이 거나하면 으레 「단장의 미아리 고개」를 그 특유의 창법으로 구성지게 부르곤 했다. 6 · 25때 납북된 아버지를 그리워하는, 말하자면 사부곡思父曲이었다.[3] 나만 그 노래를 들은 것은 아니겠으나, 아무튼 나는 그의 그 노래를 몇 번 들었는지 모른다.

넷째, 수억이는 우스갯소리를 잘 하여 남을 즐겁게 해 주곤 하였다. 또 그는 고우영 화백의 극화 『일지매』에 나오는 '성게'라는 인물을 좋아했다. 나도 '성게'를 좋아하여 『삼국연의』 못지않게 『일지매』 타령도 많이 했는데, '성게'의 생김새와 그 기행을 생각하면 저절로 웃음이 나는 것이다. 바둑을 두다가도 옆으로 한 칸이고 벌리면, "성겐가?" 하고 웃은 적도 많았다. 기억을 더듬어 지금도 생각나는 수억이의 우스갯소리를 한둘 적어 본다.

하나는 아들을 월남전쟁에 보낸 아버지가 동네 면장에게 하는 말.

3_수억이의 부친 이충영李忠榮(1908-?) 씨는 일제강점기와 대한민국 건국 초기의 법조인이다. 1932년 도쿄제국대학을 졸업하고, 고등문관시험에 합격하여 판사가 되었다. 평양복심법원의 판사직을 사임하고, 1940년대 초반에 변호사가 되었다. 판사직을 사임하게 된 이유는 일제의 창씨개명에 반대했기 때문이라고 한다.

"우리 아들이 이번에 뽑혀서 월남 갔어. 갔다 오면 사거리 순경도 개 패듯 팰 것인디, 면장 당신도 일단 조심혀!"

다른 하나는 어느 육군 대위의 일화이다. 종각 건너편의 종로타워 자리에 화신백화점이 있을 때의 일이다. 하루는 삼선교 방향으로 가는 84번 버스에 한 육군 대위가 탔다. 버스가 안국동을 지나자, 그 군인이 차장을 보고 말했다.

"차장, 고생이 많지, 미안해!"

차장이 속으로 '원, 별 싱거운 사람도 있구나' 하고 있는데, 차가 돈화문 앞을 지나자, 그 군인이 다시 차장을 보고, 또 한번 말했다.

"차장, 미안해!"

그랬는데 버스가 혜화동에 서자, 그 군인은 돈을 내지 않고, 그냥 내리는 것이었다.

"아저씨! 돈 내고 가세요."

차장이 군인을 보고 소리치자 군인은 쓱 돌아보고 이렇게 말하는 것이다.

"아까 미안하다고 했잖아!"

"그래두 돈은 내셔야죠!"

"돈 없어!"

그러고는 휘적휘적 가는 것이었다. 쫓아갈 수도 없는 형편의 차장이 약이 올라서 말했다.

"돈 좀 갖고 다니세요."

그러자 그 군인이 하는 말.

"원, 별 걱정 다 하네."

또 수억이의 단골메뉴의 하나는 "지금 안 가르쳐 줘!"였다. 누가 좀 이상한 것을 묻거나 대답이 궁하면, 그렇게 말하고 넘어가곤 하였다. 내 아이들도 수억이 아저씨를 무척 좋아하였는데, 어쩌다가 아저씨 이야기가 나오면, "지금 안 가르쳐 줘!" 하며 웃곤 한다.

다섯째, 나는 수억이를 '소쇄瀟灑한 인품의 사나이'라고 부르고 싶다. 소쇄하다는 말은 "기운이 맑고 깨끗하다"는 뜻이다. 그는 성품이 곧고, 의협심이 강하며, 남 도와주기를 잘했다. 사람들에 대한 호오好惡가 너무나 분명했다. 좋아하는 사람은 무척 좋아했고, 싫어하는 사람은 매우 싫어했다. 또 남에게 무엇이든 주기를 좋아했다. 그가 등산을 좋아하여 장비를 많이 구입하였는데, 특히 블랙야크 전문점인 압구정동의 '동진레저'에 자주 들렀다. 수억이를 잘 아는 그 점포의 손 아무개 이사의 말을 빌리면, 옷이고 장비고 사서 다른 사람에게 많이 준다는 것이다. 등산 장비뿐이 아닐 것이다. 수억이는 정치학도였던 만큼 "주는 것이 취하는 것임을 아는 것, 그것이 정치의 요체[知與之爲取 政之寶也]"라고 말한 중국 춘추시대 관중管仲과 같은 생각을 갖고 있었는지도 모른다. 아니 그러한 성품을 갖고 태어났다고 하는 것이 옳을 것이다. 나도 레키Leki라는 브랜드의 좋은 워킹 스틱을 그에게서 받은 적이 있다. 요즘도 그것을 짚고 산에 오를 때면 그를 생각하게 된다. 생각해서 소용이 없는 일인데도 그가 그리운 것이다.

나는 수억이가 시카고대학에서 박사학위를 받고 귀국하기를 고대했다. 그가 학위를 거의 끝내 간다고 하였을 적에 당시 서울대 정치학과의 원로 김영국 교수와 나는 그가 학위를 마치고 귀국하면, 서울대 교수로 영입해야 한다고 생각하고 있었다. 그러나 수억이는 우리의 기대를 저버렸다. 그가 학위를 하지 못한 이유는 많을 것이다. 내가 알기로는 그때 그는 중국에 관하여 논문을 쓰고 있었는데, 논문을 지도하던 탕초우Tang Tsou 鄒讜 교수가 차일피일하면서 원고를 잘 읽지 않았다는 것이다. 지도교수와 연때가 맞지 않은 것이다. 시간은 자꾸 흐르고, 속은 상하고, 그러다가 '에이, 이거 뭐 꼭 해야 되나?'는 생각이 들자, 그만 집어치우고 귀국을 하였던 것이 아닌가 한다.

아는 사람들은 다 아는 이야기지만, 수억이가 처음 유학간 곳은 앰허스트Amherst에 있는 매사추세츠대학이다. 하버드대학과 매사추세츠공과대학MIT이 있는 케임브리지에서 얼마 안 떨어진 곳이다. 친구와 후배들이 많은 케임브리지에 어쩌다 놀러갔을 것이다. 그런데 케임브리지에는 저희들 생각에 좋은 학교에 다닌다고 깝죽대는 지각없는 속물들이 있었을 것으로 짐작된다. 수억이가 그렇게 옹졸한 사람은 결코 아니지만, 그래도 좋은 학교에 대한 동경이 왜 없었겠는가? 그가 시카고대학으로 옮겨간 정확한 이유는 알 수 없으나, 그리고 이것은 순전한 나의 추측인데, '너희들만 좋은 학교에 다니냐?' 하는 생각 때문이 아닌가 한다. 매사추세츠대학이 나쁘다거나 학위하기가 수월한 대학이라고 말하는 것은 결코 아니다. 그러나 수억이가 앰허스트에 그냥 있었더라면 학위를 마칠 수 있었지 않았나 하는 생각도 해 본다.

지난 일에 대한 가정은 소용없는 일이라고 한다. 수억이가 학위를 하지 못한 것에 대하여 내가 속이 상해서 하는 푸념인 것이다. 내 속이 그럴진대 수억이 자신은 어떠하였겠는가? 스트레스를 많이 받았을 것이다. 물론 시카고로 왔기 때문에 전수용 씨와 같은 훌륭한 배필을 만날 수 있었는지 모른다. (혹은 전수용 씨를 그전에 먼저 만나, 그녀가 있던 미시간에 그래도 가까운 시카고로 간 것인지도 모른다.) 그러나 학교를 옮겼기 때문에 학위를 마치지 못한 것이라면,

시카고로 옮김으로써 결과적으로는 하나를 얻고, 하나를 잃은 것은 아닌지? 이런 생각을 할 때마다 "하려던 것이 아닌데 그렇게 되는 것은 하늘의 뜻이요, 부르지 않았는데 오는 것은 운명이다"고 말한 맹자를 떠올리게 된다.[4] 그렇다! 운運이 아닌 것이 없고, 명命이 아닌 것이 없다.

수억이는 인재다. 천군만마를 호령해도 시원치 않을 기상과 재주가 있었고 포부도 컸다. 그런 인재가 큰뜻을 펼치지 못하고 환갑 조금 지난 나이에 세상을 떠난 것을 생각하면 무언지 공평치 않다는 생각이 든다. 환갑이나 진갑은 요즘의 사회통념에 비춰볼 때 장년이다. 한창 일할 나이라고 해도 좋다. 그런 나이에 그는 갔다. 노자老子가 일찍이 말했다. "천도무친 상여선인天道無親 常與善人"이라고. 하늘의 도리는 사私(사사로움 혹은 불공평함)가 없으며, 항상 좋은 사람 편이 된다는 의미이다. 그렇다면 하늘이 수억이에게 해 준 것이 무엇인가? 왜 그렇게 일찍 데려갔는가? 너무 불공평한 것이 아닌가? 나는 수억이를 생각할 때마다 노자를 원망한다. '그런 말이나 하지 말지!' 하며.

그러나 나는 수억이 자신이 스스로의 삶에 대하여 어떻게 생각하였는지 모른다. 많은 사람의 사랑을 받으면서 행복한 삶을 살았다고 생각했을지도 모른다.

내가 그를 마지막 본 것은 작년(2006년) 11월 12일 일요일 아침이었다. 반포아파트 그의 집으로 이화여대 정외과의 김수진 교수와 같이 문병을 갔는데, 119 구급차가 와 있었다. 어딘지 너무 괴롭다고 하여 응급실로 가려고 차를 부른 것이다. 우선 가까운 병원으로 가자고 하여 흑석동 중앙대병원으로 갔

4_"莫之爲而爲者天也 莫之致而至者命也"『맹자孟子』「만장萬章」상 6.

다. 같이 타고 갔다. 그러나 병원에서 특별히 무슨 조치를 취할 수 있는 상황이 아니어서, 다음 날 서울대병원에 가기로 하고 다시 집으로 돌아왔다. 힘들게 자리에 눕는 수억이의 모습을 보면서, 혼자 애쓰는 부인 전수용 교수를 뒤로 하고, 김수진 교수와 나는 그의 집을 나왔다. 그리고 우리는 한동안 아무 말이 없었다.

금년(2007년) 3월 15일 오후 여주에서 수목장을 지낼 때 나는 수억이의 가장 절친한 친구 김정구金政九 회장을 붙들고 울었다. 그리고는 서울 와서 김수진 교수를 불러 셋이서 대취했다.

"수억아! 거기엔 무엇이든 없는 것이 없겠지만, 우리만 마셔서 미안하다."

### 추기 1

이수억 씨가 돌아간 지 얼마 안 되어 나는 영주榮州 '무량수無量壽'의 정대수鄭岱洙 사장으로부터 추모 문집을 낸다는 이야기를 들었다. 내가 참여하는 것이 어떨지 하는 망설임 속에 여러 달이 지났다. 그 해(2007년) 11월 23일에 김정구 회장과 저녁을 하면서 다시 문집 이야기가 나왔고, 쓸 수 있으면 쓰는 것이 좋지 않겠느냐는 것이 김 사장의 의견이었다. 그래서 급하게 쓰게 되었는데, 혹시 고인은 물론이지만, 다른 사람에게도 누가 되지 않았으면 하는 마음이 많다.

## 추기 2

어찌된 영문인지 문집이 나오지 않았다. 잘 쓰고 못 쓰고 이미 써 놓은 것이다. 수억이에 대한 생각이 간절하여 이 책에 싣기로 한 것이다. 다만 이 책의 다른 곳에서 언급된, 예컨대 「독도」 또는 「마오타이」 이야기와 겹치는 대목도 있다. 또 약간 고친 부분도 있다.

# 천승걸

나는 처음에 형을 몰랐습니다. 처음부터 아는 사람도 물론 없을 것입니다. 형을 내가 만난 것은 서울대 교양과정부 시절이었습니다. 그 시절은 내가 미국서 막 귀국하여 시간강사가 되었던 1970년 가을학기부터입니다. 그때 형은 교양과정부의 전임강사였습니다. 나는 형처럼 전임인 교수들이 매우 부러웠습니다. 시간강사들은 고충이 많습니다. 오래되었다고 하면 오래된 일입니다. 아시다시피 형은 문학이 전공이고, 나는 문학과는 좀 거리가 있는 분야의 공부를 하고 있었습니다. 그때는 정치가 어두운 시절이어서 공부는 뒷전에 물려두고, 저녁이면 공릉동 교양학부에서 버스를 타고 나와 신설동에서, 아니면 종로까지 진출하여 술을 마시던 시대였습니다. 그러나 나는 당시 형하고는 술 마신 기억이 없습니다. 나는 문학을 전공하는 고상한 계급의 사람들과 교유하는 것이 바람직하지 않은 일이라고 생각했는지도 모릅니다.

서울대가 1975년에 종합화 되면서 형은 인문대 영문학과로 가고, 나는 사회대 정치학과 교수가 되었습니다. 여기서 지난 일을 중언부언하는 것은 바로 며칠 전에 형이 보내수신 『내 글살이의 뒤안길』이란 책을 읽었기 때문입니다.[1]

책에는 형의 사상과 인품이 배어있고, 책을 접고 나니 형 생각이 간절히 떠올랐습니다. 그래 이 글을 쓰기 시작한 것입니다. 나는 사실 이 글의 첫 줄에서 말했다시피 형을 잘 몰랐습니다. 알려고도 하지 않았고, 알 필요도 없었고, 그냥 형은 인문대 교수고, 나는 사회대 교수였습니다. 그러나 나는 건방지게 소싯적부터 인문학에 다소 관심이 있어서 좋은 의미로 인문대 교수들의 활동을 예의주시했습니다. 흔히 말하는 문사철文史哲을 전공하는 교수들이 부러웠기 때문입니다. 시간이 흘렀습니다.

그러다가 내가 형과 접촉을 갖게 된 것은 교수산악회에서입니다. 아니 그전 이야기도 있습니다. 관악캠퍼스에서 점심을 먹으려면 마땅치 않은 경우가 더러 있어서, 학교 밖으로 나가기도 했는데, 그것은 형도 잘 아는 일입니다. 그런데 1992년 가을 어느 날, 당시 총장 김종운 교수가 점심을 하러 가자고 하여, 따라 간 곳이 신림동의 '해태식당'이었습니다. 염포탕을 위시하여 낙지요리를 주로 하는 집입니다. 김 총장은 형의 소개로 그 집에 다니게 되었다는 것입니다. 그 후 나도 그 집에 가끔 갔습니다. 그러다가 알게 된 것은 그 집 여주인이 확실치는 않으나 탤런트 전원주全媛朱 씨의 동생이고, 매일 아침 목포에서 산 낙지를 실어온다는 것이었습니다. 산지직송産地直送입니다. 분명히 말하지만 탤런트를 직송하는 것이 아니라, 산 낙지를 직송한다는 것입니다. 그 부분에 대하여는 형이 더 잘 알 것으로 생각합니다.

그래도 의문이 있었습니다. 형이 어떻게 '해태식당'을 알게 되었나? 나중에 들은 이야기지만, 형과 중학 친구이고 나와는 고등학교와 대학 친구인 정재

1_서울대 출판문화원, 2011.

형丁在亨 군이 그 근처의 저축은행 봉천지점인가의 장이었는데, 그 발림으로 형이 그 식당을 알게 되었다는 것입니다. 그래서 형이 같은 영문과의 김종운 교수와 같이 갔던 것이고, 나는 또 그 덕에 그 집을 알게 된 것입니다. 확실치는 않으나 처음에는 내가 형의 친구라고 하여 대접을 잘 받았고, 얼마 지나서는 아마 형이 최 아무개의 친구라서 융숭한 대접을 받을 정도로 그 집에 많이 다녔습니다. 아무리 옥호에 '해태'란 말이 있지만, 눈을 감고도 갈 정도로 다녔습니다. 그런데도 형과 같이 간 기억은 없습니다. 물론 정재형 군과 같이 간 적도 없습니다. 갔는지도 모르나 기억이 없습니다.

그러다가 내가 형을 좀 더 잘 알게 된 것은 서울대 교수산악회에서였습니다. 등산으로 말하면 형이 베테랑이고, 나는 아무것도 모르면서 어쩌다가 2003년 3월 교수산악회 창립총회에서 회장이란 중책을 맡게 되었습니다. 그 얼마 후부터 형은 부지런히 산에 오셔서 우리를 지도하였습니다. 길도 길이고, 절 근처를 지나가면 그 역사도 역사고, 그것보다 우리가 형에게 감동을 받은 것은 풀의 이름, 꽃의 이름, 더구나 야생초와 야생화에 관하여 모르는 것 없이 우리에게 설명하였기 때문입니다. 그때마다 그 감동 때문에 산행이 길어지곤 했습니다. 풀과 꽃을 즐기려면 감성이 풍요로워야 한다는데, 형이 그런 분이었습니다. 야생의 풀과 꽃을 감상하며, 형의 이야기를 듣노라면 산행은 늑장이라 숨이 가쁘지 않았고, 따라서 저녁술이 늦어진 책임이 형에게 있은 적이 여러 번 있었습니다.

그런데 사실은 야생화와 야생초 때문이기도 했지만, 그것보다는 형이 술을 많이 가지고 오는 것도 문제였습니다. 찬 맥주도, 위스키도, 어떤 때는 코냑도 지고 오고, 그게 아니라 고급 맥주집의 안주 같은 것을, 그것도 아주 얌전히 싸가지고 오는 것이었습니다. 부인의 솜씨였습니다. 부인도 더러 산행에 참가하신 것으로 기억하지만, 그래저래 나처럼 술 좋아하는 등산대원들은 자연히 산에서 내려가고 싶지 않았고, 좀 더 산에서 시간을 보냈으면 하곤 했습니다. 빨리 하산하고 싶은 일행에게는 미안한 일이었습니다. 그게 그리고 한두 번이 아니었습니다. 한두 번이 아니라 거의 매번이었을 것입니다.

"산은 산이고 물은 물(물 대신 술?)"이라고 말한 사람도 있지만, 산 이야기는 그만 하겠습니다. 나는 형의 문학에도 관심이 없지 않았는데, 언젠가 형은 나에게 『너새니얼 호손Nathaniel Hawthorne단편선』을 주었습니다.[2] 열심히 읽었으나, 솔직히 고백건대 잘 읽혀지지 않는 번역입니다. 번역이 문제가 아니라 원작이 문제라는 생각도 하였답니다. 아니 작년(2010년)에는 또 『한때 흑인이었던 남자의 자서전』도 받았습니다.[3] 이것은 1871년 플로리다 주에서 태어나 그 주 최초의 흑인변호사가 된 제임스 존슨James W. Johnson의 이야기입니다. 그는 또 외교관이었고, 음악에도 조예가 깊어 작곡도 하던 인물이었습니다. 그러나 그의 최고의 업적은 전미유색인지위향상협회NAACP의 사무총장으로 '반反린치법'을 하원에서 통과시킨 것입니다. 흑인문학에 관심이 많던 형이 아니면 누가 그런 책을 번역하겠습니까? 그러나 저러나 나는 마틴 루터 킹 Martin Luther King Jr. 목사가 아니라면 존슨이 킹 목사의 자리에 있을 법한 인물이라고 생각했습니다.

형이 번역한 책에 대하여 내가 무어라고 하는 것은 우스운 일입니다. 허나 나는 나 나름으로 이야기가 하고 싶으니 용서하십시오. 더구나 그것은 형이

2_민음사, 세계문학전집 14, 2002.

3_문학동네, 2010.

좀 나쁜 병에 시달리면서, 투병하는 사이에 번역을 마친 것이라서 나는 참으로 책보다 형의 자세를 더욱 존경하게 되었음을 이야기하고 싶습니다. 미국의 소수 인종인 흑인과 그들의 문학에 관심을 보인 형에게 무언지 매력을 느껴서 단숨에 읽었습니다. 호손의 단편집보다 쉽게, 그리고 더 감명 깊게 말입니다.

나는 형의 저술 가운데 또 무엇이 있나 찾아보았습니다. 물론 이것들은 형이 나에게 보내준 것은 아니나, 『미국문학과 그 전통』『미국 흑인문학과 그 전통』 등을 찾았고, 번역한 책으로는 『현대소설과 의식의 흐름』『아이작 싱거 단편선』『프로스트의 명시』 등이 있음을 알았습니다. 프로스트라고 하면 나는 그의 너무 유명한 「Stopping by Woods on a Snowy Evening」이 입에서 맴돕니다. 그 마지막 구절인 "And miles to go before I sleep, And miles to go before I sleep"가 절실하게 다가오는 것은 다시 이야기하고 싶지 않지만, 형도 알다시피 우리가 하나님을 보러 가기까진 참으로 갈 길이 먼 것인가 묻고 싶습니다.

그건 그렇고, 오래전부터 나는 형의 고등학교 친구인 김원모金元模 군과 자주 어울려 다녔는데, 형에 대한 김 군의 존경은 나의 그것보다 더해서, 아니 연전에 김 군의 초대로 우리 셋이서 역삼동의 '제주탑동'이란 생선집에서 양주를 마신 일도 기억이 납니다. 그것은 2006년 4월 5일이었습니다. 그 날 김 군은 아주 큰맘 먹고, 발렌타인 17년산을 한 병 들고 나왔는데, 누군지 감기 기운이 있다하여 셋이서 한 병을 다 비우지 못했습니다. 김 군이 다음에 마시자고 하면서 남은 술을 갖고 갔는데, 그 남은 술을 다시 마신 기억은 없습니다.

그런데 이게 어쩐 일입니까? 형에게 무슨 나쁜 병이 침투했다는 이야기를 들었습니다. 그것이 2008년 6월 초였습니다. 그래서 내가 연건동 서울대 병원 12층으로 문병을 갔습니다. 6월 22일 일요일 오후였습니다. 형은 병실에 없었습니다. 조금 기다리자니 형이 나타났습니다. 산에서 늘 보던 얼굴이나, 등산복 차림이 아니었습니다. 그것은 문제가 아닙니다. 여유가 있었습니다. 나는 순간 괜히 왔나 하는 생각도 했습니다. 열흘 전(11일)에 수술을 하고 그 날 처음 컴퓨터에서 편지(e-메일)를 보고 오는 길이라고 했습니다. 잠시 이야기를 나누는데, 형은 운동할 시간이 되었다고 했습니다. 나야 어차피 형을 보러 온 처지라 따라 나섰습니다. 그때 형은 링거를 아직 맞고 있는 상태였고, 링거 병을 매달은 바퀴 달린 장치(?)를 끌고 걷기 시작했습니다. 무슨 이야기인지 하면서 같이 걸었습니다. 그것은 형도 기억할 것입니다.

서울대 병원구조는 그렇다고 하고, 병실 복도를 나가면 중앙의 엘리베이터를 가운데에 두고 빙빙 돌 수가 있습니다. 나는 한두 번 도는가 했는데, 형은 자꾸 돌았습니다. 아직은 건강이 아무렇지도 않다는 것을 나에게 알리려는지, 그만 가라는 것인지 알 수는 없었지만 그냥 따라 걸었습니다. 이런 저런 이야기를 했습니다만, 이야기야 그랬겠고, 나는 솔직히 그만 돌았으면 했습니다. 아니 "나는 더 운동을 해야 하니까, 당신은 그냥 가십시오." 하는 말도 기다려졌습니다. 그러나 형은 계속 돌았습니다. 몇 번을 도는지 셌습니다. 정확히 열세 번을 돌았습니다. 시간도 한참 되지 않나 싶습니다. 나는 땀이 났습니다. 땀은 속에서 나오는 것입니다. 그러나 나는 내색을 하지 않았습니다. 아마 형도 땀이 났을 것입니다. 그러나 형은 그냥 고맙다고만 했습니다. 인간이란 별것이 아닙니다. 자기가 약하다고 느낄 때도 강한 체하고, 강할 때는 남을 짓누르려 하는 존재입니다. 그러나 형은 아무것도 내세우려 하지 않았습니다. 형은 의사의 지시가 있어서인지, 아니면 스스로 운동이 필요하다고 느껴서인지 계속 걸었고, 나는 형을 따라 끝까지 돌았던 것입니다. 그때 나는 소로우Thoreau

의 『월든*Walden*』 한 구절이 머리에 떠올랐습니다.

"Why should we be in such desperate haste to succeed and in such desperate enterprises? If a man does not keep pace with his companions, perhaps it is because he hears a different drummer. Let him step to the music which he hears, however measured or far away."[4]

형은 소로우도 잘 아실 것이지만, 사람이란 각기 노는 물도 다르고, 또 다른 장단(북소리보다)에 맞춰서 사는 것이 아닌가 생각했습니다.

공교롭게 며칠 전 저녁(2011년 8월 29일) 김원모 군과 다시 한잔 했습니다. 이런 저런 이야기 끝에 원모 군은 형의 발병 얼마 전에 신사동 '충무상회'에서 우리가 또 한 차례 마신 적이 있다고 했습니다. 그 자리에는 나와 법대 동기인 정정일鄭正一 군도 있었다고 합니다. 그런데 원모 군이 그 자리에서 자주 읽던 비장秘藏의 책인 로렌스D. H. Lawrence의 『차타레이부인의 사랑*Lady Chattaley's Love*』을 형에게 보여 주었다는 것입니다. 형이 대충 이곳저곳을 보고는 이것은 무삭제판이라고 권위 있게 말했다는 것입니다. 하기야 책 표지에 '삭제Abridged' 혹은 '무삭제Unabridged'라고 적혀 있을 것이니, 형의 말이 무엇인지 짐작되지 않으나, 그 판정에 흡족했다는 원모 군의 이야기가 있었습니다. 그래서 내가 "정사 장면만 몇 군데 읽고 무삭제본이라고 했을 것인데……"라고 일성을 발했답

4_원래 이 글은 천 교수를 생각하며 쓴 것이고, Thoreau의 *Walden* 글도 내가 외고 있던 문장을 옮긴 것이었다. 독자들을 위하여 아주 잘 된 번역문을 싣는다. "왜 우리는 성공하려고 그처럼 필사적으로 서두르며, 그처럼 무모하게 일을 추진하는 것일까? 어떤 사람이 자기의 또래들과 보조를 맞추지 않는다면, 그것은 아마 그가 그들과는 다른 고수鼓手의 북소리를 듣고 있기 때문일 것이다. 그 사람으로 하여금 자신이 듣는 음악에 맞추어 걸어가도록 내버려두라. 그 북소리의 박자가 어떻든, 또 그 소리가 얼마나 먼 곳에서 들리든 말이다." 헨리 데이비드 소로우 지음, 강승영 옮김, 『월든』(은행나무, 개정3판, 2011), 482쪽.

니다. 형의 친구인 원모 군은 순진합니다. 그러나 나는 '충무상회'에 간 기억이 전혀 없습니다. 이렇게 기억이 전혀 없는 친구가 쓴 글이니, 보고 웃으십시오. 그리고 잊으십시오. 그러나 저러나 쾌유를 빕니다. 형이 좋아하시는 비봉능선碑峰稜線도 함께 걸을 수 있는 날을 기대해 봅니다.

# 김성복

내가 존경하는 역사학자 가운데 김성복金成福 교수가 있다. 그런데 그는 좀 별종이다. 1950년 6 · 25 사변이 발발하자, 당시 동래중학 오학년(고2)이던 그는 그 해 8월에 국군에 자원입대했다고 한다. 학도병이다. 한 달 훈련을 받고, 전선에 배치되어 평양까지 갔었고, 1 · 4 후퇴 당시 수류탄 파편을 다리에 맞아 부상을 입고 제대했다. 화랑무공훈장도 받았다. 성격이 괄괄한 열혈청년이었던 것이다. 1956년 서울대학교 문리대 사학과를 졸업하고, 경북대학교에서 교편을 잡기도 했다.

해방 전에도 일본이나 중국은 말할 것 없지만, 구미歐美로 유학 간 사람들도 많았다. 해방 후는 더했다. 그만큼 구미와 더 가까워졌기 때문이다. 세세연년歲歲年年 미국 유학생들이 늘어났다. 김성복도 그 가운데 한 사람이다. 1960년 미 국무성 장학금을 받아 유학을 떠났다. 위스콘신대학에서 석사(1962), 이어 미시건주립대학에서 박사학위(1966)를 받은 후 명문의 여러 대학에서 가르치다가 마지막으로는 뉴욕주립대학 올바니캠퍼스에 정착했다. 학문뿐 아니라 행정에도 유능하여 부총장직을 역임한 적도 있고, 지금은 그 대학의 석좌

교수다.

김성복 교수는 전공이 특이하다. 미국 대학에서 역사학을 전공한 한국 유학생들이 한둘이 아니고, 전공도 갖가지다. 그러나 미국 역사가 전공인 유학생은 많지 않다. 더구나 김 교수의 전공은 미국 건국 전후의 역사라는 점에서 이채롭다. 미국인 학생들도 어렵다는 시기의 공부이고, 더구나 외국인으로서 미국인과 경쟁하여 우수한 저술을 펴내기란 더욱 어려운 일이라고 생각한다. 그런데도 훌륭한 책과 논문을 많이 집필하여 유수한 출판사 혹은 저널에 출판하였다. 강의도 중요하지만, 훌륭한 출판 실적이 없으면 살아남기 어려운 곳이 미국의 대학이고, 그래서 한동안 "출판을 하거나 아니면 망하거나Publish or Perish!"란 말이 미국학계에서 유행하기도 했던 것이다.[1] 그럼에도 불구하고 그가 미국의 유수한 대학에서 우수한 교수로서 자리를 지키게 된 것은 그의 탁월한 업적 때문이라고 생각한다.

내가 그를 어떻게 알게 되었는지는 모른다. 아마 1990년대 초에 사회학과의 김채윤金彩潤 교수를 통해서였을 것이다. 1991년 여름부터 일 년간 그는 풀브라이트 교환교수로 서울대에 와 있었기 때문이다. 역사 전공이니까 그랬겠지만, 그는 문사철文史哲의 육성에 관심이 무척 많았다. 아마 그런 이유로 서울대가 그를 초빙했을 것이다. 아니 그보다도 미국의 일류 교수를 초빙하여 우리 학계에 어떤 자극을 주자는 계획인지도 모른다. 그때 나는 김성복 교수를 몇 번 만났는데, 그는 그의 논문을 나에게 주기도 했다.[2] 심정적으로 가까워졌다. 그가 미국에 간 후에도 몇 차례 서신교환이 있었다.

1_그러나 그 후 미국대학사회도 경제적으로 어려워지자, 1980-90년대에는 "출판을 하고도 망한다 Publish and Perish!"란 말이 생기기도 했다.

그런데 1994년 6월 초에 나는 서울대의 교무처장직을 맡게 되었다. 9개월의 짧은 기간이었으나, 나는 김종운 총장을 모시고 학교발전에 심혈을 기울였다. 그래서 김성복 교수에게 서울대의 교육개혁에 관한 문의를 한 일이 있었고, 그에 관한 그의 답장이 하나 나의 책상서랍에서 나왔다. 그 편지에는 이런 구절이 있다.

"제가 동봉하는 'Guidelines for the Preparation of Recommendations for Promotions and Continuing Appointments(Tenure), 1994-1995'는 가장 updated(September 1994)한 것이요, 우리 대학교의 Bible입니다. 선생님이 알고 싶어 하는 모든 문제가 여기서 상세히 다루어져 있습니다. 무슨 문제가 있으시면 주저함이 없이 저에게 문의하십시오. 제가 알기로는 우리 한국에 人材는 수두룩하지요. 허나 문제는 뚝심을 갖고 과감하게 祖國의 장래교육을 위한 비전을 push해 나갈 人材가 不足한 것 같아요. 利益集團이 民主主義의 약점을 이용하여 좋은 개혁을 봉쇄할 可能性이 많은 것 같아요. 신문에 보도되는 여러 大學들의 이모저모가 이 점을 잘 비추어 주군요."[3]

2_받은 논문은 Sung Bok Kim, "The Limits of Politicization in the American Revolution: The Experience of Westchester County, New York" *The Journal of American History*, Vol. 80, Issue 3(Dec. 1993), pp. 868-889. 또 그의 대표적 저서는 *Landlord and Tenant in Colonial New York: Memorial Society*, 1664-1775 (Chapel Hill: University of North Carolina Press, 1978). 이것은 김 교수의 박사학위논문을 약간 수정하여 출판한 것이다.

3_편지 머리에 Nov. 29, 1994로 되어 있다. 그가 보낸 자료는 내가 김종운 총장에게 전했고, 김 총장도 임기 말이라 생각만 있었지, 학교개혁에 크게 힘을 쓸 형편이 아니어서 흐지부지 되고 말았던 것이다. 아쉬운 일이었다.

1995년 3월 초에 나는 교무처장 보직을 그만두었으나, 그 후에도 김 교수와는 서신교환이 있었고, 마지막으로 그의 편지를 받은 것은 그해 8월이었다.[4] 그 후 어쩐 일인지 편지를 받은 기억이 없다. 그도 바빴을 것이다. 나도 김 교수를 잊고 있었다. 십 년이란 세월이 훌쩍 지나 2006년에 나는 정년퇴임을 하였다. 자연히 학교소식에 어두워졌는데, 어디선지 김 교수가 2008년에 서울대에 다시 와서 이장무李長茂 총장의 자문역을 맡았다는 소문이 들렸다. 인문대

4_그것은 8월 10일자의 편지인데, 우리에게 시사하는 바가 있어서 여기에 전문을 옮긴다.

August 10, 1995

崔 교수님께

오랫동안 서신을 올리지 못해 미안합니다. 여기 일이 아주 혼잡해서 글을 못 썼으니 양해[해]주시기 바랍니다. 저는 八年만에 學長직을 그만두고 여기 史學科로 돌아왔습니다. 公式的으로는 9월 15일이지만, 실제론 약 한 달 동안 쉬기로 하고 학장실은 비어있는 셈입니다. 저의 사직서를 반려하겠다고 고집을 하는 이들이 몇 사람 있었지만, 저가 왕강이[완강히] 거절해 저의 의지가 관철한 셈입니다. 저의 업적이란 남이 편가[평가]할 일이니, 그에 관해서는 말하지 않겠으나, 큰 실수 없이 여러 가지 둥치[덩치] 큰 改革을 단행한 점을 흐뭇하게 여깁니다. 골치 아픈 문제들에 부딪치고 고민할 때도 많았지요. 허나 꾸준히 참고 견디어 살아왔습니다. 移民生活 35年. 앞으론 좀 가벼운 心情으로 살아보겠습니다.
헌데 여기 몇 교수들이 저보고 總長후보가 됐으면 좋겠다고 자꾸 쪼아 대는데, 저이들의 指命[指名]을 수락할지 말지 현재 아주 망설이고 있습니다. 韓人으로서 이 사회에 아직 유리천장(Glass Ceiling)이 깔려있으니, 저가 그것을 뚫을 수 있을지 의문입니다. 어쨌든 이 일은 두고 볼 [일]입니다. 새 총장을 찾는 일은 아주 복잡하고 시간이 오래 걸리는 일입니다. 아마 韓國大學들의 直選制보다 더 complicated할 겁니다. 약 千명 가량이 총장직에 후보로 나올 겁니다. 주로 바깥사람들이고, 여기 대학교 안에서는 셋 또는 넷이 후보로 나올 것 같습니다. 무슨 자미[재미]있는 일이 생기면 연락해 드리겠습니다.
한 가지 특기할만한 일은 후보는 절대로 운동을 하지 말아야 합니다. 이것이 아마 한국의 직선제와 여기 practice가 다른 점입니다. 요 얼마전에 저가 아는 [어떤] 한국대학교수가 여기를 방문하면서 저더러 돈을 써서라도 운동을 하라고 권유하더군요. 저가 그럴 수가 없다고 잘라 말씀드렸더니 화를 벌떡 내시더군요. 저가 여기 사정을 설명해도 아랑곳 하지 않고 운동을 하라고 해서 주춤했지요. 여기 大學교수들은 돈 쓰고 운동하는 사람은 금시[禁忌視]하지요. 그런 짓은 총장감이 [할 일이] 아니지요. 아주 말이 길어졌습니다. 미안합니다. 앞으로 자조[자주] 연락합시다. 건강하시고요.

弟 김성복 올림

의 조직 진단 평가를 한다고 하였다.

그러다가 우연히 작년(2010년) 8월 14일자 『중앙일보』 간지에 김 교수의 이야기가 크게 난 것을 보았다. 내용인즉, 서울대 자유전공학부의 석좌교수인 그가 '미국혁명의 아들들'이란 모임에서 미국역사를 가르쳤다는 이야기였다.[5] 그것은 2005년의 일이고, 뉴욕 주의 중소도시인 레이섬Latham에서의 일이라고 했다. 한국의 일간지에서 그것도 몇 해 지난 이야기를 소개했으니 아연했다. 그러나 아는 분의 이야기였기 때문에 자세히 읽었다. 레이섬의 일화는 아마 신문에서 그를 띄우려는 기사였을 것이고, 정작 중요한 것은 그의 그 일화를 시작으로 우리 사회에 대한 그의 진단과 처방을 싣고 있어서 나름대로 흥미로웠다.

"그는 미국혁명[과] 65주년을 맞은 [한국] 광복의 의미를 어떻게 보고 있을까? 노老 학자는 두 개의 역사적 사건을 씨줄과 날줄로 삼아 조국의 과거와 현재, 그리고 나아갈 방향을 한 번의 막힘도 없이 풀어 나갔다."

서두의 장식은 그러했다. 그리고 이어지는 이야기의 골자는 한국사회의 권위부재權威不在에 대한 걱정이었다. 권위는 정당한 영향력이다. 정당하면 사람들이 따른다. 한국사회에는 어느 집단이든 정당한 영향력을 가진 지도자가 없다고 개탄한 것이다. 그러한 지도자가 없기 때문에 사회에는 질서가 없고, 난

5_'미국혁명의 아들들Sons of American Revolution'이란 단체는 1876년 미국 독립선언 100주년을 맞아 조직되기 시작한 단체다. 처음 샌프란시스코에서 모임을 가진 것이 전국으로 확산되어 1889년부터 전국 단위의 협회가 되었다. 현재 회원은 2만 명이 좀 넘는다고 하고, 독립선언문에 서명한 혁명지도자와 독립전쟁에 참전한 군인의 직계 후손인 18세 이상의 남자들이 가입할 수 있다고 한다. 목표는 '건국의 아버지들'의 뜻을 이어받아 애국심과 자유 정신 등을 높이는 것이다. Theodore Roosevelt, Franklin Roosevelt, George W. Bush 등 역대 대통령 16명이 이 단체의 회원이었다고 한다.

맥이라는 진단이었다. 진단은 있었지만 처방은 없었다. 처방이 있을 수 없는 중증의 환자가 한국사회인지도 모른다.

그건 그렇고 나는 생각했다.

'점잖은 사람은 언론에 그렇게 나는 것이 아닌데!'

'언론에서 인터뷰를 하자고 해도 거절을 하여야 마땅한데!'

그러면서 한편으로 옛일들이 기억났다. 김 교수를 만나고 싶었다. 어떻게 연락을 하나? 그러자 그의 전공이 미국역사니까, 서울대 서양사학과 교수에게 물으면 될 것이라고 생각했다. 그래서 영국사 전공인 박지향朴枝香 교수에게 전화를 했다. 그리고 같이 저녁을 한번 했으면 좋겠다고 하였다. 연락을 하겠다고 하였다. 그리고 얼마 지났다.

내가 외우 송헌일 형과 지리산 등반을 하고 내려와 백무동 계곡에서 점심을 하고 있는데, 박 교수가 전화를 했다. 9월 16일(목요일)이었다. 김성복 교수와 연락이 되었는데, 다음 월요일(20일)이 좋다는 것이다. 그래서 약속이 되었다. 예술의 전당 앞 평화빌딩에 있는 '선궁'이란 중식당에서 만나기로 했다. 그런데 일요일 아침에 박 교수가 전화를 다시 했다. 집에서 화분을 옮기다가 허리를 다쳐서 꼼짝도 할 수 없다면서, 다음 날 약속에 못나가겠다는 것이다. 그렇다고 다시 약속을 잡기도 무엇하다. 그래서 박 교수에게는 일단 김 교수와 둘이만 만나겠다고 하였다. 조섭을 잘 하라고 하면서, 셋이서는 또 기회를 보자고 하였다. 그리고 "세 사람이 같이 길을 가면 반드시 내 스승이 있다[三人行 必有我師焉]."는 말을 생각했다.[6]

6_『논어論語』「술이述而」.

월요일 아침이다. 나는 정치학과의 백창재 교수에게 전화를 했다. 이만저만하니, 저녁에 올 수 있느냐고 물었다. 백 교수의 전공이 미국정치다. 미국역사의 대가인 대선배를 만나면 배우는 것이 있을 것이다. 그런 취지였다. 역사학과 정치학은 사촌보다 가깝다. 다소 전문적인 이야기이나 "역사는 과거의 정치이고, 정치는 현재의 역사"라는 말도 있다. 또 예컨대, 미국에서 19세기 후반에 정치학이 법학에서 독립하여 유수한 여러 대학에서 정치학과가 생길 적에 정치학은 독자적인 학과로 태어나지 못했다. '역사와 정치학과'가 주류였다. '정치학과 역사학과'란 이름의 학과는 없었다.[7] 정치학은 역사학의 꽁무니를 따라다닌 것이다. 그만큼 정치학은 역사학의 영향을 받고 자랐기 때문에 역사학 교수를 만나게 하고 싶었던 것이다.

백 교수는 오겠다고 했다. 그랬는데 김 교수도 자유전공학부의 한경구韓敬九 교수를 대동하고 나왔다.[8] 그도 둘이서만 저녁을 하기가 딱딱하다고 생각한 모양이다. 딱딱한 것이 아니라 둘보다는 셋이 대화를 나누면 재미가 더 있을 것이라고 생각했을 것이다. 그래서 아무튼 넷이서 저녁을 하게 되었다. 그런데 유감스럽게도 김 교수와 한 교수는 술을 아니한다. 김 교수는 위스키를 한잔 받아 놓고 끝내 남겼고, 한 교수는 맥주를 한 컵 받고는 그것으로 끝이었다. 위스키는 백 교수가 가져온 발렌타인 21년산이었는데, 나와 백 교수 둘이서 다 마셨다. 그래야 반 병씩이다. 손님이 아니 마시는데 백 교수와 나만

7_순서가 얼마나 중요한지 모르나, 역사학이 늘 정치학의 앞에 있었다. 말하자면, 각 대학에서 'Department of History and Political Science'라는 명칭의 학과가 있었고, 'Department of Political Science and History'란 이름을 내세운 대학은 없었다. 하나의 예외도 없었다고 한다. 예컨대, Albert Somit and Joseph Tanenhaus, *The Development of American Political Science: From Burgess to Behavioralism* (Boston: Allyn and Beacon, 1967) 참조.

8_한경구 교수는 인류학이 전공이고, 연구실이 김 교수의 옆방이라고 하였다.

계속 마실 수도 없어서 아쉽지만 술은 그것으로 끝났다. 그는 안 마시고 나는 마신 것이다.

월여가 지났다. 김 교수에게서 큰 봉투가 우편으로 왔다. 지난 해 9월 2일 '박 대통령 기념사업회' 조찬모임에서 강연한 것이라면서, 논평을 해 주면 고맙겠다는 간단한 편지와 함께 출판된 글을 보낸 것이다.[9] 단숨에 읽었다. 모임이 모임인 만큼 박 대통령을 추어올리다 보니, 예컨대 이승만 대통령을 지나치게 폄하한 것 등이 눈에 띄는 글이었다. 객관이라는 것이 애매한 말이기는 하나, 좀 더 객관적이었으면 하는 생각이 들었다. 객관보다는 균형이 아쉬웠다. 장점과 단점을 함께 언급을 했으면 좋지 않았나 하는 생각을 했다. 무슨 말[논평]을 전하지 못하고 해가 바뀌었다.

신묘년(2011년)이 밝았다. 정초의 바쁜 며칠이 지나고, 6일 아침에 김 교수에게 전화를 했다. 신년인사를 한 것이다. 그랬더니 10일에 미국으로 간다고 하면서, 7월에 다시 온다고 하였다. 그랬는데 그가 떠난다고 한 10일자 『조선일보』에 "한국 최고라는 서울대에 지적知的 공동체가 없다."는 제목을 크게 단 그의 인터뷰 기사가 났다. 대학이 "진정 학생과 학문을 위한다면 학과 간, 교수 간의 장벽을 낮추고 소통해야 한다."면서, 또 학생들에게는 "술이나 마시는 낭만이 아니라 공부에 대한 낭만을 가져야 한다."는 조언을 남기고 떠난 것이다. 7월에 다시 온다고 하였으니, 서울대 발전에 큰 도움이 되리란 기대를 해 본다. 그는 어차피 술은 안 마시고 공부만 할 터니까!

9_편지를 쓴 날짜는 10월 19일이고, 글은 김성복, 「한국근세사에 있어서의 박정희 대통령의 역할과 위상」, 『회보 박정희』(25호, 2010. 10. 1), 44-56쪽.

# 이지수

명지대학교 정외과의 이지수李志樹 교수는 내가 사랑하는 제자이고, 술친구다. 하기야 나의 술친구에는 제자들이 많다. 나는 오래전부터 후배 혹은 제자 교수들에게 일렀다. 첫째, 학교가 직장이니 강의가 없더라도 매일 학교에 가라고 하였다. 놀아도 학교에서 놀라는 뜻이다. 둘째, 술을 마셔도 교수들하고 마시라고 하였다. 교수가 정치하는 자, 기업하는 자, 신문기자 등과 어울려 다니면서 술을 마시면 타락하기 쉽고, 공부에서 멀어지기 때문이다. 반드시 그런 것은 아니겠으나, 나의 경험은 그렇다고 가르친다.

학교에 있을 적은 말할 것도 없지만, 그만둔 후에도 술을 먹자는 제자들이 자주 있다. 백수 선생님이니까 딱해서 그러는지, 정년 후 외로울 터이니 가엾게 보여서인지, 아니면 나하고 술을 먹으면 재미가 있어서인지, 혹은 아직도 만나면 배울 것이 있어서인지, 그 이유는 모른다. 마지막 이유였으면 좋겠다는 생각이지만, 상관없다. 나는 제자들과 만나면 그저 즐겁고, 아직은 그들과 대작하여 조금도 손색이 없다. 아니 더 마신다.

좀 지난 이야기를 하나 하자. 인영환印英煥 교수는 나의 대학시절 은사의 한 분이시다. 저학년 학생들에게 체육을 가르치셨다. 시조창時調唱의 대가로도 이름이 높았다. 유도로 단련한 몸이라 건장한 체구셨고, 퍽 인자하셨다. 학생들이 잘 따랐다. 1975년 서울대학교가 종합화되면서 사범대 체육교육과로 가셨지만, 그 전에는 법대 교수셨다. 1977년 2월에 광주, 여수, 남해, 부산, 경주 등으로 산업시찰을 함께 간 적이 있는데,[1] 아침에도 맥주를 한 병씩 하셨다. 그때가 그분의 정년 일 년 전이었는데, 전해지는 그분의 일화가 있다. 친한 제자들을 만나면, "야, 인석(이 녀석)들아! 나 죽으면 부조扶助 가져오지 말고, 죽기 전에 술 사!"라는 농담을 가끔 하셨다는 것이다. 다음 해 2월에 정년을 하셨고, 몇 해를 더 사셨다. 돌아가시기 전에 술을 산 제자가 얼마나 되는지? 돌아가셨을 적에 부조를 들고 간 제자가 또 몇이나 되는지? 얼마 안 될 것이다. 세상은 그런 것이다. 그러나 나는 제자들에게 술을 사라고 하지 않는다. 그들이 어쩌다 한 번 사면, 나도 한 번 산다.

그런데 금년(2010년) 8월 10일 이지수 교수가 전화를 하고는 무슨 '출제' 모임에 들어가서 29일에 나올 예정이니, 찾지 말라는 것이다. 내가 그를 노상 찾

1_3박4일의 여행이었다. 방문한 곳을 간단히 열거한다. 9일 오전에 출발하여 오후에 광주의 삼양타이어, 10일에 여수의 호남정유를 보고, 남해대교를 건너 노량 충렬사에 참배하였다. 그리고 부산에 도착. 11일 부산기계공업학교를 방문하고, 북으로 가면서 현대조선, 포항제철, 월성月城 호명리虎鳴里의 새마을을 시찰했다. 12일 경주를 관광하고, 귀경하였다. 기억에 남는 일이 하나 있다. 노량 충렬사에서다. 사당 전면에 '補天浴日'이라는 오른쪽에서 왼쪽으로 쓴 현판을 보고, 독문과의 모 교수가 그것을 거꾸로 '일욕천보'라고 읽으면서, 무슨 뜻이냐고 묻는 것이었다. 당시는 한자로 된 현판이었는데, 언젠가 그 후에 가보니 한글현판으로 바뀌었다. 아무튼 내가 그것은 명나라 수군 도독都督 진린陳璘이 충무공을 기려, "補天浴日之功 經天緯地之才"라고 칭찬한 것에서 유래한 것이라고 설명하였다. 참고로 '보천'은 옛날 여왜씨女媧氏가 "하늘의 이지러진 데를 기운 고사"에서 나온 말이고, '욕일'은 의화義和가 "해를 목욕시켰다"는 고사에서 나온 말이다. '경천위지'는 하늘의 육기六氣를 날로 하고 땅의 오행五行을 씨로 하여 천지를 다스리는 것을 말한다. 충무공에게는 그와 같은 국가의 큰 공이 있고, 그러한 재주가 있음을 진린이 지적한 것이다.

지도 않는데, 인사로 한 이야기였을 것이다. 그런가하고 나도 잊고 있었는데, 30일 아침에 전화를 하고는 그 전날 해방되었다고 하면서 다른 약속이 없으면, 점심을 모셨으면(?) 좋겠다고 하였다. 그래서 정오에 '피오렌티나'에서 만나기로 했다. 우리가 더러 가는 압구정동에 있는 파스타 집이다. 분위기는 그저 그런데, 음식이 맛이 있고, 값도 합리적이다. 주방장은 이탈리아에서 요리공부를 했다고 하고, 그 주방장의 부인이 주로 서비스를 한다. 카드결제영수증에는 공리자라는 이름이 찍힌다. 우리가 '리사'라고 부르는 여주인의 이름이다. 짐작건대, '공리자'가 한자로는 '孔利子'일지 모른다.[2] 아무리 요즘 금리가 싸다고 하지만, 이자가 꽝[孔=空]이면 곤란한 일이라고 생각하고 웃은 적도 있다. 아무튼 내외가 모두 성실하게 살려고 노력한다. 착한 사람들이다. '피오렌티나'는 그런 집이다.

내가 정시에 도착하니, 이 교수가 먼저 와 있다. 수염이 얼굴을 덮었다. 출제하러 들어가서부터 면도를 안했다는 것이다. 더 길면 미염공美髯公일터이나,[3] 아직은 텁석부리 수준이다. 그래도 귀엽다. 무슨 출제냐고 물었다. 교육평가원이 주관하는 전문대학원 입시출제인데, 정치학문제를 세 개 내고는 근 3주를 평창의 무슨 콘도에 잡혀있었다고 했다. 그런데 네 사람이 앉는 테이블이어서 누가 또 오느냐고 했더니, 김수진金秀鎭 교수와 이성형李成炯 교수가 온다는 것이다. 선생님과 둘이서만 마시기가 무엇해서인지 두 사람을 더 부른 모양이다. 피오렌티나에 가면 시키지 않아도 나오는 와인이 있다. 그때그

2_이것은 내가 상상한 이름이다. 정작 주민등록상의 이름은 모른다.

3_미염공은 『三國演義』의 관우關羽가 조조曹操에게 잡혀있을 적에 그 수염을 보고 헌제獻帝가 "眞美髯公也!"라고 한 것에서 유래한다. 그 후 관우는 미염공으로 불리기도 했다. 또 『水滸傳』의 영웅 중에 하나인 주동朱同의 별명이기도 하다. 관우에게서 빌린 것이다.

때 맛이 그럴듯하고 저렴한 와인을 내놓는다. 그날 나온 와인은 2006년산의 카사모레티다.[4] 다른 두 사람이 아직 나타나지 않았지만, 우선 급한 대로 마시기 시작했다.

좀 있자니 김 교수가 나타났다. 꼭 가야 할 모임이 두 시에 있어서 술은 아니 마시고 밥만 먹겠다고 한다. 어디로 가느냐고 물으니 여의도로 간다는 것인데, 무슨 모임이냐는 물음에는 대답이 분명치 않았다. 김 교수는 공부도 열심이라 훌륭한 저술도 많고,[5] 강의도 명강이라 연전에 그가 봉직하는 이화여대에서 '우수강의 교수상'인가 하는 것도 두어 차례 받기도 했다. 그런데 그는 한국의 현실 정치에 관심이 많다. 정치학자니까 나라 정치에 대해서 관심이 없을 수 없다. 또 상식 있는 대한민국의 국민이면 우리나라의 정치적 장래에 무관심할 수 없을 것이다. 그러나 내가 보기에 한국의 현실 정치에 대한 김 교수의 관심은 좀 지나쳐 보인다.

정치학자의 일이란 정치현상을 관찰하고 분석하는 것이다. 연구하는 것이다. 그것은 정치의 실제에 참여하는 것과는 다른 것이다. 물론 같은 사람이 정치현상을 분석도 하고, 정치의 실제에 몸을 담을 수도 있다. 예컨대, 근대 정치학의 비조鼻祖로 알려진 르네상스 시기의 이탈리아의 마키아벨리Niccolo Machiavelli(1469–1527)는 정치학자가 되기 전에 정치가였고, 외교관이었다. 그는 플로렌스 공화국의 관리로서 십사 년 동안 외교와 군무에 종사했다. 교황을 만

4_Casa Moretti는 이탈리아 중부의 아브루쪼Abruzzo지방에서 생산되는 Montepulciano포도로 만든 와인이다.

5_대표적인 저술을 두셋 열거하면, 예컨대, 『민주주의와 계급정치: 서유럽정치와 정치경제의 역사적 전개』(백산서당, 2001); 『노동지배의 이념과 전략: 스칸디나비아 사회민주주의의 성장과 쇠퇴』(백산서당, 2007); 『한국민주주의와 정당정치』(백산서당, 2008) 등이 있다. 논문도 많다.

나기도 했다. 그러나 많은 정치가들의 운명이 그랬듯이 그는 파벌정치의 희생이 되어 벼슬을 그만두게 되었다. 그리고 불후의 고전이 된 『군주론』을 집필하면서, 정치란 "무자비한 이기주의ruthless egoism"라고 갈파했다. 그 때문에 마키아벨리안 혹은 마키아벨리즘과 같은 말이 생긴 것이다.

그는 정치현실이 그렇다는 것을 분석하여 밝혔을 뿐이고, 그 자신은 평화를 사랑하는 공화주의자였다. 요새 우리가 생각하는 마키아벨리안과는 거리가 먼 사람이었다. 진리를 진리라고 했기 때문에 후대에 와서 오해를 산 것이다. 그가 플로렌스 공화국에서 관리생활을 그만둔 것이 그에게는 불행이었는지 알 수 없지만, 그것이 우리에게 다행인 것은 정치현상을 기막히게 잘 분석했기 때문이다. 그는 또 다른 저술도 많이 집필하여 역사학자, 철학자, 인문주의 작가로도 이름이 났다. 희극도, 축제의 노래도, 시도 지었다.

마키아벨리가 정치의 실제에 깊이 참여했다가 나중에 정치현상을 분석한 경우라면 그 반대도 있다. 우드로 윌슨Woodrow Wilson(1856–1924)이 그 한 예다. 그는 1912년 미국의 제28대 대통령으로 당선되기 전 잠시 뉴저지 주의 지사를 지내기도 했고, 또 프린스턴대학의 총장이었다. 그러나 그는 본래 유명한 역사학자였고, 정치학자였다. 1885년에 펴낸 그의 『의회정부론*Congressional Government*』은 오늘날도 많이 읽히는 고전이다. 그는 이 책에서 대통령제보다는 의회제를 선호하는 입장을 취했다. 역사의 아이러니는 그가 대통령이 된 후, 책에서의 주장과는 반대되는 행동을 하기도 했다는 것이다. 생각과 이해관계가 변하기 때문일 것이다. 그럴 수도 있다. 나는 다만 동일한 인물이 정치의 실제에도 관여하고, 정치현상을 분석한 예가 있음을 말할 따름이다. 그러나 내가 강조하고 싶은 것은 정치의 실제와 정치의 분석과는 엄연히 구분되어야 한다는 것이다.

우리나라에서 정치학 교수들을 포함하여 무엇이든 자기 분야의 연구를 주로 하여야 하는 교수들이 정치의 실제에 대거 참여하기 시작한 것은 유신정우회維新政友會(이하 유정회)가 생겼을 때가 아닌가 한다. 유정회는 제4공화국의 유신헌법에 따라 1973년 3월에 탄생했다. 제9대 국회의원 총원의 3분의 1에 해당하는 73명으로 구성된 국회의 단체다. 대통령이 추천하고, 통일주체국민회의가 선출하였으나, 실은 대통령이 임명하는 국회의원들이었다. 따라서 유정회는 대통령의 시녀역할이나 하는 단체에 지나지 않았다.[6] 그러면 왜 유정회를 만들어야 했나? 개헌을 불가능하게 만들기 위해서라는 설명이 있다. 유신헌법에 의하면, 국회의원 3분의 2 이상의 찬성이 있어야 개헌이 가능했다.

예컨대, 3분의 2에 해당하는 민선의원이 여야로 반반씩 나뉘더라도 3분의 1에 해당하는 유정회의원이 버티고 있는 이상, 개헌은 불가능하다는 계산이 작용했다는 것이다. 그러나 실제의 목적은 개헌을 불가능하게 만들기 위한 것이 아니었다. 국회의 압도적인 다수를 장악하면 무소불위無所不爲의 권력을 휘두를 수 있다. 이것이라면 영구집권永久執權이 가능하다. 유정회는 박정희 대통령의 영구집권 야욕 때문에 생긴 기형적畸形的인 제도였다.

그런데 문제는 그 유정회에 교수들이 많이 선출된 것이다. 이유는 분명치 않다. 대통령의 눈에 그래도 만만한 집단으로 보였기 때문일까? 전문지식이

6_내가 알던 어떤 여자 정치학 교수가 제1기 유정회 국회의원으로 선출되었다. 그가 미국의회를 방문했을 적의 일이다. 한 여성 하원의원을 만나서 대화를 하다가, 지역구가 어디냐는 질문을 받았다고 한다. 지역구가 없는 그 의원은 얼떨결에 "I was appointed by the President as a member of the National Assembly." 그랬더니 그 미국의원은 어깨를 툭 치면서, "Shame on you!"했다는 것이다. "창피하지도 않아?" 그런 뜻이다. 그 의원은 국민의 대표인 국회의원이란 일정 지역구에서 유권자들의 투표로만 선출되는 줄로 알고 있었고, 한국 사정에는 어두웠던 모양이다.

다소 필요했기 때문일까? 그러나 그때 유정회의 의원으로 선출되면 교수직은 그만두어야 했다. 사표를 내야 했다. 연구와 실제가 당시에는 분리되었다고나 할까? 실제에 충실하라는 취지인지도 모른다. 대통령에게 충성을 바치라는 의미일 수도 있다.

유정회는 1979년 10월 박정희 대통령의 사망과 더불어 유명무실하게 되었다. 개헌이고 나발이고 그냥 없어진 것이다. 약 육 년 칠 개월 동안 존재했다.[7] 그 임기는 삼 년이었는데, 혹시 뽑히지 않을까하여 목을 길게 빼고 기다리던 교수들도 많았다. 이슬만 먹고 사는 존재가 아니어서 그랬을까? 독재의 시녀가 되거나, 되지 못해 안달하던 교수들을 학생들은 어떻게 보았을까? 아무튼 교수 재임명제도를 비롯한 이런저런 이유로 박정희 정권은 교수들의 권위를 크게 실추시켰고, 유정회도 그 실추에 큰 몫을 담당했다고 생각한다.

제5공화국 이후의 헌법은 전국구 혹은 비례대표라고 부르는 국회의원을 두고 있다. 명분은 입법의 전문성을 중시한다는 것인데, 지역구에서 선출된 민선의원의 수에 비례하여 정당들이 그 의원수를 나누어 갖는다. 그런데 제5공화국부터는 교수가 전국구 혹은 비례대표로 선출되는 경우에 교수직을 그대로 유지하게 되었다. 휴직을 하면 그만이고, 국회의원을 그만두면 학교로 돌아간다. 염치없는 교수의 입장에서는 아주 좋은 제도다. 좋은 것을 다 할 수 있기 때문이다. 그러나 교수가 휴직을 하면 그 자리를 충원할 수 없다. 그로 인하여 발생하는 여러 문제는 학교가 감수해야 한다. 예를 들어, 다섯 명의 전임교수가 있는 어떤 학과에서 두 명이 휴직을 하고 국회로 갔다고 하자. 이젠 세 명

7_공식적으로는 1980년 10월 27일 제5공화국 헌법이 발효되면서 해체되었다.

이 그 학과를 운영해야 한다. 자연히 학사운영에 차질이 생긴다. 손해를 가장 많이 보는 것은 학생들이다.

그런데 같은 정치의 세계라고해도 행정부 쪽은 달랐다. 예컨대, 정부의 장차관이나 대통령 수석비서직 등으로 교수가 발탁되는 경우엔 학교에 사표를 내야 했다.[8] 그것이 김영삼 정권 초기까지 그랬는데, 그 정권 중이었는지는 확실치 않으나, 그 다음인 김대중 정권 때부터는 비례대표로 국회의원이 되는 경우처럼 휴직할 수 있는 제도로 바뀌었다. 아무튼 요즘은 교수가 비례대표로 국회의원이 되거나, 행정부의 고위직을 맡는 경우에 교수직은 그대로 유지된다. 겸직이 가능한 것이다. 그러면 왜 이렇게 제도들이 바뀌어갔나? 나라가 점점 나빠지는 방향으로 갔기 때문이다.

교수직은 보통 65세까지 정년이 보장된다. 그런데 사표를 내고 정부로 가는 경우에는 보장이랄 것이 없다. 국회의원의 경우에는 임기라도 있다. 그러나 행정부 쪽은 임기가 없다. 그만두면 그만이다. 그런 위험을 부담하고 학교를 떠나야 했던 것이다. 입법부나 행정부나 정치권의 입장에서 보면 그래도 전문지식이 있다는 교수들을 영입하고 싶을 수도 있다. 지식을 활용한다는 이유일 것이다. 그러나 정부 측에서 정말로 필요하여 교수들을 동원하려고 할 적에 망설이게 되는 쪽은 교수들이다. 장관 노릇을 잠시 하다가 그만두게 되면 그야말로 낙동강 오리알 신세가 되기 때문이다. 그래서 겸직제도가 생긴 것이 아닌가 한다. 돌아갈 자리가 보장되니, 마음 놓고 정부로 가는 것이다. (마음이 편치 않을 수도 있다. 양심이 조금이라도 있으면 말이다.)

8_제1공화국이 무너진 후 허정許政과도정부의 시절에는 그렇지 않았던 것으로 기억한다.

그러면 오라고 하여 가는 자들은 무엇인가? 아니 운동을 하면서까지 가려는 자들도 있었을 것이다. 비단 교수뿐만이 아니나, 벼슬에 연연戀戀하는 사람들이 많다. 욕심 때문이다. 어느 분야에서 성공하여 돈을 벌거나, 이름이 나면 국회의원을 꿈꾸는 사람들이 많다. 그런 경우에 "꿈도 야무지다"고 하는지 모르나, 아무튼 그렇다. 왜 그런가? 유교적인 전통일 수도 있다. 남자라면 과거를 보고, 벼슬을 해야 한다는 관념이 남아서 그런지 모른다. 그러나 나는 이렇게 생각한다. 국회의원 혹은 장관이 되면 소위 프린지 베네핏fringe benefit이 많기 때문이라고 생각한다. 권력을 휘두를 수 있고, 예컨대, 자기네 분야에 유리한 법을 만들 수도 있고, 돈도 생기기 때문이다. 월급도 없고, 지하철이나 자전거로 출퇴근하면서 입법에만 충실하라고 할 때, 국회의원이 되겠다는 사람이 있을까? 의심스러운 바이다. 국민의 대표라면 모름지기 멸사봉공滅私奉公의 정신을 가져야 마땅한데, 우리 사회에서 멸사봉공은 사전에만 있을 뿐이다. 또 이런 생각도 해 본다.

나는 위에서 겸직과 같은 제도가 생기는 것은 나라가 점점 나쁜 방향으로 갔기 때문이란 말을 했다. 많은 전근대적 전통사회가 시기는 다르지만, 점차로 근대사회로 탈바꿈했다. 전근대사회의 특성 가운데 하나는 주로 신분이 사회의 모든 것을 결정한다는 것이다. 개인의 능력보다 가문이나 집안이라는 자원이 중요하다. 또 그러한 자원은 '누적적累積的cumulative'이었다. 신분이란 자원은 예컨대 권력이나 재산과 같은 다른 자원은 물론 자녀들을 잘 교육시킬 수 있는 기회도 가져온다. 신분이란 자원이 권력, 재산, 명예 혹은 교육의 기회 등을 누적시킨다는 것이다. 이것은 다시 대를 이어 전승된다. 근대화된 사회에서는 이러한 현상은 줄어든다. 근대화된 사회에서는 개인의 능력이 중요한 자원이고, 어느 의미에서 전문화가 중시되는 사회이다. 그렇기 때문에 자원의 누적 현상은 적다. 그런데 교수라는 전문화된 직업을 유지하면서 권력을 또 갖게 된다면 이것은 자원의 누적 현상이고 전근대로 회귀하는 것이 아닌가 한다. 재봉건화refeudalization란 표현도 있다.

정부 관리라고 공부하지 말라는 법은 없다. 특히 직무와 연관된 문제에 관하여는 공부를 해야 마땅하다. 그렇다고 박사학위를 따야 하나? 의심스러운 바다. 예컨대, 교육부 관리나 검찰청 검사에게 박사학위가 왜 필요한가? 박사학위를 자동차 운전면허증 정도로 생각하는 것인가? 그럼에도 불구하고 그들에게는 박사라는 자원이 필요한 모양이다. 심지어 개신교의 목사까지 논문을 표절해서라도 박사학위를 받는 세상이 되고 말았으니, 이러한 우리 사회의 현상을 어떻게 설명할 것인가? 그래서 이와 같은 전근대로의 회귀야말로 '나라가 나빠지는 방향으로 가는 것'이라고 했던 것이다. 전근대인지 근대인지는 그만두더라도, 사람들의 욕심이 점점 많아지는 사회로 이동하는 것은 '나쁜 징조'인 것이다.

다시 우리의 이야기로 돌아간다. 여의도는 국회가 있는 곳이기도 하다. 우리 사회에서 제일 존경받지 못하는 정부기관이 국회다. 국민의 대표 역할을 제대로 하지 못하기 때문이다. 차라리 없는 것만 못하다고 생각하는 사람들도 많다. 그런데 김 교수는 그 국회가 있는 곳에 일이 있다는 것이고, 그래서 술을 자제하고 밥만 먹겠다는 것이다. 처음에 말했듯이 교수는 모름지기 정치하는 자들과는 가까이 하지 말아야 한다는 것이 나의 지론인데, 혹시 정치하는 자들을 만나러 가는 것은 아닌지 하는 의심이 들었다. 나는 무턱대고 지식인의 사회참여를 부정하는 입장에 서 있지는 않다. 사회발전을 위하여 지식인은 그들의 지식을 적절히 공급해야 한다고 나는 믿고 있다. 그러나 나의 세대에는 정당치 못한 정권, 예컨대 쿠데타로 집권한 정권에 참여하여 그 독재가 장기화되도록 음으로 양으로 도운 지식인이 많았다. 지식인이 아니라 기능인일 수도 있다. 머리는 없고 기술만 있는 인물들인지도 모른다. 그러나 그들은 지식인 행세를 했다. 후진 혹은 전근대 사회의 현상이었다. 지금은 문민정부 혹은 민주화된 정부가 들어섰다. 과거의 군사독재정권과는 다르다. 그러나 교수의 일은 연구를 하고 학생들을 가르치는 것이다. 연구와 정치의 실제에 참여하는 것은 구별되어야 한다. 실제에 관심이 많다면 교직을 그만두는 것이 마땅하다. 하기야 사람들은 각자 자기 생각대로 사는 것이고, 아무리 가까운 사이라도 이래라 저래라 할 수는 없다. 그걸 모르는 바도 아니다.

또 잠시 후에 이성형 교수가 왔다. 오후 다섯 시인가에 회의가 있고, 자기가 주제하는 모임이기 때문에 술을 많이 하면 안 되겠다는 것이다. 그래도 그는 두주불사斗酒不辭다. 내가 그만 마시라고 해도 소용이 없다. 그래서 "한 잔, 한 잔, 또 한 잔[一杯一杯復一杯]"이 아니라 "한 병, 한 병, 또 한 병[一瓶一瓶復一瓶]"으로 무려 다섯 병의 와인을 마셨다. 와인은 그리 독하지 않다. 그러나 그것도 많이 마시면 취한다. 안 마신 사람도 있고, 적게 마신 사람도 있기는 하지만, 아무튼 마신 사람은 굳세게 마신 것이다.

이지수 교수는 출제에 들어가서 내가 연전에 상재한 『춘추전국의 정치사상』(박영사, 2004)을 새삼 열심히 읽었다고 하였다. 그러면서 "선생님도 '관계의 정치'를 말씀하고 계시던데요."라고 하였다. 정치는 사람들 사이의 관계다. 사람들이 모여 사니까 여러 가지의 관계가 생기기 마련이지만, 정치는 그 가운데서도 권력, 지배, 혹은 권위 따위가 작용하는 관계다. 그러면서 그는 연전에 내가 출판한『나의 글, 나의 정치학』(인간사랑, 2006)에서 자기에 대한 언급이 한 번도 없다고 했다. 이지수와 최명의 관계는 물론 정치적 관계는 아니나 보통 이상의 사제 관계인데, 어쩌면 이지수란 이름이 그 책에 한 번도 등장하지 않느냐는 힐난詰難인 것이다. 그리고 생각하니, 내가 공자의 사상을 이야기하면서 '상호 관계의 정치'라는 말을 썼었다. 물론 일방적인 관계도 있다. 그러나 공자철학의 기본은 "상대의 입장에서 생각하여야 한다는 것이고, 이것은 인仁의 개념이 정치에 확대되었음을 뜻한다."고 했던 것이다. 나의 글에서 이지수 교수에 대한 언급이 이제야 있게 된 것은 늦은 감이 있으나, 제자들이 스승의 마음을 어찌 다 알 것인가? 도대체 인간이 자기는 제대로 아는가? 또 알아야만 하는가?

이 교수도 저녁에 대구에 간다고 했다. 검사인 부인이 대구에서 근무하기 때문이다. 네 시쯤 된 것 같은데, 그날은 그것으로 끝났다. 양호한 끝남이다. 나도 어디론가 가야 한다. 전업주부인 내 아내의 직장인 그의 집, 아니 나의 집으로 가야 하는 것인가? '휘청거리는 오후'는 아니나,[9] 분명 '헷갈리는 오후'였다.

9_박완서(朴婉緖) 씨의 동명의 소설이 있다.

# 리영희

얼마 전이다. 2010년 12월 5일이라고 기억한다. 오전에 우연히 와이티엔YTN 뉴스의 아래 자막에 '리영희 전 한양대 교수 별세'란 소식이 뜬 것을 보았다. 그것을 목욕탕 TV에서 본 것이다. 명사의 타계이니 내일 아침 신문에도 크게 나겠다고 생각하고 있는데, 마침 김유성金裕盛 세명대 총장이 들어오기에 그 소식을 전하면서,[1] 지난 이야기를 하게 되었다.

내가 1972년 봄에 서울대학교 신문대학원 교수가 되면서, 직장이 직장인만큼 자연히 신문학 혹은 커뮤니케이션을 전공하는 교수들과도 어울리게 되었다. 이영희李泳禧 교수도 그 가운데 한 분이었다.[2] 그때 이 교수는 한양대 신문학과 교수였다. 이 교수는 1929년생이라 나보다 열한 살 위다. 그래도 우리가 친할 수 있었던 것은 그와 내가 중국정치에 관심이 있었기 때문이었다. 나는 명색이 중국정치가 전공이었고, 이 교수도 중국정치에는 아마 한국에서 둘째

1_김유성 교수는 노동법이 전공인 서울대 명예교수다. 서울대에서 정년한 후 충북 제천의 세명대 총장으로 일하고 있다.

2_당시는 '이영희'였는데, 언제부터인가 '리영희'가 되었다.

가라면 서러울 정도로 관심이 많았다고 생각한다.

잘은 모르나 내가 아는 이 교수는 영어를 무척 잘했다. 거의 독학으로 터득한 것이 아닌가 한다. 6 · 25 사변 직후 국군장교로서 지리산 공비토벌에 참여한 적도 있고, 해양대학교를 졸업했다는 이야기도 들었다. 그 후 기자로서 합동통신사에 근무하기도 했고, 조선일보사로 옮겨서 외신부장도 지냈다. 소문에 의하면 그 당시 같은 신문의 정치부장인 남재희南載熙 씨와 사이가 나빠서 박 터지게 주먹질까지 한 사건도 있었다는 것이다. 앙숙이었다고 한다.

당시는 박정희 시대였다. 뜻있는 사람들은 민주화를 열망했고, 그러한 사람들은 대체로 반체제의 경향을 띠게 되었다. 이 교수도 물론 그런 범주에 속하는 인사였다. 그러나 그런 사람들 가운데도 저항의 방법은 각각이었다. 폭력혁명을 꿈꾸는 자들도 있었을 것이고, 내놓고 나서서 투쟁하기 어려운 부류에 속하는 사람들은 자연 우리와 다른 체제를 동경하게 되었다고 생각한다. 그래서 주사파도 생겼다.

그러나 이 교수에게 그 다른 체제는 마오쩌둥의 중국이었다. 그는 1966년경부터 시작된 중국의 문화혁명을 무한히 동경했던 것이다. 그리하여 이 땅의 정치체제도 중국의 그것과 같이 되었으면 하는 기대를 가졌던 것 같고, 따라서 오랫동안 중국을 적대시했던 미국을 혐오했다. 더구나 그의 머릿속에 있는 미국은 제국주의국가다. 그의 주저인 『전환시대의 논리』(창작과비평사, 1974)나 『우상과 이성』(한길사, 1977) 등을 보면 미 제국주의에 대한 그의 혐오가 적나라하게 나타나 있다. 그는 베트남전쟁에 참여한 미국을 미워했고, 문화혁명의 중국을 찬양했다. 그는 본래 문필가다. 문장력이 좋고, 주장은 뚜렷하고, 일관성이 있다. 위의 책들이 왜 당시 운동권 학생들의 필독서였는지 짐작이 간다. 그러나 그는 나를 좋아했고, 나도 그를 좋아했다. 서로 상대가 술을 잘 마신다고 생각했기 때문이기도 했다. 이래저래 몇 차례 만나서 술을 마시기도 하였다.

"최 교수, 술 말고는 모조리 미제美製로 먹는 데가 있으니 같이 갑시다."

"아! 그런 데가 있습니까? 가시지요."

하고는 따라나섰다. 용산고등학교 운동장의 서쪽 담 넘어 난 골목길의 음식점이었다. 비슷한 집들이 연이어 몇 있었다. 처음 간 집이 단골집이 되어 여러 번 다녔다. 그런데도 지금은 옥호가 기억나지 않는다. 기억나는 것은 술은 국산 소주(진로?)니까 미제가 아니나, 안주는 전부 미제였다. 스테이크 · 터키 · 햄 등은 물론 심지어 샐러드에 치는 케첩까지 모두 미군부대에서 나온 것이라고 했다. 어떻게 나오느냐고 하면 음식물을 비닐주머니에 넣어 쓰레기로 가장하여 버리고, 그 쓰레기가 밖으로 나오면 다시 줍는다는 것이다.

8 · 15 광복 이후 6 · 25 사변을 거치면서 이 땅에 주둔한 미군부대가 많았다. 그 부대 영내로 얌생이(염소)를 몰고 들어가서, 도둑질하는 일이 있어서 '얌생이질'이란 말도 있었지만, 이것도 얌생이질의 변형이었다. 그러나 맛이 있고, 값도 저렴하여 자주 가게 되었다. 언젠가는 78학번의 조기제趙基濟 군이 학과 조교였을 때,[3] 조 군과 몇 명의 대학원생들을 데리고 가다가 남영극장 앞 큰길에서 못이 내 신발을 뚫고 들어와 발에서 피가 나는 사고를 당했던 일이 있었다. 그렇다고 안 간다고 할 수도 없어서 약국에서 파상풍약과 마이신을 사 먹고 가서, 마신 일도 있다. 아내를 데리고 간 적도 있고, 친구 가족들과도 같이 가기도 했다.

3_현재 진주교육대학 교수다.

여기서 다시 옛 생각이다. 지금 이 순간 나는 "술 말고는 모조리 미제로 먹는다"는 말을 생각한다. 먹는 것은 중요하다. 먹는 것이 중요하지 않다고 생각하는 사람은 거의 없을 것이다. 그러나 그것을 내놓고 떠드는 것은 문제가 아닌가 하는 생각을 다시 하게 되었다. 나는 젊어서 중국공산당사史에 관한 책을 많이 읽었다. 그러다 보니 자연히 중국공산당 초대 서기장이 된 천두슈陳獨秀와 그와 같이 초기 중국공산당을 이끌던 리다자오李大釗 등에 관하여 관심이 많았다. 그들은 1915년경부터 베이징대학이 중심이 되어 시작된 신문화운동을 주도하던 인물들이다. 그런데 당시 천두슈가 표방하던 것은 '민주주의와 과학'이었다. 그런 그가 1921년에 창당된 중국공산당의 초대 서기장이 된 것이다. 나는 그가 그때 마르크시스트가 아니면 공산당의 대표가 될 수 없다고 생각했다. 그러면 '민주주의와 과학'을 신봉하던 그가 언제, 그리고 왜 마르크시스트가 되었는가? 알 수 없다. 그러나 이러한 추측은 가능하다.

중국의 지식인들이 마르크시즘에 관심을 갖게 된 것은 1917년 러시아 혁명 후라고 한다. 마르크시즘이라기보다는 레닌이즘이라고 하는 것이 옳을지 모른다. 리다자오는 1918년 11월 신문화운동의 기수였던 『신청년新青年』에 「볼셰비즘의 승리」라는 논문을 발표했고, 또 그 해에 베이징대학에서 조직된 '마르크스 연구회'를 주도한 인물이었던 만큼 그렇다고 하자. 그러면 천두슈는 어떤가? '5 · 4 운동' 연구의 대가인 저우처종周策縱 교수와 현대 중국정치를 깊이 연구한 허우푸우侯服五 교수에 따르면, 천두슈가 유물론唯物論적인 견해를 피력한 것은 1919년 '5 · 4 운동' 직후라는 것이다. 그는 당시 중국의  경제상황을 비판하면서 "정치란 무엇인가? 결국 누구든 먹어야 한다. 이것이 중요하다."고 말했다는데, 그 임시부터 그가 마르크시즘에 경도된 것으로 보자는 것이다.[4] 먹는 것은 물질이고, 따라서 유물론의 대상인 것이다. 다소 우스운 발상이기는 하나, 대가들이 그렇다고 하니 그런가보다고 생각한 적이 있었다.

다시 이영희 교수의 이야기로 돌아간다. 천두슈를 연상하면서 나는 이 교수가 "술 말고는 모조리 미제로 먹는" 이야기를 한 것이 그의 유물론적인 견해인지도 모른다는 생각을 한 적이 있다. 미제국주의를 혐오하면서 미제의 음식은 먹어도 된다는 발상은 다소 모순되는 것이 아닌가 하는 생각도 했다. 그는 우리 사회에서 소위 좌파로 분류되고 있지만, 그러나 마르키스트는 아니라고 생각한다. 그런데 그와는 다른 인연도 있다. 나는 1975년에『현대중국의 이해』(현암사)란 책을 낸 적이 있다. 전혀 예상치 않았고, 물론 조금의 기대도 안 했는데, 이 교수가 내 책의 서평을 쓴 것이다.[5] 그런 일이 있었다. 그런데 1977년 8월 24일 이 교수가 전화를 걸었다. 자신이 편역한『8억인과의 대화』란 책이 곧 나온다고 하면서 서평을 부탁한다고 하였다.[6] 나는 책이 나오기를 기다렸다. 나는『전환시대의 논리』이후 이 교수의 '논리'에 대하여 다소 비판적이었지만, 그가 내 책의 서평을 썼으니 거절할 형편이 못 되었다. 중국을 보는 시각은 달랐어도 그와 나는 심정적으로는 가까웠다. 그런데 그때가 마침 내가 방콕으로 출장을 가려던 참이었다.[7] 더구나 책은 아직 구경도 못한 상태다.[8] 그래서 일

4_"What is politics? After all, everybody must eat. This is important." Chow Tse-tsung, *The May Fourth Movement: Intellectual Revolution in Modern China* (Stanford University Press, 1960), p. 232; Franklin W. Houn, *A Short History of Chinese Communism* (Prentice-Hall, 1967), p. 15 등 참조.

5_李泳禧, "現代中國研究의 成果와 虛點"『創作과 批評』(1976년 가을호, 통권 41호), 105-111쪽. 그러나 그것은 내 책만이 아니라, 閔斗基,『中國近代史論』(지식산업사, 1976)과 羅昌柱 · 朴浚弘,『中共政治思想』(一潮閣, 1976) 등 세 책에 대한 종합서평이었다. 다만 내 경우에는 "조금 과장하자면, 현재나 앞으로 당분간은 중국혁명의 전모와 진실을 알고자 하는 사람은 崔 교수에 감사해도 별로 큰 실례는 안 될 것으로 생각된다."고 써서(110쪽), 나를 민망하게 만든 대목도 있었다.

6_내 수첩에 그렇게 적혀 있다.

단 방콕에 다녀와서 보자고 하였다. 방콕을 간 것은 9월 3일이었고, 13일에 돌아왔다. 그 책과 서평에 관하여 더 이상 다른 기록은 없고, 기억도 분명치 않다. 얼마간 시간이 흘렀을 것이다. 분명한 것은 내가 책을 받기 전에 그 책으로 인하여 이 교수가 구속되었다는 사실이다. 나에게 책을 보낼 경황이 없었을 것이다. 그건 그렇고 이 교수의 구속은 언론 출판의 자유에 대한 무지막지한 탄압이었다. 당시는 그런 시절이었다. 『전환시대의 논리』를 전후하여 여러 가지 그의 행적을 못마땅하게 보고 있던 중앙정보부가 『8억인과의 대화』를 빌미로 그를 때려잡은 것이다.

나는 난감했다. 나는 책을 구해서 서평을 써야 한다는 일종의 약속 이행 의무감이 마음 한편에 있고, 또 문제가 된 책의 서평을 쓴다는 것도 부담이었다. 시간이 지나면서 나의 감각은 둔해졌다. 그리고 시간은 자꾸 흘렀다. 결국 서평은 쓰지 못했다. 못한 것이 아니라 안 썼다고 하는 것이 옳을 것이다. 내가 알기로는 그 사건으로 이 교수는 2년의 옥고를 치렀다.

그런 후 이 교수와의 연락이 끊겼고, 만날 기회도 없었다. 나도 연락을 안 했고, 그도 마찬가지였다. 그러다가 1980년대 중반 어느 여름 나는 이 교수를 하얏트호텔에서 우연히 만났다. 연락을 안 하고 지낸 것은 피차 같은데, 나보고 왜 볼 수가 없느냐고 묻는 것이었다. 나야 지금도 그렇지만 당시도 조용히 있을 때였으니까 그렇게 물은 것 같다. 나도 군사독재에 지긋지긋하게 이를 갈고는 있었다. 그러나 이 교수하고는 이념이 달랐다. 공자가 "지향하는 길이 다

7_서울대 행정대학원의 김광웅 교수가 방콕의 ESCAP 본부에 파견을 나가 있었는데, 무슨 회의에 나를 부른 것이다.

8_서평을 부탁할 때는 으레 책을 보내는 것이 관례다. 그러나 나는 그 책 『8억인과의 대화』(창작과비평사, 1977)을 결국 이 교수에게서 받지 못했다. 나중 그 책을 어렵게 구하여 읽기는 했다.

르면 꾀하는 것도 같이 하지 않는다[道不同 不相爲謀]"고 하였다.[9] 그와 나는 지향하는 길이 달랐던 것이 아닌가 한다. 그러나 "술 말고는 모조리 미제로 먹는" 집을 가르쳐 준, 그리고 같이 가서 미제 아닌 술도 함께 마시던, 리영희 교수의 생각이 많이 난다. 이 글을 쓰는 이유도 여기에 있다. 그런 저런 이야기를 김유성 총장하고 하였던 것이다.

9 _『논어論語』「위영공衛靈公」.

# 김대중

나는 두 사람의 김대중金大中을 안다. 하나는 나의 대학동기인 언론인이고, 다른 하나는 대통령(DJ로 표기한다)을 지낸 정치인이다. 나는 내가 좋아하는 친구에 관하여 이야기를 하려하나, 이름이 같은 까닭에 DJ에 대해서도 잠시 언급을 하고자 한다. 내가 전자를 안 것은 대학에 입학해서였다. 50년이 훨씬 넘는다. 후자인 DJ의 이름은 신문에서 처음 알게 되었을 것인데, 그보다는 후였다. 내가 미국서 귀국하여 얼마 안 되었을 적에 DJ는 신민당 대통령 후보로 선출되었다.[1] 그 이야기는 잠시 후에 하려고 하지만, 내가 먼 곳에서나마 DJ를 처음 본 것은 1971년 7월 20일의 신민당 전당대회에서였다. 당 대표를 새로 선출하는 대회였다. 장소는 서울시민회관이었다.

당시 나는 미국서 귀국하여 전임 자리를 못 얻고 시간강사를 하고 있었다. 요새는 정치학박사가 너무 많아 탈이지만, 그때는 정치학박사가 정말로 귀했

1_그것은 1970년 9월 29일, 신민당 전당대회에서였다. 김영삼 · 김대중 · 이철승 3인이 각축한 대회였다. 1차 투표에서 김영삼의 과반수 획득을 저지한 김대중은 결선투표에서 이철승 지지 세력의 힘을 빌어 후보로 선출된 것이다.

다. 정치학이고 무어고 박사가 귀할 때였다. 나의 존재를 어떻게 알았는지『중앙일보』에서 나에게 신민당 전당대회를 참관하고, 감상문을 하나 써달라는 부탁이 왔다. 그래서 참관을 하게 되었다.[2] 그 자리에서 DJ를 본 것이다. 나는 객석에 점잖게 앉아 있었고, 그는 분주히 여기저기를 오갔다. 우리나라 정당은 삼분오열이 특징이다. 대통령선거에서 졌으니 전열을 다듬어, 총선이고 대선이고 다음을 대비해야 할 형편인데도 불구하고, 진산계珍山界와 김홍일계金弘壹界로 분열되어 추악하게 싸우고 있었다.[3] 우여곡절 끝에 다음 날 대회에서 당 대표는 선출되었다. 나는 다음 날 대회에는 가지 않았다.

DJ가 신민당의 대통령 후보였기 때문에 유권자인 나로서도 잘 안다면 아는 처지였다. 만나지 않고 아는 처지는 DJ만이 아니나, 그가 후보로서 유세를 다니고, 교통사고도 당하고, 그런 기사가 신문에 난 것들을 보았기 때문이다. DJ는 5백39만여 표를 얻었으나, 공화당의 박정희 후보에게 졌다. 90여만 표 차이였다. 당시 나는 그것을 몹시 아쉽게 생각했다. 그것은 내가 박정희를 못마땅하게 생각하고 있었기 때문이다.

나는 처음부터 그가 쿠데타로 정권을 잡아 제2공화국을 뒤엎은 것이 잘못이라고 생각하고 있었다. 우리나라는 민주주의 국가다. 민주주의 국가에서 쿠데타는 반민주 행위이고, 있을 수 없는 일임에도 그가 나선 것이다. 게다가 혁명과업이 완성되면 군인 본연의 자세로 돌아가겠다던 공약을 지키지 않고, 민정 이양 운운하던 그가 대통령에 출마하여 재선까지 되고, 그것도 모자라 삼선 개헌을 하고 출마를 하였으니, 좋게 생각이 될 리 없었다. 게다가 정치는

2_「傍聽席서 본 新民黨大會」,『중앙일보』, 1971년 7월 21일, 3면.

3_진산계는 柳珍山 씨 계열이고, 김홍일계金弘壹系는 DJ가 밀었다. 고질적인 신구파의 대결이었다.

공포의 독재였다. 그래서 정권 교체를 은근이 바라고 있었기 때문에 DJ에게 기대를 걸었었다.

1971년 말 『월간중앙』은 12월호에 「1971년을 움직인 사람들」이란 특집 기획물을 마련했다. 그 사람들 중 하나가 DJ였고, 어쩌다가 그에 대한 글을 내가 쓰게 되었다. 신민당 전당대회를 참관한 것과 관련이 있는지도 모른다. 제목이 「오백만 표의 고군분투孤軍奮鬪: 김대중 의원」이었다. 그 글에서 나는 DJ가 "처음부터 어려운 조건에서 싸워야 했다. 그것은 정치적 후진국의 야당 후보였다는 사실에서도 그러했지만, 당수와 후보가 분리되고 지도자 간의 파벌의식이 너무나 강했던 신민당의 후보였다는 사실에 기인했다."고 썼다. 물론 그 선거에는 여러 가지 변수가 있었다. 또 DJ는 유세 종반에 이르기까지 당내 보수 세력의 적극적인 후원을 받지 못했다. 그래도 나는 DJ가 비록 대통령 선거에서는 졌지만 그것이 "건전한 양당 제도의 기반을 마련한 점에서 평가할 만하다. 뿐만 아니라 5 · 25 국회의원선거에서 신민당이 원내 과반수선에 도전하는 안정 세력으로 진출함으로써 민주주의의 마지막 보루를 지킬 수 있게 된 것도 대통령선거의 결과와 밀접한 연관이 있었다."는 사실을 강조했다.

그래서 나는 그 글의 말미에서 공화당이 "전투에서는 이겼어도 전쟁에는 이기지 못했다."고 평한 한 정치학자의 말을 인용하면서, DJ의 5백여만 표가 단순히 패자의 득표수만은 아니었다고 썼다. 정권이 교체되지 못한 것에 대한 나의 아쉬움의 표현이었다. 그러나 그 후 DJ의 행적을 보면 4 · 27 선거에 대한 나의 아쉬움은 잘못된 것이었다. 물론 그는 민주화를 위하여 헌신을 하였다고 할 것이다. 죽을 고비도 몇 번 넘겼다. 망명도 하였고, 정치를 그만둔다고도 하였다. 그러나 그는 약속을 지키지 않았다. 우여곡절, 아니 천신만고 끝에 대통령이 되기는 했으나, 그는 대통령이 되지 말았어야 했다고 나는 생각한다. 동서 분열과 남남 갈등의 시발이 그에게서는 아니나, 그러한 문제를 부풀린 책임이 그에게 상당히 있다. 또 종북 좌파 세력이 그의 집권과 더불어 고개를 들기 시작했다. 이러한 것들이 그에 대한 나의 생각이다.

김대중이 DJ를 처음 대면한 것은 1968년이었다고 한다. 김대중이 신민당 출입을 막 시작했을 때였다. DJ는 대변인이었다. 마흔두 살의 젊은(?) DJ는 김대중을 보고, "이름도 같은데 잘 해 보자."고 하였다. 스물아홉의 청년 김대중은 "제가 金大中이란 이름을 30년 가까이 쓰고 있고, 김 의원이 (金大仲에서 金大中으로) 이름을 바꾼 지는 10년도 안 됐으니 이름으로 따지면 오리지널리티(원작)는 저한테 있는 겁니다."라고 대꾸했다. 그러자 DJ는 "그건 김 기자가 잘 모르는 말입니다. 원래 내 호적상의 이름이 金大中입니다. 인변(亻)을 붙였다 원래대로 돌아간 겁니다. 그러니 더 오래 가지고 있었을 것입니다."라고 말했다고 한다. 처음 대면부터 두 사람은 그렇게 팽팽했다.[4] DJ가 이름의 '中'에 왜 인변(亻)을 붙였다 떼었다 했는지는 모른다. 그러나 그때 DJ는 다른 말은 그만두고, "김 기자가 선배십니다. 그러니 후배를 잘 도와주십시오."라고 능청을 떨었다면 그 팽팽함은 다소 완화되었을지 모른다. 그래 그런지 이런 가십도 전해진다.

4·27 선거를 며칠 앞둔 날, 전국 유세를 다니던 DJ가 취재기자들의 버스에 올라 탄 일이 있었다. 그는 김대중 옆에 앉았다. DJ에게는 김대중의 영향력

4_조선일보사 사료연구실, 『조선일보 사람들: 광복 이후편』(랜덤하우스 중앙: 2004), 334쪽 참조.

이 제일 크다고 판단하여 그의 환심(?)을 사려는 속셈이 있었는지 모른다. 그러나 내가 알기로는 김대중은 체질적으로 DJ를 좋아하지 않았다. 옆에 앉았다고 좋아질 리 없다. 적과의 동침이 아니라 적과의 동석인 것이다. 무슨 이야기가 오갔는지 모르나, 김대중은 신민당 출입이란 직업 때문에 그 버스에 있었던 것이다.

김대중은 1965년에 수습 8기로 조선일보사에 입사했다. 편집부 · 외신부 · 사회부를 고루 거쳐서 1967년에 정치부로 갔다. 민완기자였다. 취재도 잘 하고 기사도 잘 썼다. 그래 그런지 그는 1972년에 미국특파원으로 발탁되었다. 워싱턴 DC로 갔다. 물을 만난 것이다. 미국사회의 모든 것을 마치 '물먹는 하마'처럼 빨아들여 소화했다. 특히 민주주의에 대한 그의 투철한 신봉은 이 시기에 성숙했다. 유신독재의 한국을 떠나 그는 민주주의가 어떻게 운영되는가를 그 본향本鄕에서 관찰하면서 정치칼럼니스트로서 이름을 날리기 시작했다. 그가 귀국을 한 것은 유신이 막을 내린 1979년이었다.

그런 그였다. 유신은 무너졌지만 그 뒤를 이은 군사정권이 그의 직필을 좋아할 리 없었다. 몇 년 후지만 그는 유학이란 명목으로 1986년에 이번에는 영국으로 피신(?)한 일도 있었고, 근대민주주의의 발상지에서 또 한 번 민주주의를 공부할 기회를 가졌다. 민주주의에 대한 그의 신념과 자유주의적 사고는 이와 같이 군사정권과 무관치 않다. 다음 해 귀국한 그는 「김대중 칼럼」을 연재하기 시작하였고, 한국의 대표적인 논객으로 자리를 굳혔다.[5] 그런 그다. 나

5_주간지 『시사저널』이 매년 조사한 바에 의하면, 김대중은 1992년부터 최근까지 '한국에서 가장 영향력 있는 언론인'의 제1위 자리를 굳게 지키고 있다. 그는 정치부장 · 편집국장 · 주필 등의 요직을 모두 지냈고, 2002년부터는 이사기자, 2004년부터는 고문으로 아직도 건필을 휘두르고 있다.

는 그런 그를 자랑스럽게 생각하고 있다.

그런데 그는 중학 때부터 문학에 심취하여 "휴머니즘이 녹아있는 촉촉한 글을 쓰고 싶다."고 했다 한다.[6] 무엇이 휴머니즘이 녹아있는 것인지, 혹은 촉촉한 글이 무엇인지 나는 모른다. 그러나 그는 어려서부터 "촉촉한 글"에 소질이 있었다는 것이다. 그와 서울중학 동기인 정정일鄭正一 형은 어느 술좌석에서 이런 이야기를 한 적이 있다. 1학년 작문시간에 김대중은 다음과 같은 글을 써서 선생님의 칭찬을 크게 받았다고 했다.

"아버지가 출장을 가셨다. 아버지가 보고 싶다. 아버지도 지금 내가 보고 싶으실까?"

작문 선생은 떡잎을 알아본 것이다. 그런 글을 쓴 어린 김대중도 대견하고, 칭찬한 선생도 안목이 있고, 그 사건(?)을 이제껏 잊지 않은 정 형의 기억도 비상 이상이다. 그런데 이야기는 그게 아니다. 김대중은 서두에서 말한 것처럼 내가 좋아하는 친구지만, 자주 만나는 친구는 아니다. 그와 나는 하는 일이 다르니, 만날 기회도 적다면 적다. 그저 한 해에 서너 번 만날까 하는 관계다. 그러나 만나면 코가 비뚤어지도록 마신다. 나는 지금도 김대중을 생각하면 그게 제자리에 있는지 코를 만져 본다.

한 번은 그와 엄청 마셨는데 미진했던 모양이다. 우리 집에서 2차인지, 3차인지를 하게 되었다. 그때 우리 집에는 법성포法聖浦 소주가 말로 있었다. 마시

6_조선일보사 사료연구실, 위의 책, 335쪽 참조.

다가 한 되를 따라 주어 보냈다. 법성포 소주는 서울법대 박병호朴秉濠 교수에게서 얻은 것인데, 독하긴 하나 맛이 좋다. 그래서 김대중은 취하기만 하면 그 이야기를 한다. 그런데 이야기는 그게 아니다.

얼마 전 그는 「'장지연 상賞'을 반납해야 하나?」라는 칼럼을 썼다.[7] 아침에 그 글을 읽으니 나도 부아가 났다. 사연은 이렇다. 김대중은 우리 사회의 뛰어난 언론인이고 그의 글의 영향력이 크기 때문에 몇 개의 상을 받았다. 그가 받은 상을 내가 다 알지 못하나, 연전에 그는 '자랑스러운 서울법대인 상'을 받았고, 그 시상하는 자리에 참석하여 축하한 일도 기억에 있다. 그런데 그는 '장지연 상'도 받았다. 위암韋庵 장지연張志淵(1864-1921) 선생은 항일지사 언론인으로서 1905년 을사늑약乙巳勒約을 성토 · 규탄하는 「시일야방성대곡是日也放聲大哭」이란 유명한 논설을 『황성신문』에 실었다. 삼척동자도 다 아는 일이다. 그는 1962년 국가보훈처로부터 '건국훈장국민장'을 추서追敍받았다. 당연한 일이다. 우리는 모두 그렇게 생각하고 지냈다. 또 그는 2004년 11월에 역시 국가보훈처가 선정하는 이 달의 독립운동가로도 뽑혔다. 그런데 경술庚戌 이후의 그의 행적을 시비하는 무리들이 등장했다. 그들은 위암이 총독부의 어용신문인 『매일신보』의 주필이 되어 친일의 글을 썼다는 것이다. 민족문제연구소란 간판을 내건 그들은 급기야 2008년 '친일인명사전'을 만든다면서 위암을 수록대상자 명단에 넣었던 것이다.

민족문제연구소의 작태에 부화뇌동해서인지 국가보훈처는 2010년 11월 위암의 서훈취소를 결정했고, 이명박 정부의 국무회의는 2011년 4월 5일 그 취

7_『조선일보』, 2011년 4월 18일.

소를 확정했다. 이에 낙심한 김대중은 "정부가 장지연을 '친일인사'로 단정 짓고 과거 정부가 그에게 줬던 훈장을 도로 빼앗기로 결정한 이상, 나는 '친일인사를 기려서' 만든 상을 더 이상 자랑스러워 할 이유가 없어졌다."고 개탄했다. 김대중이 개탄한 이유는 하나 둘이 아니다. 가장 중요한 문제는 '이명박 정부'라는 지적이다. "이 정부는 한마디로 '철학이 없는' 정부"다.

"이 정권을 언필칭 보수정권이라고 하고 또 실제로 보수 · 우파 세력의 지지로 권력을 담임한 정부임에도 불구하고 하는 일들을 보면 …… 이쪽도 저쪽도 아닌 '기회주의적' 집단인 것으로 드러나고 있다."

그렇기 때문에 그는 그러한 정부의 김황식金滉植 총리의 '인식'과 서훈취소를 "말 한 마디 없이 통과시킨 국무위원들의 무식함이 부끄럽다."고 했다. 내놓고 한 말은 아니지만, 대통령이 그 모양이니 그 밑의 총리나 국무위원들이 오죽하겠느냐는 것이다. 그래서 김대중은 서훈취소를 의결한 국무회의의 참석자들이 "「시일야방성대곡」을 읽어보기나 했는지" "그의 다른 글이 얼마나 '매국적'인지 읽어본 적이 있는지 묻고 싶다."고 했다. (이건 내 생각인데 아마 읽어도 무슨 말인지 모를 사람들의 집단이 아닌가 한다. 명색이 국무위원이란 위인들이 학교는 제대로 다녔는지, 상식이 있는 인물들인지, 의심스러운 바다.) 김대중의 분노는 여기서 그치지 않는다. 서훈심사위원들의 명단공개를 요구한 신문사의 요구를 거부한 보훈처의 행태를 꼬집고 나섰다. "이 대명천지에 정부기관의 공적인 일을 하는 위원회의 명단을 '사생활의 비밀 또는 자유를 침해할 우려가 있다'는 이유로 공개할 수 없다니 이런 '막가파'식 정부가 어디에 또 있는지 모를 일이다."고 했다.

문제는 알거나 모르거나 선량한 우리 국민들이 왜 그런 정부 밑에서 살아야 하느냐는 생각도 든다. 바꿀 수도 없는 정부를 당장 바꾸자고 하는 이야기도 아니다. 그러나 좀 잘 하면 안 되나? 좀 잘 할 수는 없나? 그런 정부이니 국가의 정책들이 특히 근자에 와서 내리 꼬이는 방향으로 치닫는 것인지도 모른다. 국가에도 팔자가 있는 것인가?

나는 위암의 서훈취소와 관련된 문제들을 이렇게 생각한다.

첫째, 훈장을 추서한 정부와 그것을 취소한 정부가 과연 동일성이 있는 대한민국의 정부인가 묻고 싶다. 헌법도 여러 차례 고친 마당에 그까짓 훈장을 주든 말든, 취소하고 자시고 하든 말든 그것이 무슨 문제인가 하는 생각도 든다. 물론 과거의 결정이 잘못된 것이라면 뒤집을 수도 있다. 다만 왜 잘못되었는지를 깊이 반성하고, 그 번복이 가져올 결과도 신중하게 검토해야 한다고 생각한다. 위암이 설혹 친일적인 글도 썼다고 하자. 그러면 그것이 「시일야방성대곡」을 없었던 것으로 만들만큼 '친일적'이고 '매국적'인 것이었던가? 길고 짧은 것은 대보고, 조금이라도 길면 길다고 해야 하는 것이 상식이다.

중국의 경우를 예로 보자. 마오쩌둥毛澤東에게는 공산혁명을 성공시킨 공이 있다. 그러나 그에게는 대약진과 문화혁명이라는 '엄중한' 과오도 있다. 그러나 1981년 중국공산당 11전 6중대회는 마오쩌둥에게 '공적이 첫 번째이고, 과오[착오]는 두 번째'라는 평가를 내렸기 때문에 마오쩌둥의 초상화가 아직도 천안문광장에 걸려있는 것이다.[8]

둘째, 나는 위에서 결정의 번복이 가져올 결과도 생각하여야 한다고 했다.

8_『關于 建國以來 黨的 若干 歷史問題的 決議』 제27항(1981. 6.). 이러한 마오毛에 대한 평가는 등샤오핑鄧小平과 마오의 추종세력 사이의 타협이라고도 하나, 공功과 과過를 적절히 구분하여 평가한 예라고 볼 수 있다.

장지연 상을 받은 김대중이 아니라도 절대다수의 대한민국 국민들은 위암을 항일지사로 알고 있고, 그에 걸맞은 유명한 논설을 썼다는 사실도 알고 있다. 어려운 시절에 붓을 꺾지 않고 민족혼에 호소하는 항일의 글을 썼기 때문에 그는 이제껏 존경의 대상이었다. 그러나 서훈이 취소되면서 위암은 하루아침에 항일지사에서 친일매국노로 전락하고 말았다. 그러면 이제 우리는 그를 존경이 아닌 치욕의 대상으로 삼아야 하나? 우리에게는 광화문 앞에 있는 세종대왕과 이순신 말고는 존경하고 사표로 삼을 선대의 인물이 없다. 앞으로 이 나라의 운명을 지고나갈 자라나는 이 땅의 어린이들에게 너희 조상은 다 '개무엇'이라고 할 것인가? 이것은 위암에 국한된 문제가 아니다. 윤치호尹致昊(1865–1945)가 그렇고, 이광수李光洙(1892–1950?)가 그렇고, 최남선崔南善(1890–1957)이 그렇다. 아니 이들 외에도 정당하게 평가받지 못하고 억울하게 매도되는 훌륭한 인물들이 우리 주변에는 너무나 많다. 옥석은 구분이 되지 않는 것인가? 아니면 돌이 옥으로 자처自處하는 세상인가?

셋째, 나는 친일의 문제가 왜 집요하게 우리 사회를 흔드는가를 생각하였다. 문명의 충돌도 있다면 있고, 종교의 갈등도 도처에 있는 것이 요즘의 세계적인 현상이다. 그러나 한반도에서와 같이 '이념'과 '정치'의 갈등이 심한 사회는 세계 어느 곳에도 없다. 나는 친일의 문제도 기본적으로 이념의 문제이고 정치의 문제라고 생각한다. 그리고 그것은 한반도의 분단에서 생긴 것이다. 북한이 줄기차게 내세우는 것은 김일성이 항일을 했고, 그 항일집단이 정권을 창출했다는 것이다.[9] 그러면서 남한은 친일세력의 집단이라고 계속 매도하여 왔다. 대한민국의 정통성을 부정하는 것이다. 특히 1998년 김대중 정권이 들어서면서 좌파세력들이 기를 펴기 시작했고, 한동안 잠잠했던 과거의 친일문제가 '햇볕'을 보기 시작한 것이다.[10] 고개를 든 것이다. 내가 이런 이야기를 하면 음모론이라고 할지 모르나, 근자에 목을 내밀고 친일문제를 제기하는 사람들 가운데 일부는 분명 북한의 지령에 따라 움직이는 것이 아닌가 한다. 보훈처가 위암의 서훈취소에 참여했던 위원회의 명단발표를 거부한 것도 무언가 떳떳치 못한 구석이 있기 때문이 아닌가?

역사에는 우리의 친일문제와 유사한 케이스가 많다. 특히 제2차 세계대전이 발발하면서 나치에게 점령당했던 프랑스에서는 나치에의 협력collaboration이냐 저항resistance이냐는 문제에 대한 논의가 심각하게 대두되었다. 그러한 논의는 아직도 완결되지 못한 것으로 알고 있다. 완결될 수도 없는 성질의 문제이기도 하다. 초기에는 "저항은 좋은 것, 협력은 나쁜 것으로 간주"되던 이분법이 압도적이었으나, '협력'의 개념이 모호하다는 주장이 1970년대부터 제기되었고, 여기에 덧붙여 '협조cooperation'란 개념이 등장하면서, 이분법적인 사고는 상당히 후퇴하였다. 물론 상황적인 고려가 필요한 경우에 저항과 협력의 경계도 모호할 수 있고, 협력과 협조의 구분은 더욱 모호해진다.[11]

김대중 이야기가 길어졌다. 그만 쓰고 싶다. 다만 웬일인지 나는 이 순간에 사육신의 한 분인 성삼문成三問의 시조가 입안에서 맴도는 것을 느낀다. 너무 유명한 시조여서 다 아는 것이나, 다시 여기에 적어놓고 생각을 다듬으려

9_김일성의 항일이 무엇인지는 알 수 없으나, 공과 과를 따진다면 김일성의 항일운동과 그가 북한에서 정권을 장악한 후 저지른 6 · 25 사변을 위시한 온갖 악행을 비교하면 그는 공이 없고 과만 있는 인물이다.

10_그 전에도 친일문학 혹은 친일불교 등에 관한 책들이 나왔으나, 사실에 대한 기록이었다. 정치성은 적었다고 생각한다. 예컨대, 임종국, 『친일문학론』(평화출판사, 1966)과 임혜봉, 『친일불교론』 상 · 하(민족사, 1993) 등이 기억난다.

11_박지향, 『윤치호의 협력일기』(이숲, 2010), 특히 프롤로그와 제1장 참조.

한다.

수양산首陽山 바라보면 이제夷齊를 한恨하노라
주려 죽을진대 채미采薇도 하는 것[인]가
비록애[아무리] 푸세엣[푸새의] 것인들 그 뉘 땅에 난 건가

백이伯夷와 숙제叔齊는 요서遼西에 있던 고죽국孤竹國의 왕자였다. 서로 왕위를 사양하다가 둘은 나라를 떠났다. 그들은 서백西伯(주周의 문왕)이 특히 노인들을 잘 보살펴 준다는 말을 듣고, 서쪽으로 향했다. 그러나 그때 서백은 이미 죽고, 그 아들인 무왕이 은殷의 주왕紂王을 토벌하려든 참이었다. 그들은 무왕의 말고삐를 잡고 간했다.

"부왕이 돌아가시어 장례도 아직 치르지 않았는데 간과干戈를 잡았으니 효孝라 할 수 없고, 신하로서 임금을 시해하려 하니 인仁이라 할 수 있겠소?"

병사들이 그들을 참하려 하였으나, 태공太公(무왕의 군사軍師)이 "이들은 의로운 사람이다."하여 그들을 부축해 보냈다. 그 뒤 무왕은 은나라를 평정하고, 천하는 이제 주나라를 종국宗國으로 삼게 되었다. 백이와 숙제는 그것을 부끄럽게 여겼다. 그래서 주나라의 곡식을 먹지 않고[12] 수양산 속으로 들어가 고사리로 연명을 하다가 굶어 죽었다고 사마천司馬遷은 『사기史記』의 「백이열전伯夷列傳」에서 기록하고 있다.

성삼문이 위의 시조에서 백이와 숙제를 한恨한 것은 죽음으로써 '옳지 못한

12_백이와 숙제가 "주나라의 곡식을 먹지 않았다[不食周粟]"는 것은 벼슬을 살지 않았다는 의미로 해석되기도 한다.

일'에 저항하지 않았기 때문이다. 그러면 무왕의 은나라 정벌이 백이와 숙제가 말했듯이 효와 인이 아니었기 때문에 옳지 못한 일이었나? 아니 그보다는 희대의 폭군인 주紂를 정벌하여 처단하는 것이 백번 더 옳은 일이란 생각도 든다. 다른 생각도 있다. 백이와 숙제가 주나라에 협조를 하지 않고, 예컨대 그 땅에서 농사도 짓지 않고, 비록 굶어 죽었다고는 하지만, 주나라 땅에서 살았다. 그것이 저항인가? 협력인가? 협조인가? 개념의 모호성은 여기에도 있다. 일제의 압정아래서도 백이와 숙제처럼 숨어서 풀로 연명하면서 나라의 독립을 기원하던 숨은 우국지사도 많았을 것이다. 죽음으로써 저항하지 않았다고 그들도 비난의 대상으로 삼을 것인가? 성삼문에게 묻고 싶다. 나는 어떠한 형태로든지 친일을 한 사람들을 두둔하고 싶은 생각은 추호도 없다. 그렇기 때문에 이런 글도 쓰는 것이다. 정당한 평가가 내려졌으면 좋겠다는 염원에서이다.

친일은 그렇다고 하자. 1945년 해방이 되면서 남북이 분단된 것은 외세 때문이라고 하자. 김일성은 소련의 힘을 받아 정권을 세웠다. 그리고 소련과 중국의 지원 아래 그는 6 · 25 사변을 일으켰다. 전쟁의 참상을 여기서 논하자는 것은 아니나, 그 참화를 겪은 우리에겐 반공反共이 국시國是나 다름이 없었다. 처음부터 김일성을 쫓아다니면서 믿기도 어려운 항일 혹은 공산주의운동을 했다고 하거나, 공산주의가 무언지 모르면서 그것이 좋다하여 6 · 25 사변 전에 월북한 사람들은 그렇다고 하자. 6 · 25 사변 당시부터 오늘에 이르기까지 남한에서 버젓이 살면서 공산주의에 동조하고 친북활동을 하는 인사들은 무엇인가? '친일인명사전'은 이미 만들어진 모양이니 그렇다고 치자. 그러나 우리에게 더 절실한 것은 '친북인명사전'을 만드는 것이다. '친북인명사전'을 만들겠다는 민족문제연구소는 없는가?

김대중의 칼럼을 읽고, 만감이 교차하는 가운데 그래도 그를 위로하고 싶은 마음이 생겼다. 이른 아침이지만 전화를 했다. 수인사가 끝나면서 대포를 한 잔 하자고 했다. 날짜가 잡힌 것은 칼럼이 나간 지 약 2주 되는 5월 6일(금요일)이었다. '미네스시'에서 만났다. 둘이서만 마시기는 좀 무엇해서 김형국 교수를 불렀다. '셋이 마시면 반드시 스승이 한 분 있기 마련[三人飮必有我師焉]'이기 때문이다. 김 교수는 김대중의 주필 시절에 비상임 논설위원으로 그 신문사에 왔다 갔다 했기 때문에 둘 사이는 자별하다. 마침 집에서 담근 더덕주가 있어서 한 병을 들고 나갔는데, 그것은 순식간에 게 눈 감추듯 없어지고, 계속하여 찬 '참이슬' 여러 병이 빈병이 되었다. 나라 걱정에 비분강개하여 마시기 시작한 술이라 처음에는 취하지 않았는데, 그게 아니었다. 흔히 회자膾炙되듯 시간이 지나면서 술이 술을 마셨고, 다음은 술이 사람을 마셨던 모양이다. 마무리가 어떻게 되었는지는 기억에 없다.

### 추기

나와 같은 생각을 실천에 옮긴 사람이 있어서 『종북從北 백과사전』(조갑제닷컴, 2012)이 출판되었다. 반가운 일이다. 572쪽의 대작으로 값은 2만 원이다. 여기에는 종북 좌파의 인맥 · 정책 · 사건 · 조직 · 감별 · 퇴치법 등이 상세하게 기술되어 있다.

# 이영학

이야기가 있으면 길고, 없으면 짧다고 한다. 긴 이야기가 될지, 어쩔지는 아직 잘 모르겠다. 나는 막걸리를 별로 좋아하지 않는다. 근자에 막걸리가 크게 유행하고, 막걸리를 찾는 친구들이 있다. 전통술이고, 또 만드는 방법이 개량되어서인지 맛좋은 막걸리가 많다. 그러나 내겐 별로다. 취하지도 않고 배만 부르기 때문이다. 그래도 반나절을 막걸리만 마신 일이 있다.

이영학李榮鶴이란 조각가가 있다. 그는 수유리 4 · 19 묘지 위쪽에 둥지를 틀고 앉아서 여러 가지 형태의 좋은 작품을 빼어나게 만들었다. 언제인지는 기억에 없으나 그를 만난 것은 꽤 오래전의 일이다. 그의 전시회에서였다. 그때부터 그를 더러 만났고, 자연히 그의 작품들을 예의주시하게 되었다. 처음에 그는 자연석에 주물로 뜬 사과를, 그것도 몇 개씩 얹어 놓은 작품들을 만들었다. 그러다가 그는 돌과 나무와 무쇠를 이용하여 주로 동물의 두상頭像을 만들었다. 시간이 흐르면 예술가의 취향도 변하는 모양이라, 그 후에는 낫, 가위, 연탄집게 등으로 새를 만들기도 했고, 또 화강암과 무쇠로 호랑이를 만들기도 했다. 그래서 나는 그가 "조선적인 정조情調에 심취했다"고 표현한 적이 있다.

그러더니 화강암을 다듬어 수반水盤을 만들고, 물속에서 이끼가 자라는 작품들을 내놓았다. 압구정동 현대백화점 옥상에서 전시회를 열기도 했다.[1] 비교적 최근이다. 2009년은 기축己丑년이고, 소띠 해다. 그는 엿장수의 가위로 소의 얼굴을 만들어 갤러리현대의 두가헌에서 전시전을 열기도 했다.[2]

작품의 세계는 그렇다고 하고, 그는 인정이 많은 호인이다. 나는 그의 수유리의 작업실에 여러 번 갔다. 가면 밥이고, 술이고 대접을 한다. 그 집의 음식은 맛이 있다. 주인이 미식가이기 때문이다. 내가 그 집에 처음 갔었을 적에 그의 아들 상호 군이 초등학교에 갈 임시였다. 그런데 지금 그는 미국서 대학원에 간다고 하니, 세월이 많이 흘렀다. 그런데도 기억이 나는 일이 있다. 이영학은 주물러서 만드는지는 모르나 주물鑄物로 여러 사람의 흉상胸像을 만들었다. 어쩌다가 그는 나의 친구인 당시 조선일보 주필 김대중의 흉상을 만들었다. 흉상이라고 하여 '흉하게' 만든 것은 물론 아니다. 그것을 받아오는지 아니면 전달하는지 하는 저녁이 있었다. 말하자면 흉상 제막 행사의 저녁이었다. 해가 지면 매일 저녁인데, 그 날도 저녁이었다. 2004년 4월 11일(일요일) 저녁이었다. 몇이 모였다. 김 주필의 내외도 오고, 김광웅 교수도 오고, 김형국 교수도 왔다. 그리고 또 맛있는 음식이 나왔다. 술은 김 주필이 들고 온 스카치, 물론 주인의 술도 있었다. 많이들 마셨다. 좋은 날이기 때문이다.

이영학과의 관계는 그게 아니다. 그는 서울여대 교수인 오수환吳受桓 화백과 친하다. 오수환은 내가 좋아하는 화가다. 그냥 좋아하는 화가다. 그 둘은 서울

1_그 임시에 낸 도록이 『이영학: 돌 · 물 · 풀 (2000-2006)』(Yon Art Publishing, 2007). 여기에는 내가 쓴 글, 「조각가 이영학의 세계」도 실려 있다. 212-213쪽. 내가 그 글을 쓴 것은 2004년 5월이다. 그리고 그 글은 나의 『나의 글, 나의 정치학』(인간사랑, 2006), 101-103쪽에도 있다.

2_전시전은 2월 5일에서 22일까지 열렸다. 나도 한 점을 구입했다.

미대의 선후배 관계이고, 오 화백이 2년쯤 위다. 오수환은 붓으로 무엇을 그리는 화가이고, 이영학은 두 손으로 무엇을 만드는 조각가이나, 서로는 예술에 대한 영감을 주고받지 않았나 싶다. 그래 그런지 둘은 친하다. 나도 끼어 같이 술도 여러 번 마셨다. 또 이영학의 경남고등학교 선배에 '까치글방'의 박종만朴鍾萬 사장이 있다. 박 사장이 몇 년 위다. 두 사람은 한동안 가까웠다. 내가 박 사장을 안 지는 사십 년이 되나, 그 동안 거의 만나지를 못했다. 그러다가 내가 『6 · 25와 나』란 책을 출판하게 되면서 자연 박 사장을 자주 만났다. 그 임시인지, 아니면 그 전인지, 아무튼 그가 이영학과 나를 초대하여 저녁을 같이 한 적도 있고, 내가 그들을 부른 적도 있다. 기억나는 집은 신사동의 '충무상회'인데 이영학은 '화요'란 술을 들고 나왔다. '충무상회'는 도다리 세꼬시로 유명한 집이다. 생선은 그날그날 통영서 직송해 온다고 했다.

그리고는 잊고 지냈다. 2011년 8월 하순이었다. 조선일보사의 김대중 고문이 전화를 했다. 그러면서 이영학의 안부를 물었다. 어디가 좀 아픈 것 같고, 또 가정에도 문제가 있다는 이야기를 들었는데, 아는 바가 있느냐고 하였다. 나는 모른다고 하였다. 사실 아는 것이 없었다. 또 무심히 얼마가 지났다. 그런데 9월 26일 난데없이 이영학에게서 전화가 왔다. 강원도 영월군寧越郡 정선旌善인데 그냥 내가 보고 싶으니 한번 오라는 것이다. 그런 경우에 어떻게 대답을 하나? 무심결에 가마고 했다. 대답이 미지근하다고 느꼈는지 10월 초하루 저녁에 다시 전화를 했다. 그때만 해도 그런가 하고 다시 가마고 했다.

또 전화가 왔다. 18일이다. 날짜가 중요한 것은 아니다. 세 번째 전화를 받으니 정신이 번쩍 들었다. 삼세번이라는 말이 있다. 가야 한다. 나는 정선이 경치가 좋은 오지奧地라는 것은 알고 있다. 「정선아리랑」도 안다. 그러나 가 본

적은 없다. 아무튼 한번 가자. 세 번씩이나 전화를 하고 내가 보고 싶다고 하는데, 가는 것이 예의라고 생각한 것이다. 그래서 아내와 의논을 하고 같이 가기로 했다. 10월 24일(월요일)로 날짜를 잡았다.

가기는 가는데 어떻게 가나? 이영학의 말에 의하면 자동차로 세 시간이면 뒤집어쓴다는 것이다. 그래서 처음에는 내가 차를 몰고 갈까하는 생각을 했다. 그러나 가면 술을 한잔 해야 하는데, 차는 안 된다는 생각이 들었다. 그러면 버스를 타고 가는 수밖에 없다. 그래서 동서울터미널에서 버스시간표를 알아보았다. 첫차가 아침 일곱 시 십 분 출발이었다. 그런데 이영학이 보고 싶은 사람이 어디 나뿐이겠는가? 그래서 김광웅 군에게 전화를 했다. 가고는 싶은데 그렇게 일찍은 못 떠난다는 것이다. 딸과 외손이 서울에 와 있기 때문이라고 했다. 그래도 같이 갈 수 있으면 좋겠다는 생각을 하면서 전화를 끊었다. 늦게 떠날 수도 있다. 그러면 정선에서 머무는 시간이 적다. 그렇다고 1박을 하기는 곤란하다. 그런 생각을 하고 있는데, 다시 전화가 왔다. 김대중 군과 같이 가는 것이 어떠냐는 것이고, 그가 그날 시간을 낼 수 있다는 것이다. 김대중의 차에는 기사가 있다. 그래서 그 차에 여섯이 타고 가자는 것이다. 그러자면 뒷좌석에 넷이 타야 한다. 피난민도 아니고, 짧은 거리도 아니고, 우선은 불편하다. 또 차 주인에게 미안한 일이다. 그래서 김광웅 군에게 그러면 그 차에 넷(김대중과 기사, 김광웅 내외)이 타고 오고, 나는 버스로 가겠다고 하였다. 그런데 사흘 후인가 김대중 군에게서 24일은 피치 못할 일이 생겨서 갈 수가 없다는 연락이 왔다. 그래서 양 김과의 정선행은 무산됐다. 나와 나의 아내만 일곱 시 십 분 버스를 탔다.[3]

차는 양평楊平을 지나 횡성橫城휴게소에서 십여 분 쉬고, 장평長坪, 대화大和,

평창平昌 등에서도 잠시 멈췄다. 내리고 타는 사람들이 있었다. 나는 횡성휴게소에서 이영학에게 전화를 했다. 버스 운행시간표에 의하면 열 시 오십오 분 도착이다. 기사에게 물어보니 열 시 삼십 분이면 도착한다는 것이어서, 그 시간을 알려주었다. 터미널로 마중을 나오겠다고 했다. 정선의 인상은 날이 흐려서인지 황량했다. 이영학이 랜드로버를 몰고나와 터미널에서 기다리고 있었다. 반가웠다. 건강해 보였다. 다행이라고 생각하면서 그의 차에 올랐다. 그러자 그는 바로 옥수수막걸리 병을 따서 컵에 따라주면서 마시라는 것이다. 그는 내가 술을 좋아하고, 잘 마시는 줄 알기에 막걸리와 안주를 준비하여 나왔다. 아니 마실 수 없다. 정선에는 국순당 양조장이 있고, 막걸리는 거기서 나온 것이다. 장시간 버스에 시달린 끝이라 목이 컬컬하던 차다. 물론 그는 운전을 해야 하기 때문에 마시지는 않고, 나만 마시라는 것이다. 그래 혼자 마시기 시작했다. 뒷좌석에 있는 나의 아내에게는 권하지도 않는다.

그런데 그는 이야기를 쏟아놓는다. 누군가에 무척 이야기를 하고 싶었던 모양이다. 정선에 온 이야기, 아니 그보다 서울을 떠나지 않을 수 없었던 이야기, 집안 이야기 등을 털어 놓는 것이었다. 오죽하면 나 같은 친구에게 하소연을 하는 것인가? 듣고만 있었다. 그것이 그에게 약이거니 했다. 흔들리는 차 속에서 막걸리가 컵에서 출렁거린다. 차는 동강을 따라 내려갔다.

가수리佳水里란 곳에서 차가 멈췄다. 강을 가로지르는 다리를 건너 차에서 내렸다. 컵의 술이 비면 또 따랐다. 하기야 국민대학 교수인 조중빈趙重斌 군이 일찍이 나를 보고, "선생님은 빈 잔도 못 참고, 찬 잔도 못 참으신다."고 한 적

3_요금은 편도 일인당 18,300원.

이 있다. 가을이 깊어 단풍은 절정이고, 기암괴석은 비경이다. 가수리의 경치는 취중이 아니라도 절경이다. 그러나 술만 마실 수는 없다. 다시 차를 돌려 간 곳이 문곡리文谷里의 한 초등학교 분교였다. 폐교가 된 그 분교를 샀다고 했다. 수리중이었다. 작업실로 쓰겠다는 것이다. 정문 앞 길 아래로는 계곡이 아름답고, 학교 터는 반듯했다. 크지는 않으나 아담했다. 작품이 저절로 나올듯한 분위기였다. 자랑을 하려고 나를 데리고 간 것이다. 그 다음 간 곳이 그의 임시 숙소다. 함골이란 곳에 위치하는 '마카쉐'란 이름의 황토방 집이다.[4] 세 채의 가운데 것인데, 방만 있는 것이 아니라 간이 부엌과 목욕탕도 있고, 작은 거실도 있다. 그 곳에서도 막걸리를 권한다. 어지간히 취했는데, 이젠 점심을 먹으러 가자는 것이다.

오후 한 시가 조금 넘었다. 점심 집으로 가는 길이다. 정선의 또 다른 명소인 아우라지를 보고 가자는 것이다. 막걸리를 서서 마시면서 강 두 줄기가 어우러지는 풍광를 감상하고 여량리餘糧里의 '옥산장'으로 갔다. '옥산장'은 그 일대에서 가장 이름이 난 여관 겸 음식점이다. 상이 이미 차려져 있다. 옥산장 특정식에 한 마리의 황기닭백숙이 따라 나왔다.[5] 황기를 넣고 만든 만드레 막걸리도 있다는데, 곤드레 막걸리면 족하다고 했다. 막걸리로 배는 이미 불렀지만, 여러 가지 반찬이 괜찮고, 쫄깃쫄깃한 닭의 살점이 술을 당긴다. "한잔의 추억"이라 할 것까지는 없지만, "마셔버리자!"라는 심정으로 마셨다. 한창 열을 올리고 있는데, 그 집의 여사장이 인사차 들어왔다. 전옥매 사장이다. 팔

4_마카쉐는 '모두 쉬어 가라'는 뜻이라고 했다.

5_특정식은 일인당 1만 원이고, 황기닭백숙은 3만5천 원이다. 특정식에는 곤드레 밥과 곤드레 나물전이 별미다.

십이라는데, 그렇게 나이가 들어 보이지는 않았고, 젊었을 적에는 누구에게서나 미인소리를 들었을 그런 모습이다. 처음 왔을 적부터 이영학이 도움을 많이 받았다고 하고, 그래 그런지 그는 그녀를 어머니라고 불렀다.

점심이 끝나 일어나는데, 선물이라며 커다란 스치로폴 상자를 하나 준다. 곤드레 나물 얼린 것이라고 했다. 염치 불구하고 받았다. 다시 차를 탔다. 이번에는 송천松川이란 곳을 가자는 것이다. 꼭 보아야 되는 아름다운 곳이라고 했다. 한 삼사십 분 갔을까? 높은 산기슭에서 폭포가 쏟아져 내린다. "물줄기 날아 삼천 자 아래로 곧추 떨어지니, 은하가 하늘에서 흘러내리는 것이 아닌가[飛流直下三千尺 疑是銀河落九天]"는 것이 바로 이거로구나![6] 여량면 구절리의 오장五將폭포라고 했다. 그것을 보자니, 오장육부五臟六腑가 서늘해지기 시작한다. 갑자기 추워진다. "갑시다!" 서울 가는 버스시간도 다가온다. 사랑이 떠나가는 것은 아니나 이별의 시간이 다가오는 것이다. 세 시 오십 분 버스를 탔다. 이영학과의 반나절이 주마등같다. 차가 영동고속도로에 들어서자 아내는 자는 것 같았다. 혼자 막걸리만 마시는 남편 곁에서 장시간을 참고 견뎠으니, 고단도 했을 것이다. 나도 잠시 눈을 붙였는데, 전화소리에 깼다. 잘 다녀왔느냐는 김대중 군의 안부였다. 차가 올림픽도로로 접어든다. 잠에서는 깼으나, 술은 깨지 않는다. 막걸리도 많이 마시면 취하는 모양이다.

6_이백의 '망여산폭포望廬山瀑布.' 앞의 두 구는 "해는 향로봉을 비추어 보랏빛으로 물들이고, 저 멀리 폭포는 긴 강을 걸어 놓은 듯 쏟아지누나[日照香爐生紫烟 遙看瀑布挂長川]."

### 추기 1

정선 버스터미널에서 서울 가는 표를 사려는데 카드는 안 받는다는 것이다. 아무리 오지라도 그럴 수가 없다. 버스가 42번 국도를 따라 평창을 향해 달린다. 차가 창리인가 하는 동리에 잠시 멈추자 초등학생 십여 명이 우르르 탄다. 두 아이가 옆 자리에서 떠들기에 몇 학년이냐고 물었다. 4학년이라고 한다. 1950년 6 · 25 사변이 났을 적에 내가 4학년이었다. 어디 가느냐고 또 물었다. 평창으로 영어 과외를 하러 간다는 것이다. 보통 때는 학원 버스로 다니는데, 그날은 그 버스가 오지 않아 일반 버스를 탔다고 했다. 영어에 대한 열풍이 안 부는 곳이 없구나 하는 생각을 하는데, 두 아이가 모두 스마트폰을 꺼내서 게임인지 무언지 열심히 하기 시작한다. 스마트폰의 열풍도 아니 부는 곳이 없다. 생활수준도 전국이 평준화된 모양이다. 그건 그렇고 나도 스마트폰을 장만해야 하나?

### 추기 2

2012년 1월 22일 아침에 이영학에게 전화를 했다. 음력 그믐이기도 했고, 궁금하기도 하여 안부 전화를 한 것이다. 잘 지낸다는 것이다. 명랑했다. 상호 모친도 옆에 있었다. 여러 가지 계획을 말하는 가운데, 작품전시실도 마련하고, 정선의 기념물이 될 큰 조각 작품도 구상하고 있다고 했다. 그러면서 잘 곳도 준비되어 있으니, 언제고 또 오라는 것이었다.

# / 유형규 /

유형규柳亨奎는 미국 오리건 주에 있는 리드Reed칼리지의 교수다. 전공은 중국문학이다. 명함에는 '중국어와 인문과학 교수'라고 되어 있다. 그는 한국외국어대학에서 중국문학을 전공했다. 이어 타이완의 푸젠福建가톨릭대학에 유학하여 석사학위를 받았다.[1] 타이완에서의 공부가 성에 차지 않았던지 바로 프린스턴대학으로 다시 유학을 갔다. 거기서 그는 석·박사학위를 받았다.[2] 석사학위가 둘이다. 프린스턴에서 그는 까오여우꿍高友工 교수의 지도를 받았는데, 까오 교수는 유명한 중국문학통으로 특히 시에 조예가 깊다. 그 밑에서 공부를 했으니, 바탕이 탄탄한 것은 물론이다.

내가 그를 알게 된 것은 김수진 교수를 통해서였다. 둘은 고등학교 동기로서 1971년부터 알았다고 하니, 수십 년 지기다. 1996년 봄인가 한다. 하루는 김수진 교수가 이러이러한 친구가 한국에 와 있으니, 자리를 같이 했으면 한

1_석사논문은 「왕부지(王夫之, 1619–1692)의 시」(1983).

2_박사학위논문은 *Ch'en Yen 陳衍 (1856-1937) and the Theory of T'ung-Kuang 同光 Style Poetry* (1993).

다고 했다. 그래 만났는데, 인품도 인품이고 학식도 학식이지만, 술 먹는 품이 마음에 들었다. 그때 그는 한국외국어대학의 교환교수였다. 이천 년대에 들어서도 그는 명지대와 서울대에서 교환교수로 1-2년씩 가르쳤고, 아주 최근인 2010년 여름에도 서강대에서 가르쳤다. 이런 것은 좀 장기적인 체류이고, 무슨 회의가 있다하여 오고, 중국에 가는 길이라고 들르고, 핑계가 없어서 못 왔으면 못 왔지, 아무튼 서울에 자주 왔다. 그의 여권에는 처음엔 김포공항, 그 후엔 인천공항 출입국관리소의 도장으로 도배가 되지 않았나 싶다. 미국에 오래 살았으니 싫증도 날법했을 것이고, 또 나이가 들면서 고국이 더 그립기도 했을 것이다. 모친은 오래전에 돌아가셨지만, 부친은 비교적 오래 사셨다.[3] 부친이 생존하셨을 적은 부친을 뵈러 서울에 자주 왔을 것이고, 그 후에도 형제와 친구들이 서울에 있으니, 고향이 그리울 수밖에 없었을 것이다. 아니 누구에게나 고향에 대한 향수가 있다.

그가 서울서 길게 체류할 때는 말할 것도 없지만, 비교적 짧은 체재일 때도 만나 마시곤 했다. 그는 말하자면 '유쾌한 후배'이다. 그를 만나면 유쾌해지기 때문이다. 술도 유쾌하게 마시고, 술이 거나하면 늘 중국 고금의 인물과 문장을 도도히 아니 유쾌하게 서술한다. 그것을 듣고 있자면 '유쾌한' 기분이 밀려오는 것이다. 게다가 그는 바둑을 좋아하고, 또 잘 둔다. 술 대작은 무수히 많았지만, 바둑도 몇 번 둔 적이 있다. 이겨도 좋고, 져도 기쁜 그런 대국이었다.

오늘이 입동이다. 금년(2011년)도 얼마 남지 않았다. 내가 이 글을 초草하게 된 동기는 연전 세밑에 그와 주고받은 편지가 생각났기 때문이다. 병술丙戌년

3_모친은 1975년경에 작고하셨다고 하고, 부친 유현석柳鉉錫 씨는 2004년 5월에 타계하셨다. 인권변호사로 유명한 분이다. 유형규는 5형제의 둘째이고, 누이가 한 분 있다고 들었나.

이니까 2006년이다. 그해 세모歲暮에 나는 그에게 당나라 고적高適의 「제야작除夜作」이란 시를 보낸 적이 있었다.

旅館寒燈獨不眠
客心何事轉凄然
故鄉今夜思千里
霜鬢明朝又一年

그랬더니 아래와 같은 답장이 왔다. 좀 길지만 그 편지를 그대로 적는다.

"최명 선생님께서 세모에 평안함을 축원하면서 편지 속에 특별히 당나라 시인 까오스의 「섣달 그믐밤에 짓다」를 담아 바다 건너에서 아껴주시는 정을 나타내셨다. 그 시는 이렇다. '객사 싸늘한 등불 아래 홀로 잠을 못 이루는, 나그네의 마음 왜 이토록 쓸쓸해지나. 오늘 밤 고향에선 그리운 마음 천리를 가는데, 서리 내린 귀밑머리로 내일 아침이면 또 한 해를 보내네.'[4] 이 칠언절구는 잘 알고 있는 유명한 작품이지만, 지금 다시 읽으니 느낌이 매우 다르다. 셋째 구절은 특히 감동적이다. 첫 두 구절, 이역에서 떠돌며 홀로 잠을 이루지 못하는 나그네의 마음은 '오늘 밤 고향에선 그리운 마음 천리를 간다'는 셋째 구절을 통해 가족과 친지들이 자신을 생각하고 있음을 상상하는 모습으로 해석할 수도 있다. 집을 생각하고 사람을 그리워하는 복잡한 정서가 이렇게 읽을 수도 저렇

4_ 나는 이렇게 번역하고 싶다. "여관 싸늘한 등불아래 홀로 잠 못 이루는, 나그네의 마음 왜 이다지 쓸쓸해지나. 오늘 밤도 고향 그리운 마음 천리를 가고, 내일 아침이면 이 흰 머리가 또 한 살 더 먹네."

게 읽을 수 있는 해석의 애매함 속에 있다. 최 선생님께서 까오스의 변방정취로 미국에서 반평생을 지내는 나를 비유한 것이다. 그래서 칠언절구 한 수를 지어 기록한다. 까오스의 운을 그대로 쓴다.

處處半賓當不眠 어디서나 반쯤은 손님인 신세, 당연히 잠을 이루지 못하지요.
他鄕做主亦欣然 타향에서 주인 행세를 하면서도 역시 기꺼울 수가 있나요.
心馳越海天涯外 마음은 바다 건너 하늘 끝 저 멀리 달리고
一夜傾杯又過年 밤새 잔을 기울이며 또 한해를 보냅니다."

위의 글을 받고, 나는 바로 답장을 했다. 29일이었다.

"유 교수, 화답을 잘 읽었소. 고적高適은 고적高適인데 인간은 본래 고적孤寂한 것이라오. 유 교수가 한시의 고수高手인 것 같소. 그건 그렇고 …… 제야에 같이 통음을 할 수 있으면 하오. 기분은 나도 만리비수상작객萬里悲秋常作客이지만, 유 교수가 더 그럴 것 같은데, 그렇다고 너무 센치sentimental하지는 마시오. 참, 지난번에 보내준 「돼지송頌」도 재미있게 읽었소. 이야기한다면서 총총히 쓰다가 잊은 것이오. 그래서 부공총총설부진復恐忽忽說不盡 행인임발우개봉行人臨發又開封이란 시도 있는가 보오. 과세 잘 하시고, 또 편지합시다."

그런데 병술년 말, 그와 내가 위의 글을 보내고 받은 것은 그 전의 일이 있었기 때문이다. 모든 일은 그 전의 일과 관계가 있다. 인과관계가 있다는 말이다. 자세한 것은 다 기록할 수가 없으나, 그해 여름에 「5 · 4운동五四運動과 5 · 4

세대五四世代: 재평가를 위한 시론」[5]이란 논문을 보내주어서 읽었고, 다시 그 해 11월에 추사秋史 김정희金正喜에 관한 국제회의가 있어서 그가 서울에도 잠시 왔었는데, 그때 발표한 논문도 보내주어서 읽었던 것이다.[6] 앞의 글은 한글로 쓴 것이고, 뒤의 것은 국제회의에서 발표한 것이라 그랬겠으나 영문이었다. 그래서 11월 28일(2006년)에 그에게 메일을 보냈는데, 마침 남아있어서 아래에 옮긴다.

"유 교수 …… 5 · 4五四에 관한 유 교수의 글을 먼저 읽었는데, 아주 잘 쓴 것이라 무어라 말할 수 없다는 것이 소감. 나도 중국사에 관심이 많고, 특히 중국혁명에 관하여 여러 책을 읽다보니 자연 5 · 4 운동에 관하여도 전에 더러 읽은 기억이 있다오. 허나 여러 측면에서 그 한계를 지적한 것이 흥미로웠소. 한국잡지에 싣기에는 아깝다는 생각도 하였는데, 여기 있는 사람들도 계몽이 되어야 한다고 생각했소. 근대, 근세, 최근세, 현대 등의 여러 말이 있는데, 중국의 근대가 어디서 시작하는지 아직도 의문이고, 그것은 시간적인 개념은 아니라고 생각하고 있소. 물론 시간과 관계가 없는 것은 아니나 아무튼 자각, 분투, 노력 등의 단어가 생각나는데, 그 주체가 문제요. 그런 생각을 했소이다. 미국생활을 오래한 것을 감안하면 유 교수의 [한국어] 문장력이 뛰어나고……

추사에 관한 글은 영어로 썼기 때문에 그 맛이 반감한 느낌이오. 5 · 4五四는 영

5_『中國現代文學』, 제37호(2006년 6월), 119-152쪽.

6_Hyong G. Rhew 柳亨奎 (Reed College), "Kim Chong-hui(金正喜, 1786-1856) and the Poetic Culture of Learning" International Conference on Ch'usa Kim Chong-hui, Kwach'on, Korea, 7 November 2006.

어로 쓰고, 추사는 한국어로 썼으면 더 빛이 났을 것이 아닌가? 그러나 내용보다는 시가 나에게는 더 어렵고, 시궁이후공詩窮而後工에 관하여 생각을 해 보았소. 시뿐 아니라 창조적인 것은 궁한 상황에서 나온다는 것이 옛날의 관념(?)이었는데, 반드시 그렇지는 않다는 것이 요즘의 생각이오. 지난 번 메일에 잠시 언급한 것과 같이 (그 회의에) 참석했던 어떤 내 친구가 (유 교수의 발표를) 극구 칭찬을 하였으니, 그것으로 내 감상을 대신하겠소. …… 나는 열흘째 감기로 근신이 요구되는 상태인데, 유혹에 못 이겨 그 동안 두어 차례 마셨더니, 장기전이 된 모양이고, 산에도 못 가고 이러고 있다오."

그런 일이 있었던 것이다. 그래서 연말에 다시 편지가 오갔다. 다음 해에는 특기할 일이 없었나보다. 그러다가 2008년 봄에 그가 편지를 보냈다.

"선생님, 벌써 춘분입니다. 겨우내 건강하셨으리라 믿습니다. 여기는 위도는 서울보다 훨씬 북쪽이지만 봄은 일찍 도착합니다. 크로커스나 수선화가 핀 것은 벌써 몇 주 전이고, 지금은 목련과 벚꽃이 계절과 다투듯 피고 있습니다. 봄을 맞으면서 시 한 수를 영문으로 번역했습니다. 구양수歐陽修의 칠언고시로 「제조啼鳥」라는 작품입니다. 우리 선조들도 그랬지만, 중국 사람들도 새 우는 소리로 그 새의 이름을 지으면서 '기명자호其名自號'니 '기명자규其鳴自叫'니 했는데, 그런 전통을 십분 활용한 시로 봄날 새벽부터 출근길까지 뭇 새의 소리를 들으면서 한번 번역해 보아야겠다고 생각하게 되었습니다. 소람하시기 바랍니다. 올 여름은 상당한 시간을 서울에 가 있게 될 듯합니다. 유월 중순경부터 한 달 정도입니다. 강의를 조금 하는 것 외에는 추사의 시문학을 조금 더 공부할 예정입니다. 그때 선생님을 뵐 수 있기를 기다립니다."

위의 메일을 받고, 나는 또 아래와 같은 답장을 곧 보냈다.

"유 교수, 편지 반가웠소. 그러지 않아도 일전에 유 교수가 5월경에 서울 온다는 소식을 들었는데, (그게) 6월인 듯싶소. 이야기 들었는지 모르겠으나, 지난 8일 이수억 씨의 1주기를 기념하기 위하여 김정구 사장과 김수진 교수와 같이 여주엘 다녀왔는데, 그때 들었소. 김 사장이 유 교수가 오면 북경에 간다고 하면서 나보고 같이 가지 않겠느냐고 하기에 반승낙을 하였었소. 그날 술을 무척 마셨는데, 기억이 없는 부분이 많으니, 딱한 일이오. 그건 그렇고 번역한 시는 두고두고 읽을 예정이오. 그의 「추성부秋聲賦」는 예전부터 알지만, 「제조啼鳥」를 대하기는 처음. 하기야 나는 그런 것이 전공이 아니니, 참으로 중국이란 나라는 알기 어려운 나라라는 생각이오. 잘 지내시기 바라고, 부인께도 안부하시오."

다시 답장이 왔다.

"선생님, 5월에도 서울에 들를 예정이나 일정이 확정되지 않아서 말씀드리지 못했던 것입니다. 5월 25일이 선친의 기일이어서 그 부근에 서울에 들를 예정입니다. 정구 형이 그때쯤 북경에 다녀오면 어떻겠느냐 제의했고, 일정을 맞추어 보자고 응답했습니다. 선생님도 같이 가신다면 더 좋겠습니다. 5월 귀국 일정이 확정되면 다시 연락드리겠습니다."

그런 편지들이 또 오갔던 것이다. 아니 그 전 편지도 있다. 2006년 가을학기부터 서울 미대의 정영목 교수가 안식년을 맞았다. 당시 정 교수는 서울대 교수산악회의 등반대장이었고, 나와 자별한 사이이다. 그 자제가 오리건대학에 유학중이어서 안식년을 그 곳으로 간다고 했다. 오리건대학이 있는 유진Eugene과 유 교수가 사는 포트랜드Portland는 미국서는 지척이고, 둘 다 산을 좋아하기 때문에 한 번 만나라고 소개를 한 일이 있었다. 그랬더니 9월 21일(2006년)자의 편지가 왔다.

> "선생님, 방금 정영목 교수께 편지 드렸습니다. 금명간에 전화연락을 하겠습니다. 바둑에 관한 추사의 시를 보내드린 것은 선생님께서 바둑을 좋아 하신다는 걸 알고 있었기 때문입니다.[7]
>
> 사실은 저와도 한두 번 두신 일이 있습니다. 그 날 낙성대 '우리복집'에서 시작한 점심이 마무리되면서 신촌 북경오리집으로 저녁 소집이 됐고, 그 저녁이 끝나고 선생님을 댁으로 모셔드린다는 것이 결국 댁에서 한잔 더 하는 것으로 연결되었는데, 바둑 이야기가 나오자 …… 취중에 한 판을 두었습니다. 제가 중반에 판을 크게 그르쳐 참패했고, 선생님께서 '아직 조금 부족하구먼!' 하고 말씀하신 걸 기억합니다. 다음 날 아침에 복기해 보려 했지만 도저히 생각이 나지 않았습니다. 단지 제 바둑이 아주 부족했다는 건 확실히 기억합니다.
>
> 제 번역이 나쁘지 않았다고 생각하셨다니 위안이 됩니다. 사실은 학술논문을

7_추사의 시는 「희증조공례戱贈趙公禮」라는 것이고 『완당선생전집阮堂先生全集』, 제9권, 3쪽 참조. 그 시는 각주 6)에 있는 유형규의 논문에도 번역문이 실려 있다. 전에 내가 그 시의 번역을 잘 했다고 칭찬한 모양이다.

쓰면서 인용하는 시 작품도 시의 맛을 살려 번역해야 한다고 생각해서 논문의 논지와는 크게 관련이 없는 곳에 많은 정성을 드리곤 하는데, 추사의 시는 더욱 그랬습니다. 작품이 좋아 번역에서 시의 맛을 지키는 게 그리 어렵지 않아서 다행이었습니다.……"

위의 편지를 받고 나는 또 즉각 답장을 보냈다.

"유 교수, 취중이라 그랬겠지만 유 교수와 바둑 둔 기억이 전혀 없다가, 편지를 받고 나니 생각이 났소. 치매인지 건망증인지 blackout인지 아무튼 그런 것이니, 딱하다면 딱한 일이오. 그러나 내가 유 교수에게 바둑이 '모자란다'는 코멘트를 하지는 않았을 것이오. 내겐 바둑책도 꽤 많았는데, 지난 번 책들을 학교 도서관에 기증할 때 그것들을 모두 넘겼소. 그러나 향수는 있어서 'TV바둑'은 더러 본다오. 정 교수와의 약속 혹은 만남은 두 분의 일이고, 정 교수에게 우리의 편지를 참조로 보냈는데, 소식이 없는 것을 보면 e-메일을 아직 쓰지 않고 있는지? 김수진과는 금명간 회동이 있을 예정이오. 여담인데, 수진이가 이지수에게 북한산방에 들어오라고 하였다는데, 지수 왈, '조건이 있다. 아이가 생기면 가입하겠다.' 그 이야기를 내 처에게 했더니, '지수가 아이 생기면 아이를 보아야지, 어느 세월에 산엘 가는가?' 하여 웃었다오."

그런 일이 있었던 것이다. 그 후 또 얼마간의 교류가 있었다. 그것들을 일일이 다 기록할 수는 없다. 그런데 유형규는 문학이 전공이라 그렇지만, 수필도 잘 쓰고, 시도 잘 짓는다. 2009년 초에는 사마광司馬光의 「독낙원기獨樂園記」

와 소동파의 「사마군실독낙원司馬君實獨樂園」을 영어로 번역하여 자랑삼아 나에게 보낸 적도 있다. 다음 해인 2010년에는 부인이 강아지를 기르기 시작한 모양이다. "I have become a dutiful husband of a new dog owner(새 강아지 주인의 충성스런 남편이 되었습니다)."라고 선언하고, 「멍멍이 노래」란 제목의 연작시를 지었다. 또 음식에 관하여 재미있는 수필을 여러 편 썼다. 「빼갈의 추억」「신선놀음과 죽」「깐비엔乾煸조리법」「만리장성에서 먹은 4인분 점심」「원조 북경오리구이」 등이 그것이다. 프린스턴대학의 까오여우꿍 교수가 다재다능하여, 서양무용에도 조예가 깊고, 각국의 음식에 대하여도 호기심과 지식이 많은 분이라는데, 그 영향인지 모른다. 또 최근에는 혼자서 술을 마시다가 입이 근질근질했는지 「도道 닦는 음식」이란 글을 보내왔다. 두보가 이백을 생각하며 쓴 시 가운데 「이백에게 드린다贈李白」는 오언고시五言古詩가 있다. 그 속에 청정반靑精飯이란 음식이 나오는데, 그에 대한 이야기다. 그 음식은 선가仙家의 처방이고, 그것을 먹으면 섭생攝生에 도움이 된다는 것이다. 그것을 찬양을 하고 있는 것을 보면, 유형규는 이미 선도仙道를 닦고 있는지 모른다.

이런 일도 있었다. 2010년 10월 하순 그가 서울에 와 있을 때다. 그는 창원대의 황석만黃錫萬 사회학교수와 김수진과 더불어 설악산에서 오는 길에 설악의 느타리버섯을 한 주머니 들고 내 사무실에 온 적이 있었다. 점심인데 술을 과하게 마셨다. 다음 날 오후에 출국을 한다면서 그리고 저녁에 다른 약속이 있다면서 일어날 생각을 하지 않는 것이었다. 취하기는 나도 마찬가지였는데, 그 와중(아니 취중)에 또 바둑을 둔 기억이 있다.

또 2011년 여름 내가 북유럽에 간다고 하였더니, 바로 그 얼마 전 노르웨이의 오슬로Oslo와 우토야Utoya 섬에서 발생한 테러 이야기를 하면서 나의 여행을 걱정하는 편지를 보냈다.[8] 다행히 나의 여행은 무사했고, 8월 21일(일요일)에 돌아왔다. 그때 마침 그가 서울에 와 있었다. 동아시아 평화심포지엄이 지리산 산록의 평화마을에서 열렸는데, 「꿈꾸지 않을 날을 꿈꾸며: 평화와 동아시아의 실천적 사상 전통」이란 논문을 발표하러 온 것이다. 발표는 20일에 있었다고 했다. 자유 · 정의 · 평화가 보편적인 가치로 존재하는 '좋은 세상'이 『주역』과 『논어』 등의 중국 고전에는 어떻게 묘사되어 있는가? 평이한 기술이나, 설득력이 있다. 전화가 되어 22일(화요일) 점심에 둘이서 또 대취했다. 그 날도 그의 출국 전날이었다.

임진년(2012) 1월 중순에 다시 서울에 온다면서 도착하면 연락을 하겠다고 하였다. 술이야 같이 먹겠지만, 바둑 둘 시간이 있을지 모르는데, 아무튼 기다려진다.

8_테러는 7월 22일 오슬로 중앙정부청사 앞의 차량 폭발로 시작되었다. 여기서 일곱 명이 사망하고 수십 명이 부상했다. 이어 기독교 극우주의자인 범인은 경찰로 위장하고 오슬로에서 30킬로미터 떨어진 우토야 섬으로 가서 약 칠백 명이 참석하고 있는 노동당 청년회의 여름 캠프에서 총기를 난사하였다. 약 85명이 사망했다. 사건의 내막은 잘 알 수 없으나, 범인은 노르웨이가 나토NATO의 일원으로 리비아Lybia에 전투폭격기를 보내는 등 국제전쟁에 참여하고 있는 것에 대한 불만을 표출한 것이라고 한다. 또 노르웨이는 예컨대 덴마크와는 달리 외국 난민에 대하여 관용적이다. 그러나 이민자와 타문화에 대하여 지극히 폐쇄적이고 매우 배타적이다. 이러한 노르웨이의 이중성이 투영된 사건이라는 시각도 있다.

# 서동만

살다보면 두려운 것이 많다. 두려운 것의 종류가 많으나, 사람마다 조금은 다르지 않을까 한다. 죽는 것이 제일 두렵다고 하는 사람이 많을 듯도 한데, '죽음을 무릅쓰고' 어떤 목적을 위하여 나아가는 사람도 있다. 그런데 내가 무엇보다 두려워하는 것은 남이 나를 어떻게 생각할까 하는 것이다. 그것도 보통 남이 아니다. 평생을 대학에서 지내다 보니, 제자들이 나를 어떻게 생각하는가 하는 것이 제일 두려웠다. 선배나 동료는 둘째였다.

반대로 제자들에게는 선생이 자신들을 어떻게 생각하나를, 두렵지는 않을지 모르나, 신경을 쓰는 부분일 수도 있다는 생각이 든다. 내가 이런 말로 서동만徐東晩 박사의 이야기를 시작하는 것은 그와 나의 만남에 대한 시대적 상황이 먼저 머리에 떠오르기 때문이다. 서 박사가 정치학과에 입학한 것은 1975년이다. 박정희 유신체제維新體制가 피크였을 때다. 당시는 그런가하고 지냈겠지만, 돌이켜보면 어떻게 지낼 수 있었는지 참으로 나 스스로도 용하다는 생각이 든다.

나는 당시, 아니 그 후로도 오랫동안, 정치학과 2학년 전공 필수인 '비교정치'를 가르쳤다. 서 박사가 졸업한 것을 보면 그 과목을 이수했을 것인데, 솔직히 나는 서 박사에 대한 당시의 기억이 별로 없다. 내가 무심해서였을까? 1978년부터 4년 동안 나는 정치학과 학과장 일을 했다. 하고 싶어서 한 것은 물론 아니나, 누군지 해야 했기 때문에 맡은 직책이었다. 그러면서 나는 당시의 운동권에 관하여 좀 더 알게 되었고, 서 박사가 운동권이란 이야기도 들었다. 그것도 지독한 운동권이란 이야기였다. 당시의 운동권에도 물론 다양한 종류가 있었다. 그러나 대체로는 유신정권을 타도하고, 민주주의 정권을 수립하자는 목표를 갖고 있었다. 그런데 그들의 눈에 비친 교수들은 무엇인가? 그래서 나는 이 글을 '두려운 것'에 대한 생각으로 시작한 것이다.

교수들도 살아야했다. 목구멍이 포도청인지라, 처자를 먹여 살리고 저도 먹고 살려면 그저 자리를 유지해야 했다. 어떻게 얻은 자리인가? 그러니 운동권의 눈으로 보면 교수들은 정권이 하라는 대로 하는 하수인으로밖에는 아무것도 아닌 존재로 보였을 것이다. 더 나쁘게 표현하면 주구走狗라는 말도 있다. 다른 것은 모르지만, 운동권은 주로 데모를 주동했다. 관악은 데모로 영일寧日이 없었다. 조선시대에도 성균관 유생들의 시위인 권당捲堂이란 것이 있었다고 하나,[1] 학생운동으로 말하면 일제강점기의 광주학생운동이 있었고, 또 해방 직후 신의주학생사건도 있었다. 그 후 4·19 의거도 있었고, 6·3 사태도

1_성균관 유생儒生들이 불평이나 항의할 것이 있으면 관館에서 일제히 물러나가는 것을 말한다. 일명 공관空館이라고도 한다. 권당 때는 조정에서 개유사開諭使를 보내 취관就館을 권고하였다고 한다. 李弘植 박사편, 『完璧 國史大事典』(신개정판; 百萬社, 1973), 239쪽 참조. 그런데 이 사전에는 捲堂이 '權堂'으로 나와 있다. 잘못인 것이다. 혹시 하여 그 후에 출판된 責任監修 柳洪烈 박사, 『國史大事典』(개정증보판; 교육도서, 1988)을 찾아보았다. 여기에도 '權堂'으로 되어 있다(196쪽). 같은 잘못이 반복되고 있다. 왜 이런 일이 생겼는가? 표절인가? 유홍렬 교수가 책임감수를 했다면 그런 일이 발생하지 않았을 것이다. 출판사가 감수자의 이름을 도용하였을 가능성이 크다.

있었다. 그러나 데모의 절정은 군사독재 시절이었다. 그것도 길었다. 대통령 직선개헌을 이끈 1987년의 6 · 29 선언까지로 잡아도 그렇다.

교수들은 수모를 겪으면서 지내야했다. 참지 않을 수 없었다. 이런 일들이 기억난다. 첫째, 1975년 4월 8일에 대통령 긴급조치 7호가 발동되고, 그것에 발맞춤인지 5월 8일에는 본부 앞 광장에서 교수들의 안보궐기대회가 있었다. 그래도 정부 눈에는 차지 않았던 모양이다. 5월 23일 한심석韓沁錫 총장이 타의에 의해서 사표를 냈다. 27일에 부산대학교 총장이던 윤천주尹天柱 씨가 총장에 임명되었다. 전광석화電光石火와 같은 인사였다. 데모 진압을 잘 하라고 그랬을 것이다. 그 후 학도호국단이 개편 강화되면서 예컨대 대운동장에서 각 단과대학의 학도호국단 사열식이 있었다. 사회과학대학의 사열식은 12월 12일이었다. 그런데 각 과의 학생 후미에는 교수도 한 명씩 참여해야 한다는 것이었다. 어떤 교수가 학생들 뒤에서 걷나? 막내 교수가 할 수밖에 없는 일이었다. 나는 당시 정치학과의 막내 교수는 아니지만, 어찌어찌하여 그 날은 내가 막내 노릇을 했다. 학생들 후미에서 걸었다. 보무당당하게 걸을 수 있는 사열식이라면 신이 났을 것이다. 그러나 상황은 그 반대였다. 뿐만 아니라 그 후 교외校外의 행군도 더러 있었는데, 그때마다 소장 교수들은 행군에 참여해야 했다. 관악캠퍼스 대운동장에서 예술의 전당 뒤쪽 절(대성사大聖寺)을 지나는 행군도 있었고, 안양까지 행군한 때도 있었다.

둘째, 이것도 다 아는 이야기지만 당시 정부는 엄격한(?) 학생 지도 방침을 세우고, 그 실천을 강요하다시피 했다. 교수가 학생을 몇 명씩 맡아서 중고등학교의 담임 비슷하게 지도하라고 하였고, 심하게는 학생의 집을 방문하여 부모들과 상의하여 시도하라는 경우도 있었다. 나도 대구, 전주, 인천 등지를 전전하면서 나에게 배당된 학생들의 부모를 만나던 기억이 있다.

셋째, 관악에서 학생데모의 기미機微가 있으면, 교수들은 일단 학장실에 모여서 학장의 인솔 아래 지정된 구역에 나가서 데모를 막는다는 작전(?)도 있었다. 교수연구실에 방송시설도 설치되었다. 데모에도 경중이 있었다. A급 사태, B급 사태에 따라 교수들이 나가는 지역이 다르게 지정되었는데, 정치학과 교수들의 구역은 대체로 연구실이 있던 6동과 7동 언저리였다. 지금 생각하면 책은 언제 읽고, 강의는 언제 했나 모를 일이다.

넷째, 사회지도층 인사와 교수가 연계하여 학생을 지도하는 프로그램도 있었다. 내 지도반의 학생이 문제가 있다고 하여 당시 재무부의 고위 간부와 합작하여 지도하라는 것이다. 따라서 그 재무부 간부, 나, 나의 지도학생, 이렇게 셋이 모여 저녁을 먹은 경우도 있었다. 또 문교부의 인사와 연계하여 지도를 한 적도 있었다. 무슨 이야기를 하나? 소주만 마시고, 잘 지도했다고 보고했을 것이다. 이루 다 적을 수 없는 다른 일들도 많았다.

예컨대, 나는 유신 말년에 잠시 사회대 학생연극반 지도교수였다. 나는 연극에 아는 바도 없고 취미도 없으나, 학생들이 무얼 한다고 하는데 지도교수가 필요하다고 하여 어쩌다가 그 자리를 맡게 된 것이다. 사실 맡겠다는 교수가 없어서 마음 약한 내가 그렇게 된 것이다. 이것은 당시의 상황과 관련된 일이고, 위에서도 이야기했지만, 연극반 학생들의 활동에 왜 연극에 문외한인 교수가 나서서 지도(?)를 해야 하는지 모를 일이었다. 그런 시대로 치부하면 된다. 그때 아돌 푸가드Athol Fugard 등이 집필한 「아일랜드」란 희곡을 공연한다고 하여 연극반 학생들이 자주 모였다. 연습을 해야 했기 때문이었다. 그런데 연극반 학생들이 모일 때마다 지도교수인 내가 반드시 임석해야 했다. 연극반 모임에서 데모를 모의할지도 모르니 감시하라는 당국의 지침 때문이지만, 내가 연출도 아닌데 매번 나가기는 정말 싫은 일이었다. 물론 모든 교수가 다 그런 것은 아니나, 교수들은 그렇게 지냈다. 힘이 없었다. 그렇게 힘없고, 당국의 말을 잘 듣는 교수들을 학생들이 어떻게 보았을까? 그런 생각을 하면 지금도 얼굴이 화끈거린다. 얼굴을 들 수가 없다.

학생들에게는 민주화를 위하여 투쟁한다는 명분이 있었다. 교수가 학생에게 기껏 한다는 말은 "공부를 열심히 해라." 아니면 "집에서 걱정하실 부모님 생각을 좀 해라." 아니면 "몸을 다쳐서야 되겠느냐?" 또는 "어렵게 들어온 학교인데 졸업은 해야 되지 않겠느냐?"는 정도였을 것이다. 그런 형편이니, 학생들 눈에 교수는 무엇으로 비추었을까? 이러한 상황이 결국 교수와 학생 사이의 있어야 할 존경과 신뢰를 없앤 것이다. 당시는 경외敬畏란 말도 없었다. 그저 서로가 두려운, 그래서 불편한 관계의 시절이었다. 이러한 현상이 결국 우리 사회를 파편화시켰고, 오늘날 우리가 안고 있는 이념적 갈등 구조의 뿌리가 된 것이다.

그렇기 때문에 학생들은 교수 만나기를 꺼려했고, 교수들은 학생이 두려웠다. 아마 서 박사도 학생시절에는 나를 만나기 꺼려했을 것이다. 그래 그런지 나는 다시 솔직히 말해서 서 박사가 정치학과를 언제 어떻게 졸업했는지 모르고, 언제 어떻게 일본 유학을 갔는지 모른다. 그런데 어느 날 갑자기 도쿄대학 정치학박사가 되어 귀국했다. 내가 아는 서 박사는 우리 식으로 말하여 얌전하다면 얌전하고, 내성적이라면 내성적이다. 경솔하게 아무나 찾아다니지도 않아서 만날 기회가 적었다. 그러다가 서 박사는 외교안보연구원 교수가 되었다. 직장이 안정되어서였겠지만, 서 박사를 학회에서 한 번 만난 적이 있는데,

그는 "선생님, 한 번 불러주십시오." 하였다. 그리고는 원주의 상지대학교 교수가 되었다. 언젠가 치악산 등산을 갔다가 원주에서 저녁을 같이 한 적도 있으나, 교류가 잦지는 않았다.

그러나 책을 내면 잊지 않고 보내주곤 하여 고맙게 받았었다. 책을 통해서 안 것이지만, 나는 서 박사의 학문을 높이 평가하고 있다. 특히 그의 도쿄대학 박사학위 논문을 다소 고쳐 집필한 『북조선 사회주의체제 성립사, 1945–1961』(2005)는 이미 북한 연구의 고전이 된 것이 아닌가 싶다. 내가 알기로는 서 박사는 또 번역도 많이 하였다. 질 마르티네G. Martinet의 『다섯 개의 공산주의』(1983), 이노우에 기오시井上清의 『일본의 역사』(1989), 와다 하루키和田春樹의 『한국전쟁』(1999), 또 같은 저자의 『북조선: 유격국가에서 정규군국가로』(2002, 남기정과 공역) 등이 있다. 또 자본주의에 관심을 보인 사토 사다유키佐藤定幸의 『다국적기업多國籍企業의 시대』(1982)를 번역하기도 했던 것으로 알고 있다.

매년 정월 초이틀 저녁이면 정치학과 제자들이 나의 집에 와서 술을 마신다. 연례행사가 된 지가 꽤 오래되었다. 2008년 1월 2일로 기억한다. 서 박사가 갑자기 나타난 것이다. 내 옆에 앉아서 같이 대취했다. 그의 발병 직전이었다. 아니 몸의 이상을 모르고 있는 것이 분명했다. 노무현 정권 초기에 정부에 가서 일할 적의 마음고생을 다 잊은 듯 명랑했다. 그러나 이것은 순전히 나의 생각이지만, 서 박사의 발병은 그때 받은 스트레스 때문이 아닌가 한다. 조용히 학교에 있었더라면 그렇게 허망하게 세상을 떠나지 않았을지 모른다.

서 박사의 발병 소식을 듣고, 어쩌나 하였는데, 그해(2008년) 11월 23일 내가 더러 가는 '미네스시'라는 일식집에서 우연히 서 박사를 만났다. 가족과 같이 온 것이다. 건강을 완전히 다시 찾은 것 같았고, 병색도 별로 보이지 않아서, 속으로 '아! 다행이다!' 했었다. 그리고 반 년이나 지났을까? 서 박사는 우리 곁을 떠난 것이다. 서 박사의 인품을, 그의 재주를, 하늘이 시기했음인가?

서 박사는 나 만나기를 꺼려했고, 나는 그가 나를 어떻게 생각할까 두려웠다. 한동안 그랬다고 생각한다. 그러나 지금은 아니다. 그는 지금 천상에서 지상의 모든 것을 이해하고 포용하면서, "허허!" 하고 웃고 있을 것이다. 나도 그와 함께 "허허!" 하고 싶은 심정이다. 제행무상諸行無常이라고 했던가?

### 추기

위의 글은 2010년 5월에 출간된 『서동만』(삶과 꿈)에 기고한 글을 조금 수정한 것이다.

# 이성형

나는 미술에는 문외한이나 전시회에는 더러 간다. 혼자 가는 일은 전혀 없고, 마지못해 끌려가는 경우가 전부다. 2008년 10월 22일에 덕수궁미술관을 간 것도 그런 경우였다. 「20세기 라틴아메리카 거장전巨匠展」이 그 곳에서 열리고 있었는데, 이성형 교수가 한번 가자는 것이었다. 이 교수와는 그가 멕시코 중부에 있는 과달라하라Guadalajara대학에 초빙교수로 가 있던 2000년 7월에 멕시코시티의 '미술궁전Palacio de Bellas Artes'에 두 번인가 같이 간 일이 있고, 또 '푸른 집'으로 알려진 코요아칸Coyoacan에 있는 프리다 칼로Frida Kahlo(1907-1954)의 박물관에도 간 적이 있다. 그래서인지 그는 내가 미술에 조금 조예가 있는 줄로 생각했는지도 모르고, 또 자신의 전공지역인 라틴아메리카의 행사니까 함께 가자고 한 것인지도 모른다. 그런데 사실은 멕시코에 다녀온 지 얼마 안 되어 나는 프리다에 관한 책을 한 권 읽었고,[1] 또 그녀에 관한 영화를 보기도 해서,[2] 라틴아메리카 미술에 대한 관심이 아주 없던 것은 아니었다. 그래 따라

1_르 클레지오 지음, 신성림 옮김, 『프리다 칼로와 디에고 리베라』(다빈치, 2001).

나서기로 한 것이다.

전시회에 가기로 한 날은 마침 고려대학교의 고세훈高世薰 교수 내외가 저녁을 같이 하자는 날과 겹쳤다. 그래서 덕수궁미술관에서 전시를 보고 같이 저녁을 하자고 하였다. 이 교수와 고 교수는 평소 친한 사이어서 내가 그렇게 유도한 것이다. 그래 나도 아내와 같이 나섰다. 비가 부슬부슬 오는 가을 오후다. 저녁이 아니라도 술 생각이 나는 분위기였는데, 고궁도 오랜만이고, 전시도 흥미로워서 밖이 어둑어둑할 즈음까지 우리 일행은 미술관에서 서성댔다.

전시는 제목 그대로 20세기 라틴아메리카 16개국, 여든네 명의 거장들의 작품 120점이 장관을 이루고 있었다. 작품들은 20세기 초반부터 1970년대까지 라틴아메리카의 문화를 고찰할 수 있는 대표적인 작품들로 라틴아메리카의 역사가 안고 있는 갈등과 상처, 그 치유과정을 담고 있었다. 이 시기의 라틴아메리카 미술을 몇 개의 단원으로 나누어 이야기하자면 아래와 같다.

첫째, 사회변화를 추구하던 벽화운동이다. 1920년대 멕시코에서 시작한 벽화운동은 1910년에 폭발한 멕시코혁명과 맥을 같이 하고 있다. 멕시코혁명에서는 아메리칸인디언과 메스티조mestizo(혼혈아)의 권익보호와 원주민 전통문화의 부활이 중요한 목표였고, 벽화운동은 이에 동조한 화가들의 참여 운동이었다. 사회 개량을 의식한 이 운동은 20세기 전반에 서구에서 맹위를 떨치던 전위미술avant-garde arts의 라틴아메리카 판版인 것이다.

둘째, 라틴아메리카의 역사와 정체성의 추구다. 잉카와 마야, 그리고 아스텍같이 위대한 문명의 땅, 천혜의 자연자원을 안고 있는 땅, 그러나 그 땅은

2_『Frida』, Salma Hayek과 Alfred Molina 주연; 감독은 Julie Taymor이고 2002년 작이다. 우리나라에서는 2003년에 개봉되었다. Hayek은 이 영화에서 아카데미 여우주연상 후보로 지명되었다.

수세기 동안 서구의 식민지였다. 착취의 땅이었다. 식민시대는 인종의 혼혈과 문화의 혼돈을 배출했고, 여기서 정체성이 문제가 되지 않을 수 없었던 것이다. 도대체 우리는 무엇인가? 인디언의 전통문화, 아프리카에 근원을 둔 중앙아메리카의 순진무구의 예술, 또 혼혈의 비애에서 유래된 문화의 도착倒錯은 미술의 세계에서도 반영되고 있었으니, 그것은 짙고 강렬한 색채가 난무하고 괴기한 형상이 자유로운 원시 미학 바로 그것이었다.

셋째, 개인의 세계에 대한 추구와 초현실주의의 등장이다. 이것은 정체성 문제의 뒤를 이어 나타난 현상이다. 미술가들은 개인의 내면세계를 다양한 형태로 추구했다. 어떤 이는 그들의 내면세계를 전통적 상징체계와 결합시켰고, 다른 이는 라틴아메리카의 전통적 요소와 서유럽의 초현실주의를 접목시켰다.

넷째, 구성주의에서 옵아트optical art(시각미술)에 이르기까지 형상의 재현에 반대하는 움직임이다. 제2차 세계대전 이후 라틴아메리카는 괄목할 경제발전과 이에 뒤따라 근대화와 산업화를 경험하게 된다. 이 시기에 화단은 기하추상geometric abstraction에 의하여 주도되며, 근대화된 도시의 이미지에 상응하는 환경미술과 옵아트가 유행의 한 부분이었다. 전시회에는 물론 멕시코에서 떼어온 벽화는 없었지만, 위와 같은 20세기 라틴아메리카 미술의 특징을 전달하려고 기획된 것이었다.[3]

이성형 교수는 라틴아메리카의 정치경제학이 전공이나, 본래 그는 동서고금의 모든 것에 모르는 것이 거의 없는 박학다식한 인물이다. 미술에도 일가견이 있음은 물론이었다. 우리는 그저 이 교수의 설명을 들으면서 이 방 저 방

3_위의 설명은 전시회의 팸플릿에 소개된 글을 내 나름으로 해석하여 정리한 것이다.

을 다녔다. 그러다가 눈에 띈 것이 디에고 리베라Diego Rivera(1886–1957)의 〈테완테펙Tehuantepec의 목욕하는 사람〉(1923)이었다. 멕시코의 벽화운동을 주도하여 그 미술을 세계에 알린 거장 리베라의 이 그림은 보랏빛에 가까운 살색의 인디오 여인이 허리를 구부리고 머리를 감는지, 손을 머리에 대고 있다. 푸른 잎사귀에 둘러싸여 다리는 보이지 않고, 젖소의 젖같이 땅을 향하여 축 늘어진 젖의 끝, 아니 그 꼭지에서는 금방 보라색의 젖이 뚝뚝 떨어질 것 같았다.

나는 프리다의 그림을 찾았다. 디에고의 세 번째 부인으로 남편을 찜 쪄 먹고도 남는 화가다. 유화와 수채화가 몇 점 있었으나, 그녀의 대표작은 아니었다. 주요 작품들은 다른 나라에서 순회전시 중이라서 틀라츠칼라Tlaxcala 주립미술관에 소장된 작품만을 가져온 것이라는데, 그래도 〈코요아칸의 프리다〉(1927)를 볼 수 있은 것이 다행이었다. 1925년 교통사고 이전의 자신의 모습을 그린 것이지만, 그래도 그 그림을 그릴 때는 상황이 상황이었던 만큼 색채는 강렬해도 얼굴의 표정은 매우 어둡고, 불만이 가득 차 있었다. 그녀는 일생 동안 그랬다. 흔히 사람들은 프리다의 미술에 관하여 서유럽 살롱풍의 미술에 반기를 들었다느니, 20세기 라틴아메리카가 처한 복잡미묘한 문화상황을 독특한 미감美感으로 표현했다느니, 자신만의 조형 언어를 찾아 나섰다느니, 라틴아메리카 모더니즘의 흐름을 볼 수 있다느니 하며 떠든다. 그런지도 모른다. 그러나 기본적으로 그녀의 그림은 잔인한 운명을 비틀어 분출시킨 예술 꽃이었다. 그녀는 누구보다도 어둡고 불만에 찬 자화상을 많이 그렸다. 여기서 나는 간단하게나마 그녀의 잔인한 운명에 관한 이야기를 하고 싶은 충동을 느낀다. 천재화가에 대한 연민의 정 때문일까?

질 알려진 일이지만, 프리다는 위에서도 말했듯이 20세기 멕시코 회화사史의 한 획을 그은 위대한 화가 디에고 리베라의 아내였다. 그런 인물을 만나서, 아니 그런 인물을 만났기에 프리다는 더욱 비극의 여인이 된 것이다. 코끼리와 비둘기의 만남에 비유되기도 했다. 그러나 비극은 그녀가 디에고와 결혼하기 전에 이미 시작되었다.

여기까지 쓰다가 나는 오래전에 이성형 교수가 펴낸 라틴아메리카 문화기행문집『배를 타고 아바나를 떠날 때』를 생각했다. 필경 프리다에 관한 이야기가 있으리라 생각하여 다시 펴보니, 아니나 다를까 그녀에 관한 글이 있었다. 내가 쓰는 것이 그가 쓴 것보다 낫다고 할 수 없기에 나는 그의 글을 여기에 인용한다. 어차피 이 글은 이 교수와 보낸 시간의 이야기가 아닌가!

"결혼 이전에 겪었던 심한 교통사고(18세의 사고)로 인해 척추와 하반신을 자유롭게 쓸 수 없었던 프리다. 그토록 갈망한 아이도 낳을 수 없었다. 고통스러운 육체를 안고 끊임없이 싸워야 했던 그녀. 개구리처럼 생긴 천재화가 디에고 리베라와의 결혼생활도 순탄치 않았다. 예술가로서 서로 존경하고 격려하는 사이였지만, 희대의 바람둥이였던 디에고가 그녀에게 준 상처 또한 무던히도 그녀를 괴롭혔다. 온몸에 섬뜩한 자상이 난무한 그녀의 그림은 지독히도 현실적인 그림일기였으리라. 심지어 처제(프리다가 사랑하던 동생 크리스티나)까지 손을 댄 디에고였다. 천재화가였기에 모든 것이 용인되는 화단이었지만, 유난히도 자의식이 강했던 그녀에겐 견디기 힘든 고통이었다. 그녀 역시 복수의 심정으로 딴 남자와 바람을 피우고 동성애를 즐기기도 했다. 그렇지만 늘 자신에게 고통을 주는 디에고를 감쌌고, 떠나지 못했다. 아니 떠났다가도 다시 못 잊어 다시 돌아왔다."[4]

프리다는 이렇게 말한 적이 있다.

"나는 나의 현실을 그린다. 내가 유일하게 아는 것은 그리지 않으면 안 되기 때문에 그린다는 것이고, 머리에 떠오르는 것이면 무엇이든 아무 다른 생각 없이 그린다."

그러면 무엇이 그녀의 머릿속에 떠올랐는가? 프리다의 전기로 이름을 날린 허리라Herrera는 말한다.

"프리다 칼로의 머릿속에 떠오르고 그 예술에 나타난 것들은 20세기의 가장 독창적이고 극적인 비유적 표현이었다. 피 흘리고 울고 폭로된 자신을 그림으로써 그녀는 자신의 고통을 예술로 승화시켰는데, 그것은 유머와 환상으로 조율된 놀랄만한 솔직함이었다."[5]

그래도 프리다와 디에고 사이에는 공통점이 있었다. 그들은 "멕시코의 진정한 가치인 고대 아스텍 문명의 예술과 사상을 새롭게 해석하고 창조하던 시대를 대표"했으며, 또 그들은 "원주민 세계의 이상을 추구하는 데 전 생애를 바쳤다." 특히 "디에고는 멕시코 혁명과 원주민 역사 사이의 연관성을 확인한 최초의 인물"이었던 것이다.[6] 다만 프리다에게 디에고는 예술로밖에는 표현할 수 없는 애증愛憎의 대상이었고, 식인귀食人鬼라는 별명의 디에고에게 프리다는 신비로운 관능의 대상이었다. 적어도 초기에는 그랬다. 디에고는 벽화를 통해 "혁명의 이상을 선언하는 동시에 생명과 여체의 아름다움을 찬양했다. 그가

4_이성형, 『배를 타고 아바나를 떠날 때』(창작과 비평사, 2001), 258–260쪽.

5_Hayden Herrera, *Frida: A Biography of Frida Kahlo* (Perennial Library, 2002), pp. xi–xii. 초판은 Harper & Row에서 1983년에 출판되었다. 이 책은 5백 쪽이 넘는 대작이다. 또 관심 있는 독자는 Andrea Kettenmann, *Kahlo* (Barnes & Noble, 2004)을 볼 것. 그림 사진이 많고 재미있다.

6_『프리다 칼로와 디에고 리베라』, 15쪽.

프리다와 가장 유사한 점도 바로 이것이다. 두 사람 모두 여성의 몸을 외설적이고 격정적으로 때로 신비스럽게까지 표현했다는 사실 자체가 어떤 의미에서는 그들의 결합(또 재결합)을 예견하는 것이었다."[7]

그래서 그런지 르 클레지오는 앙드레 브르통Andre Breton(1896–1966, 프랑스의 시인, 초현실주의자)의 말을 빌려 "프리다 칼로의 예술은 폭탄 주위에 둘러진 리본"이라고 표현했다.[8] 프리다는 디에고를 만났기 때문에 자아에 눈을 뜨고, 폭탄 주위에 둘러진 리본 같은 자화상을 수 없이 그린 것이 아닌지? 또 그녀는 여러 얼굴로 묘사되곤 했다. "정치적 영웅 내지는 혁명 투사, 질곡桎梏의 여인, 학대받던 아내, 아이 하나 못 낳은 여자, 심지어 멕시코의 오필리아Ophelia"라는 것이다.[9] 이것은 허리라의 지적이지만, 위의 브르통의 말은 디에고에도 적용된다고 나는 믿는다. 그는 화단의 혁명아革命兒였고, 정치적 혁명을 동경하던 공산당원이었다.

프리다 이야기가 길어졌다. 전시회에서 내 눈을 끈 화가는 또 콜롬비아 출신의 페르난도 보테로Fernando Botero(1932– )다.[10] 특히 재미있다고 생각되는 세 점의 그림이 있었다. 하나는 〈시인〉(1968)이다. 해학적인 화풍으로 라틴아메리카의 부富와 부패腐敗를 상징하는 백인의 모습을 그린 것이다. 다른 하나는 〈브래지어 차는 여자〉다. 침대에 누워 자는 어린아이를 향한 뚱뚱한 여인의 벌거벗은 뒷모습이 보이는데, 위풍당당하게 브래지어를 차는 순간이다. 브래

7_위의 책, 91쪽.

8_위의 책, 181쪽.

9_Herrera, 위의 책, p. xiii. 오필리아는 셰익스피어의 햄릿의 애인.

10_참고로 이야기하면 보테로의 작품전시회가 2009년 6월 30일에서 9월 17일까지 같은 장소(덕수궁 미술관)에 열렸다. 여기에는 회화 89점과 조각 3점이 전시되었다.

지어를 순간적으로 차는지, 잠시의 시간이 필요한지? 그것은 알 수 없어도 차라리 브래지어를 벗는 모습이면 더 좋지 않을까하는 인상을 받았다. 마지막으로 〈창가의 여인〉이다.[11] 창턱의 보랏빛과 검은 배경이 대조적인데, 네 가지의 선인장이 가늘게 솟아있는 화분 옆에 곱슬머리의 뚱뚱한 여인이 창틀에 두 팔을 걸치고 어딘가를 바라보고 있다. 그녀의 치켜뜬 눈에는 무언가를 동경하는 모습이었다.

전시회 이야기는 여기서 그쳐야겠다. 이 글의 본령이 전시회 이야기가 아니기 때문이다. 그러나 하나만 더 말하자면, 르 클레지오는 내가 아직 미련을 버리지 못하고 있는 프리다와 디에고에 관하여 이렇게 말하는 대목이다.

> "그들의 이야기는 멕시코의 강렬한 햇빛 속에, 일상생활의 소음 속에, 거리와 시장에서 풍기는 냄새 속에, 먼지 자욱한 집 안에서 뛰노는 아이들의 모습 속에, 그리고 낡은 기념물과 세상에서 가장 오래된 나무 위에 늦도록 머무는 애잔한 석양 속에 녹아 있다."[12]

그런지도 모른다. 그러나 이것은 르 클레지오가 책의 앞부분에서 한 말이고, 그 후에 전개된 이야기는 그것과는 거리가 다소 멀다는 것이 나의 생각이다. 다만 그날 전시회를 보고 나오는 나의 심정은 오래된 나무 위에 머무는 '애잔한 석양 속'이 아니라, 가을비가 추적추적 내리는 늦은 오후의 애잔함 속에 녹아 있었다. 고세훈 교수는 같이 마시고자 포도주 두 병을 들고 왔다. 그러면

11_〈브래지어 차는 여자〉와 〈창가의 여인〉의 그린 연도는 확인하지 못했음.

12_『프리다와 칼로와 디에고 리베라』, 18쪽.

오죽 좋으랴만, 마시면서 그림을 구경할 수는 없는 일이다. 그리고는 강남 어딘가 그가 자주 가는 이탈리아 레스토랑에 저녁 예약을 했다는 것이다. 그건 그렇고 나도 덕수궁엘 가니, 그 곳에서 걸어갈 만한 거리의 '베이징코야北京烤鴨'에 예약을 했었다. 종로구청 옆이다. 그 시간에는 강남까지 가기도 복잡할 것이고, 시간을 아껴서 빨리 마시고 싶었는지도 모른다. 지는 자가 이기는 자라는 말이 있다. 그날은 고 교수가 졌으나, 결국은 이겼다. 부슬부슬 내리는 가을비를 맞으며 우리는 천천히 걸었다.

이성형과 고세훈 그리고 내가 만나면 포도주 두 병으로는 명함도 못 내민다. 누가 연락을 했는지 모르나, 우리가 막 자리에 앉으니 김수진 교수가 나타났다. 이렇게 만나면 술은 필수지만, 안주는 그리 많지 않아도 된다. 가져온 와인은 순식간에 동이 났다. '베이징코야'는 문자 그대로 오리구이를 전문으로 하는 중국집이고, '공부가주孔府家酒' 등도 있다. 그 집 술도 마셔야 예의다. 「20세기 라틴아메리카 거장전」을 본 흥분이 채 가시지 않았는데, 술은 오르고 밖은 캄캄하다. 계속 마시지 않고 견디는 장사가 있는가? 그래 또 하루가 갔다.

추기 1

처음 윗글을 썼을 적에 이성형 교수와 고세훈 교수에게 초고를 보냈었다. 이 교수에게서는 라틴아메리카 미술에 대한 코멘트가 왔었다. 또 고 교수는 프리다에 관한 허리라와 케텐만의 책이 있다고 하여 빌려 보았다. 둘 다 고 교수의 부인의 책이다. 고 교수의 부인은 미술에 관심이 많다. 예술의 전당 미술관에서 큐레이터로 일하기도 했는데, 특히 허리라의 책을 보니 500쪽이 넘는 방대한 책을 처음부터 끝까지 꼼꼼히 읽은 흔적이 발견된다. 숨은 학자, 연구자, 공부하는 사람이 많다는 것을 새삼 깨달았다.

### 추기 2

이 글은 이성형 교수에 관한 글은 아니다. 그저 그와 함께 지낸 한 오후의 추억일 뿐이다. 그의 이름은 이 책 여기저기에 나온다. 불행히도 그는 2012년 8월 1일 숙환으로 세상을 떠났다. 향년 오십삼 세였다. 이 교수는 나의 사랑하는 제자였고, 언제나 무슨 문제이든 대화가 되던 친구였고, 그 대화 속에는 내가 늘 배우는 것이 많았던 스승이었고, 나이와 관계없이 스스럼없이 술 마시던 사이였는데, 이제는 그를 볼 수가 없다.

이 책에는 그가 마지막으로 나왔지만, 그는 결코 마지막 인물이 아니다. 여러 분야의 처음을 개척한 인물이다. 라틴아메리카의 정치경제, 문화와 예술 등의 연구를 개척하다시피 한 것도 그 한 예다. 남들보다 늘 앞섰던 것이다. 그것과 연관을 지을 수는 없지만, 그래 우리에 앞서서 이승을 떠난 것인지도 모른다.

# 강북회 통신

## 1. 시작

강북회의 선성先聲을 들은 지는 꽤 오래다.[1] 그러나 나는 1983년부터 강남에 살기 때문에 감히 참여할 엄두를 내지 못하였었다. 한 삼 년 전쯤이다. 회장 전동원全東源 형이 고등학교에 다니던 일들을 이야기하면서 참석을 권하는 것이었다.[2] 나는 누가 무어라면 잘 거절하지 못하는 체질이어서 나가기 시작하였는데, 처음 참석이 2004년 10월이라고 기억한다. 광화문 교보 빌딩 뒤에 위치한 '경복궁'인가 하는 집을 찾아간 것이다. 제제다사濟濟多士의 동창들을 만나는 것이 좋았고, 각종의 준론峻論을 펼치면서 약주를 거나하게 마시는 품이 좋았다. 한 달에 한 번 모이나, 내가 게으르고 다른 일이 겹치는 경우도 없지 않아서 실은 자주 참석을 못하였다. 늘 미안하게 생각한다. 그러다가 모이는 장소도 언제부터인가 청계천 2가의 '대련집'으로 옮겼다.

1_강북회는 나의 고등학교 동기생들의 모임이다.

2_서울의대 졸업. '전소아청소년과의원' 원장.

지난 2007년 2월 13일이다. 마침 피치 못할 일이 겹쳐서 참석이 어렵게 되었다. 고민이 생긴 것이다. 일찍 가서 인사하고 연회비만 내고 오자고 결정하였다. 지하철 3호선 종로 3가역에서 내리니, 비가 추적추적 내리는 저녁 어스름이었다. 여섯 시 좀 못되어 '대련집'에 당도하니, 그만 내가 일착이었다. '아! 나도 일등을 할 때가 있구나!' 스스로 대견하게 생각하고 있는데, 이착으로 조병태趙炳泰 형, 삼착으로 김오봉金五峰 형이 왔다. 나는 김오봉 형에게 연회비를 전했다. 왔다는 자취를 남기고, 다시 지하철로 향했다. 골목을 돌아서자 지영태池榮泰 형과 함께 걸어오는 전동원 형을 만났다. 만나서 다행이었으나 순간 미안한 생각이 더하였다.

"왜 가나?"

"피치 못할 일이 있어서 인사만 하고 가려고 왔었네."

"못 오면 그만이지, 무얼 왔어."

전동원 형은 이렇게 너그럽다.

"참, 통신문에 게재揭載할 글을 하나 써줘! 그러지 않아도 전화를 하려고 했네."

"써 보지!"

거절을 잘 못하는 체질이란 말은 위에서도 하였지만, 성실히 참석하지 못했던 자책감에서 나는 얼떨결에 그만 약속을 하고 말았다. 그런데 무엇을 쓰는 것이 좋을까? 그러다가 한참 후 강북회 통신문에 아래와 같은 글을 쓰게 되었다.

## 2. 사는 이야기 I

강북회 형들 안녕하시지요. 광복 육십삼 주년, 아니 건국 육십 주년 기념일 다음 날(2008년 8월 16일) 토요일 아침이었습니다. 형들도 그러신지 알 수 없으나, 소생의 집에는 늙은이 내외만 사는데도 일이 많습니다. 그것도 마누라가 건강이나 하면 모를까 몸이 조금이라도 불편하면, 나의 일이 많지 않을 수 없습니다. 아침 먹고, 청소를 대충하고, 장을 보러 나갔습니다. 무엇도 없고, 무엇도 없다는 것입니다. 하기는 좀 큰 장엘 가려고 하던 참이었습니다. 여러 해 쓰던 빨래 건조대가 다 부서져서 빨래를 널 때마다 신경질이 나는데, 고치기도 어렵고 해서, 새로 하나를 사려 했기 때문입니다.

어쩌다 형들의 배려로 강북회에 참여하지만, 소생은 집이 강남이다 보니 양재동의 농협 '하나로 마트'에 더러 다닙니다. 물건이 많기도 하고, 값도 비교적 만만하기 때문입니다. 그래 갔습니다. 물론 혼자 갔습니다. 아내는 어디가 아프다고 침을 맞으러 갔기 때문입니다. 침을 혼자 가서 맞는 것도 신통한 일인지도 모릅니다. 달걀, 감자, 도마도, 포도 등을 사고, 빨래 건조대 생각이 다시 나서, 그것이 있는 곳으로 갔습니다. 여러 종류가 있었습니다. 우리 집의 부서진 것과 비슷한 것도 있고, 좀 더 좋고 큰 것도 있었습니다. 그것은 날개가 이단二段으로 되어 있어서 옷을 많이 널 수 있게 고안된 것입니다. 값은 물론 비쌌습니다. 내가 얼른 결정을 하지 못하고 망설이는 것이 딱해 보였던지, 옆에 있던 어떤 부인이 하나를 가리키면서 자기는 이걸 쓰는데, 아주 좋다는 것이었습니다. 그러면서 손자하고 사느냐고 물으면서, 식구가 많으면 큰 것이 좋다는 것입니다. 이단으로 된 비싼 것을 두고 하는 이야기였습니다. 친절은 하지만 누가 그것을 모릅니까? 속으론 웃으면서도 그 말에 솔깃하여, 큰 것을 카트에 실었습니다. 그리고 좀 가다가 다시 생각하니, 큰 것은 아무래도 무거울 것이고, 관절염으로 손목이 시원치 않은 아내가 반기지 않으리라는 생각이 들었습니다. 그래 작은 것으로 바꿨습니다. 칭찬을 받았으면 하는 것이 그때의 생각이었습니다. 그게 인지상정人之常情이니까요.

아시다시피 큰 마트엘 가면 물건도 지천으로 많고, 발 디딜 틈이 없다시피 고객들이 붐빕니다. '하나로 마트'도 그랬습니다. 어쩌니 저쩌니 해도 잘 사는 것이지요. 별 일 없이 경제가 계속 발전해야겠는데, 촛불시위가 그런 것을 망치려는 것이 아닌가 하는 생각이 문득 들었습니다.[3] 갑자기 『논어論語』「자로子路」편의 한 구절이 떠올랐습니다. 공자孔子가 위衛나라에 가실 때, 염유冉有가 수레를 몰았습니다. 공자가 염유에게 물었습니다.

"사람들이 많구나[庶矣哉]."

"사람들이 많으면 또 무엇을 보태야 합니까[既庶矣 又何加焉]?"

"부유하게 만들어야 한다[富之]."

"부유하여지면 또 무엇을 보태야 합니까[既富矣 又何加焉]?"

"가르쳐야 한다[敎之]."

촛불 시위꾼들은 교육을 못 받았던지, 아니면 잘못 받은 것입니다. '교육이 문제구나!' 새삼 공자를 생각하면서 예술의 전당 앞을 지나는데, 전화벨이 울렸습니다. 운전 중이라 받지를 않고 집에 와서 전화기를 켜보니 전동원 형이었

3_쇠고기수입재개협상에 반대하는 시위를 말함. 2008년 5월 2일부터 시작하여 약 2개월 동안 계속되었다.

습니다. 전화를 걸었습니다. 반가운 목소리가 들렸습니다. 수인사가 끝나자, 원고를 부탁하는 것이었습니다. 그 하명을 어떻게 거역을 하겠습니까? 대답은 했지만, 마땅한 소재가 없어서 그냥 '사는 이야기'를 하고 있는 것입니다. 판관사령判官使令 henpecked husband 노릇이나 하며 사는 것을 자랑하려는 것이냐고 웃을 형들도 있으리라 짐작합니다. 시작 부분이 길어졌습니다.

각설하고, 소생은 평소에 '어떻게 살아야 하는가?' 혹은 '어떻게 사는 것이 좋은 것인가?' 하는 문제에 관하여 생각을 많이 합니다. 두 문제는 다소 다른 뉘앙스를 지니고 있지만, 결국은 둘 다 삶에 대한 우리의 자세를 말하고 있습니다. 어쩌다보니 우리는 한두 살 차이는 있지만 대개 고희古稀를 넘겼습니다. 그 나이에 삶에 대한 자세를 운위云謂하는 것이 우습지 않느냐고 생각할 수도 있습니다. 고희란 말은 "인생칠십고래희人生七十古來稀"란 소동파蘇東坡의 시에서 나온 것이니, 천년된 말입니다. 옛날에는 칠십년 살기가 어려웠던 모양이지만, 요즈음이야 칠십 세는 그저 보통의 나이라, 우리가 앞으로 여러 해 더 살 수가 있으니, 사는 것에 관하여 생각을 하는 것도 좋겠다는 뜻입니다. 이 나이에 아무렇게나 사는 것이지, 삶의 자세는 무슨 얼어 죽을 자세냐고 야단치실 형이야 없겠지만, 달관達觀의 경지에서 인생을 관조觀照하고 계신 형들이 있다는 것도 압니다. 소생은 그렇지 못하여 생각이 많을 뿐입니다.

공자는 "칠십 세가 되어서는 마음이 하고자 하는 대로 하여도 법도法度에서 벗어나지 않았다[七十而從心所欲 不踰矩]"고 하였습니다. 물론 칠십이 넘어서 한 말이겠지만, 공자는 일흔 셋에 돌아가셨습니다. 일흔이 되기 전에도 법도에 어긋난 일을 한 적이 있었는지 모르나, 하고 싶은 대로 행동을 하면서도 법도에서 벗어나지 않는 것을 최고의 경지로 생각한 것 같습니다. 그렇게 생각한 것이 아니라 실제로 벗어나지 않았던 사실을 기술한 것이라고 해도 됩니다. 그러면 무엇이 법도인지 생각해야겠지요. 나는 법도가 '옳은 것' 혹은 '정의'라고 생각하고 싶습니다. 공자가 말한 삶의 최고의 경지를 우리가 받아들인다면, '올바르게 사는 것' 또는 '정의롭게 사는 것'이 "어떻게 살아야 하는가?" 하는 질문에 대한 대답이 아닐까 합니다. 그렇다고 해도 '올바르게 사는 것' 혹은 '정의롭게 사는 것'이 도대체 어떤 삶이냐는 의문에 봉착하게 됩니다. 이 의문은 당분간 그대로 남겨두겠습니다. '올바르게' 또는 '정의롭게 사는 것'이 공자에게는 일상의 일이고, 경험을 말한 것이지만, 우리 같은 보통 사람에게 그러한 삶은 당위當爲일 뿐입니다. 바람직한 일일 따름입니다. 그래서 "어떻게 사는 것이 좋은 것이냐?"라는 문제를 따로 제기한 것입니다. 물론 '좋은 것'이 '올바른 것' 또 '의로운 것'이라고 할 수도 있습니다. 상당히 말장난이 된 것 같습니다. 글이 지루하게 길어졌습니다. 빨리 끝내도록 하겠습니다.

위에서 우리는 일흔 살의 공자를 보았습니다. 아시다시피 중국에서 공자와 대비되는 인물은 노자老子입니다. 유가儒家와 더불어 중국사상의 양대 산맥을 이루는 도가道家의 창시자입니다. 사마천司馬遷의 『사기史記』에 의하면, 공자가 노자를 만나 예를 물었다는 대목이 있고, 그때 노자는 공자에게 이렇게 말했다고 합니다. 다소 길지만 인용합니다.

> "그대가 말하는 옛날 성인도 그 육신과 뼈다귀가 이미 썩었고, 지금은 다만 그 말한 바가 남았을 뿐이다. 군자는 때를 얻으면 수레를 타는 귀한 몸이 되지만, 그렇지 못할 때는 떠돌이 신세가 되고 만다. 훌륭한 장사꾼은 물건을 깊이 간직

하여 밖에서 보기는 공허한 것같이 보이지만 속이 실하고, 군자는 풍성한 덕을 몸에 깊이 갖추어 우선 보기에는 어리석은 것같이 보이나, 사람됨이 충실하다고 들었는데, 그대는 몸에 지니고 있는 그 교만한 것과 욕심 많은 것과 잘난 체하는 것과 음욕과 같은 생각 따위를 다 버려라. 그런 것은 그대를 위하여 아무런 이익이 되지 않는다. 내가 그대에게 말하고자 하는 것은 오직 이것뿐이노라."[4]

공자에게 한 수를 가르친 것 같은 위의 말을 읽으면, 삶에 대한 노자의 생각을 짐작하게 됩니다. 깊이 감추고 함부로 내다 팔지 않는 것을 '심장불시深藏不市'라고 합니다. 훌륭한 장사꾼이 그렇다는 것인데, 그와 마찬가지로 군자도 아는 것을 함부로 떠들고 다녀서는 안 된다는 것을 가르친 것입니다. 그런데 노자의 사상은 "되돌아오는 것이 도의 움직임[反者道之動]"[5]이라는 기본 입장에서 출발합니다. 자연계나 인간사人間事나 모든 것이 극단으로 가면 되돌아오는 반동이 있게 마련이라는 것입니다. 어떻게 생각하면 "과유불급過猶不及"이라는 공자의 말도 원칙은 같은 것인지 모릅니다. '지나친 것이 부족한 것과 같다'는 것은 중용中庸을 중시한 것 같은데, 이 말도 '되돌아옴'을 전제로 하는 표현으로 볼 수 있기 때문입니다.

아무튼 노자는 그런 관념에 기초하여 삶의 방법을 이야기하였습니다. 여러가지 있습니다만 중요한 것만 몇 개 열거하겠습니다.

첫째, 유약柔弱이 궁극적으로 좋은 삶을 영위하는 방법이라고 했습니다. 강한 것이 승리에 이르는 길이라고 하여 용건勇健에 힘쓰면 오래가지 못한다는

4_「노장신한열전老莊申韓列傳」.
5_『도덕경道德經』 40장.

것입니다. 그러면서 이렇게 말합니다.

"회오리바람은 하루아침을 넘기지 못하고, 소나기는 온종일 오는 법이 없다. 누가 이런 현상을 일어나게 하는가? 그것은 천지이다. 천지조차 그런 것을 오래 못 가게 하거늘, 사람이야 오죽 하겠는가?"[6]

그렇기 때문에 강하고 억센 자는 제 목숨에 죽지 못한다는 것입니다. 강강剛强한 것은 해로운 것이며, 유약한 것이 오히려 좋은 것이라고 하였습니다. 그래서 "하늘의 도道는 다투지 않으면서도 잘 이긴다."고 하였습니다.[7] 지는 게 이기는 것이란 말도 흔히 듣습니다.

둘째, 겸하謙下를 실천해야 한다는 것입니다. 겸하는 몸을 낮추는 것입니다. 그것은 유순柔順의 다른 표현이기도 합니다. "강과 바다가 모든 계곡의 왕자가 될 수 있는 까닭은 그것이 낮은 자리에 있기 때문이다."[8] 그러므로 남의 윗자리에 있으려면 반드시 자신을 먼저 낮추어야 하고, 남의 앞에 있고자 하면 반드시 몸을 남의 뒤로 해야 한다. 어려운 일이지요. 그렇다는 말입니다.

셋째, 관용寬容을 베풀어야 합니다. 관용은 다른 사람의 마음을 자기의 마음으로 삼는 것입니다. 자신의 의견을 고집하고, 다른 사람의 의견을 자기에게 굴복하게 하는 것은 분쟁의 씨앗이 됩니다. 무심無心의 상태에서 다른 사람을 대하고, 마음에 아무런 고집을 갖지 않는 것이야말로 좋은 삶의 길입니다.

넷째, 지족知足을 실천하는 것이 중요합니다. 지족은 만족할 줄을 아는 것입니다. 높은 자리에 앉으면 그 형세가 위태롭고, 얻기를 탐하면 잃기가 쉽습니

6_飄風不終朝 驟雨不終日 孰爲此者 天地 天地尙不能久 而況於人乎, 『도덕경』 23장.

7_天之道 不爭而善勝, 『도덕경』 73장.

8_江海所以能爲百谷王者 以其善下之, 『도덕경』 66장.

다. 그래서 이렇게 말했습니다.

“심히 아끼면 반드시 크게 손상을 받게 되고, 많이 지니면 반드시 크게 잃게 된다. 그러므로 만족할 줄을 알면 욕을 당하지 아니하고, 멈출 줄을 알면 위태롭지 않게 되어 오래도록 스스로를 보존할 수 있다.”9

그렇기 때문에 훌륭한 사람은 심한 것, 사치한 것, 교만한 것을 버리며, 공을 이루면 물러나야 한다는 것입니다. 공자에게 한 말도 이러한 뜻입니다.

말이 됩니까? 빨리 끝낸다고 하였는데, 다시 길어졌습니다. 사실 위의 노자의 이야기는 여러 해 전에 내가 펴낸『삼국지 속의 삼국지』에서 따온 것입니다. 그때 소생은 이렇게 덧붙였습니다.

“그런데 사물이 극한에 달했을 때는 반드시 돌아가게 되고, 공을 이루면 마땅히 물러나야 한다는 것을 우리가 안다고 하자. 그러나 적당한 시기가 왔는데도 불구하고 그만두지 못하는 경우가 많다. 사실 지족을 실천하기란 쉬운 일이 아니다. 사람들은 화복禍福이 서로 원인이 되는데, 그 발생은 아주 작으며 분명하지 않은 것에서 시작한다고 한다. 성공과 실패의 시작도 마찬가지인 것이다. 그러므로 ‘미묘한 것을 보고 기틀을 알 수 있는 능력[見微知機之能]’이 있어야 한다. 그리고 그 능력이란 다름이 아니라 어려운 일을 도모할 때는 쉬운 것에서 시작하고, 큰 것을 처리할 때는 작은 것에서 시작하는 것을 말한다. 모든 문제는 그 조짐이 드러나기 전에 도모하기가 쉬운 법이기 때문에, 문제가 생기기 전에 처리하고 어지럽게 되기 전에 미리 다스려야 한다.”10

9_甚愛必大費 多藏必厚網 故知足不辱 知止不殆 可以長久,『도덕경』44장.

10_『삼국지 속의 삼국지』(인간사랑, 2003), 권2, 199-202쪽 참조.

어려운 이야기입니다. 공자나 노자나 다 성인이니까, 무슨 말인들 못 하였겠습니까? 공자의 행동은 애초부터 법도에서 벗어나지 않았고, 노자의 행동은 미묘한 것을 보고 기틀을 알 수 있는 힘에 기초했겠지요. 그러나 범인凡人들이야 어찌 그들의 흉내를 내겠습니까? 그래서 되지도 않는 이야기는 여기서 그치고, 혹시 다음에 기회가 있으면, '되는 이야기'를 하려고 합니다.

## 3. 사는 이야기 II

'되는 이야기'가 될지 어떨지 모르겠으나, 사는 이야기를 좀 더 하겠습니다. 나는 어렸을 적에 *The Use of Life*란 책을 많이 읽었습니다.[11] 그것은 약 120년 전에 존 러보크John Lubbock란 영국의 은행가, 인류학자, 고고학자가 쓴 것으로, 『인생의 선용』이란 제목의 우리말 번역도 있습니다. 그 책의 첫 머리에 있는 문장이, 우리는 『삼위일체三位一體』 세대이고, 『성문영어成文英語』 세대는 아니지만, 『성문영어: 문장편』에도 실려 있습니다.

"The most important thing to learn in life is how to live. There is nothing men are so anxious to keep as life, and nothing they take so little pains to keep well."

11_The Rt. Hon. Lord Avebury, *The Use of Life*, Selected and Annotated by A. W. Playfair and Kamegoro Washimi (Tokyo: Yuhodo, 1915); John Lubbock, 1st Baron of Avebury, *The Use of Life* (London: Macmillan & Co., 1894). 이것은 초판에 대한 정보임.

(인생에 있어서 배워야 할 가장 중요한 일은 어떻게 사느냐는 것이다.)

첫 문장입니다. 글쎄요? Life를 인생이라 하였지만, 삶이라고 할 수도 있습니다. 그런데 사람들은 사는 것이 중요하다고 생각하여 오래 살려고 하면서도, 의미 있게 잘 살려는 노력은 거의 하지 않는다는 것입니다. 사는 것에 대한 철학의 빈곤을 개탄한 것입니다. 근자에는 우리 사회에서도 웰빙은 말할 것도 없지만, 웰다잉까지 논의가 분분한 모양이니, 삶에 대한 사고가 바뀌기는 한 것도 같습니다. 그러나 위에서 인용한 문장이 백 년도 훨씬 전, 영국 사회의 이야기라고 치부할 수는 없습니다. 그때의 영국과 마찬가지로 오늘의 우리에게 중요한 것도 "어떻게 사느냐?"는 문제이기 때문입니다.

벌써 여러 해가 지난 이야깁니다. 김수환金壽煥 추기경께서 타계하시기 2년 전인 2007년 10월 18일에 서울 세종문화회관에서 열린 동성중 · 고등학교 개교 100주년 기념전에 〈바보야〉란 자화상을 위시하여 드로잉 14점과 평소 아끼던 글을 쓴 판화 7점을 전시하신 적이 있었습니다.[12] 다음 날 『중앙일보』에 전시회 이야기가 났습니다. 인터뷰 기사도 있었는데, 좋은 이야기라 생각하여 메모를 하였습니다.

"어떤 삶이 괜찮은 삶인가?"라는 질문에 추기경은 이렇게 말씀하셨습니다. "아, 그거야 누구나 다 아는 얘기 아닌가. 사람은 정직하고 성실하고 이웃과 화목할 줄 알아야 한다. 어려운 이웃을 도울 줄 알고 양심적으로 살아야 한다. 그걸 실

12_김 추기경은 1941년에 동성중 · 고등학교 전신인 동성상업고등학교를 졸업하였고, 그래서 그 전시회에 참여한 것이다.

천하는 것이 괜찮은 삶이 아닌가!"

추기경의 인터뷰 기사를 읽으면서 나는 "어떻게 사느냐?"는 문제를 다시 생각하였습니다. 추기경이 말하는 "괜찮은 삶"을 사는 것도 어렵지만, 의롭게 사는 것도 괜찮은 삶 가운데 하나일 것이란 생각이 들었습니다. 사실 나는 평소에 의롭게 사는 것이 좋다는 생각을 하고 있었기 때문입니다. 그러나 의로운 삶은 추기경이 말한 괜찮은 삶보다는 상당히 높은 가치를 지닌 것이 아닌가 합니다. 의롭게 사는 것에는 희생이 따르기 때문입니다. 어떻게 사는 것이 의로운 것이냐? 꼭 의롭게 살 필요가 있느냐 하는 의문도 듭니다. 의롭게 사는 것이 꼭 이러이러한 것이고, 또 꼭 그래야 되는 것도 아닙니다. 그저 사는 것과 관련된 이런저런 몇 가지 이야기를 하려고 합니다.

나는 어려서부터 『삼국연의三國演義』를 많이 읽었습니다. 아시다시피 커서는 그에 관한 책도 썼습니다. 『삼국연의』야 형들도 많이 읽으셨을 터이지만, 거기에는 서로 연관된 몇 가지 생각할 문제들이 있습니다. 그래서 『삼국연의』에서 이야기를 시작하려고 합니다.

첫째, 『삼국연의』는 "천하대세란 분열된 지 오래면 반드시 통일되고, 통일된 지 오래면 반드시 분열되는 법[天下大勢 分久必合 合久必分]"이란 거창한 명제로 시작합니다. 이것은 역사가 변천하는 것 혹은 시대가 변화하는 것을 순환과 발전이란 두 가지 입장에서 볼 때, 전자의 입장에 입각하고 있는 것입니다. 말하자면, 역사 진행에 관하여 중국인들은 순환적 관념을 갖고 있었던 것입니다. 이 이야기는 잠시 후에 다시 하겠습니다. 옛날부터 중국인들은 실로 역사

지식과 역사 기록을 매우 중시하였습니다. 그러나 역사가 어떤 방향으로 흘러 왔는가, 혹은 역사 진행의 원동력이 무엇인가 하는 문제 등에 관하여는 큰 관심을 보이지 않았습니다. 앞의 것은 역사의 연변演變에 어떤 법칙이 있느냐는 문제이고, 뒤의 것은 좁게 해석하면 인간의 의지와 자각의 힘이 역사 속에서 무슨 작용을 하는가 하는 문제로 귀결된다고 생각합니다. 『삼국연의』의 첫 문장은 앞의 문제와 관련된 것이고, 뒤의 것은 "어떻게 사느냐?"는 우리의 문제와 연관이 있습니다.

둘째, 『삼국연의』에는 소위 천명天命사상이 있습니다. 천명사상은 강동의 손견孫堅이 낙양의 한 우물에서 발견했다는 전국새傳國璽에 나타나 있습니다. 그것은 옛날 초나라에서 화씨和氏가 발견하였다는 유명한 옥돌[화씨지벽和氏之璧]을 진시황秦始皇이 천하를 통일한 해(BC 221)에 이사李斯로 하여금 전서篆書 여덟 자를 쓰게 하여 만든 옥새입니다. 그 여덟 자는 "受命于天 旣壽永昌"입니다. "하늘에서 명命을 받으니, 그 수壽가 길이 빛나리라"는 뜻입니다. 전국새를 얻는 자는 천하를 얻어서, 말하자면 군주가 된다는 것입니다. 물론 나라를 전한다는 의미의 도장이기도 합니다. 천명을 영어로는 'Mandate from Heaven'이라고 합니다. 하늘이 무엇인지를 누구에게 위임을 했다는 것이고, 따라서 역사는 위임 받은 대로 진행되는 것이라고 해석할 수도 있습니다. 그렇다면 위의 문제로 돌아가는 것이지만, 하늘이 정한 대로라면 인간이 할 일은 무엇인가 하는 의문을 떨칠 수 없습니다. 하늘이 정한 대로 된다는 입장은 일종의 결정론으로서 선천정설先天定說 혹은 명정설命定說이라고 부릅니다. 이 문제도 다시 이야기하겠습니다.

셋째, 선한 사람과 악한 사람의 대결에서 후자가 승리하는 경우가 많다는 것입니다. 예컨대, 『삼국연의』에는 조조曹操가 동탁董卓을 죽이려다 실패하고, 도망하는 길에 진궁陳宮이란 사람을 만나는 대목이 있습니다. 진궁은 조조가 인물이라고 판단하고, 벼슬을 버리고 그를 따라나섭니다. 그러다가 그들은 여백사呂伯奢라는 사람의 집에 잠시 머문 적이 있습니다. 여백사는 조조의 아버지와 일찍이 형제의 의를 맺은 사람입니다. 그런데 의심이 많은 성격의 조조는 그 의심 때문에 그 집 식구를 몰살시킵니다. 돼지를 잡으려고 칼을 가는 소리를 듣고 자기를 해치려고 칼을 간다고 오해한 것입니다. 도망꾼의 심리이기도 합니다. 그러나 일은 이미 저질러졌습니다. 다시 도망가지 않을 수 없습니다. 얼마 아니 가서 손님을 대접하려고 술과 안주 등을 시장에서 사오는 주인을 만납니다. 그때 조조는 여백사마저 죽입니다. 진궁이 깜짝 놀라서, "알고도 죽이는 것은 크게 의롭지 못한 일이오[知而故殺 大不義也]"라고 꾸짖으니, 조조는 태연히 "비록 나는 천하 사람들을 잊어도, 천하 사람들로 하여금 나를 잊게 하지는 않겠네[寧教我負天下人 休教天下人負我]"라고 말했던 것입니다. 크게 실망한 진궁은 홀로 떠납니다. 대체로 이러한 문제들을 가지고 이야기를 계속할까 합니다.

먼저 역사의 진행에 관하여 중국인들은 대체로 순환이라는 입장을 취하는 것 같다는 이야기를 위해서 했습니다. 특히 왕조 교체에 대해서 그렇습니다. 말하자면, 흥망성쇠에 관한 관념이 있었던 것입니다. 그리하여 예컨대, 각 왕조의 창시자는 모두 덕德이 있는 성군이기 때문에 창업이 가능했다는 것이며, 각 왕조의 마지막 임금은 실덕失德의 포악한 임금이기 때문에 나라를 유지할 수 없게 되어, 다시 덕이 있는 성군의 등장을 가능케 한다는 것입니다. 물론 덕이 있다 없다 하는 것은 상대적인 이야기입니다. 그러나 동서고금을 통하여 성

군이라고 할 수 있는 지배자가 과연 몇 명이나 되는지 의문입니다. 다른 사회도 마찬가지이겠지만, 전통시대의 중국의 사관史官들은 전 왕조의 군주들의 비행을 과장함으로써 현 왕조의 정당성을 구축하려고 노력한 흔적이 많습니다. 흥망성쇠에 관한 관념은 이러한 목적성 때문에 생겼는지도 모릅니다. 아무튼, 삼대三代[하夏 · 은殷 · 주周]의 흥망성쇠가 유사한 경로를 밟았다는 인식이 중국인이 가졌던 순환사관의 효시嚆矢였습니다. 또 그 후에 전개된 역사 인식의 전형입니다. 다만 역사의 변천을 순환으로 보더라도, 그것이 반드시 꼭 같은 형태로 반복된다고 할 수는 없습니다. 공자가 그 한 예라고 봅니다.

공자는 "주나라는 하夏와 은殷 두 대를 참고할 수 있어서 그 문화는 대단히 찬란하다. 나는 주나라를 따르겠다."고 말했습니다.[13] 또 "자장이 '십대 후의 예를 알 수 있을까요?'라고 묻자, 공자는 말하기를 '은나라는 하나라의 예를 따랐으니 그것을 가감 · 조절하였음을 알 수 있다. 주나라는 은나라의 예를 따랐으니 그것을 가감 · 조절했음을 알 수 있다. 주나라의 뒤를 이어 일어나는 나라가 혹 있으면, 백대 후의 예라고 할지라도 알 수 있다.'"고 하였습니다.[14]

이와 같이 공자도 기본적으로는 역사가 순환된다고 생각했습니다. 그는 제도의 개혁으로 가감되고 조절되는 대세가 역사의 변천 속에 있음을 말한 것입니다. 그러나 거기에는 다소의 발전이 있을 수 있다는 견해를 피력한 것입니다. 다만 그는 큰 변화를 기대하지는 않았습니다. 위의 인용에서 '손익'은 예禮가 바뀌어도 근본적인 변화의 그것이 아니라, 부분적인 수정에 지나지 않

13_周監於二代 郁郁乎文哉 吾從周, 『論語』「八佾」.

14_子張問 十世 可知也 子曰 殷因於夏禮 所損益 可知也 周因於殷禮 所損益 可知也 其或繼周者 雖百世可知也, 『論語』「爲政」.

기 때문에 한 시대의 제도를 알면, 다음 시대의 제도도 알 수 있음을 시사示唆한 것입니다.

그런데 순환사관의 백미白眉는 역시 맹자의 주장입니다. 상고주의尙古主義에 근거한 선왕先王의 사상은 맹자 당시의 퇴폐한 현실에서 이상적인 과거로 돌아가야 한다는 일종의 복고주의의 표현이었습니다. 그것은 일정한 기간을 두고 보면 일치一治와 일난一亂의 순환이라고 맹자는 보았던 것입니다.

"천하에 사람이 생겨난 지는 오래되었고, 세상은 한번 다스려졌다 한번 혼란해져 왔다. (중략) 옛날에 우는 홍수를 막아서 천하가 화평해졌고, 주공은 오랑캐를 회유하고 맹수를 몰아내서 백성들이 편안해졌고, 공자께서는 춘추를 완성시켜서 난신적자들이 두려워하게 되었다."[15]

또 이렇게도 말했습니다.

"오백년이 되면 반드시 왕자가 일어나고, 그러한 무렵에는 반드시 세상에 이름을 떨치는 사람이 나오기 마련이다. 주나라가 흥성한 이래로 칠백년이 되었다. 그 수를 가지고 본다면, 왕자가 일어날 시기가 지난 것이다. 그 시기를 가지고 본다면, 왕자가 일어날 수 있게 되었다."[16]

15_天下之生 久矣 一治 一亂 (중략) 昔者 禹抑洪水而天下平 周公兼夷狄驅猛獸而百姓寧 孔子成春秋而亂臣賊子懼, 『孟子』「滕文公」하.

16_五百年必有王者興 其間必有名世者 由周以來 七百有餘歲矣 以其數 則過矣 以其時考之 則可矣, 『孟子』「公孫丑」하.

아무튼 위의 입장에서 보면, 역사의 순환은 인력人力으로는 어쩔 수 없는 것이 아닌가 하는 의문이 듭니다. 순환뿐만이 아니라 역사의 진행에는 사람의 힘으로는 어쩔 수 없는 경우가 많습니다. 『삼국연의』의 거의 말미에서 장절張節을 기린 아래의 시에서도 그러한 의문이 있습니다.

魏呑漢室晉呑曹　위는 한실을 삼키고 진은 조[위나라]를 삼켰으니
天運循環不可逃　돌아가는 하늘의 운수, 누구라 벗어나랴
張節可憐忠國死　애달프다, 장절은 나라 위해 죽었으니
一掌怎障泰山高　한 손으로 태산의 높이를 어찌 가리리.

또 유사한 시에 다음과 같은 것이 있습니다. 이것도 작자 미상의 고풍시古風詩로서 삼국지 끝에 있습니다.

紛紛世事無窮盡　분분한 세상 일이 끝날 바가 없는데
天數茫茫不可逃　천수는 망망하여 달아나지 못한다네
鼎足三分已成夢　솥발처럼 셋으로 나뉜 적은 꿈속의 일이런가
後人憑弔空牢騷　후인이 조상하매 가슴만 설레이네.

이 시와 같은 사상이 『삼국연의』 속에 맥맥이 흐르고 있다고 하겠습니다. 물론 『삼국연의』에는 사람의 의지대로 되는 대목도 많지만, 아주 중요한 경우에 그렇지 않은 사건도 많습니다. 예컨대, 제갈공명諸葛孔明이 죽기 얼마 전에 사마의司馬懿 삼부자를 호로곡胡盧谷이라는 좁은 계곡으로 유인하여 화공火攻으로

몰살을 시키려고 한 적이 있었습니다. 일이 되나 하는 순간에 별안간 뇌성벽력과 더불어 소낙비가 크게 내려 화공이 성공하지 못했던 것입니다. 산위에서 그 광경을 내려다보던 공명은 "일을 꾀하는 것은 사람의 일이나, 일이 되는 것은 하늘에 달렸다[謀事在人 成事在天]"고 탄식을 하였습니다. 화공 자체가 실패한 것은 아니나, 결과가 여의치 못한 것을 아쉬워한 것입니다.

좀 다른 맥락이기는 합니다만, 공자도 "안 될 줄 알면서 하는 사람"이란 평을 들었습니다.[17] 또 왕년에 유행했던 쿨 씨스터즈의 노래에도 "안 되는 줄 알면서 왜 그랬을까?"란 가사가 있는 것을 기억합니다만, 같은 이야기겠습니다. 공명이나 공자, 혹은 쿨 씨스터즈의 노래는 안 된다는 결과를 알지만 한번 시도해 본다는 것인지도 모릅니다. 시도를 하면 혹시 하늘이 정한 것과 다른 결과가 발생할지도 모른다는 기대 때문인지도 모릅니다. 인간에게는 사실 앞일을 아는 힘이 없습니다. 하기야 나도 안 되는 것을 가지고 '되는 이야기'라고 이러고 있는 것 같습니다.

이것과 관련시켜서 오자서伍子胥의 이야기를 하겠습니다. 오자서는 초楚나라 사람입니다. 아버지는 오사伍奢, 상尙이라는 형이 있었습니다. 선조에 오거伍擧란 인물이 있어서 초장왕楚莊王에게 바른말을 잘한 것으로 알려졌고, 그 후 오 씨는 초나라의 명문이 되었습니다. 평왕平王 때의 일입니다. 오사는 태자太子 건建의 태부太傅란 벼슬에 있었습니다. 태자의 교육을 담당하는 자리입니다. 태자에게는 비무기費無忌라는 소부少傅도 딸려있었는데, 다소 불충의 인

17_是知其不可而爲之者與, 『論語』「憲文」.

물이었습니다. 이야기가 시작됩니다.

태자 건이 장성하였습니다. 평왕은 진秦나라에서 태자비妃를 맞기로 하여 비무기를 진나라로 보냈습니다. 비무기가 진나라에 가서 보니 진녀는 평왕이 좋아할 스타일의 여자였습니다. 비무기는 나쁜 생각이 들었습니다. 돌아와서 그는 평왕에게 말하였습니다.

"진녀는 절등한 미인입니다. 왕께서 그녀를 직접 맞이하시고 태자에게는 달리 비를 구하도록 하심이 어쩌실지?"

그리고 그렇게 되었습니다. 평왕은 진녀에게서 진軫이란 아들을 낳았습니다. 그런 연유로 비무기는 소부 자리에서 평왕을 직접 모시는 자리로, 말하자면 보직을 옮겼습니다. 권력의 최측근이 된 것입니다. 그러나 평왕이 죽고 태자가 계승하여 왕이 되면, 진녀의 일로 인하여 자신의 지위가 위태로워질지도 모른다고 판단한 비무기는 태자를 중상하기 시작하였습니다. 태자 뿐 아니라 태자의 태부인 오사까지도 모함하기 시작하였습니다. 『사기』나 『동주열국지』 등에 자세히 나와 있으니 간단히 이야기하겠습니다. 결국은 이 사건으로 오자서의 아버지와 형은 잡혀 죽고, 자서는 도망을 합니다. 우여곡절 끝에 그는 오나라로 가서 행인行人이라는 높은 벼슬에 오릅니다. 그러나 그는 자나 깨나 부형의 원수를 갚는 날을 벼르고 있었습니다. 그리고 때가 왔습니다. 아버지와 형이 죽고, 망명길에 오른 지 십육 년 만에 오자서는 유명한 『손자병법』의 손무孫武와 더불어 초나라를 치게 됩니다. 초나라의 수도 영郢을 점령합니다. 그때는 평왕이 죽은 지 이미 십 년이 된 해였습니다. 사마천은 당시의 상황을 이렇게 적고 있습니다.

"오자서는 소왕昭王[평왕과 진녀 사이에서 출생한 진軫]을 잡으려 하였으나 뜻을 이루지 못했으므로, 대신 초평왕의 무덤을 파헤쳤다. 그리고 시체에 3백 번이나 매질을 한 뒤에야 그쳤다."[18]

시체를 삼백 대나 매질하였다는 것입니다. 복수의 집념이 그와 같았다는 것인데, 매장한 지 십 년이나 되는 시체에 매질할 몸뚱이가 있었는지는 의문입니다. 그러나 1972년 후난湖南성 창샤長沙에서 발굴된 마왕퇴馬王堆라는 한漢나라 때의 무덤에서 나온 귀부인의 시신이 이천 년이 지났어도 방금 죽은 사람과 같았다는 사실을 감안하면 하나도 이상할 것이 없습니다. 그러나 이야기는 그것이 아닙니다. 오자서가 망명길을 떠날 적에 대부 벼슬의 신포서申包胥란 친구에게 자신의 결심을 이렇게 말하였답니다.

"나는 기필코 초나라를 뒤엎고 말 것이네."

아버지와 형의 원수를 갚겠다는 말이었습니다. 그러자 신포서는 이렇게 대꾸하였다는 것입니다.

"그러면 나는 반드시 초나라를 다시 일으키겠네."

십육 년 전에 그렇게들 말하고 헤어진 것입니다. 오나라 군대가 쳐들어오자 피난을 갔던 신포서는 오자서가 초왕의 시체에 매질을 하였다는 소식을 듣고, 사자使者를 보내 이렇게 전했습니다.

"그대의 복수는 너무 지나치지 않은가? 내가 들으니, '사람의 수가 많으면 한때는 하늘을 이길 수 있으나, 하늘이 한번 결정하면 또 능히 사람을 깨뜨린다'고 했소. 그대는 원래 평왕의 신하로서 몸소 북면하여 그를 섬기고 있었는데, 지금 그 왕의 시체에 욕을 보였으니, 이보다 더 천리에 어긋난 일이 또 어

18_伍子胥求昭王 旣不得 乃屈楚平王墓 出其尸 鞭之三百然後已.『史記』「伍子胥列傳」.

디에 있겠소?"[19]

그러자 오자서는 그 사자에게 이렇게 일렀습니다.

"부디 신포서에게 잘 전해라. '해는 지고 갈 길은 멀다. 그렇기 때문에 갈팡질팡 걸어가며 앞뒤를 분간할 겨를이 없었노라.'"[20]

'천도에 따라 침착하게 행동할 여유가 없다. 이미 늙었다. 남은 시간은 짧다. 복수의 염원이 과격한 행동을 낳고 말았다. 이치에 어긋난 행동이란 것을 내가 모르는 바가 아니다.'고 격정적인 오자서는 스스로의 행동을 변명한 것입니다.

그런데 우리의 입장에서 중요한 것은 신포서와 오자서의 태도입니다. 신포서의 말에는 인간의 힘과 하늘의 힘이 묘하게 혼합되어 있습니다. 사람의 수가 많으면 일시적으로 하늘을 이긴다는 것은 요즘의 말로는 일종의 포퓰리즘의 승리라고도 할 수 있겠습니다. 그러나 하늘의 결정이 결국은 인간을 압도한다는 것입니다. 인간이 천도를 거슬릴 수 없다는 말로 이해해도 좋겠습니다. 반면에 오자서가 '해는 지고 갈 길은 멀다'고 외쳤을 때는 천도와는 상관없이 나는 나의 길을 가고 있음을 밝힌 것이라고 생각할 수 있습니다. 그래도 괜찮은 것인가? 인간의 행위는 하늘의 힘에 의하여 구속을 받는가? 그렇다면 인간의 의지나 자각이 역사의 연변 속에서 무슨 작용을 하는가? 인간의 의지나 자각과는 관계없이 역사는 스스로 변화하는가? 어려운 이야기입니다.

19_子之報讐 其已甚乎 吾聞之 '人衆者勝天 天定亦能破人' 今子故平王之臣 親北面而事之 今之於僇死人 此豈其無天道之極乎. 『사기』「오자서열전」.

20_日暮途遠 吾故倒行而逆施之. 여기서 도행倒行이란 거꾸로 다닌다는 뜻이고, 역시逆施는 '이치에 어긋나게 행동한다[逆理施行]'는 의미라고 『사기』의 주注는 말하고 있다.

만일 인간의 힘이 역사의 연변 속에서 아무런 작용을 할 수 없다고 하면, 인간은 하늘에 의하여 이미 결정된 길을 따를 수밖에 없습니다. 따르는 것이 아니라 결과적으로 그렇게 되는 것입니다. 이것은 위에서 말한 일종의 명정설命定說입니다. 신포서의 말은 다분히 이러한 입장을 반영하고 있습니다. 뿐만 아니라 또 위에서 말한 천명사상도 이와 일맥상통합니다. 이것이 중국 사람들의 주류 사상이 아닌가 합니다.

그러나 인간의 의지를 중시하는 사상도 물론 있었습니다. 순자荀子가 한 예입니다. 그는 인간의 의지와 그 힘을 매우 중시하였습니다. 그리하여 옛 사람들은 『순자』를 읽으면 '사람이 [한번] 결단하면 하늘을 이긴다[人定勝天]'는 뜻을 배운다고 하였습니다. 즉, 자제력을 불러일으키게 되고, 스스로 단속하게 되어 해이解弛와 타락墮落에 이르지 않는다고 하였습니다. 그리하여 다소 자질이 떨어지는 사람도 『순자』를 공부하면 신념과 용기를 얻는다고 합니다. 한편 『맹자』를 읽으면 일종의 지기志氣가 발양된다고 하였는데, 아무튼 『순자』와 『맹자』를 읽으면, 천명을 극복하는 지혜가 생길지도 모릅니다.

지혜가 생기는지는 분명치 않지만, 이러한 생각의 현대적인 발로發露는 마오쩌둥毛澤東에게서도 찾을 수 있습니다. 그는 마르크스의 생산력과 생산관계에 관한 경제적 결정론을 배격하고, 인간의 의지와 능력에 대하여 무한한 기대를 걸었던 것입니다. 어떠한 혁명도 인간의 의지에 따라 가능하다고 그는 믿었습니다. 중국 대륙의 불행이었습니다. 대약진운동과 문화혁명도 여러 측면에서 분석할 수 있는 사건들이지만, 마오쩌둥도 나이가 들어감에 따라 무엇인지 조급한 생각에서, 말하자면, 일모도원의 심경에서 엄청난 과오를 저지른 것이 아닌가 하는 생각도 듭니다.

이제 『삼국연의』 이야기로 다시 가려고 합니다. 조조와 진궁의 이야기를 조금 전에 하였습니다. 여기서는 조조가 나쁜 사람으로 기술되고, 진궁은 착한 사람으로 묘사되어 있습니다. 그런데 『삼국연의』의 그 후 진행을 보면 두 사람의 인생경로가 아주 대조적입니다. 물론 왕이 되는 사람과 그렇지 않은 사람과의 차差가 있을 것입니다. 그것이 문제인 것입니다. 어떤 사람은 왕이 될 팔자로 태어나고, 어떤 사람은 그렇지 않은가? 이것은 좀 더 심각한 문제이기 때문에 덮어두기로 하겠습니다. 아무튼 조조는 위공魏公도 되고 위왕魏王도 되어 명실공히 위나라의 창업주가 되었습니다. 반면에, 진궁은 여포呂布라는 어리석은 장수를 쫓아다니다가 결국은 조조에게 잡히어 백문루白門樓라는 다락 아래에서 비명에 가고 맙니다. 의롭고 착한 사람의 말로가 그런 것입니다.

사마천의 『사기』 「백이伯夷열전」을 보면 이런 이야기가 있습니다. 백이와 숙제叔齊는 참으로 훌륭한 사람입니다. 고죽군孤竹君의 왕자였는데, 서로 왕위를 사양하였습니다. 아마 왕위는 그 아래 동생에게 갔겠지요. 그것은 중요하지 않습니다. 아무튼 백이와 숙제는 주周나라에서 늙은이들을 잘 대접한다는 말을 듣고 그 곳으로 갔습니다. 그때 마침 주나라의 무왕武王이 은나라의 폭군인 주紂를 정벌하려고 군사를 동원하고 있었습니다. 백이와 숙제는 무왕의 말고삐를 잡고 "어버이[무왕의 아버지인 문왕文王]가 돌아간 후 장사를 지내기 전에 군대를 동원하는 것은 효孝가 아니고, 신하로서 임금을 치는 것은 충忠이 아니라"고 간했습니다. 옆에서 그들을 죽이려고 했습니다. 그러나 무왕의 군사인 태공망太公望 여상呂尙이 그들은 의로운 사람이라고 하여 죽이지 말라고 하였습니다. 그들은 수양산首陽山으로 들어가서 고사리를 캐어먹다가 아사餓死했다고 합니다.

또 공자가 사랑하던 제자 안회顔回가 있습니다. 공자는 그가 학문을 사랑하는 사람이라 하여 무척 아꼈습니다. 그러나 그는 끼니를 못 잇고 굶다시피 하다가 일찍 죽었습니다.[21] 그런 반면에 흉악한 도적의 대명사인 도척盜跖이라는 놈은 수천 명의 무리를 이끌고 노략질을 하고 다니면서, 무고한 사람들을 죽이고, 그 간肝으로 회를 쳐 먹었다는데, 끝내 아무 천벌도 없이 제 목숨을 온전히 누리고 살았다는 것입니다. 그래서 사마천은 "하늘의 도리에는 사私가 없으며 항상 착한 사람의 편이 된다"고 누군가가 말했다면서,[22] 의로운 사람의 대명사인 백이와 숙제는 인仁을 구하여 얻었지만 수양산에서 굶어죽었고, 또 공자가 몹시 사랑하던 안회도 마찬가지였다는 것입니다. 하늘이 진정 의롭고 선한 사람의 편이라면, 과연 백이와 숙제, 혹은 안회 같은 이를 선한 사람이라고 할 수 있겠습니까? 사마천은 또 말했습니다.

"그 밖에 근세에 이르러서는 그 하는 일이 방종하여 남에게 못할 짓을 마음대로 하고도 종신토록 호강하며 살고 부귀가 자손에게까지 이어지는 예도 적지 않다. 이런 일에 비해 걸음 한번 내딛는데도 땅을 가려서 밟고, 말 한 마디를 하는데도 때를 당해서만 하고, 길을 가는데도 지름길을 가지 않고, 공정한 일이 아니면 분발하지 않았음에도 불구하고 오히려 재앙을 만나는 일이 헤아릴 수 없이 많다."

그리하여 사마천은 아래와 같은 유명한 탄식을 내뱉었습니다.

"나는 몹시 헛갈린다. 이른바 하늘의 도리라는 것이 과연 옳은 것인가 어

21_『논어』와 사마천의 『사기』「공자세가孔子世家」 등을 보면 공자가 잠시 벼슬도 하고, 또 고생도 많이 하기도 했으나, 먹는 것에는 주리지를 않았다. 그런데 왜 사랑하는 제자를 도와주지 않고 굶어죽게 했는지 알 수 없다. 폐병과 같은 다른 나쁜 병이 있었을 것이다.

22_天道無親 常與善人, 『道德經』 79장에 있는 말입니다. 사마천이 말한 "누군가"는 노자老子입니다.

떤가?"[23]

사마천의 말대로라면 착하고 의롭게 살지 않아도, 정해진 운명에 따라 사는 것입니까? 우리가 자주 쓰는 '팔자'대로 사는 것입니까? 그게 "어떻게 사느냐?"는 문제에 대한 해답입니까? 아니라고 생각합니다.

사마천은 어느 의미에서 사가史家의 역할을 강조한 것입니다. 그는 "촌구석에 살면서 품행을 닦고 이름을 세우고자 하는 사람은 아무리 능력이 있다고 하더라도 덕德이 있는 명사를 만나지 못한다면 어떻게 후세에 이름을 전할 수 있겠는가?"라고 묻고는, 스스로 이렇게 대답을 하였습니다.

"같은 광명은 서로 비추어 주고 같은 무리는 서로 어울리기를, 마치 구름이 용을 따르고, 바람이 범을 따르는 것과 같이 성인이 이 세상에 나타나고서야 만물도 빛을 얻게 된다. 백이와 숙제는 현인이지만, 공자의 붓을 통하여 비로소 그 이름이 드러나게 되었고, 안회는 학문에 충실하였지만 공자의 뒤를 이었기 때문에 그 조출한 품행이 더욱 더 돋보이게 된 것이다."

그런데 우리의 입장에서 보면 사마천은 명정설을 인정한 것도 아니고, 부정한 것도 아닌 것처럼 보입니다. 일종의 불가지론不可知論이라고 해야 할지 모르겠습니다. 어떻게 살아야 하느냐는 문제에 대하여 분명한 입장을 유보한 것입니다.

이야기가 길어졌습니다만, "어떻게 사느냐?"는 문제와 관련하여, 마지막으로 춘추시대의 제환공齊桓公을 보필한 관중管仲의 이야기를 하겠습니다. 관중은

23_余甚惑焉 儻所謂天道 是耶非耶, 『사기』「백이열전」.

제환공을 보필하여 그를 춘추시대 제일의 패자霸者로 만든 명신입니다. 관포지교管鮑之交로 알려진 인물입니다. 간단히 쓰겠습니다. 제나라는 주나라가 성립하고 강태공姜太公[위에서 언급된 태공망 여상]에게 봉한 나라입니다. 그로부터 약 400년이 지난 춘추 초엽, 제나라는 강태공으로부터 14대째인 양공襄公이 다스리고 있었습니다. 그런데 양공은 폭군이었습니다. 반란이 일어나 목숨을 잃었습니다. 반란군과 결탁한 양공의 사촌인 공손무지公孫無知란 자가 왕위에 올랐습니다. 양공에게는 배가 다른 규糾와 소백小白이란 두 동생이 있었습니다. 난리통에 규는 노魯나라로, 소백은 거莒나라로 도망을 갔습니다. 각기 어머니의 나라였습니다. 그런데 관중은 소홀召忽이란 친구와 함께 공자 규를 섬겼고, 포숙鮑叔은 소백을 섬기고 있었습니다.

공손무지는 즉위한 지 월여 만에 양공의 추종세력에 의하여 살해되었습니다. 그러자 규와 소백은 먼저 제나라로 귀국하여 왕위에 오르려고 하였습니다. 관중은 잠복하고 있다가 제나라로 향하는 소백을 활로 쏘았습니다. 화살은 소백의 혁대 갈고리를 맞추었기 때문에 그는 다치지 않았습니다. 그러나 그는 말에서 떨어지면서 죽은 시늉을 했습니다. 현명한 관중도 소백이 죽은 줄 알고, 천천히 귀국을 해도 된다고 판단했습니다. 관중과 규가 방심한 틈에 소백은 재빨리 귀국하여 왕위에 올랐습니다. 그가 제환공입니다. 왕위쟁탈전에서 실패한 규는 죽게 되었고, 관중과 함께 규를 모시던 소홀도 자살을 합니다. 그러나 관중은 죽지 않고, 소백을 섬기게 됩니다. 물론 포숙의 강력한 천거가 효력을 발생한 것이지만, 관중의 입장에서 보면 앞서 모시던 주인을 배반하고 그 라이벌을 섬기게 된 것입니다. 배경은 이와 같습니다. 이야기는 지금부터입니다.

관중과 소홀이 공자 규의 후견 역할을 하고 있을 적에 포숙과 더불어 세 사람이 나라의 장래에 관하여 의견을 나눈 일이 있습니다. 그때 관중은 이렇게 말했다고 합니다.

"소백이란 사람은 지혜롭고 민첩하지는 못하지만 사려가 매우 깊은 분이다. 나 관중이 아니면 그 분을 용납하지 못할 것이다. 불행히도 하늘이 제나라에 재앙을 내려 나라가 위기에 처했다고 하자. 그때 만일 공자 규가 임금의 지위에 있다고 하면 일을 제대로 수습하지 못할지 모른다. 그런 경우에 사직社稷을 안정시킬 사람은 그대가 아니면 누구겠는가?"

분명하지는 않으나, 이것은 관중이 포숙에게 한 말입니다. 포숙이 소백의 후견인이기 때문입니다. 또 자신이 모시는 공자 규의 인물됨을 낮추고 포숙의 능력을 높이 평가한 대목이기도 합니다. 그때 소홀이 끼어들어 관중에게 말했습니다.

"백 년 후 우리 군주께서 세상을 떠나셨을 때, 우리 군주의 명령을 어겨서 내가 받드는 공자 규를 폐하여 그의 군위를 뺏는다면, 비록 천하를 준다고 해도 나는 살아남지 않을 것이다. 형은 마땅히 제나라의 정치를 도와야 한다. 군주의 명령을 받아야 하며 이를 고쳐서는 안 된다. 내가 받드는 공자 규를 봉대奉戴하여야 하며 그를 폐해서는 안 된다. 이것이 우리가 응당 지켜야 할 도리道理이다."

소홀은 자신이 모시는 공자 규가 왕위에 오르지 못한다면 죽겠다는 의사를 표명한 것입니다. 관중은 그러나 소홀과 함께 공자 규를 모시는 입장이나, 생각이 달랐습니다. 관중은 말하였습니다.

"내가 생각하는 신하된 자의 도리는 이렇소. 군주의 명령을 받은 바에는 사직을 받들고, 종묘宗廟를 유지해야 할 것이오. 어찌 공자 규 한 사람 때문에 죽는다는 말이오. 내가 죽는 것은 사직이 깨어지고, 종묘가 파멸하여 제사가 끊어졌을 때요. 그러면 나는 죽겠소. 이 세 가지가 아니면, 나는 살 것이오. 내가 살아있으면 제나라가 이롭게 될 것이고, 내가 죽으면 제나라가 불리하게 되기 때문이오."

그러니까 어떻게 보면 관중은 자기가 섬기는 군주와의 의리보다는 나라에 대한 의무를 더 강조한 것이라고 볼 수 있습니다. 이것이 관중의 신조라면 신조입니다. 그렇다면 공자 규가 죽었을 때 관중이 소홀과 함께 죽지 않았다고 하여 의롭지 못한 사람이라고 하는 것은 다소 무리라는 생각이 듭니다. 그런 점에서 사마천도 관중에 관하여는 관대했고, 공자도 『논어』에서 관중에 관하여 몇 번의 언급을 하였는데, 그렇게 나쁘게 말하고 있지는 않습니다.

당시는 지금처럼 녹취하는 장치도 없었을 터인데, 그때 그들이 무슨 이야기를 했는지 누가 압니까? 후세 사람들의 이야기일 것입니다만, 관중의 저작이라는 책에 나와 있습니다.[24] 관중이 소홀과 함께 노나라의 장공莊公에게 잡혔을 때, 그는 소홀에게 물었습니다.

"죽는 것이 무섭지 않은가?"

그때 소홀은 아래와 같이 대답을 했다고 합니다.

"무엇이 무섭단 말인가? 내가 진작 죽지 않은 것은 시국이 안정되기를 기다린 까닭이다. 이제 새 군주에 의해 시국이 이미 안정되었다. 그대가 제나라의 좌상左相의 명을 받으면, 나는 필시 우상右相의 명을 받을 것이다. 그러나 내가 모시던 공자를 죽인 사람의 신하가 된다는 것은 이것은 나를 다시 모욕하는 일

24_『관자管子』「대광大匡」편.

인 것이다. 그대는 살아남는 신하가 되라. 나는 죽음을 택하는 신하가 되겠다. 내가 큰 나라의 재상이 될 것을 알고 죽는다면, 공자 규는 죽음으로 따르는 신하를 가지셨다고 말할 만한 것이다. 그대는 살아서 제나라를 제후의 패자로 만들어라. 그러면 공자 규는 나라를 위해 살아남는 신하를 가지신 것이 된다. 나는 죽어서 의로운 행위를 지킬 것이니, 그대는 살아서 이름을 날려라. 이름과 죽음은 양립할 수 없고, 의로운 행위는 헛되이 이르는 것이 아니다. 그대는 부디 나라를 위해 힘쓰기 바란다. 죽고 사는 것이 이와 같이 다른 것이다."

그리고는 제나라 국경에 이르자 소홀은 자기 목을 칼로 치고 죽었습니다. 소홀의 말대로라면 정말 분에 맞춰 죽고 사는 것인지도 모릅니다. 일찍이 공자는 "지향하는 일이 같지 않으면, 함께 일을 꾀하지 않는다"고 말하였는데,[25] 관중과 소홀은 지향하는 일이 같지 않았는지도 모릅니다. 또는 같았기 때문에 서로 각자의 신념을 토로한 것인지도 모릅니다. 알 수 없는 일입니다. 그러나 사람들은 "소홀의 죽음은 살아남은 것보다 훌륭하고, 관중이 살아남은 것은 죽은 것보다 훌륭하다."고 평하기도 한다는 것입니다. 어느 한쪽 편을 들기 어렵기 때문에 무책임한 말로 얼버무린 것이라고 할 수도 있습니다.

그러면 나의 입장은 어떤가? 이런 것에 관하여 입장을 밝힐 형편도 아니지만, 나는 소홀이 관중보다 훌륭하다는 생각을 합니다. 관중은 사직을 지키기 위하여 살아남겠다고 말했습니다. 그랬는지도 모릅니다. 그러나 살고 싶은 것은 인간의 본능이고, 관중은 결국 본능을 따른 것이 아닌가 하는 생각입니다. 사람이 모두 본능을 따른다면 인仁도, 충忠도, 예禮도, 의義도 없는 사회가 되기

25_道不同 不相爲謀,『論語』「衛靈公」.

때문입니다. 맹자는 사직보다는 백성이 더 귀하다고 말하였는데, 관중이 없으면 과연 제나라의 사직이 지켜지지 않았을 것인가, 또 제나라가 제후의 패자가 되지 못했을까 하는 의문도 듭니다. 하기야 인간 사회에는 소홀 같은 사람도 있고, 관중 같은 사람도 있고, 그러한 사람들을 놓고 어쩌고저쩌고 하는 사람들도 있는 모양입니다.[26] 사실 대단히 어려운 대목입니다. 요즘 우리나라의 정치를 보면, 이러한 문제들 혹은 가치들을 한번 생각하는 것이 좋을 듯하여 「사는 이야기」의 말미에 보탰습니다.

역사가 진행하는 가운데 인간의 자각과 의지의 역할이 무엇인지? 의롭고 선한 사람과 그 반대인 사람과의 대결에서 후자가 종종 승리하는 인생의 패턴을 어떻게 설명하고, 어떻게 대처해야 하는지? 희생이 따르더라도 의롭게 살아야 하는지? 우리 역사에도 의로운 사람들이 많습니다. 좀 멀리는 사육신死六臣이 그렇고, 가까이는 충정공忠正公 민영환閔泳煥(1860-1905)이 그렇고, 매천梅泉 황현黃玹(1855-1910)이 그렇습니다. 이분들 외에도 많습니다. 우리는 '국민의례' 때 순국선열들에 대한 묵념을 합니다. 그 선열들도 의로운 분들이겠습니다. 그런 분들이 계셨기 때문에 민족의 정기가 살아있고, 대한민국이 발전해온 것입니다. 반면에 개 · 돼지만도 못한 인면수심의 인간 아닌 인간도 많았습니다. 지금도 많습니다. 개 · 돼지만도 못한 인간들도 호의호식하며 살고 있는 것을 봅니다. 자손들도 잘 삽니다. 세상이란 그런 것이라고 치부하고 살아도 됩니까? 형들에게 묻고 싶습니다.

그래도 이 순간 나는 김 추기경이 말씀하신 "괜찮은 삶"을 다시 생각합니

26_최명, 『춘추전국의 정치사상』(박영사, 2004), 제9장 참조.

다. "사람은 정직하고 성실하고 이웃과 화목할 줄 알아야 한다. 어려운 이웃을 도울 줄 알고 양심적으로 살아야 한다. 그걸 실천하는 것이 괜찮은 삶이 아닌가!" 형들은 어떠신지 모르나, 나는 고백건대 도저히 김 추기경이 말씀하신 그런 "괜찮은 삶"을, 그것을 그렇게 실천하지 못하고 산답니다. 나이 칠십이 넘어서도 말입니다. 헛된 삶을 아직도 살고 있는 것이지요.

*The Use of Life*의 첫 구절을 위에서 인용하였으니, 마지막 두 구절을 여기에 소개하고, 이 글을 마칠까 합니다.

"Sir Walter Scott's last words to Lockhart on his death-bed were: 'Be virtuous, be religious, be a good man. Nothing else will be any comfort when you come to lie here.'" (월터 스코트 경이 임종의 자리에서 로카트에게 마지막 한 말은 이렇습니다. '덕을 행하고, 신앙을 가지고, 좋은 사람이 되게. 자네가 여기에 눕게 될 때 위안이 될 수 있는 것은 그것들뿐이라네.')

"Even Balaam wished, 'Let me die the death of the righteous, and let my last end be like his.'" (심지어 발람까지도 이렇게 기원했다. '나는 의인義人의 죽음같이 죽기를 원하며, 나의 종말이 그와 같기를 바랍니다.')

형들도 아시다시피, 스코트(1771–1832)는 *Ivanhoe*란 소설로[27] 유명한 스코

27_*Ivanhoe*는 1952년 영화로 만들어졌습니다. 우리나라에서는 〈흑기사〉란 제목이었습니다. 감독은 리차드 소어프Richard Thorp, 남우주연은 로버트 테일러Robert Taylor, 여우주연은 엘리지베스 테일러Elizabeth Taylor와 조안 폰테인Joan Fontaine. 이 영화를 보신 형들도 많으실 것입니다.

틀랜드의 작가이고, 임종을 지켜본 로카트John Gibson Lockhart(1794–1854)는 그의 사위였답니다. 그는 시인이자 비평가이기도 한데, 열 권으로 된 장인의 전기傳記 *The Life of Sir Walter Scott*(1837~1839)를 썼습니다. 발람은 『구약성경』에 나오는 못된 예언자인데, 위의 인용은 「민수기」 23장 10절에 있습니다. 망언다사妄言多謝올시다.